neue frau
herausgegeben von
Angela Praesent und
Gisela Krahl

Lisa Alther
Eine besondere Frau

Roman

Deutsch von
Cornelia Holfelder-von der Tann

rororo

Rowohlt

Die amerikanische Originalausgabe erschien 1990
unter dem Titel «Bedrock» im Verlag Alfred A. Knopf, New York
Umschlaggestaltung Nina Rothfos
unter Verwendung eines Fotos von Bill Brand

29.–32. Tausend Januar 1996

Veröffentlicht im Rowohlt Taschenbuch Verlag GmbH,
Reinbek bei Hamburg, März 1994

Gesamtherstellung Clausen & Bosse, Leck
Printed in Germany
1690-ISBN 3 499 13410 1

Inhalt

I

II

III

Für Carey Kaplan

Ich danke folgenden Freundinnen und Freunden für all ihre guten Vorschläge und für die Witze, die ich ihnen geklaut habe: Richard Alther, Sara Alther, Blanche Boyd, Andy Canale, Jody Crosby, Brenda Feigen, Françoise Gilot, John Izzi, Steve Izzo, Carey Kaplan, Rollie McKenna, Janice Perry, Kate Pond, John Reed, Mary Twitchell und Vicky Wilson. Und ganz besonders bedanke ich mich bei Jody Crosby für ihre jahrelange unerschütterliche Geduld und ihren ermutigenden Zuspruch, als dieses Buch noch *in vitro* war.

I

1 Roches Ridge

Ein elfenbeinfarbener BMW mit zwei Paar Skiern auf dem Dach wand sich zwischen tannengespickten Granitfelsen eine lange Gefällstrecke hinunter. Der Fahrer, Turner Shawn, hatte ein sympathisches, gerötetes Gesicht und schon etwas gelichtetes, ins Grau spielendes blondes Haar. Seine Frau Clea, in Stretchhosen und Rollkragenpullover, saß neben ihm und studierte die kleine Vermonter Ortschaft Roches Ridge, die unter ihnen in der Wintersonne lag, auf einem granitenen Bergvorsprung, der steil zu dem Sumpfgebiet um die Mündung des Mink Creek in den Champlain-See abfiel.

Clea Shawn war eine welterfahrene Frau. Männer hatten ihr in diversen Sprachen ihre Liebe beteuert. Sie hatte mittlerweile so oft geliebt, daß ihr Herz sich anfühlte wie ein Wischmop. In regelmäßigen Abständen hatte die Leidenschaft es gepackt, herumgewirbelt und ausgepreßt. Es waren keine leichtherzigen Abenteuer gewesen, sondern Obsessionen von der Art, wie sie die Tage beherrschen und die Träume diktieren, wie sie Lachse dazu treiben, Wasserfälle hinaufzuspringen, und Männer dazu, sie in Fässern hinunterzusausen. Inzwischen registrierte sie die Symptome – das Pulsrasen, die Schlaflosigkeit, den Drang, neue Bettwäsche zu kaufen und sich im Fitness-Center abzurackern – mit Schrecken.

Und doch war Clea eine Frau, die die Liebe liebte. Hormone waren für sie immer schon die Droge ihrer Wahl gewesen. Als echter Aficionado jenes Moments, in dem die Leidenschaft den gesunden Menschenverstand überschwemmt, war sie zur Selbstbeherrschung wenig begabt.

Hüfthohe Schneewälle türmten sich entlang der Straße rings um einen zentralen Platz, eine kleine Grünanlage mit einem viktorianischen Musikpavillon, einem bronzenen Bürgerkriegskämpfer und einer Kanone aus dem Krieg von 1812. Der Platz war umrahmt von weißen Holzhäusern im Kolonialstil. In der Ferne ragte zur einen Seite hin der Camel's Hump empor, der mit seiner Schneehaube wie ein Zahn aussah, und zur anderen erhoben sich die Adirondacks. Obgleich Clea weit in der Welt herumgekommen war, hatte sie kaum je ein so hübsches Fleckchen Erde gesehen.

«Was für ein entzückender Ort, Turner!» Sie spürte beunruhigt, wie ihre Handflächen feucht wurden. Turner nickte lächelnd. Nach ihrem spontanen Liebesintermezzo heute morgen auf dem orangeroten Zottelteppich in ihrem Ferienappartement mit Blick auf die Pisten von Alpine Glen hätte er ihr auch zugestimmt, wenn sie behauptet hätte, die Erde sei eine Scheibe. «Dein alter Mann kann es dir immer noch besorgen», hatte er, neben ihr liegend, gemurmelt, und sie hatte es nicht über sich gebracht, ihm zu gestehen, daß sie den Orgasmus nur vorgetäuscht hatte – ein weiteres, beunruhigendes Symptom einer keimenden neuen Leidenschaft. Die Glut ihrer Liebe zu Turner war im Lauf der Jahre einer Art schwesterlicher Zärtlichkeit gewichen – warm und wohlig, aber ohne jenes Moment von Kompliziertheit und innerem Druck, das sie brauchte. Der Halteriemen einer der Skistöcke auf dem Gepäckträger hatte sich gelöst und schlug jetzt gegen das Dach.

Während Turner den Dachträger inspizierte, stieg Clea, nachdem sie ihren Anorak übergezogen und ihre Nikon vom Rücksitz genommen hatte, ebenfalls aus, um ein paar Aufnahmen von halbabgeblätterten Giebeln und Säulenfronten zu machen. Starrs IGA, die katholische St. Sebastian-Kirche, die kongregationistische Gemeindekirche, eine Grundschule mit Fußballplatz dahinter, Als Tankstelle, das Zentrum für Psychohygiene, das Spritzenhaus der freiwilligen Feuerwehr, eine Arztpraxis, Coffins Bestattungsinstitut, ein Lokal namens Casa Loretta, ein weiteres, das Karma-Café hieß, Earls Frisiersalon, Orlons Köder- und Anglerbedarfskiosk mit einem fliegendreckgepünktelten Schild im Fenster, das besagte: JA, WIR HABEN ERDWÜRMER!

Alles, was der Mensch wirklich brauchte, dachte Clea, als sie vor dem Backstein-Postgebäude stand, dem einzigen Haus weit und breit, das jünger war als hundert Jahre. Sie schämte sich plötzlich für den ganzen überflüssigen Krempel, der ihr Leben anfüllte, für ihre dringenden Exkursionen zu Bloomingdale's oder ins Atrium, um die richtigen Set-Deckchen oder das passende Halstuch aufzutreiben, für ihr ganzes kompliziertes Geflecht aus Nebenherbeziehungen. Man sah ganz deutlich, daß die Roches Ridger einfache, rechtschaffene Leben lebten und nur das wirklich Unentbehrliche dafür brauchten.

Die Casa Loretta war rustikal getäfelt. Turner und Clea saßen an ihrem Resopaltisch mit einer Plastikrose in einem Keramik-Tropfenväschen darauf und aßen Ridgeburgers, die ihnen eine Frau mit einem bemerkenswerten, fast einen halben Meter hohen, blondgebleichten Haarturm auf dem Kopf und spitzen Sechserlocken über den Ohren serviert hatte. Auf einem Ansteckschildchen über ihrer linken Brust stand: HI, ICH HEISSE LORETTA. FRAGEN SIE MICH NACH UNSEREN SOUTH-OF-THE-BORDER-SPEZIALITÄTEN. Aus der neonbeleuchteten Musikbox in der hinteren Ecke des Lokals sang John Denver «Rocky Mountain High».

«Hier gefällt es mir, Turner», hörte sich Clea bekennen. Sie hatte sich schon öfters in Städte verliebt – New York, Paris, Bombay, Kioto, Sidney – aber noch nie in ein Dorf. Sie hatte immer etwas gegen Ansiedlungen mit weniger als einer Million Einwohner gehabt, sofern sie nicht in fremden Ländern lagen und deshalb malerisch waren statt nur öde und langweilig. Ja, sie hatte sogar die ersten einundzwanzig Jahre ihres Lebens mühselig versucht, der Kleinstadt und den Kleingeistern, die sie im allgemeinen beherbergte, zu *entfliehen*. Das

Straßenkreuz, an dem sie persönlich zu tragen gehabt hatte, war Poplar Bluffs, achtzig Meilen ohioaufwärts von Cincinnati, auf einem Kalksteinkliff über dem Fluß, mit 3813 Einwohnern, davon die meisten ältere Menschen, die ihre Tage auf windenumrankten Vorderveranden damit zubrachten, über die Vor- und Nachteile der verschiedenen Zahnprothesen-Haftpulver zu debattieren und die Köpfe über das Tun und Lassen aller neu in der Stadt auftauchenden Personen zu schütteln. Clea war zuerst nach Cornell geflüchtet und dann nach New York.

Turner war nicht weiter beeindruckt, er war daran gewöhnt, daß Clea an jedem Ort, an den sie kamen, im Geist gleich ihre Zelte aufschlug. Und sie hatten viele gesehen, im Zuge seiner Karriere im internationalen Marketing, der Ferienreisen mit ihren Kindern und der vielen Fotoaufträge für Reisemagazine, die an Clea herangetragen worden waren.

«Es ist mir wirklich Ernst, Turner.» Clea spürte plötzlich die heftige Sehnsucht, sich wieder auf die grundlegenden Dinge des Lebens zu besinnen, wobei sie allerdings übersah, daß dazu womöglich auch Langeweile, Einsamkeit, Krankheit, Gewalt und Tod gehörten.

«Ausgezeichnet, die Pommes frites.»

«Turner, alles, was du brauchst, ist doch ein Flughafen. Ich habe inzwischen so viele berufliche Kontakte, daß ich leben kann, wo ich will. Und die Kinder laufen doch so gerne Ski.» Ein leeres Nest gehörte in den Wald, nicht in die östliche Neunundvierzigste Straße. Theo war in seinem letzten Jahr am Hotchkiss, Kate in ihrem ersten am Smith. Clea hatte auch als Mutter immer ein aktives Eigenleben geführt. Aber im letzten September hatte sie voller Entsetzen einen riesigen Hohlraum in ihrem Herzen gefühlt, den bis dahin offenbar ihr Muttersein ausgefüllt hatte. Am gleichen Tag, an dem die Kinder aus dem Haus gegangen waren, war Turner nach Rom geflogen. Clea hatte den ganzen Nachmittag im Bett gelegen und geheult. Ihre Babies, die so hungrig an ihren Brüsten gesaugt und sich bei jeder Begegnung mit fremden Menschen so fest an ihre Finger geklammert hatten, trafen sich jetzt zu Rendezvous mit Leuten, die sie nicht kannte, und fanden nichts dabei, ganz allein Bankkonten zu eröffnen und Studienfächer zu wählen.

«Clea, du bist wie ein Schnellzug.» Turner lachte. «Ich kann entweder aufspringen oder zurückbleiben und dir nachschauen.»

«Und bisher bist du immer aufgesprungen, Liebling. In guten wie in schlechten Tagen.»

«In Liebe und in Untreue», ergänzte er mit einem zärtlichen Lächeln. «All die Jahre, seit ich dich zum erstenmal gesehen habe, damals bei dem Studienanfänger-Tee in Cornell, mit deinem Whiskey-Sour-Schwips und deinen schwarzen Haaren vor dem einen Auge und deiner schönen Stimme, mit der du so laut und falsch ‹Roll Your Leg Over› gesungen hast.»

«Wir könnten doch das Haus in Turtle Bay behalten. Als Pied-à-terre. Wozu haben wir das ganze Geld?» Zu ihren Fotohonoraren kamen noch Einnahmen aus den Immobilien ihrer Eltern. Und Turner bezog das Gehalt eines erfolgreichen Managers.

«Du vergißt, daß du New York liebst, Clea. Du wirst diese Überfallgeschichte schon verwinden. Du brauchst nur ein bißchen Zeit.»

Clea kniete zwischen Big-Mac-Kartons in einem Durchgang bei der westlichen Achtundvierzigsten Straße. Ein Mann in einem zerrissenen braunen Parka hielt ihr eine Pistole an die Schläfe. Mit der freien Hand riß er ihr die Goldringe aus den Ohrläppchen.

«Bitte nicht schießen», flüsterte sie. «Ich habe zwei Kinder.»

«Lady», sagte er, den Hahn spannend, während seine blutunterlaufenen Augen sie durch die Löcher der ledernen Skimaske sengend anstarrten, «das ist mir egal, und wenn Sie die Vorsteherin vom Waisenhaus sind.»

«Und was ist mit Elke?» fragte Turner, nun doch etwas beunruhigt.

Clea schüttelte den Kopf. Elke. Elke und sie telefonierten

fast täglich und gingen einmal die Woche zusammen essen. «Sie könnte herkommen. Und ich würde sie besuchen. Es gibt ja Briefe. Das Telefon. Mein Gott, Turner, ich kann doch mein Leben nicht um Elke herum planen.» Die Zeiten, da sie ihr Leben um Elke herum geplant hatte, waren vorbei. Sie hatten sich in Elkes Atelier kennengelernt, als Clea sie für den *American Artist* fotografierte. Danach war Cleas gesamtes Wachleben und auch ein Gutteil ihres Schlafs vom Verlangen nach Elke durchtränkt gewesen. Aber nach Saint John, als klargeworden war, daß sie nicht zusammen durchbrennen würden, hatte sich dieses dranghafte Moment ein wenig gelegt, obgleich die Achtung und Zuneigung geblieben waren.

Ein winziges Männchen in Cowboystiefeln und einer Schnürsenkelkrawatte, die von einer Nadel mit einem türkisfarbenen Donnervogel gehalten wurde, zahlte jetzt gerade bei Loretta am Tresen. Er hatte das verschrumpelte Gesicht und die Embryonalhaltung einer Mumie, während er im Vorbeigehen eine Petition für die Wiedereinführung der Todesstrafe in Vermont unterschrieb.

Loretta sah von ihrer Registrierkasse auf und lächelte Clea unter ihrem fischadlernestartigen Haargebilde freundlich zu. Clea sagte: «Dieser Ort ist wirklich wunderhübsch.»

«Kann ich nicht sagen. Hab mein ganzes Leben hier gelebt.»

Der Mann mit der Schnürsenkelkrawatte sagte aus dem Mundwinkel: «Noch nicht dein ganzes, hoff ich doch, Loretta.»

Und Cleas armes, vagabundierendes Herz stockte.

Wieder in New York, bemühte sich Clea nach Kräften, Roches Ridge mit Hilfe ihrer üblichen Routine aus Hausarbeit, Fotoaufträgen, Fitness-Training und Abendeinladungen aus ihrem Kopf zu verbannen. Aber an einem stürmischen Nachmittag saß sie an dem Mahagonischreibtisch mit den Klauenfüßchen in ihrem Arbeitszimmer im vierten Stock ihres Hauses in Turtle Bay und sichtete die Fotos von ihrem Ski-Wochenende in Alpine Glen für ein Feature über Vermont.

Die Äste des krüppeligen Großstadtahorns in ihrem Hinterhof bogen sich im Wind und peitschten prasselnde Regentropfen gegen die Fensterscheiben. Ein Foto zeigte im Sonnenlicht glitzernde Eiszapfen am verschnörkelten Säulengesims eines großen weißen viktorianischen Hauses am Platz von Roches Ridge. Clea wußte noch, wie sie diese Aufnahme gemacht hatte, aber sie erinnerte sich nicht, dabei eine zarte, junge weißblonde Frau in einem hochgeschlossenen edwardianischen Kleid bemerkt zu haben, die im Frontfenster auf einer goldenen Harfe spielte. Es wirkte fast wie eine Doppelbelichtung. Clea liebte solche Zufallskompositionen, ungeplant, aber trotzdem perfekt.

Während Clea noch weitere Fotos von Roches Ridge studierte und wieder die weißen Berge im Hintergrund und den blitzblauen Himmel sah, merkte sie, wie ihr Puls und ihr Atem sich beschleunigten. Sie griff nach der Fernbedienung und schaltete den Fernseher ein, um sich abzulenken. Aber als die Waltons vor ihrem Thanksgiving-Essen die Köpfe beugten, während John-Boy das Tischgebet sprach, stiegen ihr die Tränen in die Augen. Sie weinte während des ganzen Rests der Sendung, den Kopf auf dem Schreibtisch.

Cleas Begleiter bei der Dinnerparty an diesem Abend im Sutton Place war ein attraktiver junger Redakteur des Reisemagazins *Getaway*, mit dem sie schon seit ein paar Wochen flirtete. Es war die Rede von einem gemeinsamen verlängerten Wochenende in Antigua, wo sie eine Reportage über den Karneval machen wollten. Sie wechselten hintergründige Bemerkungen darüber, daß man das Feuerwerk sicher vom Hotelzimmerbalkon aus sehen könnte.

Mitten während der verbalen Manöver, die darauf abzielten, dem anderen Informationen über seine sexuellen Gewohnheiten zu entlocken, um das Risiko einer tödlichen Infektion abschätzen zu können, wurde Clea sich plötzlich bewußt, daß sie gähnte. Für Jim mit seinen zweiunddreißig Jahren war eine Affäre mit einer älteren Frau vermutlich etwas Erregendes, aber für Clea war mittlerweile selbst die Erregung langweilig. Sie hatte das alles einfach zu oft erlebt. In ihrer Jugend hatte sie geglaubt, Leidenschaft sei etwas Tiefes und Erhabenes. Bei jedem neuen Liebhaber war ihr so gewesen, als flüstere er ihr die Kombination ins Ohr, die ihr das Tor zur ewigen Erfüllung öffnen würde. Aber jede dieser Leidenschaften war irgendwann heruntergebrannt und nach einer Phase unsteten Flackerns schließlich verglommen und erloschen wie ein Pfadfinderfeuer im Nieselregen. Deshalb hatte sie mit der Zeit gelernt, sobald sie bemerkte, daß sich wieder eine heftige Anziehung zusammenbraute, zuerst im Geist eine kurze Rechnung anzustellen: War die Verzückung des Augenblicks die letztendliche Enttäuschung wert? Wobei sie allerdings meistens das Ergebnis ignorierte und sich trotzdem darauf einließ. Manchmal kam es aber doch vor, daß sie ganz bewußt einen Mondscheinspaziergang am Strand vermied, weil sie wußte, daß die Erinnerung ihr weh tun würde, wenn die Sache vorbei war. In den letzten Jahren war sie immer mehr dahin gekommen, Männer als eine Art Libellen zu betrachten und ihre zarten Gazeflügel zu bestaunen, wenn sie sich niederließen, ohne zu erwarten, daß sie lange sitzen blieben. Aber diese Flirterei heute abend mit Jim fühlte sich eher an wie eine Partie Gin-Rommee – ziehen, spielen und ablegen. In diesem zynischen Licht widerte sie das ganze Manöver plötzlich so sehr an, daß sie Kopfschmerzen vorschützte und sich verabschiedete.

Als sie ihr leeres Haus betrat und den Blick über die gediegene Einrichtung schweifen ließ, die sie mit solchem Eifer ausgesucht, gehegt und gepflegt hatte, wurde ihr plötzlich klar, wie krankhaft ihre derzeitige Lebensform war. New York City, einst so bunt und vital, hatte jetzt seine finstere Seite hervorgekehrt. Und diese Liebesgeschichten, die sie früher immer so gefesselt hatten, langweilten sie nur noch. Sie war inzwischen so perfekt darin, wieder loszulassen, daß sie gar nicht mehr zupacken konnte. Und außerdem hatte sie das Gefühl, daß sie laut losschreien würde, wenn noch einmal ein Liebhaber ein Resümee ihrer Lebensgeschichte von ihr erwartete.

In dieser Nacht träumte Clea in einem fort von dem kleinen Dorf in Vermont, weiß und still in der Wintersonne und bewohnt von einem kauzig-gutmütigen und grundanständigen Menschenschlag. Als sie irgendwann aufwachte und sich in ihrem breiten französischen Bett wiederfand, horchte sie auf das hallende leere Haus und das unablässige Prasseln des Regens an den Fensterscheiben. Turner war in Brüssel. Jetzt, da er zum Vizepräsidenten aufgestiegen und für das gesamte internationale Marketing von Fresh-It-Zahnpasta verantwortlich war, würde er ständig unterwegs sein. Theo und Kate waren an ihren Colleges und büffelten für ihre Zwischenklausuren. Elke war sicherlich in ihrem Atelier an der Westlichen Dreizehnten Straße und arbeitete die Nacht hindurch an ihrer neuen Skulptur. Jim saß vermutlich im Maxwell's Plum und versuchte, sich an eine jüngere und weniger weltmüde Frau heranzumachen. *Und Clea kniete zwischen den Big-Mac-Kartons, von ihren Ohrläppchen rann Blut, sie roch den Gestank von fauligen Abfällen aus einer Mülltonne ein Stück weiter, und ihre Achseln waren naß von Schweiß...*

Sie knipste das Licht an, nahm die Roches Ridge-Fotos vom Nachttisch und betrachtete sie, während ihr Herz einen wilden Trommelwirbel schlug. Was war nur in sie gefahren? Das Kleinstadtleben, das ihr mit achtzehn so erstickend erschienen war, schien jetzt plötzlich Geborgenheit, Kontinuität und Erfüllung zu verheißen.

Am späten Nachmittag war Clea in Roches Ridge, in der Casa Loretta, Heimstatt der Taco-Pizza, wo sie bei einer Tasse Kaffee mit der haarturmgekrönten Loretta Gebo den lokalen Immobilienmarkt erörterte. Turner, Kate und Theo konnten sie verlassen, aber sie konnte auch weggehen. Sie würde auch weiterhin ein wärmendes Feuer im häuslichen Herd für sie bereithalten, aber Zuhause war, wo man sein Haus hatte, und sie würde ihres hier haben, auf einem Sockel aus Granit, der niemals wanken oder vergehen würde.

2 Calvin Roche

Calvin Roche verstaute seinen Videorecorder und die Kästen mit den «Dallas»-Kassetten im Fond seines zerbeulten rosa 64er T-Bird mit den grünen Nummernschildern und den Lettern TEX. Er war gottfroh, daß es ihm gelungen war, dieser Städterin das Haus anzuhängen. So lange hatte er schon versucht, es loszuwerden, um endlich nach Abilene/Texas ziehen zu können – seit Boneeta vor zwei Jahren der Herzschlag ereilt hatte.

Während er in seinen spitzen Cowboystiefeln zum Haus humpelte, musterte er die große graue Bruchbude noch ein letztes Mal. Was zum Henker wollte sie bloß mit diesem Schuppen? Er konnte es sich nicht vorstellen. Eines Tages war sie plötzlich vor seiner Tür aufgetaucht, so ein Typ wie Mandy Winger aus «Dallas» (plus Krähenfüßen und angegrautem Haar) und so aufgeregt, daß sie von einem Fuß auf den anderen trat, als müßte sie mal. Irgendein Roche hatte den Kasten Ende des siebzehnten Jahrhunderts erbaut, und seither machte er nichts als Ärger. Die Fußbodenbalken waren alle von der Trockenfäule zernagt, und jeden Moment konnte die Badewanne in den Keller durchkrachen. Aber bis Mrs. Shawn das spitzkriegen würde, war er längst in Abilene, und eine Nachsendeadresse gedachte er nicht zu hinterlassen.

Calvin packte ein paar Koffer auf den Videorecorder und dachte, daß clevere Roches immer wieder Gründe gefunden hatten, hier wegzugehen – den Goldrausch, den Bürgerkrieg, den Ersten Weltkrieg. Er selbst war im Zweiten Weltkrieg nach Abilene gegangen, um dort deutsche Kriegsgefangene zu bewachen, während sie in den Blumenbeeten irgendwelcher Colonels Unkraut jäteten. Seine Freizeit verbrachte er im Silver Dollar Saloon, unter kriegsversehrten Cowboys, die die ganze Zeit von ihren großen Viehtrecks quer durch West-Texas redeten. Nach dem Krieg kehrte Calvin dann eigentlich nur nach Vermont zurück, um mit Boneeta Schluß zu machen und sich von seinen Eltern zu verabschieden. Aber er und Boneeta waren Nachbarskinder gewesen und schon von klein auf ein Pärchen, und so gewann Boneeta.

Schon bald hatten sie vier Kinder. Und um genügend warme Fäustlinge für all ihre Hände und genügend Chef Boyardee für all ihre Bäuche heranzuschaffen, ging Calvin im McGrathschen Steinbruch arbeiten, Granit für Grabsteine brechen. Aber wenn er auf dem Gabelstapler saß, sprengte er im Geist mit dem Lasso über die westtexanische Prärie. Seine Arbeitskollegen sagten Tex zu ihm. Und nachdem Boneeta sechzig Pfund zugelegt hatte, nannte er sie nur noch Burrito. Samstags abends ging er in seinem rotseidenen Westernhemd und der Schnürsenkelkrawatte mit Boneeta (die auch ohne ihre steifen Unterröcke schon doppelt so breit war wie er) in Brad Bradburys Country & Western Colonial Inn an der Überlandstraße 7, um dort mit den Fancy Steppers Schottische zu tanzen. Die Freitagabende gehörten «Dallas». Calvin war überzeugt, daß er sich auf South Fork nahtlos unter Ray Krebbs' Rancharbeiter einfügen würde.

Jetzt lag Boneeta auf dem Friedhof hinter der Kongregationistenkirche. Auf der anderen Hälfte des Grabsteins stand bereits sein Name, nur das Todesdatum galt es noch einzusetzen. (Sonny Coffin hatte zwar versucht, ihn dazu zu überreden, Boneeta verbrennen und ihre Asche hinter einer Messingplatte beisetzen zu lassen, aber Calvins Rente hing schließlich davon ab, daß der Grabsteinhandel florierte.) Calvins Kinder arbeiteten in der Raumfahrtindustrie in Utah und am Montageband in Detroit. Zugegeben, er hatte sie hart rangenommen, als sie klein gewesen waren. Aber nur wenn er zuviel Lone Star getrunken hatte und ihm wieder eingefallen war, daß ihre Existenz ihn daran hinderte, über die Prärie zu reiten. Er hatte ihnen geschrieben und versucht, es ihnen zu erklären, aber sie hatten ihm nicht geantwortet. Es war genau wie bei diesen Transsexuellen, von denen er im *National Enquirer* gelesen hatte. Diese Leute behaupteten, sie seien Frauen, die irrtümlicherweise in einem männlichen Körper steckten: er war ein Texaner, der als Vermonter zur Welt gekommen war.

Aber jetzt gab es nichts mehr, was ihn noch daran hindern konnte, in seine wahre Identität zu schlüpfen. Er sah sich im Geist in ledernen Beinschützern, Weste und Stiefeln, den Stetson auf dem Kopf und das zusammengerollte Lasso in der Hand, auf einem Quarterhorse über die Prärie sprengen oder am Lagerfeuer Gitarre spielen, neben sich einen Blechbecher mit Kaffee und einen Sattel. Zumindest aber konnte er im Silver Dollar sitzen und Cowboygarn spinnen. Das war allemal Gold dagegen, hier herumzuhocken, in dieser Steingruft, sich alte Dallas-Folgen auf Video reinzuziehen und darauf zu warten, daß die Badewanne in den Keller krachte.

Calvin bugsierte gerade seinen olivgrünen Seesack in den T-Bird, als Clea Shawn in ihrem elfenbeinfarbenen BMW vorgefahren kam. Sie stieg aus und knöpfte ihren Trenchcoat mit dem karierten Wollfutter zu.

«Hallo, Mr. Roche.»

«Tag, M'am. Bin gerade am Aufbrechen.» Er versuchte, sich nicht anmerken zu lassen, wie sehr es ihn drängte, hier wegzukommen. Sie würde sich sonst vielleicht wundern, warum er es so brandeilig hatte, und womöglich noch die fauligen Balken entdecken.

Clea musterte seine bestickten Cowboystiefel und seine nietenbeschlagene Jeansjacke. «Jetzt geht es wohl direkt nach Texas, Mr. Roche?»

«O ja, M'am, so ist es.»

«Na, dann gute Reise, Mr. Roche.»

«Danke, M'am. Tut mir leid wegen der ganzen Unordnung da drin, aber acht Generationen hinterlassen nun mal ganz schön viel Krempel.»

«Machen Sie sich keine Sorgen.» Sie tätschelte seine knochige Schulter, auf der sie, von der Höhe her, bequem eine ihrer Brüste hätte deponieren können. «Ihr wundervolles Haus ist bei mir in den besten Händen.»

Calvin stieg in seinen T-Bird und dachte, sie sollte sein wundervolles Haus nehmen, anzünden und das Versicherungsgeld kassieren. Und sich davon einen hübschen, kleinen, kompakten Neubau hinstellen, ohne tote Ecken und Winkel und ohne Ratten. Den Stetson schwenkend, als säße er auf einem Bronco, rief er ihr zu: «Einen wunderschönen guten, Mrs. S.!» Diese Abschiedsformel hatte er von Ishtar aus dem Karma-Café. Ishtar kam aus Kalifornien und hieß eigentlich Barbara Carmichael, hatte aber ihren Namen geändert, während sie drunten am Mink Creek gewohnt hatte, in einem Zelt mit noch einem Dutzend anderer lesbischer Weiber, die sich die Boudiccas nannten. Normalerweise hatte Calvin ja für solche linksgestrickten Typen nicht soviel übrig, aber Ishtar mochte er, weil sie ihm erklärt hatte, seine Begeisterung für «Dallas» zeige, daß er in einem früheren Leben Cowboy gewesen sei. Letzte Woche, als er ihr erzählt hatte, daß er nach Abilene ziehen würde, hatte sie von der Spinnenpflanze hochgeschaut, die sie gerade umtopfte, und gemeint: «Wir sehen uns wieder. Wenn nicht in diesem Leben, dann eben in der nächsten Runde. Einen wunderschönen guten, Mr. R.!»

Ishtar und Loretta waren die einzigen hier in der Stadt, die er vermissen würde. Er hatte abends immer abwechselnd in der Casa Loretta und im Karma-Café gesessen. Aber wenn er ganz ehrlich war: von Ishtars «aktueller Vollwert-Cuisine» hielt er nicht viel. Als Ishtar ihr Café eröffnet hatte, hatte Calvin Loretta geholfen, ihr Lokal umzubenennen: von Lorettas Luncheonette in Casa Loretta. Auch die Taco-Pizza war seine Idee. Loretta sagte, er hätte sie gerettet. Und das hatte er auch. Die Leute hatten ihr Lokal hinter ihrem Rücken das Gasthaus zur Fernfahrerfalle genannt.

Als Calvin jetzt zum letztenmal – für dieses Leben zumindest – seine Ausfahrt entlangfuhr, zählte er sich im Geist resolut all die Gründe auf, die dafür sprachen, von hier wegzugehen. Kesse Väter aus Kalifornien in Tipis drunten am Mink Creek. Krüppelige Redneck-Jesus-Freaks aus Georgia in alten gelben Schulbussen droben am Granite Gap. Sonny Coffin, der den Heuschober seines Großvaters in ein Krematorium verwandelte. Um, wie böse Zungen behaupteten, sein Haus mit Menschenfleisch zu heizen. Einäugige rote College-Professoren, die die Bauern aufwiegelten, die Xerox-Werke in Brand zu stecken. Roches Ridge war eindeutig nicht mehr, was es einmal gewesen war, und schon das war nicht gerade die Krönung gewesen.

Und dann noch diese Marshs nebenan. Nie mehr irgendwelche Marshs sehen zu müssen lohnte allein schon den Umzug nach Abilene. Und wenn Waneeta Marsh tausendmal Boneetas Zwillingsschwester war. Seine Familienbande nannte er sie immer. Er passierte ihr Holzhaus mit der halbabgeblätterten Farbe, den Fenstern, auf denen lauter Aufkleber pappten, die besagten: UNSERE EINBRUCHSVERSICHERUNG: SMITH & WESSON, der Vorderveranda voller alter Autositze und rostiger Haushaltsgeräte aller Art. Im Sommer pflegten immer irgendwelche Marshs in diesen Autositzen herumzuhängen, Miller High Life zu trinken und zu grölen, bis der Mond unterging. Calvin hatte den Staketenzaun an der Grundstücksgrenze errichtet, und die Marshs hatten fortan ihre Miller-Flaschen und Stinktierkadaver obendrüber geworfen. Waneetas Sprößlinge hatten seinen Kindern Hustler-Fotos gezeigt und sie gezwungen, hinten im Schuppen mit ihnen Ausstopfer zu spielen. Der Scheinwerfer über ihrem Autofriedhof hatte jede Nacht in sein und Boneetas Schlafzimmer geleuchtet. Und ihr ultraviolettes Insektenlicht surrte und ploppte rund um die Uhr und rund ums Jahr.

«Verrottet doch in eurem Dreck, ihr Marshs!» Er streckte den Mittelfinger in Richtung ihrer baufälligen grauen Heimstatt, als er in seinem vollbepackten rosa T-Bird vorüberröhrte, daß eine Dreckfontäne unter seinen glitzernietenbeschlagenen Schmutzfängern hervorspritzte. Der letzte Roche aus Roches Ridge verabschiedete sich von diesem Loch!

3 Das Haus

Clea stand mit erhobener Hand in der holprigen Einfahrt und sah zu, wie Calvin Roche, eine Matschfontäne hinter sich herziehend, entschwand. Es war bestimmt nicht leicht, ein ganzes Leben einfach so hinter sich zu lassen, die eigenen Wurzeln und die von Generationen von Vorfahren. Aber schon als sie dieses wundervolle Steinhaus auf seinem Hügel, inmitten der verwilderten Fliederbüsche, zum erstenmal gesehen hatte, war ihr klar gewesen, daß sie es haben mußte. Sie betete nur, daß er bis zum letzten großen Roundup durchhalten würde, ohne vorher zu merken, daß er sein Geburtsrecht für ein Linsengericht verkauft hatte. Wie eine Jungfrau in der Hochzeitsnacht wandte sie sich ihrem neuen Haus zu, um es zu inspizieren. Die äußere Linienführung ein Musterbeispiel schlichter georgianischer Eleganz. Eine Bleiglaslünette über der massiven Eichenholztür. Ein Palladio-Fenster oben im zweiten Stock.

Aber vom Dach sausten Schindeln wie Guillotinemesser. Kamine waren am Zusammenfallen. Zwischen den Steinen war der Mörtel herausgebrochen. Der hölzerne Seitenanbau hatte einen Senkrücken. Fenster mit zerborstenen Scheiben starrten blind aus abgeblätterten Rahmen. Turner weigerte sich, auch nur einen Fuß in das Haus zu setzen, ehe es nicht fertig renoviert war. Aber er hatte ja zwischen seinen Reisen sowieso kaum noch Zeit, die Koffer auszupacken. Als sie ihm bei seiner Rückkehr aus Brüssel von ihrer Erwerbung erzählt hatte, hatte er gefragt: «Ist das deine subtile Art, unsere Scheidung in die Wege zu leiten, Clea?»

«Ich will doch weiter nichts als ein ruhiges Plätzchen zum Arbeiten, wenn du weg bist, Turner», gab sie zur Antwort, während sie ihm, auf ihrer Quiltdecke ausgestreckt, beim Auspacken zusah. «Mit ein paar netten Nachbarn, die ab und zu mal vorbeischauen.»

«Mir sieht das eher nach Midlife-crisis aus», seufzte er, sein Rasierzeug aus dem Koffer nehmend. «Ich dachte, du hättest gelobt, mich zu lieben und zu ehren und mir zu gehorchen?»

«Aber ich habe nicht gelobt, mit dir nach Brüssel zu gehen, oder?» Turner glaubte immer, er wolle, daß sie für ihn die treue Penelope spiele. Aber als sie versucht hatte, zu Hause zu bleiben, damals, nachdem die Kinder geboren waren, da hatte er in ihr statt dessen eine Art Medusa gesehen und sich in die Arme weniger verfügbarer und weniger bedrohlicher Frauen geflüchtet. Zweifellos würde sie dieser Schritt von ihm weg für ihn attraktiver machen, aber das war nicht ihr Motiv.

Drinnen musterte Clea, die Kamera um den Hals, die Unordnung, die Calvin angesprochen hatte – stapelweise *National Enquirers* und Fernsehzeitungen, Einkaufstüten voller Lone-Star-Bierflaschen und überall schimmlige Fertiggerichte in Aluschälchen. Die unteren Türecken hatten die Ratten weggenagt. Breite Kiefernholzdielen schlummerten unter diversen Schichten blumengemusterten Linoleums. An den Wänden schlugen die Tapeten und der bröckelige Putz Blasen. Calvin hatte ausschließlich in der Küche gelebt. In einer Ecke stand ein Feldbett mit einer schimmligen Polsterauflage. Ein angekohlter Küchenstuhl mit Sprossenlehne lag im offenen Kamin. Clea fing an zu fotografieren. Sie würde die gleichen Details nach der Renovierung noch einmal aufnehmen. Ein Redakteur von *House Beautiful* hatte bereits Interesse an einer Serie «Das Roche-Haus in Roches Ridge – vorher und nachher» bekundet.

Während sich draußen der Himmel lachsrosa und mauve färbte, entfachte Clea mittels des angekohlten Stuhls ein hübsches Feuer, zufrieden mit sich und diesem neuen Abenteuer, das sie zu einem Zeitpunkt eingegangen war, da ihre Altersgenossinnen über Patiententestamente zu diskutieren begannen. Sie breitete Theos Daunenschlafsack auf dem Feldbett aus und erhitzte sich eine Packung kalorienarme Zucchini-Lasagne im Backofen. Auf der Liege sitzend lauschte sie, während sie aus der Aluschale aß, dem Knacken des Feuers und des Hauses und dem Brummen der unvertrauten Haushaltsgeräte. Und sie malte sich aus, wie es hier schon bald sein würde – gewachst und gebohnert, gestrichen und tapeziert, mit perlgarnbestickten Gardinen, antiken Möbeln und Orientteppichen. Hier würde sie allein wohnen und arbeiten und Vita Sackville-Wests *Erloschenes Feuer* lesen.

Als sie sich hinlegte, überkamen sie Einsamkeitsgefühle. Sie vermißte Elke. Seit siebzehn Jahren telefonierten sie fast täglich miteinander, wenn Clea in den Staaten war. Was Clea erlebte, wurde für sie erst richtig wirklich, wenn sie es Elke erzählte. Elke würde ihre Schilderung des guten Calvin Roche und seines heruntergekommenen Hauses goutieren und so lange nachfragen, bis sie es alles genauso plastisch vor sich sah wie Clea selbst. Dann würde sie berichten, vom Gedeihen ihrer neuesten Plastik (eines von Bajonetten aufgespießten Säuglings) und ihren Begegnungen mit Stadtstreicherinnen und Gemüsehändlern. Und brandheiße kleine Klatschgeschichten über gemeinsame Bekannte. Die Leitung kam ins Glühen, wenn Elke richtig in Fahrt war.

Als Clea Elke von Roches Ridge erzählt hatte, hatte Elke nur schweigend dagesessen, in ihrem schwarzen Plaid-Sessel, in ihr graues wollenes Schultertuch gehüllt, und durch das streifige Dachfenster des Ateliers war graues Zwielicht hereingefallen. Schließlich hatte sie gemeint: «Dazu kann ich nur sagen: Du hast einfach mehr Energie, als dir guttut, Clea. Oder jedenfalls, als *mir* guttut.»

Und das stimmte. Clea konnte einfach nicht stillhalten. Und Elke wollte sich nicht rühren. In Cleas Augen gab es nur die eine Alternative, in Bewegung zu bleiben oder tot umzufallen. Für Elke dagegen war der Tod sowieso unausweichlich. Also konnte man sich genausogut schon darauf einstimmen. Sie lebte seit über fünfunddreißig Jahren in derselben Wohnung, mit demselben Mann. Selbst ihr künstlerisches Schaffen kreiste immer um dasselbe Thema: leidende und duldende Frauen und Kinder, Opfer von Krieg und Gewalt. In den Anfangsjahren waren es graphische Arbeiten gewesen – Zeichnungen, Radierungen, Lithographien und Holzschnitte. Und in jüngerer Zeit dann Skulpturen, zunächst aus Ton und inzwischen aus Metallabfällen. Brillant, aber morbide, fand Clea. Elke war technisch so gut, daß ihre Werke fast wirkten, als wollten sie die Zerstörung verherrlichen und das Leiden romantisieren. Nichtsdestotrotz war sie enorm en vogue, seit die feministische Kunstkritik sie «entdeckt» hatte.

Elke selbst führte ihr statisches Gemüt darauf zurück, daß sie ihre Jugend unterwegs verbracht hatte – auf der Flucht vor den deutschen und den russischen Soldaten, quer durch Deutschland nach Frankreich und von dort über den Kanal nach London. Und auf ihr Leben als junge Frau in Greenwich Village, mißtrauisch beäugt vom HUAC, das schließlich ihren Mann Terence, inzwischen Professor für Politikwissenschaft an der NYU, auf die schwarze Liste gesetzt hatte.

«Aber du wirst mich doch besuchen kommen?» fragte Clea, während draußen vor dem Oberlicht ein Spätwintergewitter grummelte.

«Du weißt doch, Liebste, daß ich dem Landleben nichts abgewinnen kann. Ich habe im Krieg eine Überdosis Heuböden und Viehfutter abgekriegt.» Elke hatte den Kopf an die Sessellehne gelehnt und studierte eine entfernte Deckenecke.

Tatsächlich hatten fast alle ablehnend auf Cleas Roches Ridge-Unternehmen reagiert (außer Terence, den es immer entzückte, sie möglichst weit weg zu wissen, weil er sich davon die Wiederherstellung seines Elke-Monopols versprach). Als Clea Theo am Hotchkiss anrief, brach es aus ihm heraus: «Aber Mom, du kannst doch nicht einfach wegziehen.»

«Warum nicht?» Zweifellos saß Theo in seinem ewigen silbernen Astronautenjäckchen dort am anderen Ende, mit der amerikanischen Fahne auf dem Ärmel und mit seiner blauen Mets-Mütze auf dem Kopf.

«Na, jemand muß doch zu Hause bleiben und sich um alles kümmern, um das ganze Zeug und so.» Er war permanent empört, weil sie nicht June Cleaver war und ihn in der Schürze an der Tür empfing, mit einem Glas Milch und einem nie erlahmenden Interesse für seine Heldentaten draußen in der Welt.

Kate, am Smith, sagte nur: «Also wirklich, Mom, kannst du dich nicht endlich mal so benehmen, wie es sich für eine Frau in deinem Alter gehört?»

Clea sah sie vor sich, wie sie nervös den langen, dünnen Zopf an ihrem Hinterkopf hin und her zwirbelte. «Und wie hat sich eine Frau in meinem Alter zu benehmen?» fragte Clea lachend. «Das versuche ich doch gerade herauszukriegen.» Ihre eigene Mutter hatte ihre Wechseljahre in einem verschlissenen korallenroten Morgenrock im Bett zugebracht und sich mit Smirnoff betäubt.

«Jedenfalls nicht so wie du», erwiderte Kate halb kritisch, halb bewundernd.

Clea war klargeworden, daß alle ihre Lieben wollten, daß sie in Turtle Bay saß und wartete, während sie zum Spielen auszogen. Aber vielleicht wollte sie ja auch spielen. Solange sie es noch konnte.

Clea war schon fast im Begriff, sich von Calvin Roches Liegestatt zu erheben und in die Stadt zu fahren, um ein Telefon zu suchen. Aber dann schloß sie statt dessen die Augen. Sie stellte sich Elke vor – die hohen Wangenknochen und das spitze Kinn, die silbernen Haare, zum Knoten hochgesteckt, die vielen heraushängenden Strähnen wie eine silberne Aura, die geduldigen dunkelblauen Augen, die einen mit beunruhigender Intensität fixierten. Als Clea damals wegen des Porträts für den *American Artist* in Elkes Studio erschienen war, war sie den ganzen Abend dageblieben, hypnotisiert von diesen traurigen Augen, die schauten, als hätten sie alle Greuel dieser Welt selbst mit angesehen. Aus dem Drang heraus, Elke aufzuheitern, unterhielt sie Clea während der Foto-Session mit Geschichten über ihre Kinder, und einige Male erntete sie auch den matten Anflug eines Lächelns. Bis dann plötzlich ein großer, dünner, leicht gebeugter Mann von unten heraufkam, die *National Review* in der Hand. Sein dunkles Haar war an den Seiten kurz und oben auf dem Kopf lang und kraus wie Stahlwolle. Eine schwarzrandige Brille ritt auf halber Höhe seiner Nase. Er bat Clea, jetzt zu gehen, weil Elke ihre Ruhe brauche.

«Mein Mann Terence», sagte Elke mit einer entschuldigungsheischenden Grimasse, nachdem er wieder verschwunden war. «Er meint immer, er muß mich behüten.»

«Das merke ich», sagte Clea, dabei, ihre Fotoausrüstung einzusammeln, die zwischen den Stapeln von Kupferplatten, Blöcken und Steinplatten, Farbkästen und Haufen von etwas, das wie Scherben aussah, verstreut lag. «Tur mir leid, wenn ich meine Zeit überzogen habe. Ich hatte keine Ahnung, daß es schon so spät ist.»

«Bitte», sagte Elke mit einer hilflosen Handbewegung. «Es hat mich sehr gefreut. Kommen Sie doch wieder, ja?»

«Gern. Rufen Sie mich an, wenn Sie Zeit haben. Und vielen Dank für die Fotos.»

Auf der Heimfahrt im Taxi, durch stille, dunkle Straßen, fragte sich Clea, welch merkwürdige eheliche Territorialrechte sie wohl verletzt hatte. Elke hatte keinen Versuch gemacht, ihrem ungehobelten Mann zu widersprechen. Wahrscheinlich würde sie von dieser Frau nie wieder hören. Aber am nächsten Morgen rief Elke an. Wie sie es von da an, wenn Clea in New York war, fast täglich tun sollte.

Wenn Elke und Clea zusammen waren, sprühten sie Funken wie eine gerissene elektrische Leitung. Einmal hatten sie versucht, diese Energie in Sex umzusetzen, in einem kleinen Ferienhäuschen am Meer, auf Saint John, unter einem langsam kreisenden hölzernen Ventilator. Es war kein großer Erfolg gewesen. Zum Glück, da Clea bezweifelte, daß sie sich je über die Faszination würde hinwegsetzen können, die die ingeniöse

Hydraulik des Penis auf sie ausübte. Der Wunsch, einander körperlich zu besitzen, hatte sich gelegt, aber ihre Herzen trugen nach wie vor jedes das Siegel der anderen. Manchmal wünschte sich Clea, sie könnte dieses spannungsgeladene Verhältnis in die gemütliche freundschaftliche Zuneigung umwandeln, die jede von ihnen mit ihrem Mann verband. Vielleicht war das ja auch ein Grund, weshalb sie nach Roches Ridge ging – um dieser unablässigen Spannung zu entgehen, von der sie beide nicht wußten, was sie damit machen sollten.

Von nebenan fiel Licht durch ihr Küchenfenster, und das letzte Stuhlbein glühte im Kamin. Über den Staketenzaun, der ihr Grundstück seitlich begrenzte, drang ein Brutzelgeräusch herüber. Es klang wie eine nächtliche Fisch-Fritierparty. Clea sah sich in dem dunklen Zimmer um. Ihr Blick fiel auf die chaotischen Zeitschriftenstapel und die blasigen Wände. Was hatte sie sich da aufgeladen? Sie dachte an ihr Stadthaus in Turtle Bay mit seinen fleckenlosen beigen Teppichböden, seinen weichen Sofas... seiner Schließ- und Alarmanlage. Hier gab es weder Schlösser noch Gardinen. Irgendein Räuber, der sich dort draußen herumtrieb, könnte sie durchs Fenster beobachten – tat es vielleicht jetzt schon, in diesem Augenblick – und würde merken, daß sie allein und schutzlos war... *Sie kniete zwischen Big-Mac-Verpackungen, den eisigen Stahl eines Pistolenlaufs an ihrer Schläfe. Das Klicken, als der Mann entsicherte, schien durch den ganzen Durchgang zu hallen. Ihr Mund war pergamenttrocken, und ihre Haut kribbelte vor Angst...*

Clea holte tief Luft und hielt sich vor, daß es in Roches Ridge keine Räuber gab. Sie setzte sich auf und drehte die nackte Glühbirne über ihrem Kopf an. Sie kramte in ihrer Handtasche und fand ein Spiralnotizbuch und einen Kugelschreiber. «Elke – ich sehne mich so danach, mit dir zu reden, jetzt, auf der Stelle. Wen hast du getroffen, was hast du gehört? Unser Telefonritual – meinst du, das ist eine Art Sucht? Vielleicht sollten wir zu den anonymen Telefonikern gehen. Ich sitze gerade in der Küche meines neuen Hauses...»

Clea sah auf und genau auf eine feiste Ratte mit roten Augen, die unter der Kellertür hindurchschlüpfte. Sie zog schaudernd die Beine unter sich und saß jetzt auf ihrer Liege wie beim Camping. «Elke, mein neuer Besitz ist ein herrliches altes Anwesen – ein Palladio-Fenster, ein Bleiglas-Oberlicht, Kiefernholzdielen von einem dreiviertel Meter Breite. Seit 1790 von ein und derselben Familie bewohnt. Calvin Roche, der es mir verkauft hat, ist so ein richtiger exzentrischer Neuengländer. Seine Kinder sind weggezogen, und es ist mir offensichtlich vom Schicksal bestimmt, dieses Haus vor dem Verfall zu bewahren.»

Clea legte, plötzlich erschöpft, das Notizbuch weg und fädelte ihre Beine in den Schlafsack. Durch das strahlende Licht und die Knistergeräusche von nebenan irritiert, fiel sie auf ihrem schmalen Lager in einen unruhigen Schlaf, während die Glut im Kamin langsam erlosch. Wie so oft in bewegten Zeiten träumte sie, auf der diffusen Suche nach Trost, von ihren Eltern.

4 Elke

Manchmal gab es nur noch eins, woran Elke merkte, daß sie lebte: die Tatsache, daß ihre Fingernägel immer wieder geschnitten werden mußten. Sie studierte ihre rauhen, dick geäderten, rissigen und dreckigen Hände, ihre Arbeitsgeräte. Sie saß in dem schwarzen Plaidsessel in ihrem Atelier und vermißte Clea. Ohne sie schien New York wie eine Geisterstadt. Wenn Clea in Japan war oder in Australien, war es leichter, weil sie dann einfach unerreichbar war. Aber sie fünf Autostunden weiter nördlich zu wissen war schwierig. Die Anekdoten, die Elke sammelte, um Clea bei ihren abendlichen Telefonaten damit zu amüsieren, blieben unerzählt. Heute, zum Beispiel, hatte ein Mann hinter Elke in der langen Warteschlange in der Reinigung eine 38er Spezial gezogen und seine Hemden auf der Stelle und außer der Reihe zurückgefordert.

Aber auch Elkes innerste Gedanken und Gefühle blieben ungeäußert. Clea fand diese blödsinnige Situation sicher genauso unbefriedigend. Aber sie war verliebt in dieses Kaff, dieses Rotz-Ridge. Und die Glut der ersten Leidenschaft mußte offenbar erst einmal richtig auflodern, ehe sie wieder verglomm. Elke hatte diesen Vorgang oft genug beobachtet – all diese abwegigen Menschen, Orte und Projekte, die Clea in Abständen fesselten, kurz, aber total, so daß ihr weder Zeit noch Energie für anderes blieb. So, wie ihr Zen-Meditationstrip in Kioto, als sie fest davon überzeugt gewesen war, daß sie Sphärenklänge hörte, um dann leider feststellen zu müssen, daß es sich bei diesem hohen Summen um Ohrensausen handelte, die ersten Vorboten einer beginnenden Mittelohrverhärtung. Oder diese Phase der Begeisterung für die traditionellen indischen Tänze damals in Bombay, als sie sich einen Bandscheibenvorfall geholt hatte. Oder Ryan Sullivan, der BBD & O-Werbeleiter, den sie auf Martinique verführt und der ihr eine Hepatitis angehängt hatte. Clea behauptete zwar, sie sei jetzt über solche Obsessionen hinaus, aber dieser Stuß mit der ländlichen Einsamkeit war doch ihr neuester Trip. Irgendwann kam sie dann immer wieder heim, belämmert und sanftmütig wie eine Hauskatze, die mitten auf ihrer Streuntour durch die dunklen Gassen plötzlich gemerkt hat, daß sie nicht mehr rollig ist.

Elke war Cleas Idealismus allmählich leid. Diese Suche nach dem Reinen und Vollkommenen brachte nämlich gelegentlich den Drang mit sich, als unrein und unvollkommen wahrgenommene Dinge zu zerstören, was aber hieß, genau das zu produzieren, was man bekämpfte. Einmal hatte Clea ihr eine korallenrote Rose geschenkt, zum zehnten Jahrestag ihrer ersten Begegnung. Eins der äußeren Blütenblätter war leicht angewelkt gewesen, und Clea hatte es abgezupft. Daraufhin hatte sich die ganze Rose auf den Fußboden ihres Ateliers entblättert. Elke dagegen versuchte immer, die Dinge so zu akzeptieren, wie sie waren, mit Rost und allem, genau wie das Schrottmaterial, das sie für ihre Skulpturen verwandte. Ihre Kindheit im Nazi-Deutschland hatte sie ein für allemal gegen jede Form von Idealismus gefeit, weil sie gesehen hatte, wie er Amok laufen konnte. Aber Clea war von dieser unerschütterlichen amerikanischen Naivität durchtränkt, die da glaubte, das Leben sei als erfreuliches und sinnvolles Unterfangen gedacht. Sie hatte ja auch noch nie die Flüsse gesehen, die das Blut ihrer Landsleute rot färbte.

Gerade als Elke zum erstenmal ihre Periode bekommen hatte, waren die Russen in Deutschland einmarschiert. Schon vorher waren die Gruselgeschichten aus Polen bis in ihr kleines Oder-Städtchen gedrungen. Bei den Hausdurchsuchungen wurden die Bewohnerinnen von ganzen Horden vergewaltigt. Mädchen wurden für den Gebrauch durch die russischen Soldaten requiriert. Mütter schwärzten ihren Töchtern die Zähne, säbelten ihnen die Haare ab, zerrissen ihre Kleider und beschmierten sie mit Dreck. Elkes Bruder, ein junger Flieger, war im Vorjahr bei einem alliierten Angriff auf einen Luftwaffenstützpunkt in Tunesien umgekommen. Ein Kamerad hatte der Familie ein Foto von seinem Grab geschickt, markiert durch ein hölzernes Hakenkreuz, an dessen einem Arm sein Stahlhelm hing. Ein paar Monate zuvor war Elkes Vater, Sanitätsoffizier bei der Wehrmacht, vom Volksgerichtshof in Berlin wegen seiner Beteiligung am versuchten Attentat auf den Führer zum Tod durch den Strang verurteilt worden. Ein aufmerksamer Nachbar hatte Elkes Mutter anonym ein Zeitungsfoto von seinem am Strick baumelnden Leichnam geschickt. In einigen Fällen waren die Angehörigen verurteilter Offiziere ebenfalls exekutiert worden. Elke und ihre Mutter hatten jede Nacht damit rechnen müssen, daß man sie aus den Betten holen und wegschleppen würde. Aber die anrückenden Russen würden keine Unterschiede machen. Deutsche waren Deutsche.

Elke und ihre Mutter machten sich also auf nach Westen, zu Fuß und manchmal ein Stück auf einem Bauernwagen. Sie schliefen in Scheunen oder auf einem Lager aus Tannennadeln und nagten an Rüben, die als Viehfutter bestimmt waren. Die Wälder und Straßen waren voller Flüchtlinge und entflohener Kriegsgefangener. Da Frühling war, gab es auf den Wiesen jungen Löwenzahn, und manchmal teilte auch ein Verwandter sein kärgliches Mahl mit ihnen. Ein Wehrmachtskamerad ihres Vaters besorgte ihnen Passierscheine für Frankreich, und Verwandte in London schleusten sie durch die alliierten Linien und über den Kanal. Überall am Weg sahen sie Trümmer und verstümmelte Menschen. Die ganze Flucht war für Elke ein verschwommener Alptraum aus Angst, Hunger, Nässe und Kälte. Geblieben waren ihr davon verfaulte Backenzähne und ein unstillbares Sicherheitsbedürfnis.

In London irrte Elke wie benommen durch die vom deutschen «Blitz» getroffene Stadt. Sie machte Bleistiftskizzen von verkohlten Ruinen und hohlwangigen Überlebenden. Zeichnen war ihre Form, Tagebuch zu führen. Die Bilder, die sich ihr ringsum darboten, auf Papier festzuhalten war für sie immer schon der – weitgehend vergebliche – Versuch gewesen, der Welt einen Sinn abzuringen. Sie konnte sich nicht erinnern, wann oder warum sie damit angefangen hatte. Aber sie erinnerte sich, wie sie, noch vor dem Krieg, im Wartezimmer ihres Vaters herumgelungert war, um seine Patienten zu zeichnen, wie sie dort saßen, geplagt von ihren Schmerzen und Ängsten.

Als die alliierten Truppen die Konzentrationslager befreiten, sagte Elke in ihrer neuen Wohnung in Camden Town vorwurfsvoll: «Aber du mußt es doch gewußt haben, Mutter.» Als sie am nächsten Tag von der Schule heimkam, lag ihre Mutter tot auf dem geblümten Wohnzimmerteppich – endgültig über ihre Kräfte strapaziert, war sie einem Herzschlag erlegen.

Eine Tante in New York City ermöglichte Elke ein Kunststudium am Cooper Union. Elke studierte anfangs Ölmalerei, um aber bald zu merken, daß ihr dazu das nötige Farbgefühl fehlte. Trotzdem fand sie die Anatomiekurse und das Zeichnen nach Gipsabgüssen und lebenden Modellen sehr gewinnbringend. Und sie lernte, ihre Skizzen aus dem bombardierten London in Kupferplatten zu ätzen und mit Fettkreide auf Lithostein zu übertragen. Immer wieder verarbeitete sie in den verschiedensten Techniken die Kraterlandschaften und die verstümmelten Menschen.

Eines Abends begegnete sie bei einer Vernissage Terence, der im Rahmen der GI-Bill am City College studierte und vier Treppen hoch im Greenwich Village wohnte. Groß und hager, trug er das Haar oben lang und kraus und an den Seiten kurz. Er hatte zu den ersten amerikanischen Soldaten gehört, die in Deutschland einmarschiert waren, und er war voller Wut über die Welt, die ihm die Generation seiner Eltern hinterlassen hatte. Um seiner Verachtung Ausdruck zu verleihen, war er der Liga der Kriegsgegner und der kommunistischen Partei beigetreten. Eine faszinierende Mischung aus Feuer und Eis, war er hinter seiner abgeklärten Fassade in ständigem brodelndem Aufruhr. Fast schon vom ersten Rendezvous an führte er sich wie ein Wachhund auf. Er sah die Wohnung ihrer Tante als sein Revier an, das er gegen alle Konkurrenten verteidigte, bis sie schließlich nachgab und ihn heiratete und in die westliche Dreizehnte Straße zog, wo sie dann wohnen blieben. Sie verwandelte den Dachboden über seiner Wohnung in ein Atelier, indem sie darin einen Zeichentisch und eine Druckpresse aufstellte.

Sehr bald bekam sie mit, daß Terence öfters nachts schreiend aufwachte. Im Lauf der Monate schilderte er ihr, was er in den Gestapo-Gefängnissen und Konzentrationslagern gesehen hatte, die seine Einheit befreite. Diese Geständnisse linderten zwar seine Alpträume, verschlimmerten aber ihre eigenen. Also versuchte sie, sich diese gräßlichen Visionen von der Seele zu schaffen, indem sie sie zu einer Serie von Holzschnitten verarbeitete, die ihr nebenbei einen hervorragenden Abschluß am Cooper Union eintrugen.

Terence war der Schrecken aller Gastgeber. Er konnte einfach keine leichte Konversation machen, und die ernsthaften Gespräche, die er begann, wuchsen sich meist zu Streitereien aus. Zu seinem Wohlbefinden brauchte er das Gefühl, einer bedrängten Minderheit anzugehören. Als in den sechziger Jahren eine allgemein politische Klimaverschiebung nach links einsetzte, begab sich Terence, statt nun endlich die Früchte seiner Leiden in der McCarthy-Ära zu genießen, postwendend unter die Befürworter des Vietnamkriegs, und zwar mit dem Argument, daß etwas, was bei fünfundsechzig Prozent der Amerikaner auf Ablehnung stieß, nur gut sein konnte. Mit diesem zwanghaften Häretikertum Schritt zu halten fiel Elke schwer.

«Warum hältst du nur an dieser hoffnungslosen Schwärmerin fest?» hatte Terence sie am Vorabend gefragt, als sie an ihrem Küchentisch mit dem Eichenholzfuß saßen und zu Abend aßen und sie schweigend in ihren Kummer über Cleas Roches Ridge-Trip versunken war. Er linste über seine wie immer auf halber Höhe seines Nasenrückens thronende Brille hinweg, mit einer Miene, die deutlich sagte, wie praktisch und zuverlässig und ihrer ungeteilten Zuwendung würdig *er* doch war. Er liebte es, sie allein oben bei ihrer Arbeit zu wissen, während er unten saß, sich in die Greuelmeldungen der Weltpresse vertiefte und sie vor störenden Eindringlingen beschützte wie ein Eunuch, der den Eingang zum Serail bewacht.

«Weil ich sie liebe.»

«Dann bist du noch närrischer als sie.»

«Zweifellos.» Es verblüffte Elke immer wieder, wenn sie merkte, daß Terence nach wie vor eifersüchtig auf Clea war. Es war doch offensichtlich, daß er auf bestimmten Ebenen gewonnen hatte – während er auf anderen gar nicht erst in den Ring gestiegen war. Die Zeit, da sie mit dem Gedanken gespielt hatte, ihn wegen Clea zu verlassen, lag schon lange zurück. Sie war sein, bis daß der Tod sie scheiden würde. Der Glückspilz!

Während sie mit dem Daumennagel ihre Fingernägel reinigte, ließ sie, den Kopf zurückgelehnt, den Blick auf den Regentropfen ruhen, die über das streifige Dachfenster kullerten. Es stimmte. Sie war eine Närrin, genauso besessen von Clea wie Clea von Roches Ridge. Aber wenn Clea ihre ganze Energie auf einen konzentrierte, wurde man mit hineingezogen in ihr inneres Drama, das den Alltag in einen einzigen Mardi gras verwandelte. Clea war ein bunter Schmetterling, der von Garten zu Garten flatterte, auf der Suche nach der vollkommenen Blüte. Elke dagegen war eine Termite, die im Dunkeln am fauligen Holz nagte. Aber Elke wußte, daß sie ganze Gebäude zum Einstürzen bringen konnte, während Cleas prächtige Blüten, so vollkommen sie auch sein mochten, doch zwangsläufig irgendwann welkten und faulten.

Auch wenn Clea nie lange genug vor Ort blieb, um dem Verfall beizuwohnen. Selbst ihre Fotos waren zum allergrößten Teil geschönt. So wie die von Elke für den *American Artist*, die sie mit Weichzeichner und schmeichelhafter Ausleuchtung aufgenommen und dann noch retuschiert hatte, um nur ja die Falten und Schönheitsfehlerchen verschwinden zu lassen. Elke hatte noch nie einen Menschen gesehen, der es schaffte, so viel zu reisen und dabei so wenig zu lernen. Clea war so damit beschäftigt, in ihrem Kopf verlockende Urlaubsprospekte zu gestalten, daß sie die schlimmen Dinge gar nicht bemerkte, die ihr förmlich ins Gesicht sprangen. Als die Shawns in Bombay gelebt hatten, inmitten verkrüppelter Bettler, die auf den Straßen verhungerten, hatte Clea die prunkvollen Relikte der britischen Kolonialherrschaft fotografiert. Dieser Gemütsunterschied war wohl auch der Motor ihrer Beziehung: Clea war der Kolben, Elke der Zylinder.

Elke erinnerte sich, wie sie Clea zum erstenmal gesehen hatte, vor siebzehn Jahren, in der Eingangstür zu ihrem Atelier: groß und hager, mit langem, welligem schwarzem Haar, dunklen Augenbrauen und langen Wimpern. Sie hatte ein bodenlanges schwarzes Kapuzencape mit rotseidenem Futter an und sah aus wie eine melodramatische Clara Barton. Die Foto-Session dauerte Stunden, da Clea ständig Kamera, Objektiv, Film und Beleuchtung wechselte. Während Elke alle nur erdenklichen Posen – sitzend, liegend, hockend, auf einer Leiter thronend – einnahm, erzählte Clea in einem heiseren Alt, der Elke förmlich elektrisierte, von ihren Kindern. Trotz des ganzen Aufwands zeigten die Fotos schließlich weiter nichts als eine freundlich dreinschauende, auf sehr konventionelle Weise attraktive Frau mit glatter Haut. Elke war zwar ein wenig geschmeichelt, vermochte aber in diesen Porträts kaum die Person wiederzuerkennen, die damals gerade Holzschnitte von gepeinigten vietnamesischen Frauen und Kindern für Antikriegsplakate produzierte. Irgendwie reduzierte es die Session mit Clea im nachhinein auf das Niveau einer belanglosen sexuellen Begegnung – Technik statt Nähe.

Von da an blieben sie in ständigem Kontakt, und Elke fing an zu leiden, wenn sie sich trennten, weil sie nach der Erfahrung mit ihrer Mutter im tiefsten Grund ihrer Seele davon ausging, daß sie Clea nicht mehr gesund und munter wiedersehen würde. Zu der Zeit steckten Clea und Turner gerade in der ewigen ehelichen Monogamie-Debatte. Elke erschienen letztlich beide Seiten unreif. Diese bizarren amerikanischen Moralvorstellungen, für die so altehrwürdige europäische Erfindungen wie Steuerhinterziehung und außerehelicher Sex schlichtweg «Betrug» waren, deprimierten sie eher. Aber natürlich war sie auch noch nie mit diesem Problem konfrontiert worden. Terence war, soweit sie wußte, zwanghaft treu. Manchmal wünschte sie sich, er würde einen Teil seiner Aufmerksamkeit irgendeiner knackigen Studentin zuwenden.

Clea hingegen litt unter Turners «Promiskuität», also bemühte sich Elke nach Kräften, sie zu trösten. Turner war ein netter Kerl, aber ein Luftikus – ein charmanter, gewandter, blondschopfiger Geschäftsmann, neben dem Terence wie ein Troll wirkte. Er interessierte sich nicht für Cleas empfindsame Seele mit all ihren verschlungenen Windungen. Alles, was er wollte, war ein geneigtes Ohr, ein bereitwilliger Körper und ein sauberes Haus, wenn er von seinen Reisen heimkehrte. Elke und Clea fingen an, von einem Gemeinschaftsatelier zu reden, das sie sich in einem benachbarten Loft einrichten wollten, und Elke spielte mit dem Gedanken, daß sich daraus vielleicht ein weitergehendes Zusammenleben entwickeln könnte.

Aber es gab da zwei Stolpersteine: Kate und Theo. Für eine Stunde waren die Kleinen ja ganz bezaubernd. Elke saß oft auf Cleas Sofa und skizzierte sie, wie sie spielten oder, auf Cleas Schoß, die Arme um ihren Hals, hartnäckig Ansprüche geltend machten, die Vorrang vor ihren eigenen hatten. Aber das Ganze rund um die Uhr erschien ihr denn doch ein bißchen viel. Im großen und ganzen empfand Elke ihre Aufenthalte in Turtle Bay wie Besuche in einem Frauengefängnis. Ihre Arbeit verlangte von ihr, daß sie so lange unter Wasser blieb, bis der Krake sich zeigte. Und dieses Untertauchen wiederum setzte das Vertrauen voraus, daß sich oben kein Taifun zusammenbraute. Das Leben mit Kleinkindern war aber ein einziger Taifun.

Inzwischen war die körperliche Anziehung so heftig geworden, daß Elke sich Clea gegenüber fühlte wie ein Häufchen Nägel, das der Kraft eines Magneten ausgesetzt ist. Elke versuchte, sich zurückzuziehen, weniger oft anzurufen, Essensverabredungen abzusagen, aus Angst, wohin diese Gefühle sie führen mochten. Sie igelte sich in ihrem Atelier ein und bemühte sich, aus ihren Skizzen von Clea und den Kindern eine Radierung oder eine Lithographie zu destillieren. Aber sie scheute sich lange, Clea das Ergebnis zu zeigen.

Die Anstrengung, die es sie kostete, sich von Clea fernzuhalten, begann, ihren Zoll zu fordern. Elke bekam Migräne. Schließlich konnte sie nicht mehr, und so landete sie unglücklichen Herzens mit Clea auf Saint John und dem Bett unter dem großen hölzernen Ventilator.

Und dann wurde Turner nach Paris beordert, und Clea ging weg, als wollte sie sie für jenen qualvollen Nachmittag bestrafen (der doch als solcher schon Strafe genug gewesen war). Cleas Briefe waren frisch-fröhlich, und schon nach kurzer Zeit hatte sie eine Affäre mit einem belgischen Journalisten, dem sie zweifelsohne in ihrem grauenhaften Französisch süße Nichtigkeiten ins Ohr flüsterte. Wie ein Suchscheinwerfer hatte sich ihre Aufmerksamkeit anderswohin gerichtet. Elke suchte Trost bei Terence, froh, sich darauf verlassen zu können, daß er immer dasein würde, um ihr mit seiner Allgegenwart auf die Nerven zu fallen.

Dieser Nachmittag auf Saint John verfolgte sie noch immer. Manchmal empfand sie ihn als verpaßte Chance, dann wieder fühlte sie sich glücklich davongekommen. Sie hatte zwar absolut nicht den Drang, ihre Tage als Barrikadenkämpferin für gesellschaftliche Veränderungen zuzubringen, aber wenn sie und Clea damals in der Lage gewesen wären, einfach zu tun, was sie wollten, und eventuell fallende Späne in Kauf zu nehmen, dann hätte sie vielleicht Terence verlassen, um mit Clea zu leben. Oh, sie liebte Terence. Er war so voller hehrer Prinzipien wie die Verfassung der Vereinigten Staaten. Aber mit Clea bewegte sie sich in ganz anderen Höhen. Manchmal kam sie sich vor wie ein Heißluftballon, den Cleas Feuer prall aufblähte und himmelwärts streben ließ, während Terence ihn mit den Tauen der Gewohnheit und der trauten Häuslichkeit am Boden festhielt.

Aber es war nicht einfach nur ein simples Dreieck. Es war ein kompliziertes Kaleidoskop aus vielerlei geometrischen Formen und schloß Ehepartner, Kinder, sonstige Freunde und Freundinnen und Geliebte ein. Dreiecke waren Konstellationen für junge Leute. Die älteren, mit ihrer komplexen Vergangenheit und ihrem Drang, möglichst viel Leben in sich hineinzuschlingen, ehe das Grab sie verschlang, steckten oft in Gefügen, die nicht minder kompliziert waren als die Doppelhelix. Daß solche Arrangements in «Das kleine Haus auf der Prärie» nicht vorkamen, bedeutete noch lange nicht, daß sie nicht weit verbreitet waren. Diese wurzellosen Amerikaner hatten zwar ihre vielgepriesenen erweiterten Familien, aber diese Bande waren weit häufiger emotionaler als verwandtschaftlicher Natur.

Elke betrachtete seufzend ihre neue Skulptur neben der blauen Gasflasche für den Schweißbrenner. Ein schreiender Säugling auf einem Wald von Bajonetten, die zu von anonymen Männerhänden emporgestreckten Gewehren gehörten. Sie hatte das Werk «Und wehret ihnen nicht» genannt. Der Titel gefiel ihr, aber das verdammte Ding selbst taugte nichts. Die Balance stimmte nicht, und das Sujet war abgedroschen. Sie hatte das alles schon bearbeitet: Kindermord, Vergewaltigung und Verstümmelung. Sie hätte am liebsten den Schweißbrenner genommen und die schroffen Metallteile wieder auseinandergetrennt. Aber dann fiel ihre ein, daß es Abend war. Um diese Tageszeit, wenn ihre Energie verbraucht war, fand sie ihre Werke immer gräßlich. Morgen, wenn sie wieder aufgetankt hatte, würde sie sich vielleicht in die Hände spucken und darangehen, die Linien und Proportionen zu korrigieren.

5 Astrid Starr

Astrid Starrs IGA-Lebensmittelmarkt war das Kontrollzentrum von Roches Ridge. Astrid regulierte den Fluß der Gerüchte innerhalb des Ortes, so wie Trooper Trapp den des Verkehrs regelte. Es war ihre Form von Dienst an der Öffentlichkeit. Obwohl die High-School-Knaben, die die Regale auffüllten, diesen Job ebensogut auch noch hätten machen können, zog Astrid es vor, sich in ihrem dunkelblauen Polyacrylblazer mit dem «IGA loves you»-Aufnäher auf der Tasche persönlich an die Kasse zu setzen. Während sie die Posten eintippte und die Summentaste betätigte, gab sie die kleinen Klatsch-Nuggets weiter, die sie aus den Gesprächen mit den letzten Kundinnen herausgesiebt hatte. Alle paar Monate stoppte sie, ähnlich wie bei einer Brandschutzübung, wie lange es dauerte, bis ein von ihr selbst in Umlauf gesetztes Gerücht wieder zu ihr zurückkehrte. Der Rekord (gehalten von Sonny Coffin, der gerade von Forest Lawn nach Roches Ridge zurückgekommen war und den Plan mitgebracht hatte, im Heuschober seines Großvaters ein Krematorium einzurichten) stand bei dreiundvierzig Minuten.

In jüngster Zeit hatte sich ein großer Teil der Neuigkeiten um die Frau im grünkarierten Holzfällerhemd gedreht, die soeben mit umgehängter Kamera durch die Glastür hereinkam. Eine Immobilienspekulantin, sagten die einen, die Calvins Haus herrichtete, um es teuer wieder zu verkaufen. Die besorgte Mutter einer der Lesben drunten am Mink Creek, sagten andere. Die Vorhut der Wiedergeborenen droben am Granit Gap, die Roches Ridge im Namen Christi übernehmen wollten und mit Calvins Haus angefangen hatten. Eine FBI-Agentin, die Alvin Jacobs Kommunisten drüben im Camel's Hump College observierte. Die Gerüchte schwirrten so zahlreich durch die Gegend wie Fledermäuse an einem Sommerabend. Aber jetzt, so hoffte Astrid, würde sie endlich die Wahrheit aus ihr herausholen und in Umlauf setzen können.

Während Clea ihren Einkaufswagen durch den Gang bei den Obstkonserven schob, blätterte Astrid, leise «Some Enchanted Evening» summend, in dem mit der Morgenpost angekommenen Prospekt der Royal Viking Line. Sie nannte die vollständigste Reiseprospektsammlung in der ganzen Stadt ihr eigen. Ihr derzeitiger Traum war es, mit dem Schiff von Vancouver nach Anchorage zu fahren. (Ursprünglich hatte es sie ja zu den griechischen Inseln gezogen, aber nachdem die Araber den armen Klinghoffer über Bord geworfen hatten, war sie doch lieber auf ein anderes Meer umgestiegen.) Sie sah es alles vor sich: die Rumba unter dem großen Bären, Aerobics an Deck, die interessanten Mitpassagiere aus Iowa und Alabama.

Vor zwei Jahren hatten Astrid und Earl als Hochzeitsreise eine Kreuzfahrt zu den Hawaii-Inseln gemacht, auf der *Norwegian Star*, zusammen mit einer Gruppe Elks und Elkettes. Man hatte noch Extraausflüge buchen können, wenn das Schiff anlegte. Zum Beispiel eine Busfahrt in den tropischen Regenwald, zwecks Besichtigung seltener Orchideen, oder einen Hubschrauberflug über einen noch aktiven Vulkan. Aber darauf waren Earl und sie natürlich nicht scharf gewesen. Earl hatte es am besten in Pearl Harbour gefallen, weil da keine Japse herumliefen. Aus einem der Souvenir-Shops dort hatte er seinen weichen australischen Armeehut mit der Emufeder im Lederband.

Für sie war der Höhepunkt das Lu'au gewesen. Während das Schwein in seiner Erdmulde vor sich hin gebraten hatte, hatten sie und ein paar Elkettes, mit Blumenketten um den Hals, die Filmmusik von *South Pacific* mitgesungen. Nach ihrer Rückkehr hatte sie die arme kleine Angela McGrath gebeten, ihr *South Pacific* auf der Harfe vorzuspielen, in der Hoffnung, daß es sie vielleicht ein bißchen von ihrer ewigen Trauer um ihr kleines Söhnchen ablenken würde. Den ganzen Frühling und Sommer hindurch plätscherte jetzt diese Harfenmelodie über die Grünanlage und durch die ganze Stadt. Dagegen war die Musikberieselung in den großen Einkaufszentren gar nichts.

Wenn es nach Astrid gegangen wäre, hätten Earl und sie sich sofort nach Alaska einschiffen können. Aber obwohl sie eine wohlhabende Erbin war, lag ihr doch daran, nach außen hin als normale Bürgerin aufzutreten. Ihr Großvater hatte um die Jahrhundertwende, als es überall Mißernten gegeben hatte, Lebensmittel gegen Farmland eingetauscht. Ihr Vater hatte dann dieses Land an Baugesellschaften verkauft. Das Skigebiet von Alpine Glen, die Colonial Manor Estate-Siedlung und die Xerox-Werke waren allesamt auf ehemaligem Starr-Land entstanden.

Für Earl und für Astrid war es die zweite Ehe. Earls erste Frau war mit dem Dachdecker durchgebrannt, der die Schieferschindeln durch Asphaltschindeln ersetzt hatte. Astrids erster Mann Homer war an Diabetes gestorben. Er hatte jahrelang beim Bestücken der Regale kartonweise Würfelzucker genascht.

Astrid war in grauer Vorzeit mit Earl Atkins auf die Mink Valley High School gegangen, und sie hatten sich nie angeschaut. Aber als sie dann beide wieder solo waren, funkte es plötzlich. Wenn Earl im Laden durch die Kasse war, lungerte er immer noch ein bißchen herum und half ihr beim Einpakken der bezahlten Ware. Irgendwann kapierte sie dann endlich. Sie lud ihn zum Essen ein. An dem Abend fand sie dann zum erstenmal seinen Bauch, der sich wie ein Bovist über seinem Gürtel wölbte, richtig niedlich. Er sagte, daß er sie schon seit ihrer gemeinsamen Schulzeit liebe und sogar heimlich Gedichte für sie geschrieben hätte. Er zog ein paar Zettel heraus und las laut vor: «Schöner als des Sommers Pracht / strahlender, als die Sonne lacht / geheimnisvoller als der Mond bei

Nacht / bist du, geliebte Astrid.» Da überkam sie auf einmal der Wunsch, seinen Bauch zu tätscheln, und eins führte zum anderen, und da waren sie nun – Roches Ridges ältestes Turteltaubenpärchen. Zusammen würden sie die ganze Welt sehen. Wenn sie es nur erst schafften, aus dieser Stadt herauszukommen.

Earl hatte seinen Frisiersalon an Jared McQueen verkauft, der vor kurzem nach zwei Jahren im Salon Yankee Clipper in Albany wieder heimgekommen war. Earl hatte zwar einigermaßen beunruhigt zugesehen, wie Jared die geringelte Stange draußen herausgerissen und auf die Markise statt EARLS BARBERSHOP nunmehr MANE MAGNIFIQUE geschrieben hatte. Aber Jared beabsichtigte, einen Uni-Sex-Salon à la Yankee Clipper aufzuziehen. Die Skiurlauber aus Alpine Glen würden keinen ordinären Barbershop aufsuchen. Man konnte sich eben dem Fortschritt nicht entgegenstemmen. Jetzt organisierte Earl die Wahl der Miss Teenage von Roches Ridge, und außerdem entwarf er eine neue Anordnung der Warenregale für den IGA. Mit dem Grand-Union-Markt an der Überlandstraße 7, mit seiner Salatbar, seinen Riesenkekstrommeln mit Bridge-Luxusmischung und seinen allmonatlichen Single-Abenden konnte man es sich nicht leisten, auf der Stelle zu treten.

Waneeta Marsh knallte einen Sechserpack Diät-Cherry-Coke auf den Kassentisch und griff nach den Tiefkühl-Banquet-Dinners in ihrem Einkaufswagen. Astrid legte den Royal-Viking-Prospekt weg. «Schön heute», meinte Waneeta, während sie mit einer Hand an dem waldgrünen Dior-Strickkleid zupfte, das sich straff über ihrem Busen spannte.

«Richtig wie im Frühling.»

«So isses.»

«Bei Polly war's gestern soweit, hör ich?»

«So isses. Ein Mädchen. Ich find sie ja immer so süß, wenn sie klein sind.»

«Aber irgendwann werden sie groß», murmelte Astrid, während sie dachte, daß es in Roches Ridge schon jetzt zu viele ausgewachsene Marshs gab. Astrid drückte die Summentaste, als zünde sie eine Sprengladung unter dem Marshschen Haus.

«So isses. Aus Kindern werden Leute.» Waneeta lächelte, und ihre strahlend blauen Augen leuchteten wie fluoreszierende Murmeln in Plätzchenteig. Sie streckte Astrid ein Heftchen mit Lebensmittelgutscheinen hin.

Ärgerlich riß Astrid ein paar heraus. Wieso bezog Waneeta diese Dinger immer noch, mit drei erwachsenen Söhnen? Manche Menschen hatten eben einfach keinen Funken Stolz im Leib und machten sich einen Sport daraus, die sauer verdienten Steuerdollars ihrer Nachbarn einzuheimsen. Immer wenn es umsonst Käse, Butter oder Reis aus staatlichen Beständen gab, sah man Waneeta, einem runden Heuballen auf zwei Beinen ähnelnd, in der Schlange vor dem Rathaus stehen. Wahrhaftig kein erfreulicher Anblick. Waneeta schämte sich nicht mal, die Kleider von Unfallopfern zu tragen, aus den Koffern in den Autowracks, die ihr Sohn Ray vom Interstate Highway nach Hause schleppte. Oft genug konnte man sie in einem Modellkleid putzen gehen sehen. Sie rieb Astrid ihre Armut unter die Nase, damit sie ein schlechtes Gewissen kriegen sollte, weil die Starrs ein hübsches Sümmchen mit einstigem Marsh-Land gemacht hatten, und vergaß dabei völlig, daß Astrids Großvater ihren Großvater während der 92er Killerkälte, als es rund ums Jahr geschneit hatte, vor dem Hungertod gerettet hatte.

«Und hat Polly sich schon einen Namen überlegt?» Die Marshs hatten immer Schwierigkeiten, Namen für ihre Babies zu finden. Als Waneeta ihre Zwillinge bekommen hatte, mußte die Hebamme ihr schließlich Dampf machen, weil sie die Namen für die Geburtsurkunden brauchte. Waneeta hatte auf das Etikett ihrer Kittelschürze geguckt und verkündet, die Mädchen sollten Polly und Esther Marsh heißen. Die Söhne, die danach gekommen waren, hörten auf die Namen Orlon, Rayon und Dacron.

«Vielleicht April.»

«Das ist ein hübscher Name», sagte Astrid, während sie das Cherry Coke in eine Tüte packte.

«Ich hab ihr gesagt, wenn sie nicht bald damit zu Potte kommt, muß sie's May nennen», sagte Waneeta, die jetzt die restlichen Lebensmittelgutscheine in ihre weiße Plastikhandtasche zurücksteckte.

«Das ist aber auch ein hübscher Name, May. So heißt die alte Mrs. Murphy. Und? Schon was von Calvin gehört, Waneeta?»

«Glaub nicht, daß der noch mal von sich hören läßt. Calvin ist weg und basta.»

«Er ist schon komisch geworden, der alte Calvin, seitdem Boneeta tot ist.»

«Na ja, Boneeta hat ihn bei der Stange gehalten. Wie sie nicht mehr da war, haben wir von heut auf morgen nichts mehr von ihm gesehen. Nur manchmal hat er sich nachts zu uns rübergeschlichen und unser Insektenlicht ausgeschossen.» Waneeta lud ihre Tüten wieder in den Einkaufswagen.

«Dahinten ist übrigens eure neue Nachbarin. Drüben bei den Ameisenfallen.»

Waneeta reckte den Hals, um die große, dunkelhaarige Frau in ihrem steifen neuen Holzfällerhemd sehen zu können. «Heute morgen hat es bei Calvin drüben fürchterlich gerumst. Wahrscheinlich ist die Wanne endlich in den Keller gekracht. Muß ja ein schöner Saustall sein, da unten drin. Calvin hat seinen Müll immer einfach dort hingekippt, wenn's ihm zu kalt war, ihn rauszuschaffen.» Waneeta schob ihren Wagen in Richtung Tür. «Na dann, bis demnächst, Astrid.»

Astrid nickte und musterte die Schaufensterdekoration, an der Waneeta jetzt gerade vorbeiging. Schlittschuhe, ein Yankee-Flyer-Schlitten, Schal und Handschuhe und drum herum die passenden Artikel: Swiss-Miss-Kakao-Mix, Lippenpomade, Wick VapoRub. Für die Zuckerzeit-Dekoration war es wohl auch schon zu spät. Die Jahreszeiten flogen so rasch vorüber, daß Astrid nicht mehr hinterherkam.

Clea Shawn stand jetzt an der Kasse mit mehreren Kalorienspar-Fertiggerichten, zwei Flaschen Zitronen-Perrier und einer Packung Abflußfreiflüssig. Sie war gerade auf Diät, sie trank nicht, sie erwartete keinen Besuch zum Wochenende, und ihre Abflüsse waren verstopft, aber nicht so schlimm, daß ein Klempner her mußte. Zeig mir den Einkaufswagen eines Menschen, pflegte Astrid immer zu Earl zu sagen, und ich sag dir alles über ihn.

«Schön heute», bemerkte Astrid.

«Ja, wunderbar.» Clea lächelte.

«Ich bin Astrid Starr.»

«Hallo. Ich heiße Clea Shawn. Freut mich.»

«Sie haben doch Calvins Haus gekauft?»

«Ja, und Sie können sich sicher vorstellen, was da an Arbeit auf mich wartet.»

«Das glaub ich Ihnen gern, Mrs. Shawn. Es soll wohl Ihr Ferienhaus werden?»

«Nein, ich will ganz hier wohnen. Mein Mann kann sich zwar noch nicht so ganz durchringen, aus New York wegzugehen, aber ich bin dabei, ihn zu bearbeiten.»

Mann, notierte Astrid im Geist. New York. «Und wie kommen Sie gerade auf Roches Ridge, wenn ich fragen darf?»

«Wir waren zum Skifahren in Alpine Glen und sind auf dem Rückweg hier vorbeigekommen, und ich habe mich gleich in diesen Ort verliebt. Ich habe noch nie ein hübscheres Fleckchen Erde gesehen. Und die Leute hier sind alle so nett.»

«Hmmm», sagte Astrid. Es war hier mal friedlich gewesen, ehe all diese Verrückten aufgetaucht waren. Diese ganzen Wiedergeborenen und Perversen und Lebensmittelmarken-Erschleicher und Roten. Da war es allerdings friedlich gewesen. Man hatte seine Kinder zum Spielen rausgeschickt und nicht vor dem Abend wiedergesehen. Jetzt würden sie womöglich mit AIDS heimgekrochen kommen.

«Nun ja, Sie leben schon immer hier», sagte Clea, während sie Geld aus ihrem Portemonnaie holte. «Da ist Ihnen vielleicht gar nicht so bewußt, wie gut Sie's hier haben.»

Astrid schaute auf ihren Royal-Viking-Prospekt. «Ehrlich

gesagt, Mrs. Shawn, steh ich mehr auf hübschen Fleckchen in wärmeren Gegenden, so wie Hawaii zum Beispiel.» Mrs. Shawn guckte verdutzt. Aber wie sollte sie auch ahnen, daß so ein verschlafenes Nest wie Roches Ridge eine Frau hervorgebracht hatte, die in sämtlichen Bundesstaaten gewesen war außer in Alaska und Nord-Dakota.

«Hawaii ist auch schön. Aber mir sind grüne Hügel lieber und klare Seen und Ahornwälder und jeden Tag klarer blauer Himmel.»

«Geschmackssache, Mrs. Shawn.» Astrid riß den Kassenzettel ab und ließ ihn dann in Cleas braune Einkaufstüte fallen, die den Aufdruck trug: SAG NEIN ZU DROGEN.

«Heute morgen ist wohl bei Calvin drüben die Wanne in den Keller gekracht?»

«Allerdings, aber woher wissen Sie das?»

«In kleinen Orten spricht sich so etwas schnell rum.»

«Gut, daß ich's weiß. Da muß ich mich ja wohl anständig benehmen.» Clea lachte.

Astrid sah sie forschend an, alle Antennen ausgefahren.

Maureen Murphy und ihre Mutter May wanderten jetzt in Zeitlupe am Schaufenster vorbei. Die alte Frau trug trotz der warmen Frühlingssonne einen dicken Mantel und glitzernde Überschuhe über den Stiefeln.

«Diese Frau ist wirklich eine Heilige», erklärte Astrid, bestrebt, der einstigen Rivalin gegenüber Großmut zu beweisen.

«Wer?»

«Da draußen, die Tochter. Maureen Murphy. Ich weiß noch, wie sie immer zur Schule gekommen ist: total abgerissen. Aber sie hält ihre Mutter pikobello ordentlich. Immer hübsche neue Überschuhe über den Stiefeln, damit kein Salz drankommt. Und jeden Tag, wenn sie drüben im Postamt Mittagspause macht, führt sie May um den Platz spazieren. Und sie reist mit ihr in die ganze Welt. Sie will immer Tips von mir. Wo doch die arme May sowieso Kalifornien nicht von Kalkutta unterscheiden kann. Alzheimer, wissen Sie.»

«Das ist eben in kleinen Orten noch anders. In New York würde die alte Frau auf einem U-Bahn-Lüftungsgitter schlafen und sich ihr Essen aus den Mülltonnen zusammensuchen.»

«Na ja, das mit den Mülltonnen hätte May ja schon verdient. Aber Maureen ist eine Heilige. Da gibt's nichts.»

6 Krankhafter Optimismus

Auf dem Weg nach draußen studierte Clea die mit Klebestreifen im Schaufenster ausgehängten Zettel: Mithilfe im Haushalt geboten, Heu zu verkaufen, Beagle entlaufen, Golden-Retriever-Welpen abzugeben. Clea notierte die Welpenadresse auf ihrer Einkaufstüte. Auf einem Plakat posierte eine grinsende Halbwüchsige im Badeanzug, mit Stökkelschuhen und einem Straßdiadem auf dem Kopf. FESTLICHE WAHL DER MISS TEENAGE VON ROCHES RIDGE – RATHAUS, 8. APRIL, 20 UHR.

«Das dürfen Sie nicht verpassen», rief Astrid ihr von der Kasse aus nach. «Da gehen alle hin.»

Clea nickte und warf noch einen letzten Blick auf Astrid, die in ihrem dunkelblauen Polyacrylblazer wie ein solider Straßenbriefkasten aussah, mit dem Mund als Schlitz. Diese Frau war eine Nachbarin, die sie von jetzt an, solange sie beide lebten, Woche um Woche sehen würde. Dieser Gedanke, der ihr in Poplar Bluffs so erdrückend vorgekommen war, erschien ihr jetzt tröstlich. Ihre bisherigen Familien mochten sich aufgelöst haben – zuerst die in Poplar Bluffs und jetzt die in New York. Aber ab jetzt würde Roches Ridge ihre Großfamilie sein, eine, die sie sich selbst gesucht hatte und die ihr für die ihr noch verbleibenden Jahrzehnte erhalten bleiben würde.

Clea nickte May und Maureen Murphy zu, die sich zum Bump-bump von Mays Aluminium-Gehgestell den Bürgersteig entlangarbeiteten. May trug eine Brille, deren Gläser so dick waren, daß ihre Augen dahinter verschwammen, und

Hörgeräte in beiden Ohren. Durch ihr dünnes weißes Haar schimmerte rosige Kopfhaut. Der Mund war eingeschrumpelt wie bei einem faulenden Kürbiskopf. Maureen hatte ausgeprägte senkrechte Falten über der Nasenwurzel und zusammengepreßte Lippen. Ergrauende Ponyfransen klebten, von einem Streifen Tesafilm gehalten, platt an ihrer Stirn.

Also wußte schon die ganze Stadt, daß ihre Badewanne in den Keller gekracht war, dachte Clea, während sie über die Straße ging. In New York City war jeder ständig auf der Suche nach irgend jemandem, vor dem er sein Privatleben ausbreiten konnte. Auf der Straße hielten einen Bag ladies an, um einem in allen Details den Hergang ihres Abstiegs zu schildern. In Kleinstädten verwandte man dagegen seine Energie darauf, sein Privatleben nach außen abzuschirmen.

In Poplar Bluffs hatte diese Kunst solche Vollendung erreicht, daß Clea über dreißig hatte werden müssen, um dahinterzukommen, daß ihre Mutter am Alkohol gestorben war. Eine alte Tante hatte schließlich, den Blick über den Ohio auf die Kalkfelsen von Kentucky gerichtet, die Katze aus dem Sack gelassen, indem sie bemerkt hatte: «Tragisch, die Trinkerei deiner Mutter.»

Das erklärte eine Menge Dinge, die sich für Clea mit ihrer scheinbar so privilegierten Kindheit verbanden – die gedämpften nächtlichen Auseinandersetzungen, die ausgefallenen Mahlzeiten und Ausflüge, die mit lahmen Erklärungen begründeten Übelkeiten und Verletzungen. An manchen Tagen nahm die Mutter, in ihren korallenroten Morgenmantel gewandet, Clea in ihre Arme und barg sie unter einem Zelt aus langen schwarzen Haaren. An anderen wandte sie sich nur angewiderten Blicks von ihr ab. Und Clea gelobte im stillen, die Kleinen ruhig zu halten und ihre Spielsachen im Garten einzusammeln. Einmal warf sie sich ihrer Mutter zu Füßen und flehte sie an: «Ich tu ja alles, was du willst, Mutter, wenn du nur nicht mehr böse bist.» Die meiste Zeit lag ihre Mutter mit Kopfschmerzen im Bett. Aber wenn sie dann auftauchte, elegant zurechtgemacht, weil Gäste kamen, in einem smaragdgrünen Futteralkleid, passend zu ihren Augen, dann war sie das wunderbarste Geschöpf auf Gottes Erdboden, und ihr Charme und Esprit bezauberten alle. Und wenn dann die Gäste wieder gegangen waren, pflegte Cleas Vater ihrer Mutter einen Highball zu mixen und ihr die Treppe hinaufzuhelfen.

Cleas Vater war immer gleichbleibend freundlich und fern. Als Präsident der landwirtschaftlichen Kreditbank ging er jeden Tag in Anzug und Weste und eleganten Schuhen zur Arbeit. Wenn jemand aus der Stadt von der Bank kein Darlehen bewilligt bekam, kam es vor, daß er sein eigenes Scheckbuch zückte. An den Balken ihrer hinteren Veranda baumelten oft Landschinken, die dankbare Bauern gebracht hatten. Dank Ulla, der schwedischen Haushälterin, war das Haus immer ordentlich und das Essen pünktlich auf dem Tisch. Sonntags spazierte die ganze Familie paarweise zur presbyterianischen Kirche, wo der Pfarrer nicht selten Cleas Vater von der Kanzel aus pries.

Cleas Mutter, die auf dem College durch hervorragende Leistungen geglänzt hatte, hatte eigentlich Jura studieren wollen. Aber ihr Vater, selbst Anwalt, hatte sich dagegen gesträubt, weil er meinte, daß das Rechtswesen für Frauen viel zu hart sei, und so hatte sie eine Ausbildung als Bibliothekarin gemacht. Aber dann bestand ihr Mann darauf, daß sie zu Hause bei den Kindern blieb. Und sie liebte jedes ihrer Babies abgöttisch und hätschelte und päppelte es den ganzen Tag. Bis es zwei Jahre alt war und anfing zu laufen und zu sprechen und einen eigenen Kopf zu haben. Dann verlor sie das Interesse und legte sich mit Kopfschmerzen ins Bett, bis sie wieder schwanger wurde.

Clea nahm die freudige Nachricht jedesmal mit Verzweiflung auf, weil sie immer das Gefühl hatte, daß sie ihre Mutter gerade mühsam durch die letzte Schwangerschaft gebracht hatte und daß die nächste genauso enttäuschend enden würde. Clea half Ulla, die kleinen Geschwister zu baden, und guckte mit ihnen «Ozzie und Harriet» und «Vater ist der Beste» an.

Sie las ihnen zum Einschlafen «Klein-Lulu»-Geschichten vor und buk ihnen Erdnußbutterkekse mit Schoko-Küßchen obendrauf. Sie lehrte sie radfahren und kraulen und Wer-kickt-die-Dose-um spielen. Und wenn sie zu ihren Freundinnen ging, liefen sie alle wie die kleinen Entchen hinter ihr her. Und wenn sie dann mit ihnen schimpfte und sie blöde kleine Babies nannte, gingen sie trotzdem nicht weg. Als sie dann älter wurden, war es an Clea, sie im Pausenhofprotokoll zu unterweisen und mit ihnen Büstenhalter oder Monatsbinden kaufen zu gehen.

Heute beteuerten ihre mittlerweile erwachsenen Geschwister, sie sei genauso gewesen wie Lucy aus den «Peanuts». Wenn sie Zirkus gespielt hatten, hatte sie darauf bestanden, die große Nummer am fliegenden Trapez zu sein. Beim Indianerspielen hatte sie die rituellen Tänze getanzt, während die anderen zugeguckt und getrommelt hatten. Waren sie ein Kavallerieregiment gewesen, hatte Clea als der kühne Colonel alle Heldentaten eigenhändig vollbracht. Und in ihrem Spielhaus hinten im Garten war Clea der Vater der Pionierfamilie gewesen. Auf Ausflügen hatte sie die Sitzordnung im Auto geregelt – ein Kind vorn zwischen den Eltern, zwei hinten auf dem Boden, zu beiden Seiten des Kardantunnels, drei auf der Rückbank und sie selbst hinten auf der Ablage. Auf ihr Kommando hatten sich die drei auf der Rückbank und sie selbst heruntergerollt und die zwei auf dem Boden beinahe zerquetscht. Kurzum: gegen ihre Herrschsucht war Stalin ein Würstchen.

In der Schule war Clea Klassensprecherin und Präsidentin mehrerer Clubs gewesen. Sie hatte fast jedes Buch in der Bibliothek gelesen, *Sturmhöhe* sogar fünfmal. Im Unterricht tat sie immer aufmerksam, während sie im Geist auf einem Floß den Ohio hinuntertrieb, nach Cincinnati, wo sie am Anlegekai von einer freundlichen älteren Frau in Empfang genommen wurde, die aussah wie Harriet Nelson und sich erbot, ihr zu zeigen, wie man einen Lidstrich auftrug. Cincinnati selbst war voller schikker Menschen, die in Restaurants speisten, wo Zigeunermusikanten das «Ave-Maria» auf der Geige spielten.

Als Clea dann wirklich nach Cincinnati kam, mit den Pfadfinderinnen der Junior High School, mußte sie tieferschüttert feststellen, daß es genauso war wie Poplar Bluffs, nur größer. Und von Harriet Nelson war keine Spur zu sehen.

Wenn Clea danach im Klassenzimmer gesessen und sich ihre Flucht aus Poplar Bluffs auszumalen versucht hatte, war das Floß jedesmal gekentert. Deshalb hatte sich ihre Phantasie nach und nach dahingehend gewandelt, daß sie nun zu Fuß floh, und zwar in die entgegengesetzte Richtung, nach New York City. Dort würde sie in einem Penthouse wohnen, mit Blick auf den Central Park, und ein charmanter Mann, der aussah wie Robert Young in «Vater ist der Beste», würde ihr Highballs auf der Terrasse mixen, während drunten die Lichter der Großstadt funkelten. So hatte ihr Herz zum erstenmal seine Plastizität offenbart, indem es überlebte Träume rasch in neue umgewandelt hatte.

Ein Stoppschild vor ihr an einer Ecke der Grünanlage. Jemand hatte unter das STOP gesprüht DEM KRIEG DER STERNE. Das wiederum war durchgestrichen und durch DER GEWALT GEGEN FRAUEN ersetzt worden. Ein Gespann aus zwei Ackergäulen klapperte an der Kanone aus dem Krieg von 1812 vorüber. Ein muskulöser junger Mann in ausgeblichenen Jeans und ebensolcher Jeansjacke stand auf dem Wagen und hielt die Zügel. Clea setzte ihre Einkaufstüte ab und schoß mehrere Aufnahmen mit dem Zoom. Heutzutage noch Pferdegespanne – das war wirklich erstaunlich. Welche Art kleinstädtischer Rituale mochten auf diesem Platz stattfinden? Wettfiedeln? Blaskapellenkonzerte?

Als Clea den Platz überquerte, unter den sich leise wiegenden Ästen der stattlichen alten Ulmen, erblickte sie zwei junge Frauen in wattierten Parkas auf den Stufen des viktorianischen Musikpavillons, der mit seinem Kuppeldach, seinem gedrechselten Geländer und seinem feinen Gitterwerksockel ein kleines Wunderwerk war. Die eine rief dem Burschen auf dem Wagen zu: «Na, Gordon, immer feste am Arbeiten?»

«Kann ja nich immer nur Feste feiern!» rief er zurück, wobei ein sympathisches Grinsen sein bärtiges Gesicht erhellte.

Drei kleine Hosenmätze krabbelten auf der Kanone herum und zwischen den Beinen des bronzenen Bürgerkriegssoldaten hindurch, um dessen Betonsockel sich in erhabenen Lettern die Aufschrift zog: ROCHES RIDGE GEDENKT SEINER TAPFEREN SÖHNE. Auf drei Seiten waren die Namen der Gefallenen aus dem Bürgerkrieg, dem Ersten und dem Zweiten Weltkrieg aufgelistet. Die vierte Seite war leer. Zweifellos harrte sie der Resultate des Dritten Weltkriegs. Clea stellte abermals ihre Einkäufe ab und fragte die Frauen, ob sie etwas dagegen hätten, wenn sie ihre Kinder fotografierte.

Während sie durch den Sucher schaute und die Belichtung regulierte, dachte sie, daß diese kleine Grünanlage eine Art Zeitkapsel war. Die jeweils jüngste Generation benutzte die Monumente, die ihr die vorangegangenen hinterlassen hatten, als Spielplatz. Diese Kinder waren vermutlich Nachkommen der ersten Siedler. Die Häuser, die diese Siedler errichtet hatten und die sich rings um diesen Platz scharten wie Planwagen um ein Lagerfeuer, waren noch intakt und bewohnt. Sie registrierte befriedigt das perfekte Arrangement der dunklen Kanone vor dem dreieckigen Frontgiebel des weißen Rathauses im Hintergrund.

Die Kinder erreichten den Gipfel der Verzückung, als sie jetzt von der Kanone hüpften. Clea begann, in rascher Folge zu knipsen, um sie mit ihren freudestrahlenden Gesichtern mitten im Sprung zu erwischen. Ihr flüchtiger Charme vor dem Hintergrund der ehernen Kanone und des altehrwürdigen Rathauses – was für ein toller Kontrast!

Während sie die unbefestigte Straße zu ihrem Haus entlangging und die Frühlingssonne warm auf den Schultern spürte, sann Clea befriedigt über die Fotos nach, die sie eben gemacht hatte. Durch die langjährige Übung und Erfahrung war ihr das Jonglieren mit den verschiedenen Momenten – Licht und Schatten, Vorder- und Hintergrund, Linien und Formen und emotionale Spannungsbögen – schon fast zur zweiten Natur geworden. Als sie noch jünger gewesen war, hatte sie eher auf eine Art MG-Technik gebaut und Film um Film verschossen, in der Hoffnung, daß, nach dem Wahrscheinlichkeitsgesetz, wenigstens ein brauchbares Bild dabei herauskommen würde. Inzwischen konnte sie oft schon den «entscheidenden Moment», wie Cartier-Bresson sagte, voraussehen: den Augenblick, in dem alle Elemente optimal zusammenstimmten. Plötzlich kam ihr der Gedanke, daß diese Fotos, zusammen mit anderen, die sie im Lauf der Zeit machen würde, ein interessantes Buch ergeben könnten: «1776 live», oder etwas in der Art. «Wo unsere Kolonialvergangenheit noch lebendig ist – ein kleiner Ort in Vermont...»

Clea hatte schon drei Bücher veröffentlicht – über Frankreich, Japan und Indien, wo sie gelebt hatte, während ihr Mann dort als Marketing-Spezialist für Fresh-It tätig gewesen war. Er war immer wieder mit solchen Aufgaben betraut worden, weil sie ihn zum Vizepräsidenten der Firma aufbauen wollten. Das glückliche Timing seiner Versetzungen hatte ihn vor komplizierten Konsequenzen seiner Techtelmechtel – mit der Frau eines französischen Kollegen oder einer japanischen Geisha – bewahrt. Clea und Turner führten schon seit langem eine offene Ehe – sie hatten es schon zu Zeiten getan, als man so etwas noch Seitensprünge genannt hatte. Clea war zum erstenmal dahintergekommen, als Turner aus Amsterdam Filzläuse mitgebracht hatte. Nach erheblichen inneren Kämpfen hatte sie beschlossen, sein Spiel mitzuspielen und sich auch ein paar Seitensprünge zu leisten. Außerdem hatte sie wieder mit Fotografieren angefangen, nachdem sie ihre Karriere als Fotografin nach Kates Geburt vorerst an den Nagel gehängt hatte. Über Turner hatte sie Zugang zur internationalen Manager- und Diplomatenwelt, und in ihren Reise-Fotobänden erschloß sie dem Betrachter exklusive Bereiche, in die Normaltouristen niemals vordrangen. Dank der snobistischen Tendenzen des amerikanischen Publikums verkauften sich ihre Bücher gut. Deshalb würde Karen, ihre New Yorker Verlegerin, vielleicht auch für «1776 live» zu gewinnen sein.

Auf dem Grund des ausgefransten Lochs in Cleas Küchenfußboden hockte die zersprungene weiße Badewanne auf ihren Löwentatzenfüßchen. Verwesungsgeruch stieg aus dem Erdkeller herauf. Darius Drumm, der Zimmermann, ein kleiner Mann in gestärkter Khaki-Arbeitskleidung, der ständig an einer kalten Pfeife sog, stocherte mit einem Klappmesser in diversen freiliegenden Balken herum. «Sieht schlecht aus. Trockenfäule.» Sich mit Darius zu unterhalten war so ähnlich, wie ein Telegramm zu entziffern. Als Sproß einer Vermonter Zimmermannsdynastie arbeitete er vorwiegend mit simplem Handwerkszeug, wie es schon sein Vater und Großvater benutzt hatten.

«Wie schlecht?» hörte sich Clea, seine Diktion übernehmend, fragen.

«Zwölf- bis fuffzehntausend.»

«Das ist allerdings schlecht», seufzte Clea. «Aber mir bleibt wohl nichts anderes übrig?»

«Nee, außer den Schuppen verkaufen.» Darius sog an seiner Pfeife.

«Na gut, legen Sie los.»

Darius nickte.

Clea fühlte sich wie Lady Macbeth. Sie watete schon zu tief im Blut, um noch umkehren zu können. Sie hatte zuviel erlebt, um sich noch zu empören, wenn etwas nicht so lief, wie es sollte. Sie hatte vielmehr gelernt, dankbar zu sein, wenn etwas klappte. Diese Geschichte mit den Balken war vermutlich erst der Anfang, aber sie hoffte, daß auch ein paar angenehme Überraschungen auf sie warteten – eine Geheimtreppe vielleicht oder Schablonenmalereien oder ein Untergrundversteck aus der Zeit des Sklavenschmuggels.

Clea hatte sich eigentlich ein Brot machen wollen, aber ihre Küche war nur noch ein Trümmerfeld. Einem spontanen Impuls folgend, beschloß sie, nach New York zu fahren. Dort konnte sie mit Karen über «1776 live» reden, bei Elke hereinschauen, sich den neuesten Klatsch abholen und Turner sehen, ehe er nach Mexiko City abreiste. Wenn sie wieder zurückkam, würde Darius den Küchenfußboden repariert und eins der oberen Zimmer hergerichtet haben. Nach all den Jahren, in denen sie sich dauernd nach den kombinierten Zeitplänen von Turner, Kate und Theo gerichtet hatte, kam es ihr ganz komisch vor, einfach tun zu können, wonach ihr selbst zumute war.

«Bist du dir da wirklich sicher, Clea?» fragte Karen bei der Forellen-Quiche im Lutèce. Cleas romantische Ader ging ihr auf die Nerven. Karen mußte es wissen: immerhin war sie selbst Gegenstand dieser Schwärmerei gewesen, nachdem sie sich das erste Mal getroffen hatten, in ihrem Büro mit Blick auf den East River, wegen Cleas Fotoessay über Frankreich. Clea hatte augenblicklich befunden, daß Karen der wundervollste Mensch war, den sie je kennengelernt hatte. Bis sie dann gemerkt hatte, daß Karen vor ihrer Periode immer ungenießbar wurde, Campbell's Tomatensuppe liebte und im Winter im Bett Wollsocken und Flanellnachthemden trug. Und überhaupt Mängel hatte, die sie daran hinderten, der Inbegriff der emanzipierten, intellektuellen, all-mütterlichen Frau zu sein, als den Clea sie zunächst wahrgenommen hatte. Clea hatte ihr diese Desillusionierung übelgenommen und sie nur noch stumm-vorwurfsvoll angeschaut. Und es hatte Jahre gedauert, ehe sie sie als normal-unvollkommene, aber liebenswerte Sterbliche hatte akzeptieren können.

«Denkst du wirklich, Karen, ich würde dir mit einem solchen Vorschlag kommen, wenn ich mir nicht absolut sicher wäre?» Clea pickte eine schwarze Olive aus ihrem Salat und schob sie Karen quer über den Tisch in den Mund. Im Verlauf dieses Mittagessens hatte Clea gemerkt, wie ihr innerer Motor, der schon nach wenigen Tagen ländlicher Beschaulichkeit nur noch leise vor sich hin getuckert hatte, von Karens hochtourig laufender Maschine angesteckt, plötzlich wieder aufdrehte.

«Nein, das denke ich nicht», sagte Karen lächelnd und gleichzeitig kauend. «Du bist zwar oft auf dem Holzweg,

Clea, aber unsicher bist du dir nie. Nur – wer soll denn so ein Buch kaufen?»

«Geschichtsenthusiasten. Vermont-Fans. Vermont ist im Moment sehr ‹in›. Bei all den vielen Stadtmenschen, die sich auf ihre ländlichen Wurzeln besinnen.»

Karen nickte zweifelnd.

«Und Leute, denen meine Fotos gefallen. Die gibt es nämlich hie und da.»

«Hm, das kann ich nicht bestreiten.»

Schließlich ließ Karen sich widerstrebend auf das Projekt ein, weil sie Clea nicht an einen anderen Verlag verlieren wollte und weil sie sich mit einem geradezu lächerlichen Vorschuß zufriedengab.

«Glaub mir, Karen», meinte Clea abschließend, während sie den letzten Rest ihres Pouilly-Fuissé aus ihrem Glas schlürfte, «Roches Ridge ist für das moderne amerikanische Publikum genauso exotisch wie Indien.»

«Ich lasse mich gern überzeugen», sagte Karen.

Clea sah, wie Elke, in der Ateliertür stehend, die Schweißbrille auf der Stirn, heftig errötete. Es tat gut, noch immer solche Reaktionen hervorrufen zu können. «Ich weiß, du kannst es nicht leiden, wenn man dich einfach überfällt. Tut mir leid, Elke. Ich habe versucht, dich anzurufen, aber es war immer nur dein Anrufbeantworter dran. Und ich bin nur noch bis morgen hier.»

«Komm rein.»

Clea merkte, daß Elke zwischen Freude und Ärger schwankte, weil sie froh war, sie zu sehen, aber sauer, weil sie weggegangen war und bald wieder weggehen würde. So reagierte sie immer, wenn Clea zurückkam. Inzwischen kam es kaum noch vor, daß in einer von ihnen etwas vorging, was die andere nicht einordnen konnte.

«Liebste», murmelte Clea, während sie die Arme um Elke schlang und eine Welle von Zärtlichkeit und Sehnsucht in sich aufwallen fühlte, so intensiv wie eh und je.

«Selber Liebste», sagte Elke, wobei sie einen Schritt zurücktrat, um Clea zu mustern. «Jedenfalls bist du noch nicht zu Granit geworden.»

«Verflixt, Elke, wenn ich dich nur nicht so gern hätte.»

«Dann wäre das Leben ruhiger, nicht wahr? Immer dieses Kommen und Gehen. Wann wirst du dich endlich mal niederlassen?» Elke ließ sich auf ihren Plaidsessel fallen und nahm die Schweißbrille ab.

«Warum kommst du nicht nach Roches Ridge?»

«Eine prima Idee. Dann hätte ich endlich mal genug von allem, was ich nicht ausstehen kann – Felder und Wälder und ländliche Sitten und Gebräuche.» Sie zog den Reißverschluß ihres orangefarbenen Overalls bis zur Taille auf.

«Du mußt endlich deine Aversionen gegen die ländliche Idylle überwinden, Elke. Ich habe einen Anbau, in dem du dir ein Atelier einrichten könntest. Ich sehe dich immer vor mir, wie du in Tweedhosen und Gummistiefeln durch die Felder und Wiesen streifst. Ich verspreche dir, in meinen Wäldern gibt es keine russischen Soldaten.» Clea warf ihren Regenmantel auf einen Tisch und ließ sich in den alten rostbraunen Cordsessel fallen. So hatten sie sich nun schon siebzehn Jahre hindurch gegenübergesessen und füreinander jedes im Handbuch menschlicher Emotionen vorkommende Gefühl empfunden.

«Es gibt schlechtere Arten und Weisen, alt zu werden», setzte Clea hinzu.

«Ach ja? Nenn mir doch ein paar. Nein, wir werden uns mit Briefen und Telefonaten begnügen müssen. Bis du wieder nüchtern bist und nach Hause zurückgekrochen kommst.»

«Roches Ridge ist mein Zuhause.» Clea postierte resolut die Unterarme auf den Armlehnen ihres Sessels.

«Und Ryan Sullivan ist deine einzige wahre Liebe, für immer und ewig. Vergiß nicht, wir hatten das alles schon.»

«Diesmal ist es etwas anderes.»

«Es ist jedesmal etwas anderes. Wann wirst du endlich mal lernen, die Dinge realistisch zu sehen?»

«Hoffentlich nie, wenn Realismus heißt, sich innerlich zur Ruhe zu setzen.»

«Es gibt schlechtere Arten und Weisen, alt zu werden, um eine geschätzte Freundin zu zitieren. Was treibt dich überhaupt hierher?»

«Ich wollte ein paar Filme in mein Labor bringen, zum Entwickeln. Und mit Karen über ein Buchprojekt sprechen. Lebendige Vergangenheit in Vermont. Irgendwas in der Art.»

Elke schob die Lippen vor. Das Mahlgeräusch eines Müllautos drang durch die Bambusrollos.

«Was hältst du davon?» fragte Clea, die sich ein bißchen davor scheute, ihr noch im Keimstadium befindliches Projekt vor Elkes zuweilen gnadenlosen Augen auszubreiten.

Elke seufzte. Sie wußte, daß sie sich dem Gebot der Ehrlichkeit nicht entziehen konnte. Denn wenn das auch für ihr Privatleben nicht unbedingt galt: in puncto Arbeit sagten sie sich immer offen, was sie dachten. «Ich kann es mir noch nicht so ganz vorstellen. Was genau schwebt dir denn vor?»

«Na ja, so was in der Art wie das hier.» Clea angelte nach einer Mappe auf dem Tisch und reichte Elke einen Abzug von den Kindern, die von der Kanone hüpften. Und dann noch einen von dem jungen Mann mit dem Pferdegespann.

Elke studierte die Fotos eine ganze Weile. Dann sah sie auf. «Liebste Clea, alles, was du machst, ist hinreißend dekorativ, technisch perfekt und von der Komposition her sehr gelungen», sagte sie, wobei ihr BBC-Englisch einen schwachen deutschen Akzent annahm. «Du zeigst immer wunderschöne Szenerien und glückliche Menschen. Aber wo bleiben das Leiden und die Armut und die Not und die Verzweiflung der wirklichen Menschen? Diese ganzen hübschen Bilder – das ist doch alles Illusion.»

«Aber deine Hieronymus Bosch-Visionen, die sind wohl Realität?»

Das «dekorativ» hatte Clea getroffen. Sie wußte, daß Elke ihre Fotos seicht fand, aber sie war noch nicht dahintergekommen, warum.

«Ihr paßt zusammen, du und Turner. Er verhökert Zahnpasta in Ländern, wo die Leute vor lauter Mangelernährung und Krankheiten gar keine Zähne mehr haben. Aber diese Diskussion haben wir schon tausendmal geführt.» Elke massierte sich mit Daumen und Zeigefinger der linken Hand die Schläfen. Ihre Hände, schrundig und rauh vom Kampf mit Metall und Stein, waren auffallend groß und kräftig im Verhältnis zu ihrem zarten Körper.

«Und am Ende kommt dabei heraus, daß ich sage, du bist krankhaft pessimistisch, und du sagst, ich bin krankhaft optimistisch. Aber weißt du, Elke, du brauchst nicht jeden Krankenwagen zu dir zu winken, der die Straße langkommt. Du zitterst immer gleich in jedem Lüftchen wie Sumpfgras. Manche Menschen brauchen eben ihren kleinen persönlichen Kokon.»

«Man braucht keine Krankenwagen zu sich zu winken, weil sie sowieso genau auf einen zufahren.»

«Aber nur, wenn man darauf besteht, sich ihnen mitten in den Weg zu stellen.»

«Wenn es uns siebzehn Jahre lang nicht gelungen ist, diese Diskussion zu einem produktiven Ende zu führen, werden wir es wohl heute auch nicht mehr schaffen», bemerkte Elke. «Lassen wir es also lieber bleiben.»

Clea zuckte die Achseln. Insgeheim stimmte sie Elke ja bei. Sie war wohl eine durch und durch seichte Person. Aber in Roches Ridge, fern den Zerstreuungen der Großstadt, würde sie zur Ruhe kommen. «Schalte mal einen Zahn runter, Mom», riet Theo ihr immer, kurzzeitig den Blick von seinen «Leave It to Beaver»-Wiederholungen abwendend. Das Chaos würde sich legen. Ihr neues einfaches und einsames Leben würde es ihr ermöglichen, unter die Oberfläche vorzudringen, zu dem, was Elke an ihren Fotos vermißte, was immer das sein mochte.

Clea stand auf, ging im Atelier herum und inspizierte sämtliche seit ihrem letzten Besuch neu hinzugekommenen Dinge – Stapel von verworfenen Notizen und Skizzen, Metallspäne, in feuchte Tücher eingeschlagene Tonklumpen, ein bewegliches Objekt aus Bolzen und Sprungfedern, umwickelt mit glänzendrotem Bindfaden, die Gliedmaßen einer Schaufensterpuppe. Mit Elke spazierenzugehen war wie Muschelsammeln am Strand. Sie bückte sich dauernd, um irgendwelches urbane Strandgut aus dem Rinnstein aufzulesen.

Vor dem bajonettierten Baby angekommen, inspizierte Clea es wortlos von allen Seiten. Jetzt war sie dran, aber sie brachte es nicht über sich, Elke zu sagen, daß dieses Produkt hinter ihre sonstigen Werke zurückfiel.

«Mir gefällt es auch nicht», sagte Elke.

Clea zog eine Grimasse. Nie gelang es einem, sich durchzumogeln. Ihrer beider Grenzen waren so fließend, daß sich manchmal schwer festhalten ließ, wer wer war. «Na ja, es ist nicht gerade dein Meisterwerk. Noch nicht, jedenfalls.»

«Ich dachte, ich nenne es vielleicht ‹Und wehret ihnen nicht›.»

O Gott, dachte Clea, während sie eine Augenbraue hochzog, aber nichts sagte.

«Aber vielleicht lasse ich es auch einfach ganz fallen. Ich habe genug von den Übeln dieser Welt.»

Clea sah sie erstaunt an. «Ich traue meinen schwerhörigen alten Ohren nicht.»

«Das Problem ist, daß ich nicht weiß, was ich an die Stelle setzen soll. Es ist mir eine Horrorvorstellung, daß ich auch krankhaft optimistisch werden könnte.»

Clea lachte. «Ein traumhafter Gedanke, du alter Miesepeter.»

7 Turner

Und wie geht es Elke?» fragte Turner, von seinem Omelette aufschauend, das er gerade mit feingehacktem Schnittlauch bestreute.

«Sie wirkt ein bißchen gedämpft», sagte Clea, die am Kühlschrank lehnte, die Arme vor dem Magen verschränkt.

«Wie immer.» Elke war ein alter Griesgram. Turner war fest davon überzeugt, daß sie auch am Paradies noch etwas zu bekritteln finden würde.

«Sie sagt, sie hat genug von den Übeln dieser Welt.»

«Wer nicht?»

Clea lächelte. «Als Thema, meint sie.»

«Aha», sagte Turner, während er das Omelette wendete. «Demnach macht Elke auch gerade ihre Midlife-crisis durch?»

«Wer weiß? Wäre das nicht ein tolles Ding, wenn sie sich doch noch irgendwann von ihrem trübsinnigen alten Terence trennen würde?»

«Das wäre vermutlich für sie beide ganz schrecklich, nach so vielen Jahren.» Er teilte das Omelette in der Mitte durch, tat die Hälften auf zwei Teller und gab einen davon Clea. Obwohl sie längst getrennte Leben lebten, wäre es für ihn schrecklich, wenn Clea ihn wirklich und endgültig verlassen würde. Sie war wie eine Hauskatze – unansprechbar, wenn sie auf der Jagd war, aber grimmig entschlossen, ihre Kätzchen gegen jede Gefahr zu verteidigen, und immer wieder scharf darauf, ihren räudigen alten Kater zu sehen, wenn sie rollig war. Er betete nur, daß sie bald von dieser fixen Idee mit der ländlichen Idylle herunterkommen und nach Hause zurückkehren würde. Es machte ihn nervös, wenn er in Mexiko City oder in Belgrad war und sie allein dort draußen in der Wildnis wußte. Sicher, sie würde sich durchschlagen. Immerhin hatte sie auch einen Raubüberfall ohne seine Hilfe überlebt. Aber er stellte sie sich doch am liebsten auf dem Sofa daheim in Turtle Bay vor, umringt von Babies, die auf dem Teppichboden herumkrabbelten und an ihren Röcken zupften. Dieses Bild war sein Christopherus-Medaillon. In letzter Zeit hatte er sich Sorgen um sie gemacht. Bei jeder Kleinigkeit brach sie gleich in Tränen aus. Zum erstenmal war das letzten Herbst passiert, in Cornell, beim großen Ehemaligentreffen nach fünfundzwanzig Jahren, als sie mit ihrem einstigen Mentor und Liebhaber John Galmer geredet hatte. Ihr Hausarzt meinte, es sei wohl ein Leeres-Nest-Syndrom in Kombination mit den Wechseljahren und Turner müsse Geduld haben und lieb zu ihr sein. Das versuchte er ja auch, bei aller Irritation. Aber es beunruhigte ihn einfach, sie, die sonst so unangreifbare Clea, in Tränen aufgelöst zu sehen.

«Da hast du wohl recht.» Clea setzte sich mit ihrem Steingutteller an den Hackblocktisch. «Das sieht ja köstlich aus, Turner. Danke.»

«Kate hat angerufen.»

«Nur so?»

«Und um mitzuteilen, daß sie über die Frühjahrsferien nach Saint Augustine will. Das ist einfach nicht fair. Kaum hört sie auf, ein ekelhafter Teenager zu sein, verschwindet sie auch schon ganz aus unserem Leben.»

Clea lachte. «So schlimm war sie nun auch wieder nicht. Sex, Alkohol und Rock 'n Roll, nichts, was wir nicht auch gemacht hätten.»

«Kein Wunder, daß deine Eltern dem Suff verfallen sind.»

Clea nickte grimmig. «Ich finde, wir haben unsere Sache ganz gut gemacht. Findest du nicht, Pop?»

«Für ein abschließendes Urteil ist es wohl noch zu früh.» Er zupfte an seinem Schnauzer. Er zog das Geschäftsleben dem

Vatersein vor. Man erteilte Anweisungen und sah Resultate, statt sich jahrelang mit den immer gleichen Problemen abzumühen, ohne daß sich etwas rührte. Und wenn die Leute nicht brachten, was sie sollten, konnte man sie rauswerfen. Kate und Theo dagegen lungerten den ganzen Tag nur in ihren Zimmern herum und hörten gräßliche Musik. In ihrem Alter hatte er Rasen gemäht und Autos gewaschen, um Geld fürs College zusammenzusparen. Clea steckte ihnen Geld zu, anstatt sie dazu anzuhalten, selbst welches zu verdienen. Da sie der milde Teil war, mußte er den strengen Part übernehmen. Wobei sie natürlich nie als geschlossene Front auftreten konnten, weil sie ja kaum je gleichzeitig an einem Ort waren. Aber deshalb hatte ihre Ehe ja auch zweiundzwanzig Jahre gehalten.

Turner setzte sich und musterte diese Fremde, die seine Frau war. Und wenn sie noch weitere zweiundzwanzig Jahre zusammensein würden, würde er sie trotzdem nicht besser verstehen. Hinter ihrem äußeren Elan verbarg sich eine innere Autarkie, die so ausgeprägt war, daß sie ihm angst machte. Sie brauchte ihn nicht. Das gefiel ihm. Sie kam und ging, wie es ihr paßte. Das gefiel ihm schon weniger. Vor allem, wenn er die Frauen seiner Kollegen sah, deren Leben sich ganz um ihre Ehemänner und deren Karriere drehte. Aber wenn er dann genau hinsah, entdeckte er die Anspannung unter dem sorgfältigen Make-up dieser Frauen und den gehetzten Blick in den Augen ihrer Männer, wenn sie sich bemühten, sich irgendwo noch eine Nische zu schaffen, in die ihre Frauen nicht eindringen konnten. So wie sein Vater daheim in Milwaukee, der sich verzweifelt alle möglichen gewerkschaftlichen Verpflichtungen ausgedacht hatte, nur um der engen Wohnung voller zankender weiblicher Wesen entfliehen zu können.

Turner fuhr sich mit der Hand über das schüttere Haar und fühlte nach, ob nicht vielleicht etwas nachgewachsen war. Der Verlust seines dicken blonden Haarschopfs war für ihn ein Trauma gewesen. Er ahnte jetzt, wie sich ein Laubbaum im Herbst fühlen mochte. Er dachte an Picasso und Yul Brynner und Telly Savalas und tröstete sich damit, daß es an einem Testosteronüberschuß lag.

Cleas Selbständigkeit war auch das gewesen, was ihn ursprünglich an ihr angezogen hatte. Er erinnerte sich noch genau, wie er sie in seinem letzten Collegejahr beim Studienanfänger-Tee zum erstenmal erspäht hatte, quer durch die überfüllte Bar im Souterrain des DU-Hauses in Cornell. Ihr Verehrer, mit dem sie gekommen war, lag volltrunken auf dem Fußboden des Knutschraumes. Clea versuchte, das Beste aus der Situation zu machen und sang die Altstimme zu «Roll Your Leg Over», und ihr dunkles Haar fiel über das eine ihrer verschwommen blickenden Augen. Turner erbot sich, sie zum Tri-Delt-Haus zurückzubringen.

«Warum bringst du mich heim?» fragte sie ihn, während sie den Gehweg entlangschwankten und der Vollmond über ihnen hing wie ein Hustendrops am Maul eines schwarzen Schlunds. «Weil ich dir leid tue – betrunken und mit einem Begleiter, der nicht mehr ansprechbar ist?»

Er lachte. «Falsch. Weil ich fand, daß du von allen Frauen im Raum am interessantesten aussahst.»

«Tut mir leid, wenn ich dich enttäusche.»

«Darüber kann doch wohl nur ich befinden, oder?»

Bei der Ruderregatta am darauffolgenden Wochenende stand sie am Seeufer im Gras, in ihrem karierten Faltenrock, mit Perlenkette und Regenmantel, schweigend und ungerührt, während die Menge sich am Bier gütlich tat und die Ruderer anfeuerte. Als er ihr den Arm um die Taille zu legen versuchte, schüttelte sie ihn ab. Hinterher, im DU-Keller, war Turner dann so besoffen, daß er mit den Händen Vanilleeis im Milchpunsch zermanschte, so wie er es im Krieg mit Margarine gemacht hatte, um dem Ganzen eine schöne satte Farbe zu geben. Clea schaute ihm zu und lachte, trank den Punsch trotzdem, sang mit wackligem Alt «In China They Do It For Chili» und tat genau das, was ein Erstsemester tun mußte, um wieder eingeladen zu werden. Aber bei Clea war es irgendwie anders, und das hatte mit der amüsierten Distanz zu tun, die sie dabei ausstrahlte. Als er sie zum Tri-Delt-Haus zurückbrachte, geruhte sie, ihm einen Gutenachtkuß zu geben.

So ging es den ganzen Frühling. Clea, zurückhaltend und ausweichend, behandelte ihn mit einer zerstreuten Zärtlichkeit, die man fast mütterlich hätte nennen können, obwohl sie drei Jahre jünger war als er. Sie verhielt sich so, als gäbe es da zu Hause jemanden, aber wenn er sie fragte, versicherte sie ihm jedesmal, da sei niemand. Er verliebte sich immer heftiger in sie, da Unerreichbarkeit für ihn das wirksamste Aphrodisiakum war, wohl eine Folge seiner Kindheit in jener engen Wohnung in Milwaukee, unter lauter klammernden weiblichen Wesen. Bald würde er seinen Abschluß machen und nach New York City gehen, um dort einen Marketing-Job anzutreten. Cleas ganze Haltung suggerierte, daß damit alles zu Ende sein würde, während sein Gefühl war, daß es noch gar nicht richtig angefangen hatte.

An einem heißen Nachmittag gegen Ende des Semesters waren sie in eine mit Steinbrocken übersäte Schlucht hinuntergeklettert. Sie saßen auf seinem «London Fog»-Regenmantel in einem Rhododendrongebüsch voller violetter Blüten und summender Bienen. Clea erlaubte ihm, sie in seine Arme hinunterzuziehen, und sie lagen reglos und still da und lauschten dem Gurgeln des Wassers in der Sohle der Schlucht.

«Ich will dich, Turner», sagte sie schließlich, mit vor Begierde heiserer Stimme.

«Einfach so?» fragte er mit einem nervösen Lachen. Es war noch die Zeit, da «anständige» Mädchen sich die Seele aus dem Leib knutschten und fummelten, aber kaum je aufs Ganze gingen, und schon gar nicht im ersten Collegejahr, und noch dazu ohne betrunken zu sein. Aber es bedurfte wohl eines standhafteren Charakters als des seinen, um sie in dieser Situation auf die Nachteile hinzuweisen, die sie sich möglicherweise einzuhandeln im Begriff war.

Er hatte bislang die Erfahrung gemacht, daß sein Penis,

obgleich kapriziös, auf weibliche Hilflosigkeit überaus zuverlässig ansprach. Einmal war er, spätabends auf dem Weg nach Syracuse, auf einer einsamen Landstraße an einer Frau vorbeigekommen, die neben einem Auto mit einem platten Reifen stand, und sein Schwanz war sofort stahlhart geworden. Nachdem er ihr den Reifen gewechselt hatte, hatte sie ihn mit zu sich eingeladen, um sich zu bedanken, und diese Entschädigungsaktion dauerte immer noch fort. Jetzt dagegen, da er es mit einer Frau zu tun hatte, die ihn nicht brauchte, sondern einfach nur wollte, einer Kommilitonin aus einer wohlhabenden Banker-Familie im mittleren Westen, wußte er nicht, wie sein launisches Glied reagieren würde.

Aber als seine Hände ihren willigen Körper erforschten, merkte er, daß sein Penis kooperationsbereit war. Er riß rasch das Kondompäckchen auf, das er in der Brieftasche mit sich führte, und drang in sie ein, ehe sein Körper Zeit hatte, es sich anders zu überlegen. Als sie den Kopf zurück und ihr dunkles Haar hin und her warf, überkam ihn eine gewisse Beunruhigung, weil er seine Kellnerin aus Syracuse gewohnt war, die im Geist mit ihren langen roten Nägeln auf seinen Rücken trommelte, bis er fertig war.

Nach einer Weile fragte ihn Clea: «War es das schon?» Und er spürte, wie sein ohnehin bereits erschlafftes Glied gänzlich zusammenschnurrte, und für den Rest des Sommers sollte es sich nicht mehr erholen.

In New York City war er dann so beschäftigt damit, im Schreibbüro von Green Gourmet Foods nichts anbrennen zu lassen, ohne sich dabei die Hände zu verbrennen, daß er es kaum schaffte, nach Cornell zurückzukehren. Clea sang inzwischen ohnehin den Alt mit einem ganzen Sortiment von DUs. Das schamlose Benehmen im Knutschraum, das ihr nachgesagt wurde, hätte bei einer Studentin mit weniger selbstsicherem Auftreten längst genügt, um ihren Ruf unwiederbringlich zu ruinieren. Was für Turner das Faß schließlich zum Überlaufen brachte, war das Gerücht, daß sie es mit einem alten Knilch von der Kunstfakultät namens John Galmer trieb. Als er sie beim Homecoming darauf ansprach, bestätigte sie es weder, noch stritt sie es ab. Sie zeigte nicht das leiseste Zeichen des Bedauerns, als er ihr erkärte, es sei aus – ein Schock für Turner, der es gewohnt war, daß Frauen sich beim bloßen Gedanken an eine Zukunft ohne ihn in Tränen auflösten.

Er und Clea verloren ganz den Kontakt. Bis zu jenem Nachmittag vier Jahre später, als Clea plötzlich in einem beigefarbenen Leinenkostüm, das eine Auge hinter dem schwarzen Haar versteckt, bei Green Gourmet Food auftauchte, um als Assistentin bei einer Werbefoto-Session für Tiefkühlerbsen zu fungieren. Clea bedachte ihn mit jenem warmen und zugleich kühlen Lächeln, das ihn in Cornell so verwirrt und bezaubert hatte, während sie Pflanzenöl auf die Erbsen pinselte, die auf einem Royal-Doulton-Teller unter den Fotolampen lagen. Turners Penis, das Barometer seiner Gefühle, war den ganzen Nachmittag über immer abwechselnd am Schwellen und am Schrumpfen, während er zusah, wie Clea den Anweisungen des Fotografen nachkam, die ganze Zeit in jener distanzierten Art, die einem das Gefühl gab, daß sie gar nicht wirklich präsent war.

«So trifft man sich wieder», sagte sie nach dem Ende der Session im Aufzug, ohne ihn anzusehen. Er registrierte den würzigen Duft ihres Parfums.

«War auch an der Zeit, wenn du mich fragst.» Er nahm sie bei der Hand und führte sie in das Eichenzimmer des Algonquin, ein Stück die Straße hinunter.

«Und wie hast du die letzten vier Jahre zugebracht?» fragte er sie über das runde Eichentischchen hinweg, das so klein war, daß ihre Knie sich berührten. Clea nahm ihre Beine zur Seite.

«Sehr beschäftigt. Und du?» Sie konsultierte die Getränkekarte.

«Ich auch. Ich hatte alle Hände voll damit zu tun, das große Business-Tricktrack zu spielen.» Der Kellner nahm ihre Bestellung auf und verschwand wieder.

«Wo wohnst du?» Clea sah von der Speisekarte auf und, zum erstenmal an diesem Nachmittag, genau in seine Augen.

«Östliche 67. Straße, Zweite Avenue. In einem riesigen, häßlichen modernen Kasten, den sie besser ungebaut gelassen hätten. Und du?» Er hatte ganz vergessen, wie phantastisch ihre Augen waren – goldbraun, mit grünen und gelben Sprenkeln, eingefaßt von langen Wimpern und dunklen Brauen.

«Auf der West Side, gleich beim Riverside Drive. In einem alten Haus mit Parkettböden und viel Holz. Und Blick auf den Hudson.» Clea rührte mit ihrem Cocktail-Stick in ihrem Apricot Sour und betrachtete den Mini-Whirlpool in ihrem Glas.

«Auf der West Side. Ganz schön mutig.» Er versuchte, ihre Augen wieder auf sein Gesicht zu lenken, aber es klappte nicht.

«Das ist das Äußerste, was ich mir im Moment leisten kann.»

«Männer?»

«Der eine oder andere. Und du? Frauen?» Sie sah wieder auf und in seine Augen. Er spürte eine seltsame warme Wallung in seinem Herzen und in seinem Schoß.

«Ein paar, mit denen ich ab und zu ausgehe. Aber ich lebe allein.» Er bedeutete dem Kellner, noch einmal dasselbe zu bringen – Apricot Sour für sie und für ihn Johnny Walker auf Eis, mit einem Schuß Soda.

Während sie austauschten, was sie über den Verbleib der DUs und Tri-Delts der Abschlußjahrgänge 1957 bis 1960 wußten, inspizierte er sie heimlich, Gesichtszug für Gesichtszug, Körperteil für Körperteil – jeder Blick ein verstohlener Schluck aus dem Kelch der sinnlichen Erinnerung. Die hohen, festen runden Brüste unter ihrer Seidenbluse, die bestrumpften Knie, leicht geöffnet, ihre Füße in den beigen Absatzsandalen.

Während der dritten Runde Drinks gingen sie die diversen Mitglieder ihrer Familien durch. Während Turner Clea das neue Haus im Ranch-Stil in einem Außenbezirk von Milwaukee beschrieb, das sich seine Eltern als Erfüllung eines Lebenstraums gekauft hatten, nachdem sie all die Jahre dem Maschinenschlosserlohn seines Vaters nur eine Mietwohnung hatten abtrotzen können, dachte er daran, wie Clea sich ihm auf seinem Regenmantel hingegeben hatte, wie ihre Augen zu schwimmen begonnen hatten, ihr dunkles Haar hin und her geflogen war und ihr Mund sich unter stoßweisem Keuchen geöffnet hatte. Ein wundersames Verhalten für eine kleine Cornell-Studentin aus dem mittleren Westen. Es war so ziemlich das einzige Mal gewesen, daß sie ihre kühle Zurückhaltung hatte fallenlassen.

Während Clea erzählte, daß ihre jüngere Schwester einen Studienplatz für Jura an der Northwestern bekommen hatte, saugten sich ihr und Turners Blick plötzlich aneinander fest. Sie brach mitten in der Aufzählung ihrer Neffen und Nichten ab. Sie musterte das Eis in ihrem Glas, hob es an die Lippen und sog den letzten Tropfen Apricot Sour heraus.

«Soll ich uns noch eine Runde Drinks bestellen?»

Sie schüttelte den Kopf.

«Soll ich fragen, ob sie oben ein Zimmer für uns haben?»

«Ja», sagte sie.

Später murmelte Turner, das Decklaken über seine Brust ziehend: «Du mußt zugeben, ich habe dazugelernt.»

Clea nickte. «Du hast offensichtlich geübt.»

«An dem Nachmittag in der Schlucht hast du meiner Männlichkeit fast den Garaus gemacht.»

«Wovon sprichst du?»

«Weißt du nicht mehr? Du hast mich hinterher gefragt: ‹War's das schon?›»

«Das darf doch nicht wahr sein! Du lieber Himmel, Turner, das tut mir leid.»

«Schon gut. Ich habe es überwunden.»

«Das sehe ich.» Sie nickte in Richtung des Puppenzelts, das seine Erektion aus dem Laken machte. Sie rollte sich auf ihn und flüsterte: «Mal sehen, ob ich es wiedergutmachen kann.»

Hinterher bemerkte er: «Du hast aber auch geübt, du verdorbenes Mädchen.» Er legte die Hände unter den Kopf, die Ellbogen zur Seite gespreizt, und sah sie forschend an. Ihr dunkles Haar klebte feucht an ihren Schläfen, und feine Schweißperlen glitzerten auf ihrer Oberlippe. Noch nie hatte er sie so schön gesehen. Es erschreckte ihn, wie sehr er sich wünschte, sie immer wieder so zu sehen. Er zwang sich, ruhig liegen zu bleiben und ihrem goldenen Blick standzuhalten, obwohl er lieber ins Bad geflüchtet wäre.

«Hast du etwa gedacht, ich würde die ganze Zeit auf dich warten?»

«Ich habe gehofft, du würdest es vielleicht tun», sagte er, nur halb im Scherz, und sein Atem ging unstet.

«Da bist du an die falsche Frau geraten, Turner.»

«Ganz im Gegenteil. Ich finde, wir passen großartig zusammen», hörte er sich zu seiner Beunruhigung sagen.

Aber am nächsten Morgen verschwand sie beim ersten Tageslicht. Er begriff gar nichts. Es war phantastisch gewesen im Bett, und er hatte den Eindruck gehabt, daß sie glücklich war. Als er sie später am Tag anrief, schien sie erfreut. Aber sie weigerte sich, sich mit ihm zu verabreden. Das wiederum faszinierte ihn natürlich nur um so mehr und verstärkte seinen Drang, sie zu erobern, was ihm dann schließlich mit Hilfe einiger Kiwis auch gelang.

«Und wie geht es dort oben in der Wildnis?» fragte Turner, während er den letzten Rest Omelette mit einer Baguettekruste von seinem Teller wischte.

«Gut», sagte Clea. Sie lehnte sich zurück und zündete sich eine der beiden Zigaretten an, die sie sich pro Tag gönnte. «Es gibt da ein kleines Problem mit den Balken, aber Darius bringt das gerade in Ordnung. Der Mann ist einfach ein Juwel.»

Turner konzentrierte sich ganz auf seine Brotkruste und sagte gar nichts.

«Ich weiß ja», sagte Clea mit einem verzagten Lächeln.

Turner sah sie fragend an.

«Ich weiß, daß es dir am liebsten wäre, ich würde einfach hierbleiben.»

Turner lächelte bitter. Clea erriet oft, was er dachte, aber gewöhnlich war sie so schlau, es für sich zu behalten. Sie vergaß sich nur, weil sie mit Elke zusammengewesen war. Weil die beiden immer so kommunizierten – indem die eine die Gedanken der anderen aussprach und ihre Sätze zu Ende führte. Es beunruhigte ihn, wenn er sie miteinander reden hörte, weil es ihn zwang, sich einzugestehen, daß Clea mit Elke eine Form der Interaktion gefunden hatte, die er ihr nicht geben konnte. Und auch gar nicht geben wollte. Diese weibliche Fähigkeit zur Selbstaufgabe erschreckte ihn. Kein Wunder, daß die Männer früher Frauen als Hexen verbrannt hatten. Und doch war es beunruhigend zu wissen, daß Clea diese Art Verschmelzung suchte. Die Mischung aus zerstreuter Zärtlichkeit und innerer Selbständigkeit, die von ihr ausging, zog immer wieder irgendwelche Männer in ihren Bann, und auf manche ließ sie sich wohl auch ein. Aber Turner war kaum je eifersüchtig, weil er wußte, daß sie weiter nichts zu bieten hatten als den Reiz des Neuen, der bald wieder verfliegen würde. Elke war da schon eine ernsthaftere Bedrohung: mit ihr lebte Clea Seiten von sich aus, die ihm immer verschlossen bleiben würden. Aber offenbar galt das umgekehrt auch, denn immerhin war Clea nach all den Jahren immer noch seine Frau.

«Und warum bleibst du nicht einfach hier?» fragte er in scherzhaftem Ton.

Clea spielte mit ihrer Zigarette über dem Aschenbecher herum. «Hör mir mal zu, Turner», sagte sie, wobei sie sich vorbeugte und ihre goldenen Augen sich trübten. «Dieser Madonnen-Trip, von dem du glaubst, daß du ihn gern hättest – das wird mit mir nie laufen. Und ist auch noch nie gelaufen. Du selbst hast mich als Klotz am Bein empfunden, als ich damals meinen Job aufgegeben habe, als die Kinder klein waren. Und jetzt sind sie aus dem Haus. Wenn ich hier herumhängen und die ganze Zeit auf dich warten würde, wäre ich in kürzester Zeit nur ein mürrischer Drachen. Weißt du noch, wie ich ausgerastet bin, als du damals die Filzläuse aus Amsterdam mitgebracht hast?»

Sie lächelten beide reumütig. In jenen Anfangsjahren hatte Clea sich hingebungsvoll um ihre süßen sabbernden Babies gekümmert, während Turner sich in der Weltgeschichte herumgetrieben und überall herumgevögelt hatte. Über letzteres hatte er nie ein Wort verloren, weil es ihm einfach nicht wichtig erschienen war. Sex war für ihn wie Essen, lebensnotwendig und in höchst unterschiedlicher Qualität erhältlich, vom schieren Junk-Food bis hin zu den Vier-Sterne-Menüs, die Clea ihm manchmal servierte. In Amsterdam nahm ihn eine hübsche blonde Holländerin namens Marianne nach dem Abendessen im indonesischen Restaurant mit in ihre winzige Wohnung, unendliche Treppenstufen hinauf. Nach ihren angeregten nächtlichen Freikörperübungen nahmen sie ein Frühstück aus Käse, Brot und starkem Kaffee zu sich, in einem kleinen Alkoven mit Blick auf die von Fahrrädern wimmelnde Straße und die trübe Gracht.

Nach seiner Rückkehr fing Clea im Bett auf einmal an, sich zu kratzen, und irgendwann zerquetschte sie etwas zwischen Daumen und Zeigefinger. Sie hielt es ihm hin. Eine Filzlaus. In seinen konfusen Erklärungen, die ohne den Jet-lag sicher weniger umfassend ausgefallen wären, kamen etliche Frauennamen und sämtliche Kontinente außer der Antarktis vor. Clea sagte wenig, und ihre Goldaugen loderten, während er seine Einsamkeit geltend machte und die absolute Bedeutungslosigkeit der betreffenden Frauen und Aktivitäten beschwor.

Aber das andere wagte er (obwohl sie, wie immer, längst Bescheid wußte) nicht zu sagen: wie wenig aufregend er sie jetzt fand, da er sie da hatte, wo er sie hatte haben wollen. Wie satt er es hatte, zu Hause eine erschöpfte Frau im Sweatshirt und mit Babybrei in den Haaren vorzufinden, die seine elegante, selbständige, leinengekleidete Clea verdrängt hatte. Wie es ihn anwiderte, wenn er sie die Babies stillen sah und wußte, daß diese Brüste auch schon ihm gehört hatten. Wie er manchmal den Drang verspürte, die Babies von ihrer Brust wegzureißen und ihnen den Schädel an der Schreibtischkante zu zerschmettern. Es stürzte ihn in tiefste Verzweiflung, wenn er sah, wie sein und Cleas Liebesnest sich in eine Schlangengrube der Bedürftigkeit und der wuchernden Emotionen verwandelte, nicht anders als jene daheim in Milwaukee, aus der er sich mit Zähnen und Klauen befreit hatte. Und da er das Geld heranschaffte, um diese Kinderkrippe zu unterhalten, fand er, daß er wohl ab und zu die eine oder andere unkomplizierte Bettgeschichte verdient hatte. Zumal Clea jedesmal aus dem Bett sprang, um zu prüfen, ob die Babies noch atmeten, wenn es ihm gerade gelungen war, das alles zur Seite zu schieben und eine gewisse Erregung zu mobilisieren.

Nach ein paar Monaten fing Clea wieder als freie Mitarbeiterin bei ihrem alten Boss Alan Barkham an, und gelegentlich machte sie wohl auch ein paar Überstunden in Rückenlage. Eine Hausangestellte saß jetzt an ihrer Stelle auf dem Sofa, wenn Turner aus der großen weiten Welt heimkehrte. Nachdem er seine anfängliche Panik überwunden hatte, mußte er zugeben, daß ihm dieses Arrangement gefiel. Mit Clea zusammenzusein war wieder aufregend. Mit ihr zu schlafen hieß jetzt, sie aus den Armen irgendwelcher anderer Männer zurückzufordern und, wie vorübergehend auch immer, wieder in Besitz zu nehmen.

In Wahrheit war Clea sein Anker. Und seit AIDS immer weiter um sich griff, hatte er die Segel gerefft und den Spinnaker gestrichen. Es machte ihn traurig und es machte ihm angst, daß Theo und Kate in einer Zeit erwachsen wurden, in der Sex mit Krankheit und Tod verknüpft war. Gott sei Dank war die Blüte seiner Jahre in jenes wunderbare, angstfreie Intervall nach der Entdeckung des Penicillins und der Pille und vor AIDS gefallen. Clea behauptete, die Seuche gebe den Frauen die Möglichkeit, endlich laut zu sagen, wie sie über diese ganze Sache mit dem Sperma dachten. Daß sie es längst nicht so toll fanden, wie die Männer immer voraussetzten, ja daß sie sich etwa so sehr dafür begeisterten wie für Menstruationsblut. Aber Turner war sich nicht so sicher, ob er wirklich wissen wollte, was Frauen insgeheim dachten, und in puncto Sperma schon gar nicht.

Clea stellte jetzt einen Becher mit Kaffee vor ihn auf den Hackblocktisch. Er musterte die grauen Strähnen in ihrem glänzend schwarzen Haar. «Clea, ich verstehe ja, daß du nicht mehr in New York leben willst. Und auch, daß du keine Lust mehr hast, mit mir auf Reisen zu gehen. Oder im Ausland zu leben. Aber ich werde nicht oft in den Staaten sein. Und wenn ich hier bin, will ich nicht in Roches Ridge in Vermont hokken. Also, was sollen wir tun?»

«Ich komme hierher, wenn du da bist, Turner. Es sind ja nur fünf Autostunden. Mach dir keine Sorgen.»

«Aber ich mache mir Sorgen, Clea. Es sieht so aus, als ob sich unsere Wege trennen. Ist es das, was du willst?»

«Nein.»

Sie saßen schweigend da und tranken ihren Kaffee.

«Aber ich glaube, ich brauche etwas, was mir wichtig ist.»

«Du hast mich. Du hast die Kinder. Das Haus hier. Elke. Die Stadt. Dutzende von Freunden. Deine Arbeit. Was brauchst du mehr?»

«Nicht mehr – etwas anderes», murmelte Clea.

«Also doch die Midlife-crisis?»

«Nenn es, wie du willst, Turner. Aber dieses Arrangement ist für mich so nicht mehr richtig. Es war in Ordnung, solange wir noch Kate und Theo großzuziehen hatten. Aber jetzt müssen wir uns neu organisieren.»

«Neu organisieren oder trennen?» fragte Turner bedrückt.

«Willst du denn eine Trennung?»

«Du weißt genau, daß ich das nicht will, Clea. Aber was du dir da in den Kopf gesetzt hast, kann meiner Meinung nach einfach nicht funktionieren.»

«Ich werde dir zeigen, daß es funktioniert. Gib der Sache eine Chance, Turner.»

«Wenn du meinst.» Nervös fuhr er sich mit der Hand über die rasch um sich greifende kahle Stelle auf seinem Kopf.

8 Der Vergnügungs-Experte

Clea verabschiedete sich winkend von Turner, der albern Grimassen schnitt, während ihn der Sicherheitsbeamte am JFK-Flughafen filzte. Auf dem Rückweg zum Parkhaus dachte sie, daß Turner sie immer noch amüsierte wie niemand sonst. Auf der Fahrt hierher hatte er ihr einen Vortrag über die Problematik der Preispolitik von Fresh-It angesichts des fallenden Peso gehalten. Gewehre oder Butter? Zahnpasta oder Tortillas? Sie konnte nicht begreifen, wie jemand so tüchtig Aufgaben erfüllen konnte, über die er sich so spöttisch ausließ. Allerdings bewunderte sie seine Flexibilität nicht immer. Manchmal sehnte sie sich nach einem Ideologen wie Terence, der bereit war, für seine Überzeugungen zu sterben, auch wenn sie sich von Jahrzehnt zu Jahrzehnt radikal änderten. Turner dagegen war zutiefst pragmatisch, um nicht zu sagen opportunistisch, da ihm das Schreckgespenst seines Vaters vor Augen stand, der sich als Versager betrachtete, was die Herbeischaffung der Requisiten des amerikanischen Traums betraf.

Als sie in ihren BMW stieg, dachte Clea, wie oft sie Turner schon auf diesem Flughafen verabschiedet und wieder begrüßt hatte, mit Babies auf den Hüften und zappelnden Kleinkindern an der Hand. Als sie über den Hudson River Parkway Richtung Tappan Zee fuhr, begann sie, unter den neugierigen oder gleichgültigen Blicken der Leute in den Autos auf den Nachbarspuren, zu weinen. Sie liebte Turner. Warum diese dauernden Abschiede? Er konnte sie doch leicht durch irgendein knackiges junges Ding ersetzen, das wild darauf war, ihm den Komfort zu liefern, den Clea ihm verweigerte. Warum blieb er bei ihr – in welch reduzierter Form auch immer? Wahrscheinlich deshalb, weil er in ihr genau das hatte, was er wollte – ein Gegengift gegen die drangvolle Nähe seiner Kindheit in der engen Wohnung in Milwaukee.

Als sie Turner zum erstenmal gesehen hatte, stand er an der DU-Bar mit einer blonden Frauenperücke auf dem Kopf und rührte mit einem Hockeyschläger Canadian Club in den Punsch. Dann hockte er sich hin, um das Gebräu mittels eines schwarzen Tennisschuhs auszuschenken, wobei er mit einem an eine blubbernde Kaffeemaschine erinnernden Bariton «Roll Your Leg Over» sang.

Turner war der Vorsitzende des Festkomitees des DU, und ihre erste Verabredung bestand darin, daß er sie zu einer Ruderregatta einlud, bei der er am Seeufer das Anzapfen des Fasses überwachte. Dann forderte er sie auf, sich ein Kaninchenkostüm anzuziehen und beim DU-Bunny-Hop mitzumachen, jener merkwürdigen Veranstaltung, bei der in der Innenstadt von Ithaka im Tausch gegen Oster-Postaufkleber Spenden in Körben eingesammelt wurden. Als nächstes führte er sie im Smoking zu einer Cocktailparty bei Kerzenlicht in einer Kanalisationsröhre. Und beim DU-Frühlingsfest gewannen sie zusammen den Jitterbug-Wettbewerb, nicht zuletzt dank der genialen Einbeziehung der örtlichen Gegebenheiten wie etwa der Wendeltreppe, der Bartheke und des Dachs eines in der Einfahrt geparkten Dodge-Kombi. Clea lernte zu spielen und Spaß zu haben. Zum erstenmal in ihrem Leben hingen keine kleinen Kinder an ihrem Rockzipfel.

Aber dann erfuhr sie über das Nachrichtensystem der Freundinnen der DU-Studenten, daß Turner Besuch bekam, von einem Mädchen aus Syracuse mit falschen Wimpern und langen roten Fingernägeln. Eines Nachmittags traf sie sie zufällig bei der Bibliothek: Turner am Halsansatz voller Lippenstiftspuren, das Mädchen besitzergreifend an seinen Arm geklammert. Und zum erstenmal überfiel sie eine Ahnung von der Unverbindlichkeit, die sich hinter dieser spielerischen Galanterie verbarg.

Also verführte sie ihn bei ihrem nächsten Ausflug ins Grüne – auf seinem Regenmantel, in einem Rhododendrongebüsch auf dem Grund einer Schlucht, in deren schattige Kühle einzelne Strahlenkegel der warmen Frühlingssonne durchdrangen. Turner liebte sie in seiner Verblüffung zärtlich, aber kurz, während gleich neben ihnen der Bach gluckerte. Clea ging davon aus, daß diese wenig berauschende Vereinigung sie jetzt für den Rest ihres Lebens aneinander binden würde. Nächstes Jahr würde Turner sie einladen, zu ihm nach Manhattan zu kommen. Und bald würden sie zusammen in dem Penthouse mit Blick auf den Central Park wohnen. Aber Turner schien verlegen, fast so, als ob es ihm leid täte, und er vermied jede Wiederholung.

Bald darauf trat er seinen Job bei der Lebensmittelfirma Green Gourmet in Manhattan an, und sie verbrachte den Sommer hinter dem Schaltergitter der Bank ihres Vaters, wo sie Kunden Geldscheine hinzählte. Sie schrieb Turner einen Brief voller impliziter Unterstellungen, was ihre Beziehung anbelangte. Turner schrieb zurück: «ich mag Dich sehr, Clea. Aber wir sind viel zu jung, um die Dinge so ernst zu nehmen. Du hast noch drei Jahre Cornell vor Dir. Also nimm das Leben locker und amüsier Dich. Du kannst sichergehen, daß ich das hier auch tue. Obwohl ich Dich natürlich vermisse usw.» Clea zerschnitt den Brief in lauter kleine Schnipsel und spülte ihn das Klo hinunter.

Als sie im Herbst wieder in Cornell war, verabredete sie sich lustlos mit irgendwelchen DUs. Aber sobald sie das DU-Haus betrat, weckte es nur die Erinnerung an Turner. Der Jitterbug-Wettbewerb, «Roll Your Leg Over», Ruderregatten am See. Zum erstenmal erfuhr sie, wie sehr glückliche Erinnerungen schmerzen können. Turner kam zum Homecoming und quetschte sie im Aufenthaltsraum des Tri-Delt gnadenlos aus, was an dem Gerücht dran sei, daß sie etwas mit einem Dozenten von der Kunstfakultät habe.

«Was geht dich das an?» fragte sie. Sie hatte tatsächlich einen Flirt mit Professor Galmer, aber es empörte sie, daß Turner sie offenbar zu kontrollieren versuchte, obwohl sie doch Schluß gemacht hatten.

«Gar nichts!» schnappte er und stapfte aus der Tür.

Professor Galmer zeigte ein besonderes Interesse an ihrer Arbeit. Und an ihrem Busen, an dem sein Blick hängenblieb, sobald er glaubte, daß sie es nicht bemerkte. Er bestellte sie in sein Zimmer, um ihr seine Mappe mit Aktaufnahmen zu zeigen und mit ihr Linien und Proportionen, Licht und Schatten, Blenden und Belichtungszeiten zu erörtern. Er war gerade in seiner Edward-Weston-Periode und versuchte, Pflanzen und Früchte wie weibliche Körperpartien darzustellen und umgekehrt.

Sogar Clea war sich der Klischeehaftigkeit der Situation bewußt, als er sie eines Tages bat, für ihn zu posieren. Zuerst versuchte er, ihre Hände wie Baumwurzeln zu arrangieren. Am Ende der Sitzung saß sie nackt in einem großen Wasserbecken in einer der Dunkelkammern, wo sie mit den Fingern das Wasser in Bewegung hielt, während Professor Galmer sich bemühte, ihr Schamhaar wie sich im Wasser wiegenden Seetang auf den Film zu bannen.

Als Galmer ihr aus dem Becken half und sie sorgsam am ganzen Körper mit einem Handtuch abtrocknete, gab er plötzlich seine sachlich-künstlerische Distanz im Hinblick auf ihre Linien und Proportionen auf. Auf der dunkelblauen Cordcouch seines Sprechzimmers, unter den Blicken der Farbfotos seiner Gattin und seiner grinsenden halbwüchsigen Söhne entdeckte Clea, daß Sex vergnüglicher sein konnte, als sie nach der Session auf Turners Regenmantel hatte ahnen können. Es störte sie zwar, daß eine der beiden Hände, die ihr dieses Vergnügen bescherten, einen goldenen Ehering trug, aber es störte sie hinwiederum nicht genug, um sie von dem ganzen Unterfangen Abstand nehmen zu lassen.

Unter Professor Galmers Patronat entwickelte Clea zunehmend Vertrauen in ihr Fotografenauge und auch in den Rest ihrer Anatomie. Schon bald war sie der erste weibliche feste Fotoreporter der Studentenzeitung. Mit Presseausweis und Fototasche bewehrt, schlenderte sie lässig auf Sportveranstaltungen und Sitzungen des Studentenparlaments herum. Manchmal fotografierte sie auch Gastredner wie Martin Luther King oder Madame Tschiang Kai-schek. Und schließlich wurde sie von der Jahrbuch-Redaktion beauftragt, die hervorstechenden Wahrzeichen des Campus zu fotografieren, und zwar ein bißchen unscharf, so wie verschwommene Erinnerungen.

Cleas Arrangement mit Professor Galmer war für beide Seiten vorteilhaft. Sie diskutierten über ihre Arbeit und liebten sich auf der Couch in seinem Büro. Danach ging er nach Hause zum Abendessen mit der Familie und sie ins Tri-Delt-Haus zu ihren Rendezvous mit den verschiedenen DUs. Professor Galmer beteuerte, bis sie ihren Bachelor hätte, würden seine Kinder auf dem College sein, und dann könnte er seine Frau verlassen. Sie beide, er und Clea, würden sich eine Hütte irgendwo im Wald bauen, mit Fotostudio und Dunkelkammer und einem geräumigen Loft mitten zwischen den Bäumen, mit einem riesigen Bett, wo sie sich unter den schwankenden und bebenden Ästen die ganze Nacht in den Armen liegen würden. Eine moderne Version von Stieglitz und O'Keeffe. Er würde den großen Durchbruch schaffen, indem er die wechselnden Konfigurationen und Stimmungen ihres Gesichts und ihres Körpers festhalten würde. Nach und nach verdrängte diese Version das Penthouse. Und John Galmer, der sie in den Armen wiegte und unermüdlich seine bleichen Hüften gegen ihre stieß, verdrängte Turner und die Highballs auf der Terrasse.

Dann hatte Professor Galmer eine Ausstellung im Kunst-Zentrum des Campus, wo auch das Foto von Cleas Seetang-Schamhaar hing und noch ein weiteres von ihren Brustwarzen nach dem Sex, fest und schrumplig wie Rosinen. Bei der Eröffnung beobachtete Clea von einer Ecke des Raums aus, wie Galmers blonde Frau eine Serie betrachtete, die Cleas im

Stil kubistischer Gemälde arrangierte Gliedmaßen zeigte. Die Gattin selbst war dicklich und faltig, vor allem im Vergleich zu dem straffen, grazilen Fleisch auf den Bildern. Außerdem, sagte Professor Galmer, verstand seine Frau weder ihn noch seine Kunst. Clea überkam ein heimliches Triumphgefühl. In ein paar Jahren würde sie bei öffentlichen Auftritten an seiner Seite stehen und in ihrem Loft unter den Bäumen neben ihm schlafen. Und in dieser Nacht, als Clea in ihrem Bett im Tri-Delt-Haus lag, ging ihr auf, daß ein ganzer Tag verstrichen war, ohne daß sie auch nur einmal an Turner gedacht hatte.

In ihrem letzten Studienjahr war dann aber immer seltener die Rede vom Loft unter den Bäumen. Bestürzt merkte Clea, wie sie beide immer öfter die Foto-Sessions in Galmers Büro ausfallen ließen. In den ersten beiden Jahren ihrer Beziehung hätte nicht einmal ein nahender Tornado sie von seiner Cordcouch fernzuhalten vermocht. Eines Nachmittags, als ihr Abschluß schon in greifbare Nähe gerückt war, drängte Professor Galmer sie plötzlich, einen Job in New York anzunehmen, als Assistentin eines Fotografen namens Allan Barkham, der bei ihm studiert hatte.

«Und unsere Hütte?» fragte Clea. Sie saßen, gänzlich bekleidet, jeder an einem Ende der Cordcouch, zwischen sich eine Mauer aus Verlegenheit.

«Hütte? Ach ja, unsere *Hütte*. Die unter den Bäumen.»

«Die mit dem Studio und der Dunkelkammer und dem Loft», sagte sie verdrossen, ohne ihn anzusehen.

«Ach ja, man spinnt so manche wunderbare Phantasie, wenn man frisch verliebt ist», sagte er sanft, fast flehentlich. «Aber du hast eine glänzende Karriere vor dir, Clea. Du wirst es weiter bringen als ich. Und ich kann es nicht verantworten, dich zu bremsen. Du gehörst nach New York.»

Clea unterbrach die Inspektion ihrer Hände und sah auf. «Aber vielleicht will ich gebremst werden?» Das war eine echte Frage. Sie merkte mit Bestürzung, daß sie der Gedanke, nach New York verbannt zu werden, schon fast erleichterte.

«Das willst du nicht wirklich. Du wirst in New York einen

netten Mann finden, Clea. Und dann hast du alles – deine Karriere und einen Liebhaber ganz für dich allein.»

«Du willst mich nur loswerden.»

Professor Galmer lächelte wehmütig. «Sei nicht albern, Clea. Das ist eins der schwersten Opfer, die ich je gebracht habe. Nimm es rasch an, ehe ich es mir anders überlege.»

«Aber für wen bringst du es? Doch nicht für mich. Für sie. Für sie alle.» Sie deutete mit zornig gerecktem Zeigefinger auf die blonde Frau und die grinsenden Halbwüchsigen auf seinem Schreibtisch. Immer kamen die Kleineren zuerst. Und was war mit ihr?

«Vielleicht für uns alle», sagte er leise, mit einem Blick auf seine Kodachrome-Familie. «Und wenn du eines Tages selbst Kinder hast, wirst du das vielleicht begreifen.»

Clea stand auf, ergriff ihre Mappe und stapfte hinaus. Auf dem ganzen Weg zurück ins Tri-Delt-Haus schwankte sie zwischen Dankbarkeit für all das, was Professor Galmer ihr gegeben hatte, Wut auf ihn, weil er sich jetzt drückte, Schmerz, weil sie ihn verloren hatte, und Ärger auf sich selbst, weil es ihr nicht gelang, so bruchlos unglücklich zu sein, wie sie es für angemessen hielt.

Das Penthouse am Central Park war der Hütte im Wald gewichen. Jetzt, in New York, war es ihr Problem, diese Hütte wieder loszuwerden. Wahrscheinlich bedurfte es dazu eines neuen Bildes, das sie überlagern würde.

Eines Nachmittags traf sie bei Werbeaufnahmen für Green-Gourmet-Erbsen plötzlich auf Turner. Als sie gerade dabei war, die Erbsen mit Öl einzupinseln, und kurz aufsah, entdeckte sie ihn, groß, schlank, blond und leicht amüsiert, in seinem Nadelstreifenanzug mit Seidenripskrawatte. Ihre Hand zitterte so heftig, daß sie Öl auf den Teller kleckerte und noch einmal von vorn anfangen mußte. Es hatte sie mehr als ein Jahr gekostet, die wenigen sonnigen Monate mit diesem Vergnügungsspezialisten hinter sich zu lassen. Nur eine Verrückte würde sich darauf noch einmal einlassen.

Als Turner sie schließlich bemerkte, stieg ihm die Röte vom

Hals bis zum zurückweichenden Haaransatz empor. Da sie beide von Vorgesetzten umringt waren, konnten sie kein privates Wort miteinander wechseln, bis sie dann, nach Beendigung der Aufnahmen, zusammen den Aufzug betraten.

«So trifft man sich wieder», murmelte Clea.

«War aber auch an der Zeit, finde ich.» Turner nahm ihre Hand, als sei in diesen vier Jahren kein Tropfen Wasser den Fluß hinuntergeflossen.

Clea wollte einen Moment lang ihre Hand wegziehen, tat es dann aber doch nicht. Idiotin! gellte es in ihrem Kopf.

Während sie im Algonquin bei ihren Drinks saßen und plauderten, entspann sich in Cleas Innerem ein stummes Ringen zwischen ihren Gefühlen und ihrem Verstand. Aber als Turner dann vorschlug, oben ein Zimmer zu nehmen, hörte sie sich inbrünstig «Ja» sagen.

Im Aufzug sagte sie sich, daß sie ihm nur zeigen wolle, was sie seit jener wenig virtuosen Entjungferung auf seinem Regenmantel gelernt hatte, damit er daran zu knacken habe. Und außerdem wollte sie endgültig diese verdammte Hütte unter den Bäumen ausradieren.

Während sie sich schwitzend und bebend zwischen den Laken wälzten, versicherte sie sich selbst, das Ganze sei weiter nichts als die Begleichung einer alten Rechnung, ein einmaliger Akt, der nur dazu diene, Turner bereuen zu lassen, daß er sie nicht gewollt hatte, als sie sein gewesen war. Aber als sie am nächsten Morgen aufwachte und er schlafend in ihren Armen lag und die Sonne goldene Lichter auf sein Haar malte, da stand wieder die Vision des Penthouse vor ihr, so lebhaft und verlockend wie früher. Sie schob Turner zur Seite und stieg aus dem Bett in ihr zerknittertes Leinenkostüm.

«Geh nicht weg», sagte er, mit einem trägen, zufriedenen Lächeln ins Sonnenlicht blinzelnd.

«Ich muß los.»

«Warum so eilig? Wir haben doch noch den ganzen Rest unseres Lebens vor uns.»

Sie sah ihn spöttisch an. «Ich mag dich sehr, Turner, aber

wir sind noch zu jung, um die Dinge so ernst zu nehmen. Obwohl ich dich natürlich vermisse und so weiter.»

Turner sah sie verdutzt an.

«Ein Zitat aus deinem Brief.»

«Welchem Brief?»

«Dem freundlichen Schreiben, das du mir damals nach Poplar Bluffs geschickt hast.»

«Wovon sprichst du?» Er schirmte die Augen mit der Hand gegen die Sonne ab und sah sie verständnislos an.

«Als du mit mir Schluß gemacht hast.»

«Wir haben Schluß gemacht, als ich zum Homecoming in Cornell war, in deinem zweiten Jahr», sagte Turner, wobei er sich hochrappelte und gegen die Kissen lehnte und sein muskulöser Brustkorb mit der blonden Haarmatte erschreckend einladend aussah. «Ich bin damals aus Manhattan gekommen, um dich zu sehen, aber du hattest diese Geschichte mit diesem Knilch von der Kunstfakultät.»

Clea runzelte die Stirn und bückte sich, um ihre Sandalen zuzumachen. «Das deckt sich nicht mit meiner Erinnerung.»

«Na, ist ja auch egal. Das ist jetzt nicht der Punkt. Der Punkt ist, daß ich möchte, daß du wieder in dieses Bett kommst. Bitte, geh nicht weg.»

«Ich bin schon weg.» Sie zog verwirrt die Tür hinter sich zu. Wie konnte es sein, daß er sich nicht mehr an diesen miesen Brief erinnerte, der sie überhaupt erst in Galmers Arme getrieben hatte?

Clea verabredete sich entschlossen mit einer ganzen Reihe von Produkt-Managern, Firmenjuristen, Medizinern und Börsenmaklern, in der Hoffnung, daß einer von ihnen Turners Stelle an der Dachterrassen-Bar in ihrem Kopf einnehmen würde. Aber jeder von ihnen entpuppte sich über kurz oder lang als kleiner Junge statt als Robert Young.

In der Zwischenzeit genoß sie bei Allan Barkham eine echte Allroundausbildung. An einem Tag fotografierten sie in einer Wohnsiedlung am Hudson die Parkanlagen für die

Landschaftsarchitekten, die sie entworfen hatten. Am nächsten waren sie in einem Operationssaal, um Illustrationsfotos für ein medizinisches Lehrbuch zu schießen. Dann in New Jersey, um auf einer Großfarm Feldfrüchte für einen Saatgut-Katalog aufzunehmen. Sie lernte, mit Farbfilm umzugehen. Und statt einfach nur vor Ort zu erscheinen und nach besten Kräften wiederzugeben, was sie dort vorfand, so wie sie es für die Cornell-Zeitung getan hatte, lernte sie, die Dinge in ein möglichst vorteilhaftes Licht zu rücken und dafür notfalls auch ein bißchen zu manipulieren.

Schließlich erwies sich Allan Barkham auch insofern als echter Galmer-Schüler, als er Clea zu verstehen gab, daß es durchaus zu den Anforderungen ihres Jobs gehörte, nackt für ihn zu posieren. Sie gab ihm daraufhin zu verstehen, daß sie sich nach einem anderen Job umsehen würde. So besann er sich auf weniger drakonische Formen, ihr den Hof zu machen. Er operierte mit Mitteln wie Lob, Gehaltserhöhungen und der Erlaubnis, seine Dunkelkammer privat zu nutzen, was es Clea ermöglichte, weiter mit Schwarzweißfilm zu experimentieren.

Turner überschwemmte sie mit charmanten Briefen und Anrufen. Sie hätte seinen Avancen ja liebend gern nachgegeben, aber sie fürchtete, die Flut würde dann wieder verebben und sie auf dem Trockenen zurücklassen, gestrandet mit nichts als ihrer Penthouse-Phantasie. Aber warum sollte sie sich nicht darauf einlassen, wo sie doch auch so schon unglücklich war? Die Abrechnung im Bett war ein Fehler gewesen. Jetzt saß sie da mit dem Bild von Turner, wie er in den Kissen lehnte und die Sonne auf seine blonde Brust fiel. Schon beim Klang seiner Stimme wurde sie feucht zwischen den Beinen.

Eines Abends, als sie von der Arbeit kam, fand sie in der Eingangshalle ihres Appartementhauses Turner vor, der gerade den Portier in der mottenzerfressenen kastanienbraunen Uniform mit einem Jonglierkunststückchen unter Verwendung dreier Kiwis unterhielt. Als er sie erspähte, schnappte er die Früchte aus der Luft. «Hi. Ich kam gerade hier vorbei. Ich habe eine Tüte von diesen neuen Früchten aus Neuseeland und dachte mir, du magst sie vielleicht mal probieren.»

«Kiwis», sagte sie, bemüht, desinteressiert zu klingen. «Danke, aber die kenne ich schon. Köstlich. Ich hoffe, sie schmecken dir.»

«Bitte, Clea, kann ich reinkommen? Was immer ich dir getan habe – es tut mir leid.»

Der Portier sah sie, für Turner Partei ergreifend, flehentlich an. Gegen zwei kam sie nicht an.

«Komm rauf.» Sie versuchte sich zu erinnern, ob ihre Zimmergenossin Jane etwas darüber gesagt hatte, was sie am Abend vorhatte. Ein Teil von ihr hoffte, daß sie da war, die andere Hälfte betete, daß dem nicht so sein möge. Sie legte es in die Hand der Götter.

Die Götter aber hatten Jane zu ihrer Mutter nach Long Island geschickt, und Clea schickten sie in den siebten Himmel. Sie hatte mit Professor Galmer eine ganze Menge gekonnten Sex erlebt, aber nie diese Zärtlichkeit, die sie jetzt für Turner empfand, als sie im Dunkeln dalagen und der Schweiß auf ihren Körpern trocknete. Sein allmählich wieder ruhiger schlagendes Herz klopfte an ihrer Wange, und sein unregelmäßiger Atem pustete in ihr verstrubbeltes Haar.

«O Gott, Turner, laß mich nie wieder allein.»

«Aber du hast mich allein gelassen», insistierte er.

Sie sahen einander im Mondlicht, das durchs Fenster fiel, gespielt-ungehalten an.

Er sprang aus dem Bett.

«He! Was hast du vor?»

«Uns einen Cognac einzugießen. Komm, stell dich hierher zu mir ans Fenster, und laß uns runtergucken auf all die armen Teufel da unten, die heute abend nicht wir beide sind.»

«Ich liebe dich, Turner», sagte sie wehrlos, als er sie, dort am Fenster, in die Arme nahm und ihr dabei Cognac über den Rücken kippte. «Verdammt noch mal, weißt du, ich glaube, ich habe dich die ganze Zeit geliebt.» Der ganze Schmerz, die ganze Einsamkeit, das ganze anonyme Gefummel im DU-Knutschraum, die ganze hitzige Leidenschaft auf der Cordcouch – das alles löste sich in nichts auf, wie Nebel an einem sonnigen Morgen. Übrig blieben nur Turner und sie, nackt am Fenster stehend, einander in den Armen haltend, den Blick hinunter gerichtet auf die einsamen Hunde-Gassiführer unten auf dem Riverside Drive und den Vollmond über dem Hudson. Cleas alte Vision aus Poplar Bluffs-Zeiten hatte sich erfüllt. Sie war hier, in New York City, in den Armen eines charmanten Mannes, der immer für sie sorgen würde.

Während sie die Abzweigung nach Roches Ridge nahm, dachte Clea mit einem etwas unmutigen Lächeln, was für ein Gänschen sie doch damals gewesen war. Seit jenem Abend hatten Turner und sie viele Kämpfe bestehen müssen. Er war nicht der, für den sie ihn gehalten hatte. Sie war nicht die, für die sie sich gehalten hatte. Und Liebe und Leidenschaft waren auch nicht das, was sie sich darunter vorgestellt hatte.

Als sie neben ihrem Haus anhielt, fühlte Clea, wie warme Befriedigung sie durchströmte. Nachdem sie jahrelang unter freundlichen Fremden umhergewandert war, hatte sie endlich heimgefunden. In ein Dorf, das ein Reservat all jener altersschwachen biblischen Tugenden war, denen zu entkommen ihr ganzes Leben lang ihr oberstes Trachten gewesen war. Der Boden unter ihren Füßen war matschig, als sie über das abfallende Gelände hinter ihrem Haus zu der Baumreihe am Ende ihres Grundstücks hinunterschlenderte und im Geist die Mäuerchen, Staudenbeete und Zierbüsche vor sich sah, die eines Tages diese Wiese in einen von einer Sträucherhecke abgeschirmten Garten verwandeln würden. An den Schattenstellen lagen einzelne Flecken schmelzenden Schnees.

Zu ihrer Bestürzung entdeckte sie, daß das Gelände mit Lone-Star-Bierflaschen und Fertiggericht-Aluschälchen übersät war, die der Schnee bislang zugedeckt hatte. Es sah aus wie auf der Zweiundvierzigsten Straße. Aber sie würde den Müll aufsammeln, und niemand würde mehr neuen verstreuen. Sie würde Blumen pflanzen, und niemand würde sie zertrampeln. Resolut hielt sie sich die Gärten der berühmten englischen Landsitze vor Augen, die sie fotografiert hatte – Sissinghurst und Hidcote, Gravetye und Knole.

Die Hände in den Taschen ihrer Tweedhosen vergraben schaute Clea durch die kahlen Birken hinunter zum Mink Creek. Auf einer Erhebung, gleich am Ufer, standen, von der Spätnachmittagssonne mit goldenem Licht übergossen, zwei Tipis, ein Trailer und mehrere Holzhütten. Ein Jägercamp? Sie studierte die Anlage eine ganze Weile, ohne irgendwelcher Bewohner ansichtig zu werden. Das Schmelzwasser ließ den Fluß anschwellen. Bald würde das Camp dort unten überschwemmt werden.

Achselzuckend dachte Clea, daß sie schon überall gewesen war, alles gesehen und fast alles erlebt hatte. Turner, John Galmer, Elke und noch ein Dutzend anderer... Sie war es müde, sich zu ver- und zu entlieben. Dieser Vorgang war so vorhersagbar wie das Fluten und Leeren der Schleusen des Panamakanals. Und außerdem hatte sie jetzt ein Alter erreicht, in dem es sich gehörte, daß die eigene Innenwelt aufregender war als alle äußeren Stimuli.

Sie versuchte, sich an einige ihrer weniger wichtigen Liebhaber zu erinnern, aber alles, was ihr heraufzubeschwören gelang, waren irgendwelche exotischen Kulissen – ein Mondlichtkegel auf einem Futon in einem japanischen Teehaus, ein rosa Sandstrand unter farblich absolut disharmonierenden Palmen, eine Pariser Pension mit einem Akkordeonspieler draußen auf dem Trottoir, ein Motel am Meer in einem kleinen Küstenort in Australien. Sie erinnerte sich an honigtriefendes Baklava in einer griechischen Taverne und an graue Augen, die in einem Zug über der Nullarbor-Ebene tief in ihre blickten. Vielleicht nahmen die Erinnerungen in ihrem Kopf diese Form an, weil sie Reisefotografin war. Ein Buchhalter würde sich an seine Liebesabenteuer vielleicht in der Gestalt von Ausgabenposten erinnern. Alle diese Begegnungen hatte sie als berauschend erlebt, und doch waren die Spuren, die sie hinterlassen hatten, nicht bleibender gewesen als Fußstapfen im Schnee. Alles, woran sie sich – abgesehen von den Szenerien – wirklich erinnerte, war ihr eigenes Empfinden, jedesmal genau das gleiche, eine heftige Woge von Sinn- und Verbundenheitsgefühlen. Solange es anhielt, war es himmlisch. Aber es war immer wieder verebbt und hatte in seinem Sog einen Kahn voller Kummer, Gewissensbisse und verletzter Dritter herangespült. Es erschien ihr jetzt so armselig, daß sie immer wieder neu auf dieses Blendwerk hereingefallen war. Aber nun endlich würde sie so vernünftig sein, in tieferen Schichten zu schürfen.

Als Clea über ihr Grundstück zurückspazierte und die untergehende Sonne das graue Steinhaus mandarinrot tünchte, erspähte sie durch die Ahornbäume auf dem Kamm des gegenüberliegenden Hügels eine Wagenburg aus klapprigen gelben Schulbussen, umflort von zartblauen Dunstschwaden, die aus dem tauenden Schnee stiegen. Ein Stück daneben glänzte eine gigantische weiße Satelliten-Schüssel, in die ein großes silbernes Kreuz gemalt war. Jetzt, da der Schnee schwand, kam wahrhaftig überall Schrott zum Vorschein. Sobald sie mit ihrem Haus und Garten fertig wäre, würde sie sich daranmachen müssen, die Umgebung zu säubern.

Und zwar beginnend mit dem Nachbaranwesen, das Clea jetzt voller Widerwillen musterte. Das Gebäude, offenbar ursprünglich ein Gasthaus, war ein wucherndes, wackliges Monstrum, das aussah, als ob der nächste Sturm es einfach wegpusten würde. Die Fenster waren mit Aufklebern gepflastert, die besagten: UNSERE EINBRUCHSVERSICHERUNG: SMITH UND WESSON. Die durchsackende Vorderveranda stand voller alter Autositze und rostiger Waschmaschinen. Die eine der halbabgeblätterten grauen Schindelwände zierten Geweihe und Raubvogelschwingen. Hinter dem Haus türmte sich ein Berg aus ausgeschlachteten Autowracks. Als Clea ihr Haus gekauft hatte, war der Autohaufen mit Schnee bedeckt gewesen, und sie hatte ihn für einen kleineren Hügel gehalten. In der Einfahrt stand ein blauer Abschleppwagen mit Seilwinde und Rollblechen. Die Stoßstange zierte ein Aufkleber mit der Aufschrift: ACHTUNG, TRAMPER: SPRIT, SHIT ODER TITTEN – UMSONST WIRD KEINER MITGENOMMEN. In der Einfahrt wimmelte es gewöhnlich von allen möglichen Schrottkisten, Leuten mit schlechten Zähnen und Kindern, die in Pfützen spielten. Dieses Haus mußte weg. Es würde den ganzen Effekt ihrer Renovierungsaktion zunichte machen. Vielleicht konnte sie es ja noch dazukaufen und eine kleine Kommune gründen. Und Elke und die Kinder ganz hierherlocken.

In der Küche machte sie auf einem Gaskocher Teewasser heiß. Das Loch im Fußboden war jetzt mit Spanplatten abgedeckt, und die Badewanne stand in der Einfahrt. Darius Drumms Werkzeug und Material blockierten das ganze Erdgeschoß. Aber oben war eins der hinteren Zimmer bereits bezugsfertig. Sie beförderte Calvins Feldbett einstweilen dort hinauf, bis sie die Zeit finden würde, sich ein neues Bett kommen zu lassen.

Als sie mit ihrem Tee auf dem Feldbett saß, während draußen die Sonne hinter den Bergketten jenseits des Sees verschwand, versuchte Clea, sich darüber klarzuwerden, was sie hier eigentlich machte. Ihre bisherigen Lebensentscheidungen waren immer Produkte weißglühender Emotionen gewesen. Und wenn die Glut dann abgekühlt war, hatten sie sich manchmal als sinnvoll entpuppt und manchmal nicht. In welche Kategorie würde Roches Ridge fallen? Turners und ihr Bestreben war es immer gewesen, auf keinen Fall das Eheleben ihrer Eltern zu reproduzieren – jenen Alptraum provinzieller Monotonie, der Cleas Eltern in die Trunksucht getrieben und aus Turners Mutter eine hysterische Furie im Kittelschurz gemacht hatte. Wie immer dieses Unternehmen sich entwickeln mochte – zumindest würde Turners und ihre Beziehung nicht zu jenem tödlichen wechselseitigen Klammergriff degenerieren, von dem sie geglaubt hatte, daß sie ihn wollte.

9 Burgfrieden

In der ersten Zeit ihrer Beziehung betätigte sich Turner weiter als Vergnügungsexperte. Im Sommer sausten sie nach Montauk Point, um von seinem leicht angerosteten waldgrünen MG aus den Sonnenuntergang zu betrachten, die Küste von Jersey hinunter, um Pfirsiche und Tomaten zu erstehen, oder zum Blumenpflücken in die Catskills.

An einem Nachmittag mieteten sie sich ein Ruderboot, um sich auf jeder einzelnen Insel im Bear Mountain Lake zu lieben. Im Winter fuhren sie nach Vermont zum Skifahren und nach Florida zum Sonnenbaden. Sie klapperten Freiluftspektakel und Straßenfeste ab, besuchten Vernissagen und Fernseh-Live-Shows. Während Turner spätnachts den MG durch den Central Park steuerte, lag Clea in seinem Schoß und blies ihm einen. Schließlich war sie so erschöpft von diesem Belustigungsmarathon, daß sie seinen Heiratsantrag annahm. In der Hoffnung, daß sie dann endlich daheim bleiben, fernsehen und verspießern könnten.

Tatsächlich war es aber dann Clea, die daheim blieb und verspießerte. Während Turner in dem atemberaubenden Tempo weiterlebte, das jeden anderen jungen Senkrechtstarter längst aus der Bahn geschleudert hätte. Nachdem er seinen Erfolg bei Green Gourmet in einen neuen Posten bei Fresh-It umgemünzt hatte, verstand er es auch hier, seine Vorgesetzten zu beeindrucken. Sie belohnten ihn mit Gehaltserhöhungen und Auslandsmissionen. Er und Clea erwarben, abgesichert durch seine glänzenden Zukunftsaussichten und ihre Anteile an der väterlichen Bank, das Haus in Turtle Bay. Es war zwar nicht das Penthouse am Central Park, kam dem aber doch immerhin schon ziemlich nahe.

Nachdem sie sich ein Jahr lang, sooft sie beide zu Hause waren, auf dem Wohnzimmerteppich oder ihrem überdimensionalen französischen Bett getummelt hatten, wurde Clea schwanger, nicht geplanter-, aber auch nicht unerwünschterweise. Als der Entbindungstermin näher rückte, gab sie ihren Job bei Allan Barkham auf. Eigentlich hätte ihre Mutter für die Zeit ihres Wochenbetts aus Poplar Bluffs kommen sollen, aber sie war wegen Kopfschmerzen verhindert. Auf der Heimfahrt vom Krankenhaus im Taxi, die winzige Kate in einem Moltontuch auf dem Schoß, dachte Clea, daß sie ihrer Mutter nach der Geburt ihrer Babies immer beigestanden hatte. Sie war davon ausgegangen, daß ihr jetzt auch Unterstützung zustand, aber das war offenbar ein Irrtum gewesen.

Bald schon war Kate ein Kleinkind, und Theo lag in den Windeln. Clea genoß es, auf der Wohnzimmercouch herumzulümmeln und zuzuschauen, wie ihre Babies auf dem Teppich herumtappten und krabbelten und immer wieder knapp dem Zusammenstoß mit der Couchtischkante entgingen. Der Duft von Johnson's Babyöl machte sie so high wie die schnüffelnden Teenager die Dämpfe von Klebstoff. Sie staunte immer wieder amüsiert über die unbegreifliche Hingabe, mit der Kate kleine Plastik-Doughnuts auf eine Holzspindel fädelte – und sie staunte irritiert über die unbegreifliche Hingabe, mit der sie selbst eine häusliche Idylle erlebte. Man hätte doch meinen können, ihre Laufbahn als große Schwester hätte ihr alle mütterlichen Impulse ausgetrieben. Aber es sollte nicht das letzte Mal sein, daß ihre Physiologie sie austrickste.

Turner benahm sich wie der Panda-Papa im naturgeschichtlichen Zoo in Washington, den Allan Barkham mit ihrer Assistenz fotografiert hatte. Das Tier trottete mürrisch in seinem Käfig herum und beäugte verdrossen die Panda-Mama, die nichts anderes mehr im Sinn hatte als ihre Jungen. Turner fuhr dazwischen, wenn sie am Abendbrottisch Babysprache sprach, und lachte seine Kinder aus, wenn das Essen statt im Mund in ihren Haaren landete. Er war schockiert, als ihm aufging, daß er und Clea sich jetzt nicht mehr auf dem Wohnzimmerteppich wälzen konnten, wann immer ihnen danach zumute war. Er war völlig verstört, wenn sie nicht mit ins Kino oder ins Restaurant gehen wollte oder wenn sie mitten im Liebesspiel aus dem Bett sprang, weil sie von nebenan ein Husten gehört hatte. Er fing an, abends lange wegzubleiben und sich um Auslandsaufträge zu bemühen. Der Vergnügungsexperte war auf der Suche nach netteren Tummelplätzen. Von seinen Reisen kam er fröhlich und mit allen möglichen exotischen Eßwaren beladen zurück. Aber eines Tages brachte er dann auch Filzläuse mit.

Noch immer konnte Clea nicht an jene Wochen ungläubigen Entsetzens zurückdenken, ohne sich innerlich ganz taub zu fühlen. Turner, ihr zärtlicher Beschützer, war nichts als ein ganz normaler Gockel, der zu Hause eine Madonna wollte und in jedem Hafen eine Hure. Ihre feste Burg mit ihrem Sofa und ihrem Teppichboden und ihren Babies und ihrem starken Heldengemahl, der auszog, um für sie zu kämpfen, lag in Trümmern. Und das alles wegen eines lausigen Krabbeltierchens. Turner sprudelte Erklärungen und Entschuldigungen hervor und bettelte um Verständnis, und Clea nahm erstere an und versuchte, letzteres aufzubringen. Aber der Schaden war nicht mehr ungeschehen zu machen.

Zuerst suchte Clea die Schuld bei sich: Sie hatte sich in ihre Babies verliebt und mit ihnen eine Dreiergemeinschaft gebildet statt, wie es sich gehörte, eine Vierergemeinschaft. Hätte sie Turner auf seinen Reisen begleitet, dann hätte *sie* seine sexuellen Bedürfnisse befriedigen können. Sie hätte ja die Möglichkeit gehabt, die Kinder zu Turners Mutter zu bringen oder eine Haushälterin zu engagieren. Für ihre Ehe hätte sich das Opfer bestimmt gelohnt. Lohnte es sich vielleicht immer noch. Sie sprach es Turner gegenüber an. Er schien es nicht zu hören.

Da sie ihn damit nicht plagen, sondern es ihm auf amüsante Weise beibringen wollte, legte sie sich je eine typische Gewandung der Länder zu, die Turner als nächste auf seinem Plan stehen hatte – einen McDonald-Kilt, einen seidenen Sari, einen bestickten Dashiki. Jeden Abend trug sie eine dieser Kostümierungen beim Essen. Bis Turner schließlich sagte: «Okay, Clea, ich habe begriffen, was du sagen willst.»

«Und was meinst du dazu?» Sie hatte die Kinder schon frühzeitig ins Bett gebracht, damit sie beide friedlich bei Kerzenlicht und Wein dinieren konnten. Sie trug den Sari, war aber darauf gefaßt, ihn für eine kleine Zwischenrunde auf dem Wohnzimmerteppich abzulegen. Wenn sie nur damit zu Ende kamen, ehe Kates mitternächtliche Klo-Exkursion anstand.

«Ich denke, du hast zwei kleine Kinder, die dich brauchen.»

Drei, dachte Clea säuerlich. «Aber du brauchst mich doch auch, Turner. Und ich brauche dich. Und Kate und Theo brauchen dich auch.» Sie beugte sich vor und musterte ihn eingehend. Er sah bedrückt und abgespannt aus, und die gelockerte Krawatte hing ihm um den Hals wie eine Schlinge.

«Jetzt hör mal zu», knurrte er, während er auf seinen Fisch einstach, ohne ihren Blick zu erwidern, «ich bin durchaus in der Lage, mich selbst zu kontrollieren, auch ohne daß ich dich als Wachhund dabeihabe.»

«Als Wachhund? Jetzt hör du mal zu. Ich bin auf diese Idee gekommen, weil ich dich liebe. Weil ich dich vermisse. Weil ich bei dir sein will.»

«Ach ja? Und warum fällt dir das gerade jetzt ein? Gib es doch zu: weil du mir nicht mehr traust.»

«Ich traue dir wohl», log Clea.

«Clea, auf meinen Reisen muß ich *arbeiten*. Da habe ich keine Zeit, mich um dich zu kümmern.»

Clea sagte nichts und sah sich selbst mit Turners Augen. Sie, die in der Anfangszeit ihrer Beziehung ein selbständiger Mensch gewesen war, war jetzt gleichzeitig klebrig, fordernd und zurückweisend. Nachdem sie, ehe die Kinder da waren, immer Lust auf Sex gehabt hatte, war sie jetzt ständig entweder zu erschöpft oder zu beschäftigt. Sie dachte an seine Eltern in ihrem neuen Reihenhaus in dem Vorort von Milwaukee, wo der Fernseher ständig auf voller Lautstärke plärrte. An seine Mutter, seine Tante, seine Schwestern, die sich, mit ihrer Coldcreme im Gesicht an Aborigines in Kriegsbemalung erinnernd, den ganzen Tag darüber ereiferten, was die Super-Sparpackung Miracle Whip bei A&P kostete. Turner und sein Vater waren Meister im Erfinden von Gründen, sich zu verdrücken und erst zur Schlafenszeit wieder heimzukommen. Clea verstand plötzlich Turners Häuslichkeitshorror, sein Bedürfnis, sich Schlupflöcher offenzuhalten. Armer Turner. Arme Clea. Wie war das alles nur soweit gekommen? Wo sie sich doch auf den Inseln im Bear Mountain Lake so rückhaltlos geliebt hatten?

Später, in der gleichen Woche, nachdem Turner nach Glasgow abgereist war, ging Clea, mit zerzauster Frisur auf dem Sofa sitzend, während die Babies an ihrem zerknautschten Rock hingen, ihre Möglichkeiten durch. Turner sagte, er wolle sich ändern, und sie wußte, er würde es versuchen. Aber Turner war Turner. Von ihm zu verlangen, daß er seine Vergnügungsexpertennatur ablegte, hätte bedeutet, den Menschen zu zerstören, in den sie sich ursprünglich verliebt hatte. Außerdem war sie ja von vornherein gewarnt gewesen – seit dieser Geschichte mit der Kellnerin aus Syracuse. Und sie hatte ihn trotzdem haben wollen. Jetzt hatte sie drei Möglichkeiten: einfach diesem ganzen abgeschmackten häuslichen Szenarium den Rücken zuzukehren und zu verschwinden, den Status quo zu akzeptieren, samt Filzläusen und allem, oder aber in die Offensive zu gehen.

Von jeher nicht gerade eine Pazifistennatur, entschied sich Clea dafür, eine Haushälterin einzustellen und Allan Barkham zu fragen, ob er sie als freie Mitarbeiterin brauchen könne. Oder vielleicht auch als Dunkelkammer-Assistentin. Im Lauf dieses Gesprächs zeigte sie sich endlich bereit, nackt für ihn zu posieren, auf dem Fußboden hinter seinem Schreibtisch, in einer Ecke seines Studios. Während des Sex starrte sie stur auf einen Stahlträger über sich, ohne irgend etwas zu empfinden. Allan hielt immer wieder inne und erkundigte sich: «Alles in Ordnung? Soll ich aufhören?»

«Bitte, hör nicht auf», sagte sie ohne großen Enthusiasmus. Wenn sie untreu sein mußte, um ihre Ehe zu retten, würde sie es eben sein. Aber Spaß brauchte sie dabei nicht zu haben.

Als sie es Turner nach seiner Rückkehr erzählte, bemerkte sie mit Freude, wie er dunkelrot anlief. Sobald sie den Spieß umdrehte, wurde er nervös. Er fing an, ihre Telefongespräche mitzuhören und in ihrem Schreibtisch zu stöbern. Einmal bekam sie mit, wie er ihr folgte, als sie wegging. Er hielt jetzt plötzlich Lobreden auf die Monogamie und beschwor die Gefahren der verschiedenen Geschlechtskrankheiten. Aber Clea hatte sich entschlossen, die Dinge in seiner Art zu handhaben, und ließ sich nicht mehr davon abbringen, weil sie bezweifelte, daß er je fähig sein würde, auf anderer als allenfalls temporärer Basis im Hafen der Ehe zu dümpeln.

Schließlich handelten Turner und sie eine Art Waffenstillstandsabkommen aus. Außerhalb des Stadtgebiets von New York, definiert als ein Kreis mit einem Radius von vierzig Meilen um ihr Haus in Turtle Bay, konnte jeder tun und lassen, was er wollte. Innerhalb dieses Bannkreises würden sie jedoch jederzeit Ruhe vor den Scharmützeln der heraufziehenden sexuellen Revolution finden.

Cleas größte Sorge war, daß die Hauptleidtragenden – wie in jedem Krieg – die unbeteiligten Zivilisten sein würden: Kate und Theo. Aber mittlerweile kam ihr ihre hingebungsvolle mütterliche Fürsorglichkeit selbst übertrieben vor: Theo hatte inzwischen ihre Brust zurückgewiesen und hartnäckig eine Tasse verlangt. Er war verliebt in Annie, das Hausmädchen aus Barbados. Er hüpfte jeden Morgen bei Tagesanbruch in seinem Gitterbettchen auf und ab und brüllte mit schlafheiserer Stimme: «An-niiie! Wo bist du?» Und Kate beschäftigten fast nur noch die verschiedenen Modediktate ihrer Spielgruppe. Vielleicht war es ja wirklich an der Zeit, ihr muffiges Verlies aufzustemmen und frische Luft hereinzulassen. Und außerdem konnte es den Kindern sicher nicht schaden, wenn sie mit ansahen, wie ihre nörgelige mausgraue Mutter und ihr verbittert auf Heimlichkeiten ausweichender Vater sich bemühten, reife Menschen zu werden – was immer Dr. Spock dazu sagen mochte.

Clea merkte jedoch schon bald, daß sie bei der Festlegung dieser ehelichen Maginotlinie den kürzeren gezogen hatte. Turner kam oft aus New York heraus, sie kaum je. Vorerst störte sie das noch wenig, da ihre Kinder immer noch den Löwenanteil ihrer Zeit und Energie beanspruchten. Es war ja zunächst darum gegangen, sich dagegen zu wehren, daß Turner in ihr eine Spinne sah, die immer nur zu Hause in ihrem Netz hockte und darauf lauerte, ihn einzugarnen und mit ihrem Gift zu lähmen. Damit sie aufhören konnte, sich selbst so zu sehen. Außerdem hatte sie inzwischen Elke bei der Foto-Session in ihrem Atelier kennengelernt, und sie telefonierten jeden Abend miteinander. Clea war, wenn auch in aller Keuschheit, bis über beide Ohren verliebt.

10 Loretta Gebo

Loretta Gebo saß auf einem Barhocker am Tresen der Casa Loretta, rauchte eine Virginia Slim und blätterte in einem Woman's-Day-Heft auf der Suche nach weiteren Gewinnspielen, an denen sie sich beteiligen konnte. Sie hatte bereits ihren Coupon für die große Verlosung des Clearing House-Verlags eingeschickt, und heute würde Ray Marsh über die Grenze fahren und kanadische Lotterielose besorgen.

Sie schlug das Heft zu, nahm einen tiefen Zug und blies seufzend den Rauch aus. Sie wußte nicht, warum sie sich überhaupt die Mühe machte. Sie schaffte es noch nicht mal, beim Bingo der freiwilligen Rettungswacht dienstags abends in der Grundschule zu gewinnen. Und in der Tri-State-Megabuck-Lotterie hatte sie nie auch nur eine Zahl richtig. Und das einzige Mal, daß sie etwas gewonnen hatte, war es ihr prompt durch die Lappen gegangen. Sie hatte tatsächlich den IGA-Kassenbon mit der Gewinnummer für eine Tüte Lebensmittel nach Wahl gehabt und es erst nach Ablauf der Einlösefrist gemerkt. Loretta drückte ihre Zigarette aus, wickelte einen silbernen Hershey's Kiss aus seinem Papierchen und schob ihn sich in den Mund.

Ishtar vom Karma-Café behauptete, das mit dem Pech sei nun mal Lorettas Karma in diesem Leben. Aber Loretta wollte verdammt sein, wenn sie einfach die Hände in den Schoß legte und ihr Karma walten ließ. Sie würde sich noch auf der Bahre Lotterielose kaufen. Ishtar hatte zu ihr gesagt, sie solle sich mit der Strömung treiben lassen und nicht versuchen, den Fluß zu beschleunigen. Daraufhin hatte sie zu Ishtar gesagt, sie solle sich ihre Sprüche irgendwohin schieben. Aber sie wußte nicht, ob diese Lesben sich überhaupt je irgendwas irgendwohin schoben. Und sie wollte auch nicht drüber nachdenken.

Aber Ray Marsh, der dachte gern über so was nach. Er versuchte andauernd, Loretta zu überreden, daß sie Ishtar in ihren Trailer einlud, damit sie zusammen eine Prise Koks schnupfen konnten und sehen, was passierte. Calvin Roche hatte Loretta mal ein paar Fotos aus dem *National Enquirer* gezeigt, von zwei Frauen, die sich in einem Bottich voller Schokoladenpudding wälzten. Daraufhin hatte sie zu Ray gesagt, nur so würde er sie je dazu kriegen, eine Frau zu lecken. Und prompt hatte er ihr, als er das nächste Mal für Orlon nach New Jersey gefahren war, ein paar eßbare Schokoladenslips mitgebracht. Und gesagt, er würde ihr noch mehr davon kaufen, wenn sie sie Ishtar vom Leib knabbern würde. Aber Loretta hatte keine Lust, sich Ray mit einer Lesbierin mit einem Karma-Tick zu teilen. Es war schon schwer genug, ihn von den Lesben-Videos wegzubekommen, die er sich immer auslieh. Ray wäre wohl am liebsten selbst lesbisch gewesen. Aber, wie Ishtar sagen würde: Vielleicht klappt's ja im nächsten Leben, alter Junge.

Loretta ging in den Waschraum, um ihre Frisur zu überprüfen. Jared McQueen vom Salon Mane Magnifique behauptete, ihr Haar sähe aus wie ein italienisches Cannoli. Und Jared war so ein hübscher Bursche, daß ihr einfach keine passende Gegenbeleidigung einfiel. Aber es gab auch Leute, die anders über ihre Frisur dachten. Als sie Daryl Perkins zum erstenmal gesehen hatte, hatte er sich aus seinem gelben Lieferwagen mit den Bibelsprüchen gehievt und sich auf seinen Aluminiumkrücken in ihr Lokal geschwungen. Er hatte ihre bienenstockartig aufgetürmte Haarschlange ausgiebig gemustert und dann in seinem Südstaatenakzent gemeint: «Wahrhaftig, Lady, man könnte meinen, unser Herrgott hat seinem Werk die Krone aufsetzen wollen.»

Calvin hatte im *National Enquirer* gelesen, daß Chrystal

Gayles Haar einsfünfzig lang war. Als Ray daraufhin bei ihr nachgemessen hatte, waren es nur einsdreißig gewesen. Sie war fest entschlossen, keinen Zentimeter abzuschneiden, ehe sie nicht aufgeholt hatte. Die Leute sagten immer, sie kapierten nicht, wie sie ihre Haare so hoch auftürmen konnte, wenn ihr Kopf nicht nach oben spitz zulief. Wie sie es machte, wußten nur sie und Ray. Ray liebte es, ihr die Nadeln herauszuziehen und zuzuschauen, wie sich ihr Haar über Brust und Schultern herabschlängelte. Das würde ihm Ishtar nie bieten können mit ihrem häßlichen Bürstenschnitt. Seit sie nicht mehr bei den Boudiccas war, ließ sie die Stoppeln zwar wachsen, aber ihr Kopf sah immer noch aus wie das Hinterteil eines räudigen Köters.

Während sie vor dem Spiegel in ihrer mit Haarspray festzementierten spitzen Ohrlocke herumstocherte, spezifizierte Loretta, was sie sich im Fall eines Lotteriegewinns leisten würde. Zuallererst: die lebenslange Mitgliedschaft im Schoko-Spezialitäten-des-Monats-Clubs. Dann: eine bessere Hilfskraft als Dylan Scarborough, damit sie die Abende mit Ray zu Hause verbringen konnte. Und ein Haus für sie und Ray in der Colonial-Manor-Siedlung, an der Straße hinaus zu den Xerox-Werken. Aber sie würde Ray nie dazu kriegen, mit ihr dort zu wohnen. Sie bekam ihn ja noch nicht mal dazu, in ihren Trailer in Sunset View zu ziehen. Astrid Starr hatte mal hinter ihrer Kasse im IGA erklärt: «Du meine Güte, einen Marsh kriegt man nicht von zu Hause weg. Diese Bude, die sie da haben, ist nun mal so verflixt groß, daß keiner von ihnen je die Kurve kriegt. Wenn man mit einem Marsh zusammenleben will, kann man nur selbst dort einziehen.» Loretta hatte gedacht, sie könnte Astrid das Gegenteil beweisen, aber bislang behauptete Ray immer nur, er sei noch nicht soweit, sich so verbindlich festzulegen.

«Aber dein Abschleppwagen steht doch jeden Wochentagabend und den ganzen Sonntag vor meiner Tür. Meinst du wirklich, Rayon Marsh, es wüßte nicht sowieso jeder in dieser Stadt, daß wir so gut wie verheiratet sind?»

«Ich will dich, Loretta, aber ich will keine Frau, mit der ich verheiratet bin», murmelte Ray auf der Couch, wo er vor seinen Lesben-Videos hing.

«Und wenn du mich nur kriegst, indem du mich heiratest?»

Ray stand auf und zog sich die Tarnhose hoch. «Dann wird es Zeit, daß ich zuseh, daß ich Land gewinne», sagte er mit einem freundlichen Grinsen, während er seinen olivgrünen Air-Force-Parka mit der wolfspelzgefütterten Kapuze an sich raffte.

«Setz dich wieder hin, du Idiot.» Sie drückte ihn aufs Sofa zurück und setzte sich rittlings auf seinen Schoß. «Du weißt doch genau, daß ich gar nicht ohne dich leben kann.» Ihr Plan war es, ihn so daran zu gewöhnen, daß er abends bei ihr ein warmes Essen und ein sauberes Bett vorfand, daß er sie nie mehr verlassen würde, auch ohne amtlichen Wisch.

Loretta setzte sich und nahm ihre katzenaugenförmige weiße Brille ab. Sie würde Ray auch etwas von dem Gewinngeld abgeben, damit er sich das Leben ein bißchen bequemer einrichten konnte. Die Leute sagten immer, die Marshs taugten nichts, weil Rays Mutter Waneeta Lebensmittelgutscheine bezog und sich in die Schlange stellte, wenn es Gratiskäse aus Regierungsbeständen gab, und die Sachen von Unfallopfern trug. Aber Loretta hatte noch nie jemanden so hart arbeiten sehen wie Waneetas Söhne. Ray fuhr mit seinem Abschleppwagen den Interstate auf und ab und hielt Ausschau nach Unfällen. Und außerdem durchsuchte er die Abfalltonnen auf den Rastplätzen nach Pfanddosen und -flaschen. Er schlachtete die Autos, die er abschleppte, aus und verkaufte die Teile. Und er fuhr für Orlon Kisten mit Fellen nach Bayonne.

Orlon, der Älteste, war entschlossen, den Marshs ihren alten Status als eine der angesehenen Gründerfamilien von Roches Ridge zurückzuerobern. Er hatte seine Fallen drunten am Mink Creek stehen. In der Rotwildsaison arbeitete er als Jagdführer für reiche Geschäftsleute aus Boston und New

York City. Wenn sie etwas schossen, übernahm er das Abhäuten und Zerlegen und das Präparieren der Trophäen. Er züchtete Würmer für seinen Köderstand in der Stadt. Und in letzter Zeit arbeitete er auch noch gelegentlich für Sonny Coffin drüben im Bestattungsinstitut.

Dack, der jüngste der Marsh-Brüder, half im Winter den Skifahrern in Alpine Glen in den Sessellift. Im Frühjahr fing er Elritzen für Orlons Köderstand, und im Herbst arbeitete er als Holzfäller. Außerdem half er Orlon mit seinen Fallen und Rayon mit den Schrottautos. Er war der hilfsbereiteste Bursche, den man sich denken konnte, und außerdem ein hübsches Kerlchen mit seinem glatten dunklen Haar, das ihm in die Augen fiel, und seiner kupferfarbenen Abenaki-Haut. Waneeta hatte drei prächtige Söhne herangezogen, obwohl keiner wußte, wie sie das ohne Mann fertiggebracht hatte.

Waneetas Töchter waren ein anderes Kapitel. Es schien, als hätten sie sich vorgenommen, den Staat wieder mit Marshs zu bevölkern. Ihr Haus glich einem Fisch-Brutteich: ganze Schwärme von Babies in schmutzigen Windeln, die heulend durch die Gegend tappten, und weit und breit kein Vater in Sicht. Polly und Esther hatten schon eine June, einen January und eine April. Vielleicht hatten sie es darauf angelegt, für jeden Monat eins zu produzieren.

Loretta erspähte jetzt in der Eingangstür Clea Shawn in einem grünen Holzfällerhemd, Tweedhosen und Sorel-Stiefeln. «Hallo. Kommen Sie rein und rücken Sie sich einen Hocker ran. Ich habe gerade darüber nachgedacht, was ich mit meinem Lotteriegewinn anfangen soll.»

«Sie haben gewonnen? Das ist ja wundervoll.»

«*Wenn* ich gewinne, meine ich.»

«Warum nicht? Und was wollen Sie dann machen?»

«Als allererstes zusehen, daß ich meinen Hintern hier aus Roches Ridge wegbewege.» Loretta lachte. Clea runzelte die Stirn und sagte nichts. Loretta fiel wieder ein, daß sie ja so begeistert von Roches Ridge war und es deshalb wohl nicht so gern hörte, wenn andere anderer Meinung waren. Clea war ihr sympathisch. Es war erfrischend, ein neues Gesicht vor sich zu haben, auf dem Platz, wo sonst immer Calvin Roche gehockt und ihr deprimierende Artikel aus dem *National Enquirer* vorgelesen hatte, über Katastrophen und Abnormitäten und die Extravaganzen irgendwelcher Filmstars. «Und? Alles klar drüben in Calvins Haus?»

«Ja, alles bestens. Darius hat mir oben ein Zimmer gerichtet. Aber vor ein paar Tagen ist die Badewanne in den Keller durchgebrochen.»

«Darauf hat Calvin schon die ganze Zeit gewartet.»

«Er hat gewußt, daß die Balken verrottet waren? Dann muß er wohl vergessen haben, es mir zu sagen.»

Loretta zog eine Augenbraue hoch. Calvin mochte ja viele hervorstechende Eigenschaften haben, aber Ehrlichkeit gehörte bestimmt nicht dazu. Er war so scharf darauf gewesen, endlich nach Texas zu kommen, daß er es auch geschafft hätte, ein Diaphragma an eine Lesbierin zu verhökern. Sie hatte ein schlechtes Gewissen, weil sie Clea nicht gewarnt hatte.

«Scheint ja ziemlich ruhig heute hier, Loretta.»

«Bei uns herrscht meist kein großer Andrang, außer zu den Essenszeiten und wenn die Schule aus ist.»

«Loretta, gestern habe ich an dem Fluß unterhalb meines Grundstücks ein paar Tipis gesehen. Wissen Sie, was es damit auf sich hat?»

«Natürlich. Das sind die Boudiccas. So eine Horde Frauen. Lesbierinnen, genauer gesagt. Sie mögen keine Männer. Sie haben sogar ihren Hahn geschlachtet.»

«Ich wußte gar nicht, daß es hier oben auch Lesbierinnen gibt.»

«Ach, bei uns gibt's alles, was es in New York gibt, und noch einiges mehr.»

«Du liebe Güte, das will ich nicht hoffen.» Clea lachte.

«Diese Boudiccas sind gar nicht so schlimm, wenn man sich mal an sie gewöhnt hat. Aber ich gebe zu, das Ganze ist schon ziemlich schräg.»

«Sind sie von hier?»

«Eine von ihnen. Prudence Webster. Morning Glory nennen sie sie. Das Land gehört ihrem Daddy. Die anderen sind von überall her.»

«Sieht aus, als ob sie bald überflutet werden.»

«Wär nicht das erste Mal. Ishtar vom Karma-Café hat auch mal da unten gelebt. Sie sagt, sie seien total ausgeflippt. Aber sie ist auch nicht gerade die Normalste. Sie tauchen immer mal wieder auf und versuchen, sie dazu zu kriegen, daß sie wieder zu ihnen zurückkommt. Sie stellen ihr Schilder in die Fenster, auf denen steht: NUR FÜR FRAUEN, und vergraulen ihre Gäste, die dann lieber hierher kommen. Dagegen habe ich natürlich nichts. Aber Ishtar sagt, wenn sie mal für länger als eine Woche verschwunden sein sollte, dann hätten sie sie entführt und ich soll Trooper Trapp alarmieren. Aber ich weiß nicht, ob ich das tun würde. In dieser Stadt ist kein Platz für zwei Restaurants.» Sie warf ihren Haaraufbau zurück und lachte.

Die Tür ging auf, und herein trat Jared McQueen in seiner braunen Bomber-Lederjacke, gelbbraunen Wildlederjeans und schweren Mel-Gibson-Five-o'Clock-Lidschatten. Seine goldenen Haare, mit einem türkisen Tupfer dazwischen, standen ihm vom Kopf ab wie die Stacheln eines erschrockenen Stachelschweins. «Zeit zum Mittagessen, Loretta!» verkündete er mit einem Lächeln, das seine blauen Augen zu schmalen Schlitzen schrumpfen ließ.

«Hallo, Jared. Heute gibst du mir die Ehre?»

«Du weißt doch, Loretta, daß ich immer abwechselnd zu dir und zu Ishtar gehe.»

«Was für ein Glück für uns beide.» Es ärgerte Loretta, daß ein gebürtiger waschechter Vermonter in ein Lokal wie das Karma-Café ging, wo es Tofu mit Ahornsirup gab. «Jared, das ist Clea Shawn aus New York City. Sie hat Calvins Haus gekauft.» Sie sah zu Clea hinüber. «Jared betreibt den Salon Mane Magnifique gleich nebenan.»

«Sie sind eine mutige Frau», sagte er, Cleas ausgestreckte

Hand ergreifend. «In der alten Bruchbude halten es ja noch nicht mal die Kakerlaken aus.»

Clea lächelte höflich. «Das Haus erfordert schon eine ganze Menge Arbeit.»

«Das glaube ich, Mrs. Shawn. Die Badewanne ist ja wohl auch schon in den Keller gekracht?»

Loretta sah, wie Clea blaß wurde, als sie merkte, daß ihre privaten Widrigkeiten schon Allgemeingut waren. Aber daran gewöhnte sie sich besser gleich, wenn sie hierbleiben wollte. «Nehmen Sie's Jared nicht übel», sagte Loretta. «Er sieht so gut aus, daß er es nie nötig gehabt hat, sich Manieren anzugewöhnen.» Sie verstrubbelte mit einer Hand sein Stachelhaar.

Er ordnete es mit irritierter Miene wieder. «Was ist denn heute dein Tagesgericht, Loretta?»

«Dosenschinken-Burritos.»

«Jeezum. Na, dann mach mir doch mal eins fertig. Haben Sie schon Lorettas Pizza Hawaii probiert?» fragte er Clea.

«Äh, nein, noch nicht, aber ich bin sehr gespannt darauf.»

«Diese Frau kocht nämlich, als ob sie höchstpersönlich das Essen erfunden hätte.»

Loretta lächelte und guckte gleichzeitig skeptisch. Bei Jared wußte man nie, ob etwas als Kompliment gemeint war oder nicht. Sie wickelte achselzuckend einen Hershey's Kiss aus und steckte ihn sich in den Mund. Dann wandte sie sich zur Küchendurchreiche, hinter der Dylan Scarborough mit seinem goldenen Kreolenohrring, seinem fettigen Pferdeschwanz und seinem EAT THE RICH-T-Shirt über seine Gitarre gebeugt dasaß und seinen neuesten Country & Western-Protestsong übte: den «Anne Frank-Waltz».

«Dylan-Schätzchen, könntest du bitte die Gitarre weglegen und für Jared ein bißchen Dosenschinken schneiden?»

11 Amerika abseits der Zeit

Clea, die beschlossen hatte, auf die Dosenfleisch-Burritos zu verzichten, ging nach hinten zum Telefon und rief ihren Anrufbeantworter in Turtle Bay ab. Das übliche berufliche Anfragen und Mitteilungen und irgendwelche Einladungen. Nichts Dringendes. Nichts von Elke. Clea hatte ihr vor ihrer Abfahrt noch mehrere Botschaften aufs Band gesprochen, aber Elke hatte nicht reagiert. Sie fragte sich, ob Elke sie für ihr Roches Ridge-Unternehmen bestrafen wollte. Da sie es ablehnte, derlei kindliche Spielchen mitzuspielen, wählte sie Elkes Nummer.

Nach dem Piepton des Anrufbeantworters legte Clea auf. Diese Drückebergerin saß wahrscheinlich genau neben dem Gerät und stellte es extra laut, um zu hören, wessen Anruf ihr da erspart geblieben war. Diese Befriedigung gönnte Clea ihr nicht.

Während Jared seinen Burrito verschlang, versuchte Loretta, ihn dazu zu überreden, daß er mitwettete, wer die Wahl der Miss Teenage gewinnen würde.

«Ich kann nicht, Loretta», sagte er mit vollem Mund. «Ich frisiere fünf Bewerberinnen für die Wahl. Das wäre gegen mein Berufsethos.»

Clea sah die Postkarten durch, die neben der Unterschriftenliste für die Wiedereinführung der Todesstrafe auslagen, und suchte sich ein paar heraus, die Roches Ridge um die Jahrhundertwende zeigten, unter anderem Pferdekutschen auf einer unbefestigten Straße vor dem Haus, in dem sich jetzt Starrs IGA befand. Sie setzte sich an einen Tisch neben der neonleuchtenden Musikbox und schrieb Turner nach Mexico City: «Hi, Liebster! Das Haus macht tolle Fortschritte. Du wirst staunen, wenn Du zurückkommst. Was hoffentlich bald der Fall sein wird, weil ich Dich schrecklich vermisse.» Und an Kate und Theo in ihren Colleges: «Wartet nur, bis Ihr dieses wundervolle Plätzchen kennenlernt! Nur zwanzig Minuten nach Alpine Glen, und nach dem Skifahren zu Hause heißer Apfelwein am Kamin.» Und an Karen: «Siehst Du? Hab ich's Dir nicht gesagt, Du Kleingläubige? Die Straßen sind zwar mittlerweile gepflastert, und statt der Kutschen fahren jetzt Autos, aber sonst ist immer noch alles genauso. Was hältst Du von ‹Amerika abseits der Zeit›?»

Clea hielt inne, den Stift schreibbereit in der Hand, und betrachtete Loretta Gebo mit ihrer Bienenkorbfrisur und ihrer weißrandigen Katzenaugenbrille. Sie wickelte gerade einen weiteren Hershey's Kiss aus, während sie Jared erklärte, er könne seinen Tip ja anonym abgeben. Diese Casa Loretta war selbst eine Zeitinsel. Eigentlich hätten aus der Musikbox Patty Page und Eddie Fisher kommen müssen und nicht John Denver, der jetzt gerade «Sunshine on My Shoulder» sang. Und auf die Karte gehörten Malz-Milchshakes. Jeden Moment konnte sich das Lokal mit Schulmädchen in Söckchen füllen, die die Tische leerräumten, um eine flotte Sohle hinzulegen. Clea legte den Stift aus der Hand und griff nach ihrer Nikon.

Aber dann legte sie die Nikon wieder auf den Tisch. Sie vergaß immer wieder, daß man nicht einfach in anderer Leute Leben eindringen und losknipsen konnte. Das war ein ziemlich sicherer Weg, mit demolierter Kamera und demolierter Nase zu enden. Einmal hatte sie in China, am Li-Fluß, zwei junge Bauernmädchen fotografieren wollen, mit Kuli-Hüten, bloßen Füßen und einer Art hölzernem Joch mit zwei Körben daran auf den Schultern. Sie hatten sie böse angeschaut und waren würdevoll davongeschritten, und Clea hatte sich im Geist bei all den Menschen entschuldigt, in deren Leben sie im Lauf der Jahre mit ihrer Nikon eingebrochen war.

Aber natürlich hatte sie es nur deshalb als Fotografin zu etwas gebracht, weil sie diese Skrupel beiseite schieben konnte. Manchmal, wenn sie mit mangelnder Kooperationsbereitschaft ihrer Motive rechnete, knöpfte sie ihren Regenmantel so vor der Kamera zu, daß gerade noch das Objektiv hervorlugte und sie unbemerkt knipsen konnte. Elke meinte, das sei Ausbeutung. Und vielleicht war es das ja, aber es hatte ihr andererseits etliche eindrucksvolle Fotos eingebracht. Sie überließ es Elke, die paralysierende Frage zu wälzen, wann der Zweck die Mittel heilige.

Eine schon etwas ältere Frau mit einer verfilzten Haarmatte, die an eine gräuliche Advokatenperücke erinnerte, trat jetzt zur Tür herein. Sie trug ein Kaschmirensemble und ein schwarzweiß kariertes Palästinensertuch wie eine Tischdecke um den Oberkörper drapiert.

Loretta wandte sich in Cleas Richtung und sagte: «Geneviève, darf ich Ihnen Clea Shawn vorstellen. Clea, das ist Geneviève Paxton. Sie sorgt dafür, daß wir nicht in der Klapsmühle landen.»

Clea nickte freundlich und guckte etwas verdutzt.

«Warten Sie nur mal ein Weilchen ab, bis Sie diesen Ort ein bißchen besser kennen», reagierte Geneviève auf ihren Gesichtsausdruck. «Sie werden staunen.»

Clea lächelte höflich, stand auf und verabschiedete sich. Als sie an dem viktorianischen Musikpavillon auf dem Platz vorbeikam, hörte sie vom Gelände der Grundschule her das Quietschen und Knarzen von Schaukeln und das Geschrei von Kindern, die sich in der frischen Frühlingsluft auf dem Pausenhof tummelten. Hinter der Schule erhob sich der Berg, auf dem die Skipisten von Alpine Glen lagen. Sie waren noch immer weiß und mit zartblauen Dunstschwaden verhangen.

Die Gravurglastür eines schmucken weißen viktorianischen Hauses öffnete sich und entließ einen würdevollen jungen Mann im Business-Anzug. Harfenklänge wehten zu Clea herüber. Im Hauptfenster zur Straße hinaus, das eine Buntglaseinfassung umrahmte, saß die zarte junge Frau von Cleas ersten Roches Ridge-Fotos. Weißgewandet, mit langem weißblondem Haar, das ihr über den Rücken wallte, spielte sie Glissandos auf einer großen goldenen Harfe, deren Rahmen wie eine ionische Säule geformt war. Clea betrachtete sie, und freudige Erregung stieg in ihr auf. Dieses originelle Bild würde ein tolles Cover für «Amerika abseits der Zeit» abgeben. Sie mußte es unbedingt mit Karen bereden.

Auf dem Postamt erstand Clea bei Maureen Murphy Briefmarken für ihre Karten. Maureen sah sie weder an, noch reagierte ihr zusammengepreßter Mund in irgendeiner Weise auf ihr Lächeln. Ja, die Falten zwischen Maureens Augen vertieften sich noch, wobei sich ein paar Strähnchen struppigen grauen Haars unter dem Klebestreifen hervorstahlen, mit dem ihr Pony an die Stirn gepappt war.

«Hi. Ich bin Clea Shawn. Ich habe vor kurzem Calvin Roches Haus übernommen.»

Maureens Augen hoben sich. Sie nickte kurz und sah dann wieder auf den Blechbecher vor ihr auf dem Schaltertisch, auf dem stand: EIN TOPF FÜR ALLE – HABEN SIE KLEINGELD ÜBRIG? LASSEN SIE ES DA. BRAUCHEN SIE KLEINGELD? NEHMEN SIE ES SICH.

Die berühmte zurückhaltende Art der Neuengländer, dachte Clea. Sie schob ihre Karten durch den Schlitz und begann, die Aushänge zu studieren. Wieder die Miss-Teenage-Wahl. Ein paar Fahndungsplakate des FBI. Von dem Kerl, der ihre Ohrringe geraubt hatte, hatte sie weiter nichts gesehen als die stechenden Augen hinter den Löchern der Ledermaske und den Tarnanzugsstoff seiner Hosen, als er über ihr gestanden und ihr die entsicherte Pistole an die Schläfe gehalten hatte. Einige Augenpaare auf den Fahndungsfotos kamen ihr bekannt vor... Aber wie lächerlich, diese Steckbriefe hier aufzuhängen, mitten im ländlichen Vermont, wo ein Verbrecher so auffallen würde wie ein Geier unter Tauben.

Clea hatte Maureen eigentlich sagen wollen, wie sehr sie es

bewunderte, daß sie sich so fürsorglich um ihre Mutter kümmerte. Aber Neuengland war eben nicht Esalen. Hier dauerte es, bis man sich näherkam. Aber dafür würden die Beziehungen auch so haltbar sein wie der Granit. Clea dachte daran, wie ihre Eltern ihre letzten Jahre verbracht hatten, in einem Altersheim in Poplar Bluffs, weitgehend allein gelassen von ihren Kindern. Das Verhältnis war zwar nicht schlecht gewesen, aber einfach unterentwickelt. Da sie ihren Kindern bei der Bewältigung des Lebens wenig geholfen hatten, waren Clea und ihre Geschwister gar nicht auf die Idee gekommen, *ihnen* bei der Bewältigung des Sterbens zu helfen.

Clea fragte sich, ob Kate und Theo sie auch einmal so behandeln würden. Verdient hätte sie es wohl, wenn man bedachte, wie sie ihre Eltern vernachlässigt hatte. Und ihre Kinder auch. Falls sie sie vernachlässigt hatte. Sie wußte es immer noch nicht so recht. Ihr oberstes Bestreben war es gewesen, nicht die ganze Zeit krank im Bett zu liegen wie ihre Mutter. Aber letztlich hatten ihre Kinder vielleicht genausowenig von ihr gehabt, weil sie ständig unterwegs gewesen war in Sachen Fotos und Sachen Liebschaften, während sie das häusliche Regiment einer Haushälterin überlassen hatte.

Und ihr emotionales Leben hatte sich überwiegend mit Elke abgespielt und nicht in ihrer Familie. Wie sich das auf die Kinder ausgewirkt hatte, würde sich erst noch zeigen. Im Moment hopsten sie noch zwischen all den üblichen pubertären Verhaltensregistern hin und her: heute schüchtern und unselbständig, konnten sie morgen schon dreist und aufsässig sein. Es war noch zu früh, um zu sortieren, was ihre Schuld war und was ihr Verdienst und was überhaupt nichts mit ihr zu tun hatte. Kindererziehung war wie Wettbalancieren auf einem schwimmenden Baumstamm, und sie war dabei oft genug im Wasser gelandet.

Clea fragte sich manchmal, was wohl passiert wäre, wenn Elke wirklich darauf bestanden hätte, Kate und Theo mit großzuziehen, so, wie sie es sich an jenem Nachmittag auf

Saint John erhofft hatte. Anfangs hatte Elke eine Menge Zeit auf Cleas Sofa zugebracht und Zeichnungen von den Kindern gemacht und sie offensichtlich allerliebst gefunden. Sie hatte mit ihnen am Küchentisch kleine Tierchen aus Play-Doh modelliert und sie in Form gedrückt und gekniffen und mit den Fingernägeln feine Linien hineingeritzt. Im Gegensatz zu ihrer ausgelaugten Mutter hatten die Kinder Elke immer geduldig, liebevoll und unkritisch erlebt. Sie hatten sie vergöttert. Bis sie dann die Intensität zwischen ihr und ihrer Mommy gespürt und sich in eifersüchtige Ungeheuer verwandelt hatten. Aber als es kritisch geworden war, hatte Elke Clea mit Turner nach Paris abgeschoben.

Clea war es nie gelungen, die delphischen Mysterien der Mutterschaft zu enträtseln. Kate und Theo waren dem allen einfach entwachsen. Bis sie dann schließlich allein zurückgeblieben war, traurig, weil sie die beiden in all ihren sukzessiven Erscheinungsformen vermißte, stolz, weil sie fähig waren, von ihr wegzugehen, ärgerlich, weil sie sie verlassen hatten, amüsiert ob dieser Verärgerung und froh über ihre neue Freiheit. In gewisser Weise hatte sie ihren Kindern Turner und Elke geopfert. Als sie klein gewesen waren, hatte sie das Gefühl gehabt, daß sie versuchte, einen Kinderwagen zu schieben und gleichzeitig Tango zu tanzen. Eins von beiden hatte sie lassen müssen, also hatte sie auf das Tanzen verzichtet. Aber jetzt verschwanden diese Kinder allmählich aus ihrem Leben. Und sie mußte sie gehen lassen und sie sogar noch dabei unterstützen. Kinder großzuziehen erforderte die Selbstdisziplin eines Einsiedlermönchs. Kein Wunder, daß sie und Turner Fluchtmöglichkeiten gesucht hatten.

Clea zog eine leere Postkarte aus ihrer Hemdtasche und kritzelte auf dem Schaltertisch rasch darauf: «Elke – konnte Dich leider vor meiner Abfahrt nicht mehr telefonisch erreichen. Und erwische Dich auch jetzt nie. Habe leider noch kein Telefon, deshalb schreib mir bitte. Versuche weiter, Dich anzurufen. Ich vermisse Dich, Liebste. Denk nur nie, ich täte es nicht.»

Sie schob die Karte in den Schlitz, ehe sie es sich anders überlegen konnte, lehnte sich gegen die Wand mit den Postkastenöffnungen, klopfte sich auf die Schulter, weil sie sich geweigert hatte, diese Wer vermißt/braucht wen/nicht-Spielchen weiter mitzuspielen, die ihre Beziehung schon immer belastet hatten und nichts weiter waren als das vergebliche Bemühen, sich gegen die Verletzungsrisiken abzupolstern, die darin lagen, mit der Wucht von – nunmehr siebzehn – Jahren im Rücken aufeinander zugeschleudert zu werden.

12 Saint John

Auf Elkes und Cleas erste Begegnung anläßlich des Porträts für den *American Artist* folgte zunächst eine Zeit, in der jede begierig die Vergangenheit der anderen ergründete und auch die kleinste Veränderung ihrer Seelenlandschaften eingehend beleuchtet wurde. Es schien, als hätten sie nur gemeinsame Interessen: Kunst, Klatsch, gutes Essen, böse Witze. Sie trafen sich in Elkes Atelier, in irgendwelchen Restaurants im Village oder in Cleas Haus in Turtle Bay. Irgendwann begannen sie dann, davon zu reden, daß sie sich doch ein Loft in der Nähe von Elkes Domizil mieten und sich dort ein Gemeinschaftsatelier einrichten könnten. Clea sah sich im Geist Rücken an Rücken mit Elke arbeiten und dann tête-à-tête mit ihr Pause machen und Tee trinken. Und in weniger disziplinierten Momenten, wenn sie Kate und Theo einmal kurzzeitig vergaß, stellte sie sich sogar vor, wie jede von ihnen ihre Loft-Hälfte in einen Wohnbereich verwandeln würde.

Aber natürlich drängten die Unterschiede irgendwann doch ans Licht wie Krokusse im Frühling. Im Kern stand dabei Elkes Weigerung, sich aus New York wegzurühren.

«Warum denn?» fragte Elke müde, als sie eines Nachmittags in ihrem Atelier saßen und Clea sie zu überreden versuchte, für zwei Tage mit ihr nach Montreal zu kommen, wo sie zu tun hatte.

«Weil es bestimmt Spaß machen würde.» Clea verfolgte einfach nur den vagen Wunsch, Elke für sich allein zu haben, ohne Terence, der plötzlich auftauchte und sie bat, jetzt zu gehen, ohne Turner, der nach Hause kam und irgendwelche

Anekdoten aus der europäischen Business-Szene zum besten gab, ohne den Zwang, kleine Krümelmonster in Schach zu halten.

«Dir vielleicht. Mir nicht.»

«Elke, ich bin freie Fotografin. Mein Mann ist im internationalen Marketing. Reisen ist nun mal mein *Leben*.»

«Meins aber nicht.» Elke massierte sich die Schläfen mit Daumen und Zeigefinger.

Clea schwieg. Sie hatten zum erstenmal unüberhörbar ausgesprochen, daß ihre beiden Leben nicht gänzlich kongruent waren.

«Schau mal, Clea, mach du deine Arbeit, und ich mache meine. Kümmere du dich um deine Familie, und ich kümmere mich um meine. Manage du deinen Haushalt, und ich manage meinen. Und wenn wir dann noch Zeit übrig haben, laß sie uns zusammen verbringen.»

Clea seufzte. «Wir brauchen keine große Sache daraus zu machen, Elke. Ich trage dir ja nicht an, mich zu heiraten. Ich lade dich lediglich ein, mit mir nach Montreal zu kommen. Wenn du nicht willst – auch gut.»

«Ich habe genug von der Welt gesehen. Ich finde sie schrecklich.»

Du findest alles schrecklich, dachte Clea, während sie sich in ihrem Cordsessel zurücklehnte. Elke stocherte ständig in ihrer Psyche herum, wie man mit der Zunge in einem kaputten Zahn herumbohrt. All ihre Bilder zeigten leidende Kreaturen – halbverhungerte Hunde, Menschen, die aus Konzentrationslagern kamen, verwaiste kleine Kinder. Elke beharrte darauf, daß Grauen und Entsetzen nun mal der Preis waren, den man zahlen mußte, wenn man der Realität ins Auge sah. Jede Meldung in den Fernsehnachrichten, alles, was ihre Freunde oder irgendwelche Leute auf der Straße taten oder ließen, deutete sie so pessimistisch wie nur irgend möglich. Elke betrauerte sogar Weihnachtsbäume, die niemand kaufen wollte, und hartgekochte Eier.

Aber dann fiel Clea wieder ein, daß diese Frau ihren Vater

auf einem Foto am Galgen hatte baumeln sehen, aufgeknüpft von seinen eigenen Landsleuten. Ihr Onkel war im Ersten Weltkrieg in einem flandrischen Schützengraben verschüttet worden und erstickt. Ihr Bruder lag unter einem weißen Hakenkreuz im nordafrikanischen Wüstensand. Und Elke selbst war als junges Mädchen knapp den russischen Soldaten entkommen. Sie hatte Futterrüben gegessen und in Heuschobern geschlafen. Ihre geliebte Mutter war auf dem Wohnzimmerfußboden an gebrochenem Herzen gestorben. Natürlich hielt die Welt in ihren Augen nur Greuel bereit und nicht Glanz und Glück wie für Clea, die ihre weniger spektakulären Traumata in der Bastion ihres elterlichen Heims in Poplar Bluffs davongetragen hatte.

«Schon gut, macht ja nichts, Elke», sagte Clea sanft. «Entschuldige, ich weiß ja, daß du Reisen haßt.»

Aber als die Monate ins Land gingen, fing Clea doch an, innerlich aufzumucken. Zwischen ihr und Elke hatten sich bestimmte Muster eingeschliffen. Sie telefonierten jeden Abend, nachdem Kate und Theo im Bett waren und ehe Terence von seinem Abendunterricht nach Hause kam. Sie trafen sich mittwochs im Village zum Lunch und hatten bereits in den meisten Restaurants der Gegend mehrmals gegessen. Elke bestellte jedesmal eine gemischte Salatplatte mit italienischer Sauce – ohne Ei. Clea schaute bei Elke im Atelier vorbei, wenn sie auf dem Weg zu ihrem Fotolabor gleich um die Ecke war. Manchmal wagte Elke die Reise nach Turtle Bay, um ein Weilchen auf Cleas Couch zu sitzen. Aber inzwischen sagte sie diese Besuche immer häufiger wegen Kopfschmerzen ab. Und das Gemeinschaftsatelier verschwand allmählich aus ihren Gesprächen, genau wie die Hütte im Wald, damals, ehe Professor Galmer sie nach New York expediert hatte.

Was so überraschend und aufregend begonnen hatte, war zur Routine erstarrt. Elke liebte eingefahrene Muster, der Vorhersagbarkeit wegen. Clea haßte sie, weil sie sich davon erstickt fühlte. Sie erinnerten sie an die familiären Situationen, denen sie entflohen war. Elkes tödliche Starre ließ der

Phantasie keinen Raum. Da Veränderungen von vornherein ausgeschlossen waren, hatte man weiter nichts zu erwarten als das, was sich faktisch abspielte. Für Clea dagegen war Phantasie der Dünger für ihre Lebensgeister. Und nachdem sie eine ganze lange Kindheit nichts anderes getan hatte, war sie schon wieder damit beschäftigt, sich vergeblich abzurackern, um eine geliebte Frau aufzuheitern, die mit Kopfschmerzen im Bett lag.

In ihrer Verzweiflung begann Clea, die Mittwoch-Lunch-Verabredungen abzusagen und sich die Menschen, denen sie sonst begegnete, wieder genauer anzuschauen – mit der grundsätzlichen Bereitschaft, das Einerlei ihres Alltags durch ein spannendes kleines zwischenmenschliches Abenteuer aufzulockern. An diesem Punkt lud Elke, die zweifellos ihre innere Absprungbereitschaft spürte, sie ein, in ihr Atelier zu kommen, um ihre neuesten Arbeiten zu begutachten.

Elke saß in angespanntem Schweigen da, während Clea einen Holzschnitt betrachtete, auf dem eine Frau, die Ähnlichkeit mit ihr selbst hatte, die Arme einem Kind entgegenstreckte, das Züge von Kate und Theo vereinte. Das Gesicht des Kindes, das ebenfalls die Arme ausgestreckt hielt, aber die trennende Kluft nicht zu überbrücken vermochte, spiegelte Sehnsucht und Panik. Die Mutter schien gepeinigt und hilflos. Welche Kräfte das Zusammenkommen der beiden verhinderten, sah man nicht. Bei Clea löste das Bild diffuses Entsetzen aus. Unter all den Posen und Gefühlsstimmungen, die Elke in diesen ganzen Monaten in Turtle Bay in ihren Skizzen festgehalten hatte, hatte sie gerade diese ausgewählt, um sie in einem Holzschnitt zu verewigen.

Clea holte schließlich zittrig Luft und sagte: «Du bist eine begnadete Künstlerin, Elke.»

«Aber du findest es gräßlich, stimmt's?»

«Nein, ich finde es nicht gräßlich. Ich finde es technisch sehr beeindruckend. Aber du erwartest doch wohl nicht, daß es mir gefällt?»

«Das wäre wahrscheinlich wirklich zuviel verlangt. Ach,

übrigens», setzte sie hinzu, «wann verreist du das nächste Mal?»

«In zwei Wochen. Nach Saint John, wegen eines Prospekts für ein neues Urlaubszentrum. Warum?»

«Hättest du Lust auf ein bißchen Gesellschaft?»

Als sie in dem rings um die Ruinen einer kolonialen Zuckerrohrplantage angelegten Urlaubszentrum eintrafen, war Elke völlig groggy von Valium und Alkohol. Sie hatte beides wechselweise geschluckt, um ihre Flugangst zu betäuben. Sie legte sich in ihrem kleinen Bungalow am Meer ein wenig hin, und Clea unternahm indessen eine erste Ortsbesichtigung in Begleitung des PR-Managers, der Safari-Shorts und einen Tropenhelm trug. Während sie die sorgfältig gepflegten Garten- und Sportanlagen inspizierte und im Geist ihre Fotos plante, dachte sie darüber nach, wo sie diese Nacht schlafen sollte. Es gab nur ein Schlafzimmer in ihrem Häuschen, das allerdings zwei Doppelbetten enthielt. Es erschien ihr absurd, auf der Wohnzimmercouch zu nächtigen, aber ein Schlafzimmer zu teilen wäre Elke vielleicht denn doch zuviel der Nähe. Clea wollte auf keinen Fall, daß sie Migräne bekam. Es rührte sie, daß Elke sich dazu durchgerungen hatte, ihrem Wunsch nachzugeben und mit ihr zu verreisen, und sie war fest entschlossen, ihr diese Tage so angenehm wie möglich zu gestalten, damit sie es wieder tun würde.

Wieder in ihr Häuschen zurückgekehrt, um sich für das Abendessen fertigzumachen, wandte sich Clea sorgsam ab, als Elke aus der Dusche kam und sich mit einem flauschigen weißen Handtuch abzutrocknen begann. Als sie sich vorbeugte, um ihre Brüste in den Körbchen ihres BHs einzufangen, ging Clea unter die Dusche, um sich den Schweiß ihrer Nachmittagstour abzuspülen.

Im Bad stehend und sich die nassen Haare mit einem Handtuch provisorisch trocknend, warf Clea einen Blick ins Schlafzimmer hinüber. Er fiel genau auf Elke, die, fertig angezogen, in einem geblümten Sommerkleid dastand und in aller

Gemütsruhe Cleas nackten Körper betrachtete. Clea senkte rasch das Handtuch, um ihre Blöße zu bedecken, und sah Elke entrüstet an. Elke grinste und sagte: «Keine Bange, ich hab das alles schon mal gesehen. Vergiß nicht, ich war an der Kunstschule und habe oft nach lebenden Modellen gezeichnet.»

«Ich bin aber nicht dein Modell», schnappte Clea verwirrt.

Der Speisesaal des Urlaubszentrums befand sich in einer umgebauten ehemaligen Zuckerrohrmühle, aus deren Panoramafenstern man das sacht wogende Meer und ein paar Inseln in der Ferne sah. Die Kerzenflamme ließ Glanzlichter über Elkes vorzeitig ergrautes Haar tanzen und betonte die Schatten unter ihren Wangenknochen. Ihr Dekolleté zeigte das rosa Vorstadium beginnender Sonnenbräune. «Du siehst toll aus», sagte Clea sachlich-kühl.

Elke, die gerade die Speisekarte studierte, sagte nichts.

«Ich bin so froh, daß du hier bist», sagte Clea, schon wärmer.

«Ich auch.»

«Und? Ist es so gräßlich, wie du dir's vorgestellt hast?»

Elke lächelte matt. «Weißt du, es ist immer komisch für mich, wenn ich nicht mit Terence zusammen bin. Ich glaube nicht, daß wir in den zwanzig Jahren mehr als ein paar Dutzend Nächte getrennt verbracht haben. Seine Anhänglichkeit geht mir zwar manchmal auf die Nerven, aber anscheinend ist sie mir auch ganz lieb.»

«Morgen können wir uns einen Jeep mieten und uns ein bißchen auf der Insel umschauen», sagte Clea, irritiert ob ihres Unwillens, sich jetzt, an diesem Tisch, mit Elkes häuslichem Glück zu befassen. «Und uns vielleicht auch eine Schnorchelausrüstung leihen. Dieser PR-Mensch hat eine Unterwasserkamera, die ich unbedingt ausprobieren möchte. Wir könnten ja vielleicht die Küche dazu bewegen, uns ein Picknick einzupacken.»

«Clea.» Elke lachte. «Immer mit der Ruhe.»

«Aber wir müssen doch in vier Tagen schon wieder weg.»

«Schätzchen, wir sind gerade erst angekommen. Mach

langsam. Ich bin zehn Jahre älter als du. Ich verkrafte soviel Tempo nicht mehr.»

Als die gebackenen Muscheln kamen, schwand Elkes gute Laune bereits sichtlich. Und in der Mitte ihres Barsch-Steaks legte sie die Gabel hin, um sich die Schläfen zu massieren.

«Was ist?» fragte Clea.

«Tut mir leid, Liebes, aber ich muß hier raus.»

«Wieso?»

«Fühlst du es denn nicht?» fragte Elke, wobei sie Clea aus gepeinigten Augen ansah. «All die armen Sklaven, die in diesem Bau hier geschuftet haben, bis sie tot umfielen? Hier auf diesen Steinboden?»

«Herrje», seufzte Clea, als Elke aufstand und sich das Fransentuch um die Schultern drapierte.

Am nächsten Morgen erklärte sich Elke mit dem Jeep-Ausflug einverstanden. Sie trug einen Strohhut, mit einem Tuch auf dem Kopf festgebunden. Sie bestand darauf, daß Clea anhielt, als sie am Straßenrand ein paar wilde Esel sichteten. Während Clea fotografierte, fütterte Elke die Tiere mit trokkenem Brot aus ihrem Picknickkorb.

In einer einsamen Bucht zogen sie sich Tauchermasken und Flossen an. Sie paddelten gemächlich zwischen den Felsenriffs herum, und Clea fotografierte die leuchtend bunten Fische und die bizarren Korallenwälder. Auch wenn sie Elke nicht sah, spürte sie sie hinter oder neben sich. Als sie einen jungen Barrakuda erspähten, ergriff Elke ihre Hand, um sicherzustellen, daß sie gemeinsam zerfetzt würden.

«War das nicht toll?» fragte Clea, als sie mit ihren Flossen an Land patschten.

«Und die armen Korallen, über die sich diese Dornenkronen-Seesterne hergemacht haben?»

Clea drehte sich um und sah flehend in Elkes Gesicht hinter der Tauchermaske. «Elke! Nicht. Nur diesen einen Tag, ja?»

«Entschuldige.»

Sie setzten sich auf ihre Decke im Schatten und aßen Krebsfleisch-Sandwichs. Hinterher, als sie sich schläfrig ausstreckten, ruhte Cleas rechter Arm nur Millimeter neben Cleas linkem. Elke streckte ihren kleinen Finger aus und umklammerte damit den von Clea, und Cleas ganze Existenz konzentrierte sich in diesem Finger.

In dieser Nacht schlief Clea unruhig. Sie wachte immer wieder auf und hörte Elkes steten Atem vom Nachbarbett her und den hölzernen Ventilator über ihnen an der Decke, der den Moschusduft von Elkes Parfum zu ihr herüberwirbelte. Als sich die maulwurfsgraue Morgendämmerung orange färbte, studierte Clea Elkes rauhe Hand auf dem weißen Laken und den Spitzenträger ihres Nachthemds, der ihr über die Schulter gerutscht war.

An diesem Tag zog Clea mit dem safarimäßig ausgerüsteten PR-Direktor über das Gelände, um gestellte Fotos von grinsenden schwarzen Küchenhilfen hinter üppigen Büscheln makellos reifer tropischer Früchte zu schießen. Clea zerfloß fast unter ihrem Khakirock und ihrem grellbunten Hawaiihemd und sehnte sich nur nach einem Bad im Pool und einem eiskalten Gin Tonic.

Als sie am späten Nachmittag in ihr Häuschen zurückkehrte, lag Elke schlafend auf einem gepolsterten Rohrliegestuhl in der Sonne. Ihr Gesicht war braun und entspannt. Clea setzte ihre Fototasche auf der glatten Korallensteinterrasse ab und sah ein paar Skizzen durch, die auf dem Rohrtischchen lagen – ein Zimmermädchen beim Bettenbeziehen, mit von Erschöpfung gezeichnetem Gesicht; ein schwitzender Gärtnergehilfe, der mit einer Machete das Gestrüpp zurückstutzte. Clea sah in die Runde, auf das üppige tropische Grün und das türkisfarbene Meer. Von alldem hatte Elke sich ausgerechnet diese Motive ausgesucht. Kein Wunder, daß sie an Migräne litt.

Clea hob die Kamera vors Gesicht, regulierte den Schärfebereich und studierte Elke durch ihr Zoom-Objektiv – das silberne Haar und die hohen Wangenknochen, das ausgeprägte Kinn und die leicht geöffneten Lippen. Langsam drückte sie auf den Auslöser. Das Klicken hallte durch die heiße, reglose Nachmittagsstille wie ein Pistolenschuß. Sie wünschte sich einen Schalldämpfer und knipste weiter.

Wenn sie den Zoom einfuhr, konnte sie Elkes ganzen Körper sehen, in einem Badeanzug à la Betty Grable, aus schwarzem Taft mit Röckchen, bei dessen Anblick Clea lächeln mußte. Das ölglänzende, gerötete Dekolleté hob und senkte sich gleichmäßig. Die großen rauhen Hände lagen gefaltet auf dem Bauch. Clea holte sie mit dem Zoom näher, diese Hände – geädert und knotig, mit kurzen Nägeln und stumpfen Fingern. Die Hände einer Handwerkerin. Bis zu dieser Reise hatte Clea Elke noch nie schlafend gesehen. Und auch noch nie so spärlich bekleidet. Sie sah jünger aus und verletzlicher. Es war zweifellos nicht anständig, sie einfach zu fotografieren, ohne daß sie es wußte. Aber sie war so schön, daß Clea nicht anders konnte. Clea spürte ein Ziehen in der Herzgegend. Sie befeuchtete ihre von der Sonne ausgedörrten Lippen mit der Zunge.

Clea hockte sich hin, schwenkte die Kamera zur Seite und studierte die Beine, glatt und muskulös, ohne jede Spur von Zellulitis, der Lohn für Elkes Marathonmärsche durch die Stadt und das tägliche Trimm-dich die vier Treppen zu ihrer Wohnung hinauf. Clea hielt die Kamera mit beiden Händen, stellte die Schärfe auf die Bougainvilleas im Hintergrund ein, so daß Elkes liegende Gestalt nur weich und verschwommen zu sehen war, und knipste noch einmal.

Als sie den Sucher wieder auf Elkes Gesicht richtete, regte sich dort ein leises Lächeln. Die Augenlider öffneten sich und gaben die marineblauen Augen frei. In dem Maße, wie sich die Nebel des Schlafs verzogen, wich das Lächeln einem Ausdruck ängstlicher Unsicherheit. Der intensive Blick der blauen Augen schien förmlich die Linse zu durchbohren. Schließlich stand Elke auf. Vor dem Hintergrund der dunkelrosa Blüten bewegte sie sich über die Terrasse auf die Kamera zu. Clea sah nichts mehr durch den Sucher.

Elke nahm ihr vorsichtig die Kamera aus den Händen und

vom Hals und legte sie auf das Rohrtischchen. «Schau mich an, Clea. Ohne das verdammte Ding zwischen uns.»

Als Clea aufstand, glitt ihr Blick über das Korallensteinmäuerchen hinunter zum Strand, wo gerade ein Schwarm kreischender Möwen gelandet war. Langsam wandte sie ihre Augen Elke zu, wobei ihr war, als spüle das Meer über sie hinweg.

«Wie soll es jetzt weitergehen?»

«Was?» fragte Clea, mit Mühe schluckend.

«Tu nicht so naiv.» Elke legte Clea die Hände auf die Schultern und musterte sie aus einer Armeslänge Abstand, bis Clea die Augen niederschlug und nickte. «Deswegen sind wir doch schließlich hier, oder nicht?»

Clea sagte nichts. Sie hatte mit Elke allein sein wollen, aber Elke war dem aus guten Gründen beharrlich aus dem Weg gegangen – und jetzt gab es kein Zurück mehr. Während sie so unschuldig von ihrem Gemeinschaftsatelier geredet hatten, hatten sie zugesehen, wie die Lokomotive auf sie zudampfte, unaufhaltsam vorangetrieben durch die Kraft des Begehrens. Sie nahm die eine von Elkes Händen von ihrer Schulter und führte das Handgelenk an ihre Lippen. Elkes Puls pochte an ihrer Unterlippe.

«Ja, wohl schon», erwiderte Clea, zwischen Panik und Erregung.

Elke zog ihr Handgelenk weg und wandte sich ab, um auf die Brandung hinauszuschauen, die weißen Schaum über den rosa Sand trieb. «Ich hab den ersten Schritt getan. Den nächsten mußt du tun. Wenn es einen nächsten geben soll.»

Die schräg einfallenden Sonnenstrahlen brannten auf Cleas bloßem Unterarm. «Willst du denn, daß es einen geben soll?»

«Das gilt nicht», sagte Elke, das Meer studierend.

Clea streckte die Arme aus, nahm Elkes Silberkopf in beide Hände und küßte sie fest auf den Mund, wobei sie darüber staunte, wie glatt ihre Wange und wie weich ihre Lippen waren.

«So, du bist dran.» Clea zitterte jetzt wie eine Malariakranke.

«Na ja, viel weiter bringst du uns ja nicht gerade», sagte Elke sanft, während sie Cleas Hand nahm und sie in das kühle, dunkle Schlafzimmer führte. Mit der freien Hand raffte sie die gewebte Baumwollüberdecke vom nächststehenden Bett.

Cleas Zittern ging jetzt in langsame, stetige Schauerwellen über. Sie legte die Arme um Elke und fühlte, wie ihrer beider Brüste sich gegeneinanderpreßten. Ihr Mund suchte Elkes Lippen.

Irgendwann machte Elke sich von ihr los. Sie ging zurück zur Terrassentür und blieb, gegen die Türfüllung gelehnt, stehen, umrahmt von weißem Sonnenlicht.

Clea stand, stoßweise atmend, auf dem Teppich. «Ich kenne mich da nicht so gut aus, Elke, aber soviel weiß ich: Du kannst nicht einfach weglaufen, nachdem du jemanden so geküßt hast.»

Elke wandte sich ihr zu. Ihr Gesicht war angespannt. «Ich dachte, ich könnte es, Clea, aber ich kann's nicht. Tut mir leid.»

«Himmel noch mal, Elke, was ist los?»

Elke kam wieder herein und setzte sich auf die Bettkante. «Hör mal, vielleicht sollten wir mal darüber sprechen.» Sie begann, sich die Schläfen zu massieren.

«Eine brillante Idee», sagte Clea sarkastisch. Jetzt würde Elke ihre Migräne bekommen und den Rest der Zeit im Bett liegen, mit einem feuchten Waschlappen auf der Stirn. Und irgendwie würde es Cleas Schuld sein. Clea zog sich die Sandalen aus, krabbelte hinter Elke aufs Bett und schob sich ein paar Kissen in den Rücken.

«Ich liebe dich, Clea», sagte Elke leise. «Ich liebe dich, seit ich dich zum erstenmal gesehen habe. In deinem schwarzen Cape in meiner Ateliertür. Für mich warst du das exotischste Wesen, dem ich je begegnet bin. Ich wollte dich zeichnen, dich malen, Radierungen von dir machen, Skulpturen, Liebe mit dir machen, dich in Besitz nehmen, damit du mir gehörst und mir nie mehr weglaufen kannst.»

«Ich gehöre dir», murmelte Clea inbrünstig.

«Fein, aber was sollen wir miteinander machen? Ich habe versucht, mich von dir fernzuhalten, aber ich konnte es nicht. Jetzt versuche ich, mit dir zusammenzusein, aber anscheinend kann ich das auch nicht.»

«Bin ich für dich nicht anziehend?»

«Doch, du bist anziehend für mich. Sexuell und auf jede erdenkliche andere Weise. Aber ich habe Angst davor, wo das alles hinführen wird. Ich kann Chaos nicht ertragen, Clea. Ich brauche Terence. Ich brauche meinen geregelten Alltag. Für meine psychische Gesundheit. Du hast ja keine Ahnung.»

Clea verschränkte die Arme vor dem Bauch, als wollte sie ihre lebenswichtigen Organe schützen. «Du bist stärker, als du glaubst, Elke. Schau dir doch nur an, was du schon alles überlebt hast.»

«Ich glaube, es ist wohl am besten, wenn wir so tun, als wäre nichts gewesen.»

«Wie du meinst.»

Sie saßen schweigend da, unter dem kreisenden Ventilator. Clea spürte, wie Elke sich wieder in ihre normalen Alltagsgrenzen zurückzog. In dem verzweifelten Bemühen, diesen Rückzug aufzuhalten, fragte sie: «Aber wer sagt denn, daß du Terence oder deinen geregelten Alltag aufgeben sollst? Können wir nicht einfach hier und jetzt zusammensein und es dabei belassen?»

Elke wandte ihr das Gesicht zu und ließ die Hand von den Schläfen in ihren Schoß sinken. «Könntest du das denn? Wo du dich so über Turners Affären aufgeregt hast?»

«Könntest du's?» fragte Clea, und ihre Laune hellte sich wieder etwas auf.

«Ich weiß nicht. Ein paarmal habe ich es gekonnt.»

«Tatsächlich? Mit wem?» Clea fühlte einen Eifersuchtsstich bei dem Gedanken, daß irgendwelche fremden Menschen eine Seite von Elke erlebt hatten, die sie nicht kannte.

Elke zuckte die Achseln. «Mit einem Museumsdirektor in Washington. Einem Kunstgeschichtsprofessor in Boston. Einfach mal eine Nacht hier und dort.»

«Ich dachte, du kannst es nicht leiden, wenn du aus deinem geregelten Alltag herausgerissen wirst?»

«Das stimmt auch. Aber mit irgendeinem fremden Menschen ins Bett zu steigen fordert ja nicht so viel von einem. Du weißt doch, wie die meisten Männer sind. Fusionsprozesse finden für sie nur auf dem Aktienmarkt statt. Ich habe ihnen ungefähr soviel bedeutet wie ein Vanille-Eclair.»

Clea lachte. «Und warum dann die ganze Aktion?»

«Aus verschiedenen Gründen. Einsamkeit. Ego-Kitzel. Hormone. Ein paarmal war ich einfach Terences' Wachhundgehabe leid. Ich wollte mir beweisen, daß ich ein freies Subjekt bin.»

«Macht das denn Terence nichts aus?»

Elke schob die Lippen vor. «Er fragt mich nie, was ich tue, wenn wir nicht zusammen sind. Und ich frage ihn auch nicht. Aber dabei war ja auch nie Liebe im Spiel», setzte sie, Cleas schweißfeuchte Hand ergreifend, hinzu.

«Vielleicht würden wir ja dadurch auch wieder klarer im Kopf.»

«Vielleicht. Vielleicht aber auch nicht.»

«Probieren wir's doch aus», sagte Clea.

Elke musterte sie einen Moment lang und streckte sich dann zögernd neben ihr aus.

«Wo hast du eigentlich diesen Wahnsinns-Badeanzug her?» Clea fuhr mit dem Finger über die Stützstäbchen.

«Aus einem Secondhandshop an der Canal Street. Ich dachte, er würde vielleicht zu unserem Amüsement beitragen. Aber du hast wirklich eine bewundernswerte Gabe, vom Thema abzuschweifen.»

«Entschuldigung.» Clea nahm Elkes rechte Hand und studierte sie eingehend. Die stumpfen Finger mit den knotigen Gelenken, die blauen Adern, die rauhe Haut. Sie drehte sich um und fuhr mit der Fingerspitze die Handlinien nach – die

Kopflinie, die Herzlinie. Die Hand begann zu zittern. Clea hatte diese Hand mit großer Geschicklichkeit und Originalität Zeichnungen und Radierungen verfertigen sehen. Sie hatte sie Essen zubereiten und Wäsche falten sehen. Sie hatte sie als unterstreichende Gesprächsgeste ihren eigenen Unterarm berühren sehen. Und sie hatte sie, auf der Suche nach Halt und Unterstützung, Terences' Hand umklammern sehen. Sie hatte sie für Kate und Theo Play-Doh-Klümpchen zu kleinen Tierchen zurechtkneten und -drücken sehen. Und sie hatte sie den beiden die Haare aus den Augen streichen sehen, wie sie sich selbst an der Modelliermasse versuchten. Diese vertraute, vielseitig begabte Hand war jetzt im Begriff, eine neue Aufgabe zu übernehmen – Cleas Körper zu erkunden, seine Rundungen und seine verborgenen Höhlen. Während sie die Innenfläche der Hand küßte, sah sie auf einmal Kate und Theo vor sich, wie sie auf einem Rettungsfloß immer weiter aufs Meer hinausgeschwemmt wurden, während sie selbst am Strand stand, in Elkes Armen. Sie versteifte sich.

Elke sah sie fragend an.

Clea schüttelte den Kopf und schlang die Arme um Elke, während der hölzerne Ventilator kleine Strähnchen von Elkes grauem Haar fliegen ließ. Sie würden die nächsten zwei Tage zusammensein, überlegte Clea. Daheim in New York würde Elke ihr Leben und ihre Ehe weiterführen. Letztlich würde sie sich immer für Terence entscheiden, den Hüter ihrer geistigen Gesundheit – jedenfalls in ihren Augen. Und unterdessen würde sie, Clea, durch die Straßen streunen und nach mehr schreien, während ihre Ehe in die Binsen ging, ihre Kinder verwahrlosten und ihre Karriere in einem jähen Absturz endete.

Elkes Hand fand sich jetzt in ihre neue Funktion ein, indem sie sich daranmachte, Cleas Hawaiihemd mit den Papageien und Palmblättern aufzuknöpfen. Aber als die Finger langsam den obersten Knopf geöffnet hatten, knöpfte Clea ihn wieder zu.

«Was hast du?» fragte Elke seufzend.

«Was ist mit Kate und Theo?»

«Was soll mit ihnen sein?»

«Ich will nicht, daß sie leiden.»

«Warum sollten sie leiden, nur weil sie eine glückliche Mutter haben?»

«Und keinen Vater?»

Elke sah Clea an. Ihre Finger verharrten über dem geschlossenen Knopf in der Luft.

«Glaubst du vielleicht, Turner würde mit einer Lesbierin verheiratet bleiben?» Dieses Etikett war ihr eben erst in den Sinn gekommen. Mit Elke ins Bett zu gehen war ihr natürlicher und weniger beängstigend erschienen, als es bei den meisten Männern der Fall gewesen war, mit denen sie geschlafen hatte. Und doch waren sie zwei ehrbare, verheiratete Frauen, die gar nicht auf die Idee zu kommen hatten, das zu tun, was sie da zu tun im Begriff waren.

Elke fing an zu lachen und setzte sich auf. Sie schüttelte den Kopf, sagte aber nichts.

«Was denkst du?» fragte Clea schließlich.

«Gar nichts. Ich bin viel zu erschlagen von dem Schrekkensbild deiner armen, vaterlosen Kinder. Aber ich war der Meinung, ihr hättet ein Abkommen, du und Turner, daß jeder von euch außerhalb von New York machen kann, was er will – auch du.»

«Aber doch mit Männern. Ich glaube nicht, daß Turner je auf den Gedanken gekommen ist, es könnte eine Frau sein.»

«So ein dummer Junge.» Elke rollte sich vom Bett und ging in Richtung Bad. «Ein Jammer, daß ihr Amerikaner Sinnlichkeit immer für eine Krankheit haltet.»

«Jetzt warte mal, Elke. Wir haben damit angefangen. Also laß es uns auch klären.»

Elke sah sie an. «Für mich ist alles klar. Du hast einen Mann und zwei nette Kinder. Sie brauchen dich mehr als ich. Sosehr ich dich auch will.»

Clea sah sie schweigend an, unfähig, das in Abrede zu stellen, ja, noch nicht einmal von dem Wunsch beseelt, es zu tun.

«Du willst, daß ich dir anbiete, Kate und Theo mit dir großzuziehen», diagnostizierte Elke plötzlich.

Clea sagte nichts. Sie nahm an, daß es das war, was sie wollte – die Versicherung, daß ein Leben mit Elke ihr das Leben mit Turner ersetzen würde, das sie womöglich zu riskieren im Begriff war.

«Ich dachte, wir hätten davon gesprochen, ein paarmal miteinander ins Bett zu gehen und dann unser jeweiliges Leben weiterzuleben», sagte Elke irritiert.

«Das haben wir auch. Aber bei näherem Hinsehen merkst du doch sicher auch, daß es nicht so einfach ist.»

«Für *dich* vielleicht nicht.»

«Nur zu, Elke. Zieh du nur deine Weltmüde-Europäerinnen-Nummer ab. Spotte du nur über meine provinzlerische Ernsthaftigkeit. Aber wenn wir zusammen ins Bett gehen, wirst du garantiert mehr von mir wollen, als du dir je hättest träumen lassen.»

«Machst du Eigenwerbung, oder was?» Elke lachte von der Badezimmertür herüber. «Jetzt hör mal zu, Liebling. Ich liebe dich. Ich begehre dich. Aber ich kann deine Kinder nicht mit dir großziehen. Ich habe meine Arbeit.»

«Darf ich das so verstehen, daß dein Interesse an mir rein sexueller Natur ist?»

«Leck mich», schnappte Elke aus der Dunkelheit.

«So nicht.» Clea stand auf. Ihr Hawaiihemd war durchgeschwitzt.

Sie verlegten die weitere Klärung auf die Terrasse, um zuerst einmal zuzusehen, wie die scharlachrote Sonne im Meer versank. Elke zog einen weißen Strandbademantel über, den sie fest zuband. Clea mixte zwei Gin Tonics. Sie streckte Elke einen davon hin, zündete sich eine Zigarette an und setzte sich in einen gestreiften Liegestuhl. Sie fühlte den glatten, narbigen Korallenstein unter den Füßen. Den Rauch ausblasend, sagte sie grimmig: «Und was jetzt?»

Elke meinte achselzuckend: «Ich denke, wir machen einfach so weiter wie vorher.»

Sie tranken schweigend, während die Wellen an den Strand klatschten. «Wir versäumen das Abendessen», bemerkte Clea.

Elke zuckte wieder die Achseln und sah zum Himmel empor, wo sich gerade die ersten Sterne zeigten.

Clea hielt sich vor Augen, daß ja wahrscheinlich noch nicht jede Chance vertan war, die Nacht in Elkes Armen zu verbringen. Es war wirklich idiotisch, sich die Zeit damit zu vergällen, sich Katastrophen auszumalen, die vielleicht gar nie eintreten würden. Und doch fühlte sie in ihrem Innern die Maschinerie anlaufen, die sie in einen eifersüchtigen Drachen verwandeln würde, der jeden Augenblick wissen wollte, was Elke machte und mit wem sie zusammen war, wenn er sie nicht im Blick hatte. Der dauernd Bestätigung, Geschenke, Sex und Beschwichtigung fordern würde. Der nachts unruhig im Zimmer auf und ab marschieren würde, wenn sie bei Terence im Bett lag. Welch schreckliche Wendung für eine so wunderbare Freundschaft. Sie beneidete Turner um seine Fähigkeit, mit anderen Frauen körperliche Freuden zu genießen und sich dann wieder, ohne groß zurückzuschauen, seinem eigentlichen Leben zuzuwenden.

Elke schüttelte im Zwielicht ihr Silberhaupt.

«Was?» fragte Clea.

«Hab ich dir schon mal von meiner Abtreibung erzählt?»

«Nein.»

«Das war ganz zu Anfang unserer Ehe. Terence hatte dauernd das FBI auf den Fersen. Und wir standen beide noch so sehr unter dem Trauma des Krieges, daß wir uns nicht vorstellen konnten, einer solchen Welt ein unschuldiges Kind auszusetzen. Meine Karriere kam gerade langsam in Gang, und damals war es noch die gängige Überzeugung, daß eine Frau sich zwischen Beruf und Familie entscheiden müßte. Ich weiß noch, wie ich mich bei dem Embryo entschuldigt habe, als ich an einer Straßenecke darauf wartete, daß mich ein fremder Mensch abholen und in irgendeine schmuddelige Wohnung in New Jersey bringen würde. Ich war damals der festen Überzeugung: es oder ich. Aber jetzt sehe ich dich, wie du beides schaffst. Also war das wohl ein Irrtum.»

«Wir haben aber auch unterschiedliche Ansprüche an uns selbst. Ich wurstle mich gerade so durch, als Fotografin und als Mutter.»

«Quatsch. Du machst beides ganz toll. Aber jedenfalls habe ich gerade darüber nachgedacht, ob mir nicht vielleicht meine Abtreibung im nachhinein sinnlos und gemein erscheinen würde, wenn ich mich jetzt um deine Kinder kümmern würde. Ich meine, vielleicht könnte ich ja für Kate und Theo den Daddy spielen, wenn es je anstehen sollte (was ich, nebenbei gesagt, bezweifle). Wo ich doch ihre Mutter so sehr liebe.»

«Jetzt ja, auf einer Terrasse in Saint John, nachdem du zuviel getrunken hast. Aber was ist, wenn mitten in einer kalten Winternacht ein Kind in dein Bett gekrabbelt kommt und anfängt zu spucken und du am Morgen zu müde bist, um zu arbeiten?» Die Sorgen und Pflichten des Lebens mit Kindern und die Verbitterung, die sie manchmal mit sich brachten, hatten einen Keil zwischen sie und Turner getrieben und würden auch einen Keil zwischen Elke und sie treiben. Elke würde zweifellos alles tun, was die Übernahme einer solchen Verantwortung beinhaltete, sogar ihre Arbeit vernachlässigen. Und damit aufhören, die kompromißlose, fähige Frau zu sein, in die Clea sich verliebt hatte. Ein solches Opfer konnte Clea nicht annehmen, auch wenn Elke es ihr anbieten sollte. Was sie zwar so direkt noch nicht getan hatte... aber vielleicht tun würde, wenn sie sie noch weiter bearbeitete.

Sie lächelten einander matt an. Ihre Verhandlungen waren vorerst an einem toten Punkt angekommen. Clea drückte ihre Zigarette aus und zog sich eine Baumwollstrickjacke über. «Ich denke, wir müssen eine neue Beziehungsform erfinden. Eine Art Kreuzung aus Liebe und Freundschaft.»

«Daran ist doch nichts neu. Was glaubst du denn, was die Frauen seit Jahrhunderten miteinander haben?»

In der darauffolgenden Woche verkündete Turner beim Abendessen, daß er für eine Zeit nach Paris abkommandiert worden sei.

«Aber ich kann nicht mitgehen», sagte Clea, und ihre Gabel verharrte reglos über dem Lachs in der Luft. Theo bewarf Kate mit Erbspüree.

«Warum nicht?»

«Na, weil ich doch mein Leben hier habe. Meine Arbeit. Unsere Haushälterin.»

«Hierzubleiben, steht für mich überhaupt nicht zur Debatte, Clea. Nicht, wenn ich Vizepräsident werden will. Als freie Fotografin kannst du doch auch in Europa arbeiten. Und die Kinder sind noch nicht in der Schule. Jetzt ist der ideale Zeitpunkt, um wegzugehen.»

«Aber ich kann nicht, Turner», flüsterte sie. «Meine Freunde...»

«Dir ist es noch nie schwergefallen, Freunde zu finden, Clea. Du wirst auch in Paris welche auftreiben.»

Clea glaubte, aus seiner Stimme einen Hauch von Genugtuung herauszuhören. So, als sei ihm der wahre Grund ihres Sträubens ebenso bewußt wie dessen Vergeblichkeit. Sie musterte Theo in seinem Hochstuhl, mit seinem besabberten roten T-Shirt. Und Kate, die mit altkluger Miene auf einem Erwachsenenstuhl saß und so tat, als kenne sie den kleinen Jungen dort nicht, der mit einem Fischstäbchen auf sein Tischchen einhämmerte. Was würde Harriet Nelson in dieser Situation tun? Sie würde sanft lächelnd nach Paris gehen.

Als Clea Elke am nächsten Abend in ihrem Atelier von diesen Umzugsplänen erzählte, machte Elke eine jähe Abwehrbewegung mit dem Arm, so, als wollte sie sich vor einem neuen Schlag schützen. Und nach einer langen Schweigepause sagte sie: «Clea, ich...»

«Ja?» sagte Clea rasch.

Elke begann, sich die Schläfen zu massieren.

Die Tür ging auf und Terence erschien, die Brille auf der Mitte des Nasenrückens, und sah demonstrativ auf die Uhr.

Als er Elkes Schläfenmassage registrierte, sagte er: «Hoffentlich bekommst du nicht wieder Migräne, Elke. Du hast in der letzten Zeit zuwenig Schlaf gehabt.»

Clea sah Elke empört an.

Elke sagte mit schwacher Stimme: «Bitte geh, Terence. Clea und ich haben zu reden.»

In Clea regte sich ein Hoffnungsfunken. Das war immerhin ein Anfang. Sie wartete.

Elke atmete flach und unregelmäßig. Ihr Blick haftete eine ganze Weile am Dachfenster, während ihre Kiefermuskeln sich abwechselnd verkrampften und wieder lockerten. Schließlich richtete sie ihre resignierten und gepeinigten Augen auf Cleas Gesicht. Sie sagte: «Tja, wenn das so ist, folgst du wohl besser deinem Mann.»

13 Maureen Murphy

Während Clea Shawn die Fahndungsplakate des FBI studierte, schlüpfte Maureen Murphy hinter die Trennwand, wo sie Cleas Karten aus dem Auffangkasten fischte und las. Alpine Glen ... Heißer Apfelwein ... «Amerika abseits der Zeit» ... Astrid Starr vom IGA hatte den Ehrgeiz, immer alles zu wissen, was in Roches Ridge vor sich ging. Sie versuchte andauernd, Maureen auszuhorchen, wer im Ort Dividendenschecks oder Sexartikel bekam. Einmal hatte sie zu ihr gesagt: «Ach, tu doch nicht so, Maureen. Den ganzen Tag allein mit einem Sack voller Postkarten?»

Maureen hatte erwidert: «Es gibt eben Menschen, Astrid, die würden niemals anderer Leute Postkarten lesen. Oder ihnen ihren Freund wegschnappen.»

«Earl Atkins war ein erwachsener Mann, Maureen. Er hat sich für mich entschieden. Ich brauchte ihn niemandem wegzuschnappen. Aber es tut mir leid, daß es dich so getroffen hat.»

Maureen stopfte die Postkarten in einen Sack. Sie äugte durch die dicke Glastür ihres Kabüffchens zu Clea Shawn hinüber und dachte, daß sie aussah wie jemand, der jede Menge Einschreiben, Eilbotenbriefe und Schnellpakete bekam. Der, mit anderen Worten, nichts als Mühe machte. Maureen seufzte. Als ob sie nicht auch so schon genug am Hals hatte mit einer über achtzigjährigen Mutter, die einfach nicht sterben wollte. Wenn Maureen nicht überzeugt gewesen wäre, daß sie die Sache beschleunigen und außerdem auf diese Weise Geld sparen könnte, hätte sie ihre Mutter ja längst in ein Heim gegeben. Aber da ihre Mutter in ein Heim wollte, war sie fest entschlossen, sie daheim zu behalten, in dem Haus in der Elm Street, wo sie ihr ihre Kindheit zur Hölle gemacht hatte. Sie hatte sich betrunken und Maureen an der Bettstatt festgebunden und mit ihren Zigaretten gebrannt. Wenn die Jungen aus der High School gekommen waren, um Maureen zu irgendwelchen Verabredungen abzuholen, hatte ihre Mutter sternhagelvoll auf dem Fußboden in der Diele gelegen. Kaum einer hatte sich ein zweites Mal blicken lassen.

Nachdem dann Earl Atkins' Frau mit dem Dachdecker durchgegangen war, kam er öfters zu ihr ins Postamt, um ihr beim Sortieren zu helfen. Wenn sie über seinen Bauch hinwegsah, hatte er eine gewisse Ähnlichkeit mit Christopher Plummer in *The Sound of Music*. Earl war ein ernster, männlicher Bursche, mit einem Paar Kiefer wie ein Fangeisen, aber nett zwinkernden Augen. (Sie hatte inzwischen ihre *Sound of Music*-Videokassette hundertundzehnmal angeschaut, und an ihrer Eßzimmerwand hing ein Souvenirteller mit Julie Andrews darauf, im Dirndl inmitten von lauter Edelweiß.)

Eines Abends erschien Earl dann bei ihr zu Hause, rot vor Verlegenheit. Er saß auf ihrer Wohnzimmercouch und erzählte ihr, daß er sie schon auf der Schule geliebt und sogar heimlich Gedichte für sie geschrieben hätte. Er griff unter seinen Bauch in die Hosentasche, zog ein paar Blätter Papier heraus und begann zu lesen: «Schöner als des Sommers Pracht / strahlender, als die Sonne lacht / geheimnisvoller als der Mond bei Nacht / bist du / geliebte Maureen...»

Während einer Passage über der Sterne stille Wacht kam Maureens Mutter ins Wohnzimmer getorkelt, um Earl genau vor die Füße zu fallen. Earl stürzte zur Tür und stopfte die Gedichte in seine Hosentasche. Zwei Monate später heiratete er Astrid Starr, und sie machten eine Kreuzfahrt zu den Hawaii-Inseln, von der er mit einem australischen Armeehut mit Emufeder auf dem Kopf heimkam. Und um die Gemeinheit vollkommen zu machen, überredete Astrid auch noch Angela McGrath, den ganzen Tag *South Pacific* auf der Harfe zu spielen, statt, wie vorher, *The Sound of Music*. Da Maureens Mutter ihr jede Chance verdorben hatte, jemals ein normales, glückliches Familienleben zu führen, gedachte sie sich zu rächen.

Maureen entleerte das Kleingeldnäpfchen auf dem Schaltertisch in ihre Handtasche. Dann nahm sie das Wechselgeld, um das sie Clea Shawn gerade betrogen hatte, aus der Kassenschublade und tat es in ihr Kleingeld-Portemonnaie. Jeder Penny war wichtig. Reisen war ja heutzutage so teuer. Sie kehrte in ihr Kabüffchen zurück, um die Post für den Boten zu sortieren, der die weiter draußen wohnenden Empfänger belieferte. Noch mehr Lektüre aus Rotchina für Alvin Jacobs am Camel's Hunch Community College. Sie fand, daß Trooper Trapp davon wissen sollte, und steckte den Umschlag in sein Fach. Eine Karte an Dr. Evans, von einem Xerox-Angestellten, aus dem Club Med in Guadeloupe: «Danke für den guten Rat, Doc. Ruhe und Sonne wirken wirklich Wunder. Dieser Vermonter Winter kann einen Mann schon schlapp machen...»

Maureen war letztes Jahr mit ihrer Mutter in Guadeloupe gewesen, hatte sie auf den Vulkan geschleppt und durch den Regenwald und die staubigen Straßen von Îles des Saintes. Aber Dr. Evans meinte, sie hätte die Kondition einer Vierzigjährigen. Beim Lunch auf einem bougainvilleabewachsenen Patio mit Blick auf das türkisfarbene Meer hatten einige Teilnehmer der Tour beunruhigt gemeint: «Ihre Mutter ist so blaß. Meinen Sie nicht, sie sollte sich ein wenig ausruhen? Ob es nicht besser wäre, wenn sie diesen dicken schwarzen Mantel ausziehen würde?»

Da Maureen die Hörgeräte ihrer Mutter in der Tasche hatte, konnte die Alte sich nicht dazu äußern. Maureen sagte: «Oh, Mutter ist unverwüstlich. Sie würde sich nie zwischendurch hinlegen, und wenn ihr Leben davon abhinge.» Und die Mittouristen schüttelten die Köpfe und meinten, sie sei wirklich eine sehr bemerkenswerte alte Dame.

Ishtar vom Karma-Café behauptete, Leute, die in diesem Leben nicht miteinander auskämen, müßten schon in früheren Leben Todfeinde gewesen sein – wie Ajax und Achill, Caesar und Brutus, Hitler und Churchill. Ishtar meinte, wenn Menschen die Probleme, die sie miteinander hätten, in diesem Leben bearbeiteten, bräuchten sie nicht im nächsten noch einmal damit anzufangen. Aber Maureen hatte absolut keine Lust, mit ihrer Mutter irgend etwas zu bearbeiten. Sie wollte sich rächen, weiter gar nichts. Sie fuhr mit ihrer Mutter ins Einkaufszentrum von Burlington und schleppte sie durch die überfüllten Gänge, in ihrem Wollmantel und mit ihrem quietschenden Gehgestell, bis die Alte ganz rot war und nach Luft schnappte. Und ihre Mutter wußte genau, wenn sie nicht brav mitmachte, ließ Maureen sie am Nachmittag nicht «The Young and The Restless» anschauen.

Eines Vormittags, als ihre Mutter lächelnd vor den jungen Hunden im Schaufenster einer Tierhandlung stand, merkte Maureen, daß die Märsche durch das Einkaufszentrum dem alten Drachen in Wirklichkeit Spaß machten – die anderen Leute, die Musikberieselung, die jahreszeitbezogenen Ausstellungen in den Schauräumen in der Mitte. Also ging sie dazu über, vor diesen Ausflügen die Brille und die Hörgeräte ihrer Mutter zu konfiszieren. Und sie rückte beides auch dann nicht heraus, wenn sie zu Hause *The Sound of Music* sahen. Nicht mehr, seit ihre Mutter einmal von *The Sound of Mucus* gesprochen hatte – dem Klang von Schleim.

Maureen stürzte beunruhigt zu ihrer Handtasche, die auf dem Schreibtisch lag. Aber es war alles da, die Hörgeräte, die Brille und das Gebiß, das Kompakttelefon und die Türknäufe. Und sie hatte auch daran gedacht, das Gehgestell in die Garage zu schaffen. Früher hatte sie es im Keller aufbewahrt, aber einmal war es ihrer Mutter gelungen, auf dem Hinterteil die Kellertreppe hinunterzurutschen. Sie hatte das Gehgestell nach oben gezerrt und gerade versucht, die Tür mit einem Messer aufzustemmen, als Maureen in der Mittagspause heimgekommen war.

Gab es irgend etwas, was sie vergessen hatte? grübelte Maureen. Briefe schreiben konnte ihre Mutter wegen ihrer schlechten Augen und ihrer arthritischen Finger nicht. Und ohne Gebiß konnte sie nicht verständlich reden. Einmal hatte sie in Spiegelschrift HILFE auf eine vereiste Fensterscheibe gemalt. Aber Maureen war ja der einzige Mensch in der Stadt, der wußte, daß ihre Mutter nicht wirklich an der Alzheimerschen Krankheit litt.

Einmal hatte Anita Perkins, die Frau dieses wiedergeborenen Predigers vom Granite Gap, bei May vorsprechen wollen, um ihr das Seelenheil zu bringen. Als ob der alte Drachen nicht sowieso unrettbar dazu verdammt war, in der Hölle zu schmoren! Anita war in ihren Schneemobilstiefeln, mit wehendem blauem Schleier, ins Postamt gestürzt, um Maureen mitzuteilen, daß ihre Mutter tot sein müsse, da sie reglos in ihrem Lehnstuhl sitzen geblieben sei, während sie, Anita, an die Tür und die Fenster geklopft habe. Maureen war sofort nach Hause geeilt. Aber die Alte war so lebendig gewesen wie eh und je und hatte Anita einfach nur weder gesehen noch gehört. Damals hatte Maureen Rollos angeschafft, die sie jetzt immer herunterließ, ehe sie zur Arbeit ging.

Maureen wandte sich wieder der zu sortierenden Post zu. Sie hielt einen an Astrid Starr adressierten Umschlag gegen das Licht, entdeckte darin einen Dividendenscheck und dachte darüber nach, wohin sie mit ihrer Mutter als nächstes fahren sollte. Sie würde Astrid um einen Tip bitten, irgendeine Gegend, wo es heiß und gebirgig war und wo es viele Insekten gab. Und schlechtes Wasser und Kidnapper. Mexiko vielleicht. Oder Peru. Sie konnten ja auf den Machu Picchu steigen. Vielleicht würde ja die dünne Luft ein übriges tun.

Der Umschlag glitt aus Maureens Fingern. Ihren Haß so richtig zu schüren gelang ihr immer nur so lange, bis er in Traurigkeit umschlug. Sie mußte jedesmal weinen, wenn sie die armen Kinderchen in *The Sound of Music* sah, mutterlos wie sie selbst. Aber sie hatten wenigstens Christopher Plummer, der sie tröstete.

Maureen hörte, wie die Tür geöffnet wurde, und spähte durch den Briefschlitz hinüber in den Schalterraum, den Clea

Shawn in ihrem steifen grünen Holzfällerhemd soeben verließ. Diese Flachländer erkannte man immer gleich an ihren Holzfällerhemden. Man mußte sie mehrfach vor den Kopf stoßen, bis sie kapierten, daß das ein Ausdruck der Tatsache war, daß man nichts von ihnen wissen wollte, und nicht neuenglische Zurückhaltung.

Draußen, hinter Mrs. Shawn, erspähte Maureen Daryl Perkins' gelben Kombi, der vor dem IGA parkte. Er war über und über mit Bibelsprüchen bemalt wie: UND SIEHE, ES WAR ALLES EITEL UND HASCHEN NACH WIND. Daryls Frau Anita und noch drei andere Frauen in blauen Schleiern, langen Kleidern und Schneemobilstiefeln kletterten heraus. Daryl blieb im Wagen sitzen und strich sich den buschigen roten Bart. Südstaatler, alle miteinander, die es noch nicht gelernt hatten, sich um ihre eigenen Sachen zu kümmern und es anderen Leuten gefälligst selbst zu überlassen, für ihre gottverdammten Seelen zu sorgen.

14 Daryl Perkins

Daryl Perkins blieb hinter dem Steuer seines Dodge Ram-Kombi sitzen, während die Schwestern mit ihren Einkaufslisten herauskletterten. Manchmal machte es ihn rasend, daß er nicht mehr selbst zupacken konnte. Vor dieser Sache mit der Tretmine, in der Nähe der kambodschanischen Grenze, war er immer derjenige gewesen, der anderen geholfen hatte. Als ältester Sohn hatte er nach dem Tod seines Vaters die Schweinefarm in Georgia weitergeführt. Aber ebendeswegen hatte der Herr ihm ja diese Tretmine in den Weg gelegt. Er war überheblich gewesen und blind für die Tatsache, daß *er* Hilfe brauchte. Daß er lernen mußte, sich in die Hände des Herrn zu geben.

Anita schloß die Autotür und blieb mit gesenktem Blick und gefalteten Händen neben dem Seitenfenster stehen. Daryl wußte, dem Herrn war ihre Unterwürfigkeit wohlgefällig, aber ihm war sie ziemlich schnuppe. Obwohl er selbst die Regeln aufgestellt hatte, daß die Schwestern stets zu Boden zu sehen und zu Männern nur im Flüsterton zu sprechen hatten und stets eine Handvoll Dreck bei sich tragen mußten, die sie daran erinnern sollte, was für geringe Geschöpfe sie waren. In Daryls unreinem Herzen tobte ein Kampf. Der Teufel machte, daß er sich zu Frauen hingezogen fühlte, die gar nicht wußten, was Unterwürfigkeit war. So wie Loretta Gebo. Die verderbtesten Sünder von Roches Ridge hingen in der Casa Loretta herum, aßen Taco-Pizza und lauschten John Denvers «Rocky Mountain High», nachdem sie den ganzen Abend dem Glücksspiel in Gestalt des Rettungswacht-Bingos gefrönt hatten. Aber dieser Bienenkorb auf Lorettas Kopf hielt Daryl fest in seinem Bann.

Als Daryl Loretta das erste Mal gesehen hatte, hinter ihrem Tresen in der Casa Loretta, war seine Kirche der Himmlischen Errettung gerade in Roches Ridge angelangt. Sie waren aus Georgia geflohen wie weiland die Hebräer aus Ägypten, weil man sie der Kindesmißhandlung bezichtigt hatte, und das, obwohl es in den Sprüchen 23,14 hieß: «Du schlägst ihn mit der Rute, aber du errettest ihn vor dem Tode.» Aber mit den Gottlosen war nun einmal nicht zu debattieren.

Gleich von Anfang an hatte Daryl danach gelechzt, diese Nadeln herauszuziehen und die Kaskade dieses Haars über Lorettas Schultern herabfallen zu sehen. Er versuchte, der Casa Loretta fernzubleiben, aber an manchen Tagen war der Teufel stärker als er, und dann fand er sich wieder, wie er in diesem Sündenpfuhl saß und mit den Gottlosen Burritos aß. Danach wickelte er sich dann jedesmal für ein paar Tage unter seinem Hemd Stacheldraht um die bloße Brust. Aber ein paar Wochen später, wenn er seine Schar von sittsamen Engelchen bis obenhin satt hatte, packte ihn wieder der Drang, diesen blondgebleichten Bienenkorb zu sehen, und dann humpelte er auf seinen Krücken so rasch davon, daß ihn nicht einmal mehr Anitas klagendes «Bitte, geh nicht. Du weißt doch, morgen früh bereust du's wieder» zurückhalten konnte.

«Na los, ab zum Einkaufen», sagte er durchs Fenster zu Anita. «Worauf wartest du denn noch, Weib?»

Sie sah immer noch zu Boden. «Du weißt schon, Daryl.»

Er zog ärgerlich die Bibel aus der Tasche seiner Eisenhower-Jacke und legte die rechte Hand darauf. «Ich schwöre bei Gott, dem Herrn des Himmels und der Erde, daß ich nicht in die Casa Loretta gehen werde, solange ihr einkaufen seid. Zufrieden?»

Anita nickte und schob in ihren Schneemobilstiefeln in Richtung IGA ab.

Daryl wußte, daß Lorettas Bienenkorb sich zwischen ihn und den Herrn schob, so wie einst das Goldene Kalb bei den

Kindern Israel. Es war wie bei Simson und Delila, nur umgekehrt: ihr langes Haar zehrte an seiner Glaubensstärke und an ihrer auch, da sie ihr Leben damit zubrachte, ihre Ohrlocken festzusprayen. Daryl suchte in seiner zerfledderten Bibel den ersten Johannesbrief und las sorgfältig: «Wer Sünde tut, der ist vom Teufel... Dazu ist erschienen der Sohn Gottes, daß er die Werke des Teufels zerstöre.» Nun, wenn er je ein Werk des Teufels zu Gesicht bekommen hatte, dann war es dieser Bienenkorb.

Daryl klappte die Bibel zu, lehnte sich in seinem Sitz zurück und schloß die Augen. Er stellte sich seinen eigenen Leib als Skelett vor, das Fleisch weggefault, die Organe verwest, die Knochen gebleicht, dem heißen Wind preisgegeben, der Sand durch seinen Brustkorb wirbelte. Das tat Daryl des öfteren, wenn ihn die Versuchung anwandelte, um dieses Erdenleben wieder in den richtigen Proportionen zu sehen.

Er setzte sich abrupt auf und umklammerte, in einem Anfall jäher Erleuchtung, das Steuerrad. Auch wenn er sich von Loretta fernhielt, vermochte er sich nicht aus ihrem Bann zu lösen. Aber das Ganze war eine Botschaft des Herrn: Loretta Gebos Seele schrie nach Errettung, und zwar durch ihn, Daryl. Er mußte sich in den Sumpf der Casa Loretta wagen und sie bergen wie ein verirrtes Lamm und sie heimführen in den Pferch der Kirche der Himmlischen Errettung. Damit Loretta den blauen Schleier nehmen könnte, würde dieser schändliche Bienenkorb fallen müssen. Und wenn sie ihn, wie die übrigen Schwestern, als ihren irdischen Herrn und Meister anerkannte, würde sie nicht mehr spöttisch auf ihn herabsehen, sondern gehorsam zu ihm empor.

Aber wie sollte er die Rettung ihrer Seele in Angriff nehmen? Daryl blätterte in der Bibel, auf der Suche nach einer Inspiration. Plötzlich blieb sein Blick an dem Stoppschild vor ihm hängen. Ein verrückter Plan, zugegeben, aber vielleicht klappte es ja!

Daryl stieß die Wagentür auf, stieg aus, schnappte sich seine Aluminiumkrücken und schwang sich zu dem Schild hinüber. Mit dem Gummiende der einen Krücke fuhr er die Worte DEM KRIEG DER STERNE nach, die diese Roten aus dem Camel's Hump Community College dort hingesprayt hatten. Dann das DER GEWALT GEGEN FRAUEN, das von den Lesben drunten am Mink Creek stammte. Er hatte die Lösung gefunden, dem Herrn sei Dank! Daryl fühlte, wie ihn der Friede Gottes, welcher höher ist als alle Vernunft, warm durchströmte. «Dazu ist erschienen der Sohn Gottes, daß er die Werke des Teufels zerstöre», murmelte er.

Daryl erspähte Loretta, die ihn vom Eingang der Casa Loretta aus beobachtete. Der schändliche Bienenkorb neigte sich zur Seite wie der Schiefe Turm von Pisa. Er hatte auf seine Bibel geschworen, daß er nicht zu ihr gehen würde, aber diese Frisur zog ihn so unwiderstehlich an wie ein Junikäfer eine Ente. Er wand sich, zeigte mit der Krücke auf Loretta und brüllte: «Weiche, Satan!»

Loretta stemmte die Hände in die Hüften und lächelte irritiert.

Daryl schwang sich zu seinem Dodge Ram-Kombi zurück, die Augen fest auf den Spruch auf dem gelben Vehikel geheftet, der da lautete: «Es sei denn, daß jemand neu geboren werde, so kann er das Reich Gottes nicht sehen. Joh. 3,3.»

Er warf die Krücken in den Fond und stieg auf den Fahrersitz. Nachdem er die Tür zugeknallt hatte, lehnte er sich keuchend zurück. Loretta guckte konsterniert und zog sich, mit einem Achselzucken, wieder in ihren Sündenpfuhl zurück. Ein tiefer Seufzer der Erleichterung entrang sich Daryl. Zum erstenmal hatte er es geschafft, dieser Delila den Rücken zu kehren.

Aber Lorettas Bienenkorb war nur die Spitze des Eisbergs des Bösen hier in Roches Ridge, dachte Daryl. Er ließ die vielen verschiedenen Verkleidungen Revue passieren, in denen der Teufel auftrat. Da war dieser katholische Priester, der im Konkubinat mit seiner Haushälterin lebte. Und Dr. Evans mit seinen kleinen braunen Drogentütchen. Und dieser einäugige rote College-Professor, der Daryl immer vor dem IGA abpaßte, um ihm zu erklären, Religion sei Opium für das Volk. Und diese Avon-Beraterin in ihrem alten grünen Chevy, die den Jezabels von Roches Ridge Schminke und Puder verkaufte. Und diese Boudiccas unten am Mink Creek mit ihren Bürstenhaarschnitten und ihren Männerkleidern. Und dieser Figaro vom Salon Mane Magnifique. Wahrscheinlich schwul. Und sein tuntiger Bruder, der Farmer, der im letzten Herbst die Schwulen-Lustpartie veranstaltet hatte. Diese Perversen waren heutzutage überall, wie die Ohrwürmer, und Roches Ridge verwandelte sich nach und nach in ein Sodom. Homosexualität war so ziemlich das Schlimmste, was es gab. Wie es in Römer 1,27 hieß: «Die Männer haben verlassen den natürlichen Umgang mit dem Weibe und sind aneinander entbrannt in ihren Lüsten.»

Einmal, in Vietnam, hatte Daryl einen Burschen in den Arm genommen, dessen bester Freund gerade von einem Heckenschützen erwischt worden war. Während Daryl dem Jungen den Arm gestreichelt hatte, waren ihm unreine Gedanken gekommen. Er war seit Wochen mit keiner Frau mehr zusammengewesen, und es hatte ihm wohlgetan, ein paar starke Arme um seinen Körper zu fühlen und einen Kopf an seinem Hals. Aber am nächsten Tag hatte der Herr ihn davor bewahrt, seine Seele um der Lust willen in Verdammnis zu stürzen, indem er ihm die Tretmine in den Weg gelegt hatte.

Aber es hatte Daryl mehrere gallebittere Jahre gekostet, diese Mine als Wohltat begreifen zu lernen. Anfangs hatte er Gottes Gnadengeschenk verflucht. Anita, die ihn im Veteranenhospital in Atlanta gepflegt hatte, war willens gewesen, ihn zu heiraten. Eines Nachts wurde er so wütend, weil er ihn einfach nicht hochkriegte, daß er ihr gemeinsames Wasserbett mit seinem Army-Bajonett aufschlitzte und sie zu ertränken versuchte. Aber sobald der Teufel von ihm ließ, war er entsetzt, und per Mund-zu-Mund-Beatmung gelang es ihm, sie wieder ins Leben zurückzuholen.

Anita weigerte sich, bei ihm zu bleiben, wenn er nicht in die Kirche ginge. Und eines Abends, in einem Erweckungszelt bei Marietta, Georgia, heilte ihn Schwester Evangelina so weit, daß er sich aus seinem Rollstuhl erheben und an Krücken gehen konnte, wobei ihm die Tränen über die Wangen liefen. Und in der folgenden Woche, als er im fünften Buch Mose die Ratschläge für die Behandlung kriegsgefangener Frauen las, spürte er plötzlich eine Regung in seinem Schoß, die sich, gelobt sei der Herr, zu einer Erektion auswuchs.

Der Herr stellte ihn weit genug wieder her, daß er in seine Dienste treten konnte. Und seither war sein Leben erblüht wie der Dornbusch in der Wüste. Er begann zu predigen, und bald hatte er seine Gemeinde um sich geschart, die er die Kirche der Himmlischen Errettung nannte. Anita gebar ihm einen Sohn, dem sie den Namen Deuteronomy gaben. Und der Herr offenbarte Daryl, daß Deuteronomy dazu bestimmt sei, die Kirche der Himmlischen Errettung in der Welt nach der großen Katastrophe zu führen. Denn im nächsten Jahr, an Deuteronomys drittem Geburtstag, würde die Welt untergehen, aber die Kirche der Himmlischen Errettung würde, dem Herrn sei Dank, gerettet werden. Wie, war noch nicht recht klar. Vielleicht durch Raumschiffe aus einer anderen Galaxis. Ein alter Heuschober in Granite Gap war mittlerweile zu einem Empfangszentrum für die Außerirdischen hergerichtet. Sie hatten eine Satellitenschüssel mit einem riesigen silbernen Kreuz in der Wölbung aufgestellt und kontrollierten jeden Tag rund um die Uhr ihren Fernsehempfänger auf eventuelle Botschaften aus dem All. Sie bauten alte Bergwerksschächte in Granite Gap zu Schutzbunkern aus, während Daryl darauf wartete, daß ihm der Herr eingehendere Instruktionen zukommen ließ. Und die Angehörigen der Kirche der Himmlischen Errettung zogen in Roches Ridge von Haustür zu Haustür, um ihre Freude im Herrn mit den Bewohnern zu teilen, neue Soldaten für seine Armee zu rekrutieren und Spenden entgegenzunehmen. Daryl betete nur, daß diese verderbte Welt noch so lange bestehen würde, bis er es geschafft hatte, ins Fernsehen zu kommen und die ganze Menschheit vor dem nahen Ende warnen zu können. Er hatte mehr zu bieten als Bakker, Swaggert und Falwell zusammen, und außerdem hatte er ein Purple Heart aus dem Vietnamkrieg. Aber leider war Anita keine Tammy Faye.

Daryl sah auf und entdeckte im Fenster des IGA ein Plakat mit einem halbnackten Mädchen darauf. Die Miss-Teenage-Wahl. Daryl notierte es im Geist. Seine Kirche würde Mahnwachen vor dem Saal aufstellen und die Wollust dieser Gottlosen anprangern.

Drüben auf dem Platz, vor dem Postamt, stand eine große dunkelhaarige Frau, die Daryl noch nie gesehen hatte. Wahrscheinlich eine Touristin. Sie hatte eine Kamera um den Hals hängen und starrte herüber, auf seinen Kombi. In den Zeiten vor seiner Erweckung hätte er wohl das Fenster heruntergekurbelt und hinübergebrüllt: «Was gibt's denn da zu glotzen, alte Spinatwachtel?» Aber heutzutage hielt er seine Zunge im Zaum, weil er wußte, er war nur ein Werkzeug in der Hand des großen Baumeisters, und Glotzen war, gelobt sei der Herr, der erste Schritt auf dem Weg zur himmlischen Errettung.

15 Überlebenstraining

Clea stand auf der Grünanlage und versuchte, sich einen Reim auf das zu machen, was sich vor ihren Augen abspielte. Ein Mann mit einem roten Bart hangelte sich aus einem gelben, mit Bibelsprüchen bepinselten Lieferwagen und humpelte an silbernen Krücken zum Stoppschild. Er schrie etwas zu Loretta Gebo hinüber, die in der Tür ihres Lokals stand. Dann hastete er zurück zu seinem Wagen, wobei seine Krücken in der Sonne blitzten. Er stieg ein und verriegelte die Tür. Jetzt schlug er mit dem Kopf gegen das Steuerrad. Was ging hier vor? Sie fühlte sich genauso ratlos wie damals in Afghanistan, vor dem kommunistischen Umsturz, als sie die Einheimischen bei ihrem Nationalsport fotografiert hatte, der darin bestand, daß eine wilde Reiterhorde ein totes Kalb über eine Wiese hin- und herschleifte.

Clea überquerte den Platz und blieb unterwegs einen Augenblick vor dem dreistöckigen weißen Holz-Rathaus stehen, das über dem Portal die Jahreszahl 1830 trug. Am ersten Dienstag im März eines jeden Jahres versammelten sich hier die Bürger der Stadt, genau wie vor hundertfünfzig Jahren. Hinter diesen Wänden bestimmten sie über die Geschicke ihrer Gemeinde. Anders als in New York City, wo man als Einwohner über gar nichts selbst bestimmen konnte, noch nicht einmal über die Beheizung der eigenen Wohnung. Sie setzte ihr Weitwinkelobjektiv auf die Kamera und fotografierte das Gebäude mehrfach aus verschiedenen Perspektiven. Wahrscheinlich hatten es die Roches Ridger in Gemeinschaftsarbeit errichtet. Sie würde es in der Chronik nachlesen. Vielleicht hatte ja einer der Vorfahren von Darius Drumm die Bauarbeiten geleitet.

Als Clea in die Straße zur kongregationistischen Kirche einbog, bemerkte sie auf der Terrasse des Karma-Cafés eine junge Frau mit einem mottenzerfressen wirkenden Kurzhaarschnitt, die in der einen Hand einen Topf mit einer Spinnenpflanze hielt. Zweifellos die abtrünnige Boudicca, von der Loretta gesprochen hatte. Clea würde demnächst einmal bei ihr essen. Hoffentlich würde es Loretta nicht kränken. Aber, wie Jared McQueen richtig bemerkt hatte: der Ort war zu klein, um irgend jemanden zu favorisieren.

Clea musterte die vor ihr aufragende weiße Kirche. Der Turm bestand aus mehreren aufeinandergesetzten Schichten und hatte eine gewisse Ähnlichkeit mit einer Hochzeitstorte, nur daß er anstelle der Figürchen von Braut und Bräutigam ein Kreuz trug. Sie setzte sich auf die knorrige Wurzel einer riesigen alten Ulme und legte einen neuen Film ein. Zu ihren Füßen erstreckte sich ein Hain aus moosbewachsenen Grabsteinen, an den sich ein Rasenstück mit einigen Reihen abgesackter metallener Grabplatten anschloß, die so anonym wirkten wie eine Reihenhaussiedlung.

Nahezu unmerklich hatte sich die Konversation auf den New Yorker Cocktailparties, die Clea besuchte, von Themen wie natürliche Geburt, Schulgeldsätzen an Privatschulen und Kieferorthopäden-Honoraren auf Gegenstände wie Altersvorsorge, Rentnerkolonien, Östrogentherapien, Bypass-Operationen und Bestattungsverfügungen verlagert. Statt Zukunftspläne zu schmieden, spekulierten ihre Freunde und Freundinnen jetzt, wie viele Jahre ihnen wohl noch blieben. Bis vor kurzem, so schien es Clea, hatte sie die Menschen, die sie näher gekannt hatte und die bereits gestorben waren, an den Fingern einer Hand abzählen können. Aber in der letzten Zeit hätte sie einen Computer gebraucht, um die Liste auf dem aktuellen Stand zu halten.

Während sie den Film bis zum Anschlag weitertransportierte, dachte Clea, daß Altwerden zwangsläufig bedeutete, mehr tote Freunde zu haben als lebende. Daß Menschen verschwanden, so wie John Galmer, den sie im vergangenen Oktober beim Ehemaligentreffen in Cornell zum 25. Jahrestag ihres Abschlusses zum erstenmal wiedergetroffen hatte. Er schlurfte allein durch ein überfülltes Bierzelt in ihre Richtung, im blauen Blazer mit Paisley-Plastron. Sein Haar und seine Augenbrauen waren schlohweiß und sein Rücken gekrümmt. Clea starrte ihn verblüfft an und versuchte, sich zu erinnern, was sie an ihm so aufregend gefunden hatte. Sie sah seine weißen Hüften vor sich, die auf der blauen Cordcouch so unermüdlich gegen ihre gestoßen hatten. Jetzt dagegen sah er aus, als würde jede heftigere körperliche Aktivität ihn unverzüglich auf die Intensivstation befördern. Wenn sie damals ihre Traumhütte im Wald realisiert hätten, würde sie jetzt damit beschäftigt sein, diesen Mann zu pflegen, den sie mit zwanzig als ihren Beschützer wahrgenommen hatte.

Als er sie erspähte, kam er lächelnd auf sie zugeschlurft. «Ich habe mich gefragt, ob du wohl kommen würdest, Clea.»

«Da bin ich.» Sie gab ihm ein Küßchen auf die faltige Wange.

«Wenn man dich anschaut, muß man wirklich sagen: Du bist offensichtlich in den besten Jahren.»

«Danke. Du auch.»

Er führte ihre Hand an seine Lippen. «Sehr liebenswürdig, Clea. Aber wir wissen beide, daß ich mittlerweile ein alter Mann bin.»

«Ich kenne ältere», sagte Clea.

«Du hast dir einen ziemlichen Namen gemacht.»

«Habe ich das?»

«Nach allem, was ich höre.»

«Tja, du hast mir damals sicherlich den entscheidenden Schubs gegeben, wenn ich das mal so sagen darf.»

Er lächelte. Sie standen beide schweigend da und sahen auf ihre ineinander ruhenden Hände. Clea bemerkte Altersflecken auf der Hand, die sie einst so kundig gestreichelt hatte. Drei Jahre lang hatte sie sich darauf versteift, daß dieser Mann ihr alleiniger Lebenszweck sei. Und doch hatte sie die letzten fünfundzwanzig Jahre gut überstanden, ohne seiner auch nur einmal von fern ansichtig geworden zu sein. Weshalb also die ganze Aufregung?

«Ich habe dich vermißt, nachdem du weg warst», sagte er schließlich. «Sehr. Und lange.»

«Das Leben ist schon merkwürdig, findest du nicht?» entgegnete Clea, die keine Lust hatte, in ihrer gemeinsamen Vergangenheit herumzustochern. Wer wußte schon, welche Geister sie womöglich wecken würden?

«Je mehr ich mich dem Ende nähere, desto merkwürdiger kommt es mir vor.»

«Immer noch verheiratet?» Clea zog ihre Hand aus seiner.

«Ja. Ich habe inzwischen vier erwachsene Enkelkinder. Und du?»

«Einen Mann, zwei Kinder – beide aus dem Haus, zum Studium.» Kate und Theo hatten sie gerade erst verlassen, und sie hatte einen ganzen langen Nachmittag im Bett gelegen und geheult. Sie war immer noch sehr empfindlich und konnte es gar nicht gut vertragen, an diesen Verlust erinnert zu werden.

«Liebhaber?» Er grinste, und für einen Moment erhaschte sie eine Spur jenes Lebemannes, als den sie ihn in Erinnerung gehabt hatte.

«Den einen oder anderen», sagte Clea. «Ich denke immer, daran bist du schuld, John. Wenn ich mit dir nicht so viel Schönes erlebt hätte, wäre ich wahrscheinlich nie auf die Idee gekommen, mich in mehreren Richtungen umzutun.»

«Sehr schmeichelhaft, Clea. Danke.»

«Ich danke dir.» Clea fühlte, wie ihr die Tränen in die Augen stiegen und über die Wangen rollten. Was hatten sich die Götter dabei gedacht, eine Welt voller wunderbarer Menschen zu erschaffen, die man lieben konnte – nur damit sie einem irgendwann von der Zeit und vom Schicksal entrissen wurden und man mit dem Gefühl zurückblieb, ein kompletter Idiot gewesen zu sein, weil man sich in der Illusion gewiegt hatte, Trost in etwas so Vergänglichem wie banalen sterblichen Menschen finden zu können. Sich auf die Liebe einzulassen hieß, die Enttäuschung vorzuprogrammieren. Aber es konnte doch wohl auch nicht die Lösung sein, gar nicht erst zu lieben?

Galmer zog sein weißes Taschentuch aus der Blazer-Brusttasche, reichte es ihr und betrachtete sie erstaunt und besorgt. «Tut mir leid, Clea. Habe ich etwas Falsches gesagt? Kann ich irgend etwas tun?»

Clea tupfte sich die Augen trocken. «Nein, John. Da kann niemand etwas tun. Es ist einfach so verdammt traurig – all diese Menschen, die ich geliebt habe und die ich verloren habe.»

«Ich weiß, was du meinst, Clea. Aber denk nur an all die Widerlinge, die du nie mehr wiederzusehen brauchst.»

Clea lächelte. «Mein Leben kommt mir langsam vor wie ein Survival-Training, verstehst du das? Und ich habe nichts weiter bei mir als eine Schachtel mit feuchten Streichhölzern.»

«Ich sage dir das ungern, Clea, aber du stehst erst am Anfang. Glaub mir, es wird noch viel härter.»

«Ich glaube, ich habe zu viel Bier getrunken. Oder vielleicht liegt es auch an all diesen vielen Gesichtern von früher. Entschuldige bitte, daß ich so auf dem Depri-Trip bin, wie meine Kinder sagen würden.»

«Du brauchst dich nicht zu entschuldigen.» Er stopfte sein Taschentuch in die Brusttasche zurück. «Du warst drei Jahre lang die Sonne meines Lebens, Clea. Und jetzt bist du eine sehr gutaussehende, talentierte und erfolgreiche reife Frau. Ich habe weder jetzt irgendeinen Grund, mich über dich zu beklagen, noch hatte ich ihn damals. Ich bin dir nur dankbar für diese glücklichen Jahre, die ich mit dir verbringen durfte.»

Ihre Blicke trafen sich und hielten sich fest, und Clea fühlte, wie ihr wieder die Tränen kamen. Aber dann erschien Turner, groß, jovial und mit leicht gelichtetem Haar.

Clea deutete schniefend mit einer Hand auf ihn. «John, das ist mein Mann, Turner. Turner, das ist Professor Galmer von der Kunstfakultät.»

«Emeritus», sagte Galmer, die Hand ausstreckend. «Sehr emeritus.»

Turner grinste und schüttelte ihm die Hand. «Ich habe schon viel von Ihnen gehört.»

«Das kann ich mir vorstellen», sagte Galmer, während er Turner interessiert musterte. Sie tauschten ein paar Höflichkeiten aus. Dann entschuldigte sich Galmer. Clea sollte ihn nicht wiedersehen. In der letzten Nummer der Ehemaligen-Zeitung war sie auf seinen Nachruf gestoßen.

Die flechtenbewachsenen Grabsteine trugen die Namen verstorbener Marshs, Roches, Drumms, Starrs ... fast alles Familien, die es jetzt noch im Ort gab. Während Clea dieses Phänomen mit der Kamera festhielt, dachte sie darüber nach, wie es wohl sein mochte, hier aufzuwachsen, sein ganzes Leben hier zu verbringen und genau zu wissen, daß man am Ende unter diesen Ulmen landen würde, wo einen schon acht Generationen Vorfahren erwarteten. Sie erinnerte sich, wie sie im Geschichtskurs in Cornell empört Moreau de St. Mérys Urteil über den amerikanischen Nationalcharakter gelesen hatte: «Gleichgültig in der Liebe wie in der Freundschaft, hängen sie an nichts, binden sie sich niemals an irgend etwas.» «Amerika abseits der Zeit» würde mit diesen arroganten europäischen Vorurteilen aufräumen.

Clea kam jetzt zu einem Grabstein mit der Inschrift: BONEETA ROCHE, 1918–1984. Daneben stand: CALVIN ROCHE, 1915–. Während sie noch ihre Vorkehrungen dafür traf, den Stein zu fotografieren, tauchte über seiner Oberkante plötzlich ein Kopf mit einer Chirurgenmaske auf. Der riesenhafte Mann trug grüne Arbeitskleidung und, an einem Schulterriemen, einen Spritzmitteltank mit der Aufschrift TRI-DIE. Clea machte einen Satz rückwärts. *Sie kniete zwischen Big-Mac-Kartons. In ihren zerfetzten Ohrläppchen pochte der*

Schmerz. Sie sah eine Ratte hinter eine Mülltonne huschen, während der Lauf einer Pistole über ihre Schläfe strich ...

Der Mann nickte kurz und zog sich die Maske herunter. Zum Vorschein kam ein unrasiertes Gesicht mit einem weichlichen, brutalen Mund, der sie an Caligula erinnerte.

«Haben Sie mich erschreckt», sagte Clea.

Er schien erfreut. «Bin gerade am Spritzen. Drüben an der Kirche, das Fundament. Wimmelt nur so von Holzameisen.»

«Mein Name ist Clea Shawn. Ich bin neu zugezogen.»

«Weiß ich. Hab Sie gesehen.»

Clea schauderte, weil sie an die geweiteten Pupillen und die blutunterlaufenen Augäpfel des Mannes mit der ledernen Skimaske denken mußte. *Wo* hatte er sie gesehen? So, wie er guckte, wahrscheinlich durch ihr Fenster, beim Ausziehen.

«Zeno Racine.» Er ergriff ihre ausgestreckte Hand, die zu zittern begonnen hatte.

Racine. Den Namen hatte Clea gerade auf einer ganzen Versammlung verblaßter Grabsteine gelesen.

«Na denn! Wir sehen uns wieder», versprach er. Sie sah zu, wie er sich umdrehte und das steinerne Fundament mit seinem Sprühgerät einzunebeln begann. Sie schämte sich dafür, daß sie so großstädtisch-paranoid auf ihn reagiert hatte. Sie hatte sich durch sein abschreckendes Äußeres zu voreiligen Schlüssen verleiten lassen. In Wirklichkeit war Zeno Racine nur ein ganz normaler, hart arbeitender Roches Ridger.

Neben Calvins Stein erhob sich ein pompöses Grabmal, das den Hirtenknaben David im Halbrelief zeigte, wie er auf einem toten Löwen kniete, ein gerettetes Lamm in den Armen. IAN MCGRATH IV, 1980–1983. Drei Jahre. Ein Kleinkind. Was war ihm widerfahren? Eine Krankheit? Ein Unfall? Jemand hatte ein paar Stofftiere auf dem Grabhügel deponiert, die jetzt durchweicht und angemodert waren. Clea spürte, wie ihr die Tränen kamen. Herrgott noch mal, sie wurde langsam zur Heulsuse. Sie sollte sich als professionelles Klageweib verdingen. Sie wehrte die Tränen mit einem unwirschen Kopfschütteln ab, hob die Kamera vors Auge und begann, die nächststehenden Grabsteine zu knipsen. Plötzlich kam ihr der Gedanke, daß ja vielleicht ein Teil von «Amerika abseits der Zeit» aus einer Gegenüberstellung von solchen Fotos und den Porträts lebender Träger derselben Namen bestehen könnte. Gewissermaßen als Illustration der Dialektik von Kontinuität und Wandel.

Als sie ihren Film verknipst hatte, war Clea bereits so erfüllt von ihrer neuen Idee, daß sie zu spekulieren begann, ob sie wohl Turner oder Elke überreden könnte, sich mit ihr zusammen hier unter den Ulmen begraben zu lassen. Aber dann würde Terence sicher auch mit von der Partie sein wollen. Und Kate und Theo. Und vermutlich auch noch die eine oder andere von Turners Geliebten. Und womöglich auch noch ein paar von ihren eigenen Liebhabern. Und deren Angehörige und Freunde. Und am Ende würden sie ein Stück von der Größe eines Fußballfelds brauchen. Und wer sollte neben wem liegen? Vielleicht war es ja einfacher, wenn sie sich alle einäschern ließen und verfügten, daß ihre Asche zusammengeschüttet würde. Aber sie wollte verdammt sein, wenn sie zuließ, daß jemand ihre Asche mit der von Turners Frauen vermengte. Es war schon schwer genug, lernen zu müssen, ihn im *Leben* mit anderen zu teilen.

16 Des petites aventures

Fresh-It unterhielt in Paris mehrere Wohnungen für vorübergehend unterzubringende Firmenangehörige, und die Shawns bezogen im fünften Stock eines Jugendstilhauses Quartier, in einer Seitenstraße beim Bois de Boulogne. Das Haus sah aus, als sei der Architekt auf einem LSD-Trip gewesen. Das Portal war von brandenden Wogen und Meeresungeheuern umrahmt. Die schmiedeeisernen Balkongeländer ähnelten Weinranken, Blättern und überreifen Früchten. Klein-Theo fing jedesmal an zu brüllen, wenn er ihr Domizil durch den Vordereingang betreten oder verlassen sollte: Er war nicht davon abzubringen, daß die steinernen Raben, die sich an die Fassade krallten, lebendige Fledermäuse seien.

Die Interieurs waren ursprünglich nach dem Geschmack des französischen Bürgertums der Jahrhundertwende gestaltet worden. Die Wände waren mit Paisley-gemusterten Stofftapeten in Rot-, Blau- und Gelb-Grundtönen bespannt. Ein riesiges Bücherregal voller ledergebundener französischer Klassiker zog sich über eine ganze Wand. Vor den hohen Fenstern hingen unter der Stuckdecke in Bögen geraffte, feinste Spitzengardinen. Aber das Mobiliar – Leder, Chrom und Glas in hypermodernem Design – wirkte, als hätten es die gastweise hier weilenden Amerikaner eigens als Bollwerk gegen diesen Anprall europäischer Dekadenz installiert.

Zu den Annehmlichkeiten, die ihnen gestellt wurden, gehörten ferner eine portugiesische *Bonne* und ein algerischer Chauffeur für den gewaltigen Citroën Sedan. Conceição, die Bonne, wohnte in einem fürchterlich vollgepfropften Zimmer unter dem Dach. Kate und Theo liebten sie auf Anhieb und plapperten bald munter in ihrem gebrochenen Französisch mit ihr über Kindergartenangelegenheiten.

Turner war weiterhin die meiste Zeit auf Reisen, da er die Operationen der Firma Fresh-It in diversen europäischen Hauptstädten zu überwachen hatte. Wenn er zu Hause war, besuchten er und Clea ständig irgendwelche Parties, auf denen elegant gekleidete Menschen aus aller Herren Länder in luxuriöser Umgebung erlesene Speisen und teuren Champagner konsumierten und dabei in mehreren Sprachen geistreich plauderten. Eine aufregende Welt für ein Mädchen aus Poplar Bluffs.

Nun, da ihre Kinder und ihr Haushalt aufs beste versorgt waren, begann Clea, die Vorzüge des Imperialismus schätzen zu lernen. Sie wußte nur nicht, was sie mit der ganzen freien Zeit anfangen sollte, die ihr die dienstbaren Geister bescherten. Conceição hatte vorher für eine französische Familie gearbeitet und stellte weit höhere Ansprüche an die Haushaltsführung als Clea selbst. Ja, sie schien Cleas Instruktionen mit verächtlicher Geringschätzung entgegenzunehmen. Um dieser Wohnung mit ihrem irritierenden Dekor und dem naserümpfenden Mädchen zu entkommen, verabredete sich Clea mit anderen Imperialistengattinnen zu Einkaufsexpeditionen. Sie streiften durch die Nobel-Boutiquen an der Rue du Faubourg St. Honoré wie Schakale auf der Suche nach Aas. Die Gattinnen schienen sämtliche in irgendwelchen amerikanischen Höheren-Töchter-Pensionaten im Faltenröckchen Hockey gespielt zu haben. Ihr Eheleben hatten sie im Luxus verbracht, auf der Wanderschaft von einem Weltteil zum anderen, und Clea war bald auf dem laufenden, was die günstigsten Basarstände in Daressalam oder die Krocket-Clubs im alten Rangun betraf. In ihren Schilderungen erschien jeder Ort, an dem sie gelebt hatten, wie eine Art Palastviertel inmitten der South Bronx. Clea unterhielt sich während all dieser endlosen Drei-Sterne-Lunchs damit, sich die bissigen Bemerkungen auszumalen, die Elke dazu beigetragen hätte.

Da Mode sie nur am Rande interessierte und ihre Wohnung ohnehin schon mit überflüssigen Dingen vollgestopft war, genügte das Einkaufengehen als alleinige Raison d'être Clea schon bald nicht mehr. Sie begann, die Herbstnachmittage damit zuzubringen, allein durch ganz Paris und die Vorstadtbezirke zu spazieren und sich zu überlegen, was sie mit sich anfangen könnte. Von ihren beruflichen Kontakten war sie abgeschnitten, ausgenommen ein paar Verlage für Reisepublikationen. Sie konnte einige Serien über Paris und Umgebung machen. Aber sich dem Rest des Kontinents zuzuwenden würde bedeuten, die Kinder allein zu lassen. Und obwohl sie so begeistert von Conceição waren, befanden sie sich doch in einem fremden Land, weit weg von allem Vertrauten. Sie brauchten sie, zumal Turner die meiste Zeit nicht da war. Aber wenn sie ihren Hintern nicht bald hochbekam, würde sich ihre Karriere in Luft aufgelöst haben.

Clea lümmelte auf dem Chrom-Leder-Sofa herum, in ihrem Wohnzimmer mit Blick auf das Tennisstadion, wo die French Open stattfanden, und sah ihren Kindern liebevoll-frustriert dabei zu, wie sie ihre gymnastischen Übungen auf dem Orientteppich und dem Parkettboden vollführten. Wenn sie sich in ihr Arbeitszimmer flüchtete, hatte sie ein schlechtes Gewissen, weil sie sich ihnen entzog. Aber wenn sie auf dem Sofa sitzen blieb und ihnen beim Herumtollen zuschaute, war sie sauer, weil sie nicht konzentriert arbeiten konnte. Scylla und Charybdis des Mutterlebens – offenbar gab es keinen Weg, sich zwischen beiden hindurchzumogeln.

Irgendwann gewöhnte Clea es sich an, ihre einsamen Spaziergänge in einem kleinen Café an der Avenue Émile Zola, nahe dem Pont Mirabeau, zu beschließen, wo sie einen Kaffee trank und abwartete, bis Conceição die Kinder vom Kindergarten abgeholt hatte. Im hinteren Teil des Cafés standen in einer Reihe mehrere Flipper, die in Abständen aufleuchteten und deren Bong und Kloing eine stete Hintergrundmelodie bildete. Sie mischte sich mit amerikanischen Country & Westerns-Songs von verlorener Liebe, verlorenen Jobs und der

Suche nach Trost in harten Getränken und flüchtigem Sex. Dieses Café erinnerte sie an die Raststätte in Ohio, wo sie und ihre Freunde aus der High School herumgesessen, Budweiser getrunken und Lucky Strikes geraucht und sich ungeheuer verrucht gefühlt hatten. Mit der Zeit erschien ihr dieses Café als ein Hort der Normalität inmitten dieses ganzen erdrückenden Pariser Charmes und Chics, der bewirkte, daß sie sich genauso dumm und provinzlerisch fühlte wie damals, als sie aus Poplar Bluffs in die hehren Gefilde der Ivy League verpflanzt worden war. Am Tag vom Klappern der Flipper, bei Nacht vom Knallen der Champagnerkorken umgeben, empfand sie ihr Leben als leicht schizophren.

Manchmal nahm sie, wenn sie an einem der kleinen Marmor-Bistrotischchen saß, die Kontaktstreifen ihrer Fotos von Elke für den *American Artist* und ihrer heimlichen Schnappschüsse an dem bewußten Nachmittag auf Saint John hervor. Während erstere eine in konventionellem Sinn schöne Frau mit ruhigem, faltenlosem Gesicht zeigten, erkannte man auf letzteren Elke, so wie sie war, hart und verletzlich, zärtlich und ironisch. Clea studierte die Abzüge und versuchte, den Unterschied genauer zu erfassen.

Sie vermißte Elke, ihre strenge Sicht der Dinge, ihre bissigen kleinen Klatschgeschichten, ihre komischen Anekdoten. Sie vermißte sogar die eingefahrene Routine ihrer allmittwöchlichen Essensverabredungen und abendlichen Telefonate. Ab und zu beschwor sie den Nachmittag auf Saint John herauf, das Gefühl der Berührung ihrer Lippen, ihrer Brüste. Von allem anderen abgesehen, war sie auf ihrer unbefriedigten Neugier sitzengeblieben. Wie war Elke, wenn sie sich hingab? Clea hatte die ganze Variationsbreite ihres Mienenspiels eingehend studiert, aber niemals sonst hatte sie ihre dunkelblauen Augen so weich und nachgiebig und so hart und hungrig gesehen.

Eines Nachmittags öffnete Clea an ihrem Cafétischchen einen Brief von Elke, der mit der Nachmittagspost gekommen war. Er war traurig und still-vorwurfsvoll: «Hab Dank für

Deinen munteren Brief. Es freut mich, daß es Euch dort drüben so gutgeht. Du verstehst doch sicher, daß es schwerer ist, zurückzubleiben als wegzugehen? Deine Tage sind ausgefüllt mit aufregenden neuen Dingen, Menschen und Aktivitäten, während ich nichts habe als Deine Abwesenheit. Dein Sessel in meinem Atelier bleibt leer, mein Telefon schweigt. Meine Welt ist grau und schal geworden. Ich kann mich selbst nicht leiden, wenn ich wie ein Trauerkloß hier herumhocke und zugucke, wie Du auf Deinem bunten Karussell herumwirbelst. Aber so fühle ich mich, und ich will, daß Du es weißt. Ich hoffe, Du bist mit Dir im reinen...»

Clea schlürfte ihren Espresso aus und empfand eine grimmige Genugtuung. Das geschah Elke ganz recht. Warum mußte sie sich auch weigern, Terence zu verlassen und ein neues Leben mit ihr und den Kindern zu beginnen? Aber als sie diesen Gedanken einer näheren Inspektion unterzog, erkannte sie seine Absurdität. Sie nahm Stift und Notizbuch heraus und kritzelte: «Ich kann nur lachen, wenn ich Deinen kläglichen Brief lese, Elke. Du denkst also, mein Leben hier sei ein buntes Karussell? Dann habe ich Dir wohl nicht erzählt, wie ich stundenlang allein im Café hocke und die Kontaktabzüge meiner Fotos von Dir studiere und versuche, mir all Deine Gesichter zu vergegenwärtigen – von Deinem verkniffenen Lächeln über Dein Ärger-Gesicht und Dein boshaftes Grinsen, wenn Du Klatschgeschichten weitererzählst, bis hin zu Deinem zärtlich-amüsierten Blick. Bitte, denk nie, ich hätte Dich vergessen oder könnte jemals aufhören, an Dich zu denken. Auch wenn ich mir manchmal wünsche, ich könnte es. Du hast meinem Herzen Dein unauslöschliches Brandzeichen aufgeprägt. Ich bin Dein, auch wenn Du nicht weißt, was Du mit mir anfangen sollst, und umgekehrt.»

Wie war sie nur darauf verfallen, daß sie Elke als Ersatz-Daddy für Kate und Theo brauchte? fragte sich Clea. Ihr richtiger Daddy war doch auch nie zu Hause. Und ernähren konnte sie sich auch selbst. Sie hätte doch ebensogut in New York bleiben und einfach nur eine Liebesgeschichte mit Elke haben können. Elke hätte weiter mit Terence leben oder es sein lassen können. Was machte das schon aus? Wieso hatte sie sich an die fixe Idee geklammert, daß sie einen Partner brauchte? Zum Teil sicher deshalb, weil das Muttersein der härteste Job war, den sie je gemacht hatte, und weil es Reserven an Geduld und Verläßlichkeit in ihr aufzehrte, von denen sie gar nicht gewußt hatte, daß sie sie besaß. Sie brauchte jemanden, mit dem sie ihre Sorgen teilen konnte. Aber welcher Erwachsene, der einigermaßen bei Trost war, würde das auf sich nehmen, wenn er nicht irgendwelche biologischen Interessen damit verfolgte?

Ein untersetzter Mann mit vollem Schnauzbart und buschigen Koteletten saß am Nachbartisch und schrieb ebenfalls. Er trug ein zweireihiges Nadelstreifenjackett und eine gelockerte Krawatte mit Windsorknoten. Er sah auf und ertappte sie dabei, wie sie ihn beobachtete. Er prostete ihr lächelnd mit seiner Kaffeetasse zu. Sie nickte kaum merklich.

Am nächsten Nachmittag saß der Mann wieder am selben Tisch, als Clea kam. Sie nahm ihr Notizbuch hervor und hielt rasch ein paar Gedanken fest, die ihr während ihres Spaziergangs über den Friedhof Montparnasse an Baudelaires Grab gekommen waren. Statt mehrere Einzelserien über Paris zu machen, könnte sie auch ein Buch zusammenstellen. Aber der Markt war bereits mit Reiseführern überschwemmt – Berlitz, Fodor, Baedecker, Michelin. Sie mußte irgendeinen besonderen Aufhänger finden.

Am nächsten Tag, als sie, auf der Suche nach einer zündenden Idee, in ihrem Notizbuch herumkritzelte, bemerkte sie, daß sie Elkes Profil skizzierte. Sie hielt inne und musterte ihre Wiedergabe der hohen Wangenknochen, des widerspenstigen Haars, der dunklen, durchdringenden Augen. Herrgott, man konnte fast meinen, sie sei ein Schulmädchen, das für einen Football-Star schwärmte. Wenn sie so weitermachte, würde es bald keine Karriere mehr geben, über die sie sich Gedanken machen konnte. Sie übermalte ihre Zeichnung mit ein paar krakeligen Strichen.

Ihr Nachbar mit den buschigen Koteletten erschien an seinem gewohnten Tisch, aber seinen Platz hatte bereits ein Ehepaar aus Dayton okkupiert. Er sah sich um, fand alle Tische besetzt und deutete auf den freien Stuhl neben Clea. «Gestatten Sie?» fragte er auf englisch, mit einem starken französischen Akzent.

Clea rang sich ein Lächeln ab und nahm ihren Regenmantel vom Stuhl. Sie schrieben beide schweigend vor sich hin und tranken ihren Kaffee. Als ihre zweite Tasse kam, bestand er darauf, sie einzuladen. «Bitte», sagte er. «Weil Sie so liebenswürdig waren, Ihren Tisch mit mir zu teilen.»

Am nächsten Tag fragte sie der Mann, obgleich sein Tisch frei war, wieder, ob er sich zu ihr setzen dürfe, und sie gestattete es ihm zögernd. Während sie tat, als mache sie Notizen, überdachte sie die Situation. Sie kam mit ihrer Arbeit nicht voran, weil sie in Gedanken ständig bei Elke war. In der Vergangenheit hatte sie es immer dadurch geschafft, sich von einem Menschen zu lösen, daß sie ihn durch einen anderen ersetzt hatte – Turner durch John Galmer, John durch Turner, Turner durch Elke. Dieser Franzose da neben ihr mit seinen halb über die Kiefer reichenden Koteletten, oder ihr algerischer Fahrer oder einer der Männer, die sie bei den Parties taxierend betrachteten – jeder von ihnen würde diese Funktion erfüllen können. Warum sollte sie sich nicht ein kleines Pariser Abenteuer gönnen, damit sie endlich davon loskam, sich an eine Liebe zu klammern, die nicht möglich war? Ja, sie war verliebt in Elke, aber sie konnte sie jederzeit durch eine Person vorschriftsmäßigen Geschlechts ersetzen, wenn sie nur wollte.

Andererseits, überlegte Clea, waren ihre bisherigen Seitensprungversuche nicht sonderlich erfolgreich verlaufen. Während der Sessions mit Allan Barkham hatte sie den stählernen Deckenträger angestarrt. Und vor Elke war sie geflüchtet wie Odysseus vor den Sirenen. Aber man schrieb das Jahr 1970, und ihre amerikanischen Landsleute schienen fest zu glauben, alles, was ihnen am Leben oder an ihrer eigenen Person nicht paßte, ließe sich durch eine Demonstration oder einen Wochenend-Workshop verändern. Vielleicht konnte sie sich ja hier im Exil ihre eigene Encounter-Gruppe aufbauen.

Clea äugte zu ihrem dunkelhaarigen Nachbarn hinüber, der eben mit verdrossener Miene eine Zeile auf seinem Schreibblock durchstrich. Würde sie mit diesem Mann ins Bett gehen können, ohne daß es gleich in eine Obsession ausartete? Würde es Elkes Bild auslöschen, das in ihrem Herzen leuchtete wie das Nachtlicht eines Kindes? Wenn sie es könnte, schloß sich ein weiterer Gedanke an, dann wäre sie bereit für Elke. Aber wenn sie tatsächlich die Fähigkeit entwickelte, Sex mitzunehmen, wenn er sich bot, aber ebensogut auch wieder davon Abstand zu nehmen – warum sich dann überhaupt noch darauf einlassen? Warum sich all den Risiken und Turbulenzen aussetzen? Andererseits: Wenn sie die Kunst der Untreue wirklich beherrschte, würde es keine Turbulenzen mehr geben. Mit anderen Worten: Wenn sie es schaffte, Elke nicht mehr zu wollen, würde sie sie haben können. Verwirrt stützte sie das Kinn auf die Faust, den Blick auf den Akkordeonspieler gerichtet, der ein Stück weiter in einer zerschlissenen Army-Uniform unter einem Kastanienbaum auf dem Trottoir stand.

«Wie sagt man in Amerika? Einen Pfifferling für ihre Gedanken?»

Clea sah lachend auf ihren Nachbarn mit seinem Jackett und der gelockerten Krawatte. «Einen Penny», sagte sie, nicht recht sicher, ob sein Scherz Absicht gewesen war. «Einen Penny für Ihre Gedanken.»

Grégoire arbeitete als Paris-Korrespondent für eine Brüsseler Zeitung. Er schrieb seine Artikel lieber im Café als in seinem Büro, weil er hier mehr von dem besonderen Flair der Stadt mitbekam. Die Übermittlung dieser Information gelang mit Hilfe einer Kombination aus seinem blumigen Englisch und Cleas Schul-Französisch. Ihr in Cornell erworbener französischer Wortschatz umfaßte zwar die obskursten existentialistischen Termini, aber wenn sie nach der Toilette fragen wollte, kam sie in ziemliche Schwierigkeiten. Sein umfassendes Englisch-Vokabular war durch ausgiebiges Scrabble-Spielen mit Hilfe eines Lexikons erworben und beinhaltete viele Ausdrücke, die in der Umgangssprache nie vorkamen.

Zu Cleas Erleichterung erfolgten vorerst von keiner Seite irgendwelche Manöver in Richtung Bett. Vielmehr interessierte sich Grégoire für das Problem, eine Idee für einen ausgefallenen Reiseführer zu finden. In den folgenden Wochen begleitete er sie in seiner Freizeit zuerst zu sämtlichen klassischen Touristenattraktionen und dann zu den mehr abseits der üblichen Besichtigungsroute gelegenen Plätzchen. Zweimal gelang es ihm, Fotos, die Clea gemacht hatte, an seine Zeitung zu verkaufen. Im Zusammenhang mit dem Scrabble erwähnte er seine Ehefrau in Brüssel, so daß Clea sich nicht mehr sicher war, ob ihre Beziehung überhaupt je eine körperliche Dimension annehmen würde. Was ihr aber auch ganz recht war, weil sie allmählich begann, wieder einen Einstieg in ihre Arbeit zu finden und Abstand von Elke zu gewinnen.

Elke drängte sie in einem ihrer Briefe, sich unbedingt das Gefallenendenkmal von Käthe Kollwitz auf dem Soldatenfriedhof in Westflandern anzusehen, wo ihr Onkel begraben war. Elke war als Kind mit ihren Eltern dort gewesen und erinnerte sich dunkel an die beeindruckenden Granitskulpturen. Sie bat Clea, ein paar Fotos zu machen, wenn sie hinkäme. Also heuerte Clea pflichtschuldig Grégoire an, sie in seinem Renault nach Flandern zu fahren.

Während sie durch die sanft hügelige Wiesenlandschaft nach Norden fuhren, erklärte ihr Grégoire, daß – von anderen Kriegen und anderen Orten ganz abgesehen – allein in der Nähe des Städtchens, dem sie entgegenfuhren, im Ersten Weltkrieg 250000 Mann gefallen waren.

«Diese Felder mit den weißen Kreuzen sind unsere wichtigste Einnahmequelle. Sie sind mit Menschenleibern gedüngt und mit Blut getränkt. Aus der ganzen Welt reisen die Leute an, um ihre Gefallenen zu besuchen. Dabei lassen sie Geld für

Essen und Unterkunft da. Und für Spitze und Schokolade. Wir Belgier sind clevere Geschäftsleute, nicht wahr?»

Während sie durch die von Hecken und Pappelreihen gesäumten Hopfenfelder fuhren, versuchte Clea, sich diese Landschaft als Schlachtfeld vorzustellen. Durchzogen von Schützengräben und rostigen Stacheldrahtbarrieren. Wimmelnd von Soldaten, die einsam, geil, hungrig, durchnäßt, krank und erschöpft waren, die froren und Angst hatten. Jeder einzelne, der Sohn, Mann, Geliebte einer Frau irgendwo in weiter Ferne. Sie bemühte sich, es sich auszumalen, die Rauchschwaden, die pfeifenden Artilleriegeschosse. Aber ihre sonst so überaktive Phantasie versagte hier. Ihr Blick blieb immer wieder an malerischen, clematisberankten kleinen Gehöften hängen. Und an den Herden friedlich wiederkäuender Kühe inmitten weißlicher Nebelschwaden.

Grégoire stellte das Auto auf einem Schotterplatz ab. Sie traten durch eine Öffnung in einer dichten Hecke. Vor ihnen erstreckte sich die flandrische Ebene, gespickt mit Zehntausenden weißer Holzkreuze in ordentlichen Reihen, die nichts von dem Chaos dieses Massensterbens ahnen ließen. Und im Angesicht dieses Gräberfeldes knieten, auf getrennten Podesten, ein Vater und eine Mutter aus blaugrauem Stein, knapp überlebensgroß. Der Schal der Mutter floß über ihren Leib herab wie ein Strom von Tränen. Der Vater, im Anzug, umschlang die eigene Brust fest mit den Armen, in dem vergeblichen Bemühen, sein schmerzbetäubtes Herz zu wärmen und zu trösten.

Clea betrachtete die trauernden Eltern lange, während in der Hecke Lerchen sangen. Der ockerfarbene Grasboden unter ihren Füßen war feucht und glitschig. Elkes Brief zu Rate ziehend, marschierten Clea und Grégoire schweigend durch die Reihen aus schlichten weißen Holzkreuzen, bis sie das von Elkes Onkel gefunden hatten. Auf seinem Grab wuchs ein mit zinnoberroten Blüten getüpfelter wilder Rosenstrauch, dessen eine Ranke sich an dem Kreuz emporwand. Clea war außerstande, die Kamera, die um ihren Hals hing, vors Gesicht zu heben. Statt dessen tastete sie nach Grégoires Hand.

Beim Mittagessen in einem roten Klinker-Café am zentralen Platz des Städtchens, in dessen nächster Umgebung die 250000 Mann gefallen waren, erzählte Clea Grégoire mit leiser, tonloser Stimme Elkes Geschichte.

Grégoire erwiderte achselzuckend: «Achteinhalb Millionen Menschen sind im Ersten Weltkrieg umgekommen. Vierzig Millionen im Zweiten. Da ist es eher verwunderlich, wenn ein Europäer von diesem Gemetzel nicht betroffen war.» Er schilderte die über die Jahrhunderte immer wiederkehrenden Invasionen seines Heimatlandes durch die Normannen, die Spanier, die Deutschen. Er erzählte von seinem Vater und seinem Bruder, die beide im Zweiten Weltkrieg gefallen waren, von der Plünderung seines Elternhauses, seiner eigenen Jugend in Uniform, mitten im Kugelhagel.

Er berichtete so nüchtern und sachlich, daß Clea zuerst eine Zeitlang gar nicht reagieren konnte. Schließlich sagte sie: «Aber ich verstehe das einfach nicht, Grégoire. Warum haben die Männer diesen Drang, in Zelten zu hausen und sich gegenseitig umzubringen?»

Er schürzte die Lippen und antwortete: «Wenn man dich als Baby ohne Betäubung beschnitten hätte, hättest du vielleicht auch den Drang, andere Leute umzubringen.»

Clea brachte den Anflug eines Lachens zustande. «Aber ich dachte immer, ihr Europäer bildet euch so viel darauf ein, daß ihr zivilisierte Menschen seid.»

«Das tun wir auch. Und genau das zwingt uns, uns unser unzivilisiertes Verhalten für unsere häßlichen kleinen Kriege aufzusparen, *n'est-ce pas?*»

Während sie in Richtung Paris zurückzuckelten, wies Grégoire sie auf die kaum noch erkennbare Zickzackspur eines ehemaligen Schützengrabens, einen Minentrichter und ein Häufchen am Rand eines Ackers aufgestapelter Geschoßhülsen hin. Clea fühlte, wie die Sehnsucht nach Elke in ihr Herz schnellte wie ein Schnapper ins Türschloß. Sie hatte bisher nie wirklich begriffen, daß Elke in der gleichen Zeit, in der sie am Ufer des Ohio Räuber und Gendarm gespielt hatte, wie ein gehetztes Kaninchen durch Wälder und Felder geflüchtet war, in denen auf Schritt und Tritt aufs Töten gedrillte Männer lauerten.

Grégoire hielt am Bordstein vor «ihrem» Café. Die Alarmanlage eines Peugeots drüben auf der anderen Straßenseite tutete wie wild, obgleich weit und breit kein Einbrecher zu sehen war. Grégoire sagte, die Hände noch am Steuerrad und ohne sie anzusehen, mit sanfter Stimme: «Clea, du hast die letzten achtzig Kilometer kein Wort mehr gesagt. Du bist traurig wegen deiner Freundin in Amerika, ist es so?»

Clea nickte mechanisch.

«Vielleicht würde ein wenig Leidenschaft deinen Schmerz lindern?» Er sagte es so beiläufig, als schlüge er ihr vor, eine Kleinigkeit essen zu gehen.

Clea studierte ihre Hände, die gefaltet in ihrem Schoß ruhten, und sagte nichts. Mehrere Leute hingen aus ihren Fenstern und guckten auf den tutenden Peugeot herunter, dessen Fahrer noch immer nicht aufgetaucht war.

«Macht das denn deiner Frau nichts aus?» fragte sie schließlich.

Grégoire zuckte die Achseln. «Ach, die Ehe, weißt du. Sie wird so, wie sagt man, enervierend, *sans des petites aventures, n'est-ce pas?*» Ein Halbwüchsiger kam jetzt aus dem Eingang eines Wohnhauses, in jeder Hand ein Ei. Unter dem Beifall der Leute in den Fenstern schleuderte er die Eier gegen die Frontscheibe des Peugeots.

Clea merkte, daß es sie nicht störte, als *aventure* klassifiziert zu werden. Es war ihr egal, was Grégoire in ihr sah. Alles, was sie im Moment wollte, war, hartes, lebendiges Fleisch zu spüren, das sich in sie drängte, das Wärme und Helligkeit generierte und diese sanft wogenden Felder des Todes verscheuchen würde. Und Turner war in Oslo.

In einem kleinen Zimmer im zweiten Stock einer nahe gelegenen Pension warfen sie ihre Kleider von sich. Clea packte mit gierigen Händen in das dunkle, gewellte Haar auf Grégoires Rücken, als sie ihn auf das Bett herunterzog.

Hinterher ging Grégoire in ihr Café, eine Flasche Pernod besorgen, während Clea in dem zerwühlten Bett lag und die Pseudo-Stuckdecke studierte. Ihr Schmerz und ihr Entsetzen waren einem Gefühl der Traurigkeit gewichen. Sie fühlte sich abgrundtief treulos. Aber Elke gegenüber, nicht Turner. All ihre Gefühle an diesem Tag hatten Elke gegolten, aber entladen hatten sie sich bei einem freundlichen Fremden. Aber schließlich war Elke ja nicht da.

Während sie und Grégoire Pernod tranken und Zigaretten rauchten, begann der Akkordeonspieler aus ihrem Café unten auf der Straße zu spielen. Grégoire sang leise auf französisch mit: «Denk daran, wie süß es ist, das Paradies, im Bett, und laß die Sorgen Sorgen sein in meinen Armen, denn uns gehört ja noch das Morgen...»

«Wie romantisch», sagte Clea auflachend. «Wie kommt der denn hierher?»

Grégoire deutete mit einer reibenden Bewegung von Daumen und Zeigefinger an, daß er ihm ein paar Francs zugesteckt hatte.

Clea packte resolut die Elke-Fotos weg und vertiefte sich in die Aufnahmen von Grégoire vor Monumenten, Schlössern und Schlachtfeldern. An die Stelle der Touristenpfade und des Cafés unter den Kastanien trat das Zimmer in der kleinen Pension, wo sie sich ein paarmal in der Woche trafen, um sich bei Jacques Brel-Chansons zu vergnügen, die das Akkordeon drunten auf der Straße spielte.

Wenn Turner aus Venedig oder Oslo nach Hause kam, fand er sie träge und zerstreut und gänzlich desinteressiert am Zustand seines Libido-Haushalts.

Und eines Abends, als sie auf der Chrom-Leder-Couch im Paisley-Wohnzimmer saßen und lasen, fragte er schließlich: «Clea, triffst du dich mit jemand anderem?»

Sie dachte daran, wie Elke ihr erklärt hatte, daß sie Terence niemals fragte, was er mache, wenn er weg war, und antwortete, von ihrem Pascal aufschauend: «Aber Liebling, wir sind dreitausend Meilen von Turtle Bay entfernt.»

Sein Gesicht erglühte bis an den Ansatz seines sich lichtenden Blondhaars. «Unsere Vereinbarung gilt für jeden Ort, an dem wir zusammenleben.»

«Das ist das erste Mal, daß ich von dieser Zusatzklausel höre», sagte Clea. «Und was ist mit der jungen Dame mit dem Schmollmund, die vor unserer Haustür herumlungert, wenn du nicht da bist? Sie schneidet uns Fratzen, den Kindern und mir.»

Turners Augen wanderten von ihren zu den tropischen Orchideen auf dem gläsernen Couchtisch. «Ich weiß nicht, wovon du sprichst.»

«Ah-ha. Dann weiß ich auch nicht, wovon du sprichst.» Während sie sich hinter ihrem Buch versteckte, dachte sie, daß sie allmählich Fortschritte in Sachen Ehebruch mache. Es war überhaupt nicht nötig, jeden Schritt offenzulegen, zu erklären und zu rechtfertigen. Im Gegenteil, es war nur unreif.

Indessen schlug die Liebe zu. Clea wurde klar, daß Grégoire und sie dafür geschaffen waren, ein Arbeitsteam zu bilden, indem er schrieb und sie fotografierte. Und eines Nachmittags, unter der Pseudo-Stuckdecke, während ihre Hände Grégoires Hüften streichelten, die mit feinfühliger Präzision und Zurückhaltung gegen sie drängten, gestand sie ihm flüsternd ihren immer heftiger werdenden Wunsch, Familie, Staatsbürgerschaft und Muttersprache fahrenzulassen und Scrabble spielen zu lernen.

Grégoire sah sie an, als habe sie ihm gerade ein altbackenes Baguette offeriert. Er hielt inne, zog sich aus ihr zurück, sprang auf die Füße und erklärte, er müsse rasch ins Café gehen und neuen Pernod holen. Er fuhr in die Kleider, beugte sich über sie, küßte sie behutsam und bat sie, nie zu vergessen, welch «ungeheures Entzücken» ihm ihre «prachtvolle Anatomie» bereitet habe.

Als er nach einer halben Stunde immer noch nicht zurück war, stand Clea auf. Sie öffnete die Fensterläden und sah hinunter aufs Trottoir. Dort, wo Grégoire seinen Renault geparkt hatte, stand jetzt der Akkordeonspieler in seiner zerlumpten

Army-Uniform. Er schaute, in Erwartung seiner üblichen Francs, zum Fenster hinauf.

Erst als die Straßenlaterne draußen anging, sah Clea ein, daß Grégoire nicht wiederkommen würde. Elke war offensichtlich nicht der einzige europäische Mensch, der ihre amerikanisch-provinzielle Ernsthaftigkeit degoutant fand. Clea sank auf dem zerwühlten Bett zusammen und flüsterte in ihrem gebrochenen Französisch den Text zu der Akkordeonmelodie: «Ne me quittes pas, je ne vais plus pleurer, je ne vais plus parler . . . *ne me quittes pas, ne me quittes pas, ne me quittes pas.*»

Während der folgenden Wochen dumpfer Verzweiflung versuchte Theo, seine Mutter dadurch zu trösten, daß er sich auf dem Chrom-Leder-Sofa auf ihren Schoß stellte und Bonbons aus seinem Mund in ihren schob. Clea stellte fest, daß sie ihr Ziel erreicht hatte: Sie war so beschäftigt damit, um Grégoire zu trauern, daß Elke und die flandrischen Schlachtfelder völlig in den Hintergrund getreten waren.

Turner tröstete sie ebenfalls, wenn er zu Hause war, indem er ihr sagte, wie unendlich wunderbar und begehrenswert sie sei. Er redete ihr zu, sich zurechtzumachen, damit er sie zu den Diners und Cocktailparties der internationalen Geschäftswelt schleppen konnte. Bei einer dieser Veranstaltungen kam Clea endlich die zündende Idee für ihr Buch. Der Titel würde lauten «Frankreich für 2000 Dollar am Tag».

In einem schwachen, post-koitalen Moment in der gleichen Nacht erklärte sich Clea, benebelt vom Dom Pérignon, damit einverstanden, ihre Demarkationslinie künftig im Vierzig-Meilen-Radius um jeden Ort zu ziehen, an dem sie gemeinsam wohnten.

«Irgendwie scheinst du den Bogen mit den Seitensprüngen noch nicht so richtig rauszuhaben, Clea.» Turner lachte und setzte sich im Bett ihres ebenfalls Aussicht auf das Tennisstadion gewährenden Schlafzimmers auf, um sich seine Pyjamajacke anzuziehen. «Diese letzte Geschichte – wer immer es war – steckt dir jetzt schon seit Wochen in den Knochen.»

«Ich weiß. Ich glaube, ich brauche Nachhilfestunden.»

«Ich werde dir Nachhilfe geben. Ich werde dir schon beibringen, mich zu betrügen.»

«Warum bitte klingt das so komisch?» Clea lachte, den Kopf an seiner Brust und die langen Beine um seine geschlungen.

«Lektion Nummer eins», fuhr Turner fort. «Wenn du nur auf der Durchreise bist, kannst du es dir nicht leisten, dein Herz zu verschenken. Weil du es unterwegs noch brauchst.»

Clea sah ihn im Flackerlicht der Kerze auf dem Nachttisch lächelnd an. «Da hast du eine schwere Aufgabe vor dir, Turner. Ich glaube, ich bin in dieser Hinsicht lernbehindert.»

17 Jared McQueen

Jareds Ehrgeiz war es, die Punk-Haarmode in Roches Ridge einzuführen. Während seiner Tätigkeit im Salon Yankee Clipper hatte er gesehen, wie rasch sie Albany erobert hatte. Man brauchte nur eine einzige einflußreiche Person dafür zu gewinnen, und schon wollten alle solche Stachelfrisuren. Die Person, die er im Auge hatte, war Loretta Gebo. Sie stand im Blickpunkt der Öffentlichkeit und war ohnehin eine Trendsetterin. Wenn sie diese Woche Dosenfleisch-Burritos als ihre South-of-the-Border-Spezialität lancierte, machten nächste Woche alle zu Hause selbst welche. Und Loretta konnte ein neues Styling wahrhaftig gebrauchen. Sie trug seit ewigen Zeiten diesen Bienenkorb. Jared konnte sich genau erinnern, wie er ihn schon in seiner Junior-High-Zeit bestaunt hatte.

Jared beugte sich vor, um sich im großen Frisierspiegel seines Salons zu betrachten. Er zupfte an der türkisfarbenen Partie seines Stachelkamms. Er verlangte ja nichts von seiner Kundschaft, was er nicht selbst vorzuexerzieren bereit war. Er rieb sich über die Kinnstoppeln. Er rasierte sich immer am späten Nachmittag, und zwar von oben nach unten statt umgekehrt, dann waren die Stoppeln bis zum nächsten Morgen gerade optimal. Es hatte ihn einige Kämpfe gekostet, vor einem Jahr seinen Kinnbart und seinen Schnauzer dranzugeben. Ein Bart verlieh einem etwas so Geheimnisvolles. Aber Bärte waren out. Und er mußte zugeben, die leichten Stoppeln standen ihm ausgezeichnet.

Diese Frau, die er da eben in der Casa Loretta getroffen

hatte, die neue Eigentümerin von Calvin Roches Haus – ob sie wohl zu ihm kommen würde oder ob sie es vorzog, nach Albany zu fahren? In Albany gab es auf dem Frisurensektor nichts, was sie hier bei Mane Magnifique nicht auch bekommen konnte. Gegen ihren perfekten New Yorker Schnitt war zwar nichts zu sagen, aber dieses Grau – es juckte ihn in den Fingern, sich das einmal vorzunehmen. Wie sie sich wohl mit einem Stachelkamm machen würde?

Jared ging daran, die abgeschnittenen Haare von Bethany Wagner zusammenzufegen, die mit ihrer neuen Body-Welle unter der Trockenhaube saß. Sie gab vor, in ihre Redbook-Lektüre vertieft zu sein, aber in Wahrheit guckte sie ihn an, während er sich in seinen engen Wildlederjeans bückte und vorbeugte. O ja, er war schon ein gutaussehender Bursche. In Albany hatten ihm die Männer und die Frauen auf der Straße hinterhergepfiffen. Aber sein Aussehen hatte ihn auch schon oft genug ganz schön in die Bredouille gebracht. So zum Beispiel bei Régine. Régine hatte ihn von der Straße weg für den Empfangstresen im Yankee Clipper engagiert, gleich nachdem er in Albany angekommen war, ohne Geld, ohne Ausbildung, mit nichts als dem Traum im Kopf, der beste Haarstylist zu werden, den Roches Ridge je hervorgebracht hatte.

Auf der Mink Valley High hatte er, während alle anderen Jungen mit Begeisterung Sport getrieben hatten, mit den Cheerleader-Mädels über Mode und Make-up diskutiert. Jede Woche hatte er mindestens einmal seine Männlichkeit mit den Fäusten beweisen müssen. (Und dabei war es doch ironischerweise sein großer Bruder Gordon, der sich als schwul entpuppt hatte.) Die anderen Jungen hatten einfach nicht kapieren können, wieso Jared mehr Anklang bei den Mädchen fand als irgendeiner von ihnen. Sogar mehr, als er selbst wollte. Aber die Mädchen zu bumsen war ein Preis, den man in Kauf nehmen konnte, wenn man ihnen dafür hinterher die Haare richten durfte.

Nach dem Schulabschluß war Jared klargeworden, daß er

in eine Großstadt gehen mußte, um das Haarmetier wirklich zu studieren, und er hatte sich Albany ausgesucht, weil es nicht so weit weg war. Aber er hätte den Braten riechen müssen, als Régine mit seiner magentaroten Pompadour-Frisur gleich nach seiner Einstellung mit schmachtendem Blick zu ihm sagte: «Manchmal hätte ich wirklich gern ein Séparée zum Legen.» Und spätestens hätte es klingeln müssen, als Régine ihn am Wochenende mit zu einer Party nahm, wo die Frauen im Garten Schmetterbälle über das Volleyballnetz droschen, während die Männer in der Küche Rezepte austauschten.

Jared sah Régine beim Schneiden, Färben, Legen und Auskämmen über die Schulter, und als er dann eines Tages selbst shamponieren durfte, fühlte er sich, als sei er gestorben und im Himmel gelandet. Und als Régine darauf bestand, ihn abends auf die Kosmetik-Fachschule von Albany zu schicken, wußte Jared, daß seine Träume wahr geworden waren. Wenn er nach dem Abendkurs allein in sein Untermieterzimmer zurückkehrte, spielte er heimlich *Shampoo* nach, in der Rolle von Warren Beatty, mit dem Fön operierend wie mit einem Phallus.

Aber dummerweise verliebte sich Régine in ihn, was Jared hätte vorhersehen müssen. Régine machte kein Hehl daraus, daß er schwul war, und guckte ihm jedesmal verzückt nach, wenn er in seinem ledernen Bomberjäckchen den Salon verließ. Die Angestellten des Yankee Clipper trugen alle ausgestellte Seemannshosen und hautenge T-Shirts, und manchmal streichelte Régine beim morgendlichen Kleiderappell prüfend über Jareds Hinterteil.

Als Jared dann seinen eigenen Frisiersessel im Yankee Clipper hatte, lud Régine ihn nach Feierabend ein, mit ihm essen zu gehen. Beim Huhn in Cashew-Sauce erklärte er, ihm sei schon gleich zu Anfang, als er Jared in seinem Lederblouson vor dem Empfangstresen habe stehen sehen, klar gewesen, daß er auch schwul sei und nur Zeit brauche, um sich darüber klarzuwerden.

Jared antwortete: «Ich mag dich wirklich gern, Régine. Du bist so gut zu mir gewesen. Aber ich bin so straight wie der Mittelstrich auf dem Highway nach Norden.»

Régines Gesicht zuckte im Kerzenschein. Der stille Tisch in der Ecke, der teure Wein, die frische Rose, das Leinentischtuch – so hatte er sich den Fortgang dieses Abends nicht gedacht. Régine setzte ein Gesicht auf, das amüsierte Gleichgültigkeit ausdrücken sollte: «Du mußt es wissen, mein Lieber. Aber nächste Woche brauche ich deinen Stuhl. Da kommt ein neuer Stylist aus Akron.»

Jared klappte der Unterkiefer herunter. «Aber Régine...»

«Du erwartest doch wohl von mir jetzt nicht die große Trauerarie à la Jackie Kennedy.»

«Aber ich dachte, wir wären Freunde.»

«Zur Freundschaft gehören immer zwei, Jared. Was springt denn dabei für mich raus?»

«Naja... äh... ich weiß nicht, Régine. Tut mir leid, wenn ich dich im unklaren gelassen habe.»

«*Angemacht* trifft es wohl besser, Süßer.»

Ishtar meinte, sein Zerwürfnis mit Régine sei so vorherbestimmt gewesen und Teil des kosmischen Plans, der ihn wieder nach Roches Ridge zurückgeführt habe. Und tatsächlich entpuppte sich die Katastrophe im nachhinein als Segen, weil Mane Magnifique genau der Salon war, von dem er immer geträumt hatte – mit einem Gläschen Gratis-Chablis und Barockmusik im Hintergrund. Nur den richtigen Namen zu finden hatte ihn Monate gekostet, während deren dieses gräßliche «Earl's Barbershop» an der Markise und die geringelte Stange draußen vor der Tür die potentielle Kundschaft aus Alpine Glen abgeschreckt hatten.

Während Jared Bethany die Lockenwickel herausnahm, dachte er darüber nach, ob er Régine tatsächlich falsche Hoffnungen gemacht hatte. Was konnte er denn dafür, wenn er nett war und gut aussah? Alle fuhren auf ihn ab. Aber das war doch wohl ihr Problem, oder? Er hatte erst eine ernsthafte Freundin gehabt, Estelle, drüben in Albany. Er hatte ihr Zusammensein immer sorgfältig inszeniert – wer was trug, aß, tat und sagte. Und bei der Liebe hatte er manchmal innegehalten, um Estelles cremefarbene Gliedmaßen auf den zart mauvefarbenen Laken richtig zu arrangieren, so wie Ishtar es mit den Speisen auf den Tellern machte. Nach drei Monaten hatte Estelle gesagt: «Laß uns der Wahrheit ins Gesicht sehen, Jared. Wir sind beide verliebt in dich.» Und ein paar Tage darauf war mit der Post die gelbe Oral-B-Zahnbürste gekommen, die er bei ihr vergessen hatte.

Manchmal hatte er kurze Affären mit irgendwelchen Frauen gehabt, die ihn in den Single-Bars von Albany aufgelesen hatten. Am Ende hatten sie sich alle von ihm eine Punk-Frisur verpassen lassen. Andere Männer ließen schwellende Bäuche zurück, wenn sie sich verdrückten, er hinterließ indigofarbene Stachelfrisuren.

Diese Xerox-Tanten, dachte er, während er Bethanys Haare auskämmte. Alle wollten sie die gleiche Frisur, Julie Andrews-Spezial, wie er sie getauft hatte. Alle lebten sie in den gleichen Häusern draußen in Colonial Manor Estates. Alle fuhren sie Saabs, BMWs oder Volvos. Deshalb hatten sie wohl auch Männer geheiratet, die ihr Brot mit der Herstellung von Kopierern verdienten. Vielleicht hatte Alvin Jacobs drüben im Camel's Hump Community College ja doch recht, und diese Fabrik gehörte angezündet.

«Bitte sehr!» Er reichte Bethany den Handspiegel und drehte den Stuhl so, daß sie ihren Hinterkopf sehen konnte. Bethany behauptete steif und fest, sie sei früher mal Ms. Empire State gewesen. Hinter ihrer jetzigen konformistischen Fassade schlug das Herz einer Rebellin. Vielleicht war sie ja auch noch für eine Stachelfrisur gut.

«Wunderbar.» Als Bethany ihm den Spiegel zurückgab, streifte ihr Arm die Vorderfront seiner Wildlederjeans.

Während Bethany den Scheck ausschrieb, deutete Jared auf die Haarpflegekollektion hinter sich. «Sonst noch irgendwelche Wünsche, Bethany?»

Sie hielt inne und sah ihn an. «Ist das ein echtes Angebot?»

Jared lachte nervös und tätschelte ihre Schulter, die sich als muskulöser erwies, als sie aussah. «Sie sind mir ein schlimmes Mädchen, Bethany.»

«Nicht so schlimm, wie ich gern wäre», murmelte sie. «Aber mal im Ernst, Jared, wie wär's?»

«Bethany, ich versuche, hier ein Geschäft zu betreiben.»

«Auch nachts?» Sie packte seinen Unterarm, als sei er eine Hantel.

Jared entwand ihr seinen Arm und fegte dabei eine Plastiktube vom Ladentisch. Er bückte sich und hob sie auf. «Gelettet, wie die Chinesen sagen», verkündete er, während er Bethany mit einem gewinnenden Lächeln die Tube in die Hand drückte und sie behutsam zur Tür hinausbugsierte.

War das denn nun seine Schuld, fragte er sich, während er Bethany zusah, wie sie in ihren silbernen Saab Turbo stieg. Was für eine merkwürdige Beziehung zu Menschen – an ihren Haaren herumzuhantieren, ihre Gesichter zu studieren und sich jeden Monat eine Stunde lang ihre intimsten Geheimnisse anzuhören. Wenn der Laden erst mal richtig lief, würde er sich einen Partner nehmen und Kundinnen wie Bethany Wagner an ihn abwimmeln. Wenn sie ihn nur nicht vorher noch so in die Zange nahm, daß er nicht mehr dagegen ankam.

Auf der anderen Seite des Platzes entdeckte er Angela McGrath mit ihrer Harfe am Fenster. Angela hatte einen Besuch bei Mane Magnifique fast so nötig wie Maureen Murphy drüben im Postamt mit ihrem festgepappten Pony. Manchmal hatte er schon erwogen, beiden anonym Geschenkgutscheine zukommen zu lassen. Angela mit ihrem taillenlangen, strähnigen, weißblonden Haar war anscheinend auf einer Art Rapunzel-Trip. Wenn er sie doch nur einmal in die Finger kriegen würde, ganz allein mit einer Dose Schaumfestiger.

Daryl Perkins Harem mit den wehenden blauen Kopftüchern, den knöchellangen Kleidern und den Schneemobilstiefeln kam gerade mit Einkaufstüten beladen aus dem IGA und stieg in den gelben Lieferwagen, den so muntere Sprüche zierten wie: UND WERDEN SEIN TEURE ZEIT UND ERDBEBEN HIN UND HER, Matth. 24,7. Es ging über Jareds Horizont, wie ein weibliches Wesen die reizvollste Mitgift, mit der es die Natur bedacht hatte, freiwillig verhüllen konnte.

18 Ishtar

Ishtar kniete auf der Holzterrasse des Karma-Cafés und topfte eine Spinnenpflanze um. Sie war in Eile, weil sie noch Tofu-Käsekuchen backen mußte. In ein paar Stunden würden ganze Autobusladungen von Gästen kommen. Sie schrieb ihren Erfolg den drei großen T der Vollwertküche zu: Tofu, Tahini und Tamari.

Obgleich die Decke des Cafés schon voller Spinnenpflanzen hing, achtete Ishtar doch sorgsam darauf, nach dem Teilen der Wurzelballen alle Stücke wieder einzupflanzen. Es war wie bei den heiligen Kühen der Inder: man konnte nie wissen, ob nicht gerade dieser Strunk ein zurückverwandelter Vorfahr war. Manchmal verfluchte sie den Tag, an dem Starshine ihr den ersten Ableger geschenkt hatte. Sie hatte ja nicht geahnt, daß die Betreuung dieser Pflanzen sich zur Lebensaufgabe auswachsen würde. Aber sie forderten noch mehr Zuwendung als Starshine selbst. Starshine mit ihrem Macker-Gehabe, die, sobald man mit ihr auf einem Futon allein war, so passiv wurde wie eine gestrandete portugiesische Fregatte. Von der Häuptlingin zur Säuglingin.

Ishtar hatte zum erstenmal von den Boudiccas gehört, als sie, noch unter ihrem bürgerlichen Namen Barbara Carmichael, in Santa Rosa als Serviererin jobbte. Beim Rebirthing blieb sie jedesmal im Geburtskanal stecken. Der Rebirthing-Therapeut meinte, das käme daher, daß sie als Baby adoptiert worden sei, und riet ihr, mit ihrer leiblichen Mutter Kontakt aufzunehmen. Also schrieb sie an die Vermittlungsagentur in Iowa City, über die ihre Adoptiveltern sie bezogen hatten.

Man teilte ihr mit, es sei eine Aktennotiz angelegt worden, für den Fall, daß ihre leibliche Mutter sich melden würde. Das entfesselte in Barbara einen Sturm von Schmerz und Zorn auf diese ihr unbekannte Frau, die sie einfach weggegeben und sich seither noch nicht einmal für ihren Verbleib interessiert hatte. Als sie im *Amazon Quarterly* von den Healing-Intensive-Workshops der Boudiccas auf fraueneigenem Grund und Boden las, verstaute sie ihre Habe in einem Seesack, um in fünf Tagen nach Vermont durchzutrampen.

An der Grenze nach Vermont setzte sie der Fahrer an einer Raststätte ab. Nachdem sie sich im Waschraum die Zähne geputzt hatte, sah sie draußen auf dem Gehweg einen schlaksigen Mann ein paar Cola-Dosen aus einer Mülltonne fischen. Er steuerte auf einen blauen Abschleppwagen zu. Als er sie bemerkte, rief er zu ihr herüber: «He, du willst wohl nach Norden, was? Komm, steig ein!»

Sie tat es und sagte: «Ich habe Ihren Aufkleber gesehen, von wegen Shit, Sprit oder Titten – und ich muß Ihnen gleich sagen, es wird auf Shit rauslaufen, weil ich kein Geld hab und weil ich lesbisch bin.»

Der Mann grinste: «Ich hab nichts gegen Lesben.»

«Das mag ja sein, aber ich hab was dagegen, es mit Männern zu machen. Wenn das ein Problem ist, warte ich lieber, bis mich jemand anders mitnimmt.»

«Nur keine Panik. Shit tut's vollkommen. Ich hab zu Hause eine Frau, die auf mich wartet.»

«Sie Glücklicher.» Ishtar holte ein Thai-Piece aus ihrem Sack und rollte einen Joint.

Nach zwei Joints war das Führerhaus voller würziger Rauchschwaden, und sie und Ray schwatzten miteinander wie alte Freunde. Der Mittelstrich, den hinter ihnen die Nacht fraß, übte seine hypnotische Wirkung und löste die Glieder und die Zungen. Sie würden sich nie wiedersehen. Also konnten sie sich alles erzählen.

«Ich will dir was sagen, Barbara. Was, was ich noch nie jemandem erzählt hab.»

«Dein Vertrauen ehrt mich, Ray. Schieß los.»

«Weißt du, Barbara, ich wollte immer schon eine lesbische Frau sein. Meinst du, das ist pervers?»

«Na ja, normal ist es nicht gerade. Aber kennst du jemanden, der normal ist? Ich bin jedenfalls nicht gerade die geeignete Person, um darüber zu befinden.»

«Bin ich dir jetzt widerlich?»

«Aber nein, ganz und gar nicht. Ich kann es gut verstehen, wenn jemand gern lesbisch wäre. Es ist ja auch toll. Ich wünschte, du könntest lesbisch sein.» Das war nämlich noch die Zeit, ehe sie Shirley MacLaine gelesen hatte und kapierte, daß er wahrscheinlich schon mal lesbisch gewesen war oder es irgendwann sein würde.

«Weißt du, hinter meinem Haus, drunten am Fluß, da lebt so eine Horde Lesben. Mein Bruder Orlon hat seine Fallen dort stehen, und ich biete ihm immer an hinzugehen und nachzugucken, ob was drin ist. Dann kann ich mich nämlich ein bißchen da unten im Wald verstecken und zugucken, wie sie's treiben.»

Barbara sah ihn aus glasigen Augen an.

«Na ja, weißt du, sie laufen die ganze Zeit halbnackt rum. Und andauernd verdrücken sich welche zusammen in die Büsche.»

Barbara sagte nichts.

«Ich seh nicht, was da Schlimmes dran sein soll, wenn ich einfach nur zugucke und mich dran freue.»

«Wo, hast du gesagt, bist du zu Haus?» fragte Barbara leicht beklommen.

«In Roches Ridge.» Ray sah zu ihr hinüber.

«Aber da will ich ja genau hin. An diesen Fluß, zu diesen Lesben.»

«Jeezum Crow.»

Sie kicherten beide verlegen. Sie sahen einander durch das dunkle Führerhaus an und prusteten dann laut los, wobei der Wagen von einer Spur auf die andere schlingerte.

«Scheint so, als wären wir Freunde fürs Leben, Ray. Ich

sag ihnen nichts, aber du mußt es sein lassen. Ist dir klar, was sie mit dir machen, wenn sie dich erwischen? Mit diesen Frauen ist nicht zu spaßen.»

«Hab schon dran gedacht. Aber ich find's eine verdammt aufregende Vorstellung, daß sie mich kriegen.»

«Ray, wenn ich dich je dabei erwische, wie du dort rumspionierst, dann sitzt du ganz gewaltig in der Scheiße. Ich hab zwar zwei Stunden mit dir im Auto gesessen, aber da hat meine Loyalität Grenzen.»

Ray setzte sie bei seinem Haus ab, einem großen, verschachtelten Bau mit einem Autofriedhof dahinter und einem violetten Insektenlicht auf der einen Seite. Als Barbara auf dem Weg über das Gelände hinter dem Haus an einem Schuppen vorbeikam, stieg ihr ein ekliger Gestank in die Nase. Aus den Fenstern des Schuppens fiel Licht, aber die Scheiben waren überstrichen. Dann hörte sie von unten aus dem Flußtal wildes Geheul, Gesänge und Trommeln.

Als sie den steilen Felshang hinunterkletterte, sah sie durch die Bäume ein Lagerfeuer und im Kreis darum herum ein paar Dutzend nackter Frauen, die auf afrikanische Trommeln einhämmerten und von Schweiß trieften. Sie warf ihre Kleider ab und setzte sich dazu. Jemand reichte ihr einen getrockneten Kürbis, und der Kreis verstummte. Barbara betrachtete die Kürbisrassel. «Ich komme aus Kalifornien und möchte zum Healing-Intensive.»

Alle rissen die Augen auf und sahen sie an. «Das war letzten Monat», antwortete ihr eine Frau mit Buddhafalten um die Mitte und einem fluoreszierend blau-gelben Papagei auf der Schulter. Starshine, die Ober-Guru-Frau persönlich, wie Ishtar bald erfahren sollte.

«Aber im *Amazon Quarterly* hieß es doch diese Woche.»

«Druckfehler, tut uns leid.»

«Alle Macht dem Volk!» krächzte der Papagei.

«Jetzt haben wir Sexualitätswoche», sagte Starshine. «Wir sind gerade bei der rituellen Reinigung durch Schwitzen, und danach kommt der Masturbationszirkel.»

«Na, ist ja auch egal», seufzte Barbara. Sie hatte solche Hoffnungen auf das Healing gesetzt. Die Wunden, die ihr das frühkindliche Erlebnis des Verstoßenwerdens geschlagen hatte, schmerzten noch immer höllisch.

«Make Love, Not War!» schrie der Papagei.

«Also, wonach ist dir am meisten?» fragte Starshine.

Barbara sah sie verdutzt an.

«Die Rassel. Du hast sie. Du kannst uns eine Phantasie schildern oder etwas singen oder die Rassel weitergeben. Was du möchtest.»

«Ich glaube, ich geb sie erst mal weiter, bis ich richtig drauf bin.» Barbara übergab die Rassel ihrer Nebensitzerin, die, wie sich später herausstellte, Morning Glory hieß und ein rotes, zum Stirnband gewundenes Tuch um den Kopf und einen Spiralring um den kleinen Zeh trug. Sie bat darum, daß weiter getrommelt würde.

Während des Masturbationskreises verliebte sich Barbara in Morning Glory. Die anderen Frauen gingen alle mehr oder weniger gehemmt oder nüchtern-sachlich zu Werk, aber Morning Glory war wirklich von ganzem Herzen bei der Sache, mit geschlossenen Augen und immer weiter geöffnetem Mund. Barbara wollte sie näher kennenlernen. Also wurde sie Ishtar.

Ishtar war aufgrund eines Druckfehlers nach Vermont gekommen und blieb aus Leidenschaft. Manchmal fragte sie sich, ob das Ganze nicht ein Riesenfehler war. Als Starshine merkte, daß es zwischen Ishtar und Morning Glory knisterte, strich sie ihnen die gemeinsamen Nächte mit der Begründung, die Privatisierung ihrer Gefühle störe den Gruppenprozeß. Ishtar versuchte, es zu akzeptieren, aber sie war wie ein zahmer Wolf, der Blut geleckt hatte und nicht mehr in Schach zu halten war, außer man verpaßte ihm eine Kugel. Morning Glory war allerdings gefügiger und hielt Ishtar auf Distanz.

Bis zu jener Nacht, als sie gemeinsam zur Waldpatrouille eingeteilt waren. Sie machten es sich in dem Heuschober droben auf dem Felsenkliff gemütlich und genehmigten sich einen Joint, den Ishtar im Futter ihres Parkas vor Starshines gestrengen Inspektionen gerettet hatte. Der Duft des Heus vermengte sich mit dem würzigen Marihuanageruch. Ishtar pustete ihre Backen auf und imitierte Starshine, indem sie über die höhere spirituelle Ebene schwadronierte, zu der sie fortgeschritten sei. Morning Glory war gleichzeitig schockiert und fasziniert. Dann tastete Ishtar nach den Knöpfen an Morning Glorys Flanellhemd, um sie zu öffnen. Morning Glory hauchte: «Das ist nicht erlaubt, Ishtar. Und außerdem ist heute meine Nacht mit Foxglove.»

«Wer sagt, daß das nicht erlaubt ist?»

«Du kennst doch die Regeln.»

«Scheiß auf die Regeln. Laß uns hier abhauen, Morning Glory.»

Morning Glory erklärte sich einverstanden, und Ishtar küßte ihren Zehenring und arbeitete sich von dort aus langsam nach oben, während der alte Heuschober schwankte und ächzte.

Aber als es dann darum ging, die Bündel zu schnüren und Mink Creek den Rücken zu kehren, fand Morning Glory immer wieder Gründe zu kneifen.

Unterdessen machte Ishtar die Ernährungsweise der Boudiccas zunehmend zu schaffen. Da sie es ablehnten, irgendeinem Geschöpf ein Haar zu krümmen, lebten sie weitgehend von Kräckern und Erdnußbutter. Ansonsten durchstöberten sie, aufgrund ihrer chronischen Finanzknappheit, die Müllcontainer hinter dem IGA nach verwertbaren Abfällen. Dieser permanente Mangelzustand erklärte wohl auch, weshalb Ishtar nach ihrer Flucht ein Restaurant eröffnete. Ihr Entschluß, sich abzusetzen, reifte, nachdem sie Shirley MacLaine gelesen hatte und ihr aufgegangen war, daß die Boudiccas durch ihren Männerhaß massenhaft negatives Karma ansammelten und dadurch Gefahr liefen, in einem künftigen Leben als Vergewaltiger auf diese Welt zurückzukehren.

Starshine verkündete prompt bei einer Unterweisungssession im Trailer, sie schreibe ebenfalls an einem Buch, das *Das lesbische Totenbuch* heißen solle und davon handle, wie frau den Übergang auf eine höhere spirituelle Ebene vollziehen könne, auf der es ihr vergönnt sei, unmittelbar in der göttinlichen Energie aufzugehen. Ishtar schlug vor, sie solle es doch *Der Weg zur Sieleuchtung* nennen. Daraufhin fiel Starshine mit Fausthieben und Karatetritten über sie her.

Am nächsten Tag war Ishtar weg. Und seither hatte sie Morning Glory nur im Zuge der Aktionen der Boudiccas draußen vor ihrem Café gesehen. Während die anderen Ishtars verwirrte Gäste belästigten, pflegte Morning Glory mit ihrem roten Tuch um den Kopf nur dazustehen und sie angstvoll und sehnsüchtig anzuschauen. Aber es war wohl eher unwahrscheinlich, daß sie den Absprung schaffen würde. Ishtar brach es fast das Herz. Sie konnte natürlich zu den Boudiccas zurückgehen, aber sie fühlte sich der Folter nicht gewachsen, wieder Starshines Gurugewäsch über sich ergehen lassen zu müssen.

Ishtar sah Starshine manchmal im Ort, in Kostüm, Stöckelschuhen und Strumpfhose, wenn sie auf dem Weg zu Alvin Jacobs Schwulenrechtsseminar im Rahmen seiner Veranstaltungsreihe «Gulag vor unserer Tür» draußen am Camel's Hump Community College war oder zur Mink Valley Spar- und Kreditbank strebte, um Conrad Bohring wegen ihrer Anlagen zu konsultieren. Und manchmal huschte sie, nach einem schuldbewußten Rundblick über den Platz, geschwind in die Casa Loretta, um sich einen Ridgeburger oder einen Dosenfleisch-Burrito einzuverleiben, während das gemeine Fußvolk drunten am Fluß von Erdnußbutter und Crackern lebte. Als Starshine ihr einmal nach einer Taco-Pizza-Orgie genau in die Arme gelaufen war, hatte sich Ishtar erkundigt: «Na, wie geht's der Imelda Marcos vom Mink Creek?»

Ishtar nahm die Spinnenpflanze und brachte sie nach drinnen, um sie zwischen Hunderte identischer Schwesterpflanzen unter die Decke zu hängen. Auf dem Weg zur Küche streifte ihr Blick den großen Papierbogen an der einen Wand, auf dem sie die ihr bekannten Vorleben seit 10000 vor Christus aufgelistet hatte. Bislang waren es sechsundzwanzig. Shirley MacLaine erkundete die ihren per Goldnadel-Akupunktur, aber Ishtar mußte sich mit sterilisierten Stecknadeln begnügen. In manchen ihrer Vorleben kam offenbar bereits ein Ort vor, der große Ähnlichkeit mit Roches Ridge hatte, und es spielten auch einige Menschen mit, die jetzt wieder um sie waren – wie zum Beispiel Father Flanagan, der katholische Priester mit dem engen weißen Kragen und dem goldenen Lebensschützer-Abzeichen am Revers, der spätabends ins Karma-Café zu kommen pflegte, um seine Verfehlungen vor ihr auszubreiten, als säße er im Beichtstuhl. Und auch seine Haushälterin Theresa mit ihren affenscharfen Vierziger-Jahre-Hauskleidern mit Schulterpolstern und dem mit Holzkirschen dekorierten Pillboxhütchen. Sie und Ishtar hielten gelegentlich ein Schwätzchen draußen auf dem Platz.

Irgendwann mußte sie mal eine Pflanze gewesen sein, sinnierte Ishtar, nach den Verbundenheitsgefühlen zu urteilen, die sie diesen Spinnenpflanzen gegenüber entwickelte. Ehe Calvin Roche nach Texas aufgebrochen war, hatte sie ihn in die Grundzüge der Reinkarnationslehre eingeführt und ihm erklärt, daß Gäste, die für Sushi schwärmten, sehr wahrscheinlich einmal Haifische gewesen waren. Calvin hatte auf Ishtars Wandposter gezeigt und gefragt: «Aber warum nur bis 10000 vor Christus?»

«Irgendwo muß man eine Grenze ziehen», hatte sie geantwortet. Aber es war eine gute Frage. Wo *sollte* man die Grenze ansetzen? Als sie an Shirley geschrieben und sie danach gefragt hatte, war ein hektographiertes Antwortschreiben zurückgekommen, das ihr viel Glück auf ihrer inneren Reise zum Licht wünschte. Aber wenn sie ihr brennendes Interesse für ihre und anderer Leute Vorleben nicht gründlich durcharbeitete, würde sie womöglich als Shirley MacLaine wieder auf die Welt kommen müssen.

Ishtar sah aus ihrem Vorderfenster und entdeckte eine große Frau in einem grünen Holzfällerhemd mit umgehängter Kamera, die sich vom Friedhof hinter der kongregationistischen Kirche her näherte. Das war ja wohl die tollste Frau, die sie je in Roches Ridge gesichtet hatte, mit silbernen Strähnen im dunklen Haar und einer schlanken, aber wohlgerundeten Figur. Und dabei hatte sie doch über ihrem unfreiwilligen Zölibat schon fast vergessen, wofür diese ganze Verkörperei überhaupt gut war. Heiliger Strohsack, wer war das?

19 Die äußeren Parameter des Alleinseins

Clea stand auf dem Gelände hinter ihrem Haus, in den Armen einen grünen Müllsack, der fast bis oben hin mit Lone-Star-Bierflaschen, Fertiggericht-Aluförmchen und Zellophanverpackungen gefüllt war. Aber das war nur der Anfang. An diesem Nachmittag hatte sie unter der obersten Schicht noch weiteren Müll entdeckt – rostige Stacheldrahtrollen, verrottete Schuhe, abgefahrene Reifen, zerdellte Blecheimer und Milchkannen, verbogene Heugabelzinken, einen altertümlichen Pflug, einen angeschlagenen Blümchennachttopf, Dosen mit steinharter Farbe, ganze Garnituren zerdepperten Porzellangeschirrs, alles durch ein verworrenes Geflecht von wilden Weinranken zu einem festen Teppich verwoben. Um der Wahrheit ins Gesicht zu sehen: das abfallende Gelände hinter ihrem Haus, die künftige Heimstatt ihrer Stauden und Sträucher, war eine historische Müllkippe. Es hatte die Roches zweihundert Jahre gekostet, diese Moräne abzulagern. Also war kaum damit zu rechnen, daß Clea und ihre Nachfahren es in wesentlich kürzerer Zeit schaffen würden, sie wieder abzutragen. Wäre sie Archäologin gewesen, hätte sie sich zu diesem Fund beglückwünschen können, aber sie war keine.

Seufzend beschwor sie abermals vor ihrem inneren Auge die Blumen- und Obstgärten von Sissinghurst herauf. Sie hatte Fotos von diesem Anwesen gesehen, aus der Zeit, ehe Vita Sackville-West es erworben hatte, und verglichen damit war Roche House geradezu luxuriös. Aber nur viele Jahre unermüdlicher Plackerei und beträchtliche Geldinvestitionen hatten aus Sissinghurst ein Schmuckstück gemacht. Sie mußte ihre Ungeduld zügeln und sich damit abfinden, daß die Instandsetzung nun einmal ihre Zeit brauchen würde.

Clea machte sich wieder daran, Müll in ihren Sack zu stopfen. Sie arbeitete wie ein Berserker, um einen Zustand wohliger Erschöpfung zu erreichen. Dieser zölibatäre Lebenswandel war ein Aspekt ihrer Selbstbesinnung in Roches Ridge, den sie nicht einkalkuliert hatte. Sie fühlte sich nervös und gereizt und ständig unter Druck. Einerseits war sie ja dankbar für ihre Energie. Ihr verdankte sie es, daß sie in so vielen verschiedenen Gegenden der Welt gelebt und gearbeitet hatte. Diese Energie hatte drei Bücher, zwei prachtvolle Kinder, eine Reihe wichtiger Freundschaften und eine zweiundzwanzigjährige befriedigende Ehe zustande gebracht. Und wenn dieser Steinkasten da hinter ihr sich je in etwas anderes verwandeln sollte als eine Ruine, dann würde auch das allein die Frucht ihrer Energie sein. Zugleich verfluchte sie sie aber auch, diese Energie, die sie ihr ganzes Erwachsenenleben lang von einem emotionalen Kuddelmuddel in den nächsten getrieben hatte. Sobald ihr ein vernünftiger Fokus fehlte – ein Buch oder sonst irgendein Projekt –, packte sie Clea einfach am Schlafittchen, um sie in irgendwelche Abenteuer hineinzuzerren, die sich im nachhinein oft genug als unsinnig entpuppten.

Wie zum Beispiel an jenem Abend, damals in Paris, kurz nachdem Grégoire sie verlassen hatte. Conceição hatte die Kinder ins Bett gebracht, den Abendbrottisch abgeräumt und sich in ihr Dachzimmer zurückgezogen. Turner hatte aus seinem Hotel in Frankfurt angerufen, wo er sich gerade ein wenig regenerierte, um dann zum Essen auszugehen. Mit einer Frau, wie Clea aus seiner munteren und betont herzlichen Stimme schloß. Als sie ihm durch ein paar leise-vorwurfsvolle Andeutungen zu verstehen gab, daß sie im Bild war, sagte Turner liebevoll, aber entschieden: «Clea, du weißt, ich liebe nur dich. Aber wir werden dieses Leben beide nicht lebend überstehen. Also laß es uns genießen, solange wir mittendrin sind. Gemeinsam und getrennt.»

Als sie auflegte, befand sie, daß das ein vernünftiger Standpunkt war. Es war der Eckpfeiler ihrer Interkontinentalehe. Sie wollte nicht, daß Turner einsam und traurig war. Aber warum fühlte sie sich dann, als hätte Conceição ihr eben ein Stück aus ihrem Herzen herausgeschnitten, um es als Ragout aufzutischen? Den Telefonhörer noch immer in der Hand, fragte sie sich, mit wem Grégoire wohl derzeit Scrabble spielen mochte. Wenn sie seine Nummer gehabt hätte, hätte sie ihn angerufen und ihm versprochen, sich nie wieder zu irgendwelchem Liebesgeflüster hinreißen zu lassen, wenn er sich nur auf ein Stündchen mit ihr in ihrer kleinen Pension treffen würde.

Sie wählte Elkes Durchwahlnummer. In New York war es gerade Nachmittag, und Elke hatte eben mit der Arbeit aufgehört. Gemeinsam versuchten sie, die dreitausend Meilen eisigen Wassers, die sie trennten, für ein Plauderstündchen zu überbrücken und sich über jene Sorte alltäglicher Kleinigkeiten auszutauschen, die jeder Außenstehende nur zum Gähnen langweilig finden konnte. Clea vermied es, von Grégoire zu sprechen, weil sie Elkes Gesicht nicht sehen und ihre Reaktion nicht abschätzen konnte. Sie wollte Elke weder verletzen noch verlieren. Und schließlich hatte Elke ja selbst eine gewisse eingeschränkte Offenheit eingeführt, indem sie ihr bis zu jenem Nachmittag auf Saint John nie etwas von ihren kleinen außerplanmäßigen Abenteuern erzählt hatte. Vielleicht behielt man ja manche Dinge wirklich am besten für sich.

Elke spürte offensichtlich, daß etwas Wichtiges unausgesprochen blieb, und wurde immer gereizter und verschlossener. Clea versuchte vergeblich, sie wieder aufzutauen, und reagierte ihrerseits mit Ärger und schlechtem Gewissen. Während Cleas Francs in die Kassen der PTT klackerten wie Quarters in das Auffangfach eines Spielautomaten, debattierten sie beide ingrimmig über die Rolle der USA innerhalb der NATO.

«Elke», sagte Clea schließlich.

«Ja?« schnappte Elke zurück.

«Scheiß auf die NATO. Du fehlst mir. Das ist alles. Ganz unpolitisch, simpel und banal: Ich vermisse dich.»

«Ich vermisse dich auch, Clea», sagte Elke mit erstickter Stimme.

Sie legten auf, nachdem sie übereingekommen waren, es lieber bei Briefen zu belassen, sofern Clea nicht gerade die Möglichkeit hatte, von Turners Büro aus zu telefonieren, weil ihr Disput über die NATO schon beinahe soviel gekostet hatte wie ein Flug nach New York. Clea trat ans Fenster, teilte die gräßlichen Spitzengardinen und sah hinaus auf das flutlichterleuchtete Tennisstadion, wo eben ein Match im Gange war. Unten auf der Straße traten gerade eine Frau in Abendkleid und Pelzstola und ein Mann im Smoking aus einem Jugendstilhaus gegenüber, um in einen Bentley zu steigen. Clea dachte, daß sie mutterseelenallein hier hockte, in einer fremden Kultur, von Elke abgeschnitten, eine Gefangene ihrer Liebe zu diesen beiden kleinen Kindern, die schlafend in ihren Betten lagen. Und der unerklärlichen Liebe zu diesem Vagabunden, der ihr Vater war.

Ihre Situation war weiter nicht ungewöhnlich. Es war nun mal der Job der Ehefrau und Mutter, aus ihren inneren Ressourcen jenen Strom zu generieren, der Leben hervortrieb und erhielt. Und ihren Lieben zur Verfügung zu stehen, damit sie sich von ihr nährten wie Vögel von einer Futterglocke. Aber wer übernahm diese Funktion für die Frau? Traditionsgemäß ihre Mutter, ihre Tanten, Schwestern, Freundinnen. Und wenn sie die nicht hatte, niemand.

Es gab verschiedene Strategien, sich diesem Dilemma des Gebens-ohne-zu-nehmen, des Wollens-ohne-zu-bekommen wenigstens ein Stück weit zu entziehen. Elke vergrub sich in ihrer Arbeit. Die anderen Kapitalistengattinnen hier in dieser Stadt flüchteten sich in den Einkaufsrausch, aber das hatte Clea ja schon ausprobiert. Ihr Französisch reichte nicht aus, um in die Fernsehwelt zu entschweben. Und außerdem waren ihr wegen ihrer drängenden Energie die eher passiven Formen der Weltflucht wie Alkohol, Bücher, Fernsehen oder Schlafen ohnehin verschlossen.

Clea ließ sich auf das Ledersofa fallen, starrte auf die knallige Paisley-Tapete und fühlte sich voller Unrast und Langeweile. Sie beugte sich zum Couchtisch und griff sich Pascals *Pensées*, die sie vor ein paar Wochen aus dem Regal mit den ledergebundenen Klassikern gezogen hatte. Wenn sie schon hier in Frankreich festgenagelt war, konnte sie die Zeit auch ebensogut nutzen, um die beträchtlichen Lücken zu füllen, die ihr auch nach den Kursen in französischer Literatur in Cornell geblieben waren. Sie streckte sich auf dem Sofa aus und begann zu lesen. Vielleicht konnte sie ja zum Katholizismus konvertieren, während sie hier in Paris war. Dann könnte sie sich mit einer schwarzen Spitzenmantilla unter die frommen Matronen einreihen, die sie in der Madeleine hatte knien sehen.

Unter rastlosem Gezappel und Gewälze gelangte Clea zu einer Passage, die da lautete: «... so habe ich oft gesagt, daß alles Unglück der Menschen einem entstammt, nämlich daß sie unfähig sind, in Ruhe allein in ihrem Zimmer bleiben zu können.» Sie dachte darüber nach und stellte fest, daß genau das in der Tat ihr Problem war. Sie konnte nicht in Ruhe allein in ihrem Zimmer bleiben. Wäre sie eine Heilige gewesen, hätte sie sich sicherlich still-vergnügt in die Schau des Göttlichen versenken können. Aber sie war nur eine gewöhnliche Sterbliche, und sie fand nur Langeweile, Einsamkeit und Sinnenhunger dort, wo das Göttliche – was immer das war – hätte sein sollen. Und außerdem *wollte* sie gar nicht in Ruhe allein im Zimmer sitzen bleiben. Wenn Pascal das gekonnt hatte, war er garantiert nicht mit ihren Hormonen geschlagen gewesen. Sie wollte singen und tanzen und lieben. Sie würde bald genug in Ruhe in einem Zimmer sitzen bleiben müssen, im Altersheim, um dann in Ruhe in einem Sarg zu liegen.

Sie knallte den Pascal auf den Couchtisch, sprang auf und ging zu ihrem Schreibtisch, wo ein Briefchen lag, von einem gewissen Phil, einem Banker aus Houston, der für ein paar Wochen beruflich und ohne seine Familie in Paris weilte. Sie hatte ihn am letzten Wochenende bei einer Party kennengelernt. Phil war ein gepflegter, blendend aussehender Bursche, ein breitschultriges, schmalhüftiges, unintellektuelles Mann-Tier auf Beutezug. Sie hatten sich zusammen in ein Eckchen verdrückt und sich darüber amüsiert, was für ein Tamtam diese Franzosen um das Essen machten.

«Teufel noch mal, bei uns daheim in Texas wird das gegessen, was sich die Geier nicht zuerst holen», sagte er mit jenem selbstironischen amerikanischen Humor, nach dem Clea so lechzte.

Ein paar Tage später war dann sein Briefchen gekommen. Er schrieb, daß er gern mit ihr einen kleinen Café-Bummel unternehmen würde, und sie solle ihn doch anrufen. Sie griff zum Telefon, wählte seine Nummer und verabredete sich für den nächsten Abend mit ihm.

Am Ende der obligatorischen Tour saßen sie in Cleas Café mit dem Plong der Flipper im Hintergrund und den traurigen Tonband-Cowboyliedern. Clea sah in Phils durchtriebene, aber duldsame Augen und sagte: «Da wir beide dieses Leben nicht lebend überstehen werden – sollten wir es nicht genießen, solange wir mittendrin sind?»

Und sie genossen es ein paar Wochen lang in vollen Zügen, wobei Clea sich immer wieder Turners Ermahnung ins Gedächtnis rief, ihr Herz nicht zu verschenken, wenn sie nur auf der Durchreise war – oder, wie sie schloß, wenn ihr Gegenüber es war. Sie war stolz auf sich, als sie bei Phils Abreise nach Houston nur ein leises Bedauern verspürte und mit Erleichterung vermerkte, daß er sich nicht mehr meldete. Trotz ihrer provinziellen Herkunft hatte sie es geschafft, eine Dame von Welt zu werden, die es merkte, wenn man ihr minderwertigen Champagner vorsetzte, und die es verstand, ihre Liebhaber mit Aplomb zu wählen und wieder zu entlassen. In einem Anfall von Hybris, weil sie den Minotaurus endgültig bezwungen glaubte, machte sie Elke, als sie das nächste Mal in

New York war, unverblümte Avancen. Elke, die es besser wußte, lachte und ließ sie abblitzen.

Während Clea jetzt den bierflaschengefüllten grünen Müllsack zuband, dachte sie daran, wie sie vor einigen Jahren, als ihre Periode gelegentlich ausgeblieben war, ihre Hoffnungen darauf gesetzt hatte, daß mit den Wechseljahren auch ihr zwar nur sporadisch, aber dafür um so dringender aufbrechender Wunsch nach körperlicher Nähe und Berührung versiegen würde. Aber im Gegenteil: Durch die Loslösung von der Fortpflanzung gewann die Sexualität nur noch an Reiz. Turner hatte herausgefunden, daß die unfehlbarste Form des Vorspiels darin bestand, ihr ins Ohr zu flüstern: «Das dient jetzt alles einzig und allein der Lust.»

Aber Turner war in Mexico City, und sie hatte nicht die Absicht, irgendeinen unschuldigen Roches Ridger in den Sumpf jener bizarren Begierden hineinzuziehen, die die degenerierte urbane Zivilisation hervortrieb. Der Sinn ihres Hierseins war es ja gerade, ihr Hirn und ihren Organismus von diesen Toxinen zu reinigen. Und zu diesem Prozeß würde es nun einmal gehören, die äußeren Parameter des Alleinseins zu erforschen.

Clea hielt mißgelaunt inne, die eine Hand auf der Hüfte, mit der anderen den Müllsack haltend. Dieser verdammte John Galmer. Wenn ihre sexuellen Erfahrungen sich doch nur auf das Regenmantel-unter-Rhododendron-Niveau beschränkt hätten. Aber nein, er mußte sich auf seiner blauen Cordcouch an sie heranmachen und sie Empfindungen kosten lassen, auf die kein halbwegs normaler Mensch jemals wieder würde verzichten wollen.

Aber das lag jetzt hinter ihr. Keine Liebesaffären mehr. Sie konnte inzwischen das ganze Libretto herunterrattern, noch ehe die Oper begonnen hatte – vom Rausch über die Ernüchterung, die Empörung und Verzweiflung am Ende bis hin zu den Zweifeln und der Gleichgültigkeit. Elke beharrte ja darauf, daß Roches Ridge weiter nichts sei als ihre derzeitige Liebesaffäre. Aber in Wahrheit war Roches Ridge ihr Entgiftungstank. Nach einer gewissen Rückzugsphase würde sie zu einem Zustand der Nüchternheit und heiteren Gelassenheit vorstoßen, die sie bis ins hohe Alter tragen würde und darüber hinaus. Sie würde endlich lernen, in Ruhe allein in ihrem Zimmer sitzen zu bleiben und kein Chaos zu stiften.

Durch diese kurze Meditationspause erquickt, musterte Clea ihre neue Nachbarschaft: den Autofriedhof nebenan, die gelben Schrott-Schulbusse drüben auf dem Hügel. Die Nachmittagssonne fiel in schrägen Strahlen auf die Tipis am Fuß ihres Felsabhanges. Durch die Bäume sah Clea zartlila Frauenzeichen auf dem beigen Zelttuch. Eine Kommune von Hippie-Lesben. Wer hätte ein solches Phänomen ausgerechnet hier erwartet, wo das zwanzigste Jahrhundert noch gar nicht richtig Einzug gehalten hatte?

Clea ließ sich auf einer Granitader nieder, die aus ihrer Müllhalde hervorragte, und fuhr mit den Fingerspitzen eine Spalte entlang, die ein Gletscher vor zehntausend Jahren in diesen Stein gegraben hatte. Hier in Roches Ridge war das zwanzigste Jahrhundert gerade erst angebrochen. Ein paar hundert Meilen weiter im Süden, im World Trade Center, befand man sich bereits im einundzwanzigsten Jahrhundert. Und im Nildelta bestellten jetzt, in diesem Augenblick, Bauern ihr Land mit Ackergeräten, wie es sie schon zu Zeiten der Pharaonen gegeben hatte. In Jerusalem streiften einen auf den Straßen Chassidim in Kleidern aus dem Polen des siebzehnten Jahrhunderts und Araber in Gewändern, die genauso aussahen wie die der biblischen Patriarchen. Und das alles hatte sie in ihrer Zeit fotografiert.

Das war genau die Art tiefere Thematik, die sie sich für «Amerika abseits der Zeit» vorgestellt hatte, sinnierte Clea. Vielleicht war es ja diese globale und historische Perspektive, die Elke an ihren Arbeiten immer vermißt hatte. Während sie sich erhob und einen Müllsack in Richtung Haus schleifte, überlegte sie, wie sie es wohl am besten anstellen könne, solche Dimensionen in ihr Buch zu integrieren. Die Gegenüberstellung von Fotos lebender Roches Ridger und von Fotos der

Gräber ihrer Vorfahren war immerhin schon ein Ansatz. Sie hievte den Müllsack in die zersprungene Badewanne an der Einfahrt.

Während Clea zur Hintertür ging, fiel ihr ein, daß sie dieses merkwürdige Empfinden von der Gleichzeitigkeit verschiedener Zeitebenen schon einmal erlebt hatte, letzte Weihnachten, als Kate und Theo daheim gewesen waren. Kates Haar war noch nicht einmal streichholzlang, und von der linken Seite ihres Hinterkopfs baumelte ein bleistiftdicker Zopf. Sie trug einen knöchellangen Baumwollrock und diverse ausgeleierte T-Shirts mit Löchern an strategischen Stellen. Sie hatte die Ferien damit zugebracht, ihren Eltern die Aktivitäten des CIA in Lateinamerika vorzuwerfen. Theo, der in den letzten sechs Jahren nie etwas anderes angehabt hatte als ein silbernes Astronautenjäckchen und eine blaue Mets-Baseballmütze, erschien zum Weihnachtsessen in Sportsakko und Krawatte und nahm sogar die Mütze ab, als er sich neben Terence an den Tisch setzte.

Während Clea die Rahmzwiebelchen aufgab, musterte sie ihre hübschen Kinder, um die sie so geweint hatte, als sie im Herbst zum Studium weggegangen waren. Während Elke Kate mit ihrer gammligen Festtagsgarderobe aufzog, sah Clea plötzlich Kate und Theo in ein und demselben Moment als hilflose Säuglinge, tollpatschige Kleinkinder, schüchterne Grundschüler und aufmüpfige Jugendliche vor sich. Und zugleich sah sie die eingespannten, verantwortungsbewußten Erwachsenen, die sie werden würden, und die weisen, verhutzelten Alten. Die verschiedenen Inkarnationen schoben sich einfach alle übereinander. Wenn man genügend Apfelwein getrunken hatte, konnte man vermutlich auch in einer Apfelblüte schon sämtliche Folgestadien sehen. Und doch war es ein beeindruckendes Wahrnehmungserlebnis gewesen, und sie hoffte, eine Methode zu finden, es auf ihr Buch über Roches Ridge zu übertragen.

Während sie an der kleinen Küchenspüle Wasser in den Teekessel laufen ließ, fragte sie sich, was Kate und Theo wohl an diesem Nachmittag treiben mochten. Da es ihr noch nicht gelungen war, die Telefongesellschaft zu bezirzen, ihr ein Telefon zu legen, hatte sie keine Möglichkeit, es in Erfahrung zu bringen. Sie hatte den Kindern eingeschärft, ihr eine Nachricht auf dem Anrufbeantworter in Turtle Bay zu hinterlassen, wenn sie etwas von ihr wollten. Sie hörte ihn täglich vom Münztelefon in der Casa Loretta ab. Aber bislang hüllten sich beide in Schweigen. Das war beunruhigend, wenn man so viele Jahre immer gewußt hatte, wo sie steckten und mit wem sie zusammen waren. Aber es war auch entlastend. Einmal war Kate eine Zeitlang mit einem Drogen-Dealer aus dem East Village liiert gewesen, so daß es wenig Trost bedeutet hatte zu wissen, wo sie war. Kinder im Teenageralter zu haben war noch aufreibender, als Kleinkinder zu haben, weil man ja keinen verläßlichen Babysitter hinter ihnen herschicken konnte, wenn sie in betrunkenem Zustand wilde Autorennen auf dem Palisades Parkway veranstalteten und, während sie mit achtzig Meilen dahinrasten, Handarbeit aneinander leisteten. Was Clea wußte, weil Turner und sie es auch gemacht hatten. Ganz offensichtlich gab es einen Extragott, der dafür zuständig war, über ejakulierend vorbeiflitzende Teenager zu wachen. Aber wenn Kate und Theo jetzt diese fragilen Leben, die sie und Turner so mühsam gehegt und gepäppelt hatten, mutwillig aufs Spiel setzten, brauchte sie es wenigstens nicht mehr mitzukriegen.

Und trotzdem – hatte es nicht auch Spaß gemacht? dachte sie, während sie die Porzellanteekanne mit heißem Wasser ausschwenkte und einen Löffel Teeblätter hineingab. Diese hektischen Jahre mit diesen beiden irrwitzigen kleinen Geschöpfen, die aus ihrem Körper hervorgegangen waren. Sie mußte lächeln, als sie daran dachte, wie sie einmal in Paris mit Theo im Citroën gefahren war, er vorn auf dem Beifahrersitz, sie auf dem Rücksitz. Er hatte die blaue Uniformmütze des algerischen Chauffeurs aufgehabt, die ihm bis über die Augen hing. Unter dem Schild hervorlugend, hatte er den Chauffeur von Mann zu Mann gefragt: «Weißt du schon, daß meine Mom eine Vagina hat?» Und Kate, die darauf bestanden hatte, daß sie ihr auf dem Marché aux Puces bei der Porte de Clignancourt einen flauschigen gelben Lambswoolmantel kaufen sollte, weil sie darin bestimmt genau wie Bibo aus der Sesamstraße aussehen würde.

Clea überkam plötzlich der Impuls, Turner in Mexico City anzurufen und ihm für Kate und Theo zu danken. Sie waren das wundervollste Geschenk, das sie einander während eines Vierteljahrhunderts großzügiger Verbundenheit gemacht hatten. So bizarr ihre Ehe Außenstehenden erscheinen mochte, sie hatte ihnen beiden gegeben, was sie brauchten – ein Halteseil, im Gegensatz zu den Netzen, in denen sich ihre Eltern verfangen und stranguliert hatten. Aber Kate und Theo würden nie wieder auf ihren Schoß gekrabbelt kommen, um sich von ihr trösten zu lassen, wenn sie sich mit ihren Spielkameraden gestritten hatten. Und ihr nie wieder erlauben, ihnen beim Haarewaschen kunstvolle Frisuren zu modellieren. Und nie wieder quengeln, daß sie ihnen *Wo die wilden Kerle wohnen* vorlas, obwohl sie es schon so oft getan hatte, daß sie dabei selbst schon zum wilden Kerl wurde. Und beim Abgießen ihres Tees merkte Clea, daß Tränen über ihr Kinn rollten und in ihre Tasse fielen.

20 Starshine

Starshine lag, die Hände auf dem voluminösen Bauch, auf ihrem Futon im Haus-Trailer und versuchte zu meditieren. Die anderen Boudiccas waren in ihren jeweiligen Behausungen beim Saftfasten, so daß sie weiter keine Ablenkung zu fürchten hatte, nur das gelegentliche Krächzen des Papageis in seinem Käfig. Aber sosehr sie sich auch bemühte, ihr Bewußtsein zu klären, sie mußte an den steigenden Fluß denken. Sollten sie Dämme aus Sandsäcken errichten?

Offen gestanden war das Guru-Dasein der reine Streß. Die anderen glaubten, daß die Göttin sie führe und leite, aber in Wahrheit improvisierte sie nur. Als Ishtar eines Nachts, während der Sexualitätswoche, durch die weißen Birken in ihren Kreis gestolpert war, mit weiten Pupillen, in denen sich das Lagerfeuer spiegelte, war Starshine hoch erfreut gewesen, denn damit hatte sie es auf eine zwölfköpfige Jüngerschar gebracht, genau wie... nun ja. Sie hatte nicht ahnen können, daß Ishtar sich als ihr Judas entpuppen würde.

Che, der Papagei, krächzte jetzt: «We Shall Overcome!»

Starshine hatte ihn 1972 im Boston Common gefunden und Che genannt, weil er dauernd geschrien hatte: «Che Guevara! Che Guevara!» Auch ansonsten rekrutierte sich sein Wortschatz aus politischen Parolen der sechziger Jahre. Einige Boudiccas sträubten sich gegen die Anwesenheit eines männlichen Papageis auf ihrem Terrain, weshalb Starshine versucht hatte, ihm «Das Persönliche ist politisch» beizubringen. Aber offensichtlich konnte man alten Vögeln keine neuen Sprüche mehr eintrichtern.

Als die Boudiccas damals am Mink Creek angekommen waren, hatte zwischen den Bäumen ein doppelter Regenbogen gestanden, und Starshine hatte das als zustimmendes Zeichen der Göttin interpretiert. Es war der perfekte Platz für ein Camp, eine Talmulde, wo die flachen Uferbänke sich verbreiterten. Aber leider stellte sich bald heraus, daß dieser begnadete Ort ein Sumpf war. Der grüne Schmodder war eine Brutstätte von Moskitos und Bremsen. Und da die Boudiccas beschlossen hatten, keinem Lebewesen etwas zuleide zu tun, konnten die Insekten ungehindert drauflosstechen. Im Frühling schwoll der Fluß vom Tauwasser so mächtig an, daß er ihr Frauenfriedhofsprojekt bedrohte. Starshine hatte die Schnauze voll. Nicht genug damit, daß sie ein spirituell hochentwickelter Mensch war, nein, sie mußte gleichzeitig auch noch als Hydrotechniker fungieren.

Und dazu gab es noch andere Probleme, von denen sie an jenem Tag, als ihnen der doppelte Regenbogen erschienen war, nichts geahnt hatte – zum Beispiel ihre unterentwickelten Nachbarn. Die Marsh-Brüder plazierten entlang den Flußufern Fallen, ähnlich wie diese Vietcong-Fallgruben mit den zugespitzten Pfählen. Einmal hatten die Boudiccas Orlon gestellt, um sich darüber zu beschweren. Mit wild funkelnden Augen und über sein Bärtchen züngelnder Zungenspitze sagte er: «Ich will euch was sagen, Mädels: Was ich hier mache, mach ich, damit wir daheim was zu essen auf dem Tisch haben. Wenn's euch nicht paßt, dann haut ab. Ich hab die älteren Rechte. Bestimmt zweihundert Jahre älter. Die Fallenstellerei ist bei uns hier eine alte Sitte.»

«Die Inzucht auch», entgegnete Starshine. «Darauf würde ich mich lieber nicht berufen.»

Orlons Bruder Dack war ein bißchen weniger primitiv. Manchmal hatten ihn die Boudiccas sogar schon dabei beobachtet, wie er Tiere aus Orlons Fallen wieder laufenließ. Aber als sie ihn aufgefordert hatten, die Fallen zu beseitigen, hatte er sie aus seinen großen schwarzen Augen angestarrt und sich das eintätowierte BORN TO DIE auf seinem Unterarm gerieben. «Geht nich», hatte er schließlich erklärt. «Sind Orlon seine Fallen.»

Einmal, im letzten Winter, waren die Boudiccas im frischgefallenen Schnee herumgestapft, in dem Bemühen, abgestorbene Bäume zu identifizieren. Ihr Brennholz war alle. Sie hatten nur so wenig schlagen können, weil sie es ablehnten, irgendwelchen Lebewesen etwas zu tun, und weil es mitten im Winter so schwer war herauszufinden, welche Bäume nicht mehr lebten. Dack erschien plötzlich auf Schneeschuhen zwischen den kahlen Birken, nur mit einer Daunenweste gegen die Kälte geschützt, und zeigte ihnen ein paar tote Bäume. Später am gleichen Nachmittag kam er dann in einem blauen Abschleppwagen über den zugefrorenen Fluß getukkert, um ohne ein Wort oder ein Lächeln einen Haufen gespaltenes Brennholz vor den Trailer zu kippen.

Abgesehen von der Stoppschild-Aktion und den Aktionen beim Karma-Café gingen die Boudiccas nur nach Roches Ridge, um Eßbares aus den Abfallcontainern hinter dem IGA und Wasser aus dem Trinkwasserbrunnen beim Postamt zu organisieren. Einmal sah Starshine ein paar Frauen in knöchellangen Kleidern und mit hellblauen Kopftüchern im IGA einkaufen. Sie redeten kein Wort, lachten nicht und hielten die Augen ständig gesenkt. Starshine fragte Astrid Starr hinter ihrer Kasse: «Wer sind denn die da?»

«Das sind welche von diesen Wiedergeborenen droben am Granite Gap.»

«Wie lange sind die denn schon hier?»

«Ungefähr so lange wie ihr», sagte Astrid, grimmig auf ihre Tastatur einhämmernd.

Starshine beobachtete, wie die Frauen durch die Kasse gingen. Die letzte fesselte ihre Aufmerksamkeit ganz besonders. Sie war groß und dünn, mit einem blassen Gesicht und großen, unglücklichen Augen, so wie Cher, ehe sie Sonny zum Teufel geschickt hatte. Sie folgten einem Widerling von behindertem Mitbürger nach draußen zu einem gelben Lieferwagen mit lauter Bibelsprüchen drauf.

Die Frau ging Starshine nicht aus dem Kopf. Ihre Leidensmiene verfolgte sie. Starshine fühlte sich wie Harriet Tubman. Irgendwie mußte sie es schaffen, in die Bastion dieses Südstaatenspinners einzudringen und diese arme, versklavte Frau zu retten, sie runter an den Mink Creek zu holen und ihr zu zeigen, was ein nicht-männerbeherrschtes Leben bedeutete.

«Make Love, Not War», krächzte Che.

«Klappe, Che. Ich meditiere.»

«Che Guevara! Che Guevara!» Starshine stand auf und deckte das Tuch über Ches Käfig.

«Black Is Beautiful!» schrie Che aus dem Dunkel, in einem letzten verzweifelten Versuch, Starshines Herz zu erweichen.

Starshine dachte an die anstehende Aktion anläßlich der Miss-Teenage-Wahl. Es war einfach obszön, junge Frauen öffentlich vorzuführen wie Färsen bei einer Jungviehschau. Außerdem würde eine Attacke gegen einen äußeren Feind vielleicht die Spannungen hier unten am Mink Creek reduzieren. Die anderen fingen allmählich an, Aggressionen gegen Starshine zu entwickeln. Da sie nun mal höherentwickelt war, mußte sie hin und wieder zu drastischen Mitteln greifen, um die destruktiven Tendenzen ihrer Jüngerinnen zu bekämpfen. Zum Beispiel Ishtars Stolz. Selbstwertgefühl nannte es Ishtar, aber in Wahrheit war es einfach nur ganz ordinärer Feld-Wald-und-Wiesen-Stolz. Als Ishtars Meisterin mußte Starshine ihr mit gezielten Karatetritten einen Dämpfer verpassen, wenn sie sich über *Das lesbische Totenbuch* lustig machte. Das war für Ishtars spirituellen Prozeß unerläßlich. Aber Foxglove und Morning Glory murrten jetzt auch, seit Ishtar weg war.

Starshine fragte sich, ob sie nicht einfach der Guru-Burnout ereilt hatte. Was anfangs eine Mission gewesen war, war jetzt nur noch ein Job. Aber sie hatte ja keine andere Qualifikation. Sie hatte am Konservatorium von Neuengland Klavier studiert und ein paarmal in Boston öffentlich gespielt. Es war die Rede von einer Konzerttournee gewesen. Nachdem sie dann erfahren hatte, daß das Tourneeprojekt geplatzt war, hatte sie an einem Nordküstenstrand gesessen, allein mit ihren zerschlagenen Träumen. Während sie teilnahmslos einem Hochsommer-Sternschnuppenregen zugesehen hatte, hatte sie plötzlich eine Stimme vom Himmel vernommen: «Du bist Starshine.»

«Was?» hatte sie gefragt.

Und die Stimme hatte abermals verkündet: «*Du* bist Starshine.»

Guru zu werden war leichter, als Konzertpianistin zu werden, was endloses Üben erforderte. Als Guru konnte man einfach seinen eigenen Laden aufmachen. Die Schüler liefen einem von ganz allein zu, angezogen von der Kraft der Aura, die einen umstrahlte. Und wenn sie erst mit glasigen Augen an einem hingen, bettelten sie einen bald an, einem ihr Vermögen überschreiben und das Bett mit einem teilen zu dürfen.

Starshine studierte Foxgloves Astro-, Biorhythmus- und Menstruationskalender, der, wie die Tabellen der anderen Boudiccas auch, an der Wand über dem Eßtisch hing, um herauszufinden, ob es eine günstige Nacht war, um mit ihr zu schlafen. Sie nahm die Tarotkarten und legte ein paar davon auf dem Tisch aus, um sich eine präzisere Antwort auf diese dringliche Frage zu holen. In der Mitte lag Der Tod, und Starshine schauderte. Normalerweise freute sie sich immer über diese Karte, die ja Wiedergeburt bedeutete, aber heute überkam sie eine Gänsehaut.

Sie schüttelte und streckte sich. Das kam bestimmt vom Fasten. Diese Fastenperioden machten einen fix und fertig. Aber sie halfen sparen. Die Ersparnisse und Vermögensmittel der Boudiccas waren fast aufgebraucht, aber ihren Plan, eine sich selbst ernährende Kommune aufzubauen, hatten sie immer noch nicht realisiert. Zum Glück hatte Starshine für sich selbst vorgesorgt, mit der Hilfe von Conrad Bohring von der Mink Valley Spar- und Kreditbank. Sie würde ja nicht ewig jung sein und vor Erleuchtung strotzen. Sie mußte sich von so irdischen Sorgen wie der Frage der Alterssicherung frei machen können, um offen für die kosmischen Ströme zu sein. Sie legte auch die Honorare an, die Alvin Jacobs ihr dafür zahlte, daß sie im Rahmen seiner Veranstaltungsreihe «Gulag vor unserer Tür» über die Problematik der Homosexualität in einer homophoben Gesellschaft sprach. Und außerdem warben die Boudiccas ja durch Anzeigen im *Amazon Quarterly* für Eigentumsparzellen auf ihrem Frauenfriedhof.

Ein paar Boudiccas wollten unbedingt Babies. In ihren Diskussionszirkeln redeten sie sich die Köpfe darüber heiß, wie sie gezeugt werden sollten. Foxglove war für künstliche Befruchtung, aber Morning Glory wollte lieber Dacron Marsh bitten, weil doch in seinen Adern Ureinwohnerblut floß und weil er ihnen das Brennholz gebracht hatte und weil er manchmal Tiere aus Orlons Fallen laufenließ. Starshine hatte sich, als von AIDS noch keine Rede gewesen war, für Gordon McQueens Spermiogramm interessiert, seither aber nicht mehr mit ihm geredet.

So viele Probleme, so wenig Spaß, vor allem jetzt, wo Ishtar weg war. Starshine vermißte es, daß niemand da war, der sich mit ihr anlegte. Die anderen Boudiccas lieferten sich ihr einfach völlig passiv aus, und das war ungefähr so aufregend wie dreimal täglich Tofu. Allerdings begriff sie wirklich nicht, wie Ishtar auf ein so abgewracktes Las Vegas-Showgirl wie Shirley MacLaine mehr geben konnte als auf sie.

Starshine trat aus dem Trailer und absolvierte am Flußufer, laut zischend und die Finger zu Krallen krümmend, ein Karate-Kada. Dann nahm sie eine Tai-Chi-Stellung ein, bei der sie ihre ganze Körpermasse auf einem ihrer Schuhgröße-acht-Füße balancierte. Sie reckte den Kopf und erspähte droben über dem Steilhang eine Person in einem grünen Karohemd, die irgend etwas in einen grünen Müllsack stopfte, den sie hinter sich herschleppte wie eine Sklavin ihren Baumwolle-Pflücksack. Ishtar, die heimlich hinter Morning Glory herspionierte? Nein, Ishtar würde nie im Leben ein Holzfällerhemd anziehen. Starshine senkte achselzuckend den anderen Fuß auf den Boden und schlüpfte in die Menstruationshütte.

21 Ida Campbell

Ida Campbell lenkte ihren alten grünen Chevy in die bogenförmige Zufahrt zu Bethany Wagners großem Neo-Kolonialstil-Holzhaus in Colonial Manor Estates. Alle Häuser hier waren vom Grundriß her identisch und mit den gleichen rustikalen Zäunen umfriedet, aber die Farbe konnte man sich aus dem gesamten Williamsburg-Spektrum aussuchen. Eigener Wahl überlassen war auch der kleine Obstgarten mit den Zwergapfelbäumchen seitlich vom Haus.

Ida musterte das Bohringsche Haus nebenan mit dem unkraut-, schädlings- und krankheitsfreien Rasen, den man nicht betreten durfte, und den steingefaßten Beeten mit den Plastikblumen – Krokusse, Hyazinthen und Narzissen um diese Jahreszeit! –, die Frieda Bohring gerade mit einem Schlauch bewässerte. Ida hob die Hand zu einem Gruß, der unerwidert blieb. Frieda schnitt Ida, seit Ida aus dem Coupon-Club ausgetreten war. Aber Ida hatte einfach nicht auch noch die Zeit für Coupons, neben der Avon-Beratung, der Familie und der Kunst.

Ida betrachtete Bethanys silbernen Saab Turbo. Ihr eigener 72er Chevy hatte so viele Roststellen, daß er aussah wie ein Tarnfahrzeug. Aber wenn ihr Roman erst erschienen war, würde sie ihr Pferdchen anders aufzäumen können. Nun gut, Harlequin hatte *Dame seines Herzens* abgelehnt, aber es gab ja schließlich noch mehr Fische im Meer.

Bethany öffnete die Haustür. «Du bist es, Ida! Wie schön! Ich dachte schon, es sei wieder jemand von diesen Wiedergeborenen vom Granite Gap. Wenn ich noch einmal diese Geschichte vom Weltuntergang über mich ergehen lassen muß, bringe ich mich um.»

Während Bethany Tee machte, breitete Ida ihre neuen Produkte auf dem Wagenrad-Couchtisch aus. Dann lehnte sie sich auf dem steifgepolsterten Sofa zurück, um durch das altmodische Flügel-Wohnzimmerfenster auf den See hinauszuschauen. Wenn *Dame seines Herzens* erst erschienen war, würde sie sich auch eins von diesen Häusern hier zulegen. Mit ihrer Avon-Provision oder dem, was ihr Mann Chad im Steinbruch verdiente, würden sie das gewiß nie schaffen.

Die meisten Männer hier in Colonial Manor Estates arbeiteten bei Xerox, und ihre Frauen konnten es sich leisten, ihre Kosmetikartikel in New York oder Boston einzukaufen. Aber Ida kam trotzdem her, weil es ihr Spaß machte, Tee aus Wedgewood-Tassen zu trinken und mit ihren künftigen Nachbarinnen über Schönheitspflege zu plaudern. Wenn *Dame seines Herzens* sich erst verkaufte, würde Ida mit besseren Leuten verkehren als ihren jetzigen Nachbarn in Sunset View, die Porno-Videos guckten und sich betrunken herumstritten. Loretta Gebo nebenan war allerdings ganz in Ordnung. Und außerdem kaufte sie kartonweise Haarspray für ihre Sechserlocken. Aber die anderen waren wirklich das Letzte. Ida hatte zwei Kinder und einen Mann, der sie alle drei verprügelte, wenn er getrunken hatte. Aber darin erschöpften sich die Gemeinsamkeiten auch schon. Ihre Nachbarn begriffen nicht, daß über Idas Leben ein aufsteigender Stern lächelte. Sie verbrachte ihre Tage damit, das öde Grau des Trailer-Park-Daseins zu verscheuchen, indem sie Produkte vertrieb, deren Sinn und Zweck es war, Glamour und Erotik zu verströmen. Und sie schrieb Romane, die aus dem Einerlei des Alltags romantische Herzensabenteuer machten. In ihrem eigenen Leben hatte sie sich angewöhnt, ihren Chad, wenn er blutverdreckt und mit einem Achttagebart von der Jagd heimkam, nicht mehr als brutalen Kerl zu sehen, der Frau und Kinder vernachlässigte, sondern als männlich-herben Naturburschen. Gelernt hatte sie diesen Trick aus einer Zuhörerfragen-Wir-antworten-Sendung im Radio, und er hatte ihre Ehe gerettet. Jetzt nutzte sie die Entdeckung, daß man das Glas als halbleer oder als halbvoll ansehen konnte, auch als Leitprinzip beim Schreiben.

Zwar war *Dame seines Herzens* noch nicht veröffentlicht, aber eines Tages würde sie ihr Schiffchen schon noch im Hafen landen. Sie hatte Chad dazu gebracht, sie zu heiraten, nachdem sie beide mit der Mink Valley High School fertig gewesen waren. Sie war die erfolgreichste Avon-Beraterin von ganz Zentral-Vermont. Sie hatte einen Roman verfaßt, obwohl Chad immer behauptete, sie könne noch nicht mal einen Einkaufszettel schreiben. (Was wirklich nicht stimmte. Sie hatte schon immer ein Händchen für Wörter gehabt.) Es ging einfach nur darum, daß man seinem Stern folgte, seine Träume träumte, am Ball blieb und sich nicht in den Sumpf ziehen ließ.

Chad hatte Angst, sie würde nichts mehr von ihm wissen wollen, wenn sie erst eine berühmte Schriftstellerin war. Aber sie beruhigte ihn immer, er hätte sie ja auch geliebt, als sie noch ein Niemand war, und sie würde ihn immer weiter lieben, auch wenn sie ein Jemand war und er immer noch ein Niemand. Denn das machte doch schließlich die wahre Liebe aus. Daß Ruhm und Reichtum ihr nichts anhaben konnten.

Bethany reichte Ida eine Tasse Tee und setzte sich. «Und? Wie geht's, wie steht's, Ida?»

«Nicht schlecht. Viel zu tun. Unsere Produkte gehen weg wie warme Semmeln.»

«Ist das Frühjahr eine so gute Zeit?»

«Alle Frauen, die während der Dreckwetterzeit in den sonnigen Süden fahren, brauchen jetzt eine neue Palette von Farben, die auf ihre Bräune abgestimmt ist.» Bethanys Zwergpudel Poo kletterte auf Idas Schoß und begann, da er die Katze des zuletzt besuchten Hauses roch, ihre Oberschenkel abzuschnüffeln.

«Ach ja, daran habe ich gar nicht gedacht.» Bethany, im malvenfarbenen Velours-Trainingsanzug, nippte an ihrem Tee.

«Das tun die meisten nicht, bis sie dann vom Strandurlaub wiederkommen, sich für den Abend zurechtmachen und auf einmal feststellen, daß sie aussehen wie eine wandelnde Leiche. Deswegen versuche ich ja immer, meine Kundinnen vorzuwarnen.» Mit einem grimmigen Lächeln schob Ida Poos Nase von ihrer Schrittgegend weg.

Während Bethany den Frühjahrskatalog durchblätterte, kam Waneeta Marsh ins Wohnzimmer spaziert, in einem Dior-Ensemble, in der Hand einen Staubwedel. Ida nickte ihr nur kurz zu, weil sie nicht wollte, daß es für Bethany so aussah, als sei sie mit jemandem aus der Marsh-Sippe näher bekannt. Sie grub einen Fingernagel in Poos zudringliche Nase. Poo jaulte auf und schaute sie empört an.

«Oh, hallöchen, Ida Campbell!» trompetete Waneeta.

«Hi.»

«Die Damen kennen sich?» Bethany sah von ihrem Katalog auf.

«Flüchtig», sagte Ida, während Poo wieder anfing, ihre Körpermitte zu erforschen.

«Ida war mit meinem Orlon befreundet, wo sie noch auf der High School waren», erläuterte Waneeta.

«Wir sind ein-, zweimal zusammen *ausgegangen*», berichtigte Ida, die jetzt Poo auf den Teppich hinunterschubste, während Ida in die Betrachtung eines Auto-Deodorizers in Form eines gelben Riesengänseblümchens versunken war.

«Zweihundertmal würd ich eher sagen.» Waneeta kicherte belustigt.

«Und? Zufrieden mit dem Leben, Waneeta?» fragte Ida, um weitergehende Enthüllungen ihrer trüben Vergangenheit abzubiegen. Poo lauerte leise knurrend zu ihren Füßen.

«Na klar doch. Auch wenn's um die Jahreszeit so viel Spinnweben gibt, daß man sich glatt einen Strick draus drehen könnte.» Waneeta fuhr mit ihrem Staubwedel in eine Ecke.

«Haben Sie schon gehört, daß neulich abend jemand versucht hat, gewaltsam in mein Haus einzudringen?» fragte

Bethany. «Da klopft doch so ein Schrank von einem Kerl mit einer Chirurgenmaske und einem grünen Arbeitsanzug bei mir an die Tür. Ich mache auf, seh ihn und will die Tür wieder zumachen. Aber da hat er schon den Fuß dazwischen. Ich packe ihn mit einem Judogriff und schmeiße ihn bis auf den Gehweg. Man sieht mir vielleicht nicht mehr an, daß ich mal Ms. Empire State war, aber ein paar Muskeln habe ich doch immer noch. Na ja, er springt wieder auf, und Poo saust raus und packt ihn am Knöchel. Conrad Bohring ist Gott sei Dank grad draußen im Garten, mit der Taschenlampe, um die Erdwürmer zu vergiften, und sprüht dem Kerl eine Ladung Chlordane ins Gesicht. Der Kerl rennt weg, in Richtung Wald, während Poo immer noch an seinem Bein baumelt.»

«Zeno Racine», sagte Waneeta. «Er probiert's immer wieder, irgendwelche Schandtaten zu begehen. Aber mit der Zeit gewöhnt man sich an ihn.»

«Ich glaube, so bald traut der sich hier nicht wieder her», sagte Bethany.

«Da wär ich mir nicht so sicher», meinte Waneeta, während sie das Wohnzimmerfenster mit Fensterreiniger besprühte.

«Ich hab mich immer schon gewundert, daß sie ihn nicht einsperren», sagte Ida.

«Ach, den Zeno kennt doch hier jeder. Er meint es doch gar nicht böse.»

«Wie meint er es denn dann?» fragte Ida.

«Bei dem sind nur ein paar Schrauben locker, weiter nichts», erklärte Waneeta, furios an der Scheibe herumwienernd.

Bethany zuckte die Achseln. Man sah Muskeln unter ihrem Sweatshirt spielen. «Wissen Sie, Ida, wo Sie mal vorbeischauen sollten?» Bethany deponierte den Katalog auf dem Wagenrad-Couchtisch. «Bei dieser Frau, die kürzlich Calvin Roches Haus gekauft hat. Ihrer neuen Nachbarin, Waneeta. Wie heißt sie denn?»

«Clea Shawn», antwortete Waneeta. «Aber ich weiß nicht,

ob das grad der richtige Moment ist, bei ihr reinzugucken. Ihre Badewanne ist neulich in den Keller gekracht. Und jetzt hat ihr Küchenfußboden ein Riesenloch.»

«Loretta Gebo hat auch schon gemeint, ich soll da mal hingehen. Ist sie denn der Typ für Kosmetikartikel?»

«Das will ich wohl meinen», sagte Waneeta, die jetzt gerade Bethanys Ms.-Empire-State-Pokal abstaubte. «Warum sie wohl dauernd diese Kamera um den Hals hat? Sieht aus wie eine Schweineschnauze.»

«Oh, Ihre Haare!» rief Ida, zu Bethany gewandt. «Sie sind ja anders. Gefällt mir aber gut.»

«Ich habe den Friseur gewechselt. Ich gehe jetzt zu Jared McQueen von Mane Magnifique.»

«Jared war mit meiner kleinen Schwester zusammen auf der Mink Valley High. Die Mädchen waren alle wie wild hinter ihm her.»

«Das kann ich mir vorstellen», murmelte Bethany, während sie die Frisur tätschelte, die Jared an diesem Nachmittag eigenhändig gezaubert hatte. «Das ist schon einer, in den man sich vergucken kann.»

«Nicht mein Typ», sagte Ida. «Ich will einen Mann, der mich beschützt. Dafür hätte Jared gar keine Zeit, weil er immer in den Spiegel gucken muß.»

Bethany lachte.

«Verreisen Sie über die Dreckwetterzeit, Bethany?» fragte Ida.

Bethany verdrehte die Augen. «Ach, Ken krieg ich doch hier nicht weg. Er hat immer Angst, wenn er Xerox mal den Rücken dreht, schnappt ihm ein Jüngerer seinen Sessel weg. Und was macht die Literatur?»

«Silhouette hat jetzt *Dame seines Herzens* schon drei Monate. Also drück ich die Daumen.» Sie senkte den Blick hinunter zu Poo, der neben dem Couchtisch hockte, die oberen Lefzen so hochgezogen, daß sie spitze weiße Reißzähne entblößten.

«Und wovon handelt der neue Roman?»

«Da bin ich abergläubisch, Bethany. Ich habe Angst, wenn

ich darüber rede, wird nichts draus», gestand Ida, in Gedanken bei *In Liebe Dein*, wo sich die Sekretärin in ihren Chef verliebte, während er ihr einen Liebesbrief an seine Frau diktierte.

«Das verstehe ich», meinte Bethany.

Ida packte ihr Sortiment wieder ein und stand dann auf. «Also, dann werde ich mal bei Mrs. Shawn vorbeischauen. Vielen Dank für den Tip, Bethany.»

«Ach, könnten Sie vielleicht bei der Gelegenheit Waneeta zu Hause absetzen? Das würde mir die Fahrt ersparen.»

Ida und Waneeta stiegen in Idas Chevy. Waneeta war sichtlich enttäuscht, daß sie nicht in Bethanys Saab Turbo fahren durfte. Bethanys Blick fiel durch die Seitenscheibe auf den Backsteinpfeiler, auf dem in künstlich patinierten Messingletter stand: COLONIAL MANOR ESTATES: WOHNEN IM GEPFLEGTEN LANDHAUSSTIL. Ein rustikaler Zaun umrahmte den Pfeiler zu beiden Seiten, und ein angepflocktes Schaf rupfte Grasbüschel. Die Sonne versank in einem Feuerwerk von Farben hinter den Adirondacks. Während Ida und Waneeta auf eine Gelegenheit warteten, auf den Highway einzubiegen, ergoß sich ein steter Strom von Volvos, Audis, Saabs und BMWs, gesteuert von Männern in Anzug und Krawatte, in Richtung Siedlung.

«Da ist Kenneth Wagner.» Waneeta wies mit einer Kopfbewegung auf einen preiselbeerfarbenen Audi. Der ihm vorausfahrende Volvo blieb einen Moment stehen, um einem aus der Gegenrichtung kommenden BMW die Vorfahrt zu lassen. Wagner zog röhrend an dem Volvo vorbei, wobei er fast mit dem BMW zusammengekracht wäre. Als er an ihnen vorbeischlingerte, ein zornrotes Typ-A-Gesicht, blieb Ida die Luft weg. Mit seinem stahlgrauen Haar, den buschigen Brauen und der sorgfältig gebundenen Krawatte sah er haargenau aus wie Mr. Fenton, der Chef in *In Liebe Dein*.

«Was ist er so für ein Mensch?» fragte Ida, noch immer erschüttert.

«Ach, Bethany kriegt ihn fast nie zu sehen. Und wenn, redet er die ganze Zeit nur von Xerox. Er geht nicht jagen, er geht nicht angeln. Also, ich würd ihn nicht geschenkt haben wollen.»

Ida schon, wie ihr in diesem Augenblick klar wurde. Was hatte es zu bedeuten, wenn eine Figur, die sie erfunden hatte, tatsächlich existierte?

«Ach, das ganze schöne Land hier», seufzte Waneeta. «Wenn mein Großvater es nicht hergegeben hätte, wären wir heute fein raus.»

«Dieses Land hat Ihrer Familie gehört?»

«So isses. Von hier bis zum Mink Creek war alles unser Farmland, hundert Jahre lang. Bis Granddad es dann während der zweiundneunziger Killerkälte den Starrs in den Rachen gestopft hat, gegen Lebensmittel. Wo jetzt das Haus von den Wagners steht, war früher alles Wiese.»

«Und jetzt ist gar nichts mehr übrig als nur noch Ihr Haus?» Ida sann darüber nach, wie sie sich bei Kenneth Wagner unentbehrlich machen könnte. Warum hatte sie an der Mink Valley High nicht Steno belegt?

«So isses. War früher mal ein Gasthaus, unser Haus. Die wichtigste Raststation zwischen Albany und Montreal. Aber dann haben sie den Zubringer rüber auf die andere Seite vom See gebaut. Scheint, 's war den Marshs einfach nicht vergönnt, zu was zu kommen.»

«Und wie geht's Orlon? Ich seh ihn nie mehr.» Ida stellte ihn sich vor, seine dunklen, stechenden Augen, seinen schmalen Schnauzer, seine spitzen Schneidezähne, sein fliehendes Kinn, seine klobigen Hände mit den fehlenden kleinen Fingern. Eindeutig kein Material für *In Liebe Dein*.

Waneeta warf einen Seitenblick zu ihr hinüber. «Nicht schlecht. Obwohl ich nicht weiß, ob er's je verwinden wird, daß du damals diesen anderen Burschen geheiratet hast. Er drückt sich die ganze Zeit irgendwo im Wald rum, bei seinen Fallen. Oder hinten in seiner Werkstatt. Oder drüben bei Mr. Coffin im Bestattungsinstitut.»

Ida durchzuckte eine kurze Welle der Erregung bei der Vorstellung, daß der arme Orlon ihr diese ganze lange Zeit nachgetrauert hatte. «Aber das ist doch jetzt fast zwanzig Jahre her.»

«Bei manchen Leuten heilen Wunden eben langsam.»

«Tut mir leid, wenn ich ihm weh getan habe.»

«Hilft ja nichts. Jeder muß eben tun, was er tun muß.»

Ida überlief ein Schauer, als sie Waneeta vor dem riesigen, verrotteten Haus mit den Elchschaufeln und Raubvogelschwingen über der Tür absetzte. Ja, sie hatte getan, was sie hatte tun müssen, und es war gut so gewesen. Hätte sie Orlon geheiratet, würde sie jetzt in dieser Bruchbude leben und Eichhörnchenfleisch essen, statt Bücher zu schreiben und Pläne für ihre Übersiedlung nach Colonial Manor Estates zu schmieden. Ishtar vom Karma-Café hatte recht: Letzten Endes fügte sich alles so, wie es bestimmt war, auch wenn es unterwegs manchmal Verwicklungen gab. Manche Leute mochten sie, Ida, vielleicht eine blauäugige Optimistin nennen, aber sie war nun mal ehrlich und wahrhaftig davon überzeugt, daß es auch am düstersten Himmel noch einen Silberstreifen gab.

Und Kenneth Wagner? War es Schicksal, daß er an diesem Nachmittag plötzlich aus ihrem Roman entsprungen und in ihr Leben geprescht gekommen war?

22 Das Auge des Wirbelsturms

Clea saß vor ihrem offenen Kamin, trank Tee und studierte die Roches Ridger *Gazette*. Zu ihren Füßen verdeckten Spanplatten das Loch im Küchenfußboden. «Der Sterbe-Service (vormals Coffins Bestattungsinstitut) bietet Ihnen alles für den Trauerfall: vollautomatisches Krematorium, umfangreiches Sortiment an Messing-Gedenktafeln. Schauen Sie unverbindlich bei uns rein, und besprechen Sie Ihre individuellen Sterbefall-Wünsche mit unseren geschulten Beratungskräften. Sie gehen keinerlei Verpflichtung ein. Wir akzeptieren alle gängigen Kreditkarten.»

Du großer Gott, dachte Clea. Warum können die Roches Ridger nicht bei dem bleiben, was sie haben: dem Friedhof hinter der Kirche, unter den sterbenden Ulmen, mit seinen Hainen von Grabsteinen voller kauziger neuenglischer Aphorismen? Sie rollte die *Gazette* zusammen und warf sie ins Feuer.

Sie lehnte sich in ihrem Sessel zurück und taxierte die körperlichen Schäden, die die Plackerei des Nachmittags hinterlassen hatte. Sie hatte so viele Säcke mit Bierflaschen gefüllt, daß sie sich in der Badewanne am Rand ihrer Einfahrt zu einer kleinen Pyramide türmten. Ihr Ziel, sich alle Gelüste aus dem Leib zu schuften, hatte sie erreicht. Statt dessen hatte sie jetzt nur noch Kreuzschmerzen. Und in ihrem Knöchel, den sie sich vor Jahren beim Skifahren gebrochen hatte, pochte es auch verdächtig. In einem Körper zu wohnen, der fast ein halbes Jahrhundert auf dem Buckel hatte, war, wie ein Auto mit einem Kilometerstand von achtzigtausend Meilen zu fahren.

Man fragte sich die ganze Zeit, was wohl als nächstes ausfallen würde, flickte das Klapperding immer wieder notdürftig zusammen, wünschte sich, man könnte es für ein verläßlicheres Vehikel in Zahlung geben, und schaute auf der Straße neidisch den schnittigen neueren Modellen nach. Clea massierte sich das Kreuz und dachte daran, wie sie sich in Bombay beim Üben der alten indischen Tänze den Bandscheibenvorfall geholt hatte und von ihrem Fahrer nach alter Sahib-Manier in rasanter Fahrt durch die von Bettlern verstopften Straßen zum Englischen Krankenhaus transportiert worden war.

Nach jenem New York-Besuch, bei dem Elke sich nicht auf die Liebesnacht im Waldorf hatte einlassen wollen, die sie ihr angetragen hatte, akzeptierte Clea schließlich, daß sie Freundinnen waren und weiter nichts. Es war ihnen ganz offensichtlich nicht beschieden, ein Liebespaar zu werden und glücklich und zufrieden bis an ihr Ende miteinander zu leben. Im Gegenteil, die Parole hieß: jede für sich. Elke suchte ihr Heil in der hingebungsvollen Hinwendung zu Skulptur und Metallplastik. Clea mußte selbst etwas finden, woran sie sich halten konnte. Also schnappte sie sich einen jungen dänischen Professor, der für ein Jahr an der Sorbonne lehrte und den sie in der Bibiliothek kennenlernte, wo sie für ihr Frankreichbuch recherchierte.

Johannes, blond und hager, sah aus wie ein Komparse aus einem Bergmann-Film. Seine umdüsterten Augen blickten ständig in die Ferne, als vernehme er ganz schwach das Geheul hungriger Wölfe. Wenn er und Clea im warmen Licht der untergehenden Sonne die Seine entlangbummelten, an Notre-Dame vorbei, rezitierte Johannes wohltönende Verse von Rimbaud und Baudelaire, während Clea unter den Riesensträußen frischer Blumen wankte, die er den Straßenhändlern abkaufte, um sie ihr zu verehren. Er redete viel von einer kleinen, weißgetünchten Kate, in die er sie entführen wolle, droben am Meer, in Nordjütland, wo immer das sein mochte.

Clea merkte zu spät, daß Johannes die Regeln des Spiels nicht beherrschte, das Phil und Turner sie gelehrt hatten, nachdem Grégoire sie mit gebrochenem Herzen hatte sitzenlassen. Johannes trennte sich von seiner Frau, in der sicheren Annahme, daß Clea Turner ebenfalls verlassen würde. Statt dessen verließ Clea Paris, um mit ihrer intakten Familie in einen weitläufigen viktorianischen Bungalow in einer von hohen Mauern umschlossenen Wohnsiedlung auf einem Hügel außerhalb von Bombay überzusiedeln. Von Johannes kamen stapelweise verzweifelte Briefe. Clea las sie auf ihrer Rattangeflecht-Veranda, inmitten der Schalen mit weißen Geranien. Eines Nachmittags, als sie den Blick von seiner jüngsten Selbstmorddrohung hob, um ihn über den palmengesäumten Strand und die trübe Bucht zur Skyline von Bombay hinüberwandern zu lassen, mußte Clea widerstrebend zugeben, daß Pascal recht gehabt hatte: Ihre Unfähigkeit, in Ruhe allein in ihrem Zimmer sitzen zu bleiben, hatte einen bösen Schlamassel heraufbeschworen.

In Bombay waren Cleas Lebensumstände ziemlich ähnlich wie in Paris: Turner die meiste Zeit unterwegs, die Kinder in der Schule und in der Obhut einer englischen Nanny und die Hausarbeit Sache einer Schar von Dienstboten, die ihr jede demokratische Geste nur verübelten. Clea verlegte sich darauf, ausgiebige Erkundungsspaziergänge durch Bombay zu unternehmen, auch wenn ihr indischer Chauffeur darauf bestand, ihr mit dem Jaguar zu folgen, um sie einsteigen zu lassen, wenn sie müde wurde. Am Ende eines dieser Fußmärsche, als sie gerade vor dem Viktoria-Terminal stand und das phantastische venezianisch-gotisch-indosarazenische Gepränge dieses Bahnhofsgebäudes bestaunte, trieben sie die Annäherungsversuche eines leprösen Bettlers, der wie ein Hund auf vier Gliedmaßenstummeln lief und ein Eimerchen für milde Gaben zwischen den Zähnen trug, eilends zu dem wartenden Jaguar zurück. Aber sie hatte bereits das Thema für ihr nächstes Buch gefunden: die architektonischen Relikte der britischen Kolonialherrschaft.

Ihr Frankreichbuch verkaufte sich gut, und Allan Barkham hatte ihr ein paar Aufträge in China und Afghanistan vermittelt. Außerdem wollte er von ihr eine Fotoserie für das *Smithsonian magazine* über die klassischen indischen Tänze. Also meldete sich Clea für einen Kursus in der Nähe der Universität an, wo sie sich die komplizierten Bewegungen anzueignen versuchte, die die alten Mythen tradierten. In ihrem Hang zum Exzeß befand sie, wenn eine halbe Stunde üben gut war, mußte eine Stunde doppelt so gut sein. Bald darauf passierte die Sache mit ihrer Bandscheibe.

Während der darauffolgenden Wochen strikter Bettruhe trafen immer weitere flehentliche Briefe von Johannes ein, aus einer Kopenhagener Nervenklinik. Nachdem sie sie gelesen hatte, blieb ihr nichts anderes, als unbeweglich in ihrem Bett zu liegen und auf das schlechte Bild an der Wand zu starren, das ein Vorbewohner, ein heimwehkranker Schotte, dort zurückgelassen hatte. Es zeigte die schwermütig-düsteren Highlands bei Glencoe. Clea studierte den ganzen Tag über dieses Bild und meditierte über den Verrat – den der Campbells an den MacDonalds und ihren eigenen an Johannes. Ein unschuldiger Flirt zwischen Bibliotheksregalen, der so leicht und beflügelnd begonnen hatte, hatte für ihn im Desaster geendet. Sie hatte geglaubt, es sei ihr gelungen, den Minotaurus zu bezähmen, aber in Wahrheit hatte sie von Turner und Phil lediglich gelernt sicherzustellen, daß am Ende nicht sie diejenige sein würde, die auf der Strecke bliebe. Um das zu bewerkstelligen, hatte sie ihren Körper von ihrem Herzen abgespalten und ihren Verstand von allen beiden. Aber diese Aufspaltung war doch nicht ganz gelungen, denn jetzt, hier in ihrem halbverdunkelten Schlafzimmer, bereitete das Wissen, daß jemand, den sie gern hatte, litt, auch ihr Schmerzen. Sie dachte an sein umdüstertes nordisches Gesicht, ihre Spaziergänge an der Seine im sanften Frühlingsabendlicht, die weiße Traumkate am Meer.

Eines Abends konsultierte sie schließlich ihren Nachhilfelehrer wegen Johannes' Zusammenbruch. Turner, im offenen Sporthemd, braungebrannt von seiner letzten Reise nach Mali, saß in einem kissengepolsterten Bambussessel neben ihrem Bett, während sie ihr auf einem Tablett angerichtetes Abendessen einnahm. Ein hölzerner Deckenventilator rührte die stickige Nachtluft um und bewegte leise das Moskitonetz, das wie ein Brautschleier um ihr Bett hing.

Nachdem er sich ihre Selbstvorwurfslitanei angehört hatte, meinte Turner: «Aber Clea, Johannes ist doch ein erwachsener Mann. Wenn er beschlossen hat, seine Frau zu verlassen, dann war das seine Entscheidung. Du mußt dir nicht selbst schmeicheln, indem du dir einbildest, du wärst mehr gewesen als nur ein willkommener Vorwand. Wenn du einen Stein in einen Teich wirfst, machst du dich doch auch nicht für jede kleine Welle verantwortlich, die ans Ufer schlägt.»

«Aber wenn ich einen Ziegelstein in eine Glasscheibe schmeiße, bin ich doch verantwortlich für die herumfliegenden Glassplitter?» fragte sie. Sie hatte geglaubt, Turner beherrsche die Kunst der zivilisierten Liebesaffäre, aber vielleicht blieben ja in seinem Kielwasser auch lauter gekenterte Lebensschiffchen zurück.

Während der Wochen ihrer allmählichen Genesung kam Clea zu keiner Lösung ihres Dilemmas. Wenn sie in Ruhe allein in ihrem Zimmer blieb, so wie jetzt, litt sie unter Langeweile und Unruhe. Wenn sie aber hinausging und diese Gefühle zu vertreiben versuchte, stiftete sie nichts als Chaos, in ihrem eigenen Leben und in dem anderer. Leere oder Tumult – sie hatte nur die Wahl zwischen Erhängen und Erschießen. Und selbst die Gewissensbisse wegen ihres unverantwortlichen Verhaltens Johannes gegenüber erschienen ihr immer noch leichter zu ertragen, als einsam und allein in diesem dunklen Zimmer herumzuliegen und gar nichts zu tun. Zumal ihr Blick sich jedesmal, wenn sie ihn von dem Glencoe-Bild löste, auf den hölzernen Deckenventilator heftete, der ein schmerzliches Gefühl der Einsamkeit in ihr wachrief und die Erinnerung an Elke und jenen quälenden Nachmittag auf Saint John.

An einem heißen Vormittag, als Kate und Theo um ihr Bett herumlungerten und sich beklagten, daß *ihnen* langweilig sei, fiel Clea ein weiteres Pascal-Zitat ein, das offenbar seit Paris in ihrem Hinterkopf schlummerte: «Wäre unsere Lage wirklich glücklich, bräuchten wir, um glücklich zu sein, uns nicht zu zerstreuen, um nicht an sie zu denken.» Während dieser Wochen im Bett hatte Clea sich zwangsläufig weniger zerstreut. Aber sie war nicht glücklich. Sie war verwirrt, unruhig, von Gewissensbissen geplagt und einsam. Daraus folgte logischerweise, daß sie in ihrer Lage nicht wirklich glücklich war, auch wenn alle sie dafür halten mochten. Die Leute setzten ihre Vitalität und ihren Elan mit Glücklichsein gleich. Doch vielleicht war das alles ja nur Fassade, um ihr Unglücklichsein zu tarnen. Aber warum sollte sie unglücklich sein? Sie hatte doch alles, was eine Frau ihres Jahrhunderts nur begehren konnte – einen charmanten Mann, reizende Kinder, treue Freunde, eine gute Gesundheit (abgesehen von der vermaledeiten Bandscheibe), Talent und einen befriedigenden Beruf, Geld und alles, was man dafür kaufen konnte. Das einzige, was ihr fehlte, war dieses merkwürdige Etwas, das es den Leuten gestattete, in Ruhe allein in ihrem Zimmer sitzen zu bleiben und nichts zu tun. Also beschloß sie, ihre beträchtlichen Energien darauf zu verwenden, sich dieses Etwas anzueignen.

Was sie denn auch prompt in Angriff nahm, nachdem sie ihren Fotoband über die Trutzburgen der britischen Kolonialherrschaft beendet hatte und, im darauffolgenden Jahr, mit ihrer Familie in einem Vorort von Kyoto gelandet war. Für ihr nächstes Buch plante sie eine Bestandsaufnahme der Zen-Meditationsgärten in Japan. Im Zuge dieses Projekts hoffte sie, das Geheimnis jener fernöstlichen Gelassenheit zu erkunden, die es den Japanern ermöglichte, über lange Strekken einfach nur ruhig in ihrem Zimmer zu sitzen. (Bis der Moment kam, da es galt, sich in ein Kamikaze-Flugzeug zu schwingen oder das Harakiri-Schwert zu ergreifen.) Also verbrachte sie etliche Monate damit, im Land herumzuziehen und sparsame Kompositionen aus Sand, Kieselsteinen, Bonsais und Felsbrocken hinter Pagoden und Tempeln zu fotografieren. Aber sie fühlte sich immer noch von der Unrast geplagt und dem Nirwana kein Stückchen näher als bei ihrer Ankunft in Japan.

Eines Nachmittags, in einem Garten hinter einem Heiligtum auf einem Hügel bei Kioto, sah Clea einen Priester mit kahlrasiertem Kopf und einem gegürteten schwarzen Gewand mit einer Gruppe kalifornischer Besucher reden, die lautstark die Partizipation an etwas verlangten, was sie «die Erkenntnis» nannten. Der Priester stand ihnen gutmütig Rede und Antwort, mit einem amerikanischen Akzent, und schaffte es schließlich irgendwie, sie wieder in ihren Bus zu bugsieren, um ihnen dann freundlich nachzuwinken. Für Clea war es eine Offenbarung, daß man einfach zu diesen heiligen Männern hingehen konnte, um sich von ihnen zu holen, was man wollte. Sie hatte immer gedacht, sie müßten einen auswählen aufgrund einer besonders strahlenden Aura oder dergleichen. Und eine weitere Offenbarung war es, daß dieser Priester hier offensichtlich Amerikaner war. Vielleicht konnte sie ja hier eine Art Lehrgang absolvieren. Und nötigenfalls auch Heimat, Karriere und Familie sausenlassen.

Nachdem sie den Priester unter einem alten Ahornbaum gestellt hatte, trug sie ihm ihr Begehren vor, folgen und gehorchen zu dürfen.

Er betrachtete sie leise amüsiert. «Und was genau wollen Sie?» fragte er schließlich.

«Antworten.»

«Worauf?»

«Auf meine Fragen.»

«Versteht sich», sagte er, zu Cleas wachsender Irritation ganz offensichtlich höchst erheitert. «Und welches sind Ihre Fragen?»

Clea sah ihn skeptisch an. Wenn er so besondere spirituelle Gaben besaß, mußte er dann nicht eigentlich wissen, was ihr zu lernen nottat, auch ohne daß sie es ihm erklärte? «Ich will wissen, was ich tun muß, um inneren Frieden zu finden.»

«Oh, das ist ganz einfach.» Er lachte. «Nichts.»

Sie musterte ihn argwöhnisch. Das gleiche hatte Pascal

auch gesagt, und es hatte ihr kein bißchen weitergeholfen. «Und was soll ich denken, während ich nichts tue?»

«Nichts», wiederholte er. «Jetzt hören Sie mal zu», fuhr er, gewissermaßen ins Off, fort. «Das ist nichts, was man sich erwirbt. Es ist etwas, was man zuläßt.» Er lächelte freundlich. «Unser Ziel hier im Kloster ist es, zum Auge des Wirbelsturms vorzudringen, nicht der Wirbelsturm zu werden. Deshalb verfolgen Sie diesen Pfad am besten, indem sie ihn verlassen.»

Damals war Clea empört gewesen. Sie befand, daß dieser Mönch mit seinem Kahlkopf und seiner schwarzen Kutte ein Betrüger war, der die Leichtgläubigkeit seiner westlichen Kulturgenossen ausnutzte. Verärgert bastelte sie sich ihren eigenen spirituellen Trainingsplan zurecht. Sie sang Gebetsformeln vor sich hin, bis sie heiser war, stand auf dem Kopf, bis sie aus der Nase blutete, und meditierte, bis ihre Ohren von Sphärenklängen dröhnten. (Ihre jährliche Generaluntersuchung während des Weihnachtsurlaubs, vor ihrer Übersiedlung nach Sidney, ergab dann allerdings, daß es sich um Ohrenklingen in Folge einer beginnenden Otosklerose handelte.) Jetzt hingegen dachte sie, daß dieser Priester wohl ein weiser Mann gewesen war. Denn mittlerweile hatte sie erkannt, daß er ihr Grundleiden tatsächlich korrekt diagnostiziert hatte: Was immer sie unternahm, gestaltete sich zu einer rasenden Feuersbrunst. Es richtete einen Haufen Unheil an, ehe es von selbst wieder verglomm.

Aber Roches Ridge, dem schon die letzten zweihundert Jahre im großen und ganzen nichts hatten anhaben können, war etwas Beständiges. Und Clea würde diesmal auch beständig sein. Jetzt, da sie still in ihrem Haus in diesem Städtchen mitten in Vermont saß und ihre Vergnügungen auf ein Minimum reduziert waren, würde sie in die Fußstapfen all jener Generationen treten, die in diesen vier dicken Steinwänden ihre unspektakulären, aber untadeligen Leben gelebt hatten. Ihre Geister würden mit ihr sein und sie stützen. Sie würde endlich Frieden und Erfüllung finden statt der Unrast und

Langeweile, die sie immer wieder in alle diese Tumulte gestürzt hatten.

Ein Klopfen an der Tür ließ Clea zusammenfahren. Sie duckte den Kopf zwischen die schmerzenden Schultern. Wer konnte das sein, um diese Zeit? *Sie kniete in einer Öllache zwischen Big-Mac-Kartons, und ein Mann, der ihr eine Pistole an die Schläfe hielt, fuhr ihr durchs Haar*... Sie riß sich zusammen und stand auf. Ihre Türen hatten keine Schlösser, und ein Eindringling würde sicher nicht erst anklopfen. Sie öffnete die Tür. Draußen stand eine mausgraue Frau in mittleren Jahren mit glatten braunen Haaren, das Gesicht so dick mit Make-up verkleistert wie Tammy Faye Bakker, in der Hand ein Kunstlederköfferchen.

«Hallo. Mein Name ist Ida Campbell. Loretta Gebo hat gemeint, ich sollte doch mal bei Ihnen vorbeischauen, für den Fall, daß Sie Interesse an irgendwelchen Avon-Produkten haben.»

«Oh, das ist aber nett. Ich bin Clea Shawn. Möchten Sie nicht hereinkommen. Vorsicht», sagte Clea, während sie einen Bogen um die Spanplatten schlugen, um sich am Kamin niederzulassen.

«Ich weiß. Ich habe schon gehört, daß Ihre Badewanne in den Keller gekracht ist.»

«Ach ja?» Auf Cleas Gesicht trat ein gehetzter Ausdruck. «Setzen Sie sich doch bitte. Entschuldigen Sie das Durcheinander, aber wie Sie sehen, bin ich gerade am Renovieren.»

«Das ist gut», sagte Ida. «Noch so ein Schneewinter, und der ganze Kasten wäre zusammengebrochen. Hier ist unser neuer Katalog. Frisch aus der Druckpresse.»

Clea nahm ihn in die Hand. «Es ist sehr freundlich von Ihnen, daß Sie hergekommen sind, Ida. Aber momentan bin ich noch mit Kosmetika eingedeckt. Ich habe mir sowieso vorgenommen, die Schminkerei zu reduzieren, jetzt, wo ich hier auf dem Land wohne.»

Ida sann über diese Auskunft nach. Offenbar hatte sie Roches Ridge noch nie als «auf dem Land» betrachtet.

«Ich meine, verglichen mit New York», setzte Clea hinzu. «Wo ich mit Unterbrechungen die letzten fünfundzwanzig Jahre gelebt habe.»

«Wir führen auch Heimpflegeartikel.»

«Wenn ich erst mal ein Heim habe, werde ich sie bestimmt alle gebrauchen können.» Clea lachte.

«Dann komme ich wohl besser später noch mal wieder?»

«Wenn Sie die Freundlichkeit hätten.» Und um die Abfuhr abzumildern, setzte Clea hinzu: «Sie kennen also Loretta?»

«Loretta kennt doch jeder hier. Sie bezieht ihr Haarspray von mir», sagte Ida stolz, während sie die Nikon musterte, die, zusammen mit mehreren Objektiven, auf dem Kaminsims lag. «Sie sind Fotografin?»

«Ich versuche es.»

«Verstehe. Es ist schwer, der Kunst treu zu bleiben, bei all den Versuchungen, sich zu prostituieren.» Ida sah auf ihre Hände, die gefaltet in ihrem Schoß ruhten.

«Sind Sie auch Fotografin?»

«Schriftstellerin.»

«Und was schreiben Sie?»

«Romane. Ich arbeite gerade an meinem zweiten Werk.»

«Könnte ich Ihr erstes kennen?»

«Es ist noch nicht veröffentlicht. Aber vielleicht bald.»

«Das ist ja toll. Ich habe ein paar Fotobände gemacht. Reisebücher, genauer gesagt. Aber ich hätte keine Ahnung, wie ich einen Roman anpacken sollte.»

«Ich bin Autodidaktin.» Ida stand auf, förderte eine Visitenkarte aus ihrem Köfferchen zutage und streckte sie Clea hin. «Aber es ist Essenszeit, und ich will Sie nicht länger aufhalten. Rufen Sie mich an, wenn Sie einen Wunsch haben. Aber schieben Sie es nicht zu lange hinaus. Wenn mein Buch erscheint, sage ich Avon adieu.»

Während Ida in einen klapprigen grünen Chevy stieg, warf Clea sich vor, daß sie nichts gekauft hatte. Ihre Kleinstadtmanieren waren genauso rostig wie Idas Auto.

Clea lag wach in ihrem dunklen Schlafzimmer im Obergeschoß, durch dessen eines Fenster ein Scheinwerfer vom Nachbargrundstück hereinleuchtete. Vom Marshschen Hinterhof drang eine Art Knistern herüber, gelegentlich unterbrochen von einem kleinen Knall. Sie zog sich ihren wollenen Morgenmantel über und trat ans Fenster. Hinter dem Staketenzaun brannte ein violettes Insektenlicht, das dieses gespenstische Brutzelgeräusch von sich gab.

Während Clea sich fragte, ob sie die Marshs wohl bitten konnte, das Ding spätabends auszuschalten, wanderte ihr Blick zu dem Autowrackhügel jenseits des Insektenlichts auf der Rückseite des Hauses. Oben auf dem Hügel stand, mit einem Brecheisen bewehrt, ein muskulöser junger Mann in Arbeitsstiefeln und verdreckten Jeans, die auf seinen Hüftknochen hingen. Obwohl sein Atem Wölkchen bildete, trug er kein Hemd, und über seinen kupferfarbenen Brustkorb rannen Schweißbäche. Im Profil hatte er eine leichte Adlernase. Als er innehielt, um sich das schwarze Prinz-Eisenherz-Haar aus dem Gesicht zu streichen, schienen seine dunklen Augen Cleas Blick zu begegnen. Aber sie stand ja im Dunkeln und war in Wirklichkeit wohl von dort draußen gar nicht zu erkennen.

Wieder im Bett, vergrub Clea ihren Kopf unter einem Kissen. Sie beschloß, gleich am nächsten Morgen wegen dieser nächtlichen Insektenexekutionen bei den Marshs vorzusprechen. Sie konzentrierte ihre Gedanken resolut auf Turner und fragte sich, was er wohl jetzt gerade mache, in Mexico City. Sie sah ihn vor sich, wie er, einen Sombrero auf dem Kopf, mit einer Flamencotänzerin Tequila trank. Sein unersättlicher Lebenshunger machte ihr zwar manchmal zu schaffen, aber letztlich war er es, der sie immer wieder zu ihm zurückzog.

Eine Stunde später lag Clea, aufgeputscht durch die ärgerbedingten Adrenalinstöße, noch immer wach. Sie drehte das Licht an, nahm ihr Notizbuch und schrieb: «Liebe Elke – ach, verdammt, wenn ich doch nur ein Telefon hätte! Ich muß Dir so viel erzählen – von meinem Buch, der Renovierung, den Leuten, die ich hier kennenlerne. Aber wo bist Du? Du hockst auf Deinem Schrott-Einbaum, umzingelt von lauter Psychopathen. Wo Du doch hier sein könntest, umgeben von Bergen und Wäldern. Wo bleibt nur Dein Sinn für das Schöne? Mit dem Haus geht es prima voran, bis auf ein kleines Problem mit den Fußbodenbalken. Zum Buch: Ich plane, meinen Fotos von Roches Ridge ein paar Archivaufnahmen gegenüberzustellen, um zu demonstrieren, wie wenig sich hier geändert hat. «Amerika abseits der Zeit.» Bislang habe ich Bekanntschaft mit der Lebensmittelhändlerin und der Posthalterin geschlossen. Ich wette, sie haben noch nie etwas von Acuras gehört, oder von Büffelmilch-Mozarella oder Olivenöl Pure Virgine Extra.»

Sie hielt inne. Jared McQueen mit seinen türkisfarbenen Stacheln, Ida Campbell mit ihrem Köfferchen voller Kosmetikartikel, Zeno Racine mit seinem Tri-Delt-Tank, der rotbärtige Mann in dem gelben Dodge Ram-Kombi... Sie verscheuchte sie rasch aus ihrem Kopf.

«Und noch eine Idee für das Buch: Fotos von alten Grabsteinen neben Porträts von lebenden Roches Ridgern gleichen Namens. Aber davon später mehr, geliebte Freundin. Ich vermisse Dich heftiger, als Du es Dir irgend vorstellen kannst. Alles Liebe, Clea.»

Einsam und mit schmerzendem Rücken trat Clea wieder ans Fenster, um dem jungen Mann von nebenan dabei zuzuschauen, wie er sich beugte und streckte, in die Knie ging und seine Muskeln sich spannten, während er mit dem Brecheisen einem der Autowracks zu Leibe rückte. Ein brauner Kombi ohne Licht tauchte auf der Straße vor dem Marshschen Haus auf. Er fuhr rückwärts in die Einfahrt neben dem Staketenzaun. Auf der Seitentür stand: ORLONS KÖDER- UND ANGLERBEDARFS-SHOP. Der Kombi hielt neben dem Schuppen hinterm Haus. Ein nagetierartig aussehender Mann in einem olivgrünen Overall sprang heraus und nickte kurz in Richtung des jungen Burschen, der jetzt von seinem

Turm aus rostigem Blech herunterkletterte. Die beiden Männer schleppten irgend etwas Voluminöses aus dem Auto in den Schuppen. Die Türen versperrten Clea die Sicht.

Als Clea am nächsten Morgen vor der Marshschen Haustür stand, hörte sie die Erkennungsmusik der Familie-Feuerstein-Zeichentrickserie. Der Wind trug von hinter dem Haus einen unangenehm stechenden Geruch heran. Neben der Tür lehnten zerschundene Schneeschuhe. Auf der anderen Seite häuften sich drei alte Autositze und ein paar rostige Maytag-Waschmaschinen. An der Schindelwand hingen mehrere große Raubvogelschwingen und Geweihe. Die Tür selbst war so voller Kerben und Narben, als hätte jemand mit der Axt auf sie eingeschlagen. Der junge Mann von letzter Nacht öffnete, barfuß und in schmuddeligen Jeans, die ihm tief auf den Hüftknochen hingen. Auf dem Unterarm, der den Türgriff hielt, stand in kunstlosen blauen Lettern eintätowiert: BORN TO DIE. An der Wand des unordentlichen Zimmers, das sich hinter ihm auftat, hing ein großes, roh zurechtgezimmertes Holzkreuz und daran das gebleichte Skelett irgendeines Nagers, der Schädel mit einer Dornenkrone aus Stacheldraht umwunden. Diverse schmuddelige Kleinkinder lagerten auf dem Fußboden vor dem Fernsehapparat und verdrückten händeweise Kräcker aus einer Pappschachtel.

«Hallo. Ich bin Ihre neue Nachbarin, Clea Shawn.»

Der junge Mann nickte. Clea wartete auf eine darüber hinausgehende Reaktion. Als keine kam, sagte sie: «Ich habe das Problem, daß Ihr Insektenlicht mich am Schlafen hindert. Würde es Ihnen etwas ausmachen, es, sagen wir, um zehn Uhr auszuschalten?»

In seine dunklen Augen trat ein empörtes Funkeln, auch wenn sein Gesicht ansonsten unbewegt blieb. «Geht nich.»

«Warum nicht?»

«Weil die Biester sonst die Kleinen beißen.»

«Um diese Jahreszeit gibt es keine Stechmücken.» Clea spürte, wie ihr Rücken sich versteifte.

Der junge Mann sah sie immer weiter stur an, die Hand auf der Türklinke.

Kaum je war es Clea gelungen, so rasch so viel Ablehnung hervorzurufen. Aber es war ihr mittlerweile völlig egal, was ihr mürrischer junger Nachbar von ihr dachte. Sie wollte nur ihren ungestörten Nachtschlaf. «Also, würden Sie es bitte ausschalten?»

Mit einem knappen Nicken knallte er ihr die Tür vor der Nase zu.

23 Dacron Marsh

Jeezum, dachte Dack, während er sich in einen waschbärfellbezogenen Sessel fallen ließ und sich wieder seiner Familie Feuerstein zuwandte. Diese Flachländer übernahmen so langsam den ganzen verdammten Staat. Besser, sie würden sie in die Skigebiete einsperren wie in Naturschutzparks. Sie sahen ja auch aus wie irgendwelche komischen, seltenen Vögel, wenn sie in ihren knallbunten Anoraks und ihren neonfarbenen Astronautenstiefeln in Alpine Glen rumstapften. Sein Job war es, mit einem Besen den Schnee von den Sesselliftsitzen zu fegen. Die Mädels guckten immer an ihm runter, an seinem Karohemd, seinen Hosenträgern und Wollstoffhosen und Gummistiefeln, und kicherten, wenn sie davonschwebten. Manchmal flatterte gerade noch das Wort «Waldschrat» an sein Ohr. Und dieser Jacobs, der komische Knilch mit der Augenklappe, der immer wollte, daß er mithelfen solle, die Xerox-Fabrik anzuzünden, der nannte ihn andauernd einen Bauern. Er rieb sich über das BORN TO DIE auf seinem Unterarm, das er sich während des Unterrichts in Heimatgeschichte an der Mink Valley High mit dem Taschenmesser eingeritzt und dann mit Kugelschreiber blau ausgemalt hatte.

Aber im Grunde konnte es ihm völlig piepe sein, was irgendwelche dummen Puten aus Connecticut oder einäugigen Armleuchter von College-Professoren von ihm dachten, weil er sowieso bald aus Roches Ridge verschwinden würde. Er wollte zu den Skijägern, die auf den Pisten von Alpine Glen ausgebildet wurden. Auch wenn er nicht kapierte, warum sie mitten im Schnee Dschungel-Tarnanzüge trugen. Im Krieg würden sie perfekte Zielscheiben abgeben. Aber wahrscheinlich hatten sie irgendwo weiße Tarnanzüge, die sie für den Ernstfall aufsparten. Oder hatte einfach noch keiner gemerkt, daß es das Grün auf dem Schnee nicht brachte? Der, der dafür verantwortlich war, mußte ein ziemlicher Schwachkopf sein.

In der Schule hatte er ein Buch über die Polar-Scouts gelesen. Die schützten Amerikas Grenzgebiete droben im hohen Norden vor Sabotageanschlägen auf Frühwarnstationen und sowjetischen Raketen-U-Booten, und zwar mit Eismessern und einschüssigen Lee-Enfield-303. Sie konnten bei minus zwanzig Grad einen Motorschlitten mit bloßen Händen reparieren, im eisigen Sturm Iglus errichten, Fischlöcher in anderthalb Meter dickes Eis schlagen und sich ohne Karte und Kompaß zurechtfinden.

Während Dack sich eine Handvoll Kräcker in den Mund schob, zählte er im Geist die Probleme auf, die zwischen ihm und der Laufbahn als Skijäger standen. Erstens konnte er nicht Ski fahren. Joanne, eine von den Skilehrerinnen droben in Alpine Glen, gab ihm ab und zu mal eine Stunde, aber er landete immer als klägliches Häufchen vor ihren Füßen. Aber wenn die Armee ihn nahm, würden sie ihn dort ausbilden. Und nehmen würden sie ihn wohl schon, wenn er wirklich Halbindianer war, weil die Polar-Scouts auch meistens Eskimos waren. Alle im Ort behaupteten, sein Vater sei ein Abenaki gewesen, der eine Zeitlang im McGrathschen Steinbruch gearbeitet habe. Seine Mutter Waneeta hatte das zwar noch nie bestätigt, aber sie stritt es auch nicht ab.

Das zweite Problem war das Heimweh. Sein Bruder Ray hatte ihn mal zu einem Red-Sox-Spiel mitgenommen, und sie hatten im Koala-Motel gleich bei Boston übernachtet. Dack hatte die ganze Nacht wach gelegen und sich nach seiner Matratze daheim in dem großen, zugigen Haus in Roches Ridge gesehnt. Und wenn er sich schon in Boston und mit Ray so beschissen fühlte, wie würde er sich dann erst in einem Iglu fühlen, unter einer Horde von Fremden?

Aber es gab auch eine Menge, was er bestimmt nicht vermissen würde, zum Beispiel die Jagdzeit und Orlons Fallen. Als er noch ein kleiner Junge gewesen war, hatten Ray und Orlon ihn immer in ein Jagd-Camp am Mount Abraham mitgenommen. Tagsüber pirschten sie mit ihren Gewehren durch den Wald, und die Abende brachten sie damit zu, Millers zu trinken und bei Taschenlampenlicht Schießübungen zu veranstalten. Er lernte, daß es wichtig war, das Tier gleich richtig zu treffen, denn wenn es erst verwundet war, hatte es mehr Blut in den Muskeln, wenn es starb, und dann hatte das Fleisch einen strengen Wildgeschmack. Und er lernte, daß das Geweih und der Äser unversehrt bleiben mußten, wenn man die Trophäe herrichten wollte. Er sah Orlon zu, wie er die erlegten Tiere vor Ort aufbrach, indem er sie hinlegte, das Bauchende zu sich, und sie vom Brustbein her aufschlitzte, um die Innereien heil herausziehen zu können. Und Orlon brachte ihm auch bei, die toten Tiere aus der Decke zu schlagen, die Häute sauberzuschaben und einzusalzen.

Eines Tages beschlossen seine Brüder, es sei jetzt an der Zeit, daß er selbst sein erstes Stück Wild erlege, und sie postierten ihn unter ein paar Ahornbäumen, an einem steilen Felshang. Dann trieben sie einen Achtender genau auf ihn zu. Er legte an und bekam das Tier auch prima ins Visier – aber er konnte nicht abdrücken. Orlon kam zu ihm gerannt und schimpfte ihn einen verdammten Idioten. Dack fing an zu heulen und warf das Gewehr auf den Boden. «Ich kann's nicht», schluchzte er.

«Und warum nicht, verflucht noch mal?» Aus Orlons dunklen Augen blitzte Verachtung, und seine Zunge schnellte hervor, um über das schmale schwarze Schnauzbärtchen zu lecken.

«Weil ich nicht *will*», blubberte Dack.

Ray tätschelte ihm die Schulter. «He, warum sagst du das nicht gleich, Brüderchen? Ich hab mir selbst auch nie viel draus gemacht. Komm, laß uns heimgehen.»

Orlon schimpfte sie beide verdammte Tunten, aber Dack war das egal. Und wenn Orlon ihn seine Fallen kontrollieren schickte, dann ließ Dack die Tiere laufen, wenn sie nicht zu schlimm verletzt waren. Und wenn es sie schlimm erwischt hatte, schnitt er ihnen die Gurgel durch, was Orlon immer auf die Palme brachte, weil er sie mit dem Knüppel erschlagen wollte, damit die kostbaren Felle unbeschädigt blieben. Dack versuchte wiedergutzumachen, was er den Tieren angetan hatte, indem er ihnen aus ihren Knochen und Fellen Denkmäler bastelte. «Dacks Schweinigeleien», wie Orlon sie nannte.

Dack sah empor zu seiner gelungensten Schweinigelei an der Wand über dem Fernseher. Ein Holzkreuz mit einem Bisamrattenskelett dran. Orlon sagte, es sei Gotteslästerung und er solle es runternehmen. An der Wand gegenüber hing ein Rippenkorb mit einem Schädel, ein paar Röhrenknochen und Fellfetzchen. Er konnte sich zwar nicht vorstellen, wie er in der Hudson Bay Karibus töten sollte, wenn er es nicht mal schaffte, einen Bock am Mount Abraham zu schießen. Aber Arktis-Scouts lebten von dem, was die Natur ihnen bescherte, und er hatte den Verdacht, daß er ohne den IGA gleich die Straße runter genauso unter den Karibus aufräumen würde wie die größten Jäger dort oben.

Vielleicht würde die Armee ja einen Mann aus ihm machen. Orlon meinte immer, das hätte er dringend nötig. Aber wenn Orlon das Musterbeispiel für einen Mann war, wollte er lieber drauf verzichten. Orlon konnte zum Beispiel einfach kein Geld aus seinen krüppeligen Händen geben. Er war ein mieser Knicker, der die ganze Zeit davon redete, wie er das Marshsche Familienvermögen wiederherstellen wolle, und dabei seine eigene Mutter in Kleidern aus den Koffern in den Autowracks rumlaufen ließ, die Ray anschleppte, und zusah, wie sie für die reichen Xerox-Weiber drüben in Colonial Estates putzen gehen, vor dem Rathaus um Gratiskäse anstehen und mit Lebensmittelgutscheinen einkaufen mußte.

Ray sagte, Orlon sei so dumm, daß er immer meine, er fahre nach Süden, wenn es bergab ging. Und dann die Geschichte mit seinen kleinen Fingern. Den einen hatte er sich abgesäbelt, als er einen Hirschkopf für irgendeinen Industriefritzen aus Boston präpariert hatte. Und als er Ray zeigen wollte, wie es passiert war, hatte er sich den anderen versehentlich auch noch abgehackt. Und diese krummen Sachen mit Sonny Coffin hinten im Schuppen würden sie noch alle ins Kittchen bringen.

Dacks drittes Problem, was seine Zukunft bei den Skijägern anging, war Prudence Webster. Morning Glory, wie sie ihm immer einschärfte, wenn sie zusammen am Mink Creek saßen und den Kaulquappen beim Wachsen zuguckten. Sie waren zusammen auf der Mink Valley High gewesen, aber sie hatte sich immer nur mit den Sportskanonen und Klugscheißern abgegeben. Und er hatte auf der anderen Straßenseite drüben mit den Qualmern und Kiffern rumgehangen. Aber jetzt, wo sie drunten am Mink Creek lebte, tauchte sie dauernd auf mit ihrem roten Tuch um den Kopf, wenn er die Fallen kontrollierte. Er stritt sich schon mit Ray darum, wer nach den Fallen schauen durfte.

Obwohl sie dort unten bei diesen Lesben hauste, sah sie wirklich nicht aus wie eins von diesen Mannweibern, wenn sie in ihren engen, ausgebleichten Jeans aus dem Wald geschlendert kam. Bisher hatten sie nichts gemacht als geredet. Sie erzählte, wie satt sie es hatte, sich jedesmal einen Vortrag anhören zu müssen, wenn sie sich etwas Eßbares zwischen die Zähne schob. Und wie diese Obertussi, Starwars oder so ähnlich, sie andauernd ermahnte, tapfere Kriegerinnen zu sein, wo sie, Morning Glory, doch weiter nichts wollte, als sich als Hasenfuß durchs Leben zu mogeln. Und wie diese Starwars immer tönte, daß alle Frauen Schwestern seien, während sie, Morning Glory, manche wirklich zum Kotzen fand. Und wie die Frau, die sie am meisten gemocht hatte, Ishtar, sich verdrückt und das Karma-Café aufgemacht hatte und wollte, daß Morning Glory mit ihr durchbrennen sollte. Und daß sie solche Angst vor dieser Starwars hatte, weil sie Ishtar mit ihren Karatetritten fast allegemacht hatte. Dack hätte ihr gern gesagt, diese Starwars würde er schon übernehmen, aber er war sich nicht sicher, ob er das schaffen würde. Sie war ein gottverdammter Schrank von einem Weib. Er wußte zwar nicht genau, was Morning Glory vorhatte, aber er wollte jedenfalls nicht wegen irgendeiner blöden Grundausbildung im Schnee darauf verzichten, es rauszukriegen.

24 Nichtangriffspakte

Während Elke auf das italienische Restaurant in der Morton Street zusteuerte, dachte sie, wie seltsam es war, Turner Shawn allein zu treffen, nach all den Jahren familiärer Geselligkeit an Geburts- und Festtagen. Ihre Liebe zu Clea verband sie, aber zugleich stand zwischen ihnen immer der leise Neid auf die Macht, die der jeweils andere über sie hatte. Und doch waren es öfter als einmal Elkes Entscheidungen gewesen, die Turners Vormachtstellung erhalten hatten.

Nachdem die Turners nach Paris übergesiedelt waren, wanderte Elke im Village herum, vorbei an all den Restaurants, wo sie und Clea sich Gerichte bestellt hatten, die dann fast unberührt geblieben waren, weil sie beide nur nacheinander gehungert hatten. Sie versuchte, sich einzureden, daß Cleas Weggang eine gute Lösung ihrer verfahrenen Situation war. Sie wollte ja auf keinen Fall eine Familie zerstören. Und was immer Clea behaupten mochte – sie hatte sehr wohl konventionelle Züge und brauchte einen normalen amerikanischen Haushalt und einen Vater für ihre Kinder. Auch wenn sie sich gern als das Provinzkind aus dem mittleren Westen hinstellte, war sie doch eine stilbewußte Angehörige der herrschenden Klasse, die genau wußte, was man wann anzuziehen, zu sagen und auf den Tisch zu bringen hatte. Sie würde es nicht verkraften, der Verachtung ihrer Kreise ausgesetzt zu sein. Sie würde es als demütigend empfinden, in einer schmuddeligen Bohemeatmosphäre mit einer Frau zusammenzuleben, und mit Sicherheit früher oder später ihren Ärger an Elke auslassen. Und dennoch schien der leere Sessel in ihrem Atelier, in dem Clea sonst immer gesessen hatte, ihrer rationalen Einsicht zu spotten. Und Cleas muntere Briefe über das Leben und Treiben der multinationalen Geschäftswelt im alten Europa machten es auch nicht besser.

Elke begann, nachts von früheren Verlusten zu träumen – ihrem Vater, der am Strick baumelte, ihrer Mutter, die kalt und blau auf dem Wohnzimmerteppich lag, ihrem Bruder, der auf einem tunesischen Behelfsflugplatz in Stücke gerissen wurde, dem Haus ihrer Kindheit, das sich in eine verkohlte Ruine verwandelte, ihrer Heimat, die plötzlich nur noch ein Leichenacker war, ihren Landsleuten, die als verstümmelte Zombies durch die Gegend geisterten. Alles, was Elke je geliebt hatte, war irgendwann verschwunden, und mit Clea würde es ihr auch so ergehen. War es ihr schon so ergangen. Elke wachte im Morgengrauen auf, schweißgebadet, zitternd und weinend. Terence hielt sie steif in den Armen und redete ihr beruhigend zu, aber ohne rechte Überzeugungskraft. Die Panik ihrer Nächte wechselte mit dem öden Grau ihrer Tage, die sie damit zubrachte, verbissen die Verlustszenen ihrer Träume auf Papier zu bannen, in der Hoffnung, sie auf diese Weise exorzieren zu können.

Aber schließlich kam dann, auf einen verzweifelten Brief von Elke hin, ein echter Antwortbrief von Clea, in dem sie schilderte, was wirklich in ihr vorging, und unter anderem schrieb, daß sie Elke schrecklich, schrecklich vermisse und oft in einem Café in der Nähe des Pont Mirabeau sitze und die Kontaktabzüge der Aufnahmen von ihr betrachte. Elke bewahrte diesen Brief in der Brusttasche ihres Hemds, dicht bei ihrem Herzen, und las ihn, sobald sich die Dämonen regten. Anders als bei ihren früheren Verlusterfahrungen hatte Clea sie nicht für immer verlassen, war der Schmerz nicht einseitig.

Durch dieses Wissen gestärkt, startete Elke einen halbherzigen Ausflug in die kollektive Aufbruchsatmosphäre der frühen siebziger, auf der Suche nach jemandem, der Cleas Stelle einnehmen könnte. Nur weil Clea eine Gefangene des kapitalistischen Traums war, brauchte Elke es ja nicht auch zu sein. Sie schloß sich einer Künstlerinnengruppe namens Arts Alive an, die es sich zum Ziel gesetzt hatte, die Kluft zwischen den Kunstschaffenden und ihrer Lebensumwelt zu überbrücken. Ihr erstes Projekt bestand darin, eine müllübersäte Baulücke im East Village zu säubern, Sonnenblumen anzupflanzen, Heuballen heranzukarren und bemalte hölzerne Umrißfiguren von Kühen und Bäumen aufzustellen. Elke genoß die schweißtreibende körperliche Arbeit und das klare Ziel, eine wunderbare Erfahrung nach all den Jahren diffusen Experimentierens, das ihr einsames Schaffen zumeist ausmachte.

Als nächstes breitete die Gruppe weiße Bettlaken auf der Siebten Avenue aus. Motorrad-, Lastwagen- und Autofahrer rollten durch Farbpfützen und dann über die Laken und hinterließen ein Labyrinth von Reifenspuren. Dieses farbenfrohe Stück Kollektivkunst hängten sie in einem vielbesuchten Lokal auf.

Für eine Antikriegsausstellung von Arts Alive fand Elke auf der Straße eine weggeworfene Stoffpuppe, aus deren schmutzigem, zerschlissenem Körper die Füllung hervorquoll. Sie erstand ein paar Spielzeugsoldaten und arrangierte sie in einer verwüsteten Landschaft um die liegende Puppe. Die Bajonette der Soldaten bohrten sich in die Wunden des Stoffleibs.

Während dieser Monate gab es etliche Frauen, die offenbar spürten, wie fasziniert und zugleich widerstrebend Elke ihrer Welt gegenüberstand, und die ihr die Hand hinstreckten, um sie zu ermutigen, den Sprung auf den Wagen der lesbischen Emanzipation zu riskieren. Elke dachte oft, wenn sie und Clea jünger wären, würden sie auch zu dieser unbekümmerten Generation gehören, für die ein lesbisches Intermezzo fast schon obligatorisch war. Nachdem sie auf der Kunstakademie und auch anschließend den weiblichen Körper mit den Augen bis in alle Einzelheiten erforscht hatte, mußte sie – zumindest vor sich selbst – gestehen, daß sie durchaus den Drang verspürte, ihn auch mit ihren übrigen Sinnen zu erkunden. Diese

Frauen mit ihrem Selbstbewußtsein und ihrem Humor gefielen Elke sehr. Diese Tatsache und der Umstand, daß die meisten von ihnen ganz in ihrer Nähe wohnten, würden es ihr aber unmöglich machen, sich nach einer Woche oder einem Monat einfach abzusetzen. Clea hatte recht: eine Affäre mit einer Frau würde sich bestimmt nicht so einfach gestalten, wie Elke es auf Saint John hinzustellen versucht hatte. Aber wenn sie sich schon weigerte, ihr sicheres, geordnetes Leben für Clea aufs Spiel zu setzen, würde sie es für irgendeine andere Frau schon gar nicht tun, so anziehend sie sie auch finden mochte. Elke sah sich ratlos und verwirrt, weil sexuelle Treue doch gar kein Wert war, den sie hochhielt, und schon gar nicht die sexuelle Treue einem Menschen gegenüber, mit dem man nie geschlafen hatte.

Als die Frauen dann mehrheitlich beschlossen, als nächste künstlerische Performance Superkleber in die Schlösser sämtlicher Uptown-Galerien zu schmieren, trennte sich Elke widerstrebend von dem Kollektiv, weil sie das Gefühl hatte, daß ihr eigener künstlerischer Prozeß die Isolation verlangte, die sie dort zu vermeiden suchte. Und sobald sie sich ihr wieder ausgesetzt hatte, merkte sie, warum. Die Skizzen von Clea mit ihren Kindern, der kurze Blick auf ihren nackten Körper unter der Dusche auf Saint John und das Antikriegstableau mit der Puppe und den Spielzeugsoldaten kombinierten sich in ihrem Inneren mit den Schreckensbildern ihrer Träume zu einer neuen Vision – einer schwangeren Frau mit prallen Brüsten, die tot zwischen den Ruinen eines zerbombten Hauses lag, die Beine gespreizt, als sei eine Horde von Vergewaltigern über sie hergefallen. Elke fertigte Dutzende von Studien, in Tusche, Buntstift, Kohle, Kreide und Wasserfarbe. Sie probierte es mit Radierung, Lithographie und Holzschnitt. Nichts von alledem befriedigte sie.

Dann bekam sie eines Tages einen Brief von Clea, in dem sie schrieb, daß sie sich auf ihr Drängen hin Käthe Kollwitz' granitenes Elternpaar auf dem Soldatenfriedhof angesehen habe, wo Elkes Onkel lag. Sie entschuldigte sich, weil sie zu erschüttert gewesen sei, um Aufnahmen zu machen. Als Elke, in ihrem Atelier sitzend, diesen Brief las, dachte sie daran zurück, wie sie selbst diese Figuren als junges Mädchen gesehen hatte. Sie hatten sich vor ihr aus einem Feld von weißen Kreuzen und rotem Mohn erhoben, fast wie eine natürliche Felsformation. Sie erinnerte sich, wie sie damals gedacht hatte, daß sie sich wünschte, Objekte schaffen zu können, die in den Menschen, die sie betrachteten, solche Gefühle weckten, wie sie sie verspürte.

Während sie die Steinfiguren vor ihrem inneren Auge heraufbeschwor, begriff Elke plötzlich, was das Problem mit der Schwangeren Frau war: Sie hatte das Bedürfnis, die Rundungen mit ihren Händen formen und glätten zu können, statt sie nur mit Hilfe von Linien und Schatten auf dem Papier erstehen zu lassen. Unter Rückgriff auf das, was sie an der Akademie gelernt hatte, versuchte sie es zuerst mit Gips, dann mit Ton. Der Ton ergab zwar genau den zart-schweren Effekt, den sie für die Brüste und den Bauch brauchte, aber nicht das Zerklüftete, Ausgebrannte der Ruinen. Sie modellierte ein paar Hohlkörper aus Ton und brannte sie im Brennofen einer Freundin. Dann ließ sie so lange Lithoplatten darauf fallen, bis sie die Trümmer hatte, die sie wollte. Aber noch immer gelang es ihr nicht, die Konturen und Formen zu erzielen, die ihr vorschwebten. Also meldete sie sich zu einem Schweißkurs an einer Berufsschule an. Sie begann, mit Metallabfällen zu experimentieren.

Mitten in dieser Phase kam Clea nach New York, um ihr Frankreichbuch unter Dach und Fach zu bringen. Sie stand eines Abends plötzlich in Elkes Ateliertür, in einer mahagonifarbenen Lederjacke und Jeans, die Wangen rot vom Winterwind. Elke holte tief Luft. Völlig in das Experimentieren mit ihrer neuen Skulpturtechnik versunken, hatte sie geglaubt, Clea gegenüber immun zu sein. Aber als sie sich zur Begrüßung küßten, merkte sie, daß dem nicht so war und vermutlich in dieser Welt auch nie sein würde. Sobald Clea auftauchte, fühlte sich Elke, als hätte jemand den Stromregler aufgedreht.

Die Haare auf ihren Unterarmen schienen senkrecht abzustehen.

Clea öffnete den Reißverschluß ihrer Jacke und enthüllte einen engen schwarzen Rollkragenpullover über den vollen Brüsten, die Elke sich bei der Arbeit an ihrer Schwangeren Frau so ausgiebig vergegenwärtigt hatte. Sie ließen sich in ihre angestammten Sessel fallen und begannen, den Klatsch und Tratsch aufzuarbeiten, der nicht per Brief über den Atlantik gereist war. Clea wirkte ein bißchen aufgedreht. Ihre Augen hatten einen merkwürdigen Glanz, und ihre Lippen zitterten, wenn sie lächelte. Schließlich sagte sie, Elke ins Gesicht sehend: »Also, Elke – was gibt es Neues in deinem Leben? Oder besser, wen gibt es Neues?»

Elke packte ein Taumelgefühl. Immer wieder gab es diesen Moment, in dem eine von ihnen, nachdem das Geplänkel absolviert war, unter der verbalen Capa der anderen hindurchtauchte und direkt zu ihrem Herzen vordrang. Elke bezwang das Taumelgefühl, indem sie überlegte, warum Clea offenbar in ihrer Arbeit nicht in der Lage war, einen ähnlich entschlossenen Vorstoß zu wagen – über das visuelle Geplänkel hinauszugelangen, hin zum Substantiellen. Ihre Fotos für das Frankreichbuch, die sie Elke gerade gezeigt hatte – Weinfeste vor Loireschlössern und Sonnenuntergänge an der bretonischen Küste –, waren absolut gekonnt und absolut belanglos. Und anderes, was Elke essentiell gefunden hätte, hatte sie nicht fotografiert – zum Beispiel das Elternpaar von Käthe Kollwitz, das über dem Feld der weißen Kreuze Wache hielt.

«Das ist, wie du genau weißt, eine ungefährliche Frage», erwiderte Elke. «Bei mir gibt es niemand Neues. Und wie ist es bei dir?» Sie fühlte, wie sich etwas ängstlich in ihr zusammenkrampfte, und wollte im Grund gar nicht wirklich hören, durch wen Clea sie in Paris ersetzt hatte.

Clea musterte sie, den Kopf schräg gelegt. «Ich hatte ein paar kleine Techtelmechtel mit Männern.»

«Ah ja?» Elke lächelte gequält. Zu ihrem Erstaunen und Erschrecken überkam sie ein geradezu physischer Abscheu bei der Vorstellung, daß ein rauher schwarzer Bart über diese glatten, festen Brüste schabte, die sie ihrer Tonfrau einverleibt hatte.

«Ja. Und jetzt bin ich bereit für dich.»

Elke zuckte zusammen. Sie hatte geglaubt, dieses Thema sei seit Saint John ein für allemal erledigt.

«Die erste Sache war ziemlich schmerzlich. Aber die zweite war nett. Ich habe endlich gelernt, nicht so ein Drama daraus zu machen. Deshalb habe ich mir gedacht, ob du nicht vielleicht Lust hättest, dich für heute nacht mit mir im Waldorf einzuquartieren.» Clea errötete, was ihre ganze blasiert-welterfahrene Pose sabotierte.

Elke verzog das Gesicht. Sie hatte ein Monstrum geschaffen. Sie schüttelte ungläubig-amüsiert den Kopf und versuchte, sich aus dem leichten Nebel konzentrierter Zerstreutheit herauszuarbeiten, in dem sie versank, wenn sie an einem neuen Werk arbeitete. Sie hatte die Gefühle bezähmt, die Clea in ihr entfesselt hatte, und kanalisierte sie jetzt in ihre neue Skulptur. Da sie über deren weiteren Verbleib selbst bestimmen konnte, schien sie ihr das sicherere Auffanggefäß.

«Ich sehe, du bist Feuer und Flamme», sagte Clea verkrampft, ohne sie anzusehen.

«Clea, Saint John liegt jetzt über ein Jahr zurück. Ich habe viel nachgedacht. Und ich habe gemerkt, daß du damals recht hattest. Wir beide, du und ich, können nie eine abgeklärte, einfach nur amüsante Bettbeziehung haben. Mit Männern können wir das vielleicht, einfach nur so ein bißchen herummachen. Aber nicht miteinander. Was zwischen uns ist, geht dafür viel zu tief.»

«Könnten wir's nicht wenigstens mal probieren? Ich habe mich so lange darauf gefreut.»

«Das bestätigt doch nur, was ich sage, oder nicht?»

«Na gut, dann laß uns eben nicht einfach nur so ein bißchen herummachen.»

«Und was statt dessen? Eine glühende Liebesbeziehung eingehen, die unsere Ehen platzen ließe wie Luftballons?

Wenn dir noch ein Fünkchen Ehrlichkeit geblieben ist, Liebste, weißt du ganz genau, daß genau das dabei rauskommen würde.»

«Und was spricht dagegen?»

«Du weißt, was dagegen spricht. Unsere Arbeit, deine Kinder, unsere Männer, unser psychisches Wohlergehen. Das haben wir doch alles schon durchgekaut.»

Das Verlangen nach Clea hatte für Elke inzwischen in der leidenschaftlichen Intensität, mit der sie sich ihren Skulpturen widmete, fast schon ein Äquivalent gefunden. Es fehlte ihr nicht genug, als daß sie sich hätte versucht fühlen können, alles über den Haufen zu werfen. «Laß es gut sein. Das ist eine Phase, die wieder vorbeigeht. Wie alles.»

«Ich bin mir aber nicht sicher, daß ich will, daß sie vorbeigeht», murmelte Clea, ein Bein über die Armlehne ihres Sessels schwingend.

«Wenn wir nicht bald damit aufhören, machen wir uns noch gegenseitig verrückt», warnte Elke.

Clea seufzte. Ihre eben noch so prallen Segel erschlafften. «Vielleicht brauchen wir beide auch eine Maginotlinie. So wie Turner und ich.»

Elke nickte.

«Also: Ich werde dich nicht mehr fragen, solange du mich nicht fragst.»

«Topp!» Elke streckte ihr über den Abstand zwischen ihren Sesseln hinweg die Hand hin.

Clea nahm sie und tätschelte sie mit einem resignierten Lächeln. «Aber, weiß der Himmel, ich liebe dich, Elke. Auf jedwede Art und Weise, die Gott erfunden hat.»

Diesen Nichtangriffspakt hielten sie nun schon fünfzehn Jahre ein, wobei sie sich langsam von verhinderten Liebenden in enge Vertraute verwandelt hatten. Das Fieber war abgeklungen, und geblieben war nur noch eine leichte Infektion. Aber trotzdem hatte Elke wochenlang gelitten, als Clea nach ihrer Rückkehr nach Paris in einem Brief kurz eine neue Liebesgeschichte mit einem dänischen Professor erwähnt hatte.

Sie unternahm etliche Male die Reise uptown ins Metropolitan Museum, wo sie stundenlang vor Georgia O'Keeffes Schwarzer Iris saß, die zurückgebogenen samtschwarzen Blütenblätter und die enthüllten rostfarbenen Staubgefäße betrachtete und sich ganz krank vor Verlangen nach Clea fühlte.

Nach einer solchen Wallfahrt wieder in ihrem Atelier gelandet, begann Elke eine Skizzenserie: zwei Frauen bei der Liebe, in allen möglichen Stellungen, mit jedem erdenklichen Ausdruck. Da sie an der Akademie und auch später noch Anatomie studiert und ausgiebig nach lebenden Modellen gezeichnet hatte, brauchte sie jetzt keine Vorlage mehr. Sie hatte alles längst im Kopf, bis ins kleinste Detail. Ohne diese plastische Vorstellungsgabe wäre dieser Aspekt ihres Lebens vielleicht leichter zu ertragen gewesen. Aber sie war zu dem Schluß gelangt, daß eine gewisse Androgynität bei ihr eine Art Berufskrankheit war. Die «männliche» Energie, die sie Clea sexuell begehren ließ, war die gleiche Energie, die es ihr ermöglichte, sich kompromißlos ihrer Arbeit zu widmen und leeren Raum mit ihren inneren Bildern zu füllen.

Der Baum im Wald, der fällt, ohne daß jemand es hört – war sie, auch wenn sie ihre Hingezogenheit zu Frauen nicht auslebte, trotzdem lesbisch? War das der Grund, weshalb Terence auf einer gewissen Ebene ständig von ihr enttäuscht schien? Weil er diese Wunschvorstellung von der totalen Paareinheit hatte, die sie nicht nachfühlen konnte und auf die sie nur unwirsch und ärgerlich reagierte? Aber sie tat doch wahrhaftig ihr Bestes, ihre Liebe zu Clea in ihrer Arbeit auszuagieren und ihre Libido schön brav im Hause zu lassen. Was konnte er mehr verlangen, es sei denn, er wollte, daß sie ein ganz anderer Mensch sein sollte?

Da sie nicht willens war, ihre erotischen Skizzen zu vernichten, verstaute sie sie in einer der untersten Schubladen. Wenn Terence je anfangen sollte zu schnüffeln, riskierte er eine böse Überraschung.

Mit der Zeit wurde Elke klar, daß keine neue Liebschaft ihren Platz in Cleas Herzen einnehmen würde. Clea erwähnte in ihren Briefen diverse Männergeschichten, in einem abgebrühten Ton, der Elke eher abstieß. Und als sie dann in Australien lebte, ließ sie durchblicken, daß sie dabei sei, mit dubioseren Formen von Sex zu experimentieren. Elke war schon halb darauf gefaßt, irgendwann zu erfahren, daß sie in einem halbseidenen Motel in Queensland tot aufgefunden worden war. Aber Elke lieferte Clea nie einen Ansatzpunkt, sich näher über diese Erkundungen auszulassen. Ihre Clea war nach wie vor ernsthaft, zärtlich und quecksilbrig. Von ihren härteren, dunkleren Seiten wollte Elke nichts wissen. Anscheinend brauchte Clea in diesen Jahren den Kitzel der Jagd und der nicht durch Gewöhnung und Vertrautheit gedämpften sexuellen Spannung. Aber Elke begriff schließlich, daß sie Cleas Polarstern war, der Fixpunkt, um den sie kreiste.

Ein paarmal versuchte Elke, die Balance auszugleichen, indem sie von irgendwelchen halbherzigen Flirts mit dem einen oder anderen von Terences' Doktoranden berichtete. Aber Cleas eigentliche Rivalin war Elkes Arbeit, die jetzt fast ihre ganze Zeit und Energie beanspruchte und ein erstaunliches Werk nach dem anderen zeitigte – schroffe, zerklüftete Gebilde aus zerfetztem, gemartertem Stahl, in denen sich ihre Erinnerungen an eine vom Krieg entstellte Welt verkörperten.

Turner konnte ihr dankbar sein, dachte Elke bitter. Sie hatte ihm seine Ehe erhalten. Aber die Ironie aller großen Lebensdramen war ihre letztendliche Bedeutungslosigkeit. Jetzt, fünfzehn Jahre später, schien diese Ehe nun doch noch in die Brüche zu gehen, nachdem die Kinder, um derentwillen sie immer gehütet worden war, aus dem Haus waren. Und Elke, der ihre Arbeit so wichtig gewesen war, daß sie sich noch nicht einmal auf eine einzige leidenschaftliche Nacht mit Clea eingelassen hatte, war in Sterilität versandet. Ihr aufgespießtes Baby war eine Scheußlichkeit, und sie hatte keine neuen Ideen mehr. Wenn sie damals all die Tumulte und Risiken auf sich genommen hätte, die eine ausgewachsene Liebesbeziehung zu Clea bedeutet hätte, dann wäre ihre Kunst jetzt vielleicht vital und innovativ statt leblos und zu ihrem eigenen

Klischee geronnen. Das Schicksal schreckte nicht davor zurück, die schmerzlichsten und integersten Lebensentscheidungen mit einer höhnischen Fratze zu quittieren.

Turner erhob sich von seinem Platz an dem Ecktischchen mit der rotgewürfelten Decke, um sie mit einem Küßchen auf die Wange zu begrüßen. «Lieb von dir, daß du gekommen bist», sagte er, müde und strapaziert von der Flugreise von Mexico City nach New York.

«Lieb von dir, daß du mich eingeladen hast.»

«Nein», seufzte er, indem er ihr Burgunder einschenkte, «das ist der pure Egoismus.»

«Nicht ganz. Ich sorge mich auch um sie, Turner.»

Turner sah sie scharf an. Er hatte mit keinem Wort angedeutet, daß Clea der Grund für dieses Treffen war, und er haßte es, wenn dieses Weibervolk seine Gedanken erriet. Aber warum sonst sollten sie beide bereit sein, einen Abend zusammen bei einem mediokren italienischen Essen zu verbringen?

«Und? Putzen sich die Mexikaner jetzt brav nach dem Essen die Zähne?» Elke nippte an ihrem Wein.

«Nicht so oft, daß die Verkaufsziffern stimmen würden. Ich habe ein paar von den renitentesten Nicht-Putzern an die Wand stellen lassen. Vielleicht klappt es ja jetzt.»

«Klingt nach effizienter Produkt-Promotion. Wie ich sehe, läßt du dir einen Bart wachsen.» Sie deutete mit einem anerkennenden Nicken auf seine noch etwas räudig wirkenden Stoppeln.

«Ich versuche, von dem mangelnden Haarwuchs auf meinem Kopf abzulenken.» Er fuhr sich verlegen mit der Hand über die sich ausbreitende kahle Stelle.

«Sehr männlich. Du siehst ein bißchen aus wie 007.»

«Elke! Ich wußte ja gar nicht, daß du in der amerikanischen Populärkultur so bewandert bist.»

«Oh, ich stecke eben voller Überraschungen.»

«Das hat mir meine Frau auch schon gesagt.»

Elke musterte ihn. Er schaffte es doch immer wieder,

durch kleine Andeutungen seinen Status als Cleas Ehemann hervorzuheben.

«Also. Wie geht es Clea dort oben in der Wildnis?» fragte Turner mit einem Seitenblick auf die Speisekarte. «Weißt du etwas?»

«Sie schien mir ein bißchen deprimiert zu sein.»

«Deprimiert?» Es klang, als inspiziere er eine Küchenschabe. «Weshalb denn?»

«Was weiß ich? Die Hormonumstellung. Das Älterwerden. Der Tod. Ihre Arbeit. Diese Sache mit dem Überfall. Wenn man deprimiert ist, wirkt immer alles zusammen.»

«Aber das sieht Clea gar nicht ähnlich.»

Elke verkniff sich ein Lächeln. «Glaub mir, sie hat immer schon ihre trüben Momente gehabt.»

«Aber sie ist nie jemand gewesen, der sich dauernd in Tränen auflöst», beharrte Turner.

«Nein. Sie wird einfach nur innerlich taub. Wenn du mich fragst, sind die Tränen ein Fortschritt.»

Sie sahen sich an, verrannt in den Wettstreit darum, wer Clea besser kannte.

Turner senkte den Blick auf seine Speisekarte und sagte: «Ich war immer froh darüber, daß Clea dich hat, Elke. Sie hat dich sehr gern, und ich bin sehr dankbar dafür, daß du ihr eine so gute Freundin bist.»

Elke quittierte diese, wie sie es empfand, gönnerhaften Allüren mit einem spöttischen Lächeln. Zweifellos gehörte das auch zu dem Verhandlungsgeschick, das Turner den Posten des Vizepräsidenten von Fresh-It eingetragen hatte. Sie fragte sich, wie er wohl wirklich zu ihrer Beziehung zu Clea stand. Angriffe und Vorwürfe wären ihr lieber gewesen als dieses ölige Pathos.

«Ja, wahrscheinlich hast du recht, Elke», sagte Turner, indem er die Speisekarte weglegte und sich zurücklehnte. «Ich weiß noch, wie ich zum erstenmal ihre Eltern in Ohio erlebt habe. Sie kippten zum Mittagessen Bloody Maries und hatten den ganzen Nachmittag über irgendwelche Highballs in der

Hand. Ihre Mutter redete dauernd von ihren glücklichen, gesunden, erfolgreichen Kindern. Und ihr Vater hielt Vorträge über das Herzland der Vereinigten Staaten und seine besonderen Reize und Vorzüge. Als ich Clea fragte, ob sie immer soviel trinken würden, behauptete sie, mein Besuch sei eine Ausnahmesituation. Aber ich erinnere mich, wie ich damals dachte, daß diese Abgeklärtheit, die ich an Clea immer so bewundert hatte, zumindest zum Teil Fassade war. Daß sie ein ganz schönes Trauma weg hatte durch ihre verwirrende Kindheit in diesem Haus. Wo an der Oberfläche alles in schönster Ordnung war, aber darunter alles verrottete.»

Elke nickte zustimmend. Turner hatte ihr soeben die Frage beantwortet, die sie schon so lange beschäftigte: warum es Clea so schwerfiel, beim Fotografieren hinter den schönen Schein vorzudringen. Wahrscheinlich ahnte und fürchtete Clea instinktiv die marode Wirklichkeit, die er verbarg. Elke war so gerührt, daß sie gar nichts sagen konnte. Das war, soweit sie sich erinnern konnte, das erste echte Gespräch gewesen, das sie und Turner in all diesen Jahren jovialen Gute-Miene-Machens zustande gebracht hatten.

«Ich brauche deinen Rat, Elke.»

Elke nickte, im Gefühl, daß ihr eine Offenbarung zuteil geworden war. Eben hatte sie einen Blick auf den Turner erhascht, den Clea liebte, den liebevollen, ernsthaften Menschen hinter dieser Fassade erschlagender Ich-Bezogenheit.

«Glaubst du, es ist gut für sie, so allein dort oben in der Einöde? Meinst du, ich sollte mir freinehmen und zu ihr fahren? Oder darauf bestehen, daß sie zurückkommt?»

Elke überlegte, während sie ihr Weinglas langsam am Stiel hin und her drehte. «Sosehr ich mir wünsche, sie wäre hiergeblieben, Turner», antwortete sie schließlich, «denke ich doch, daß es für sie gut so ist. Wenn sie es nun mal braucht, sich von uns beiden abzusetzen, dann ist das eben unser Pech.» Sie offerierte Turner Trost. Sie waren beide betroffen. Sie waren ins Wanken geraten, weil eine Seite ihres komplizierten Polyeders sich davongemacht hatte.

In Turners Augen spiegelte sich mühsam beherrschte Panik. «Meinst du, es geht darum?»

Elke zuckte die Achseln. «Für mich sieht es so aus. Aber natürlich hat sie ja immer schon dazu geneigt, sich Knall auf Fall zu verlieben. Vielleicht ist Roches Ridge ja auch irgendwann demnächst überwunden.»

«Aber wie kann sich jemand in ein Kaff wie Roches Ridge verlieben?»

«Die Menschen verlieben sich in die unwahrscheinlichsten Sachen. Denk doch nur an die Nonnen und ihre Kruzifixe.»

Turner lächelte.

«Ich glaube, wer mit Clea näher zu tun haben will, muß sich auf einen permanenten Übergangszustand einrichten», sagte Elke, «weil sie nun mal einfach nie stillhält.» Elke dachte, wie sie und Clea von der schwärmerischen Begeisterung über das leidenschaftliche sexuelle Verlangen schließlich zu familiärer Vertrautheit und Zärtlichkeit übergegangen waren. Nicht bereit, den Familienvater, Ehemann oder Liebhaber zu spielen, war Elke zur Tante, Schwester, Freundin geworden. Aber jetzt, da die familiären Bande sich lockerten – was würde da an ihre Stelle treten? Und wie ein schmerzhafter Stich durchzuckte Elke die Erkenntnis, daß möglicherweise gar nichts an ihre Stelle treten würde. Und daß der Selbstschutz, den sie sich aufbaute, indem sie in letzter Zeit nicht mehr auf Cleas Briefe und Anrufe reagierte, nicht nur verständlich, sondern notwendig war. Sie hatte viel über das Argument nachgedacht, das Clea ihr bei ihrem letzten New York-Besuch vorgehalten hatte: daß manche Menschen nun einmal ihren kleinen persönlichen Kokon brauchten. Aber zweifellos hatte Clea nie daran gedacht, daß Elke dieses Prinzip gegen sie kehren könnte.

Turner überquerte den Washington Square und genoß es, nach dem langen Flug zu Fuß zu gehen. Er hatte so viele Stunden in irgendwelchen Flugzeugen gehockt, daß es ein Wunder war, wenn er noch nicht aussah wie ein Komma. Es machte ihm zu schaffen, daß Elke Cleas derzeitiges Unternehmen als ein «Sichabsetzen» gedeutet hatte.

Für ihn war «Nähe» immer eine dieser therapeutischen Phrasen der siebziger Jahre gewesen. Für ihn suggerierte dieses Wort lediglich erstickende Enge, wie er sie daheim in der kleinen Wohnung in Milwaukee erlebt hatte, mit dem zeternden Geschwader von Tante, Mutter und Schwestern und seinem passiven, geduckten Vater. Die Nähe, die er in diesen Jahren ständigen Kommens und Gehens mit Clea gehabt hatte, war auch schon so ziemlich das Äußerste, was er verkraftete. Aber der Gedanke, ohne die sporadischen Gespräche auskommen zu sollen, bei denen sie geschickt seine wahren Gedanken und Gefühle zutage förderte, war schrecklich. Fast noch schrecklicher als die Vorstellung, nicht mehr dann und wann seine Zugangsrechte zu ihrem wundervollen Körper geltend machen zu können. Natürlich würde er jederzeit auch anderswo einen reizvollen weiblichen Körper finden, aber nicht Cleas intuitives Verständnis und Mitgefühl. Sie kannte ihn besser als irgend jemand sonst und akzeptierte und bewunderte ihn trotzdem. Und das konnte man sich weder auf der Straße kaufen noch durch geschickte Verführungskünste auf irgendwelchen Parties holen.

Elke sah mit jedem Jahr besser aus, weil ihre Gesichtszüge immer ausgeprägter hervortraten und ihr Haar immer silbriger wurde. Kein Wunder, daß Clea sie liebte. Er war neidisch auf ihre Beziehung. Nicht weil sie ihm irgend etwas weggenommen hätte. Clea hatte immer noch so viel Zeit für ihn, wie er verkraften konnte. Oder hatte sie zumindest gehabt, bis sie nach Roches Ridge gegangen war. In gewisser Weise hatte Elke ihn sogar entlastet, weil sie Cleas Feuer mit emotionalem Zunder versorgte, den er ihr nicht geben konnte. Aber er hatte das dumme Gefühl, daß das, was die beiden miteinander teilten, etwas war, was er nie bekommen würde.

Er lächelte, als er daran dachte, wie Clea ihn in Paris angefleht hatte, ihr Nachhilfeunterricht in der Kunst der unkomplizierten Liebelei zu geben. Er hatte sie in dem Glauben gelassen, daß das eine besondere Fähigkeit von ihm war und nicht eine Unfähigkeit, mit der er geschlagen war. O ja, er war der Star auf jeder Party und ein As im Konferenzsaal. Er verstand es, eine Gästeschar zu bezaubern und einen Abschluß unter Dach und Fach zu bringen. Aber es war ihm nun mal nicht gegeben, sich hinzusetzen, Leuten in die Augen zu schauen und herauszufinden, was in ihren Köpfen und Herzen vor sich ging. Viele Jahre lang hatte er Cleas Beziehungen zu Menschen beobachtet: zu Elke, zu ihm selbst, zu Kate und Theo, zu Dutzenden gemeinsamer Freunde. Wie jeder Virtuose schaffte sie es, den Eindruck zu erwecken, daß es ganz leicht war. Aber für ihn war es nicht leicht. Und wenn Clea sich wirklich von ihm abwandte, würde sie diese Fähigkeit mit sich nehmen und ihn auf dem trockenen sitzenlassen, mit nichts als belanglosen Affären, Cocktailparty-Gewäsch und dem Geschwätz eifernder Geschäftsleute.

Aber vielleicht irrte sich Elke ja. Sie war selbst ständig deprimiert und neigte dazu, sich andere nach ihrem eigenen Muster zurechtzubiegen.

25 Gordon McQueen

Als Gordons Lippen Randalls Mund berührten, fühlte er Begierde durch seine Adern zucken, so wie Ahornsaft an einem warmen Märznachmittag durch die Zapfschläuche pulst. Er trat einen Schritt zurück und hielt Randall auf Armeslänge von sich. Einer des anderen Spiegelbild – Jeans, Flanellhemd, Daunenweste, Arbeitsstiefel, kurzes schwarzes Haar, kurz gestutzter Bart und Schnauzer. Randall lächelte. Am Anfang ihrer Beziehung waren sie beide fest davon überzeugt gewesen, der andere würde sich bald wieder in Luft auflösen. Sie hatten immer gemeint, den süßen Kelch der Leidenschaft hastig bis auf den letzten Tropfen leeren zu müssen. Aber jetzt, ein paar Jahre später, fingen sie langsam an, darauf zu vertrauen, daß es immer weiterlaufen würde, egal, was sonst lief.

Drei am Freßgitter arretierte Kühe malmten Getreidekörner, während ihnen die Melkmaschinen die Milch aus den Eutern saugten, um sie über Plastikschläuche in den Kühltank zu expedieren. Gordon ließ den Blick zum Vorderfenster des Melkstalls schweifen – und entdeckte draußen eine dunkelhaarige Frau mit umgehängter Kamera. «Guck nicht hin, aber wir haben Besuch», flüsterte Gordon. Randall wich erschrokken zurück. «Keine Panik. Ich glaub nicht, daß sie uns gesehen hat.»

«Hi», sagte Gordon, als er aus dem Melkstall hinaus in die Sonne trat. «Hab Sie gar nicht bemerkt. So laut da drin, die Melkmaschinen und alles.» Die Frau trug einen Trenchcoat mit hochgeschlagenem Kragen.

«Hi. Ich bin neu zugezogen. Clea Shawn.» Sie streckte ihm die Hand hin. Gordon gab ihr seine.

«Kann ich was für Sie tun?»

«Ich habe Ihren Anschlag im IGA gelesen, wegen der Retriever-Welpen.»

«Oh, na klar. Die Hunde.»

«Aber ich will Sie nicht bei der Arbeit stören.»

«Kein Problem. Augenblick.» Er öffnete die Tür und rief: «Randall, ich geh mal eben und zeig der Dame hier die Hunde. Guckst du nach Maude? Sie ist gleich soweit.»

Sie suchten sich einen Weg durch den Matsch hinüber zu einem Ziegelhaus mit einem langgestreckten weißen Holzanbau, der an eine weiße Scheune anschloß, auf deren Rückseite sich ein Misthaufen und zwei blaue Harvestore-Silos erhoben. Den einen zierte am oberen Rand ein Sternenbanner-Aufkleber, der andere trug die Spray-Aufschrift: LANG LEBE DIE VIERERBANDE.

«Ich nehme an, Sie sind Jareds Bruder», sagte Clea. «Ich habe Sie neulich mit Ihrem Pferdewagen am Platz entlangfahren sehen.»

«Dann kennen Sie Jared schon?»

«Ja, wir sind uns gestern begegnet, in der Casa Loretta.»

«Er ist erst kürzlich zurückgekommen, aus Albany. Jetzt sind wir alle wieder daheim.»

«Äh ... entschuldigen Sie», sagte Clea, auf den Silo mit der Spray-Aufschrift deutend, «aber was soll das bedeuten?»

Gordon lachte. «Keinen Schimmer. Eines Morgens wach ich auf, und das steht da dran. Wissen Sie, wir haben hier diesen komischen Kerl, draußen am Camels Hump Community College – Alvin Jacobs heißt er, mein kleiner Bruder hat bei ihm Politik. Der versucht die ganze Zeit, die Farmer hier in der Gegend zu organisieren, daß sie die Xerox-Werke anzünden.»

«Aber ist die Viererbande denn nicht schon tot?»

«Dürfen Sie mich nicht fragen.»

Als Gordon sich dem Anbau näherte, hörte man drinnen

Hunde bellen und gegen die Tür springen. «Ist leider sonst keiner da. Meine Mutter ist weggefahren, nach Burlington.»

«Zum Einkaufen?»

«Nein. Wir haben grad erfahren, daß mein kleiner Bruder Dan beim Hockey verletzt worden ist, drüben am Camels Hump. Meine Mutter ist ins Krankenhaus gefahren.»

«Ist es schlimm?»

«Weiß noch nicht. Kann schon sein. Ist mit dem Kopf gegen die Wand geknallt. Bewußtlos, war das letzte, was ich gehört hab.»

«Das muß wirklich ein harter Sport sein. Tut mir leid.»

«Mir auch. Ist ein prima Bursche. Kein Wunder. Hab ihn gut erzogen.»

«Dann sind Sie wohl der Älteste?»

«So isses.»

Clea kniete sich hin, um mit den freudig schwänzelnden Welpen zu spielen, was die Mutter mit einem leisen, warnenden Knurren begleitete. «Die sind ja wirklich allerliebst.»

«Gibt nichts Süßeres wie Hundebabies.»

Während Clea den von ihr auserkorenen Welpen zu ihrem Auto trug, musterte sie den Schlackstein-Melkstall, vor dem die schwarzweißen Kühe geduldig anstanden. «Wenn Melkzeit ist, muß wohl die ganze Familie zupacken?»

Gordon sah sie belustigt an. «Arbeiten ja jetzt fast alle drüben bei Xerox. Zum Melken bin nur ich da, und wenn ich Glück hab, noch jemand, den ich dafür anstellen kann.»

«Stört es Sie, wenn ich ein paar Aufnahmen mache?» Sie deponierte den Welpen auf einer Decke auf dem Rücksitz und griff zu ihrer Nikon. Gordon fuhr mit den Fingern einen tiefen Kratzer nach, der sich über die Seite ihres teuren Wagens zog.

«Bitte, nur zu», sagte er, während er sich fragte, warum jemand um diese Jahreszeit Fotos machen wollte. Die Wege und der Hof waren ein einziger Matsch, und auf den Wänden der Gebäude zur Sonnenseite hin krabbelten ganze Schwärme von Fliegen und Wespen. Um die freiliegenden Balken wimmelte es nur so von Holzameisen. Der arme Zeno Racine war der Mann der Stunde und mußte mit seinem Tri-Delt von einem Haus zum anderen rennen. Gordon sah zu, wie Clea so mit der Kamera manövrierte, daß der Matsch und das LANG LEBE DIE VIERERBANDE nicht aufs Bild kamen, nur das Backsteinhaus und die Ahornbäume hinten am Hang.

Als die Frau losfuhr, hörte er aus dem Autofenster das ängstliche Jappen des Hundebabies. Sorel-Stiefel, Trenchcoat und Holzfällerhemd. Na ja, je mehr hierherkamen, die andersrum waren, desto besser. Dann kriegte er vielleicht weniger ab. Bald würden es alle wissen. Wenn sie's nicht schon wußten, nachdem Daryl Perkins letzten Herbst Gordon und seine Freunde für Außerirdische gehalten hatte und mitten in ihre Schwulen-Lustpartie reingeplatzt war. Gordon mußte lächeln, als er daran dachte, wie Perkins seinen Kopf in den Pferdewagen gesteckt hatte, als sie droben am Granite Gap angehalten hatten, um eine Pinkelpause einzulegen.

«Seid ihr's?» fragte Perkins.

«Wer?» fragte Gordon, von seiner Knutscherei mit Randall hochschreckend.

«Kommt ihr uns holen?» Daryl leuchtete mit seiner Taschenlampe auf die Knäuel ineinander verschlungener Männer und humpelte dann an seinen Krücken rückwärts die Straße hinunter, die Taschenlampe auf sie gerichtet wie eine MP. Danach hatte Daryl neue Bibelsprüche auf seinen gelben Lieferwagen gemalt. Zum Beispiel: EINE FRAU SOLL NICHT MÄNNERSACHEN TRAGEN, UND EIN MANN SOLL NICHT FRAUENKLEIDER ANZIEHEN, DENN WER DAS TUT, DER IST DEM HERRN, DEINEM GOTT, EIN GREUEL. 5. MOSE 22, 5. Also hatten Gordon und seine Freunde sich an Halloween in ein paar hübsche Fummel geschmissen und Daryls gelbem Bus einen Besuch abgestattet.

Gordon stapfte durch den Matsch zum Melkstall zurück. Sein Leben lang hatte er sich bemüht, so zu sein, wie sich's gehörte. Er hatte die Mädchen ins Kino in Rutland eingeladen, mit ihnen Händchen gehalten und seine Erektion mit der Jacke verdeckt. Er hatte sie geküßt und mit ihnen rumgefummelt, bis sie wollten, daß er Ernst mache. Er hatte Ernst gemacht und was dazu gehörte und sich unter einem Schwall von Vorwürfen wieder verdrückt. Aber es ging ihm nun mal gegen den Strich, Lust «Liebe» zu nennen. Das setzte beides runter. Und seine Gedanken waren immer bei den Nächten droben im Jagd-Camp, wo oft einer seiner betrunkenen Freunde zu ihm kam, um ihm einen zu blasen oder runterzuholen und am nächsten Tag weiterzumachen, als wäre nichts gewesen. Das übrige Jahr hindurch bestanden die Vergnügungen mit diesen Kumpels darin, einen Sechserpack zu leeren und dann ihre Hunde in die Wagenwaschanlage zu scheuchen und zuzugucken, wie sie ausrasteten, wenn die Bürsten anfingen zu rotieren. Oder in der Casa Loretta zu hocken und die vorbeikommenden Mädchen mit hochgestreckten Fingern danach zu benoten, wie sexy sie waren. Oder zuzugucken, wie im Frühling die Eisschollen auf dem Mink Creek zerschellten, wenn sie die Stromschnellen runtertrieben.

Und dann war Gordon eines Abends nach Montreal gefahren und in einer Sauna am Saint Denis gelandet, und all die Jahre der Verwirrtheit waren von ihm abgefallen. Sich einfach austoben zu können, ohne sich dafür auf ein Leben voller Elternversammlungen einlassen zu müssen – das hatte er nicht für möglich gehalten. Und dazu der Jagdkitzel: einen muskulösen Körper durch den Dampf zu erspähen, Blickkontakt aufzunehmen, eine Begegnung zu inszenieren, zusammen in einer Kabine zu verschwinden, zu wissen, daß man kein gebrochenes Herz hinterließ, wenn man verschwand, ohne seine Telefonnummer rauszurücken.

Aber jetzt stellte sich heraus, daß der Preis höher war, als es sich irgend jemand hatte vorstellen können. Jetzt, wo die Rechnung für alle diese fetten Jahre kam. AIDS hätte die Erfindung eines Sadisten sein können, der die Leute mit ihren Trieben in die Welt setzte, um sie dann hopsgehen zu lassen, wenn sie versuchten, harmlose Formen zu finden, sie zu entladen. Was für eine Wahl: darben, heiraten oder verrecken. Die meisten seiner Kindheitsfreunde waren inzwischen verheiratet, hatten Kinder und einen Job im Steinbruch oder bei Xerox. Und ihre Freizeit brachten sie damit zu, arme kleine Tiere im Wald zu massakrieren oder in ihren Sunset-View-Trailern ihre Frauen und Kinder zu verdreschen. Wenn er diese Freunde auf der Straße traf, wurden sie nervös und verdrückten sich schleunigst. Vielleicht erinnerten sie sich da auch daran, wie lustig die Nächte im Jagd-Camp gewesen waren.

Gordon ging zu einem der Gäule, der neben dem Melkstall am Koppelzaun stand, und streichelte seine samtigen Nüstern. Das Pferd stupste mit der Nase gegen seine Hand, um seine Hafergelüste zu signalisieren. «Du alter Freßsack», sagte Gordon. «Es ist noch nicht mal Mittag.»

Gordon fühlte sich wie eine wandelnde Zeitbombe. Zwei seiner Freunde waren bereits tot. Den einen hatten er und ein paar andere umschichtig gepflegt. Sie hatten den Verfall dieses Mannes miterlebt, den sie alle gern gemocht hatten, und immer hatten sie daran denken müssen, was für ein lebenshungriger Bursche er gewesen war. Sie hatten zugesehen, wie seine Haut immer gelber wurde und sich immer straffer über den Knochen spannte, und sie hatten auf sein gequältes Atmen gehorcht und sich gefragt, wer wohl als nächster dran sein würde. Aber an AIDS zu krepieren schien manchmal immer noch besser, als am Einerlei der Monogamie dahinzusiechen. «Sicherer Sex», das war ein Widerspruch in sich. Der ganze Reiz des Sex lag doch gerade in seiner Unkontrollierbarkeit.

Einmal hatte Gordon im Karma-Café vorbeigeschaut, um ein bißchen mit Ishtar zu plaudern, und sie erzählte ihm von dem ganzen Geziehe und Gezerre zwischen Starshine und Morning Glory. Wer was zu wem gesagt hatte. Wer mit wem hinter wessen Rücken schlief.

«Aber warum geht ihr nicht einfach hin, du und Morning Glory, und treibt es, bis ihr es satt habt, und kümmert euch nicht um den ganzen übrigen Scheiß?» fragte er schließlich.

Ishtar sah ihn an, als wäre er ein Neandertaler. Er wußte ja, daß Männer in puncto Beziehungen zurückgeblieben waren, aber die Liebe zwischen Frauen schien ein einziger Sumpf aus Tränen, Gift und Galle und Menstruationsblut. Er hatte den Verdacht, daß seine Schwestern in Sodom oft Intimität mit emotionalem Kollaps verwechselten. Daß Ishtar überhaupt noch Zeit hatte, ein gar nicht mal übles Restaurant zu betreiben, war ein kleines Wunder. Ishtar versicherte ihm, wenn er nicht an sich arbeite, würde er in einem künftigen Leben als Lesbe auf die Welt kommen. Aber immer noch besser lesbisch als hetero. Wenn man ihn fragte, gab es drei Sorten menschlicher Wesen – Männer, Frauen und wahre Menschen.

«Der Mann im Haus», so hatte ihn seine Mutter immer genannt, wenn sie neben ihrem besoffen am Boden liegenden Vater gestanden hatten. Sein Vater hatte sich wieder auf die Füße gerappelt und ihn grün und blau gedroschen. Keiner war traurig gewesen, als sein Vater weggegangen war, und seither hatte Gordon die Farm verwaltet. Sein Vater hatte irgend so eine Masochistin in Burlington geheiratet, war zu den Anonymen Alkoholikern gegangen, der Baptistengemeinde beigetreten und als Wachmann bei General Electrics untergekommen und zog jetzt die ganze Geläuterter-Ex-Säufer-Nummer ab einschließlich Bitte-verzeiht-mir-Briefen. War ihm ja zu gönnen, wenn er es schaffte, aber die Spur von Tränen, die er hinterlassen hatte, war dadurch nicht aus der Welt.

Selbst jetzt noch ging Gordon manchmal wegen irgendeiner Kleinigkeit auf Randall los, so daß Randall total schokkiert und verletzt war. Gordon wünschte sich die Zärtlichkeit eines Mannes, die er von seinem Vater nie bekommen hatte. Aber wenn er sie bekam, war sie ihm so unvertraut, daß er immer irgendwelche Mittel und Wege fand, sie als die Ablehnung zu deuten, die er gewohnt war. Das hatte er in der Therapie bei Geneviève Paxton im Zentrum für Psychohygiene gelernt. Sie sagte, bildlich ausgedrückt sei er wie der Hund, der ersäuft, weil er auf sein eigenes Spiegelbild im Teich losgeht. Aber Randall blieb bei ihm, wild entschlossen, ihn davon zu überzeugen, daß er ihn wirklich liebte und ihn nicht verletzen und demütigen wollte. Ob er das schaffen würde, blieb abzuwarten.

Gordons Vater schenkte seinen Kindern jetzt dauernd Videorecorder und Mikrowellenherde. Jared hatte ihn letzte Woche besucht und war in Tränen aufgelöst wiedergekommen. Sein Vater hatte sich über Mane Magnifique lustig gemacht und ihm befohlen, sich anständig zu rasieren. Vielleicht hatte sich ja seine junge neue Frau in Jared verguckt. Das taten ja alle. Er war genauso nett, wie er hübsch war. Eine fatale Kombination.

Gordon öffnete die Tür zum Melkstall, ging hinein und legte den Arm um Randalls muskulöse Schultern – sein Komplize bei dem Verbrechen, seinen Nächsten zu lieben.

26 Eine Büchse voller Würmer

Clea hockte hinter ihrem Haus im Unkraut und widmete sich ihrem Hündchen. Nach der anfänglichen Verzweiflung über die Trennung von seiner Mutter und seinen Geschwistern tollte es jetzt, jappend den trägen Fliegen nachsetzend, über das ganze Grundstück. Wegen seines goldbraunen Fells hatte Clea beschlossen, es «Brandy» zu nennen. Es erinnerte sie an Kate und Theo. Es lief schnüffelnd davon in die Büsche, um dann plötzlich zu merken, daß es ganz allein war, und zu ihr zurückzusausen, um sich tätscheln und beruhigen zu lassen. Sobald es genügend Sicherheit getankt hatte, wand es sich von ihrem Schoß, um wieder davonzuflitzen und irgendwelche Flügeltierchen zu jagen.

Diese Rolle lag ihr nicht. Sie stand auf und rieb sich den Dreck von den Tweedhosen. Das zeigte sich ja auch darin, daß sie jetzt hier in Roches Ridge war, nachdem Kate und Theo nicht mehr im Haus waren. Sie haßte es, für ihre Lieben verfügbar sein zu sollen wie eine Säule, an die sie pinkeln konnten, sooft sie der Drang überkam, ihre Revierrechte geltend zu machen. Als Kate und Theo noch Babies gewesen waren, hatten sie totale Zuwendung gefordert und auch gegeben. Aber als sie dann laufen gelernt hatten und wollten, daß Clea auf dem Sofa saß, während sie die unteren Bereiche ihres Heims erforschten, war ihre Begeisterung abgekühlt. Sie hatten sie zu sehr an ihren Vater erinnert.

Trotzdem hatte sie immer ihr Bestes getan. Wo die Familie auch gelebt hatte, hatte sie sich bemüht, zu Hause zu sein, wenn die Kinder aus der Schule kamen. Und mit ihnen zu

Abend zu essen und ihnen Gutenachtgeschichten vorzulesen. Sie hatte skrupulös über ihrer seelischen und körperlichen Gesundheit, ihrer Garderobe, ihren Hausaufgaben und ihrem Umgang gewacht. Sobald sie auch nur das leiseste Interesse für irgend etwas bekundet hatten, hatte sie ihnen Bücher angeschleppt und Stunden bezahlt, damit sie es entfalten konnten. An den Wochenenden hatte sie Turner zu historischen Monumenten und kulturellen Veranstaltungen genötigt. Auch wenn es nicht immer geklappt hatte, hatte sie doch versucht, ihre beruflichen Reisen in die Ferienzeiten zu legen, damit die Kinder mitkommen konnten. Rückblickend begriff sie nicht, wie sie das alles geschafft hatte. Schließlich war da ja auch noch ihr Beruf gewesen, der sie gefordert hatte, und die permanenten emotionalen Aufwallungen ihrer verschiedenen Liebschaften und sonstigen Projekte wegen.

Nach einem langen Weihnachtsurlaub in New York waren die Shawns 1980 mitten im glühendheißen australischen Sommer in Sidney gelandet. Das Haus, das sie gemietet hatten, lag in einem Außenbezirk an einer Bucht, gegenüber dem Hafen von Sidney mit dem muschelförmigen Opernhaus. Eines Nachmittags, relativ kurz nach ihrer Ankunft, saß sie mit Kate und Theo auf einer Decke am Strand, wo sie angstvoll-fasziniert über das quer über die Bucht gespannte Haifischnetz diskutierten und Fleischpasteten aßen, die die Verkäuferin am Imbißstand mit Erbspüree und Ketchup garniert hatte.

Als Theo sich die Brust mit Ketchup bekleckerte, bemerkte Clea plötzlich einen kleinen Wald von kräftigen schwarzen Haaren unter seinem Halsansatz. Der Stimmbruch hatte schon vor einiger Zeit eingesetzt. Sein stämmiger Knabenkörper sah aus, als sei er auf dem Streckbett gedehnt worden. Auf den mitleiderregend hervortretenden Rippen und knotigen Gelenken war kaum noch Fleisch. Und Kate, im mikroskopisch winzigen Bikini, hatte plötzlich einen Busen und ihre Tage. Sie äugte sittsam-verstohlen zu einem Strand-Tableau hinüber, das aus mehreren blonden goldbraunen Teenagern bestand, die sich, begleitet vom Plärren eines Rocksenders, inmitten von Frisbees und Bierdosen tummelten. Es war alles so allmählich passiert, daß Clea es noch gar nicht richtig realisiert hatte: ihre Babies waren groß geworden. Sie beobachtete alarmiert, wie Theo Kate die Hälfte seiner Mango abgab.

An Weihnachten hatten die Kinder gebettelt, bei Elke bleiben und eine High School in New York besuchen oder wenigstens auf ein amerikanisches Internat gehen zu dürfen. Sie mochten ja für eine solche Trennung reif sein, Turner und Clea waren es nicht. Und so saßen die beiden jetzt hier, wenig begeistert davon, sich wieder neue Freunde suchen zu müssen, nur um doch bald wieder von ihnen getrennt zu werden. Aber wenigstens hatten sie es diesmal nicht mit einer fremden Sprache oder einer völlig rätselhaften Kultur zu tun.

Trotzdem war es, wie Clea klar wurde, während sie zusah, wie Kate und Theo über den Sand zum Wasser liefen, um sich den klebrigen Mangosaft abzuwaschen, höchste Zeit, endgültig nach Amerika zurückzukehren. Die Kinder brauchten es jetzt, sich mit Gleichaltrigen herumzutreiben, und nicht nur mit ihrer Mutter zusammenzusein. Als sie damals nach Paris gegangen waren, hatte sie nicht geahnt, daß dieses Exil sich auf drei weitere Länder und zehn weitere Jahre ausdehnen würde. Aber jetzt hatte Turner die Welt erobert. Er konnte im Triumphzug nach New York heimkehren und endlich den Vizepräsidentenposten einnehmen, für den ihn Fresh-It so konsequent aufgebaut hatte. Sie hoffte nur, daß dieses Nomadenleben den Kindern nicht allzusehr geschadet hatte. Turners und ihr Ziel war es gewesen, sie zu Weltbürgern zu erziehen, die frei von engstirnigen Vorurteilen waren. Aber vielleicht hatten sie es ja übertrieben und versäumt, ihnen einen stabilen Fixpunkt bereitzustellen. Weder sie noch Turner hatten ein Elternhaus gehabt, das sich als Vorbild anbot. Beide hatten sie ihre Erziehungsvorstellungen aus dem hohlen Bauch entwickeln müssen, und wer konnte schon wissen, ob sie sich als tauglich erweisen würden?

An dem Abend hatten sie ein paar Kollegen von Turner zu

Gast gehabt, zu einer Grillparty in ihrem gemieteten Haus, einem modernen Holz-Glas-Bau inmitten eines Dschungels aus subtropischen Bäumen und Büschen. Clea, in einem blumengemusterten Baumwollkaftan und Sandalen, erfüllte ihre Gastgeberinnenpflichten virtuos. Sie wußte inzwischen so genau, was sie zu tun hatte, damit ihre Gäste sich wohl fühlten und sie bezaubernd fanden, daß sie die ganze Veranstaltung auch im Schlaf hätte abwickeln können. Und außerdem waren diese Gäste Turners Kollegen in all den vorigen Ländern so ähnlich, daß sie ihnen ihren Part hätte soufflieren können.

Sie sah liebevoll-erbost zu, wie Turner sich angeregt mit einer Frau unterhielt, die weiße Kunstseidenhosen trug und ein silbernes Seidenunterhemdchen, das ihre nicht eben bescheidenen Brüste sehr vorteilhaft zur Geltung brachte. Der arme Mann, er konnte einfach nicht anders. Er war ein Charmeur von Natur aus. Das war bestimmt ebenso erblich wie das Blondhaar und die Geheimratsecken.

Als die Gäste gegangen waren, wanderten sie und Turner durch den Garten, um Tassen und Teller einzusammeln, während in dem betäubend duftenden Jasmin ungewohnte Insekten zirpten. Turner blieb stehen, um sie in die Arme zu nehmen und ihr einen zärtlichen Kuß zu geben. «Danke, Frau.»

«Keine Ursache, Mann.»

«Und? Was denkst du von unserem Bekanntenkreis für das nächste Jahr?»

«Wenn ich es recht sehe, hast du Absichten mit dieser Dame im seidenen Unterhemd?» Clea entwand sich seiner Umarmung, um ihn im Dunkeln zu mustern. Er verzog das Gesicht und sagte nichts, wieder einmal mit der ärgerlichen Tatsache konfrontiert, daß Clea in seinem tiefsten Inneren las wie in einem offenen Buch.

«Bist du sicher, Turner, daß das alles das ist, was du wirklich willst?»

«Es geht doch nicht darum, was ich will. Es ist nun einmal so.»

«Wir leben, wie wir leben, weil ... wir es so wollen.» Fast

hätte sie gesagt, «du es so willst». Aber sie machte diesen ganzen Zirkus jetzt schon so viele Jahre mit, daß anzunehmen war, daß sie es auch wollte, da Fügsamkeit noch nie eine ihrer hervorstechenden Eigenschaften gewesen war. «Wenn wir etwas anderes wollten, würden wir Wege finden, es zu tun.»

«Was meinst du damit?»

«Wir könnten uns andere Jobs suchen und zusammen zu Hause in New York bleiben. Oder wir könnten uns einigen, auf Sex zu verzichten, wenn wir nicht zusammen sind.»

«Clea», sagte Turner ernst, «noch ein Jahr, und wir sind wieder in New York, und zwar endgültig. Und in der Zwischenzeit denk daran: die Vergangenheit liegt hinter uns, und die Zukunft wird vielleicht nie eintreten. Die Gegenwart ist alles, was wir haben. Also laß sie uns genießen.»

Clea seufzte und sagte mit einem schwachen Lächeln: «Okay, Zorba. Aber vergiß nicht, daß du es selbst so gewollt hast.»

«Was soll das heißen?» fragte Turner beunruhigt.

«Ich weiß nicht.» Clea war selbst beunruhigt, weil sie keine Ahnung hatte, woher diese Worte kamen oder worauf sie sich bezogen.

Ein paar Tage danach fuhr sie die Küste zwischen Sidney und Melbourne hinunter, um für Allan Barkham die weiten weißen Sandstrände zu fotografieren. Der Erfolg ihrer Reise-Bildbände hatte dazu geführt, daß sie während ihres Weihnachtsurlaubs in New York eine ganze Reihe Aufträge für die Antipoden hatte an Land ziehen können. Obwohl sie wegen Kate und Theo so selten wie möglich über Nacht wegblieb, strandete sie diesmal doch bei Einbruch der Dunkelheit in einem kleinen Küstenort namens Ulladulla. Sie sagte Turner telefonisch Bescheid und quartierte sich in einem Motel auf den Klippen hoch über dem Meer ein. Nachdem sie sich in dem schmucklosen kleinen Zimmer mit dem gestrichenen Zementfußboden notdürftig eingerichtet hatte, trat sie hinaus in die laue Nachtluft, um über den von Gipszwergen bevölkerten Rasen zu schlendern.

Während sie von der Klippe auf den weißen Sand hinuntersah, der sich nach beiden Seiten ins Endlose erstreckte, gingen ihr vielerlei Gedanken durch den Kopf. Sie kreisten um die vielen tausend Meilen Meer vor ihr und die vielen tausend Meilen Wüste hinter ihr. Um die Zeit und die Ewigkeit, die entschwundene Vergangenheit und die ungewisse Zukunft. Sie kreisten um Felder von weißen Kreuzen und Frauen in seidenen Unterhemdchen. Um zirpende Insekten und die Flüchtigkeit des Augenblicks. Und um Elke auf Saint John unter dem langsam rotierenden Ventilator. Und um den glatzköpfigen Zen-Mönch in der schwarzen Kutte.

Nachdem sie im Ort ein Abendessen, bestehend aus Bier und fettigem Fisch mit fritierten Kartoffelschnitzeln, zu sich genommen hatte, wanderte sie noch ein wenig an der Promenade entlang. Sie sah zu, wie Kinder ihre Eltern piesackten, ihnen aufblasbare Plastik-Haifische zu kaufen, und Teenager barfuß auf einem sandigen Holzsteg tanzten. Sie erstand eine Postkarte mit einer nackten Frau darauf, die einer Riesenmuschel entstieg, und schickte sie an Elke in New York. Dann erwarb sie ein Päckchen extra-feuchter Kondome, ohne sich groß zu fragen, warum.

Als sie ihr Auto beim Motel einparkte, bemerkte sie einen Mann mittleren Alters in blauen Sportshorts und einem grünen Great Barrier Reef-T-Shirt, der einen Koffer aus einem Ford Escort in das Zimmer brachte, das neben dem ihren lag. Er hatte graue, modisch geschnittene Haare und ein ebenfalls graues, gepflegtes Schnauzbärtchen. In ihrem Zimmer angekommen, schaltete Clea «Dallas» ein. Sie ließ sich auf dem Bett nieder und dachte an die lange, heiße, einsame Nacht, die vor ihr lag. In Kioto hatte sie sich alle Mühe gegeben zu lernen, in Ruhe allein in ihrem Zimmer zu bleiben und glücklich zu sein. Aber es war ihr nicht gelungen. Und jetzt spürte sie, wie sie die gefürchtete, wenn auch vertraute Unrast erneut beschlich. Aber Turner war in Sidney. John Galmer war in Ithaca. Allan Barkham war in New York. Grégoire war in Brüssel. Phil war in Houston. Und Johannes war in Kopenhagen. Und außerdem hatte sie endlich das Muster erkannt, nach dem ihre Affären abliefen. Nach dem anfänglichen Rausch fiel man zurück in die Realität, und die Komplikationen begannen. Mit jemandem zu schlafen war, wie eine Dose voller Würmer zu öffnen.

Aber, ging es ihr durch den Kopf, während sie zusah, wie Sue Ellen Ewing sich wegen J. R.s Seitensprüngen in einen Stupor soff, wenn es nun gar keine Affäre war? Wenn jeder nur von den eigenen Bedürfnissen getrieben war und nicht von den Reizen des anderen angezogen? Wenn es nichts weiter war als das unpersönliche Aneinanderreiben komplementärer Körperteile? Dann gab es vielleicht keine Komplikationen und kein Leid, für niemanden. Vielleicht konnte sie ja die Männer bei ihrem eigenen Spiel schlagen, indem sie sie für ihre Bedürfnisse benutzte und dann wieder wegschickte. Vielleicht konnte sie sich ja Spitzenreizwäsche zulegen und eine laszive Schöne der Nacht werden? Diese Gedanken und die sich unmittelbar anschließende Vision von den strammen Gesäßbacken in der blauen Sporthose ließen in ihr genügend Erregung entstehen, um jeden Rest an moralischen, metaphysischen oder hygienischen Bedenken verfliegen zu lassen.

Clea klopfte an die Tür des Nebenzimmers und bat ihren freudig überraschten Nachbarn, doch bitte nach ihrer rinnenden Klospülung zu sehen. Während er in seinen Badesandalen vor ihr her in ihr Zimmer marschierte und mit den Händen im Spülkasten gründelte, betrachtete sie sein grünes T-Shirt, das schweißdurchtränkt an seinem Rücken klebte.

Als er fertig war, sagte er, sich zu ihr umdrehend: «So, Frau Nachbarin. Jetzt dürfte wohl Ruhe sein.»

Sie ließ ihren Blick langsam und gezielt über das T-Shirt hinunter auf die blauen Sporthosen wandern und dort ruhen, während sie stumm verfolgte, wie Tropfen von ihrem Spülkasten herabfielen und sich auf dem Linoleumfußboden zu einer kleinen Pfütze sammelten. Sie hob den Blick wieder empor zu seinen Augen, die sie jetzt überrascht und hoffnungsvoll anschauten. Sie zupfte sich das Hemd aus dem Rockbund, begann, die Knöpfe zu öffnen, tastete sich rückwärts in Richtung Bett und schaltete «Dallas» aus.

Eine Stunde später ging der Mann auf ihren Wunsch hin wieder in sein Zimmer hinüber, und sie lag auf den feuchten Laken und sann verwundert über ihr eigenes Verhalten nach. Das war ein ganz neues Gesicht dieser vielköpfigen Hydra, die man Sex nannte. Dieses eine Wort deckte eine Vielzahl unterschiedlichster Empfindungen ab, von zärtlicher Vertrautheit über atemberaubende Leidenschaft mit allen begleitenden Verbundenheits- und Erfülltheitsgefühlen bis hin zum flüchtigen Rausch eines solchen anonymen Paarungsaktes. Da sie nicht einmal wußte, wie ihr Nachbar hieß, und er sie Noreen genannt hatte, waren dabei offensichtlich nur einsame Phantasien im Spiel gewesen. Nichts von der köstlichen Ekstase des Gefühls, endlich die verbotene Frucht zu kosten, mit einem Menschen, den man schon lange begehrte. Und doch hatte sie eine Art Erregungsschauer gepackt, der wohl mit dem Kitzel des Unbekannten und Riskanten zu tun hatte und der eine Zeitlang jede bewußte Wahrnehmung ihrer Umgebung und ihres Bettgenossen ausgeschaltet hatte. Doch jetzt, da dieses prickelnde, alle Nerven in Schwingungen versetzende Gefühl nachließ, empfand Clea einen leisen Ekel. Und da war noch immer der Rest dieser heißen, drückenden Nacht, der vor ihr lag. Sie ging ins Bad und schrubbte sich unter der Dusche.

Nachdem sie das Ganze schließlich als interessantes Experiment verbucht hatte, streckte sie sich auf ihrem Bett aus, das Decklaken über sich gezogen. Während sie so im Dunkeln dalag und dem pulsierenden Zirpen und Schnarren der Nachtinsekten lauschte, fragte sie sich verwundert, wie es wohl möglich war, daß sie sich im Lauf eines Tages von der geduldigen, liebevollen Mutter über die aufmerksame Ehefrau, die großzügige Gastgeberin und die perfektionistische Fotografin in ein wildes Triebwesen verwandeln konnte, das sich eben noch keuchend und stöhnend mit einem Fremden im Bett gewälzt hatte wie ein Tier. Vielleicht litt sie ja an einer multiplen

Persönlichkeitsspaltung. Und doch vermochte sie diese widerstreitenden Persönlichkeiten in sich zu katalogisieren. Also hatte sie vermutlich die Grenze zum Psychopathischen noch nicht überschritten.

Aber im Lauf der Zeit sollte sie sie dann wohl tatsächlich überschreiten. Was in Ulladulla als Experiment begonnen hatte, wurde nach und nach fast so kompulsiv wie ein Waschzwang. Komplizen zu finden, wenn sie über Nacht von zu Hause wegblieb, war nicht schwer in diesem Land, wo sich die Männer noch immer als Jäger fühlten. Und während dieser sexuellen Riten dämmerte ihr zum erstenmal die Antwort auf die Frage, die sie Grégoire damals auf dem flandrischen Soldatenfriedhof gestellt hatte: warum die Männer so versessen darauf waren, in Zelten zu hausen und sich gegenseitig umzubringen. Es war eine Alternative dazu, im Zimmer zu sitzen und sich selbst umbringen zu wollen. Offenbar zogen manche Menschen, und darunter auch sie, unerfreuliche Aktivitäten immer noch gar keiner Aktivität vor.

Jede Kultur, die sie je erlebt oder aus Büchern kennengelernt hatte, besaß besondere Techniken, die Menschen in einen Rauschzustand zu versetzen, der sie aus der täglichen Mühle der Langeweile und des Leidens heraushob und ihnen die Illusion vermittelte, Teil eines größeren, sinnvollen Ganzen zu sein. Die afrikanischen Stammesvölker hatten ihre Trommeln und ihre Tänze. Die mexikanischen Indios hatten ihr Peyote. Die Männer in den modernen Gesellschaften hatten den Krieg, und Clea hatte den Sex. Aber wie jedes Narkotikum büßte dieser anonyme Sex bald seine Wirkung ein, und Clea brauchte um so mehr davon, je weniger er ihr brachte. Und sie fing an, am nächsten Morgen mit Katergefühlen aufzuwachen und sich vor sich selbst zu ekeln.

Ihr Körper besaß offenbar einen ausgeprägteren Selbsterhaltungstrieb als ihr Verstand, denn sie zog sich eine chronische Blasenentzündung zu, die ihren Ausschweifungen ein Ende setzte. Und bald darauf kehrten die Shawns endgültig nach New York zurück.

Einmal daheim und genesen, begab sich Clea, die sich noch nie durch besondere Lernfähigkeit ausgezeichnet hatte, prompt wieder in verseuchte Gewässer, indem sie auf Martinique einen jungen Werbeleiter verführte, der ihr ein leidenschaftliches Wochenende und eine hartnäckige Hepatitis bescherte. Auf ihrem Krankenlager in Turtle Bay erkannte sie schließlich, daß sie ihre Beziehungen angegangen war wie einen Kettenbrief. Sie hatte versucht, sich von ihrem jeweils letzten Liebhaber zu lösen, indem sie ihre Bedürftigkeit auf den nächsten übertragen hatte. So lange, bis die Adressaten gänzlich austauschbar geworden waren. Es war höchste Zeit, diese Kette zu durchbrechen und auf sich zu nehmen, was immer an Problemen daraus resultieren mochte.

Und genau das hatte sie dann auch getan, indem sie an jenem Abend im Sutton Place Jim von *Getaway* abgewimmelt, ihre Droge ein für allemal abgesetzt und sich auf Roches Ridge eingelassen hatte.

Während Brandy wild jappend auf dem hinteren Teil des Grundstücks in der Nähe des Marshschen Schuppens herumtobte, dachte Clea, daß Elke all diese Jahre hindurch der psychische Klebstoff gewesen war, der ihre widerstreitenden Persönlichkeiten daran gehindert hatte, auseinanderzufliegen wie eine explodierende Supernova. Elkes beständige Liebe hatte sich durch ihr Chaos gekämpft wie die Sonne durch den Nebel. Elke hörte sich ihre Berichte über ihre diversen Projekte und Unternehmungen an, ohne sie zu bestärken, aber auch ohne sie zu verurteilen. Ihre klugen und witzigen Briefe waren ihr um den ganzen Erdball gefolgt. Und wenn die Shawns in New York waren, war Elke an Geburts- und Festtagen mit wundervollen Geschenken und passenden Worten zur Stelle. Elke holte sämtliche Familienmitglieder zu allen Tages- und Nachtzeiten an irgendwelchen Flughäfen ab, und ihr Gästezimmer stand immer bereit. Sie hörte sich die Klagen und Geständnisse beider Kinder an, wenn sie ihre Eltern gerade haßten. Elke setzte den Reinigungsservice in Marsch, damit alles bereit war, wenn die Shawns in Turtle Bay ankamen, und hielt ein Auge auf die Haus-Sitter. Sie fütterte Tiere und goß Blumen. Sie beruhigte Clea immer wieder, daß ihre Kinder nicht als Massenmörder enden würden, nur weil sie sie in ferne Länder mitgeschleppt und zeitweise der Obhut von Haushälterinnen anvertraut hatte. Kurzum, Elke war die gute Tante, die Kate und Theo sonst nicht gehabt hätten, und die geduldige ältere Schwester, die Clea nie gehabt hatte. Elke und sie hatten die Flamme der Leidenschaft, die ihrer beider häusliches Glück bedroht hatte, so weit heruntergedreht, daß von dem gefährlichen Lodern nur noch ein wohliges Glimmen geblieben war.

Und in der Zwischenzeit hatte Elke aus rostigen Metallabfällen eine beeindruckende Skulptur nach der anderen geschaffen. Da einige davon stilisierte Frauen oder Kinder in irgendwelchen von Männern verursachten Leidenssituationen darstellten, war sie mittlerweile zu einer der Lieblingskünstlerinnen der Feministinnen avanciert. Aber ihre Abneigung gegen das Reisen und ihre Immunität gegen Schmeichelei bewahrten sie davor, den mit ihrem wachsenden Ruhm verbundenen Gefahren der Verzettelung – durch Vortragsverpflichtungen, Workshops, Ausstellungen, Interviews zu erliegen. Ihre ganze Energie floß in ihre Arbeit. Und im Zuge ihrer künstlerischen Karriere hatte Elke zu einem neuen Selbstvertrauen, wenn nicht gar Optimismus gefunden. Ganz offensichtlich, dachte Clea, war Elkes Entscheidung, sich von vorneherein nicht auf ein häusliches Zusammenleben mit ihr einzulassen, richtig gewesen.

Und doch lief bei Elke in letzter Zeit irgend etwas schief. «Und wehret ihnen nicht» war ein Ausrutscher. Nein, kein Ausrutscher, ein Verschleißsymptom. Elke schien irgendwie zu stagnieren. Und sie hatte auch nicht auf Cleas Briefe und Anrufe aus Roches Ridge reagiert. Als ob sie dabei wäre, sich von ihr zurückzuziehen. Aber dann fiel Clea ein, daß sie es ja gewesen war, die aus New York weggegangen war.

Brandy kam um die Hausecke gefegt, als jage ein Rudel Wölfe hinter ihm her, und schmiß sich gegen Cleas Knie, daß sie beinahe umgefallen wäre. Sie bückte sich, hob ihn auf und hielt ihn so vor sich, daß die zappelnden Hinterbeine herunterbaumelten und den flaumigen Bauch entblößten.

«Ist ja gut, Brandy.» Sie lachte. Das zappelnde Bündel mit einem Arm an sich drückend, stapfte sie in Richtung Haus. Die Sonne ging gerade unter, und es war kühl hier draußen. Zeit, sich für die festliche Miss-Teenage-Wahl in Schale zu werfen, was immer das sein mochte. Aber sie war es inzwischen gewöhnt, selbst so seltsamen lokalen Riten wie den englischen Guy-Fawkes-Feuern beizuwohnen, um ihren guten Willen zu demonstrieren und ihren Wunsch, am Gemeinschaftsleben teilzuhaben. Wobei das alles natürlich nur vorübergehende Ausflüge gewesen waren. Während das hier jetzt – Roches Ridge – wirklich ernsthaft und definitiv war.

Oben auf dem Schrottautohaufen hinter dem Marshschen Haus stand der mürrische junge Mann, der ihr am Morgen die Tür vor der Nase zugeknallt hatte. Er fuhrwerkte schwitzend mit seinem Brecheisen herum. Die Jeans hingen bedenklich tief auf seinen Hüftknochen, und auf seinem Rücken spannten und wölbten sich Muskeln. Als er den Hund bemerkte, nickte er kurz zu ihr hinüber. Er hatte fast Heathcliffsche Züge. Clea vermutete, daß unter der rauhen Schale ein sanftes und anhängliches Gemüt schlummerte. Sie fühlte sich plötzlich herausgefordert, diesen wilden Naturburschen zu zähmen, ihm das schwarze Haar aus der Stirn zu streicheln, diese gräßlichen Jeans zu öffnen...

Als Clea, während sie die Haustür mit dem Fuß aufschob, diese Gedanken einer Inspektion unterzog, war sie entsetzt. Eine ihrer alten Persönlichkeiten versuchte, sich wieder ans Licht zu drängen. Herrgott, der Junge war kaum älter als ihre eigenen Kinder. Und außerdem hatte sie lange genug ihre Zeit damit zugebracht, andere Leute zu zähmen. Jetzt war für sie der Punkt gekommen, sich selbst zu zähmen.

27 Miss Teenage

Der große Saal des Rathauses war mit Kreppapiergirlanden geschmückt. Die Basketballkörbe hingen ganz oben an ihren Stangen, damit sie den Blick auf den Bühnenhintergrund nicht behinderten. Die Kulisse bestand in einer gemalten Marmortreppe mit Geländer, eingerahmt von mottenzerfressenen kastanienbraunen Vorhängen. Ein Dutzend junger Frauen in Badeanzügen waren am Bühnenaufgang aufmarschiert und warfen sich, ängstlich dreinschauend, in Pose.

Ganz vorn in der ersten Reihe saß Astrid Starr, gewichtig und schmuckbehangen. Sie erteilte ihrem Mann Earl Atkins, der durch die Bühnenvorhänge linste, mit Hilfe von Handsignalen Anweisungen bezüglich Ton und Beleuchtung. Jared McQueen, im ledernen Bomberjäckchen und mit lohfarbenem Haarstacheldickicht, musterte prüfend den Haarschnitt der Mädchen, als habe er bei einer Hundeausstellung zu richten. Neben ihm saß Ida Campbell, das Köfferchen mit den Avon-Produkten auf dem Schoß, um noch rasch letzte Hand an die Kandidatinnen anlegen zu können.

Auf Cleas Höhe, auf der anderen Seite, saß Loretta Gebo. Der Scheinwerfer erfaßte immer wieder ihren Bienenkorb und projezierte seinen schrägen Schatten auf die Kulisse. Ray Marsh in einer Tarnhose, auf dem Schoß einen Air-Force-Kapuzenparka, saß neben Loretta. In der Mitte derselben Reihe saß Jareds Farmerbruder Gordon McQueen, der Clea am Vormittag den kleinen Hund verkauft hatte. Brandy war im Augenblick vermutlich dabei, in Cleas Küche Calvins gesammelte *National Enquirers* zu Konfetti zu verarbeiten. Der

Mann neben Gordon sah aus wie sein eineiiger Zwilling, mit kurzem schwarzem Haar, Bart und Schnauzer, kariertem Wollhemd und Jeans.

Weiter vorn entdeckte Clea den mürrischen Dack Marsh mit seinem dunklen glatten Haar, den hohen Wangenknochen, der Kupferhaut und der Römernase. Clea sah wieder das bizarre Kruzifix mit dem Nagerskelett an der Wand über dem Fernseher vor sich. Es hatte etwas Urtümlich-Künstlerisches, und sie hätte gern gewußt, wer es geschaffen hatte und warum.

Neben Dack saßen noch ein paar Leute, die Clea schon in der Nähe des Nachbarhauses gesehen hatte: eine rundliche ältere Frau mit grauem Kräuselhaar und einem malvenfarbenen Chanel-Kostüm, der kleine dunkelhaarige Mann mit dem Bleistiftbärtchen, der am Vorabend mit dem Lieferwagen nach hinten zum Schuppen gefahren war (sein Kopf hatte genau die gleiche Form wie der Schädel des gekreuzigten Nagers, mit den gleichen vorstehenden langen Schneidezähnen), und rechts neben ihm eine blonde Frau mit einer toupierten Hochfrisur, die im Vergleich zu Lorettas Bienenkorb wie ein zusammengefallenes Omelette aussah. Diagonal durch den Saal entdeckte Clea die gefallene Boudicca aus dem Karma-Café, mit einem halb herausgewachsenen Stoppelhaarschnitt und mehreren kleinen Reifen und Metallmanschettchen an den Ohren. Obwohl sie erst ein paar Wochen hier lebte, konnte Clea doch mindestens ein Dutzend Gesichter im Raum identifizieren. Während sie in New York, nach fünfundzwanzig Jahren, bei öffentlichen Anlässen kaum je jemanden kannte.

Cleas Augen wanderten zu Dack Marsh zurück. Sie sah ihn vor sich, wie er auf dem Autoberg stand und mit seinem Brecheisen hackte und hebelte und seine kupferfarbene Brust von Schweiß glänzte. Sie fragte sich, ob er sie diese Nacht wohl wieder mit seinem Scheinwerfer wach halten würde. Und ob es sie wohl wieder ans Fenster ziehen würde. Seine Vitalität hatte etwas Faszinierendes.

Father Flanagan bemühte sich, die Mädchen in den Badeanzügen nicht anzusehen. Er reckte und drehte den Kopf über dem scheuernden weißen Kragen. Lou Ann Asher stakste jetzt über die Bühne, in Stilettos und einem glänzend-türkisfarbenen Badeanzug mit Beinausschnitten bis zur Taille. Father Flanagan dachte daran, wie er sie getauft hatte, ein kleines, brüllendes Bündel in einem langen weißen Taufkleid. Wie rasch sie doch groß wurden, diese kleinen Dinger, und darauf bestanden, sich in Magneten für unzüchtige Männerwünsche zu verwandeln.

In seinen ersten Jahren als Priester war er in einer Süd-Bostoner Gemeinde gelandet, wo er sich von den riesigen Familien bald regelrecht adoptiert gefunden hatte. Aber dann war er nach Roches Ridge versetzt worden. Er erinnerte sich noch genau, wie er aus dem Busfenster hinausgeschaut hatte, auf das öde kleine Nest auf einem steilen Abhang über einem Sumpf. Father Flanagan hatte seine Tage damit verbracht, den Menschen hier geistigen Beistand zu leisten: Farmern und Wanderlandarbeitern aus weit entfernten Regionen in Quebec, die kaum sprachen, und wenn, dann nur in einem holprigen Patois. Seine Nächte verbrachte er in dem einsamen Pfarrhaus am Dorfplatz, in stetem Ringen mit seiner rebellischen Seele, die sich Freunde wünschte und das Gefühl, eine Familie zu haben, und Spaß, so wie er es bei den geselligen Bostoner Iren gehabt hatte.

Theresa, die Witwe von nebenan, kam zum Kochen und Putzen mit einem Pillboxhütchen aus Stroh, mit Holzkirschen darauf, und einem Hauskleid mit wattierten Schultern. Eines Abends erschien sie nach dem Abtrocknen des Abendbrotgeschirrs in seinem Arbeitszimmer mit den Bücherwänden, um ihm anzubieten: «Ich könnte mich doch noch ein bißchen zu Ihnen setzen, Father.»

«Danke, das ist wirklich nicht nötig.»

«Ich weiß, daß es nicht nötig ist, aber ich würde es gerne tun. Sie kommen mir immer so einsam vor.»

Und sie begann, ihm nach beendeter Arbeit noch ein

Stündchen Gesellschaft zu leisten. Und dann den ganzen Abend, damit beschäftigt, seine Meßgewänder auszubessern. Und wenn sie gegangen war, verbrachte Father Flanagan die Nacht auf den Knien in seinem Arbeitszimmer, Gott um das rechte Geleit anflehend. Auf ein Versetzungsgesuch erhielt er keine Antwort. Dann ging Theresa eines Nachts erst im Morgengrauen, um, als es dann Zeit war, sein Frühstück zu bereiten, unter den Augen der sich zur Arbeit begebenden Roches Ridger wieder zurückzukehren, als sei nichts geschehen.

Er erklärte Theresa, daß sie gesündigt hätten und sich das nie wiederholen dürfe. Aber am nächsten Morgen erwachte er, als der Himmel sich blutrot zu färben begann, um Theresa neben sich im Bett zu finden, wie eine Katze, die sich auf Samtpfoten angeschlichen hatte. Sie streichelte sein Gesicht und behauptete immer wieder, daß die Liebe zu Gottes Geschöpfen die Liebe zum Schöpfer nur stärke. Father Flanagan wußte wohl, daß das sensualistische Theologie war, unwürdig eines Priesters, der gelobt hatte, alle Gottesgeschöpfe gleichermaßen und unterschiedslos zu lieben. Aber das Problem, auf das ihn das Seminar nicht vorbereitet hatte, war, daß er Theresa liebte. Und er liebte auch das, was sie in seinem Bett miteinander machten, wenn das Feuer im Arbeitszimmer niedergebrannt war und sie Hand in Hand den langen Aufstieg über die vielen Stufen angetreten hatten.

Schließlich fand er etwas Gewissensentlastung, indem er sein Zölibatsgelübde neu definierte: als nur gegen solche Beziehungen gerichtet, die ihn von seinen Pflichten allen übrigen Gottesgeschöpfen gegenüber ablenken könnten. Aber *diese* Verbindung war der Erfüllung seiner Aufgaben nur zuträglich, da sein neues Glück nach außen strahlte und er mit seinen Gemeindemitgliedern scherzen konnte wie nie zuvor.

Und dann eröffnete ihm Theresa eines Abends, daß sie ein Kind erwarte. Er stand auf, stürzte in sein Arbeitszimmer, schloß die Tür hinter sich ab und warf sich auf die Knie.

Theresa fuhr zu einer Tante nach Iowa. Sie nannte das Baby Barbara, ehe sie es zur Adoption freigab. Er erklärte ihr, daß sie Sünde auf Sünde gehäuft hätten und sie künftig nie mehr in sein Bett kommen dürfe. Theresa liefen die Tränen über die Wangen, und sie sagte immer wieder, daß das die schlimmste aller Sünden sei, deren er sich je schuldig gemacht habe. Das war vor mehr als zwanzig Jahren gewesen. Jetzt ging sie immer nach dem Abendabwasch, und er saß allein in seinem Arbeitszimmer und sah «Die Cosby-Show» und «Murder, She Wrote».

Roches Ridge war sein Fegefeuer. Er mußte oft an ein Bibelwort aus seiner Seminarzeit denken: «Eine jegliche Sünde ist wie ein scharfes Schwert und verwundet, daß niemand es heilen kann.» Theresa zu sehen, wenn sie über den Platz ging, um ein bißchen mit Ishtar drüben beim Karma-Café zu plaudern, und wenn sie an seinem Herd stand und ihm sein Abendessen kochte und wenn sie vor den Altar trat, um die heilige Kommunion zu empfangen, war eine Folter, die der Inquisition würdig gewesen wäre.

Theresa, noch immer mit Pillboxhütchen, saß zwei Reihen von Father Flanagan entfernt neben Dr. Evans und seiner Frau. Der Doktor hatte wohl die meisten der Bewerberinnen zur Welt gebracht. Er hatte vor all den vielen Jahren Theresas Schwangerschaft bestätigt, ohne jemals Father Flanagan gegenüber, und sei es auch nur durch eine hochgezogene Braue, darauf anzuspielen. Einmal hatte Father Flanagan ihn aufgesucht, um sich über die kleinen Tütchen mit Valium zu beschweren, die Dr. Evans so großzügig verteilte. Father Flanagans Schäfchen erfuhren jene Angst nicht mehr, die dazu angetan war, sie in die Arme der Heiligen Mutter zu treiben.

Dr. Evans, im weißen Laborkittel und mit seiner Drahtbrille auf der Nase, musterte Father Flanagan von seinem Platz hinter dem Schreibtisch, auf dem die strittigen Tütchen lagen. Schließlich sagte er: «Seien wir doch ehrlich, Father: wir haben beide das gleiche Metier – die Leiden der Menschen zu lindern. Nur daß meine Hostien wirken.»

Hatte er recht daran getan, fragte sich Father Flanagan, seine Glaubenspflichten über seine Pflichten Theresa und dem Kind gegenüber zu stellen? Oder hatte er sich nur feige aus der Affäre gezogen, aus Angst vor dem Spott der Leute und dem Verlust seiner Existenz? An manchen Tagen fühlte er sich als selbstloser Sachwalter Gottes, der sein persönliches Glück zugunsten eines Lebens im Dienst des Herrn geopfert hatte. An anderen fühlte er sich wie die jämmerlichste Kreatur, die je Gott um Verzeihung angefleht hatte.

Während jetzt Daisy Wagner zu «Me and My Shadow» über die Bühne steppte, tastete Father Flanagan nach dem Lebensschützer-Abzeichen an seinem Revers. Zwei winzige goldene Fußabdrücke in der Größe der Fußsohlen eines zehn Wochen alten Fötus. Wenigstens hatte Theresa ihr Baby leben lassen. Wenn die Menschen sich schon verantwortungslosem Sex hingaben, dann sollten sie auch die Konsequenzen tragen, so wie er und Theresa es all die Jahre getan hatten.

Auf der anderen Seite des Mittelgangs entdeckte Father Flanagan Loretta Gebo und Rayon Marsh. Lorettas Bienenkorb ragte aus dem Meer der Zuschauerköpfe wie ein Leuchtturm. Der Scheinwerferkegel erfaßte ihn ab und zu, so daß sein phallusähnlicher Schatten vorn auf den Bühnenhintergrund fiel. Wenn ihm die Einsamkeit unerträglich wurde, ging Father Flanagan oft auf einen Sprung in die Casa Loretta, um mit Loretta über ihre jüngsten Lotterie-Fehlschläge zu plaudern. Auch hier bei der Miss-Wahl hatte sie eine hohe Wette stehen. Früher hatte er ihr immer erklärt, sie solle auf den Herrn setzen, da könne sie nicht verlieren, denn wenn es ein Leben nach dem Tod gab, würde sie daran teilhaben, und wenn es keins gab, würde sie es nicht mitkriegen. Aber in letzter Zeit hatte er aufgehört, auf solche Weise den Glauben zu verbreiten. Wenn er jetzt vor seinem Altar stand und behutsam das bestickte Tuch vom Abendmahlskelch zog, kam er sich vor wie ein Zauberer mit einem Zylinder ohne Kaninchen.

Manchmal ging er auch abends noch auf einen Kräutertee hinüber zu Ishtar, in ihren Spinnenpflanzendschungel. Ishtar hatte höchst häretische Ansichten über die Ewigkeit und meinte, sie hätte schon mehrere Leben durchlebt. Einmal hatte sie sich über sein Lebensschützer-Abzeichen lustig gemacht. «Und was macht Sie so sicher, daß es nicht der Fötus ist, der das Ganze dirigiert? Daß er nicht der Mutter einflüstert, was er will? Daß er lieber die Notbremse ziehen möchte, als auf einem toten Gleis zu landen? Lieber den Schleudersitz betätigen, als in der Maschine sitzen zu bleiben, die doch nicht zu retten ist? Gönnen Sie dem Fötus doch den Absprung, Father!»

Er reckte den Hals aus dem steifen weißen Kragen wie eine aufgeregte Schildkröte.

«Ich meine, gucken Sie mich an. Ich bin ein Adoptivkind. Vielleicht hätte meine Mutter mir einen Gefallen getan, wenn sie mir die Chance gegeben hätte, kehrtzumachen und es noch mal zu versuchen, mit einer Mutter, die mich wirklich gewollt hätte. Statt mich zu einem Leben zu verdonnern, in dem ich mich immer nur verlassen und abgeschoben fühle. Und mich an Leute hänge, die mich prompt immer wieder wegstoßen.»

«Sagen Sie so etwas nicht», flehte Father Flanagan.

«Warum nicht, wenn ich es doch so empfinde?»

Earl Atkins linste durch die Vorhänge, Bauch voran wie Alfred Hitchcock. Father Flanagan mußte daran denken, wie aufgelöst Earl bei ihm im Beichtstuhl gesessen hatte, nachdem seine Frau mit dem Dachdecker durchgegangen war. Jetzt, da Earl Astrid gefunden hatte, strotzte er vor Energie und Optimismus. Wie sollte ein Abstraktum wie Gott mit einer Frau aus warmem Fleisch und Blut konkurrieren? Father Flanagan legte den Kopf in die Hände und betete zu Gott, daß er seinen Glauben wieder stärken möge.

Bethany Wagner sah stolzerfüllt zu, wie ihre Tochter Daisy zu «Me and My Shadow» steppte und dabei mit ihrem wirklichen Schatten Haschen spielte. Der Spotscheinwerfer projizierte zwar ab und zu auch den Schatten von Lorettas Bienenkorb auf die Kulisse. Aber das konnte die Jury ja wohl nicht Daisy ankreiden. Diese Nummer würde Daisy vielleicht die

Fahrkarte zu den nationalen Miss-Teenage-Wahlen in Dubuque eintragen. Daisy würde dort weitermachen, wo ihre Mutter, an der Schwelle zum Ruhm in die Mutterschaft schanghait, hatte aufhören müssen.

Bethany O'Toole war Kellnerin in einer Cocktailbar in Las Vegas gewesen, mit Taillenweite 48 und Oberweite 96,5. Sie genoß es zuzusehen, wie den Männern der Sabber aus dem Mund lief, wenn sie ihr Dollarnoten in den Ausschnitt ihres Silberlamé-Bodytrikots stecken durften. Ken Wagner, frisch geschieden und auf Urlaub aus Syracuse, um zum erstenmal sein Glück im Spiel zu versuchen, war milchgesichtig, jungenhaft und naiv. Für sie war er nur ein Tourist unter vielen anderen, aber für ihn bedeuteten ihre wenigen gemeinsamen Nächte offenbar sehr viel, denn sie waren der Auftakt zu einer ganzen Kanonade von Kurzbesuchen, Telefonaten und Schreiben. Und schließlich gab Bethany nach, als er darauf bestand, sie aus der Gosse zu erretten.

Aber das Leben in seinem Haus im Ranch-Stil in einem Außenbezirk von Syracuse war nicht das, was Bethany sich erwartet hatte. Anfangs geradezu aufdringlich aufmerksam, war Ken nach ihrer Heirat ständig weg, und ihr blieb keine andere Unterhaltung als die steifen Teekränzchen mit den anderen Xerox-Gattinnen von Syracuse.

In ihrer Verzweiflung begann Bethany mit Hantelgymnastik im Gloria Stevens Figur-Studio im nahe gelegenen Einkaufszentrum. Und bald schon verlegte sie sich auf den Muskeltrainer in Steve's Gym im Stadtzentrum. Und irgendwann wurde Steve höchstpersönlich auf sie aufmerksam. Und eines Tages fragte er sie schließlich, ob sie mit ihm an einem Bodybuilding-Paarwettbewerb teilnehmen würde.

Bethany wurde zur regelrechten Trainingsenthusiastin und legte sich jetzt dreimal täglich unter die Gewichte, sieben Tage die Woche – einen Tag Bizeps-, Brust-, Bauch- und Wadenmuskeln, am nächsten dann Waden, Bauch, Rücken und Schultern. Wenn sie keine Gewichte stemmte, übte sie mit Steve Posen ein, oder sie ließ sich bräunen. Ihr Trainingsplan ließ ihr keine Zeit mehr für Ken, der jedoch so damit beschäftigt war, die Xerox-Leiter hinaufzuklettern, daß er es kaum bemerkte.

Bethany klebte ein Foto von Arnold Schwarzenegger an ihre Kühlschranktür. Ihre Pläne für ihren Körper überstiegen alles, was zu der Zeit für Frauen als möglich galt. Aus ihrer Las Vegas-Taille waren jetzt 60 stahlhart trainierte Zentimeter geworden. Ihre üppigen Brüste maßen massive 106 Zentimeter. Ihre Oberarme hatten 37 Zentimeter schieres Muskelfleisch aufzuweisen. Schließlich wurden Steve und sie Mr. und Ms. Empire State. Sie posierten für Fotografen und veranstalteten Bodybuilding-Seminare, und allmählich begann sich die Sache zu rentieren. Es war die Rede von einer Welttournee mit Abschluß in Nizza, wo Steve um den Titel des stärksten Mannes der Welt konkurrieren wollte. Er bereitete sich schon darauf vor, indem er hinter dem Studio Felsbrokken auf Mülltonnen hievte, Autos auf dem Parkplatz auf den Kopf stellte und ein eichenes Kruzifix stemmte.

Als Xerox Ken nach Roches Ridge versetzte, sah Bethany sich vor die schwerste Entscheidung ihres Lebens gestellt: ob sie Mrs. Ken Wagner sein wollte oder Ms. Olympia. Sie hatte sich gerade mehr oder minder für Ms. Olympia entschieden, als sie merkte, daß sie schwanger war.

Bethany betrachtete das Produkt dieser Schwangerschaft dabei, wie es sein einer Zuckerstange ähnelndes, rotweiß geringeltes Stöckchen herumwirbeln und durch die Luft fliegen ließ. Bethany fing den Blick ihrer Putzfrau Waneeta Marsh auf, die mit ihrem Sohn Orlon und dessen Frau Penny auf der anderen Seite des Mittelgangs saß. Orlons und Pennys Tochter Chrystal Sue war ebenfalls unter den Konkurrentinnen. Bethany nickte Waneeta in ihrem malvenfarbenen Chanel-Kostüm lächelnd zu.

Das Leben in Colonial Manor Estates mit einem Baby und einem drittrangigen Xerox-Angestellten als Mann entpuppte sich als alles andere als ein Honiglecken. Wenn Gäste zum Essen kamen, nahm Ken vorher ihre Bodybuilding-Trophäen vom Eßzimmerbord, um sie im Wäscheschrank verschwinden zu lassen. Ihre stahlharte 60er Taille maß jetzt schwabblige, schwangerschaftsstreifige 76 Zentimeter. Jahre später sah Bethany Angela McGrath auf dem Friedhof herumgeistern und ihren kleinen Sohn beweinen. Aber sie hätte damals nichts mehr begrüßt, als Klein-Daisy auf so gesellschaftlich-akzeptable Weise loszuwerden und sich wieder dem Muskelsport zuwenden zu können.

Ken war jetzt immer häufiger geschäftlich auf Reisen und erwartete von Bethany, daß sie seine Koffer packte, um dann wutentbrannt aus New Orleans anzurufen, wenn sie seine Zahnbürste vergessen hatte. Dr. Evans verordnete Bethany eine Kur mit seinen kleinen braunen Glückstütchen. Aber dann ertappte Bethany eines Tages Daisy dabei, wie sie in ihren Stiletto-Pumps, auf dem Kopf ein mit Alufolie umwickeltes Burger-King-Krönchen, vor dem Spiegel posierte. Sie erstellte für Daisy einen strikten Trainingsplan, bestehend aus Tanz-, Gesangs- und Trompetenstunden. Und sie fuhr mit ihr an den Wochenenden in die großen Einkaufszentren der ganzen Region (wo sie oft Maureen Murphy und ihre Mutter May trafen, die sich im Takt des Gehgestells durch die Etagen arbeiteten).

Daisy spielte jetzt beim Steppen «Me and My Shadow» auf der Trompete. Das Publikum war begeistert. Ken war natürlich nicht da. Er hatte es versprochen, aber dann war in letzter Minute eine wichtige Aufstellung dazwischengekommen. Wie immer. Aber die Xerox war nun einmal seine Geliebte, und nicht einmal Ms. Empire State konnte mit einer Weltfirma konkurrieren.

Bethany entdeckte Jared McQueen ganz vorn in der ersten Reihe, von wo aus er die Frisuren der Bewerberinnen begutachtete. Jared war wirklich ein verflixt gutaussehender Bursche, trotz des seltsamen türkisfarbenen Stachelbuschs, aber er guckte Bethany freiwillig nicht an. Manchmal fragte sie sich, ob er vielleicht schwul war. Aber seine Gleichgültigkeit hatte wohl doch eher mit ihrer 76-Zentimeter-Taille zu tun.

Immerhin wurde er inzwischen rot, wenn sie sich zufällig irgendwo begegneten. Und wer schon äußerlich erglühte, konnte doch innerlich auch nicht kühl bleiben, oder?

Jared dachte wahrscheinlich, sie wolle Sex. Aber das war doch nur der Köder. Wenn sein Körper erst ihr gehörte, hatte sie Großes damit vor. Zuerst würden seine Pektoralmuskeln dran kommen – sechs Sets à zehn bis zwölf Armbeugen mit der Hantel, fünf Sets mit dem Scheibengewicht im Krafttrainer. Dann Abdominal, Quadrizeps- und Deltamuskeln. Es war schwer zu sagen, wie er aufgebaut werden mußte, ehe man ihn nicht aus den Kleidern hatte. Aber er war dafür geboren, mit seinem lohfarbenen Haar, den weißen Zähnen und der kräftigen Statur. Sie sah sie beide vor sich, sich und ihn, wie sie, gestählt, gebräunt, rasiert und eingeölt, vor einem johlenden Publikum zu *Chariots Of Fire* ihre Muskeln spielen ließen. Jared in einem aufreizend gewölbten knallorangen Wet-Look-Posing-Slip, sie selbst im dazu passenden Bikini, vor ihnen auf der Bühne der Green-Mountain-State Paar-Pokal.

Clea beeindruckte das Selbstvertrauen dieser jungen Frauen dort vorn auf der Bühne. Ihre eigenen Kinder schwankten dauernd zwischen mitleiderregender Schüchternheit und patziger Aufsässigkeit. Ihnen fehlte eben, was die jungen Leute hier so reichlich hatten – ein enges Gefüge von Verwandten und Nachbarn, die sie von Geburt an kannten und die sie akzeptierten, ohne daß sie es sich erst verdienen mußten. Vielleicht waren Turner und sie in ihrem Bemühen, ihre Kinder nicht zu bornierten hundertprozentigen Amerikanern zu erziehen, ja doch zu weit gegangen.

An Weihnachten hatte Theo zusammengesunken auf ihrer Wohnzimmercouch gehockt und wieder einmal eine seiner ewigen «Leave it to Beaver»-Wiederholungen gesehen. Es war ihr ein Rätsel, wie ein Mensch, der als Kind nicht mit Wally und dem Biber gefüttert worden war, solche Geschichten auch nur die Spur von interessant, geschweige denn fesselnd finden konnte. Ihr eigener Sohn war degeneriert.

Als sie an ihm vorbeigegangen war, hatte er geknurrt: «Weißt du, daß ich der einzige in Hotchkiss bin, der noch nie in Disneyland war?»

«Aber dafür hast du wahrscheinlich mehr Visa in deinem Paß als irgend jemand sonst.»

«Tolle Entschädigung. Was gibt's heute zum Essen?»

«Couscous.»

Er hatte sie angewidert angeschaut. «Dieses ewige Curry- und Couscous- und Sushi-Zeug hängt mir zum Hals raus. Können wir nicht ab und zu mal Hackbraten und Backkartoffeln essen wie normale Amerikaner.»

Aber vielleicht war es ja noch nicht zu spät, wenigstens ein bißchen davon wiedergutzumachen. Immerhin hatte sie gerade einen kleinen Hund gekauft, noch dazu einen Golden Retriever. Theo könnte doch im Sommer nach Roches Ridge kommen und Fahrrad fahren und mit den Jungens hier Baseball spielen. Vielleicht würde ja ein bißchen von ihrer ländlichen Selbstsicherheit auf ihn abfärben.

Orlon und Penny Marsh sahen zu, wie ihre Tochter Chrystal Sue jetzt «Moonlight in Vermont» sang. Sie trug einen Nerzmantel, den sie im Hauswirtschaftsunterricht an der Mink Valley High selbst gemacht hatte, aus Fellen von Tieren, die Orlon am Mink Creek gefangen hatte. «Du hast doch keine Chance gegen die reichen Xerox-Schicksen», hatte er zuerst gesagt, als sie im Winter mit dem Wunsch angekommen war, bei der Wahl mitzumachen. Und jetzt war sie in der Vor-Endrunde. Sie wollte unbedingt dieses Stipendium für das Camel's Hump Community College kriegen und Betriebswirtschaft studieren.

Orlon gefiel zwar die Vorstellung gut, daß eine Marsh einen College-Abschluß machte. Aber er wollte nicht, daß seine Tochter auf ihn runterguckte. Und außerdem hatte er gehört, daß dort am College eine Masse Leute ziemlich rosa angehaucht waren, und er wollte nicht, daß seine Chrystal Sue nach Rotchina verschwand.

Penny quetschte vor Aufregung seine Hand. Als er ihr damals den Heiratsantrag gemacht hatte, während der Grundausbildung in Fort Polk, Louisiana, hatte er ihr erklärt, was in Roches Ridge Sache war: Enten im September, Wachteln im Oktober, Rotwild im November, Flußbarsche im Winter, Forellen im Frühling, Seebarsche im Sommer, Füchse im Herbst, Truthähne im Frühling und im Herbst, Kaninchen das ganze Jahr über. Nicht viel Zeit übrig für eine Frau. Aber Penny hatte gemeint, ein Mann müsse nun mal tun, was ein Mann tun müsse.

Und warum quengelte sie dann die ganze Zeit an ihm rum, er solle daheim bleiben, unter Dacks gekreuzigter Bisamratte hocken und Kartoffelchips essen? Er brüllte dann immer los: «Jeezum crow, Penny, was, zum Teufel, hab ich davon, hier rumzuhocken und mit einer wie dir alte ‹Bonanza›-Folgen zu gucken?» Und dann zeterte sie los, daß sie wieder heimgehen würde, nach Louisiana, und er stapfte zur Tür raus und hoffte, sie würde es tun.

Seine Mutter Waneeta erzählte immer, daß ein Marsh und ein Roche vor über zweihundert Jahren Roches Ridge gegründet hatten. Dann hatten sie eine Schlägerei, und der Roche hatte gesiegt und die Stadt nach sich benannt, und seither haßten sich die Roches und die Marshs wie die Pest. Als sie den Haß mal gerade für eine Weile vergessen hatten, hatte Calvin Roche von nebenan Waneetas Zwillingsschwester Boneeta geheiratet. Aber nachdem Tante Boneeta gestorben war, hatte die Fehde wieder angefangen. Calvin war nachts rübergeschlichen und hatte das Insektenlicht der Marshs ausgeschossen, und Orlon hatte den Scheinwerfer über Rays Autofriedhof so montiert, daß er genau in Calvin Roches Schlafzimmer geblendet hatte.

Als Orlon kapiert hatte, daß er jetzt das Familienoberhaupt war, hatte er seinen Schwestern Polly und Anna gedroht, wenn sie sich noch mal anbumsen ließen, müßten sie abhauen. Polly hatte es drauf ankommen lassen, und er hatte klein beigegeben. Teufel noch mal, man konnte ja nicht die eigene Schwester mit einem neugeborenen Baby raus in den Schnee jagen. Und wenn, dann hätten es alle Marshs verdient, in die Kälte rausgeschmissen zu werden, auch seine eigene Mutter. Man brauchte ja nur ihre Söhne anzugucken. Er selbst war klein und dunkel, mit vorstehenden weißen Zähnen und einem fliehenden Kinn. Ray war groß und blond und dürr und schlaksig wie eine alte Stoffpuppe. Und Dack hatte eine Kupferhaut und glatte, dunkle Haare und eine Nase wie ein Adlerschnabel.

Orlon versuchte immer, seinen Brüdern klarzumachen, daß sie was aus sich machen mußten. Aber Ray weigerte sich stur, Loretta Gebo zu heiraten, fuhr mit seinem Abschleppwagen auf dem Highway rum und sammelte Cola-Dosen. Aber solange er für ihn zu der Medizinalbedarfshandlung in New Jersey fuhr, konnte Orlon nichts sagen. Ray fragte nicht, wozu eine Medizinalbedarfshandlung Tierfelle brauchte, aber Denken war noch nie seine starke Seite gewesen. Und Dack schmachtete eine von diesen Lesben drunten am Mink Creek an, was auch nicht gerade für viel Grips sprach.

Während Orlon auf seinem Stuhl hin und her rutschte und den Stummel seines linken kleinen Fingers massierte, entdeckte er weiter vorn Astrid Starr, die dauernd zu ihrem Mann Earl rüberfuchtelte, der den Kopf durch den Vorhang steckte wie der Kuckuck durchs Türchen einer Kuckucksuhr. Waneeta erzählte immer, wie Astrid sie auf der Grundschule verspottet hatte, wenn sie auf einem Ackergaul angekommen war. Und jetzt, fünfzig Jahre später, war es immer noch genauso, wenn Astrid Waneetas Lebensmittelmarken anschaute, als wären es Porno-Spielkarten. Und wenn sie giftig durchs Schaufenster rüberguckte, wenn Waneeta beim Rathaus Käse und Butter abholte. Als wären es nicht die Starrs gewesen, die die Marshs in die Armut getrieben hatten, indem sie ihnen während einer Hungersnot ihr Land abgeluchst und es dann an die Baufirmen verhökert hatten. Eines Tages würde Orlon den Grand Union drüben an der Überlandstraße kaufen und den Starrs das Wasser abgraben.

Noch ein paar Jährchen drüben bei Sonny Coffin im Krematorium, und Orlon würde vielleicht sogar das Marsh-Land, das noch übrig war, zurückkaufen und Rennpferde züchten oder so was. Sonny versicherte ihm immer wieder, wenn die Leute die Feuerbestattung erst akzeptiert hätten, würde der Rubel richtig rollen. Ian McGrath tobte natürlich, weil sein Grabsteinhandel dann baden ginge. Die McGraths waren anständige Leute, da konnte man nichts sagen. Orlon hatte schon eine Menge Tiere für sie ausgestopft. Aber hier in Roches Ridge hatte schon immer das Gesetz gegolten: fressen oder gefressen werden. Sonny sagte, Orlon hätte es bisher gemacht wie ein Grashalm auf dem Golfplatz des Lebens: sich gebeugt und auf sich rumtrampeln lassen. Es war Zeit, daß er sich auf die Hinterbeine stellte wie ein Mann und sein Leben in die Hand nahm.

Orlon sah sich suchend nach Sonny um. Aber dann fiel ihm ein, daß ja Pflanzzeit war, wie Sonny es nannte, wenn der Boden so weit aufgetaut war, daß man die Toten begraben konnte, die den Winter über eingelagert worden waren. Die, bei denen die Angehörigen sich nicht zu einer Feuerbestattung überreden ließen.

Orlon erspähte Ida Campbell, ganz vorn, neben diesem lauwarmen Bruder von Friseur. Es hatte ihm schier das Herz gebrochen, als sie damals nach der High School Chad Campbell geheiratet hatte. Aber jetzt fuhr Ida in einem rostigen alten Chevrolet durch die Gegend, um mit billigem Puderkram hausieren zu gehen. Und seine Frau Penny war wirklich Klasse. Ihre Familie hatte daheim in Baton Rouge einen Magnolienbaum vor ihrem Trailer. Ida hatte immer an ihm rumgenörgelt, er hätte nicht genug Schwung, was aus seinem Leben zu machen. Was sie wohl sagen würde, wenn er erst die Avon-Vertretung für ganz Zentral-Vermont kaufen würde?

In Lorettas Reihe, auf der anderen Seite, entdeckte er seine Nachbarin, Mrs. Shawn. Es war so toll, Calvin endlich los zu sein, daß es ihm egal war, wer jetzt dort wohnte. Solange sie sich um ihren eigenen Dreck kümmerte. Aber Dack sagte, sie würde schon anfangen, sich über das Insektenlicht zu beschweren. Und ihr neuer Hund hatte am Nachmittag hinten beim Schuppen rumgeschnüffelt und rumgekläfft. Wenn er zu neugierig wurde, konnte es ihm passieren, daß er eine auf den Pelz gebrannt bekam.

Zeno Racine hatte das Gefühl, daß alle in diesem gottverdammten Saal ihn anglotzten und sich fragten, was er hier zu suchen hätte, in seinen grünen Arbeitsklamotten, wo doch niemand aus seiner Verwandtschaft oder Nachbarschaft mitmachte. Aber das hier war, verflucht noch mal, ein freies Land, und er hatte das gleiche Recht, hier zu sein, wie jeder andere. Er beobachtete Chrystal Sue Marsh, wie sie «Moonlight in Vermont» sang, ihren Nerzmantel fallen ließ und in einem limonengrünen Abendkleid dastand. Man sah ihre Titten bis nach ganz hinten, wo Zeno saß. Man könnte den Schwanz zwischen diese Titten stecken wie in eine Möse und dann losspritzen, auf ihren Hals und ihr Kinn.

Muriel hatte ihn rausgeschmissen. Aber, Teufel noch mal, wenn seine Tochter mit ihrem Alten rummachen wollte, war das doch ihre Sache. Und wenn er die Barbiepuppe, die er ihr gekauft hatte, im Klo ertränken wollte oder in einer Schlinge am Türrahmen aufhängen, dann war das seine Sache. «Ich sprüh den ganzen Tag für dich und das Kind in der Gegend rum, Muriel. Und wenn ich heimkomme, dann mach ich, verdammt noch mal, was ich will.» – «Nur über meine Leiche», hatte sie gesagt. «Na gut», hatte er gesagt und ihr eins in ihren fetten Bauch verpaßt. Sie hatte eine gottverdammte gerichtliche Verfügung, wo drin stand, daß er nicht näher als hundert Meter ans Haus herankommen durfte. Und so was nannte sich ein freies Land.

Den ganzen Tag guckte er zu, wie Ameisen aus Wänden gekrochen kamen und zuckend auf dem Boden liegen blieben. Wo sollte er denn hin, wenn er scharf war und nicht an seine Frau und seine Tochter ran durfte? Er versteckte sich in den Büschen hinter Orlons Insektenlicht. Manchmal kam's ihm von dem Gebrutzel. Aber manchmal hatte Calvin das Licht ausgeschossen, eh er soweit gewesen war. Aber nicht, eh er mitgekriegt hatte, was Orlon Marsh hinten im Schuppen für perverse Sachen trieb.

Die Leute gingen immer auf die andere Seite vom Platz rüber, wenn sie Zeno kommen sahen. Genau wie auf der Mink Valley High. Er hatte allein in der Pausenhalle rumgehockt, während die Cheerleader den Baseballspielern hinterhergekreischt hatten. Bis sie ihn brauchten. Dann kamen sie. Ganz lieb und nett, als ob er ihr Traummann wäre. Ob er bitte für das Klassenteam den Ankermann beim Tauziehen machen könne. Als ob das eine Ehre wäre. Als ob sie ihn nicht nur wollten, weil er über zwei Zentner wog. Und dann hatten sie gewonnen, und die Cheerleader hatten ihm fünf Minuten lang auf den Rücken gepatscht. Und dann hatte er wieder allein in der Ecke gehockt. Verdammte Mistweiber.

Chrystal Sue Marsh. Ihr Daddy würde ihm die Eier absäbeln und sie braten, wenn er ihr zu nahe käme. Wenn Zeno durchs Fenster von Orlons Angelschuppen guckte, sah er manchmal, wie er Barsche aufschlitzte, während sie noch zappelten, und ihnen die Eisäcke rausriß. Und sie in Butter briet und mit Miller's runterspülte.

Seine Mutter. Spielte mit seinem Ding. Das eine Auge zugeschwollen, die ganze Gesichtsseite blaurot von Daddys Arbeitsstiefel. Fesselte ihn an einen Stuhl. Zeigte mit dem Finger drauf und lachte. Acht Jahre, was erwartete sie denn? Einen Telefonmasten? Jetzt war es bestimmt nicht mehr klein. Er fühlte, wie es sich unter seinem Bauch an seinem Oberschenkel regte. Sie hatte ihn Zero genannt. Die Lehrerin in der ersten Klasse hatte ihm beigebracht, Zeno hinzuschreiben.

Earl Atkins verkündete die Siegerin. Daisy Wagner. Zeno hatte sie bei der High School beobachtet. Sie war auch Cheerleader. Er hatte ihr angeboten, sie in seinem kleinen Lieferwagen mit dem Tri-Die hinten drin heimzubringen. Sie war zurückgezuckt, als sei er eine Klapperschlange. Ein paar Grünschnäbel in kastanienbraunen Baseballjacken hatten gebrüllt: «He, mach daß du wegkommst, du perverser alter Sack!»

In der Nacht war er nach Burlington gefahren und hatte ein betrunkenes College-Girl aufgesammelt, das zurück in sein Wohnheim im Camel's Hump trampen wollte. Er hatte auf der kleinen Straße raus aus der Stadt auf siebzig Sachen aufgedreht. Sie fing an zu kreischen. Zeno knurrte sie an: «Halt's Maul, du kleines Miststück. Heute ist dein Glückstag.»

Sie packte den Schalthebel und jagte den Rückwärtsgang rein. Es knirschte und ratterte fürchterlich, und der Wagen stand. Sie stieß die Tür auf, und er packte sie beim Arm. Sie schlug ihm die Zähne in den Handrücken. Er brüllte und zog die Hand weg. Sie rannte zum nächsten Haus und bummerte an die Tür. Die Narben von ihren Zähnen waren immer noch da. Doc Evans hatte ganz komisch geguckt, als er ihm die Hand geklammert hatte.

Daisy Wagner. Als er neulich bei der Kongregationistenkirche gespritzt hatte, war er an einem offenen Grab vorbeigekommen. Er hatte sich vorgestellt, wie Daisy da unten drin lag. Wie er zu ihr runterkletterte und sich auf sie legte. Und sie ihn lassen mußte. Weil sie tot war. So lange, wie er brauchte. Die ganze Nacht, immer wieder. Bei Muriel funktionierte manchmal gar nichts. Er stieß und stieß in sie rein, bis sie es satt hatte und in die Küche ging, um sich ein paar Doritos zu holen.

Kürzlich war er Daisy abends bis nach Colonial Manors nachgegangen. Hatte seine Chirurgenmaske aufgesetzt und angeklopft. Ihre Mutter machte die Tür auf. Er stellte den Fuß in die Tür. Das verdammte Luder packte seinen Arm und schmiß ihn auf den Boden. Ein Hund kam rausgefegt und biß ihn in die Wade. Ein Kerl kam angerannt und besprühte ihn mit Chlordane. Bis er's endlich schaffte, den Hund abzuschütteln und in den Wald zu flüchten.

Danach hatte er eine ganze Woche in seinem Trailer in Sunset-View «Bürger gegen Verbrechen» geguckt und drauf gewartet, daß sie die Sache groß aufblasen und die Zuschauer um Hilfe bitten würden. Dann würde er anrufen und ihnen einen Tip geben. Und wenn sie ihn dann schnappten, kriegte er die Belohnung. Er würde sich eine Pistole kaufen...

Einmal, am Nachmittag, als Zeno gerade das Fundament der Kirche eingenebelt hatte, hatte er Angela McGrath gesehen, wie sie bei den halbverrotteten Teddies kniete. Sie ging jeden Tag hin, um dort rumzuhocken und mit ihrem toten Sohn zu reden. Bei Wind und Wetter und Eis und Schnee, wie ein gottverdammter Briefträger. Er war hinter dem Grabstein aufgetaucht, die Chirurgenmaske vor dem Gesicht, mit offener Hose. Sie hatte hochgeguckt und gesagt: «Ach, Zeno, armes Kerlchen. Aber wenn du weiter fleißig dran ziehst, wächst er vielleicht.»

In der Nacht war er zu einem Interstate-Rastplatz gefahren. Er hatte in seinem Wagen gesessen und drauf gewartet, daß eine Frau, die allein im Auto war, anhalten würde, um zu pinkeln. Es war schon spät und stockfinster, und es war niemand mehr unterwegs. Und da war sie auch schon, das Weibsstück, in einem weißen BMW. Regenmantel, Stöckelschuhe, dunkle Haare mit ziemlich viel Grau drin. Sah gut aus. Und reich, das Luder. Ging rein. Zeno sprang raus aus dem Lieferwagen, um in den BMW zu gucken. Auf dem Sitz eine Kamera. Er rannte zurück zu seinem Wagen. Riß die Beifahrertür auf, schnappte sich das Gewehr aus dem Gewehrhalter, lud und entsicherte es. Nahm die Axt vom Vordersitz. Da war sie, genau die, auf die er gewartet hatte, das reiche Luder, das glaubte, es könne die ganze Nacht rumfahren, ohne Mann, der es beschützte.

Genau da kam ein blauer Abschleppwagen angefahren. Ray Marsh kletterte raus und fing an, in der Mülltonne rumzuwühlen. Dann guckte er hoch zu Zeno. «Was treibst du denn hier, Zeno? Grad auf dem Heimweg, stimmt's? Was willst du auch hier draußen im Dunkeln rumlungern?» Er blieb stehen und guckte, so daß Zeno zu seinem Auto zurückgehen mußte. Aber als er an dem BMW vorbeikam, verpaßte er ihm mit seinem Wagenschlüssel einen langen, tiefen Kratzer auf der Seite.

Auf der Heimfahrt hatte er gedacht, verdammt, der Teufel soll ihn holen, diesen Ray Marsh! Ich hätte sie umbringen können, das Luder. Sie abknallen, ficken bis zum Gehtnichtmehr, in Stücke hacken und im Wald verbuddeln. *Das* hätten sie bestimmt in «Bürger gegen Verbrechen» gebracht. Dann hätten sie ihn geschnappt und für die *Gazette* interviewt. Und sein Bild auf der Titelseite von *People* gebracht, wie das von dem Burschen, der diesen Beatle erschossen hatte.

Gefängnis. Ein Bett, drei warme Mahlzeiten am Tag, keine Ameisen mehr und keine Fledermäuse und keine Kakerlaken. Nicht übel. Ein großer starker Verbrecher, der hinter einem steht und einen auf die Knie gehen läßt, damit er einem den Schwanz in den Arsch stecken kann. So, wie sein Dad es gemacht hatte. Der sich um einen kümmerte, einem Zigaretten kaufte, dafür sorgte, daß die anderen nett zu einem waren, weil man ja zu ihm gehörte. Nicht übel.

Zeno hatte die Frau wiedergesehen. Auf dem Friedhof, wo sie rumschlich und mit der Kamera aus dem Auto Fotos machte. Und jetzt sah er sie wieder, dort vorn, in der Mitte. Sie lächelte und klatschte. Sicher eine Spionin oder so was. Wenn sie noch weiter auf dem Friedhof rumschnüffelte, würde er dafür sorgen, daß sie selbst unter die Erde kam.

Die Siegerin. Miss Teenage von Roches Ridge, Daisy Wagner. Eine Krone auf dem Kopf, eine Schärpe um die Brust, Blumen im Arm. Ein Pokal zu ihren Füßen, ein Reise-Set und ein Farbfernseher. Ein Stipendium fürs College. Sie kreischte und heulte. Das Publikum johlte. Aber Daisy war immer noch weiter nichts als ein hochnäsiges kleines Xerox-Luder, und jetzt mußte Zeno sie einfach umbringen, um ihr zu zeigen, wo ihr Platz war.

Während Cleas Augen durch den Saal wanderten, stimmte sie der Gedanke, daß sie jetzt auch zu den Bürgern dieses bemerkenswerten Städtchens gehörte, ganz feierlich. In den Jahrhunderten seit der Gründung von Roches Ridge hatten sich diese Bürger regelmäßig hier versammelt. Der Anlaß hatte sich, bestimmt durch das historische Geschehen auf lokaler und nationaler Ebene, immer wieder gewandelt. Aber die anwesenden Familien waren dieselben geblieben. Und Clea wußte, daß der Tag kam, an dem auch sie in diesem Verbund ihren Platz haben würde.

Die Zuschauer waren jetzt aufgestanden, um Daisy Wagner und der zweiten Siegerin Chrystal Sue Marsh zuzujubeln. Earl Atkins schrie etwas ins Mikrophon, über die «strahlendsten Blüten der jungen Weiblichkeit von Roches Ridge». Geistesabwesend tastete Clea, während sie klatschte, nach ihrer Kamera. Es drängte sie, diesen Augenblick festzuhalten, in seiner ganzen rührenden, fröhlichen Naivität. Das Leben brauchte nicht so düster und kompliziert zu sein, wie es einem in den urbanen Zentren dieser Welt so oft erschien.

Als Clea sich zum Gehen wandte, sah sie hinter sich einen grauhaarigen Mann mit Priesterkragen und schwarzem Anzug. Auf seinem Gesicht stand der entgeisterte, entsetzte und resignierte Ausdruck eines Soldaten, der soeben den letzten aus Saigon startenden Hubschrauber verpaßt hat. Wahrscheinlich war diese Zurschaustellung weiblicher Körper ein Affront gegen seine religiösen Skrupel gewesen.

Aus der Hintertür verschwand gerade Zeno Racine, der Schädlingsbekämpfer vom Friedhof, in seiner grünen Arbeitskleidung. Er war zweifelsohne leicht zurückgeblieben. Aber er war nicht in einer verdreckten, überfüllten Anstalt gelandet. Er verrichtete eine nützliche Arbeit und war ein vollwertiges Mitglied der Gemeinschaft. Das war doch sehr beeindruckend, vor allem im Kontrast zu den Obdachlosen in New York.

Clea erreichte den Hinterausgang, und Dack Marsh zwängte sich hinter ihr hinaus, einen grübelnden Ausdruck auf dem dunklen Gesicht. Als seine Schulter ihre streifte, spürte Clea einen Stromstoß bis in die Fingerspitzen. Sie stützte sich mit einer Hand am Türpfosten ab und holte zittrig Luft. Großer Gott, was war das?

Der Parkplatz war verstopft mit Autos und Menschen.

Scheinwerfer blendeten, Abgasschwaden stiegen zum Himmel, Hupen blökten. Ein Mann in einer Tweedjacke und mit einer braunen Wildleder-Augenklappe blockierte den Gehweg. Er hielt eine Tupperware-Schüssel in der einen Hand und in der anderen ein Plakat, auf dem stand: SPIELPLÄTZE FÜR DEN FRIEDEN: SPENDET GROSSZÜGIG. Er musterte Clea eingehend.

Clea starrte nicht minder unverblümt zurück, als er ihr erklärte: «Für ein Patenkollektiv in der Volksrepublik China.»

«Bitte?»

«Für die Kinder der Welt.»

«Ich verstehe.» Clea ging davon aus, daß dieses Anliegen den Roches Ridgern einsichtig war, und da sie ja eine von ihnen sein wollte, suchte sie in ihrer Tasche nach Kleingeld. Hinter dem Mann mit der Augenklappe schwebte eine ganze Reihe von Transparenten, gehalten von blauverschleierten Frauen in knöchellangen Kleidern: MISS TEENAGE – EINE BELEIDIGUNG DES HERRN. Clea sah den rotbärtigen Mann aus dem gelben Kombi auf seinen Aluminiumkrücken auf Loretta zustürzen. Eine der verschleierten Frauen riß ihn am Arm zurück, so daß er ins Schwanken kam und fast gefallen wäre. Er reihte sich mit einem verlegenen Achselzucken wieder ein.

Nachdem sie ein paar Dollar in die Tupperware-Schüssel geworfen hatte, wühlte sich Clea im Zickzack durch die Menge. Die Leute unterzeichneten Unterschriftenlisten oder debattierten mit denen, die sie ihnen hinstreckten. Die Frau aus dem Karma-Café sah sehnsüchtig zu einer anderen Frau mit Stoppelhaarschnitt hinüber, die ein zusammengerolltes rotes Tuch um die Stirn trug. Die Frau mit dem Tuch um die Stirn sprach mit Dack Marsh, der sich dauernd mit der einen Hand das glatte schwarze Haar aus der Stirn strich. Clea erlaubte ihren Augen nicht, länger auf ihm zu ruhen.

Hinter Dack bemerkte sie ein ganzes Nest von Stoppelhaarköpfen, über denen eine Armada von Transparenten schwebte, die Parolen trugen wie: WIR BRAUCHEN

KEINE FLEISCHBESCHAU – DIE SCHWEINE SIND NICHT WIR und FRAUEN SIND KEIN JUNGVIEH. Eine massige Frau mit einem fluoreszierend schillernden Papagei auf der Schulter brüllte Cleas Nachbarn, der neben Chrystal Sue Marsh ging, an: «Orlon, wie kannst du zulassen, daß deine Tochter bei so was mitmacht!»

Orlon blieb stehen. Seine Zunge züngelte hervor, um über das Schnurrbärtchen zu lecken. «Könnt ihr Mädels mich nie in Frieden lassen, Starshine? Erst sind's meine Fallen, jetzt ist es meine Tochter.»

«Wenn dir deine Tochter wirklich etwas bedeuten würde», sagte Starshine, die schöne junge Frau in ihrem tief dekolletierten Kleid musternd, «dann würdest du nicht zulassen, daß alle Männer der ganzen Stadt sie begaffen.»

«Che Guevara! Che Guevara!» schrie der Papagei.

Chrystal Sue starrte die Frau und den Papagei fasziniert an.

«Darüber entscheid immer noch ich», sagte Orlon. «Aber an deiner Stelle würd ich mir darüber nicht soviel Sorgen machen. Dich wird sowieso keiner für 'n Schönheitswettbewerb aufstellen.» Er packte Chrystal Sue bei der Hand. Sie sah über ihre cremeweiße Schulter auf Starshine in ihrem T-Shirt mit der Aufschrift ICH WEISS, WAS FRAUEN WÜNSCHEN. Starshine lächelte Chrystal Sue zu und ließ dann den Blick über die Menge schweifen, um blaß zu werden, als er auf die verschleierte Frau fiel, die ein Transparent trug, das besagte: DER KÖRPER IST DER TEMPEL DES HEILIGEN GEISTES. Neben der Frau stand der Krückenmann. Starshine musterte die Frau, deren Augen fest auf den Boden geheftet waren.

«Make Love, Not War», kreischte der Papagei.

Die verschleierte Frau sah auf, erblickte den bunten Vogel und lächelte, senkte dann aber, ohne Starshine anzuschauen, den Blick wieder zu Boden.

Als Clea die Peripherie der Menge erreicht hatte, sah sie den Mann mit dem Priesterkragen und dem schwarzen Anzugsjackett, an dessen Revers ein Lebensschützer-Abzeichen steckte. Er drückte ein Schreibbrett an die Brust und schaute einer kleinen Frau mit einem Pillboxhütchen nach, die über den Platz davonging.

Als Clea selbst den Platz überquerte, wurde ihr bewußt, daß sie vieles von dem, was heute abend hier passierte, überhaupt nicht begriff. Es war, wie taub durch eine Welt von Hörenden zu laufen. Aber, sagte sie sich, es war sicher eine Frage der Zeit. In den fernen Ländern, wo Turner und sie gelebt hatten, hatte es immer erst eine Schockphase gegeben, ehe sie in der Lage gewesen war, die andersartigen kulturellen Gepflogenheiten zu entschlüsseln. Allerdings hatte sie damit hier, in ihrer eigenen Kultur, nicht gerechnet.

Im Frontfenster des viktorianischen Wohnhauses auf der anderen Platzseite strich eine schemenhafte Gestalt mit den flatternden Bewegungen eines gefangenen Vogels eine goldene Harfe, und durch die Nachtluft wehte «Some Enchanted Evening» zu Clea hinüber. Sie war so damit beschäftigt, den Harfenklängen zu lauschen, daß sie fast Maureen Murphy und ihre Mutter May über den Haufen gerannt hätte, die sich zum rhythmischen Bumpern des Gehgestells den Bürgersteig entlangarbeiteten.

«Entschuldigung», sagte Clea. «Ich habe Sie gar nicht gesehen. Ich bin es, Clea Shawn. Wie geht es Ihnen?»

«Es geht», sagte Maureen, ohne die Augen unter dem festgepappten Pony auf Clea zu richten.

«Waren Sie auch bei der Miss-Wahl?»

«Mutter hat Alzheimer. Kann nicht solange stillsitzen.»

«Verzeihung, das war mir nicht klar.»

«Sie ist eine alte Frau. Sie hat ihr Leben gehabt.»

«O ja, natürlich.»

Die Mutter schenkte Clea ein strahlendes Lächeln und streckte ihr die Hand hin. Clea ergriff sie und tätschelte sie. Im Weitergehen merkte sie, daß die alte Frau ihr ein kleines Stückchen Papier in die Hand gedrückt hatte. Sie entfaltete es unter einer Straßenlaterne und las, in zittriger Schrift, das Wort HILFE.

II

28 Die Ismen

Elke schob sich die Schweißbrille auf die Stirn und betrachtete die Trümmer ihres bajonettierten Babys auf dem Atelierfußboden, gleichzeitig traurig und erleichtert. Seit Monaten stagnierte sie, außerstande, etwas Neues ins Auge zu fassen, ehe das hier nicht irgendwie gelöst war. Nun gut, jetzt war es gelöst.

Sie legte den Schweißbrenner auf den Boden, öffnete den Reißverschluß ihres Overalls bis zur Taille und ließ sich in ihren schwarzen Plaidsessel fallen. Während ihr Blick auf den verloren herumliegenden rostigen Metallfragmenten ruhte, entschuldigte sie sich bei ihnen dafür, daß sie ihnen eine ruhmvolle Zukunft versprochen hatte. Aber sie hatten es nicht geschafft auszudrücken, wie sie das Leben sah. Sie hatten zum Ausdruck gebracht, wie sie es einmal gesehen hatte. Und das, wovon Käufer, Kritiker und Freunde *erwarteten*, daß sie es sehen sollte. Was sie sah, blieb im Nebel. Aus irgendeinem Grund fiel ihr immer wieder Cleas Bemerkung ein, daß es unsinnig war, wie ein Schilfrohr in jedem Lüftchen zu erzittern.

Sie hoffte nur, der Entschluß zu dieser Abtreibung würde ihr morgen früh noch richtig erscheinen. Vor dem Einsetzen der Wechseljahre hatten sich ihre Stimmungen an einen recht verläßlichen Rhythmus gehalten. Wenn ihr danach zumute gewesen war, alles kaputtzuschlagen, war das gewöhnlich ein Zeichen dafür gewesen, daß sie ihre Tage bekam. In den letzten Jahren kam ihre Periode jedoch nur noch sporadisch, so daß sich ihre Anfälle von Zerstörungswut nicht mehr in ein Muster fügten. Diese Aktion hatte sich allerdings schon wochenlang angekündigt, also war sie vielleicht einfach notwendig.

Aber jetzt kam das schwarze Loch. Kein bajonettiertes Baby, und nichts, was seinen Platz einnehmen konnte. Inzwischen war ihr der schöpferische Prozeß so vertraut, daß sie die vier großen «Sch» identifizieren konnte – Schwarzes Loch, Schimmer am Horizont, Schwung der Begeisterung und Schinderei. Aber die Stadien zu erkennen machte es nur unwesentlich leichter, sie durchzustehen. Außerdem fühlte sie sich betrogen, weil sie gleich wieder ins schwarze Loch mußte, ohne den Schwung der Begeisterung richtig ausgekostet zu haben. Das war so, wie wenn man beim Monopoly – das sie so oft mit Kate und Theo gespielt hatte – direkt ins Gefängnis mußte, ohne sein Geld einzuziehen. Clea weigerte sich, das schwarze Loch und die Schinderei auf sich zu nehmen, und man merkte es ihren Arbeiten an, weil es ihnen sowohl an Tiefe wie an handwerklicher Ausgereiftheit fehlte. Elke dagegen gestattete sich keine Abkürzungen

Andere bildende Künstler hatten ihre Gruppierungen, Lehraufträge, Zusammenhänge, aber Elke hatte dieses ganze Brimborium immer schon gescheut und sich allein auf das konzentriert, was ihr Unbewußtes ihr diktierte. Seit ihrem Studium hörte sie die Debatten über Impressionismus, Realismus, Naturalismus, Expressionismus, Surrealismus, Minimalismus, Konzeptualismus – all die «Ismen», die durch die letzten hundert Jahre dahermarschiert kamen wie ein Sträflingszug. Und wenn die Reihe an sie kam, hatte sie gewöhnlich nichts dazu zu sagen. In ihren Anfangsjahren, als sie immer wieder tapfer ausgezogen war, um eine Galerie zu finden, war sie außerstande gewesen, ihre Werke gegen die vernichtenden Kritiken der Händler zu verteidigen. (Zum Glück hatte sie sich, da Terence weitgehend ihren Unterhalt bestritt, diesem sadomasochistischen Ritual nicht allzuoft unterziehen müssen.) Und jetzt, da sie einen Ruf hatte und dieselben Galeristen, die ihr damals die Tür gewiesen hatten, ihr regelrecht nachliefen, war sie ebenso außerstande, etwas zu sagen, wenn sie ihren «post-abstrakten Expressionismus» bejubelten. Oder sonst einen «Ismus», in den sie ihre derzeitigen schroffen Gebilde aus gemartertem Stahl zu pferchen versuchten.

Auch wenn sich Kritiker oder Kunstgelehrte in Büchern oder Zeitschriften über die Einflüsse verbreiteten, die ihr Werk prägten, konnte sie nur die Achseln zucken. Natürlich hatte sie die verschiedenen Strömungen und die Werke vieler einzelner Künstler studiert und sich zweifellos auch überall genommen, was sie brauchen konnte. Aber für das, was sie machte, hatte sie keine Worte. Hätte sie in Worte fassen können, was sie mit ihren Arbeiten wollte, wäre sie wahrscheinlich Schriftstellerin geworden, weil ein Computer so viel handlicher und sauberer war als all die Farben und der Ton. Wenn sie die Richtung hätte benennen müssen, mit der sie sich am meisten identifizierte, hätte sie sie wahrscheinlich als «Anti-Ismus» bezeichnet.

Die Wahrheit war: Elke fühlte sich in dieser hochintellektuellen New Yorker Kunstszene als Außenseiterin. Abgesehen von ihrem kurzen Abstecher in die Welt der sozialen Zusammenhänge in Gestalt von Arts Alive im Jahr 1970 war sie Gruppen und Gruppenregeln aus dem Weg gegangen, seit sie als junges Mädchen die Hitlerjugend vor Augen gehabt hatte. Sie machte, was sie aus ihren ureigensten inneren Gründen machen mußte. Ihre Werke waren Aufzeichnungen von Äußerungen einer Schicht ihrer Person, zu der sie im Alltagsleben keinen Zugang hatte. Daß diese Aufzeichnungen anderen etwas bedeuteten, war ein wunderbares Nebenprodukt. Ihre Grundprämisse war, daß das, was ihr selbst nur undeutlich bewußt war, oft auch für andere nicht klar erkennbar war, und daß sie es, indem sie es für sich selbst klärte, auch für andere deutlicher sichtbar machen konnte, wenn es ihr gelang, es adäquat darzustellen.

Aber die Arbeit war für Elke auch eine Droge. Ihre innere Getriebenheit legte sich nur in den Momenten, in denen sie sich mit ganzer Hingabe der Suche nach dem Sinn des Leidens widmete, das sie um sich herum sah. Aber ein großer

Teil der Kunst, die gegenwärtig die Galerien und Museen füllte, schien darauf abzuzielen, Leidenschaft und Engagement nur zu demontieren, zu verwässern und lächerlich zu machen und an ihrer Stelle die Sensation des Neuen und Ausgefallenen, die Entfremdung und die Absurdität zu zelebrieren. Schließlich war es ja auch einfacher, zu verkünden, daß es keinen Sinn gab, als seine gesamte verfügbare Zeit darauf zu verwenden, ihn zu suchen.

Ja, schloß Elke, sich von ihrem Sessel erhebend, sie war eine Außenseiterin. Und froh darüber.

Es klopfte an der Tür. Sie hörte Terence rufen: «Du fängst wohl besser an zusammenzupacken, Elke. In einer Stunde sollen wir bei den Shawns sein.»

Elke schaute gereizt zur Tür. Dachte er, sie könne die Uhr nicht lesen? Dieser Mann machte sie noch wahnsinnig mit seinem Drang, sie zu bemuttern. Das verschleierte völlig die tatsächliche Situation – die so aussah, daß Terence emotional hochgradig von ihr abhängig war und immer drunten in der Wohnung herumhockte und darauf wartete, daß sie mit ihm einen Spaziergang machte oder sein jüngstes Positionspapier zur ideologischen Spaltung zwischen China und der Sowjetunion lobte. All die Jahre hatte sie bewundernd seiner Auseinandersetzung mit den Systemen gelauscht: Kapitalismus, Sozialismus, Maoismus, Anarchismus, Marxismus, Monarchismus. Er war so gescheit und so eloquent, so wohlinformiert über alles, was in der Welt vor sich ging. Sie hatte sich als Verräterin gefühlt, als sie vor einiger Zeit über seinen letzten Zeitschriftenartikel zu Clea gesagt hatte, er sei «Ismen-Blabla». Aber für sie war nun mal das einzige System, dem sie wirklich etwas abgewinnen konnte, die Demokratie, und sei es nur, weil sie nicht auf «ismus» endete.

Elke hielt sich energisch vor Augen, daß Terence ein wertvoller Mensch war – gütig und mit Prinzipien. Wenn seine Studenten Probleme hatten, brachte er sie mit, damit sie in ihrem Gästezimmer wohnen konnten. Und zu Anfang ihrer Beziehung hatte sie seine Fürsorglichkeit nicht nur geschätzt, sondern auch gebraucht. Also war diese eheliche Zwangsjacke, in der sie sich zur Zeit fühlte, auch mit ihr eigenes Werk. Sie hatte einfach nicht vorhergesehen, daß Terence von ihrer Beziehung fordern würde, daß sie das Versagen des Weltkommunismus wettmachte.

Während Elke schwunglos Stahlfragmente in eine Mülltonne warf, nahm sie noch einmal Abschied von ihrem Baby, traurig, daß das Überlebte weichen mußte, damit das Neue sich Bahn brechen konnte. Wenn sie Glück hatten, passierte zwischen ihr und Clea im Moment das gleiche. Als Clea am Vorabend angerufen hatte, um Terence und Elke zu einem in letzter Minute improvisierten Osteressen einzuladen, hatte sie versucht, munter zu plaudern, als sei nichts. Elke hatte sich kurz angebunden antworten hören, ohne es zu wollen, aber unfähig zu irgend etwas anderem. Weil sie so verärgert war. Clea erwartete von ihr, daß sie alles hinwarf und sprang, sobald sie auftauchte. Aber Elke war es leid. Es würde wahrscheinlich schmerzlich sein, Clea heute an dem Tisch gegenüberzusitzen, an dem sie so oft in festlicher Familienrunde gegessen hatten. Aber vielleicht war diese Entfremdung ja nur eine neue Phase ihrer scheinbar unendlichen Beziehung. Vielleicht aber auch nicht.

Als Terence die Treppe vom Atelier zur Wohnung hinunterstieg, versuchte er dahinterzukommen, was mit Elke los war. Sie war in letzter Zeit so reizbar. Sonst wurde sie in der Mitte eines Werks immer ganz ruhig und konzentriert. Jetzt, wo Clea weg war, hatte sie eine Ablenkung weniger. Sie weigerte sich zwar, Clea als Ablenkung zu sehen, aber das war sie, wenn sie immer unangemeldet hereinstürmte und bis weit über Elkes Schlafenszeit hinaus Wirbel um sich verbreitete. Wenn sie ging, war Elke aufgeregt und rot im Gesicht, und manchmal bekam sie Migräne. Warum setzte sie sich nur einer so chaotischen Person aus?

Terence erinnerte sich, wie er Elke zum erstenmal gesehen hatte, bei der Eröffnung der Ausstellung eines Freundes in einer kleinen Galerie in der Nähe der Bedford Street. Vor kurzem aus der Armee entlassen, studierte Terence Politikwissenschaft am City College, mit dem Ziel, Vorgaben für eine Gesellschaftsordnung zu entwickeln, die die Menschheit über Krieg, Armut und Ungerechtigkeit hinausführen würde. Elke studierte ein Stilleben aus leeren Weinflaschen, den Mantelkragen bis über die Wangen hochgeschlagen, die Hände in einem Pelzmuff vergraben.

«Und? Wie finden Sie es?» fragte er.

«Gräßlich», murmelte sie. Und weil ihr plötzlich aufging, daß er ja auch der Maler sein konnte, wurde sie rot. Dann erklärte sie ihm, was ihrer Meinung nach bei diesem Bild technisch im argen lag, und sie sahen sich den Rest der Ausstellung gemeinsam an.

Als Terence ihr anbot, sie nach Hause zu bringen, erfuhr er, daß sie bei einer Tante in Washington Heights wohnte und jeden Tag zum Cooper Union fuhr. Nachdem er sie überredet hatte, sich am nächsten Tag mit ihm auf einen Kaffee zu treffen, stapfte er zu Fuß die ganzen Meilen zu seiner Wohnung zurück, und sein Herz flatterte in seiner Brust wie ein Wildvogel im Käfig.

Als Elke am nächsten Nachmittag in dem Café im Village erschien, war Terence gleich doppelt überrascht. Zum einen von ihrer zarten Figur, als er ihr den dicken Pelzmantel abnahm. Und zum anderen von ihren großen, kräftigen Händen, als sie sie aus dem Muff zog. Während sie ihren Kaffee tranken, holten ihre dunkelblauen Augen langsam, aber unaufhaltsam seine ganze Lebensgeschichte aus ihm heraus. Wie seine Eltern bei einem Autounfall ums Leben gekommen waren, als er zwölf gewesen war. Wie ihn ihre besten Freunde in Brooklyn Heights aufgezogen hatten. Wie er durch ein verwüstetes Deutschland marschiert und bei der Befreiung von Bergen-Belsen dabeigewesen war. Wie er sein Leben der Aufgabe verschrieben hatte, dafür zu sorgen, daß so etwas nie wieder geschehen würde.

Ehe sie auseinandergingen, wies Terence sie darauf hin,

wie viel sie doch gemeinsam hatten – beide Waisen, beide Studenten, sie Deutsche, er halb deutsch, halb jüdisch. Er erklärte ihr, daß er mit ihr reden könne, wie er es seit dem Tod seiner Mutter mit niemandem mehr gekonnt hatte. Sie ging, etwas durcheinander, nachdem sie ihm versprochen hatte, ihn in der gleichen Woche wiederzutreffen.

Bald schon fing Terence an, Elke ohne ihr Wissen vom Cooper Union nach Hause zu folgen. Sie machte manchmal noch Umwege: stieg in der Bowery oder in Spanish Harlem aus, um Skizzen von Menschen zu machen, die auf Gehwegen oder in Hauseingängen herumlungerten. Oder Gegenstände von der Straße aufzusammeln und zu inspizieren – einen rostigen Schalldämpfer, eine Sprungfeder, eine kaputte Teetasse. Terence war entsetzt. Sie hatte offensichtlich so viel Schlimmes erlebt, daß sie jeden gesunden Selbsterhaltungsinstinkt eingebüßt hatte. Er wollte sie so gern beschützen. Deshalb folgte er ihr im Abstand von einem Häuserblock oder U-Bahn-Waggon. Immer widerfuhren den Menschen, die er liebte, schreckliche Dinge. Er würde sicherstellen, daß Elke nichts passierte.

Terence nahm immer mehr ab, und seine Studienleistungen ließen nach. Er wurde aus seinem Kriegsgegner-Liga-Komitee ausgeschlossen, weil er dauernd Sitzungen versäumte. Elke sprach ihn auf die Ringe unter seinen Augen und seine hohlen Wangen an. Da er merkte, daß er diese Form, über sie zu wachen, nicht mehr viel länger würde durchhalten können, aber andererseits in ihrer Nähe sein mußte, um sicher zu wissen, daß ihr nichts passieren konnte, beschloß er, daß sie unverzüglich heiraten mußten.

Als Elke seinen Antrag ablehnte, ging Terence dazu über, in der Toreinfahrt gegenüber dem neogotischen Appartmenthaus ihrer Tante zu kampieren. Sooft ein Verehrer kam, um sie abzuholen, erschien er, um ihm mitzuteilen, sie sei krank, frisch verheiratet oder nach Deutschland zurückgekehrt. Als Elke davon erfuhr, war sie empört. Aber nach und nach eroberte Terence sie durch seine Beharrlichkeit.

Sie waren ein feines Paar in jenen ersten Jahren! Er schreckte nachts schreiend aus den Wiederholungen der Alpträume, die er erlebt hatte – der Szene mit dem abgemagerten Häftling in Bergen-Belsen, der, schon zu schwach zum Stehen, den Arm durch den Stacheldraht nach draußen reckte, um Grashalme abzureißen und sie sich in den Mund zu stopfen; der Szene mit der Frau in dem Gestapo-Gefängnis in Frankfurt, die am ganzen Leib mit Schorf und frischen Wunden übersät war und die er auf seinen Armen ans Zellenfenster hielt, damit sie sehen konnte, wie unten amerikanische Truppen durch die Straßen marschierten. Und Elke wanderte weiter in einer Art Bombenschock durch New York, halbbenommen und sich der Gefahren, von denen sie umgeben war, gar nicht bewußt. Hand in Hand schlichen sie über die Minenfelder ihrer kriegsgebeutelten Psychen. Terence ernährte und beschützte Elke, und sie gab ihm die Kontinuität, nach der er sich so sehnte. Von seltenen Ausflügen zu einer Vernissage oder einem Workshop abgesehen, war sie, wenn er heimkam, zu Hause, um die Ecke, Besorgungen machen, oder oben in ihrem Atelier bei der Arbeit.

Und doch hatte immer irgend etwas gefehlt. Elke wurde jedesmal ärgerlich, wenn er das sagte, aber es stimmte. Wenn sie wissen wollte, was es war, konnte er es nicht sagen. Wie ein schwacher Stern, den man aus dem Augenwinkel schimmern sieht, verschwand es, wenn er direkt hinsah. Es hatte mit der Intensität und Hingabe zu tun, mit der Elke sich ihrer Arbeit widmete. Sie war unablässig am Experimentieren. Auf ihren Spaziergängen hörte sie ihm nur mit einem halben Ohr zu, weil sie dauernd die Straße nach irgendwelchem Müll absuchte, den sie mit nach Hause schleppen konnte. Nachts buk sie flüssigen Gummi in Gebäckförmchen im Backofen, um ihn auf seine Eigenschaften zu testen. Er wünschte, sie würde etwas von dieser Leidenschaft in ihre Beziehung fließen lassen, damit die Gewichte nicht so einseitig waren. Damals, zu Beginn ihrer Ehe, war er erleichtert gewesen, als sie sich zur Abtreibung entschlossen hatte, weil er sie nicht mit einem

Kind hatte teilen wollen. Aber er hatte sie schließlich doch teilen müssen, mit einem Rivalen, der nie erwachsen werden und aus dem Haus gehen würde. Sie tauschten sich geistig aus, und sie waren körperlich intim, aber ihr Herz enthielt sie ihm vor.

Sonst waren Elke und er sich immer nähergekommen, wenn Clea weg war. Elke war traurig gewesen, und er hatte sie getröstet und ihr zugeredet, sich endgültig von Clea frei zu machen. Aber seit Clea in Vermont war, war Elke distanziert und reizbar. Warum nur?

Es hatte Zeiten gegeben, da hatte Terence genausoviel Leidenschaft in seine Arbeit investiert wie Elke. Die einzige Möglichkeit, das grausige Chaos dieses zwanzigsten Jahrhunderts erträglich zu machen und die Bilder in seinem Kopf, von einem in Schutt und Asche liegenden Europa und seinen in Massengräber geschichteten Menschen, seinen Leuten, zurückzudrängen, bestand darin, das Ganze als ein Aufräumen mit den alten ausbeuterischen Systemen zu begreifen, das Platz geschaffen hatte für eine neue Ära des Friedens und der Gleichberechtigung im Zeichen des Weltkommunismus. In der McCarthy-Ära, als er und seine Freunde sich gefühlt hatten wie gehetzte Waschbären, hatte ihn dieses Credo aufrechterhalten. In der Praxis aber hatten diese Ideale Stalins Gulag, den Einmarsch in Ungarn, der Tschechoslowakei und Afghanistan, die Roten Garden, die vietnamesischen Boat people und die kambodschanischen Minenfelder gezeitigt. Und der vielgepriesene neue Mensch ähnelte erschreckend dem alten. Terence verfaßte immer noch Analysen der sowjetischen Außenpolitik, weil das sein Job war, aber unter einer verbitterten Perspektive. Die Glut seiner Überzeugung war längst verglommen und erloschen.

An seinem Schreibtisch sitzend, vor sich den Entwurf für einen Aufsatz über den Widerstand in Afghanistan, beneidete er Elke um die Fähigkeit, ihrer Empörung über die Leiden der Menschen Ausdruck zu verleihen, ohne das Gefühl zu haben, etwas dagegen unternehmen zu müssen. Er wünschte sich immer noch, ein System zu finden, das damit Schluß machen würde. Aber gleichzeitig ließ ihn das, was ihn die Jahre über die menschliche Natur gelehrt hatten, bezweifeln, daß ein solches System in einer solchen Welt Bestand haben würde. Deshalb hatte sich sein Lebensziel in letzter Zeit verschoben: von dem Wunsch, die Welt zu verändern, dahin, sie, wenn seine Zeit gekommen sein würde, in dem Bewußtsein verlassen zu können, sich einen Rest von Anstand bewahrt zu haben. Und bis dahin mit Elke eine Nähe verwirklicht zu haben, die nicht nur körperlich und alltagspraktisch war, sondern auch seelisch. Eine Nähe, die sie immer ingrimmiger zu fliehen und zu sabotieren schien, ohne daß er wußte, warum.

29 Auferstehung

Clea stand in ihrer Schürze in der Tür zur Küche und sah zu, wie Turner in einem zerknautschten Hemd den Schinken aufschnitt. Terence, in einen dreiteiligen Anzug geknöpft, schenkte Wein ein. Sechs Leute. Eine dürftige Festgesellschaft. Früher hatte sie immer den Eßtisch ganz ausziehen müssen und noch Beistelltischchen benutzt. Zum Tischdekken hatte sie ihr ganzes Alltagsgeschirr und ihr Wedgewood gebraucht. Aber vor lauter Roches Ridge hatte sie gar nicht an Ostern gedacht.

Andererseits, dachte sie, während sie sich bückte, um ein Spinat-Soufflé aus dem Backofen zu nehmen, hatten diese Menschen hier schon an so vielen Thanksgiving-Tagen, Weihnachten und Ostern an ihrem Tisch gesessen. Was hätte sie daran gehindert, dieses Jahr Ostern selbst zu organisieren? Wieso war sie für alle die große Organisatorin? Sie sahen sie als stark und tüchtig, als jemand, an den man sich anlehnen oder an dem man seine Hörner reiben konnte. Aber wen interessierten ihre Bedürfnisse oder Empfindlichkeiten?

«Vouvray.» Terence blickte finster auf die Flasche, die er gerade noch davon hatte abhalten können, etwas von ihrem Inhalt in Elkes Glas zu entleeren. «Also wirklich, Clea. Nach dem, wie die Franzosen uns in dieser Ghadafi-Sache behandelt haben, sollten wir doch wohl wenigstens alle französischen Exportartikel boykottieren.» Terence hatte schon die ganze Zeit gespürt, wie sich in ihm der Drang zusammenballte, sich in einen Disput zu stürzen. Seit Elke ihn vorhin angefaucht hatte, weil er nach ihrem Arm gegriffen hatte, um ihr ins Taxi zu helfen. Er sah noch das schüchterne, traumatisierte Mädchen in Fuchspelz und Muff vor sich. Genau wie ihr deutscher Akzent sich mit den Jahren gelegt hatte, war auch ihre Schüchternheit gewichen. Er hatte zugesehen, wie sie ihr Talent entfaltet und nach und nach Geld und Anerkennung geerntet hatte. Was ihm einerseits gefiel und ihn stolz machte, ihn andererseits aber auch beängstigte, weil sie seine Hilfe nicht mehr brauchte. Wenn er sich die Frage stellte, was sie eigentlich von ihm wollte, kam darauf die bittere Antwort: «Nichts.» Aber immerhin war er ja noch mehr als nur Elkes ergebener Höfling. Er war auch noch ein geachteter Politik-Wissenschaftler. Und dieser Vouvray gab ihm die Chance, sie daran zu erinnern.

Elke, die mit aufgestütztem Ellbogen dasaß, bedeckte ihre dunkelblauen Augen mit einer, ihrer großen Hände. «Gieß ein, Terence.»

«Also, ich fand es toll», provozierte Kate, die sich jetzt in ihren löchrigen T-Shirt-Zwiebelschichten eifrig vorbeugte. «Was glaubt dieser Ronald Reagan denn, wer er ist? John Wayne?»

«Du meine Güte. Liberale Flausen», knurrte Terence, befriedigt, daß jemand seinen Fehdehandschuh aufgenommen hatte. «Und dabei war sie immer so eine vernünftige junge Frau.»

«Und schon geht's los», stöhnte Theo, während er überbackene Kartoffeln auf einen Teller häufte, den Turner ihm hinhielt.

«Keine Politik», erbat sich Clea, die Form mit dem Soufflé auf einem silbernen Untersetzer in Form eines Weinblatts absetzend. «Ostern ist als ein fröhliches Fest gedacht. Der Tag der Auferstehung.» Sie sah Elke an, deren Gesicht verschlossen und angespannt war. Als sie gekommen war, hatte sie lediglich das Kinn ein wenig vorgestreckt, um Cleas Kuß entgegenzunehmen. Was war los? Offenbar hatte es irgend etwas mit Terence zu tun, dem Eifer nach zu urteilen, mit dem er sich in eine politische Diskussion mit einer kleinen Studentin im ersten Collegejahr zu stürzen versuchte. Aber gestern am Telefon war Elke auch schon so kurz angebunden gewesen.

«Ein Gedicht, Clea», sagte Turner, im Schinkenschneiden innehaltend, um das luftige Soufflé zu würdigen.

Clea lächelte ihn an. Sie hatte ein schlechtes Gewissen wegen des zerknautschten Hemds. Sie war nicht dagewesen, als er aus Mexico City zurückgekommen war, und er hatte keine sauberen Hemden mehr. Aber verdammt noch mal, er wußte ja, wo die Waschmaschine war. Und das Bügeleisen. Mußte er wirklich in einem so zerknautschten Hemd zu ihrem Osteressen erscheinen? Das war wieder mal seine passiv-aggressive Art, ihr Vorhaltungen zu machen. Nun ja, immerhin hatte sie über ihren Tiefkühl-Diätmenüs aus Calvin Roches Gasherd nicht das Kochen verlernt. Sie legte die Schürze ab, setzte sich auf ihren Sheraton-Stuhl am Fußende des Tischs und griff nach dem Vorlegelöffel für das Soufflé. Sie nahm einen schwachen, abgestandenen Marihuanageruch aus Theos Richtung wahr und sah ihren Sohn streng an.

«Theo», sagte sie mit Nachdruck in der Stimme. In ihrer Abwesenheit war der Schnapsschrank geplündert worden, und der Wohnzimmerteppich hatte ein – inzwischen von einer Topfpflanze verdecktes – Brandloch. Weil sie versuchte, in Vermont zu leben, würde ihr Sohn ein drogensüchtiger Trinker werden, ein würdiger Sproß seines Vaters, des Penners von Turtle Bay. «Ich habe ein ernstes Wörtchen mit dir zu reden.»

«Ach, Mom, wenn es wieder um Kondome geht, will ich es nicht hören.»

Kate verschluckte sich an ihrem Wein, und Elke lachte leise. Turner grinste, und Terence räusperte sich und sah unbehaglich drein.

Clea merkte, daß sie dabei war, einen Zusammenstoß zu provozieren und machte einen Rückzieher. «Schon gut, Theo. Es ist nicht so wichtig.»

Aus dem Augenwinkel sah Clea Brandy an einem Bein des Couchtischs im Wohnzimmer nagen. Er brauchte es, draußen im Freien zu sein und durch die Wälder und Wiesen toben zu können. Immer wenn sie mit jemandem irgendwo saß und redete, kam er angesprungen, um sie anzuwinseln, damit sie ihn streichelte. Was wiederum Theo eifersüchtig machte. Heute morgen erst hatte er gesagt: «Herrgott, Mutter, du behandelst diesen Köter, als wäre er der verdammte Dauphin von Frankreich.»

Das erinnerte sie an ein Abendessen an diesem Tisch, als die Kinder noch klein gewesen waren. Turner war gerade aus Bogotà zurückgekommen, und er und Kate und Theo wetteiferten darum, ihr von ihren Großtaten in der Spielgruppe und im Konferenzsaal erzählen zu können. Als der erste Ansturm vorbei war und sie in ihrem Sessel im Wohnzimmer saß, merkte sie, daß sie losschreien und nie mehr aufhören würde, wenn noch irgendein Lebewesen etwas von ihr wollte. Just in dem Moment kam der Kater über den Teppichboden auf sie zugeschlichen. Er strich ihr um die Beine. Dann sprang er auf ihren Schoß, wo er sich schnurrend und träge blinzelnd zusammenrollte. Sie packte ihn und schmiß ihn durchs halbe Zimmer. Entsetzt starrte sie auf das arme erschrockene Tier, während Turner und die Kinder sich besorgt um sie scharten und sie fragten, was los sei. «Matriarchin» war eine Beschönigung. Sie war der Rudelboss.

«Genau», sagte Theo. «Wir wollen doch nicht das Auferstehungsfest damit begehen, auf dem lieben Theo rumzuhakken, Leute!»

Clea musterte ihn. Soweit sie wußte, hatte er bisher noch keine längerdauernde Beziehung mit einem Mädchen gehabt. Das war ihre Schuld, weil sie ihn um den ganzen Erdball geschleppt und ihn mit lauter verschiedenen Bezugspersonen konfrontiert hatte, so daß er jetzt davon ausging, daß nichts auf der Welt von Dauer war. Er hatte keine Hobbies, keine Zukunftspläne und sehr mittelmäßige Zensuren. Seit sie aus Roches Ridge zurückgekommen war, guckte er immer nur nonstop diese blödsinnigen «Leave It to Beaver»-Folgen auf Video. Heute morgen hatte sie schließlich zu ihm gesagt:

«Theo, ist dir klar, daß June Cleaver Schauspielerin ist? Sie steht nicht den ganzen Tag zu Hause in der Küche und backt Schokoladenplätzchen für ihre echten Kinder. Sie ist im Studio und spielt jede Szene immer wieder von vorn unter fürchterlich heißen Scheinwerfern und kassiert dafür einen Haufen Geld.»

Terence sah düster auf seinen Schinken, das Kinn auf dem Windsorknoten. Für ihn, überlegte Clea, war ein Festessen ohne politisches Streitgespräch wie eine Auferstehung ohne Leichnam. Elke guckte ihn immer wieder von der Seite an, zweifellos auf der Suche nach einem nicht-explosionsträchtigen Thema, das ihn trotzdem besänftigen könnte. Clea musterte Elke in ihrem marineblauen Kleid, passend zu ihren Augen. Eine ihrer kräftigen Hände zupfte an ihrem Oberteil herum. Ihr bajonettiertes Baby war eine Parodie ihrer früheren Arbeiten, wie ein später Hemingway-Roman. Nicht einmal die Liebe konnte einen so blind machen, das nicht zu merken.

Kate drehte sich eine Zigarette, während sie wartete, daß Turner mit dem Aufgeben fertig würde. Terence' Miene hellte sich auf, und er fragte sie: «Hast du gelesen, daß der Original-Marlborough-Mann kürzlich an einem Lungenemphysem gestorben ist?»

Kate sah ihn ruhig an. «Hast du etwas dagegen, wenn ich rauche, Onkel Terence?» Es war weiß Gott auch so schon nicht allzu amüsant zwischen all diesen Schmarotzern der Ausbeutergesellschaft. Ihr eigener Vater war nichts als ein kapitalistischer Profitgeier, der überall hinflog, wo es etwas zu holen gab. Onkel Terence war zwar angeblich mal Kommunist gewesen, stand inzwischen aber irgendwo rechts von Ferdinand Marcos. Und selbst Tante Elke, deren Arbeit Kate eigentlich respektierte, saß hier im Seidenkleid vor Silber und feinem Porzellan und einer solchen Menge Essen, daß man damit ein äthiopisches Dorf eine Woche lang hätte ernähren können. Kate strich ein Streichholz am Reißverschluß ihrer Jeans an und zündete sich ihre Zigarette an.

«Auf welcher Ebene soll ich dir darauf antworten, Kate?» fragte Terence.

«Vergiß es», sagte Kate, indem sie die Zigarette ausdrückte und ihm einen Blick zuwarf, der tödlicher war als jahrzehntelanges Kettenrauchen.

«Könntest du bitte die Kerzen anzünden, Liebling?» bat Clea Kate, um sie abzulenken. Während Kate ein weiteres Streichholz an ihrem Reißverschluß entzündete, stand Clea auf, um den Kronleuchter auszuknipsen. Dunkel umfing die Tischrunde. Einen Augenblick lang war nichts zu hören als das zischende Geräusch von Autoreifen draußen auf der nassen Straße.

«Diesmal ist es uns aber wirklich gelungen, die Schafe von den Böcken zu scheiden», bemerkte Turner, während er sich setzte und die Leinenserviette auf seinem Schoß entfaltete. «Wir sind nur noch der harte Kern der Tafelrunde.» Er fuhr sich mit der Hand über den Kopf und betrachtete Theos sorgsam gekämmte und gescheitelte braune Haarmatte.

Armer Turner, dachte Clea, als sie ihn über seine kahle Stelle streichen sah. Sie hatte es in letzter Zeit ganz versäumt, ihn mit tröstlichen Bemerkungen über seine übermäßige Testosteronproduktion aufzurüsten. Sie war eine miserable Ehefrau.

«Scheißgefühl», murmelte Theo, mißmutig seine Kartoffeln beäugend. «Wo stecken denn die anderen alle?»

Elke sah über den Tisch auf Theo, der, wo er ging und stand oder, wie jetzt, saß, seine Besonderheit und sein Bedürfnis, sich von dieser Herde abzusetzen, wie einen Button vor sich hertrug. Vor dem Essen hatte er sein Bestes getan, jedes bornierte Vorurteil von sich zu geben, das ihm irgend einfiel, um nur ja die Hoffnung seiner Eltern zu zerstören, sie hätten es geschafft, einen Weltbürger heranzuziehen. Nur eine Mutter konnte ihn im Moment lieben, und selbst Clea schien es ganz schön schwerzufallen.

Elke seufzte bei dem Gedanken, daß Kate und Theo so viele Jahre der Enttäuschung, des Schmerzes, des Scheiterns und

Leidens bevorstanden. Sie würden mit ansehen müssen, wie ihre glühendsten Ideale und ihre liebsten Freunde vom Leben kleingekaut und ausgespuckt würden. Und wofür das alles? Elke hatte keine Ahnung. Zwanzig Jahre lang hatte die Existenz dieser Kinder bestimmt, wie sich Cleas Leben und, vermittelt über sie, auch das der übrigen Erwachsenen an diesem Tisch, abgespielt hatte. Aber jetzt war dieser Polyeder dabei, zu zerbrechen, zu zerfallen, sich aufzulösen, wie Elkes bajonettiertes Baby. Das Molekül setzte seine einzelnen Atome frei, damit sie in den leeren Raum hinausdrifteten. Elke sah an der Kerzenflamme vorbei in das dunkle Wohnzimmer hinüber, wo sie früher gesessen und Cleas Kinder beim Spielen gezeichnet hatte. Sie fröstelte.

«Kann ich das Tischgebet sprechen?» fragte Theo mit einem trotzigen Lächeln.

Alle sahen ihn an. Noch nie war an diesem Tisch ein Tischgebet gesprochen worden.

«Wieso?» fragte Terence, sichtlich aufgemuntert bei der Aussicht, nun doch noch zu seinem Streitgespräch zu kommen.

«Weil es zu meinem Glauben gehört.»

«Welchem Glauben?» fragte Turner alarmiert.

«Ich bin der baptistischen Kirche beigetreten. Letzten Monat bin ich getauft worden.»

Schweigen legte sich um den Sheraton-Eßtisch wie die Staubwolke eines zertretenen Bovists. Clea sah auf das weiße Hemd und die Krawatte, dort, wo sonst Theos blaues Arbeitshemd und silbernes Astronautenjäckchen gewesen waren. Sie hätte sich gleich denken können, daß da auch innen etwas passiert war.

«Jesus», murmelte Kate.

«Na ja», erklärte Theo, indem er seinen Unschuldsblick seiner Mutter zuwandte, «jeder braucht eben irgendwas, woran er sich halten kann.»

«Ich bin froh, daß du etwas gefunden hast, Theo», erwiderte Clea, die sichtlich zusammengezuckt war. Sie bemerkte, wie Elke sie zum erstenmal an diesem Nachmittag mitfühlend ansah. Ein Wiedergeborener, ein Penner und eine Depressive, alles an einem Tisch und alles Cleas Schuld. Alle gesund und bei Laune zu halten war ein schwerer Job. Wie kam Clea nur auf die Idee, sie könnte gleichzeitig noch ein Haus renovieren und ein Buch machen?

Sie beugten die Köpfe, und Theo plauschte mit seinem Herrn über das bevorstehende Mahl, die Leute, die es nicht nötig hatten dabeizusein, und die Selbstsucht nicht näher spezifizierter Erwachsener, die meinten, ihre eigenen Interessen auf Kosten ihrer Nächsten und Liebsten verfolgen zu müssen.

«Amen», sagten alle unsicher. Als Clea nach ihrer Gabel griff, wußte sie nicht, ob sie sie nach Theo werfen oder lieber wütend das Eßzimmer verlassen sollte. Statt dessen reichte sie Theo die Rosinensoße. Das Netz, das sie alle miteinander verband, war zerschlissen und zerlöchert, dachte sie. Sie fühlte die Trübsal wie Nebel über dem Tisch hängen.

«Es läuft jetzt gerade ein Wettbewerb, wer den besten Namen für diese Dinger findet», sagte Theo, während er sich Soße auf seinen Schinken löffelte.

«Welche Dinger, mein Schatz?» fragte Elke, die silberne Gabel anmutig in der großen Hand haltend.

«Du kennst doch diese Rosinen im Fernsehen, die so rumtanzen, und dazu läuft ‹I Heard It Through The Grapevine›.»

Elke sagte das gar nichts. Sie erinnerte sich, wie entzückt sie gewesen war, dank ihrer Einbindung in Cleas Familie endlich so typisch amerikanische Phänomene kennenzulernen wie tanzende Rosinen. Clea war ihre erste Freundin aus dem Herzland der Staaten, mit allem, was dazugehörte: Kindern, Haustieren und einem Klettergerüst im Garten.

«Das ist ein Werbespot», erklärte Kate verächtlich.

«Ich verstehe», sagte Elke.

«Na, jedenfalls», sagte Theo, «gibt es jetzt so einen Wettbewerb, bei dem man diese Rosinen irgendwie taufen soll.

Man kann fünftausend Dollar dabei gewinnen und eine Reise nach Hollywood.»

«Warum sagst du das nicht gleich?» fragte Turner. «Bei so viel kreativer Intelligenz an einem Tisch sollten wir es doch wohl schaffen, einen Namen für ein paar lächerliche Rosinen zu finden. Wie wär's mit Rosinus Rex?»

«Rosine d'être?» schlug Elke vor, während sie sich Butter auf ein Brötchen strich.

«Viel zu intellektuell.» Terence lächelte. «Wir haben es mit dem amerikanischen Durchschnittsverbraucher zu tun. Wir brauchen einen Spitznamen wie Knubblies oder Knirpsies oder Dickies.»

«Randy Rosino, die supergeile Sultanine – ist doch immerhin ein interessantes Bild», steuerte Clea bei.

Theo lachte. «Ihr seid wirklich ein ausgeflippter Haufen, Leute.»

Während die Diskussion immer alberner wurde, lehnte sich Clea lachend und erleichtert zurück. Alle in der Runde knüpften mit vereinten Kräften an ihrem Netz, um es wiederherzustellen. Sie hätte schwören können, daß ein schwaches Leuchten um Kates und Theos Köpfe schwebte. Wie glänzend-geschmeidige junge Tiere strahlten sie jenes arrogante Selbstvertrauen aus, das physische Vitalität generiert. Sprungbereit am Ufer der sexuellen Leidenschaft stehend, alle Sinnesantennen ausgefahren, um die Partner ausfindig zu machen, mit denen sie die Tiefen ausloten würden, lauerten sie darauf, sich in das mächtigste Element zu stürzen, mit dem die Natur aufzuwarten hatte. Während Clea Theo die Brötchen reichte, betete sie stumm, daß diese Naturgewalt, die ihre Mutter in so viele böse Strudel gerissen hatte, diese armen unschuldigen Kinder sanft liebkosen und wiegen würde. Ihre strahlende Lebendigkeit erschien Clea plötzlich wie eine bemerkenswerte Gemeinschaftsleistung der vier ramponierten Erwachsenen an diesem Tisch.

Die dunstigen Vermonter Frühlingstage schienen nur noch ein Traum. Sie hatte sich das alles nur ausgedacht – ein Dörfchen auf einem Granitsockel, drunten der See und in der Ferne die Berge, ein antikes Steinhaus auf einem fliederbewachsenen Hügel, die Bewohner ein kauziges Völkchen mit rauher Yankee-Schale, aber darunter grundanständig und voller Mutterwitz. In Wirklichkeit war Roches Ridge ein ödes Nest über einem Sumpf, voller bizarrer Fremder. Der rotbärtige Prediger mit dem gelben Lieferwagen, der Schädlingsbekämpfer mit der Chirurgenmaske, der Friseur mit den türkisfarbenen Haarstacheln, lesbische Tipi-Kommunen, christliche Satellitenschüsseln und maoistische Futtersilos – nichts davon paßte in das ursprüngliche Leben ihres Vermont-Skripts.

Von der Sache mit May Murphy ganz zu schweigen. Am Tag nachdem die alte Frau ihr den Zettel mit dem Wort HILFE in die Hand gedrückt hatte, war Clea zu Maureen ins Postamt gegangen, um sie zu fragen, ob ihre Mutter irgendwie in Schwierigkeiten sei. Maureen hatte nur gesagt, ihre Mutter hätte Alzheimer, und Loretta Gebo und Astrid Starr hatten es bestätigt. Also hatte Clea die Sache fallenlassen. Aber diese Geschichte hatte ihr wieder in Erinnerung gerufen, was sie schon in Poplar Bluffs gelernt hatte: selbst im Garten Eden gab es Schlangen.

Und plötzlich, während Terence sich erhob, um Wein nachzuschenken, wurde Clea klar, daß Elke recht hatte: Sie war wieder auf einem Trip gewesen, taub für die Wünsche ihrer Lieben, blind für die Komplexität des wirklichen Lebens. Sie hatte geglaubt, endlich über die Obsession hinaus zu sein, aber das war eine Illusion. Sie war phantasiensüchtig. Sie war nicht besser als ihre alkoholsüchtige Mutter. Roches Ridge war ihr Smirnoff. Diese Menschen hier am Tisch, die Namen für tanzende Rosinen erfanden – das war das, was wirklich zählte.

Als Turner sie in Paris in der Kunst der umkomplizierten Liebesaffären unterwiesen hatte, war Gegenstand einer Lektion die Notwendigkeit gewesen, von Anfang an klarzustellen, daß eine neue Leidenschaft nie und nimmer ihre Arbeit oder ihr Familienleben tangieren würde. Sie hatte sich fast jedesmal unter dieser Regel gewunden, aber sie hatte sich daran gehalten. Aber Roches Ridge hatte den kritischen Punkt bereits überschritten. Es drängte sich zwischen sie und ihre Familie. Also mußte es weichen. Während sie das Fett von ihrem Schinken schnitt, nahm sie sich vor, Calvin Roches Haus zu verkaufen und hier in New York zu bleiben, wo sie hingehörte. Das Haus war sowieso eine Ruine, die instand zu setzen mehr kosten würde, als sie wert war. Das Grundstück und der Keller waren voller Müll, und die Umgebung bestand vor allem aus Schrottautos. Sie hatte die Ratten gegen ein Rattennest eingetauscht.

«Vielleicht sollten sie einer Rosine Dreadlocks verpassen, sie zu Reggae-Musik tanzen lassen und sie Rastasine nennen», schlug Theo vor.

Alles lachte, und Theo freute sich. Clea war froh, daß die Ernüchterung diesmal so schnell gekommen war. Sie sprang auf, knipste das Licht an und griff sich ihre Nikon von der Anrichte. Während sie die Einstellung regulierte, rief sie: «Alle mal lächeln, bitte!»

Während Elke ihr Bestes tat, ein Lächeln zustande zu bekommen, merkte sie plötzlich, daß diese Situation im Grunde Cleas ganze Art auf den Punkt brachte: Da saßen sie an diesem Tisch, jeder im Würgegriff seiner eigenen Misere, am Schlußpunkt ihrer gemeinsamen Geschichte angelangt, und Clea befahl ihnen zu lächeln! Sie bemerkte, wie Kate die Aufforderung ihrer Mutter ignorierte und sich mit zitternden Händen und gerunzelter Stirn eine Zigarette zu drehen versuchte. Sie war so ein sonniges kleines Mädchen gewesen und ständig auf Terence' Schoß geklettert, um ihm den Schlips aufzubinden. Jetzt, in ihren löchrigen T-Shirts und den zerrissenen Jeans, sah sie aus wie eine arme Tagelöhnerin auf der Flucht vor Hunger, Staub und Trockenheit. Sie kapitulierte, ließ den Tabak wieder in ihrem Beutel verschwinden, stützte die Hände gegen die Tischkante und verkündete: «Ich muß euch auch etwas sagen. Etwas, was euch sicher nicht gefallen wird.»

Die anderen sahen sie an, immer noch auf der Suche nach Rosinennamen.

«Ich bin lesbisch.»

Niemand antwortete.

«Ich weiß, für euch ist das abnorm und krankhaft und so weiter, aber ich bin nun mal so. Und seit ich akzeptiert habe, daß ich so bin, bin ich ein viel glücklicherer Mensch.»

«Schock«, murmelte Theo.

«Das ist kein Schock», sagte Clea scharf, während sie sich wieder hinsetzte. «Das ist prima, Kate. Gibt es denn jemand Spezielles?»

«Mußt du so kleinbürgerlich sein, Mutter?» fragte Kate.

«Nicht jeder ist so scharf drauf, das traute Glück fürs Leben zu finden, an der Seite von Mr. Right.» Sie bedachte ihren Vater mit einem verächtlichen Blick. «Und außerdem bist du ja so eine Heuchlerin. Du findest es gar nicht wirklich prima. Auch du unterliegst der Indoktrination durch die Medien, genau wie alle anderen Menschen in diesem Land.»

Turner sagte grinsend: «Ich will dir ja nicht den Wind aus den Segeln nehmen, Schätzchen, aber deine Mutter ist das, was du Medien nennst.»

Elke und Clea sahen sich an, und ihre Blicke hielten sich eine ganze Zeit lang fest. Elke verkniff sich mit Mühe jene Sorte Lächeln, die sie noch trauriger aussehen ließ als eine finstere Miene.

«Nur zu, Dad», fauchte Kate. «Sei du nur witzig und weltläufig. Stell du dich nur ja nicht deinem Zorn und deiner Trauer. Aber das wird auch nichts ändern. Ich liebe Frauen.»

«Ich auch», sagte Turner. «Ich finde das völlig logisch. Frauen sind nun mal die höhere Sorte Menschen. Sie verdienen es wirklich, daß man sie liebt.»

Clea sah, wie Kate immer erregter wurde, weil alle ihre Präferenz guthießen. Clea wußte, daß sie aufgefordert war, wenigstens einen Hauch von Mißbilligung zusammenzuscharren. Sie erwog das Thema Enkelkinder und ob es ihr etwas ausmachen würde, keine zu haben. Oder welche, die vaterlos waren. Nach allem, was sie auf sich genommen hatte, um sicherzustellen, daß Kate einen Vater hatte. Und sie merkte, daß sie Kate beneidete, weil sie sich der verschiedenen Alternativen bewußt war und sich zwischen ihnen entscheiden konnte, statt hinterrücks von irgend etwas überfallen zu werden. Beiden Kindern war dieser Luxus vergönnt, einen ganzen Fundus an Rollen durchprobieren zu können wie Halloween-Kostüme. Und wenn sie erst einmal alle vorgefertigten Kostüme angezogen und wieder abgelegt hatten, konnten sie darangehen herauszufinden, wer sie wirklich waren. Für Clea hatte in diesem Alter nur eine Schürze bereitgelegen und für Turner ein dreiteiliger Anzug.

Theo sagte jetzt: «Wenn niemand sonst in dieser Familie in der Lage ist, Sünde als solche zu identifizieren, ich kann es, Kate. Aber Christus lehrt uns, die Sünde zu verabscheuen, nicht den Sünder. Und deshalb liebe ich dich trotzdem noch, auch wenn ich das verabscheue, was du tust.»

«Was bildest du dir ein, du kleiner Scheißer, mir deinen patriarchalischen Christus-Trip überzubraten?»

Später standen Elke und Clea zusammen in der Haustür, während Terence und Turner draußen im Regen ein Taxi auftreiben suchten. Clea war vorsichtig und verschüchtert, weil sie Elkes Stimmung nicht einzuschätzen vermochte, und schwieg deshalb. Elke sagte ebenfalls nichts, bis auf ein paar hastige Dankesworte, als das Taxi vorgefahren kam. Clea sah zu, wie Terence Elke ins Taxi half. Sie entwand ihm ihren Arm und zog ein ärgerliches Gesicht.

Als das Taxi abfuhr und Turner ihm vom Gehweg aus hinterherwinkte, betrachtete Clea das Spiel des Lichts der Straßenlaternen auf den Pfützen. Sie fühlte sich verlassen. Am Ende ging Elke doch immer mit Terence, und wenn auch noch so mürrisch. In all den Jahren ihrer innigen Gefühle füreinander hatte Clea gewußt, daß Elke sich im Konfliktfall immer für Terence entscheiden würde. Schließlich war er ihr Mann. Und Clea war nur ihre wichtigste emotionale Stütze und ihr einziger Quell von Spaß und Optimismus.

Im Bett fragte Clea Turner: «Und was sagst du zu Kates Eröffnung?»

Er lag an ihren Rücken geschmiegt und hielt sie umfaßt: «Es ist mir egal, mit wem meine Kinder ins Bett gehen, solange sie sich nur nicht AIDS holen. Aber ich würde mir wünschen, sie müßten es mir nicht immer unter die Nase reiben. Schließlich verlange ich auch nicht von ihnen, daß sie mein Sexualleben billigen.»

Sie sind auch nicht dein Vater, dachte Clea. Turner hatte sich immer schon schwer damit getan, zwischen den Kindern und den Erwachsenen in seiner Familie zu unterscheiden. Er benahm sich oft wie ein jüngerer Bruder, für den sie verantwortlich war. «Ich fand es schön, daß sie das Gefühl hatte, sie kann es uns erzählen. Das zeigt doch, daß sie auf unsere Liebe vertraut.»

«Aber sie hat doch mit aller Macht versucht, uns einen Sturm der Entrüstung zu entlocken.»

«An der Oberfläche ja. Aber nicht wirklich.»

Turner grunzte. «Jetzt spielst du wieder die Sibylle. Die immer besser weiß, was die Leute wollen, als die Leute selbst.»

Clea wünschte sich, sie könnte das alles mit Elke besprechen. Mit ihr hätte sie diesen Teil des Gesprächs überspringen, das, was sie eben gesagt hatte, als selbstverständlich voraussetzen und sich tiefgründigeren Betrachtungen zuwenden können. So war es, als ob man einen Physiker bemühen würde, um simple Summen zu ziehen.

Turner vergrub das Gesicht an ihrem Nacken. «Aber man muß ja auch blöde sein, um Frauen nicht zu lieben. Und deine Tochter ist nicht blöde.»

Clea rieb seufzend ihre Wange an seiner. «Turner, ich habe beschlossen, das Projekt Roches Ridge sterben zu lassen.»

«Oh. Aber das ist ja großartig, Liebling!»

«Mir ist heute abend aufgegangen, daß mir die Menschen, die da an unserem Tisch saßen, mehr bedeuten als irgend etwas sonst auf dieser Welt. Ich brauche euch alle.»

«Und wir brauchen dich», flüsterte Turner.

«Und mir ist aufgegangen, daß New York der Ort ist, wo ich hingehöre. Du kannst dir gar nicht vorstellen, wie öde so ein Dorf voller sturer Yankees ist. Da hätte ich genausogut gleich in Poplar Bluffs bleiben können.»

«Meine Rede.»

Clea spürte, wie Turners Penis sich an ihrem Hinterteil regte.

«Du kannst dir etwas darauf zugute halten, Clea, daß du das merkst, ehe du einen Haufen Zeit und Geld vergeudet hast.»

Turner streifte sich ein Kondom über und flüsterte: «Willkommen daheim, Liebling.» Er nahm sie von hinten, langsam und zärtlich, mit den Händen ihre Hüften umfassend.

Bestürzt ertappte Clea sich dabei, wie sie sich Dack Marsh vorstellte, oben auf seinen Autowracks, die kupferfarbene Brust schweißnaß, während er mit dem Brecheisen hebelte und wuchtete und seine Muskeln hervortraten und vor Anspannung bebten.

30 Der achte Kreis

Clea erwachte und räkelte sich genüßlich zwischen den strapazierten Laken, froh, daß ihr Abstecher in die Enthaltsamkeit vorüber war. Turner war schon unterwegs zum Flughafen. Er hatte ihr auf dem Nachttisch ein Briefchen hinterlassen, in dem er sie noch einmal dazu beglückwünschte, daß sie Roches Ridge hinter sich gelassen hatte. Theo und Kate waren schon wieder in ihre Colleges zurückgefahren. Sie würde ein paar Besorgungen machen und sich für danach mit Elke im Village zum Lunch verabreden.

Sie wählte Elkes Nummer und bekam den Anrufbeantworter. Verdammt. Wahrscheinlich versuchte sie gerade, ihr bajonettiertes Baby zu retten. Clea war etwas pikiert, weil Elke sie nicht angerufen hatte, ehe sie an die Arbeit gegangen war. Ihres Wissens war Clea doch nur noch kurz da, um dann wieder nach Roches Ridge zu fahren. Wollte sie sie dafür bestrafen? Sie ahnte ja nichts von ihrer Repatriierung. Daß Dack Marsh auf einmal vor ihrem inneren Auge aufgetaucht war, während Turner und sie sich geliebt hatten, bestärkte sie nur in ihrem Entschluß. Sie wollte keine Gefühlsverwirrungen mehr, und schon gar nicht eine einseitige Verstrickung mit einem Dorfburschen, der kaum älter war als Kate. Ganz offensichtlich bestand eine Folgeerscheinung der Einsamkeit in Halluzinationen. Sie registrierte befriedigt, daß sie anscheinend endlich die Fähigkeit erlangt hatte, den ersten Funken des Wahns zu ersticken, ehe er sich zum Holocaust auswachsen konnte.

Als Elke die Ateliertür öffnete, wirkte sie müde und ärgerlich. Sie machte keine Anstalten, Clea zu umarmen oder zu küssen, weshalb Clea es umgekehrt auch unterließ.

«Also, Elke, was ist los?» fragte Clea, während sie sich in den Cordsessel fallen ließ. Sie fühlte sich wie ein Jo-Jo, das Elke an der Strippe tanzen ließ.

«Wovon sprichst du? Was soll denn los sein?»

«Du weißt ganz genau, wovon ich spreche. Wir haben seit Wochen nicht mehr richtig miteinander geredet. Du rufst mich nicht zurück und beantwortest meine Briefe nicht.»

Elke setzte an, etwas zu sagen, verstummte aber sofort wieder und beschränkte sich auf eine hilflose Geste.

«Was soll das heißen?» fragte Clea, ihre matte Handbewegung nachäffend.

«Das soll heißen, daß ich nicht weiß, was los ist. Aber soviel ist richtig: Irgendwas ist los.»

«Bist du sauer auf mich?»

«Ein bißchen.» Elke setzte sich in den schwarzen Plaid-Sessel ihr gegenüber.

«Weil ich nach Roches Ridge gegangen bin?»

«Kann sein.»

«Wenn es das ist, kann ich dich aufmuntern: Ich werde das Haus verkaufen und wieder zurückkommen.»

Elke zuckte die Achseln, sichtlich desinteressiert.

«Es war offenbar vermessen von mir, mir einzubilden, du würdest dich freuen.» Clea kannte diese Verfassung an Elke nur zu gut: eine Art Dämmerzustand, in dem sie dem täglichen Leben gebenüber absolut gleichgültig wurde und offenbar keine Gedanken oder Gefühle mehr hatte, die sie mitzuteilen bereit war. Elke schmollte immer, wenn Clea wegging, und merkte offenbar gar nicht, daß sie selbst auch oft abwesend war, auch wenn sie mit einem im gleichen Raum saß. Ihr Verständnis von Kreativität beinhaltete nun mal, solche psychischen Daumenschrauben auszuhalten. Clea war da anders: wenn ihr etwas keinen Spaß machte, suchte sie sich etwas anderes.

«Wo ist denn deine Plastik geblieben?» fragte Clea.

«Da drin.» Elke zeigte auf eine metallene Mülltonne.

Clea stand auf und ging zu der Tonne. Sie hob den Deckel und erblickte ein Gewirr aus spitzzackigem Stahl. Der glatte ovale Schädel war aufgebrochen wie eine Eierschale. Clea sah Elke erschrocken an und sagte: «Mein Gott, Elke, tut mir leid. Das wußte ich nicht.» Das hier reichte völlig aus, um ihr ruppiges Verhalten in den letzten Wochen zu erklären. Es war für sie weiß Gott keine Kleinigkeit. Elke verwandte Monate, ja manchmal Jahre auf eine Skulptur, weil sie ja immer zuerst Studien in den verschiedensten Techniken und Entwürfe in Gips oder Ton anfertigte.

«Es mußte sein. Es war einfach nichts.»

«Aber du bist manchmal so extrem, um es gelinde zu sagen.» Clea lachte unbehaglich.

«Es hat mich gelangweilt.»

«Und was ist mit mir? Langweile ich dich manchmal auch? Versuchst du deshalb, unsere Beziehung auch in den Mülleimer zu stopfen?» scherzte Clea halbherzig.

Elke lächelte dünn. «Du tust mir manchmal weh, Clea, aber du langweilst mich nie.»

Elkes Ton war sachlich und neutral, aber darunter lag Verzweiflung. Und doch merkte Clea zu ihrer eigenen Irritation, wie wenig ihr daran lag, diese Verzweiflung zu lindern. Als wäre diese Fähigkeit in ihr versiegt, seit sie als Mutter emeritiert war. Was sie wollte, war vor allem, so schnell wie möglich aus diesem stickigen Raum herauszukommen. Also stand sie auf.

Obwohl sie eben erst gekommen war, sah Elke ihr ohne ein Zeichen des Erstaunens und ohne Widerspruch zu. Sie sagte nur matt: «Mach's gut, Clea.»

Clea beugte sich zu ihr hin und küßte sie auf die Wange. Sie sahen sich an. Clea ging zur Tür. Ihr Herz war ein tauber Klumpen. Irgendwie fühlte sich dieser Abschied endgültig an, trotz aller bisherigen Probeläufe.

Während sie die Fifth Avenue entlangging, sah Clea immer wieder den zerborstenen Schädel in der Mülltonne vor sich, mit seinen scharfgezackten Bruchrändern und seinen entsetzten Augen. Elke war so unerbittlich, wenn es um ihre Arbeit ging. Dann ließ sie sich durch nichts bremsen – weder durch gesellschaftliche Normen noch durch ihre eigenen. Vor die Wahl zwischen dem schöpferischen Werk ihres Leibes und dem ihrer Seele gestellt, hatte sie sich für die Abtreibung entschieden. Und damals auf Saint John hatte sie ihrem chaotischen Atelier den Vorrang vor Cleas chaotischem Haushalt gegeben. Diese Radikalität mochte ja vielleicht ein wichtiges Moment ihrer künstlerischen Qualität sein, aber menschlich gesehen war sie erschreckend. Man konnte nie wissen, ob sie sich nicht irgendwann gegen einen selbst kehrte. Vielleicht hatte sie sich ja gegen Clea gekehrt. Vielleicht war es ja das, was sich im Moment zwischen ihnen abspielte.

Aber Cleas Lebensgeister erwachten trotzdem allmählich wieder, Elke hin, Elke her. Sie hatten schon mehrere Durststrecken überstanden. Elke würde schon wieder zu sich kommen, wenn sie erst mit einem neuen Werk begonnen hatte, und dann würde Clea hier in New York sein, um sie wieder unter den Lebenden zu begrüßen. Und einstweilen genoß sie es, wieder da zu sein, wo sie hingehörte. Unmittelbar um sie herum tummelten sich Menschen mindestens eines Dutzends verschiedener Nationalitäten. Die Luft knisterte und schwirrte von Energie. Das war es, was sie an New York so liebte – die bunte Vielfalt und die Lebendigkeit. Anders als in Roches Ridge, das so verpennt war, daß man einen Kran brauchte, um dort etwas auf die Beine zu stellen. O ja, es war klug von ihr, daß sie noch rechtzeitig den Absprung gefunden hatte und nach Hause zurückgekommen war.

Ein verirrter nächtlicher Schneesturm hatte den Fußgängerüberweg an der Einundvierzigsten Straße in einen Sumpf verwandelt. Smog, Autoabgase, U-Bahn-Abluft und Rauch von den Ständen der Maroniverkäufer vereinten sich zu einem feuchtkalten Wind, der die Straße entlangfegte und ein Snikkers-Papierchen und eine *Times*-Titelseite vor sich herwirbelte.

Mit gebeugtem Kopf, das schwarze Cape mit einer Hand raffend, stakste Clea auf Zehenspitzen durch den Matsch. Sie bereute, daß sie ihre Sorel-Stiefel in Roches Ridge gelassen hatte. Ein Mann in einem Chesterfield-Mantel rempelte sie an, und sie patschte mit ihren schwarzen Wildlederstiefeletten in eine knöcheltiefe Pfütze. Die Ampel sprang um. Ein Lastwagenfahrer attackierte sie unter lautem Gehupe wie ein römischer Wagenlenker. Er kurbelte das Fenster herunter und brüllte: «He, Lady, worauf warten Sie 'n noch? Soll wohl erst einer 'ne Brücke bauen, was?»

Auf dem Bürgersteig angekommen, patschte Clea weiter, während sie im Geist ihre Erledigungen durchging. Sie spürte, wie die Energie der pulsierenden Großstadt sie beflügelte. Sie würde zu Karen gehen, um ihr schonend beizubringen, daß aus «Amerika abseits der Zeit» nun doch nichts würde. Sie war stolz darauf, daß es ihr so leicht fiel, Roches Ridge aufzugeben. Aber das war nicht nur ihr persönliches Verdienst. In die reiferen Jahre zu kommen war so ähnlich, wie in einen Teilchenbeschleuniger zu steigen. Ein Entomologe, den sie einmal im Zuge einer Fotoreportage über Schmetterlingsjäger in Tasmanien in ihrem Bett beherbergt hatte, hatte ihr erklärt, daß sich im Zuge des Alterungsprozesses der Stoffwechsel verlangsamte und dadurch die subjektive Zeit schrumpfte. Wenn man aber immer mehr Pflichten und immer weniger Zeit hatte, war es unumgänglich, daß man vieles leichter nehmen mußte. Clea hatte kaum noch die Zeit, ihre Wäsche zusammenzulegen, geschweige denn, irgendwelchen kränkenden Kleinigkeiten oder alten Kümmernissen nachzuhängen. So viele verschiedene Dinge rauschten dieser Tage an ihr vorüber, daß sie die meisten einfach ignorieren mußte. Deshalb war die vielgerühmte Altersweisheit in Wahrheit einfach eine zwangsläufige physiologische Erscheinung.

Als Clea die Drehtür zum Atrium betrat, tappte eine eilige Kundin, die sich noch rasch hinter ihr hineinzwängte, genau auf ihre durchweichten Wildlederstiefel. Hier kaufte Clea am liebsten ein. In diesem Jugendstil-Einkaufszentrum gab es alles, was das Herz auch des anspruchsvollsten Yuppies nur begehren konnte, auf vier Boutiquenetagen, die sich in der Mitte zu einem großen Lichthof mit Steinfliesenboden und Glaskuppeldach öffneten. Als sie an einem mit Grünpflanzen dekorierten Brunnen vorbeiging, schossen plötzlich hinter den Topfpalmen junge Frauen in Business-Anzügen hervor, um vor ihrer Nase Probezerstäuber mit Je t'adore zu schwenken, als wären es Weihrauchkessel. Clea atmete den Duftnebel ein und mußte niesen.

Mit tränenden Augen stand sie auf der Rolltreppe, während Leute mit prallen Einkaufstaschen und -tüten an ihr vorbeidrängten. Sie betrat den Gourmet-Shop und lehnte sich an eine Säule, weil ihre Nebenhöhlen noch immer gegen das Je t'adore revoltierten. Eine Horde mit Eßwaren bepackter Gourmands drängte sich, mit Kreditkarten wedelnd, vor der Kasse. Sie sahen aus wie Börsenmakler, die auf Schweinebauch-Termingeschäfte boten.

Clea kapitulierte, ohne sich überhaupt ins Getümmel gestürzt zu haben, und zog sich auf die Balustrade zurück. Als sie über die Brüstung auf die Fontäne hinuntersah, die dem Brunnen drunten in der Halle entstieg, hörte sie plötzlich hinter sich eine vertraute Stimme sagen: «Clea! Hi!»

Sie wandte sich um und sah Jim, den Chefredakteur von *Getaway*, den sie damals einfach hatte stehenlassen. Dieser im Keimstadium abgebrochene Flirt hatte mit dazu beigetragen, daß sie in Roches Ridge gelandet war. Jim errötete über seinem Tweedmantelkragen. «Na, wie lebt es sich auf der eigenen Scholle?»

«Ich bin wieder hier.»

«Das ging aber schnell.»

«Ach, in meinem Alter stellt man sich nicht mehr so leicht um. Ich habe hier so viele Freunde und Verpflichtungen.»

«Na ja, dann ... ein Glück für uns.»

Clea fragte sich, ob da eben ein neuer Hoffnungsfunke in seinen Augen aufgeglommen war. Aber wieder in ihre alten

Gewohnheiten zurückzufallen erschien ihr etwa so verlokkend, wie Calvin Roches Keller auszumisten.

«Danke», sagte sie kühl. «Und was treibst du so, Jim?»

«Das Übliche. Ich versuche es irgendwie zu bewerkstelligen, meinen Lesern unsere Schuldnerländer als attraktive Reiseziele zu verkaufen.»

Clea lächelte. Zumindest hatte die Anziehung, die er auf sie ausgeübt hatte, nicht jeder Grundlage entbehrt. «Laß mich wissen, wenn du etwas für mich zu tun hast. Ich bin wieder im Geschäft.»

«Und nix Antigua?»

«Nix Antigua», sagte sie fest. «Also dann, mach's gut, Jim.»

«Du auch, Clea. Wirklich ein Jammer.» Er zog kopfschüttelnd ab.

Drunten in der Halle flitzten die Käufer in chaotischen Formationen zwischen den Kübelpalmen herum wie eine Marching-Band auf Amphetaminen. Ein Summen wie von einem Bienenschwarm stieg zu der Buntglaskuppel empor.

Clea fühlte sich erschöpft. Sie befand, daß ihr Blutzucker dringend einer kleinen Auffrischung bedurfte, ging zu dem Café am anderen Ende der Balustrade und bestellte sich einen Kaffee und Croissants. Hatte sie verlernt, mit dem Großstadtleben zurechtzukommen? Um inmitten dieses enormen sensorischen Inputs leben zu können, mußte man seine Sinne ein Stück weit verschließen – den Müll nicht sehen, das Reifengequietsche nicht hören, die drängenden Menschen nicht fühlen. Aber ihre Sinne waren weit offen, weil sie in Roches Ridge begierig all die neuen Menschen und die Schönheit der Natur eingesogen hatten. Sie sah sich im Geist vergleichbare Besorgungen in Roches Ridge erledigen – über den grünen Platz schlendern, unter den großen, halbabgestorbenen Ulmen, und jedem, den sie traf, zunicken.

Während Clea ihren Kaffee trank, kam plötzlich ein Mannequin hereinspaziert, in einem Kostüm in der Farbe von künstlich gefärbten Limonentörtchen. Es folgte ein Dutzend weiterer Mannequins in ähnlich leuchtenden Frühlingsmodellen, an den Ohren und im Haar fluoreszierende Federn. Ihre Augen waren bis an die Brauen und zu den Schläfen mit farbenfrohem Lidschatten umrahmt, was ihnen das Aussehen von top-modisch gestylten Waschbären verlieh. Die ganze Schlange wand sich zwischen den Tischen hindurch, gelegentlich anhaltend, um Fragen zu beantworten oder die anwesenden Damen in ihren feuchtklammen Wollmänteln und Kopftüchern an die jeweilige Boutique zu verweisen. Mehrere Frauen setzten ihre Kaffeetassen ab, warfen ein paar Münzen auf den Tisch, griffen nach ihren aus den Nähten platzenden Einkaufstaschen und stürzten sich auf die Jagd nach Kleidern, die sie in große, dünne, eckige Paradiesvögel verwandeln würden.

«Interessiert?» fragte der Leitvogel Clea. Er hatte sich in eine Pose aus Vogue geworfen, die eine Hand auf der herausgestreckten Hüfte und die andere Schulter nach hinten gedreht, als hole der Arm Schwung, um einen Diskus zu werfen.

«Äh . . . nein danke.»

Die Frau sah auf Clea in ihrem schmuddeligen schwarzen Cape und ihren nassen Wildlederstiefeln herunter und verzog dann ihre leuchtendrote Oberlippe ein wenig, um ihr die Bemerkung entschlüpfen zu lassen: «Sollten Sie aber sein.» Sie drehte sich um ihre Achse, als wolle sie den Diskus nunmehr schleudern, und marschierte samt ihrem farbenprächtigen Gefolge davon, eine Wolke von Je t'adore zurücklassend.

Clea nieste wieder und befand, daß sie heute nicht in der Stimmung zum Einkaufen sei. Sie fuhr mit der Rolltreppe nach unten. Auf dem Weg zur Drehtür passierte sie die Mannequin-Schlange, die, nunmehr reglos in groteske Posen gegossen, an einen Stationenweg erinnerte. Die Frauen in den Business-Anzügen zückten ihre Zerstäuber wie Pistolen.

Auf der Straße angekommen, atmete Clea schnappend die kühle graue Luft. Ihr Herz klopfte laut. Sie mußte nach Hause. Als sie gerade losmarschieren wollte, stolperte sie über ein Bündel Lumpen. Sie sah näher hin und merkte, daß das Bündel ein Mann war, der völlig weggetreten und mit hängendem Mund in einer Lache von Erbrochenem lag. Die Passanten stiegen um ihn herum oder über ihn hinweg. Clea tat es ihnen nach und eilte mit schnellen Schritten durch die dunkle Schlucht zwischen den gewaltigen Massiven aus Stahl und grauem Stein. Eine Frau in mehreren Pulloverschichten und einer Skimütze arrangierte Gegenstände, die sie aus einem Einkaufswagen nahm, auf einer Pappe über einem U-Bahn-Abluftgitter. Sie grinste Clea mit schwarzen Zahnstummeln an.

Ein Rußpartikelchen flog Clea ins Auge. Als sie an ihrem Augenlid zupfte, rannen ihr Tränen über die Wange. Der schweflige Geruch von heißem Teer stieg ihr in die Nase. Er kam von einem ausgebesserten Schlagloch hinter einer Barrikade aus Absperrgittern und orangenen Warnkegeln. Sie ging an einem Video-Laden vorbei, dessen Schaufenster voller Werbeplakate hingen, die bloße Busen, Peitschen, Stiefel und schwellende Männermuskeln zeigten.

Auf der Third Avenue hörte Clea Polizeisirenen, Bremsenquietschen und Schreien. Auf dem Bürgersteig lag ein zukkender Nerzmantel, unter dem Kragen eine sich ausbreitende rote Lache, ringsherum Glassplitter. Passanten zeigten ein paar Stockwerke nach oben. Verlassene Autos standen in bizarren Positionen auf der Straße. Kreiselnde Blaulichter färbten den gelblichen Smog algengrün. Aus Polizeifunkgeräten kamen knatternde Stimmen. Ein berittener Polizist kämpfte mit seinem schnaubenden Pferd und versuchte, den hupenden Verkehrsstrom zurückzudämmen. Eine Sirene mischte sich in den Lärm. Gleich darauf kam ein Krankenwagen. Sein zuckendes Rotlicht verwandelte den Matsch auf dem Überweg in einen Strom von Blut.

Der Polizist winkte die Fußgänger über die Straße. Als Clea ihm Folge leistete, wieder bis zu den Knöcheln im Matsch, bewegten sich drei Männer mit Reptilledermasken auf sie zu. Als sie näher kamen, konnte sie ihre blutunterlaufenen Augen sehen. *Sie kniete zwischen Big-Mac-Kartons, mit blutenden Ohrläppchen, vor sich den zerschmetterten Schädel eines Neugeborenen ...*

Clea fiel in Trab und lief, zwischen den Menschen hindurchschlüpfend, Richtung Turtle Bay, heim in ihr leeres Haus.

Sie konzentrierte ihre ganze Vorstellungskraft auf Roches Ridge. Wo selbst jetzt flauschige Frühlingswölkchen über einen sonnigblauen Himmel zogen und ein sanftes Lüftchen, das vom klaren blauen See her wehte, Harfenklänge über den grünen Platz trug.

31 Wonnemonat Mai

Clea saß am Schreibtisch in ihrem Schlafzimmer in Roche House und machte Tagebuchnotizen für «Amerika abseits der Zeit». Brandy schlief in einem Fleckchen Sonnenlicht auf einem Häkelteppich, der auf den blanken Kiefernholzdielen lag. Vom Schreibtisch sah sie genau auf die Marshschen Schrottautos. Sie hätte sich auch ein Plätzchen mit einer hübscheren Aussicht suchen können, aber wenn es mit dem Schreiben nicht recht vorangehen wollte, war es tröstlich, Dack Marsh mit schweißglänzender Kupferbrust an seinen Autos herumwuchten zu sehen. Diese geballte Energie wirkte ansteckend. Dack Marsh war ein Stück Natur, ein undomestizierter Bergbursche, so anders als die weichlichen Intellektuellen, mit denen Clea die meiste Zeit ihres Lebens zu tun gehabt hatte. Der gute alte Turner würde nicht einmal wissen, welches Ende des Brecheisens er ansetzen müßte, und er würde es auch nicht lernen wollen. Außerdem war er so sauer über ihre Rückkehr nach Roches Ridge, daß er sich weigerte, sie auch nur zu besuchen. Aber er würde zweifellos doch weich werden, sobald er sich einsam genug fühlte. Andere Frauen konnten ihm zwar Sex geben, aber offensichtlich waren sie nicht willens, sich seine Monologe über seine Safaris durch den Business-Dschungel anzuhören.

Mit Elke, die nicht minder sauer war, lag der Fall da schon komplizierter. Sie hatten sich gegenseitig angefaucht, als Clea sie angerufen hatte, um ihr mitzuteilen, daß sie nun doch wieder nach Vermont zurück wolle. Elke hatte gemeint, sie sei es endgültig leid, Clea als Basislager zu dienen, von dem aus sie irgendwelche Höhen erklomm. Und Clea hatte erwidert, sie sei es leid, Elkes trübe Stimmungen zu ertragen und sie aus ihren selbstgegrabenen finsteren Löchern herauszuholen. Am Ende hatten sie beide nichts mehr gesagt und sich nur noch – ausgerechnet von dem Menschen, der sie am besten kannte – völlig falsch verstanden gefühlt. Sie hatten irgendwelche Abschiedsfloskeln gemurmelt und eingehängt.

Aber Clea hatte sich geweigert, dem nachzuhängen, und sich ganz ihrer neuen Heimat zugewandt. New York war endgültig abgehakt. Ihr leeres Haus und das Gewimmel der Riesenstadt machten ihr angst. Nie wieder würde sie dort leben. Und Elke würde nie von dort weggehen. Sie würden zweifellos den Kontakt in irgendeiner gemäßigten Form aufrechterhalten, aber nicht mehr die Wichtigkeit füreinander haben wie bisher. Und mit der Zeit würde Clea ganz über Elke hinwegkommen, wie über all ihre anderen Liebesgeschichten auch. Bleiben würden nur noch ein paar isolierte Erinnerungen – ein hölzerner Ventilator, der langsam durch die schwüle tropische Nachmittagsluft kreiste, ein trauriges Lächeln und ein paar fliegende Strähnen silbernen Haars.

Gestern hatte Clea beim Müllauflesen Dack Marsh drüben in seiner Einfahrt stehen sehen, auf sein Brecheisen gelehnt. Sie war um den Staketenzaun herumgegangen und hatte ihn nach dem hölzernen Kreuz mit dem Nagerskelett gefragt, das sie bei ihrem ersten Zusammentreffen bei ihm an der Wand über dem Fernseher hatte hängen sehen. Er sagte, er hätte es gemacht. Auf ihren begeisterten Kommentar hin lud er sie ein, mit hineinzukommen. Er zeigte ihr noch mehr Objekte in der gleichen Art, an fast allen senkrechten Flächen im Inneren des verkommenen alten Hauses. Und es waren erstaunliche Werke – Oberschenkelknochen, Fellstreifen, gebleichte Rippenkörbe und Schädel, Hufe und Gehörne. Zu abstrakten Gebilden komponiert, die unter die Haut gingen. Sie hatten etwas Totemistisches.

Ihr erster Impuls war, Elke zu sagen, sie solle sie sich unbedingt ansehen. Aber das war sinnlos. Elke rührte sich ja nicht von New York weg. Und außerdem waren Dacks Wandobjekte viel eindrucksvoller als Elkes Plastiken. Sie thematisierten beide Zerstörung und Vernichtung, aber Elke beließ es dabei, während Dack aus dem Zerstörten phantastische neue Formen schuf. Das war eben der Unterschied zwischen Großstadt und Land.

Ein riesiger waldgrüner Müllwagen stieß rückwärts in Cleas Einfahrt zu dem Haufen aus Holzabfällen und Müllsäkken und der Badewanne mit den Klauenfüßchen. Über seiner Schlundöffnung stand FRÜHER ODER SPÄTER. Clea starrte die Aufschrift eine ganze Weile lang an, ehe sie sich wieder ihrem Tagebuch zuwandte: «Heute karrt der Müllmann die Badewanne zur Kippe. Ein Jammer, aber mit einer Badewanne, die nicht mehr dicht ist, kann man nun mal leider nicht mehr viel anfangen. Darius hat in meiner Abwesenheit die verrotteten Balken und den Küchenfußboden erneuert. Er arbeitet fast nur mit einfachen Werkzeugen, und es geht langsam voran. Als ich ihn fragte, ob er die Sache nicht ein bißchen beschleunigen könne, meinte er nur, seine ewige Pfeife im Mund, während er weiter seine Dachlatte mit der Handsäge der Länge nach auseinandersägte: ‹Nee.› Aber wahrscheinlich sind diese alten Techniken diesem Schmuckstück von einem Haus nur angemessen.»

Clea merkte, daß sie einfach nur vor sich hin kritzelte und hoffte, einen Blick auf Dack Marsh zu erhaschen. Was ja nun wahrhaftig albern war. Daß sie nach Roches Ridge zurückgekehrt war, hieß noch lange nicht, daß sie willens war, irgendwelchen anderen Leidenschaften zu verfallen und ganz bestimmt nicht einem Teenager. Sie konnte die urtümliche Kraft seiner Kunst auch würdigen, ohne sich persönlich mit ihm zu verstricken.

Clea schalt sich wegen ihrer Faulheit. Sie hatte noch ein Dutzend häuslicher Arbeiten zu erledigen, ehe sie sich zum Rathaus aufmachen mußte, wo heute abend das erste Treffen des Zweihundertjahrfeier-Komitees stattfinden würde. Als sie kürzlich für ihr Buch im Rathausarchiv recherchiert hatte,

hatte sie festgestellt, daß die Gründung von Roches Ridge im Jahr 1787 beurkundet worden war, nach einem Winter, in dem die ersten Siedler von getrocknetem Kürbis gelebt hatten. Auch mit Hilfe des Rathausbeamten hatte sie nirgendwo einen Hinweis darauf gefunden, daß jemals eine Jubiläumsfeier stattgefunden hatte. Also organisierte sie jetzt selbst eine, weil sie darin eine Chance sah, die ganze Stadt in eine gemeinsame Aktion einzubeziehen und auf diese Weise Brükken zwischen den verschiedenen Fraktionen zu schlagen, die am Abend der Miss-Teenage-Parade sichtbar geworden waren. Das mochte anmaßend erscheinen, wo sie doch erst so kurz hier war. Aber gerade weil sie noch vergleichsweise außenstehend war, konnte sie sehen, was die Menschen hier brauchten. Sie dachte an eine Kunsthandwerksausstellung im Rathaussaal. Fiedelmusik und Volkstänze auf dem Platz. Rundfahrten für Kinder auf Gordon McQueens Pferdewagen. Ein Konzert im Musikpavillon. Dreibeinrennen und Tauziehen auf dem Fußballplatz.

Während sie so sinnierend aus dem Fenster guckte, sah Clea plötzlich Chrystal Sue Marsh, die Vize-Miss-Teenage, in hautengen, ausgeblichenen Levi's, T-Shirt und Jeansjacke aus dem Marshschen Seiteneingang schlüpfen. Sie band sich ein zusammengerolltes Tuch um den Kopf und trottete an den Autowracks vorbei zu dem Fußweg, der hinunter zum Mink Creek führte.

Ishtar lag auf ihrem Bett in der winzigen Wohnung über dem Karma-Café und zwirbelte an der Nadel, die in ihrem dritten Auge steckte. Der Glasmeteoritenstab über ihrem Herzchakra vibrierte. Selbst außerirdischen Ursprungs, diente er als Antenne für die interdimensionale Kommunikation. Die Spinnenpflanzen unter dem Dach wiegten sich in dem leichten Luftzug, der durchs Fenster kam.

Plötzlich war Ishtar ein neugeborenes Baby in einer Pionier-Blockhütte. Ihre Eltern machten entsetzte Gesichter. Ihre Mutter sah aus wie Theresa, die Haushälterin von Father

Flanagan. Sie trug ein Pillboxhütchen aus Stroh mit Holzkirschen darauf. Aber warum dieser Hut aus ihrem jetzigen Leben, hier in einer Pionierhütte?

Ishtar war nicht allein. Nein, sie hatte anscheinend eine Zwillingsschwester. Zwei Köpfe, zu jedem zwei Arme und zwei Beine. Aber irgend etwas stimmte nicht. Sie waren siamesische Zwillinge, am Herzchakra zusammengewachsen. Und Ishtars Zwilling war Morning Glory! Der Vater zog ein Jagdmesser aus dem Futteral an seinem Gürtel. Er schnitt sie auseinander! Blut, Schmerz, ihre Mutter schrie, dann nur noch Schwarz...

Ishtar atmete rhythmisch ein und aus, um wieder ruhig zu werden. Das erklärte, warum sie und Morning Glory sich in diesem Leben so zueinander hingezogen fühlten. Aber wer war der Vater, der sie auseinandergesäbelt und damit umgebracht hatte? Vielleicht Starshine, die ja so erpicht darauf war, sie zu trennen.

Ishtar pflückte die Nadel von ihrem dritten Auge und deponierte den Glasmeteoritenstab auf dem Boden. Dann ging sie zum Fenster. Es war schon verrückt, wenn man wußte, mit wem man in früheren Leben zu tun gehabt hatte, aber nicht, wer die eigenen Eltern in diesem Leben waren. Sie atmete in tiefen Zügen die frische Frühlingsluft und schaute über das Kliff hinunter zum Mink Creek und ihrer Ex-Zwillingsschwester Morning Glory (wie sie sich in dieser Runde nannte).

Und Ray Marsh? Was hatte er mit ihren früheren Leben zu tun, daß er jetzt immer in ihrem Café herumhing und ihr erzählte, daß er eine lesbische Frau in einem Männerkörper sei? Ishtar hatte ihm ihren Mondstein geliehen, damit er seine weibliche Seite erkunden konnte. Und was war mit diesem Verbundenheitsgefühl, das sie Father Flanagan gegenüber empfand? Er bestritt zwar, dieses Gefühl zu erwidern, wenn er spätabends mit ihr unter den Spinnenpflanzen saß und Tee trank, aber diese Verleugnung war zweifellos Teil eines alten Szenarios zwischen ihnen, und sie täten besser daran, sie in diesem Leben durchzuarbeiten. Aber sein Katholizismus erlaubte ihm nicht, sich auf solche heidnischen Dinge einzulassen.

Ishtar entdeckte jetzt Angela McGrath, die gerade in ihrem edwardianischen Gewand über den Platz ging. Angela sah sich nervös nach allen Seiten um und verschwand dann in der Tür des Sterbe-Service. Oha! Was wollte Angela denn bei Sonny Coffin, dem Erzrivalen ihres Mannes?

Astrid Starr beugte sich ins Schaufenster des IGA und ersetzte, etwas verspätet, die Zuckerzeit-Auslage durch die Pflanzzeit-Auslage – Samentütchen, Blumenerde und Dünger, Hacke, Pflanzschaufel und Rechen. Alles Dinge, die man todsicher im Grand Union drüben an der Überlandstraße nicht bekam. Dazu ein paar Snack-Artikel: Schokoriegel und Kekse, in Honig geröstete Erdnüsse, Miller's und Diät-Coke. Und dann dieses Jahr noch etwas ganz Besonderes: Blumen- und Gemüsekataloge, die buntesten Seiten aufgeschlagen. Schließlich brauchte nicht nur der Körper Nahrung, sondern auch die Phantasie.

Aber, ehrlich gesagt, Astrids Phantasie war im Moment nur noch Haut und Knochen. Earl hatte ihr gestanden, daß er eigentlich gar nicht gern woanders war als in Roches Ridge und daß sie die noch verbleibenden zwei Staaten und sechs Meere allein würde bereisen müssen. Und sein Bauch hatte auch wieder angefangen, fett auszusehen statt niedlich. Offenbar waren die Flitterwochen endgültig vorbei. Astrid ging jetzt zum Frauenunterdrückungs-Workshop im Zentrum für Psychohygiene, um sich mit ihrer Frustration auseinanderzusetzen. Geneviève Paxton in ihrer karierten *Kaffiyah* hatte gemeint, es sei jetzt Zeit für sie, von der Verliebtheit zur Liebe überzugehen. Geneviève behauptete, was Astrid an Spannung verlorenginge, gewönne sie dafür an Tiefe. Sie sagte, bildlich gesprochen sei das wie Wasserskifahren und Tauchen.

Angela McGrath war gerade auf dem Weg über den Platz zum Grab ihres Sohns, in der Hand ein seidenes Fransenschirmchen gegen die warme Frühlingssonne. Nein, doch nicht. Angela sah sich ängstlich um und verschwand dann in der Tür vom Sterbe-Service. Astrid richtete sich auf und blieb perplex hinter ihrem Schaufenster stehen. Sie ließ den Blick über den leeren Platz schweifen, die eine Hand mit dem gewaltigen Zirkon-Verlobungsring auf die breite Hüfte im dunkelblauen Polyacrylblazer gestützt, mit der anderen ihr Mehrfachkinn umspannend. Sonny Coffin und Ian McGrath waren erbitterte Kontrahenten in Sachen Feuerbestattung gegen Erdbestattung, Messingtafeln gegen Grabsteine. Was also mochte Angela vorhaben? Astrid war beunruhigt. Wenn nun Sonny Coffin etwas wußte, was sie nicht wußte? Aber dann wurde ihr klar, daß der Sterbe-Service den IGA gar nicht aus seiner Funktion als Solarplexus von Roches Ridge verdrängen konnte. Schon deshalb nicht, weil Sonny kein Einheimischer war. Aber was sie da gerade gesehen hatte, hatte gute Chancen, den Dreiundvierzig-Minuten-Rekord haushoch zu schlagen.

Eben erschien Frieda Bohring mit ihren blaugetönten Haaren an der Kasse, vor sich einen vollgetürmten Einkaufswagen, der unter anderem mehrere Sechzehnerpacks weißen Charmin enthielt. Kundinnen ließen ihre Einkaufskörbe mitten im Gang stehen, und Ladenhilfen drehten ihren halbaufgefüllten Regalen den Rücken. Alles scharte sich um die Kasse wie um einen Blackjack-Tisch. Jedesmal, wenn Astrid einen Posten eintippte, zog Frieda einen Coupon aus ihrem Coupon-Sammelordner, um ihn auf den Kassentisch zu schmettern, als hole sie sich einen Stich mit einer Trumpfkarte.

Astrid sammelte die Coupons ein, addierte die Werte und zog das Ergebnis von Friedas Rechnungssumme ab. Das Publikum tuschelte, wohl wissend, daß es dem Auftritt einer Einkaufsvirtuosin beiwohnte. Frieda tippte mit blitzenden Augen Zahlen in ihren Taschenrechner. «Sechzig Prozent gespart», verkündete sie gelassen. Die Menge applaudierte. Jemand rief: «Bravo!»

Astrid guckte sauer. Coupons machten ihr zusätzliche

Mühe. Und zudem war Frieda nicht einmal eine treue Kundin. Sie kaufte auch im Grand Union ein. Wo immer es etwas günstig gab, erschien Frieda mit gezücktem Coupon-Sammelordner. Sie hatte einen Aufkleber an ihrem Rabbit, auf dem stand: ICH BREMSE FÜR DOPPELCOUPONS.

Pfandflaschen und -dosen machten ihr auch zusätzliche Mühe. Genau wie die saisonbezogenen Auslagen im Schaufenster. Ja, im Grund erschien ihr Leben ihr im Moment so fade wie Brot von gestern. Wenn nicht bald irgend jemand irgendwas dafür tat, diesen elenden Dreiundvierzig-Minuten-Rekord zu brechen, würde Astrid sich womöglich noch gezwungen sehen, die Sache selbst in die Hand zu nehmen. Aber vorerst ruhten ihre Hoffnungen auf Angela McGrath, die immer noch nicht wieder aus der Tür des Sterbe-Service herausgekommen war.

Der Mensch lebt nicht vom Tod allein, sinnierte Sonny Coffin, in seinem Drehstuhl zurückgelehnt, die Hände hinterm Kopf verschränkt, die Füße auf der Kante seines glänzenden Walnußschreibtischs. Hinter ihm an der Wand hing ein Terminkalender mit den anstehenden Bestattungen neben einem Norman Rockwell-Druck, der einen Landarzt am Totenbett eines Patienten zeigte. Sonnys Lebensziel war es, der McDonald der Bestattungsbranche zu werden, mit Filialen im ganzen Land. Und er war schon auf dem besten Weg dorthin. Alles, was er anfaßte, verwandelte sich in Asche.

Sonny war als Junge jeden Sommer in Roches Ridge gewesen, zu Besuch bei seinen Großeltern in ihrer Wohnung über dem Bestattungsinstitut. Auf einer Wiese neben dem Friedhof hatte er mit seinem Vetter Ian McGrath und den anderen Jungen aus dem Ort Baseball gespielt. Manchmal war er kopfüber in ein frisch ausgehobenes Grab gesegelt, wenn er einen hohen Ball fangen wollte.

Eine Zeitlang hatte er Profi-Baseballer werden wollen, aber bei den Auswahltests am College war er durchgerasselt. Im Gegensatz zu seinem beschränkten Vetter Ian, der es schließlich zum Shortstop im Nationalteam gebracht hatte. Nach dem College war Sonny dann zu Forest Lawn gegangen, erst Wartung und Instandhaltung, danach dann Verkauf. Und nach dem Tod seiner Großeltern hatte er das Bestattungsinstitut geerbt.

In puncto Bestattungswesen war Vermont sozusagen jungfräuliches Terrain. Es wartete geradezu darauf, daß man einen innovativen Service für den modernen Verstorbenen bot. So wie etwa den Sarg-Präsentationsraum im Untergeschoß, wo der Kunde sich alles anschauen konnte, vom Hartfaser-Schlichtmodell für 390 Dollar bis hin zur Luxusausführung in fugenlosem, poliertem Kupfer mit seidenweicher Satin-Innenausstattung zum Stückpreis von 25 000 Dollar.

In früheren Zeiten hatten die Coffins die Särge und Beerdigungen geliefert und die McGraths die Grabsteine. Aber die Zeiten änderten sich nun mal. Pyramiden waren ja auch aus der Mode gekommen. Und Steinplatten aus dem Fels zu hakken und mit dem Meißel zu bearbeiten war genauso überholt wie die Hieroglyphen. War es vielleicht Sonnys Schuld, wenn sein Vetter an veralteten Methoden festhielt? Die Kundschaft des Sterbe-Service brauchte keine Grabsteine mehr. Sie brauchte Urnen für die Asche ihrer Lieben und Metalltafeln für die Urnengräber, oder aber Siebschwenker, um die Asche auszustreuen. Armer alter Ian, sein Stern war unwiederbringlich im Sinken, während der von Sonny unaufhaltsam dem Zenit entgegenstrebte.

Sonny ließ sich nicht durch die Statistiken ins Bockshorn jagen, die da besagten, daß die Lebenserwartung der Amerikaner ständig stieg. Jetzt, wo die Baby-Boom-Generation älter wurde, würde das Sterbegeschäft bald ein echter Wachstumssektor werden, und er war entschlossen, auf dieser herannahenden Sterblichkeitswelle zu schwimmen. Er würde am ökologischen Bewußtsein der Baby-Boomer ansetzen und sie darauf hinweisen, daß Leichen biologisch abbaubar waren. Warum sollte man sie in Metallsärgen versiegeln, wenn man doch all diese wertvollen Spurenelemente der Ökosphäre wieder zuführen konnte? Aber bis die Flut der dahingeschiedenen Baby-Boomer anrollte, gab es noch andere Mittel und Wege, sein Bötchen flottzuhalten. Gerade hatte ihn zum Beispiel Maureen Murphy angesprochen wegen einer eventuellen Reise nach Kolumbien, mit ihrer Mutter...

Sonny schaltete seine Rufanlage ein und trug seiner Sekretärin auf, die Frau seines lieben Vetters Ian hereinzulassen.

Clea ließ den Blick durch das Amtszimmer des Rathauses wandern. Astrid Starr, Loretta Gebo, Father Flanagan und Conrad Bohring waren da, aber sonst niemand, trotz der überall in der Stadt aufgehängten Plakate. Clea war enttäuscht, da sie mit mehr Resonanz gerechnet hatte.

«Mir scheint», eröffnete sie von ihrem Platz hinter dem mit Papierstapeln übersäten Schreibtisch des Rathausbeamten die Sitzung, «unser erster Tagesordnungspunkt sollte es sein, uns zu überlegen, wie wir dieses Komitee erweitern können.»

«Es ist schwer, die Leute dazu zu kriegen, daß sie zu irgendwelchen Sitzungen kommen», erklärte Astrid wenig enthusiastisch. «Jeder hat tagsüber so viel zu tun, daß er am Abend müde ist. Und außerdem kommt donnerstags abends die ‹Cosby-Show›.»

«Aber es geht doch immerhin um die Feier des zweihundertjährigen Bestehens unserer Stadt», sagte Clea.

Astrid zuckte die Schultern und spielte an ihrem Ring.

«Ich bin hier», verkündete Conrad Bohring gähnend, «weil so ein Fest ein Geschäft für die Einzelhändler bedeuten würde, die zu unseren Bankkunden gehören.» Conrad hatte einen stahlgrauen Flattop-Schnitt, so steif und piksig wie ein Nagelbrett.

«Ich bin hier, weil ich es versprochen habe, Clea», sagte Loretta. «Aber laßt es uns kurz machen, weil ich nämlich Dylan Scarborough mit meiner Küche allein gelassen habe und mir sonst noch das ganze Lokal abbrennt, bis ich zurück bin. Ich schwör's euch, dieser Junge ist so eine Schlafmütze, daß ich ihn irgendwann rausschmeißen muß, damit er woanders schläft.»

Aller Augen richteten sich auf Father Flanagan in seinem steifen weißen Kragen. Sein trauriges Lächeln sagte, daß er nichts Besseres zu tun gehabt hatte, als zu der Sitzung zu kommen.

«Aber ich denke doch, wir brauchen noch mehr Mitglieder», insistierte Clea. «Ich meine, die Marshs und die Roches sind doch schließlich die Gründerfamilien dieser Stadt. Roches sind ja nun keine mehr hier, nachdem Calvin nach Texas gegangen ist. Aber Marshs gibt es doch eine ganze Menge, und da sollte doch wenigstens einer in diesem Komitee sitzen.»

Loretta lachte höhnisch und warf ihren Bienenkorb nackenwärts. «Heute kommt ‹L. A. Law›. Da kriegt man doch keinen von denen vom Fernseher weg.»

«Ray vielleicht?»

«Wenn, dann muß es schon Waneeta oder Orlon sein», entgegnete Loretta. «Die schmeißen doch den Laden da.»

Ergebnis der Sitzung war der Beschluß, die Marshs, die Boudiccas, die Kirche der Heiligen Errettung und die Siedlung Colonial Manor Estates einzuladen, Vertreter in das Komitee zu entsenden. Außerdem würde man die Firmen und Geschäftsleute der Umgebung ansprechen. Clea war trotz dieses mageren Resultats zufrieden. Sie hatte den Prozeß in Gang gesetzt, der diese Stadt zusammenschweißen würde. Das war eine Kunst, die sie in ihrer aktiven Zeit als Mutter erlernt hatte – die Fähigkeit, die Bedürfnisse der einzelnen zu erkennen und aufzugreifen, so daß alle für eine gewisse Zeit ihre Individualität hintanstellen und in einem größeren Ganzen aufgehen konnten. Auch wenn Roches Ridge noch nicht die enge Gemeinschaft war, die sie sich vorgestellt hatte, würde es doch bis zur Zweihundertjahrfeier dazu geworden sein.

Zeno Racine schlich durch die Bäume bei Daisy Wagners Haus. Dort im Obergeschoß, wo das Licht brannte, war ihr Zimmer. Er huschte hinüber zu dem Rosenbeet an der Hauswand. Sorgsam den Dornen ausweichend, kletterte er das Spalier hinauf, wobei die Latten unter seinem Gewicht knackten. Er klammerte sich an Daisys Fenstersims und zog sich so weit hoch, daß sein Kinn darauf ruhte.

Drinnen, an einem Frisiertischchen mit einem gerafften Volant, saß Daisy in Büstenhalter und Bikini-Slip. Sie guckte in einen Spiegel und zupfte mit einer Pinzette an ihrer einen Augenbraue herum. Ihr lockiges Blondhaar floß ihr über die Schultern herunter wie Bierschaum über den Krug. Zeno betrachtete sie gebannt. Noch nie hatte er ein so liebliches Geschöpf gesehen. Lohbraune Haut in weißer Spitzenunterwäsche. Sie sah sich jetzt selbst tief in die Augen, spitzte den Mund und hauchte sich einen Kuß zu.

Zeno hörte ein wütendes Knurren. Er bemerkte den Minipudel auf dem Teppich vor dem Himmelbett genau in dem Moment, als er auf das Fenster zuschnellte. Zeno wich zurück und das Spalier mit ihm. Er hielt sich am Fensterbrett fest und zog sich mit so viel Schwung wieder nach vorn, daß sein Kopf gegen die Scheibe krachte. Glas splitterte, und die Alarmanlage ging los. Daisy fuhr herum, starrte erschrocken auf das Fenster und keuchte: «Danny, bist du's?» Poos strahlendweiße Reißzähne schnappten nach Zeno, und er wich ruckartig nach hinten aus, wobei sich das Spalier von der Hauswand löste wie ein alter Schorf. Zeno klammerte sich daran fest, während er in Zeitlupe auf den Rasen sank.

Die Alarmanlage schrillte, und Scheinwerferkegel suchten den Hof ab. Zeno rappelte sich hoch, rannte in Richtung Wald und stolperte fast über eine Bodenwelle.

Ida Campbell lag im Laub und fühlte sich, als sei ein Warzenschwein über sie hinweggetrampelt. Überall Lichter, Hupen und Schreien. Sie mühte sich auf die Beine und sprintete los, zu ihrem Chevy, den sie eine Ecke weiter abgestellt hatte. Was in aller Welt war passiert? Sie war ganz damit beschäftigt gewesen, Ken Wagner durch das Fenster seines Arbeitszimmers dabei zu beobachten, wie er in seinem verstellbaren Sessel saß und in ein kleines Batterie-Diktiergerät sprach. Bethany hatte im Nebenzimmer Hanteln gestemmt. Ida hatte sich gerade gefragt, ob Bethany wohl wußte, wie glücklich sie sich schätzen konnte, einen Mann zu haben, der immer die Hand am Drücker, beide Beine auf dem Boden, die Nase im Wind und das Ohr auf der Schiene hatte – als plötzlich die Hölle losgebrochen war.

Ida erreichte ihren Chevy, jagte den schalldämpferlosen Motor auf Touren und raste Richtung Highway. Als ihr Herzschlag sich wieder beruhigte, wurde ihr klar, daß das Ganze eine wunderbare Szene für *Von Herzen Dein* abgeben würde. Wenn nun irgendein Unheil über Eva, die Sekretärin-Heldin, hereinbrach, während sie gerade versuchte, einen Blick auf das häusliche Leben ihres Chefs zu erhaschen? War es nicht wunderbar, wie für den wahren Künstler selbst noch die Tragödien des Lebens Wasser auf die Mühlen seines Schaffens waren? Wie er noch den Stachel im Fleisch in eine Feder an seinem Hut verwandeln konnte?

Idas schriftstellerische Karriere nahm jetzt unaufhaltsam ihren Lauf. Alle Signale standen auf Grün. Zwar hatte Silhouette *Dame seines Herzens* abgelehnt, aber Ida hatte einen Verlag gefunden, der bereit war, es für eine kleine Summe zu drucken. Sie verfaßte gerade eine Pressemitteilung, die sie mit den Besprechungsexemplaren verschicken würde. Außerdem würde sie allen großen Zeitschriften des Landes Autogrammfotos zugehen lassen. Es war wirklich erstaunlich, was alles möglich war, wenn man nur bereit war, sich hinter seine Träume zu klemmen und sich nicht abschütteln zu lassen.

Wenn Ida erst einmal eine berühmte Bestseller-Autorin war, würde Ken Wagner wissen, wen er vor sich hatte. Sie machte gerade einen Abendkurs in Steno, und sie versuchte, sich eine Möglichkeit auszudenken, wie sie es schaffen könnte, ohne Sichtausweis durch die Sicherheitssperren der Xerox-Werke zu kommen. Es würde nicht mehr lange dauern, bis der Mann ihrer Träume aufwachen und Morgenluft wittern würde. Manchmal hatte sie ja ein schlechtes Gewissen ihrem Mann Chad gegenüber. Aber es reichte ihr ja, die schönsten Stunden der Woche mit Ken Wagner zu teilen. Die ganze übrige Zeit konnte Chad sie haben.

Als Conrad Bohring, der Präsident der Mink Valley Spar- und Kreditbank, auf dem Heimweg von Mrs. Shawns Zweihundertjahrfeier-Komitee in Colonial Manor Estates ankam, fielen ihm zwei verdächtige Dinge auf. Das eine war ein klappriger Chevy ohne Schalldämpfer, der in Richtung Highway raste. Das andere war eine enorme gebeugte Gestalt, die wie ein Riesengürteltier über die Überlandstraße 7 watschelte. Die ganze Nachbarschaft war hell erleuchtet wie eine weihnachtliche Einkaufsstraße, von Suchscheinwerfern und dem kreiselnden Licht auf Trooper Trapps Streifenwagen. Eine Schar Nachbarn drängte sich auf dem Gehweg vor Conrads Haus, sorgsam jegliches Betreten seines perfekt gepflegten Rasens vermeidend. Ehe Conrad merkte, daß das Zentrum der Aktivitäten das Wagnersche Haus war, befürchtete er einen kurzen Moment lang, dieser verdammte Poo könnte wieder einmal seine Exkremente auf seinem Rasen abgesetzt haben. Man mußte etwas gegen diesen Hund unternehmen. Er war eine ständige Bedrohung für anständige, gesetzestreue Steuerzahler wie Conrad. Für Menschen, die ihr Leben riskiert und zu Land, zu Wasser und in der Luft gegen die Hunnen und die Japse gekämpft hatten, um die Eigentumsrechte zu schützen, die dieser verdammte Köter mit seinen Exkrementen schamlos verletzte.

32 Juni

Gordon McQueen lag in abgeschnittenen Jeans und rotem Muskel-Shirt unter einer Weide und schrie Anweisungen zu Starshine hinüber, die gerade dabei war, mit seinen Arbeitspferden ihren zukünftigen Frauenfriedhof umzupflügen. Ihr schillernd blaugelber Papagei hockte auf seinem Knie. Eigentlich waren Männer auf diesem Land ja nicht geduldet, aber Schwule zählten anscheinend nicht. Starshine, mit freiem Oberkörper, die Fleischwülste rot verbrannt und schweißtriefend, klatschte in einem fort nach den blutrünstigen Bremsen, und die irritierten Pferde schnaubten und warfen die Köpfe. Der Boden war immer noch naß von der Überschwemmung und klumpte zu großen, schweren Schollen.

Die übrigen Boudiccas plus Chrystal Sue Marsh übten, allesamt oben ohne, auf einer kleinen Lichtung Rundum-Karatetritte, angeführt von Foxglove in weißen Karatehosen und braunem Gürtel. Gordon war ziemlich schockiert gewesen, als er Chrystal Sue Marsh hier angetroffen hatte. Orlon würde Amok laufen, wenn er es mitbekam. Aber er war ja so beschäftigt mit seiner dreckigen Arbeit für Sonny Coffin, daß er wahrscheinlich nicht die leiseste Ahnung hatte, wo Chrystal Sue ihre Tage zubrachte.

Vielleicht würden Gordon und seine Mutter bald mit dem Sterbe-Service zu tun kriegen. Dan lag schon seit Wochen im Koma, im Krankenhaus von Burlington. Seit seinem Hokkeyunfall drüben im Camel's Hump Community College. Gordon ging jede Woche einmal hin, und es war eine Qual für ihn, seinen fröhlichen, lebhaften kleinen Bruder so totenstill dort liegen zu sehen, mit seinem zerschundenen, zerschmetterten Gesicht.

«Wie hält man die Dinger an?» brüllte Starshine, hinter dem Pflug herstolpernd, mit skistiefelgroßen Dreckkrusten an den bloßen Füßen.

«Zieh einfach nur an den Zügeln», rief Gordon. Normalerweise war es das Problem, die Pferde in Bewegung zu halten. Sie blieben auch prompt stehen und verharrten stoisch auf der Stelle. Nur die Schwänze und Ohren zuckten unter den schwirrenden Fliegen.

Starshine plumpste neben Gordon ins Gras. «Große Göttin, Gordon, schaff dir einen Traktor an.» Che hopste von Gordons Knie auf Starshines roten Bauch.

«Aber Pferde geben einem so etwas Männliches, Schätzchen», seufzte er.

«Das ist doch wohl nicht dein Problem, nach allem, was ich so höre.»

«*Was* hörst du denn so?» Er riß einen Grashalm ab, spannte ihn zwischen seine Daumen und produzierte einen fiependen Ton, indem er in die zusammengelegten Hände blies.

«Daß du eine Schwuchtel bist, Herzchen.»

«Ach, deshalb klopfst du wohl gar nicht mehr bei mir an, um mich zu fragen, ob du dir ein Täßchen Sperma ausborgen kannst.»

«Deshalb und weil wir das Zeug inzwischen sowieso eimerweise angeboten kriegen. Das ist hier im Moment die reinste Deckstation. Ray Marsh hat schon drum gebettelt, daß er uns seine Dienste erweisen darf, und Dack schleicht auch dauernd hier rum und schmachtet Morning Glory an.»

«Muß was Spezielles sein mit diesen Marshs. Mir wär ja fast das Gebiß rausgefallen, als ich Chrystal Sue hier gesehen hab. Orlon wird euch das Fell über die Ohren ziehen.»

«Sie ist so rein und unberührt wie am ersten Tag, als sie gekommen ist», sagte Starshine, indem sie sich aufsetzte und Che auf ihre Schulter verfrachtete.

«Ich würd sie heimschicken. Ihr bringt euch sonst noch in echte Schwierigkeiten.»

«Genausogut kannst du versuchen, eine Ameise vom Honigtopf fernzuhalten.»

Sie standen auf und schlenderten in Richtung Karate-Workshop.

«Power to the People!» krächzte Che.

«Was sollen wir auf dem Stück da anpflanzen, Gordon, damit es ein bißchen hübsch aussieht? Wir müssen jetzt dringend ein paar Grabparzellen verkaufen, sonst ist Sense mit Mink Creek.»

«Probiert's doch mit einjährigem Roggen. Der wächst schnell und ist schön grün. Genau die Art Rasen, unter den man seine Lieben gern bringen möchte.»

Foxglove erklärte gerade Täuschungsmanöver im Umgang mit Vergewaltigern: wie frau zuerst tun sollte, als mache ihr die Sache Spaß, um dann dem Angreifer die Unterlippe abzubeißen, ihm die Daumen in die Augen zu bohren, die Eier wie reife Pflaumen zwischen Daumen und Mittelfinger zu zerquetschen oder einen Knochensplitter ins Gehirn zu jagen, indem sie ihm das Knie gegen die Nase rammte.

«Tja, dann mach ich mich wohl lieber mal vom Acker», meinte Gordon verschüchtert.

«Nur keine Panik», sagte Starshine. «Du stehst doch nicht auf Mösen, also hast du auch nichts zu befürchten.»

Starshine saß auf ihrem Futon, Che auf der Schulter, und studierte die nächste Ausgabe für ihren Textverarbeitungs-Fernkurs. Sie übte einmal die Woche auf Conrad Bohrings Computer in der Mink Valley Spar- und Kreditbank. Conrad überließ ihr den Computer im Tausch dafür, daß er sie anlageberaten durfte. Er meinte, sie hätte ein Händchen für Wertpapiere. Die Boudiccas würden es nicht mehr lange machen. Ratte und sinkendes Schiff hin oder her – sobald sie ihren Kurs fertig hatte, würde sie als Guru abtreten. Sie hatte es satt, sich dauernd um alles kümmern zu müssen und dann deswegen angemacht zu werden. Sie hatte geglaubt, ihre Schülerinnen würden durch ihr Vorbild stark und weise werden, aber sie hatten sich nur in hilflose Hühnchen verwandelt, die ein warmes Nest suchten. Offenbar war das Gurutum doch nicht so einfach, wie es aussah.

Nachdem Gordon gegangen war, hatten die Boudiccas einen Göttinkreis unter der Weide anberaumt.

«Du reißt immer alle tollen Arbeiten an dich, Starshine», hatte Sumac gesagt. «Solche Sachen wie das Pflügen.»

«Aber wir haben wochenlang darüber geredet, daß das Stück gepflügt werden muß, und keine von euch hat es gemacht», hatte sich Starshine verteidigt. «Jetzt ist es schon fast zu spät zum Säen.»

Das war auch so ein Fall von Diskriminierung im Berufsleben: Wäre Starshine ein männlicher Guru, würden ihre Jüngerinnen ohne Zögern in den Mink Creek springen, wenn sie es ihnen befehlen würde. Nun gut, von ihr aus konnten sie alle in diesem Sumpf verrotten. Sie würde ihr Altersvorsorgegeld von Conrad Bohrings Bank holen und aus dieser Stadt verschwinden. Hoffentlich mit der blauverschleierten Frau von der Kirche der Heiligen Errettung im Schlepptau. Aber dieser Teil des Plans war noch im Visualisierungsstadium.

«Make Love, Not War», verkündete Che.

Starshine lächelte. Was auch immer geschehen mochte, sie würde nie einsam sein. Che würde sie um mehrere Jahrzehnte überleben. Er war derjenige, der eine Altersvorsorge brauchte.

Clea sah zu, wie sich die Klappstühle in der Amtsstube des Rathauses nach und nach mit einem echten repräsentativen Querschnitt der Einwohnerschaft von Roches Ridge füllten. Conrad Bohring und sie waren übereingekommen, daß er jede Komiteesitzung mit ein paar kurzen Worten über ein Kapitel der Stadtgeschichte eröffnen würde – heute ein bißchen Kolonialzeit, im nächsten Monat dann vielleicht Vor- und Frühgeschichte, Fauna, Flora und Geologie, die Rolle der Stadt in den verschiedenen Kriegen. Conrad sagte, er hätte eigentlich Professor für Geschichte werden wollen, sei dann aber durch eine Verkettung von Umständen im Bankfach gelandet. Clea hoffte, auf diese Weise die Kritik abbiegen zu können, die möglicherweise laut geworden wäre, wenn sie als Neuzugezogene selbst den Vorsitz geführt hätte. Sie beschied sich gern damit, die graue Eminenz hinter Conrads Thron zu sein.

Clea war sehr zufrieden mit sich. Sie leistete einen Beitrag zum Gemeinschaftsleben, ein Gefühl, das sie in New York in einem Vierteljahrhundert nie kennengelernt hatte. Sie führte diese Menschen zusammen. Sie rettete eins der bemerkenswertesten Architekturdenkmäler dieses Orts vor dem Verfall. Sie hatte in das alte Steinhaus neue Doppelfenster einsetzen lassen. Der bröckelige Putz an den Innenwänden war abgeschlagen. Darius war dabei, neue Rohre und Kabel zu legen, eine ihrer wenigen Konzessionen an das zwanzigste Jahrhundert. Ihre Notizen für «Amerika abseits der Zeit» gediehen. Sobald sie den hinteren Teil des Grundstücks vom Müll gesäubert hätte, würde sie ihn mit Bäumen, Büschen, Steinmauern, Weinranken und Blumenbeeten gärtnerisch gestalten. Ihr neues Leben war befriedigend und ausgefüllt. Sie grübelte kaum noch über ihr Zerwürfnis mit Elke nach. Die Entscheidung, von New York wegzugehen, war zweifellos richtig gewesen, trotz ihres kurzen Rückfalls an Ostern.

Conrad döste, an die schwarze Tür des Tresorraums gelehnt, still vor sich hin. Clea stupste ihn mit ihrem Reebok. Er fuhr hoch, strich sich mit einer Hand über die steifen grauen Stoppeln und sah sich erschrocken um.

«Tut mir leid», flüsterte Clea, «aber wir müssen anfangen.»

«Tja, also dann!» Conrad setzte sich auf und spähte über seine Benjamin Franklin-Brille hinweg. «Ich darf die Versammlung um Ruhe bitten.» Die Anwesenden verstummten nach und nach. «Ich freue mich, Sie heute abend alle hier begrüßen zu dürfen. Wie Sie wissen, wird unser Roches Ridge im nächsten Jahr zweihundert Jahre alt. Wir müssen daher darüber entscheiden, wie wir dieses Jubiläum begehen wollen. Aber lassen Sie mich zunächst noch ein paar Worte zur Geschichte unserer Stadt sagen. Mrs. Clea Shawn, der wir es zu danken haben, daß sie uns auf diesen bevorstehenden runden Geburtstag aufmerksam gemacht hat, war so freundlich, mir einige Daten und Fakten zuzuleiten, die ich nunmehr an Sie weitergeben möchte.»

«... die Migrationsmuster der frühen europäischen Einwanderer...» sagte Conrad Bohring in seinem hypnotischen Leierton.

Loretta merkte, wie ihre Augen nach innen wegwanderten. Sie biß sich fest auf die Innenseite ihrer Wange, um sich wach zu halten. Aber dann blieben ihre müden Augen plötzlich an Ishtar hängen. Sie hörten schlagartig auf zu schielen, und Loretta setzte sich bolzengerade auf. An einer Kette um Ishtars Hals hing ein milchig glänzender Stein, genau wie der, den Loretta gestern abend in der Tasche von Rays Tarnhose gefunden hatte. Es mußte eine Art Liebespfand sein. Sie war dabei, Ray zu verlieren, sie wußte es. Seine Hingezogenheit zu lesbischen Frauen würde doch die Oberhand gewinnen. Er würde hinunter an den Mink Creek ziehen, zu den Boudiccas.

Am Vorabend hatte sie vom Fenster der Casa Loretta aus gesehen, wie Ray aus dem Karma-Café kam. Es war Ishtars Tofu-Kroketten-Abend. Loretta wußte ganz genau, daß Ray für Tofu nichts übrig hatte, in welcher Zubereitungsform auch immer. Später, als er schlafend neben ihr in ihrem Trailer in Sunset View lag, träumte er etwas, wovon er einen Ständer kriegte. Loretta lag hellwach da und zergrübelte sich den Kopf, was sie tun konnte, um ihn zurückzuerobern. Da fiel ihr ein, daß Calvin ihr einmal aus seinem *National Enquirer* etwas vorgelesen hatte, über eine Firma, die einen zum Valentinstag für hundert Dollar mit Schokolade überzog. Aber sie war ja diejenige, die so für Schokolade schwärmte.

Also lag sie weiter grübelnd im Dunkeln, während Ray sich neben ihr hin und her wälzte und im Schlaf stöhnte. Bis ihr plötzlich eine Inspiration kam. Sie eilte in die Küche, brachte ein paar Riegel halbbittere Schokolade auf der Gasflamme zum Schmelzen und gab noch ein Würfelchen Paraffin dazu. Nachdem die Mixtur abgekühlt war, trug sie den Topf ins Schlafzimmer, wo sie Rays erigiertes Glied hineinstippte. Die Schokolade härtete rasch.

Über Ray kniend, begann Loretta, an der Schokolade zu lecken und zu lutschen. Ray stöhnte Ishtars Namen. Er öffnete die Augen und sah Lorettas schokoladenbeschmiertes Gesicht über sich. Sein Penis erschlaffte. In stummer Verzweiflung zog Loretta die Schokoladenkruste von ihm ab wie einen ausgedienten Chitinpanzer. Sie musterte sie, zuckte die Achseln und biß hinein, während Ray sich wieder umdrehte und zu Ishtar zurückkehrte.

Gegen Morgen hatte Loretta dann Rays Taschen durchsucht, in der Hoffnung, auf irgendeinen Hinweis zu stoßen, was mit ihm los war. Und dabei war ihr dieser Stein in die Hände gefallen. Und jetzt sah sie den gleichen an Ishtars Hals. Was hatte das zu bedeuten? O Gott, sie liebte Ray doch so sehr. Warum mußte er nur so komisch sein? Wenn sie doch nur bei irgendeinem Glücksspiel gewinnen würde, dann würde sie ihn schon von Ishtar loseisen. Im Moment ruhte ihre ganze Hoffnung auf dem Monopoly-Spiel von McDonald's an der Überlandstraße 7. Dort konnte man für sein ganzes restliches Leben tausend Dollar wöchentlich gewinnen. Man bekam jedesmal, wenn man hinging, einen Teil vom Spielplan. Deshalb drängte sie jetzt alle ihre Stammkunden, lieber zu McDonald's zu gehen und ihr ein Stück mitzubringen.

Clea musterte Wanneeta Marshs enorme Körpermassen, die über den wackligen Klappstuhl quollen. Sie hielt die Arme vor der Brust verschränkt, und ihr Gesichtsausdruck ließ erkennen, daß sie Conrads Ausführungen über den Bootsverkehr auf dem Champlain-See vor dem französisch-indianischen Krieg ungefähr so sehr interessierten wie das Bruttosozialprodukt des heutigen Madagaskar. Es war kaum zu glauben, daß sie die Mutter dieses sensiblen jungen Mannes aus Cleas Nachbarhaus war, der diese faszinierenden Wandobjekte aus Überresten von toten Tieren schuf. Clea hatte Dias von den Objekten gemacht und sie Anya geschickt, der Besitzerin von Elkes Stammgalerie in SoHo. Anya, ein mittlerweile arriviertes Blumenkind der sechziger Jahre, behängte sich immer mit Navajo-Schmuck aus Silber und Türkisen. Sie flippte völlig aus über Dacks «Abenaki-Totemskulpturen», wie sie die Objekte nannte. Da gerade eins ihrer Projekte in letzter Minute geplatzt war, hatte sie sofort eine Ausstellung anberaumt. Clea sollte Dack nach New York bringen. Sie stellte sich vor, wie sie ihn durch die Stadt führen und ihm alles zeigen und sich über sein verblüfftes Staunen amüsieren würde. Ihr Ausgangspunkt würde Turtle Bay sein. Ihr großes französisches Bett schob sich in ihre Gedanken. Sie schob es ärgerlich wieder weg. Sie gab einem begabten jungen Volkskünstler eine Starthilfe, weiter gar nichts. Außerdem hatte sie ja allen emotionalen Turbulenzen abgeschworen. Das zölibatäre Leben lag ihr zwar offensichtlich nur mäßig, aber es würde ihr sicherlich ausreichen, es gelegentlich mit Turner zu durchbrechen, wenn er erst aufgehört hatte zu muffeln. Kate hatte recht: es war Zeit, daß sie sich endlich benahm, wie es ihrem Alter entsprach.

«... als Verladehafen für Holz für die Masten britischer Kriegsschiffe...» Conrad gefiel sich in seiner Lehrerrolle. Er hatte seinen Doktor in Geschichte sausenlassen müssen, um Mrs. Bohring zu heiraten, als sie Anno 35 plötzlich schwanger geworden war. Damals war ihm das wie das Ende der Welt erschienen. Aber hier stand er nun, Anno 86, zweiundsiebzig Jahre jung, Präsident der Mink Valley Spar- und Kreditbank und dekorierter Kampfflieger im Zweiten Weltkrieg. Ihre fünf Kinder hatten ihnen mittlerweile acht prächtige Enkelkinder beschert. Im letzten Jahr hatten er und seine Frau zur goldenen Hochzeit eine Glückwunschkarte von Präsident

Reagan bekommen. Mrs. Bohring war die Königin der Coupon-Sammlerinnen von Zentral-Vermont. Und er nannte den bestgepflegten Rasen von Colonial Manor Estates sein eigen, trotz dieses verdammten Pudels von nebenan (und was den anging, hatte er auch schon einen Plan). Ja, Conrad mußte zugeben, das einzige, was er bedauerte, war, daß er als junger Mann seine Zähne nicht gewissenhafter mit Zahnseide gereinigt hatte...

«He, Bohring», rief jetzt Waneeta Marsh, «können wir mal zu Potte kommen? Ich muß zu ‹L. A. Law› wieder daheim sein.»

33 Juli

Elke saß am vorbestellten Tisch in dem spanischen Restaurant an der Zwölften Straße und sah zu, wie Cleas edler Wilder sich bemühte, mit der Paella klarzukommen. Die Muschelschalen im Reis waren eindeutig zuviel für ihn. Clea an seiner Seite strahlte wie ein frischgebackener Vater. Ihre Kerle wurden immer jünger. Demnächst würde sie Schuljungen verführen.

Elke war vergrätzt, weil Anya diesen Holzfäller so mir nichts, dir nichts ausstellte, und noch dazu, ohne sich vorher mit ihr zu besprechen. Aber offensichtlich hatte Anya an diesem mürrischen kleinen Schwachkopf mit dem interessanten Native-American-Touch genauso einen Narren gefressen wie Clea. Clea brachte ihre Tage und Nächte damit zu, diesen Bauernbengel mit seinen dreckigen Jeans und seinem BORN TO DIE auf dem Arm durch New York zu eskortieren und sich daran zu ergötzen, wenn ihm vor lauter Staunen über die Wolkenkratzer, siebengängigen französischen Menüs und das Rush-hour-Gedrängel in der U-Bahn fast die Glutaugen aus dem Kopf fielen.

Elke klatschte ihre Serviette auf den Tisch und schob ihren Stuhl zurück. «Dann will ich euch beide mal eurem Gelage überlassen.»

Clea sah erstaunt auf: «Jetzt schon, Elke?»

«Ich muß morgen früh arbeiten.»

«Bist du denn an was Neuem?»

«Nicht direkt. Ich weiß noch nicht. Vielleicht.»

Während sie durch vertraute Straßen zu Fuß nach Hause

ging, lenkte Elke ihre Gedanken entschlossen auf ihre Arbeit und weg von Clea und Konsorten. Zwischen ihr und Clea war Schluß und Punkt. Traurig, aber wahr, und es nützte nichts, sich etwas vorzumachen. Was ihre Arbeit anbelangte, wußte sie nur das eine sicher: ihr Lebensthema, die Brutalität, war ausgelutscht, und sie selbst war es auch. Aber was blieb denn noch anderes für einen Menschen, der seinen Vater am Strick baumeln, seine Mutter eiskalt auf dem Wohnzimmerteppich liegen und seine Landsleute wie Holz auf Haufen gestapelt verfaulen sehen hatte? Sie wußte es nicht. Aber sie wünschte sich so, wieder arbeiten zu können und diesen schweren grauen Schleier abzuschütteln, der sich über sie gelegt hatte. Jeden Tag stand sie an ihrem Zeichentisch unter dem Atelierfenster, Stift, Feder oder Kreide erwartungsvoll angesetzt. Aber es tat sich nichts. Sie hatte schon versucht, ihre Hand zu lockern, indem sie einfach vor sich hin kritzelte, aber nichts wollte auch nur einen Hauch von Leben annehmen. Und wenn ein verschwommenes Bild in ihr auftauchte, verschwand es gleich wieder, wie ein Polaroidfoto, nur umgekehrt. Sie brachte ihre Nachmittage damit zu, durch die Stadt zu wandern und auf den Funken einer Inspiration zu hoffen. Aber Inspirationen kamen einem nie, wenn man darauf wartete. Sie drängten sich dazwischen, wenn man gerade ganz darauf konzentriert war, die Badewanne zu schrubben. Also ging sie wieder nach Hause, um sich in alle Hausarbeiten zu stürzen, die ihr irgend einfielen. Aber in ihrem Herzen regte sich nichts. Es blieb ihr nichts, als zu warten und die Hände in Bereitschaft zu halten wie eine Hebamme, die das Ungeborene nicht orten kann.

Von Ostern bis heute abend war es ihr gelungen, sich von Cleas wirbelndem Sog fernzuhalten. Keine Telefonate, keine Briefe, keine Besuche. Je weniger Gelegenheit sie Clea gab, mit ihrer zwanghaften Umtriebigkeit in ihr Vakuum einzubrechen, desto besser. Elke war immer noch stocksauer über dieses Telefongespräch am Tag nach dem Osteressen, bei dem Clea ihr gesagt hatte, sie hätte all die Jahre Elkes Launen einstecken müssen. Wo es doch aus Elkes Sicht genau umgekehrt war. Die einzige Möglichkeit, sich diesem Bann zu entziehen, war es, gar nicht erst den Fuß in Cleas Zauberwald zu setzen. Wenn man einmal in ihr Gravitationsfeld eintauchte, war man gefangen wie ein Asteroid.

Clea wühlte, seit Elke sie kannte, im Seelenleben ihrer Freunde und Liebespartner herum, immer auf der Suche nach irgend etwas, was sie nie fand. Aber ihre eigene Psyche war eine abgeriegelte Festung. Ein Reiz, mit ihr eine Liebesbeziehung einzugehen, hatte für Elke ganz sicher darin gelegen herauszukriegen, was hinter diesen Trutzmauern lag. Aber im Lauf der Jahre hatte sie gemerkt, daß sie als Cleas Freundin öfter einen Blick hinter die Mauern erhaschte als irgendeiner ihrer Liebhaber, was allerdings nicht viel heißen wollte.

Später am gleichen Abend, als Elke neben Terence im Bett lag und in Albert Speers Tagebüchern las, klingelte plötzlich das Telefon.

Clea sagte: «Spuck's aus, Elke, was hast du?»

«Was meinst du? Ich hab gar nichts.»

«Du magst Dack nicht gerade, sehe ich das richtig?»

«Was gibt's denn da zu mögen? Er ist doch noch ein Kind.»

«Na ja, ich habe es ja auch nicht darauf angelegt, ihn zu verführen.» Clea lachte. «Wenn du's genau wissen willst: er schläft gerade den Schlaf der Gerechten drüben in Theos Bett.»

Elke schwieg, die Kiefer fest aufeinandergepreßt.

«Oh, du mein Gott, ist es das, was du denkst? Daß ich scharf auf ihn bin?»

«Was ich denke, ist doch egal.»

«Mir nicht. Bitte sag's mir.»

«Also gut. Ich denke, daß es einfach ein Jammer ist, daß du nicht zu Hause bleiben, deine Arbeit machen und für deine Freunde und deine Familie dasein kannst.»

«Aber wenn ich mal sterbe, kann ich mir wenigstens sagen, daß ich wirklich gelebt habe.»

«Im Unterschied zu mir, das willst du doch sagen? Das

hängt ganz davon ab, was du unter ‹wirklich leben› verstehst. Weißt du, was du bist, Clea? Ein Action-Junkie.»

«Dann bin ich aber wirklich am falschen Ort gelandet. Roches Ridge ist das langweiligste kleine Nest, das du dir vorstellen kannst. Es hat ungefähr so viel Action zu bieten wie Poplar Bluffs. Wenn du mich mal besuchen kämst, wüßtest du's.»

«Kein Ort, wo du wohnst, kann langweilig sein, mein Herz», murmelte Elke, und ihre Stimme klang halb kritisch, halb bewundernd. Verdammt. Clea war schon wieder dabei, ihr ihren Ärger auszureden, wie immer.

Terence sah von seiner Zeitung auf, um ihr einen entrüsteten Blick zuzuwerfen. Beim Abendessen hatte sie ihm erzählt, mit Cleas und ihrer Freundschaft sei es endgültig aus.

«Du *kommst* doch morgen zur Vernissage, Elke?»

«Ich werde wohl da sein», seufzte Elke.

Dack stand in einer Ecke, klammerte sich an einen Plastikbecher mit Weißwein und guckte mürrisch. Nur Clea wußte, daß er fürchterliche Angst hatte. Aber wenigstens hatte sie ihn überreden können, seine Jeans in die Wäsche zu geben. Und er hatte sich breitschlagen lassen, ein altes Polohemd von Turner unter seine Daunenweste zu ziehen. Clea, in einem graugrünen seidenen Hemdblusenkleid mit Perlenkette, schlenderte zwischen den Leuten umher, um Reaktionen aufzuschnappen. Auf den weißen Wänden, von den fahrbaren Scheinwerfern angestrahlt, wirkten die Objekte einfach toll. Die meisten Anwesenden schienen das auch zu finden. Die Kritikerin von *Voice* murmelte, als Clea an ihr vorbeiging, ihrem Begleiter irgend etwas von «ungebrochener Virilität» zu, wobei sie abwechselnd die Objekte und Dacks Adlerprofil musterte. Dack stammelte sich gerade durch eine Konversation mit Anya, deren Oberkörper ein Silber-Türkis-Kürbisblüten-Halsgebinde dominierte.

Das einzige, was Clea diesen Abend ein klein wenig vergällte, war die Tatsache, daß Anya ihr noch nie eine Ausstellung angeboten hatte. Sie hatte zwar gelegentlich Fotos von

Clea in Gemeinschaftsausstellungen aufgenommen, war aber immer ausgewichen, wenn sie sie auf ein Einzelprojekt angesprochen hatte. Diese Abweisung und Elkes Urteil, das ihre Fotos für «dekorativ» befand, nagten seit Jahren an Clea. Und ganz besonders heute abend, da Anya sich so eifrig bemüht zeigte, einem jungen Niemand aus den Wäldern des Nordens den Weg zu ebnen.

Elke stand, ebenfalls einen Plastikbecher in der Hand, vor dem Bisamratten-Kruzifix.

«Na, wie findest du's?» fragte Clea, während sie ihr einen Kuß auf die Wange gab.

«Stark», sagte Elke zögernd.

«Wirklich?»

Elke nickte.

«Na ja, Cäsars Lob... du weißt schon.»

Elke lächelte grimmig. «Mit Cäsar geht's bergab.»

«Das denkst du immer, wenn du was Neues anfängst.»

«Und irgendwann stimmt's dann wirklich.»

«Aber vorerst noch nicht», beruhigte sie Clea, selbst unsicher. Im Moment blieb abzuwarten, ob das, was Elke machte, sich auf Dauer als bedeutsam erweisen würde, oder ob es jetzt, da feministische Positionen zunehmend von der etablierten Kultur absorbiert wurden, ausgedient hatte. Clea war lange genug auf dieser Welt, um zu wissen, daß auch die sensationellsten Innovationen oft zehn Jahre später zu Klischees geronnen waren.

Stanley Stoddard, ein Kollege von Terence von der Kunstfakultät der NYU, trat zu ihnen. «Wirklich erstaunlich», sagte er, mit einer ausholenden Geste auf den ganzen Raum verweisend. «Wenn Sie mich fragen, hat Ihr junger Mann da im Alleingang die gesamte Holocaust-Diskussion auf eine völlig neue Diskursebene gehoben.»

Elke runzelte die Stirn und zuckte gereizt mit den Achseln. Ob deshalb, weil sie diese Meinung nicht teilte oder weil sie eifersüchtig war, oder weil sie ganz einfach auch nicht kapierte, wovon Stanley da redete, vermochte Clea nicht zu erkennen. Clea zweifelte oft an ihrer Intelligenz in Gegenwart dieser Akademiker, die ständig irgendwelche Meinungen in einem solchen Brustton der Überzeugung vorzubringen pflegten, daß man automatisch davon ausging, daß etwas dran war, auch wenn es noch so inkohärent klang. Aber auf jeden Fall schienen Dacks Objekte Stanley zu gefallen.

Clea beobachtete, wie die *Voice*-Kritikerin im Keller des Village Gate schamlos mit einem ziemlich ungerührt wirkenden Dack flirtete. Auf der Bühne spielte eine ethnisch bunt zusammengewürfelte Jazzband aus West-Berlin «What A Friend We Have in Jesus». Ein Chinese mit einem herunterhängenden Schnurrbart sang im wohlklingenden Duett mit einem untersetzten Kahlkopf in einem Hawaiihemd. Nach und nach zerfielen die Harmonien. Der Chinese begann, das Klavier mit den Fäusten zu traktieren. Der Schlagzeuger, der eine Art Tarnanzug trug, schlug mit einem Wagenheber auf eine Radkappe ein. «People Who Need People» und «Teen Angel» hatten bereits eine ähnliche Demontage erfahren.

Stanley Stoddard beugte sich über den Tisch und bemerkte leise: «Phantastisch, was? Diese Burschen schlachten hier vor unseren Augen die heiligen Kühe unserer Populärkultur.»

Die *Voice*-Kritikerin wandte ihre Augen für einen Moment von Dacks Adlerprofil ab, um nickend hinzuzusetzen: «Köstlich. Dieser Witz. So europäisch.»

Elke massierte sich die Schläfen mit Daumen und Zeigefinger. Sie sehnte sich vermutlich danach, zu Hause in ihrem Bett zu sein. Und Clea wünschte sie auch dorthin. Ihre sarkastische Anwesenheit war wahrhaftig kein Vergnügen. Wenn sie morgen über diesen Abend sprechen würden, würde Elke sich nur über alles mokieren. Ganz im Gegensatz zu Dack, der alles in dieser Stadt staunend aufnahm. Es machte einfach Spaß, einen so begeisterungsfähigen Novizen in die Welt einzuführen. Clea fühlte sich wie der alte Gandhi, selbst verjüngt durch die Berührung mit der vitalen Kraft der Jugend.

Der Chinese begann jetzt, mit einem Armer-Mississippi-

Pächter-Akzent «Wish I Could Shimmy Like My Sister Kate» zu singen und sich dazu im Bar-Pianisten-Stil auf dem Klavier zu begleiten. Der Mann im Hawaiihemd improvisierte auf der Klarinette. Dann entharmonisierte sich das Stück langsam, bis der Schlagzeuger schließlich mit den Ellbogen arbeitete. Der Klarinettist trötete auf einer Fahrradhupe und schüttelte einen Patronengurt. Der Klavierspieler entlockte einem Synthesizer ein unheilschwangeres heulendes Sirren, interpunktiert durch Maschinengewehrsalven. Die Bühne wurde zum Schlachtfeld.

Clea warf einen Blick zu Dack hinüber, um festzustellen, wie ihm diese Destruktion heiliger Ikonen der amerikanischen Kultur gefiel. Seine dunklen Augen waren voller Unruhe, und sein Kopf wandte sich in alle Richtungen, sehnsüchtig nach einem Ausgang ausspähend.

Als Clea seine mühsam beherrschte Panik sah, wurde ihr plötzlich klar, daß diese Darbietung für Dack etwas Bedrohliches war. Dieser ätzende Nihilismus war ein Produkt Berlins – einer geteilten Stadt, über der ständig das Damoklesschwert der atomaren Katastrophe schwebte. Er hatte nichts mit Roches Ridge, Vermont, zu tun, wo die Welt noch intakt war und die Menschen optimistisch. Sie hatte in ihrer Blindheit einen unschuldigen jungen Menschen den Miasmen dieses Sumpfs blutloser Dekadenz ausgesetzt. Sie hatte sich als Dacks Mentorin gefühlt, während in Wahrheit er ihr etwas beizubringen hatte. Auf dem Heimweg im Taxi entschuldigte sie sich bei ihm.

Als Clea in ihrem großen französischen Bett lag, merkte sie plötzlich, daß Dack vor ihrer Zimmertür stand. Das Flurlicht brannte, und sie sah die dunklen Umrisse seiner Zehen durch die Türritze. Ihr Herz begann zu hämmern wie die Maschinengewehrsalven der Jazz-Gruppe. Wahrscheinlich hatte er eine Frage wegen der Rückfahrt morgen früh, und jetzt versuchte er herauszubekommen, ob sie noch wach war. Sie richtete ihre ganze Willenskraft darauf, ihm zu suggerieren, daß er die Tür öffnen und hereinkommen solle. Sie versuchte, sich zu erinnern, ob in der Nachttischschublade noch Kondome lagen. Aber ein junger Bursche aus den Wäldern von Vermont war bestimmt nie mit AIDS in Berührung gekommen. Mit Tollwut vielleicht, aber nicht mit AIDS.

Aber dann warf sie den Hebel herum und suggerierte ihm jetzt mit ganzer Kraft, daß er wieder weggehen solle. Sie hatte eine feste Abmachung mit Turner, die da besagte: keine dritten Personen in ihrem Ehebett. Das war ihre spezielle Form der Treue, und sie hatte sich fast ein Vierteljahrhundert daran gehalten. Aber wenn Dack auch nur in die Nähe dieses Betts kommen würde, konnte sie für nichts garantieren. Erleichtert und enttäuscht sah sie die Schatten wieder verschwinden, und gleich darauf hörte sie Theos Tür leise ins Schloß klicken.

Sie stieg aus dem Bett, trat ans Fenster und sah, noch immer unstet atmend, auf das Geäst des Ahorns im Hof hinaus. Hatte Elke doch recht? Hatte sie es darauf angelegt gehabt, Dack zu verführen? Eben wäre es ihr bestimmt sehr schwergefallen, ihn abzuweisen. Aber das war doch etwas ganz anderes, als ihm aktiv nachzustellen, oder etwa nicht? Sie konnte nicht leugnen, daß da eine Anziehung bestand, aber sie resultierte doch vor allem aus seiner Jugend und seiner Verletzbarkeit. Kate und Theo ließen sich von ihr nicht mehr bemuttern. Kate attackierte sie von links, weil sie zu konventionell war, und Theo drangsalierte sie von rechts, weil sie nicht konventionell genug war. Und nächste Woche konnten sie schon die Plätze getauscht haben. Die vordergründigen Inhalte waren gleichgültig. Im Grund ging es darum, daß sie sich von ihr abnabeln mußten. Und sie mußte sie loslassen. Aber ihre mütterlichen Fähigkeiten, durch lange Jahre permanenten Beanspruchtwerdens trainiert, blieben ihr doch weiterhin. Und suchten sich jetzt offensichtlich in Dack ein neues Objekt. Er war vorübergehend in ihrem leeren Nest untergekrochen. Aber das war doch wohl harmlos genug...

Dack saß in Cleas BMW, in der Tasche achthundert Dollar und eine Kritik aus der *Village Voice*, die mit den Worten begann: «Die ungezähmte amerikanische Wildnis in ihrer ganzen ungebrochenen Urtümlichkeit als eine Welt der rauhen Virilität präsentierte sich gestern abend inmitten der bevölkerten Straßen von SoHo...» Diese ganze Sache war wie ein Märchen, und Mrs. Shawn war seine gute Fee. Dack hatte keine Ahnung, wie er ihr das je zurückzahlen sollte und ob sie überhaupt etwas dafür haben wollte. Er hatte ihr einen Teil von seinem Geld angeboten, aber sie hatte nur lachend abgewunken. Gestern abend, in diesem Wahnsinnsschuppen von einem Haus, war er aus dem Bett ihres Sohns gestiegen und eine ziemlich lange Zeit vor ihrer Schlafzimmertür gestanden, die Zehen in den Teppichboden gekrallt, weil er überlegt hatte, ob er reingehen sollte oder nicht. Sie sagte ja, ihr Alter sei so viel weg. Wenn sie von ihm gebumst werden wollte, konnte sie das gern haben, nach allem, was sie für ihn getan hatte.

Wenn er in Alpine Glen nach der Arbeit noch ein Bier trinken ging, passierte es manchmal, daß ihn irgendeine reiche Tante unbedingt mit zu sich in ihr Ferien-Apartment nehmen wollte, «auf einen Drink». Dann zog sie ihm ein Kondom über, und er sollte alle möglichen verrückten Sachen mit ihr machen. Manche waren schon richtig alt, so wie Mrs. Shawn, hatten Kinder und alles, und man hätte mit Rays Abschlepplaster in sie reinfahren können. Aber meistens schafften sie's, sich um ihn herum ganz eng zu machen und an seinem Schwanz zu saugen wie ein Mund an einer Brustwarze.

Auf dem Heimweg von dieser Band-Nummer gestern abend hatte sich Mrs. Shawn im Taxi die ganze Zeit bei ihm entschuldigt. Diese Typen waren ja auch wirklich nicht gut gewesen. Sie konnten weder die Melodie halten noch den Rhythmus. Aber dafür konnte sie doch nichts. Es war ihm schleierhaft, warum sie da so ein Geschiß drum machte. Sie hatte gesagt, er könne ihr was beibringen. Deshalb hatte er dann ja auch gedacht, sie wolle vielleicht, daß er sie bumse. Aber dann hätte sie's ihm besser direkt sagen sollen. Woher sollte er wissen, was Sache war?

«Na, Dack, wer ist denn dein Mädchen?» fragte sie ihn jetzt, zu ihm rüberlächelnd, während sie durch die Catskills kurvten.

Er wurde rot und zuckte nur mit den Schultern.

«Ach, tu doch nicht so, Dack. Ich wette, sie sind alle hinter dir her.»

Er fühlte plötzlich einen komischen Drang, dieser netten Dame von Morning Glory zu erzählen und ihr zu sagen, was er mit seinem Geld vorhatte. Er würde Morning Glory vom Mink Creek wegholen und mit ihr irgendwohin gehen, wo diese Starwars sie nie finden würde. Morning Glory wollte ein Baby, und er wollte, daß sie alles kriegte, was sie haben wollte. Die Skitruppe mußte eben warten. Man konnte ja schließlich ein Mädchen nicht an den Polarkreis schleppen und mit Karibufleisch ernähren. «Na ja, da gibt's schon eine.»

Mrs. Shawn hörte auf zu lächeln. «Ach ja?»

«Wohnt drunten am Mink Creek.»

«Eine von den Boudiccas?» Sie fing wieder an zu lächeln.

«Jedenfalls von dem Haufen da. Nennt sich jetzt Morning Glory. Ich war mit ihr auf der High School. Da war sie Cheerleader und all so was.»

«Und so lange seid ihr schon zusammen?»

«Bis jetzt war'n wir noch gar nicht... zusammen.» Er rieb sich das BORN TO DIE auf seinem Unterarm.

«Aber du willst es gern?»

Er nickte. «Sie will ein Baby. Aber dieses Bossweib da unten, diese Starwars, sagt immer allen, wann sie was machen sollen. Deshalb können wir uns fast nie sehen.»

«Ich will dich ja nicht entmutigen, Dack, aber es kommt nicht oft vor, daß Leoparden ihre Flecken ändern.»

«Heißt das, Sie glauben, daß sie für immer andersrum ist?»

«So würde ich es sehen.»

«Ich nicht.»

«Na, dann viel Glück», sagte Clea munter.

Clea musterte Alvin Jacobs mit seiner Wildleder-Augenklappe und seinem Tweed-Sportsakko. Er hatte gerade dem Festkomitee den Antrag unterbreitet, daß Roches Ridge eine Patenschaft mit einer Stadt in China eingehen sollte.

«Sind das nich Kommonisten da in Rotchina?» erkundigte sich Waneeta Marsh, die heute in einem Stone-washed-Jeanshemd von Guess und dazu passendem Bomberblouson mit Lederbesatz auf Schultern und Kragen erschienen war. Von ihrer Garderobe abgesehen erinnerte sie Clea an die Kellnerinnen in den Münchner Bierlokalen, die in jeder Hand vier Maßkrüge trugen und sich die Daumen mit schwarzem Klebeband umwickelten, damit sie sich keine Blasen holten. Dacks Mutter. Clea hatte beunruhigt registriert, mit welcher Erleichterung sie Dacks Geständnis aufgenommen hatte, daß der gegenwärtige Gegenstand seiner Gefühle eine Boudicca war. Was hatte sie damit zu schaffen?

«Es sind Menschen, Ms. Marsh», erwiderte Alvin von oben herab.

«Mrs. Marsh», schnappte Waneeta zurück.

Alle Versammelten sahen sie an. Sie zuckte verlegen mit den Schultern.

«Wir könnten doch Handwerker und Material für den Bau eines Friedensspielplatzes hinschicken. Gibt es eine würdigere Form, unsere Zweihundertjahrfeier zu begehen, als den Kindern der Dritten Welt zu helfen?»

«Kindern von Kommonisten», präzisierte Waneeta.

«Ich beantrage, daß wir diesen Punkt vertagen», sagte Astrid Starr. «Es gibt wirklich Dringenderes zu entscheiden. Zum Beispiel, was wir mit den abgestorbenen Ulmen auf dem Platz machen wollen.»

«Ich schließe mich diesem Antrag an», sagte Maureen Murphy, wobei sie so heftig mit dem Kopf nickte, daß ihr Pony samt Klebestreifen ins Schwingen geriet.

«Es steht der Antrag zur Abstimmung, die Diskussion über den Antrag bezüglich der Patenschaft zu vertagen», sagte Conrad. «Angenommen?»

Als alle Anwesenden ihre Zustimmung äußerten, stand Alvin Jacob auf, um nach einem letzten wütenden Blick in die Runde aus dem Saal zu marschieren.

«Kommonisten sind nich für Demokratie», erklärte Waneeta.

«Ich finde, wir sollten für die Ulmen Birken pflanzen», sagte Astrid. «Birken sind typisch für Neuengland.»

«Für Vermont gibt's nichts Typischeres als Zuckerahorn», hielt Maureen dagegen.

«Birken werden im Herbst so schön gelb», sagte Astrid.

«Ahorn wird rot und orange», argumentierte Maureen. «Und wenn's anfängt, warm zu werden, kann man Sirup zapfen.»

«Vielleicht sollten wir eine Kombination in Erwägung ziehen», schlug Father Flanagan vor, die Arme mit den Handflächen himmelwärts ausgebreitet wie der heilige Franz von Assisi.

Während Jared McQueen die Vorzüge von Birken und Ahornbäumen gegeneinander abzuwägen versuchte, dachte er, wieviel schöner die Welt doch wäre, wenn die Menschen es wie die Bäume halten und mit jeder Jahreszeit die Haarfarbe wechseln würden. Wie könnten Männer noch Kriege gegeneinander führen, wenn sie alle indigorote und chartreusegrüne Stachelfrisuren hätten?

Jared wandte seinen Blick Bethany Wagner zu und ertappte sie dabei, wie sie ihn anstarrte. Er lächelte und guckte wieder zurück zu Astrid Starr. Bethany spielte ein neckisches Spiel mit ihm, indem sie sich die Haare immer kürzer schneiden ließ, von einer richtigen Stachelfrisur aber weiter nichts wissen wollte. Wenn er mit ihr ins Bett ginge, würde sie ihm wahrscheinlich erlauben, ihr eine Punkfrisur zu verpassen. Aber er wollte nicht so einer sein. Und außerdem hoffte er immer noch auf Loretta Gebo, die bestimmt nicht von ihm verlangen würde, daß er sie auch noch bumste.

Jared schaute zu seinem Bruder Gordon im engen Trägerhemd mit Jeansjacke darüber. Gordons Gesicht unter dem kurzgestutzten Bart war hager. Seine Freunde starben wie die Fliegen an AIDS. Und seit der Schwulen-Lustpartie schwirrten in der ganzen Stadt Gerüchte über seine sexuelle Orientierung herum. Und Dan lag im Koma im Krankenhaus. Dan, der Kleine, den alle so gern hatten. Er war schon grinsend aus dem Bauch seiner Mutter herausgekommen und hatte nie mehr aufgehört zu strahlen. Bis jetzt. Er hatte sich sogar von Jared einen magentaroten Irokesen machen lassen. Jetzt saß ihr Vater dauernd an Dans Bett. Er roch schon meterweit stinknüchtern und gab dauernd Plattheiten von sich wie: «Laßt fahren dahin. Was Gott tut, das ist wohlgetan.» Alle machten schnell, daß sie wegkamen, wenn er auftauchte und vor Reumütigkeit überfloß.

Als Jared heute nachmittag ins Krankenhaus gekommen war, hatte Father Flanagan mit seinem steifen weißen Kragen und seinem goldenen Lebensschützer-Abzeichen neben Dans Bett gestanden. Der arme Kerl war immer überall, wo's irgendwie schlimm stand, und wußte doch nie etwas Hilfreiches zu sagen. Daisy Wagner hielt Dans Hand und flüsterte auf ihn ein, während ihr die Tränen über die Backen liefen. Jared hatte gar nicht gewußt, daß sie was miteinander hatten. Sie sagte, sie hätten sich heimlich treffen müssen, weil ihr Vater nicht mit Dan einverstanden war, wegen dem Irokesen und weil er nach Stall roch. Das empörte Jared nun wirklich. Was würde Daisys hochgestochener Xerox-Papi wohl sagen, wenn er wüßte, daß seine eigene Frau drauf und dran war, sich von Dans älterem Bruder einen Punk verpassen zu lassen, der sich gewaschen hatte?

Nachdem Daisy Jared hatte schwören lassen, daß er es für sich behalten würde, erzählte sie ihm, daß Dan oft vom Camel's Hump Community College zu ihrem Haus getrampt, das Rosenspalier unter ihrem Fenster raufgeklettert und zu ihr ins Bett gekommen sei. Sie hatten sich zwei Paar Kopfhörer ihres Walkmans aufgesetzt und sich bis zum Morgengrauen zu Greatful Dead-Kassetten geliebt. Jared war froh, daß Dan die

Freuden des Fleisches gekostet hatte, ehe er von seinem Körper Abschied nehmen mußte.

Um Daisy ein bißchen abzulenken, kam Jared darauf zu sprechen, mit was für einer Frisur sie denn zur nationalen Miss-Teenage-Wahl nach Dubuque fahren wolle. Wenn sie sich von ihm einen Stachelkopf machen ließe, würde sie die erste Punk-Miss-Teenage der Vereinigten Staaten sein.

«Ich weiß nicht, ob ich es bringe, zu der Wahl zu fahren», seufzte Daisy. Sie küßte Dans große Hand, die sie zwischen ihren beiden Händen hielt.

«Du mußt hinfahren, Daisy. Dan würde es bestimmt wollen.»

«Meinst du?»

«Ich weiß es. Denk doch nur, wie stolz Danny auf dich sein wird, wenn er aus dem Koma aufwacht und erfährt, daß seine Freundin Miss Teenage von Amerika ist.»

«Da hast du wohl recht.» Sie sah zärtlich auf Dannys hübsches Gesicht und seinen magentaroten Irokesenkamm, der schlaff auf dem weißen Kissen ruhte.

«Ich bin mir ganz sicher», sagte Astrid Starr, «daß die meisten Roches Ridger lieber Birken auf ihrem Platz haben wollen.»

«Das ist einfach nicht wahr», insistierte Maureen Murphy. «Ich weiß, Astrid Starr, du denkst, daß du deine Finger am Puls dieser Stadt hast, aber ich sehe ihr ins Herz.»

Alle sahen Maureen erstaunt an, tief beeindruckt von ihrer Eloquenz. Normalerweise hatte man von ihr nicht mehr zu erwarten als ein knappes Nicken und zuwenig Wechselgeld.

Clea musterte die beiden Kontrahentinnen – die Lebensmittelhändlerin in ihrem blauen Polyacrylblazer, die Posthalterin mit dem festgepappten Pony. Die Inbrunst, mit der sie für ihre jeweiligen Lieblingsbäume fochten, sagte Clea, daß sich darunter noch etwas anderes abspielen mußte, aber sie ahnte nicht, was. Sie fühlte sich plötzlich einsam, weil alle anderen im Raum es zweifellos wußten.

«Wir könnten ja vielleicht eine Umfrage veranstalten», versuchte Father Flanagan zu vermitteln.

«Ich zahl keine Steuern für Bäume nich», verkündete Waneeta Marsh, den Jeansrock über ihrem wulstigen Schoß glattstreichend. «Wenn einer Bäume will, soll er in den Wald gehen.»

«Und was wünschen Sie sich im Herzen Ihrer Stadt, Mrs. Marsh, eine Wüste?» fragte Conrad Bohring.

«Wieso denn nich einfach Gras?» fragte Waneeta.

«Und überhaupt, wann hast du das letzte Mal Steuern gezahlt, Waneeta?» knurrte Astrid.

«Ich möchte den Antrag stellen, diese Diskussion vorerst zu vertagen», warf Clea dazwischen, um einen offenen Streit abzuwenden. Diese Sitzungen gestalteten sich nicht ganz so, wie sie es sich vorgestellt hatte: als ein gemeinsamer Prozeß, der die Bürger motivierte, sich über alte Fraktionierungen hinweg zu einer handelnden Gemeinschaft zusammenzufinden und jubelnd ihre gemeinsame Tradition zu feiern.

«Bis jetzt haben wir alles nur vertagt», monierte Loretta, während sie eine lockere Haarnadel aus ihrem Bienenkorb zog und wieder feststeckte. «Wenn wir so weitermachen, sind wir bei der Dreihundertjahrfeier angelangt, bevor wir wissen, was wir machen wollen.»

34 August

Loretta Gebo saß in ihrem Trailer in Sunset View und brütete über einem Dilemma. Daryl Perkins war heute abend an seinen Silberkrücken in die Casa Loretta gehumpelt gekommen und hatte behauptet, daß er die Gewinnzahlen der kommenden Woche für die Tri-State-Megabuck-Lotterie kannte. Der Herr hätte sie seinem Sohn Deuteronomy zu dessen zweitem Geburtstag offenbart. Und Daryl wollte sie Loretta offenbaren, wenn sie bereit war, sich allein mit ihm zu treffen und ihm zu erlauben, ihre Bienenkorbfrisur aufzumachen. Das war angeblich alles, was er wollte.

Loretta versuchte, ihre Gedanken und Gefühle zu sortieren. Mit dem McDonald-Monopoly lief es nicht, wie es sollte. Ihr fehlten immer noch vier Teile zu den eintausend Dollar pro Woche. Und zudem war der Umsatz der Casa Loretta zurückgegangen, weil sie alle ihre Stammgäste zu McDonald's geschickt hatte, damit sie ihr ihre Teile brachten. Daryl Perkins offerierte ihr einen dicken Lotteriegewinn. Aber wer konnte schon wissen, ob er nicht schwindelte oder sich selbst etwas einredete? Aber wenn Gott nun Daryl tatsächlich die Gewinnzahlen enthüllt hatte? Wenn Loretta für ihr Leben ausgesorgt hätte und Ray von Ishtar weglocken könnte? Aber wenn es wirklich einen Gott gab, würde er dann wohl seine Zeit darauf verwenden, Lotteriezahlen für Daryl Perkins auszuknobeln?

Im Moment war Ray gerade bei Ishtar in ihrer Wohnung über dem Karma-Café, um sich von ihr akupunktieren zu lassen. Damit er Zugang zu seinen früheren Leben fand und herauskriegen konnte, woher es kam, daß ihn lesbische Frauen so faszinierten. Das Ganze klang so an den Haaren herbeigezogen, daß es nur stimmen konnte. Ray behauptete steif und fest, Ishtar wolle ihm nur helfen, von ihr loszukommen, damit er sich ganz Loretta zuwenden könne.

Aber andererseits war Ray der einzige Mann, der je ihren Bienenkorb hatte herunterlassen dürfen. Wenn sie es jetzt Daryl, aus welch lauteren Motiven auch immer, auch erlaubte, war das dann nicht ein Treuebruch Ray gegenüber? Sie mußte sich heute abend entscheiden, oder Daryl würde morgen seinen Tip beim IGA abgeben und den Gewinn seiner Kirche zufließen lassen. Wenn sie die Zahlen wollte, sollte sie das Licht brennen und die Vorhänge offenlassen. Dann würde Daryl, der draußen wartete, Bescheid wissen.

Loretta sprang vom Sofa auf. Sie war völlig durchgedreht vor lauter Hin und Her. Sie brauchte unbedingt Schokolade, damit ihr Kopf klarer würde. Verzweifelt kramte sie in den Küchenschränken und -schubladen. Dann kroch sie im Wohnzimmer herum, um unter die Möbel und hinter die Polster zu gucken. Aber ihre üblichen Vorratslager waren alle schon geplündert. Sie sprang auf, eilte ins Schlafzimmer und suchte unter der Matratze und auf dem Bord im Wandschrank. Sie zog die Kommodenschublade heraus und wühlte ihre Unterwäsche durch.

Plötzlich erwischte ihre Hand ein kleines Zellophanpäckchen. Sie hüpfte ins Wohnzimmer hinüber, hockte sich auf die Sofakante, riß die Zellophanhülle auf und entnahm ihr die eßbaren Schokoladenslips, die Ray ihr aus New Jersey mitgebracht hatte, in der Hoffnung, sie würde sie Ishtar vom Leib knabbern. Sie biß ein großes Stück heraus. Während sie die Slips langsam zerkaute, fühlte sie, wie Frieden und Klarheit über sie kamen.

Auf dem Feldweg hinter Lorettas Trailer saß Daryl am Steuer seines Dodge Ram, Schweißperlen auf der Stirn. Er hatte einen Pakt mit dem Teufel geschlossen und war für immer verdammt. Er hatte vor einer klaren Wahl gestanden. Er konnte in Christi Namen bei der Lotterie mitspielen und gewinnen und seinen Plan, Lorettas Seele zu retten, in die Tat umsetzen. Er konnte die ganzen Vereinigten Staaten über das Fernsehen vor der bevorstehenden Katastrophe warnen. Oder er konnte seine Gewinnzahlen dem Satan überlassen.

Daryl startete einen schwachen Rechtfertigungsversuch, indem er sich einredete, daß es ihn ja vielleicht schon aus seinem privaten Hades befreien würde, wenn er nur ein einziges Mal an Lorettas Bienenkorb herandurfte. Aber in der Tiefe seines Herzens wußte er, daß sich die Ketten nur fester um ihn zusammenziehen würden. Er war verloren. Und froh darüber. Und zum ewigen Höllenfeuer verdammt. Er umkrallte das Steuerrad mit beiden Händen und schlug mit der Stirn dagegen. Er opferte seine Kirche, seine Frau, seinen Sohn, seine Berufung, seine Fernsehkarriere und seinen Gott, und das alles wegen eines Bienenkorbs.

Als Daryl seine verstörten, geröteten Augen zu Lorettas Trailerfenster hob, erblickte er die Silhouette ihres Bienenkorbs auf dem Vorhang, den sie gerade zuzog. Dann verschwand die Silhouette, weil Loretta drinnen das Licht ausknipste.

«Gelobt sei der Herr!» rief Daryl. Er starrte ungläubig-verblüfft auf den dunklen Trailer. *Satan* hatte *ihn* gerettet. Was hatte das zu bedeuten? Theologisch zutiefst verwirrt, startete Daryl seinen Kombi, um ihn dann langsam den Weg hinunterrollen zu lassen, über die spitzen Schatten, die die Zedern im Mondlicht warfen.

«Ich schwöre Ihnen, Bethany, ich komme zu jeder Tages- und Nachtzeit zu Ihnen nach Hause. Ich wasche Ihnen die Farbe wieder heraus und mache Ihnen Ihre übliche Dauerwelle, falls Ihnen die Punkfrisur doch nicht gefallen sollte. Kostenlos. Und für heute berechne ich auch nichts, wenn Sie mich machen lassen.» Jared stand mit gezückter Schere und feuchten Achselhöhlen hinter dem Frisiersessel.

«Eigentlich kann ich so ein Angebot ja wirklich nicht ablehnen», sagte Bethany, ihren Gratis-Chablis schlürfend, während ihr Gehirn fieberhaft arbeitete. «Na gut, Jared, meinetwegen.»

«Wirklich?» Er schnappte nach Luft, und die Schere zitterte.

«Legen Sie los.»

Während Jared sich, begleitet von Bachs Fünftem Brandenburgischem Konzert, in eine Schneide-, Färbe- und Schaum-Styling-Orgie stürzte, brütete Bethany einen Plan aus. Ken war in Albuquerque. Daisy schlief heute nacht bei einer Freundin. Poo konnte sie ein Beruhigungsmittel geben. Das einzige Problem war Conrad Bohring. Er war immer noch spät draußen, um seinen Rasen gegen die Erdwürmer zu spritzen. Sie würde mit ihrem Anruf warten müssen, bis Conrad im Haus war.

Als Jared sein Werk vollendet hatte, reichte er Bethany den Handspiegel. Er klapste sich mit der Hand aufs Herz und sagte: «Ich bin richtig nervös, Bethany. Das ist womöglich der große Durchbruch für Mane Magnifique.» Er drehte ihren Stuhl so, daß sie dem großen Wandspiegel den Rücken zukehrte.

Bethany hob den Handspiegel vors Gesicht und war entsetzt. Sie sah aus wie ein mutiertes Einhorn. Ihr ganzer Kopf starrte von magenta- und zinnoberroten und smaragdgrünen Stacheln. Für ihren Plan war es allerdings nur gut, daß sie jetzt ehrlich sagen konnte: «Äh... nun ja, Jared, ich weiß nicht recht. Ich muß mich wohl erst mal ein Weilchen damit anfreunden. Und wenn ich's nicht kann, rufe ich Sie an.»

Jared rieb sich erregt die indigoblauen Hände. «Ich finde, es sieht phantastisch aus, Bethany. Das sind wirklich Sie.»

Spät am Abend desselben Tages saß Bethany in ihrem Regenmantel hinter ihrer Haustür in Colonial Manor Estates. Sie wartete auf Jared. Er war tief bestürzt gewesen, als sie ihm gesagt hatte, daß sie ihre alte Julie Andrews-Frisur wiederhaben wollte, aber er war ein Mann, der Wort hielt. Ganz wohl war Bethany ja nicht, wenn sie an Ken dachte, aber er würde sowieso nichts merken, weil er ja nie da war. Und jetzt, wo Daisy sich wegen Jareds komatösem kleinem Bruder zergrämte und sich womöglich weigern würde, von seiner Seite zu weichen, um an der Miss-Teenage-Wahl in Dubuque teilzunehmen, brauchte Bethany einfach etwas, was die Leere in ihrem Leben füllte.

Bethany öffnete die Tür, um Jared mit seinem Köfferchen mit dem Handwerkszeug und den Haarpflegeprodukten hereinzulassen. Er lächelte matt und sagte: «Also, ich finde Ihre Haare einfach toll.»

Bethany zog langsam ihren Regenmantel auseinander und enthüllte darunter den Körper einer ehemaligen Ms. Empire State im orangeroten wet-look Posing-Bikini. «Und wie findest du *das*, Jared?» fragte sie mit weicher Stimme.

«Oh ... äh ... sehr hübsch.»

Sie setzte einen Fuß vor und ließ ihren Quadrizeps schwellen.

«Ich soll Sie gar nicht wirklich entpunken», dämmerte es Jared, als sie über ein auf dem Wohnzimmerteppich liegendes Stangengewicht stiegen, während Poo in seinem Körbchen in der Ecke im Dämmerschlaf lag.

«Wenn uns was anderes einfällt, nicht», trieb Bethany geschickt ihre Sache voran, während sie sich vornüber beugte, um ihre Beinsehnen zu dehnen.

Clea stand hinter ihrem Haus, Brandy an ihrer Seite, und sah zu, wie eine Sternschnuppe durch den schwarzen Himmel fiel wie ein Glutfunke. Die Nachtluft war lau, und in den Sümpfen rechts und links des Mink Creek quakten Ochsenfrösche. Durch die Birken auf dem Kliff drang der orangerote Widerschein eines Feuers. Die Boudiccas drunten am Fluß hatten einander. Die Leute von der Kirche der Heiligen Errettung droben auf dem Hügel hatten ihren Herrn. Die Marshes nebenan hatten ihren Clan. Die Häuser um den Platz und ihre modernen Imitationen in Colonial Manor Estates bildeten Enklaven für sich. Jeder Stern am Himmel hatte die anderen Sterne seines Sternbilds. Selbst die Ochsenfrösche im Tal hatten ihren Baßchor. Nur Clea war heute nacht allein. Während der hektischen Jahre ihres Multi-Manager-Familienlebens hatte sie sich immer gewünscht, frei von den Forderungen und Bedürfnissen anderer zu sein. Aber jetzt, wo sie es war, fühlte sie sich einsam und beklommen. Nachdem sie ihr ganzes Leben damit zugebracht hatte, widerstrebend Verantwortung für andere tragen zu lernen, mußte sie jetzt lernen, die anderen ihre eigenen Wege gehen zu lassen – Kate, Theo, Turner, Elke.

Ihr Plan, Roches Ridge zu einem harmonischen Ganzen zusammenzuschweißen, in dem auch sie ihren Platz hatte, klappte nicht. Bisher waren alle Vorschläge für die Gestaltung der Feierlichkeiten niedergestimmt worden. Die Roches Ridger konnten sich noch nicht einmal einigen, ob sie Birken oder Ahornbäume auf ihrem Platz haben wollten. Clea war nicht isoliert. Sie traf ständig Leute. Aber sie war immer bemüht, das Richtige zu tun und zu sagen, um sich einzupassen. Es gab hier niemanden, dem sie die häretischen Gedanken hätte mitteilen können, die ihr regelmäßig durch den Kopf gingen – so wie sie es mit Elke gekonnt hatte, und mit Turner und Karen und noch einem halben Dutzend New Yorker Freunde. Turner hatte sie den ganzen Sommer über nur zweimal gesehen, bei kurzen Wochenendbesuchen in New York, und da war er distanziert und gereizt gewesen und nur darauf aus, ihr ätzende Bemerkungen über Roches Ridge unterzujubeln.

«Himmel noch mal», hatte er irgendwann geknurrt, «was ist das denn noch für eine Ehe? Was für eine Ehe ist das überhaupt je gewesen?»

Worauf sie geantwortet hatte: «Sei nicht so hart mit uns, Turner. Wir sind doch nur zwei gewöhnliche Sterbliche mit normalen Macken, die sich ihr Leben lang bemüht haben, einem unmöglichen Ideal zu entsprechen.»

Kate protestierte den Sommer über mit Smith-Freunden in Greenham Common gegen Marschflugkörper. Theo arbeitete in einem christlichen Sommer-Camp in Georgia. Elke tat, als wäre sie verreist, obwohl dieser Schwindel mehr als durchsichtig war, weil Clea genausogut wie sie selbst wußte, daß sie sich nie aus New York wegrührte. Ein trauriges Ende für eine Beziehung, die einmal für beide Teile so wichtig gewesen war. Keinerlei Dramatik, einfach nur ein allmähliches Dahinschwinden und Absterben der Gefühle.

Brandy begann zu wimmern. Er drückte aus, wie Clea zumute war. Sie kniete sich ins feuchte Gras. «Entschuldige, Brandy. Dich habe ich ganz vergessen. Ich bin ja doch nicht ganz allein.» Sie drückte den Hund an sich, nahm ihn auf den Arm und trug ihn ins Haus. Seine großen Pfoten wedelten ihr ins Gesicht. Er wurde allmählich zu groß zum Tragen.

Nachdem sie ihre Arbeitsklamotten ausgezogen hatte, schaute sie, auf dem Häkelteppich in ihrem Schlafzimmer stehend, im bleichen Licht des Scheinwerfers von nebenan an ihrem Körper hinunter. Sie fuhr mit den Fingerspitzen ihre Blinddarmnarbe nach. Dann die silbernen Schwangerschaftsstreifen um ihre Hüften und Brustwarzen. Die Krähenfüße und Stirnfalten in ihrem Gesicht. Ein Körper, auf dem die Zeit ihre Spuren hinterlassen hatte, aber immer noch attraktiv. Früher hatte er rings um die Welt Männer in Entzücken versetzt. Aber jetzt war er nur noch Schauplatz eines Hinhaltegefechts: ihr Zahnfleisch schrumpfte. Seit kurzem hatte sie eine Lesebrille. Ihre Ohren wurden immer schlechter. Ihr Hormonhaushalt war völlig aus dem Gleis durch die Wechseljahre. Ihr Kreuz und ihr gebrochener Knöchel schmerzten. Sie strich sich mit den Händen über die Brüste und Rippen, den Bauch und die Oberschenkel.

Durchs Fenster erspähte sie Dack, der eben in zerfransten abgeschnittenen Jeans und Arbeitsstiefeln seine Blechpyramide erklomm. Ein straffer junger Körper, der in allen Teilen tadellos funktionierte. Und diese geschmeidigen kupferbraunen Muskeln. Sie fuhr mit den Augen die Wölbungen seiner Brustmuskeln nach, die Vertiefungen zwischen seinen Rippen, den flaumigen Pfeil aus Schamhaaren auf seinem festen

Bauch, die sich vage unter dem Denim abzeichnenden Konturen seines Genitals. Sie stellte sich vor, wie sein erigiertes Glied gegen den Jeansstoff drängte. Und wie ihre Hände seine Gürtelschnalle lösten und den Reißverschluß öffneten ... Während er mit seinem Brecheisen drauflos hackte und hebelte, begann sie zu zittern. Auf der Oberlippe und am Haaransatz brach ihr der Schweiß aus. O Gott, sie wollte ihn so sehr. Und sie fühlte sich so idiotisch, weil sie ihn wollte. Und so alt und häßlich, weil sie wußte, daß er sie nicht wollte.

Während ihre Hand sich zwischen ihren Schenkeln bewegte, liebkoste sie Dacks schweißnasse Brust und seine schmalen beweglichen Hüften mit den Augen. Sie stellte sich vor, wie sie ihn in sich hineinzog, eine Hand auf jeder seiner Hinterbacken, und wie ihr Becken nach oben drängte, dem seinen entgegen. Ein langsam anschwellender Schauer erfaßte sie und trug sie davon, und sie schloß die Augen, sank auf die Knie, warf den Kopf in den Nacken und keuchte: «O Gott, Dack!»

Clea lag lange Zeit auf dem Häkelteppich und weinte leise. Schließlich kam Brandy schwanzwedelnd von seinem Platz neben ihrem Bett herübergetapst. Sie schob ihn weg, stand auf, zog sich ihr Nachthemd über und stieg in ihr Bett. Das Ganze war einfach absurd. Sie, die ihre Liebhaber mit Aplomb zu wählen und wieder zu entlassen gewußt hatte. Sie, die mehr männliche Avancen ausgeschlagen hatte, als Schrottautos auf diesem verdammten Haufen lagen. Sie – gelandet bei einer Mischung aus Pädophilie, Voyeurismus und Masturbation wie irgendein dreckiger alter Kerl in einem Kino an der Zweiundvierzigsten Straße. Grauenhaft. Sie war auf dem besten Weg, eine Mrs. Robinson zu werden. Sie war einfach unfähig, ruhig und zufrieden in ihrem Zimmer sitzen zu bleiben. Es ging ihr nicht einmal um Sex, das merkte sie jetzt. Sie hatte ja eben bewiesen, daß sie das auch allein konnte. Und geholfen hatte es gar nichts. Sie war immer noch unruhig und unglücklich.

Sie vermißte Elke, die immer ein offenes Ohr für sie gehabt hatte, auch wenn sie ihr mit den blödesten Ideen gekommen war. Aber mit Elke hatte sie schon seit Monaten keinen Kontakt mehr. An besseren Tagen sagte sie sich, daß Elke wieder einmal in künstlerischen Geburtswehen lag. An den anderen Tagen dachte sie, daß sie sie verstoßen hatte, um sie für die Sünden mit Dack zu bestrafen, die sie gar nicht beging.

Am nächsten Morgen setzte sich Clea im Morgenrock mit ihrem Tee an den Schreibtisch. Sie schrieb in ihr Tagebuch: «Darius hat jede Menge Isoliermatten auf die Wände gepackt und darüber eine Putzschicht. Ich habe das Gefühl, daß diese Verputzerei ein Werk von Jahren wird, wie Michelangelos Deckenfresko in der Sixtinischen Kapelle...»

Sie warf einen Blick aus dem Fenster und sah Dack aus seiner Haustür stolpern und um den Staketenzaun wanken. Sie sprang auf und zog den Morgenrockgürtel fester. Sie eilte die Treppe hinunter, öffnete die Hintertür und stand vor einem Dack, dessen linkes Auge zugeschwollen war. Genau besehen war die ganze linke Hälfte seines Gesichts blaurot, und von einem seiner Frontzähne fehlte die Hälfte.

«Wer war das?» fragte sie, nach Luft schnappend, während sie behutsam die Finger auf seine blutunterlaufene Wange legte und sich mühsam beherrschen mußte, um ihn nicht in die Arme zu nehmen. Sie trat zur Seite, damit er eintreten und sich an ihren Küchentisch setzen konnte.

«Ist doch egal.»

«Mir ist es nicht egal», sagte sie sanft, wohl wissend, daß Darius vom Eßzimmer aus, wo er den Putz glättete, das Geschehen verfolgte.

«Sie haben doch gesagt, ich würd vielleicht noch mehr Geld für meine Dinger kriegen?»

«Bestimmt wird Anya noch mehr davon verkaufen. Warum?» Sie ging zum Kühlschrank, um Eiswürfel aus dem Gefrierfach zu holen.

«Könnten Sie ihr sagen, daß sie das Geld an Sie schicken soll?»

«Sicher.» Clea wickelte das Eis in ein Geschirrtuch. «Aber wieso denn?»

«Und könnten Sie's für mich aufheben, bis ich's haben will?»

«Natürlich. Aber weshalb?» Sie hielt das Eispäckchen mit beiden Händen an Dacks Wange. Er nahm es ihr unwirsch weg und preßte es selbst gegen sein Gesicht. «Darf ich daraus schließen, daß dir jemand das Geld weggenommen hat?»

Dack nickte, und seine Augen guckten finster. «Orlon meint, es sind seine Knochen und Hufe und Zeug.»

«Aber es waren doch wertlose Abfälle, ehe du was draus gemacht hast.»

Dack zuckte die Achseln.

«Mußte er dich denn deshalb gleich schlagen?» Es erstaunte Clea, daß so ein nagetierhaftes kleines Männchen ihm so zusetzen konnte. Dack war einen guten Kopf größer und wesentlich muskulöser.

«Er hat erst zugeschlagen, wie ich frech geworden bin.»

«Was hast du denn gesagt, um Himmels willen?»

«Daß ich zu Astrid Starr geh und ihr sag, was er dahinten im Schuppen treibt, und daß sie ihn dann aus der Stadt jagen. Da hat er mir mit einem Oberschenkelknochen ins Gesicht gehauen. So fest, daß er zerbrochen ist.»

«Aha, und was hast du damit gemeint?»

Plötzlich drehte der Wind, und Dack, eben noch vertrauensvoll und mitteilsam, wurde hart und verschlossen. «Mit was?»

«Mit der Sache mit Orlons Schuppen.»

«Welcher Sache?»

«Was passiert denn dort drinnen?»

Dack zuckte mit den Schultern. «Nichts weiter. Nur die Hirschköpfe und die Geweihe und so. Er ist heute einfach nur stinksauer, weil er rausgekriegt hat, daß Chrystal Sue sich drunten am Mink Creek rumtreibt.» Dack stand auf und legte seinen Eisbeutel in die Spüle. «Also dann, bis demnächst mal, Mrs. Shawn.»

«Clea, bitte», rief sie seinem entschwindenden Rücken hinterher.

Clea saß am Tisch über ihrem Teebecher und hatte das Gefühl, verrückt zu werden. Dack war kaum älter als ihre Kinder. Jede Faser ihres Körpers schrie danach, ihm zu helfen und ihn zu beschützen. Und, ja, sie konnte es wohl ebensogut zugeben, nach ihrem Leidenschaftsausbruch gestern abend auf dem Teppich: Sie lechzte danach, diesen Jungen mit in ihr Bett zu nehmen und ihm beizubringen, was sie ein ganzes Leben sexueller Libertinage gelehrt hatte. Aber Dack liebte eine Frau, die so alt war wie er. Und die lesbisch war und ihm nichts als Kummer machen würde.

Es mußte doch – bitte, Gott! – einen Weg geben, diesen Jungen aus ihrem Kopf herauszukriegen und draußen zu halten. Sie kam gegen diesen idiotischen Rausch neuer sexueller Leidenschaft einfach nicht an. Es war eine Krankheit, und nur ihre Hybris hatte sie verleiten können zu glauben, sie sei inzwischen dagegen immun.

Während Astrid Starr Ida Campbells Einkäufe einpackte, sagte sie: «Hast du schon gehört, Ida? Das mit Angela McGrath? Daß sie jetzt bei Sonny Coffin drüben im Sterbe-Service Harfe spielt? Sie klimpert die Lieblingsmelodie des Verstorbenen, während die Kiste in den Ofen rollt.»

«Und das Grabsteingeschäft von ihrem Mann?» fragte Ida besorgt zurück. «Chad arbeitet doch da. Wir brauchen das Geld. Wenigstens noch so lange, bis *Dame seines Herzens* ein Bestseller ist.»

«Angela hat noch nie viel mit Grabsteinen am Hut gehabt», sagte Astrid. «Dieser Hirte auf dem Grab von ihrem Jungen war Ians Idee.»

«Na ja, aber wenn's doch der Broterwerb vom eigenen Mann ist, Astrid. Ich meine, es gibt doch für eine Frau keine vornehmere Aufgabe, als treu zu ihrem Mann zu halten, durch dick und dünn, komme, was da wolle, in guten wie in schlechten Tagen...»

«Sag das Angela», unterbrach sie Astrid, die nichts von solchen romantischen Träumen hören wollte. Zuerst erklärte ihr Earl, daß er nicht mit ihr verreisen wolle, und jetzt bestand er auch noch darauf, daß die Nüsse ins Regal mit den Backzutaten gehörten statt zu den Süßigkeiten. Im Unterdrückungs-Workshop hieß es, das seien alles nur Machtrangeleien. Das mochte ja sein, aber von ihr aus konnte Earl die verdammte Macht ja gern haben. Sie dachte wehmütig an die Nächte in seinen Armen, auf der *Norwegian Star*, wo sie die Meereswellen sachte gewiegt hatten, während der warme Seewind durchs Bullauge gekommen war.

Als Ida ihren Einkaufswagen zur Tür hinausschob, drückte Astrid auf ihre Stoppuhr, um festzustellen, wie lange es dauern würde, bis jemand hereinkam und ihr von Angela McGraths neuem Job beim Sterbe-Service berichtete. Schließlich waren Rekorde dazu da, gebrochen zu werden. Die bisherige Bestzeit von dreiundvierzig Minuten ging ja auch auf das Konto von Sonny Coffins Krematorium. Dieser Mann war wirklich der Traum jeder Kleinstadt.

Als Astrids Blick auf die Liegestühle und den Sand, die Schäufelchen und Eimerchen, Kühltaschen und Picknickartikel im Schaufenster fiel, wurde ihr klar, daß es schon wieder Zeit für die Herbstdekoration war. Sie kam einfach nicht mehr hinterher. Sie fühlte sich so alt und unattraktiv, jetzt wo Earl ihr Warenarrangement nicht mehr bewunderte. Es hatte Zeiten gegeben, in denen er gefunden hatte, daß sie jeden Artikel genau dort stehen hatte, wo er hingehörte.

Bei der nächsten Sitzung des Festkomitees erschien Alvin Jacob mit seiner Wildleder-Augenklappe so selbstverständlich, als sei er nie wütend aus dem Raum marschiert, weil sein China-Patenschaftsvorschlag vertagt worden war. Diesmal beantragte er, aus Anlaß der Zweihundertjahrfeier auf der noch freien Seite des Bürgerkriegsdenkmals eine Tafel mit den Namen aller Vietnam-Kriegsdienstverweigerer und Deserteure anbringen zu lassen.

Alles verstummte und starrte Alvin an, ungläubig staunend.

«Ich würde doch meinen, Alvin, daß dieser Vorschlag noch nicht einmal abstimmungswürdig ist», knurrte Conrad Bohring, der verdiente Weltkriegs-Kampfflieger. Die meisten Komiteemitglieder nickten zustimmend. «Wer dafür ist, nicht über diesen Antrag abzustimmen, möge bitte die Hand heben. Die Ja-Stimmen scheinen in der Mehrzahl zu sein... sind in der Mehrzahl. Die Versammlung hat soeben beschlossen, nicht über Alvin Jacobs Drückeberger-Gedenktafel für unseren Platz abzustimmen.»

Alvin stand auf, bedachte die Versammlung mit einem eisigen Blick aus dem ihm verbliebenen Auge und marschierte im Takt seines anders tickenden Metronoms aus dem Saal.

Als nächstes erfreute Conrad das Komitee mit einigen Ausführungen zur Rolle von Roches Ridge im Krieg von 1812. Als er geendet hatte, meldete sich Waneeta Marsh zu Wort, um zu erzählen, wie ihr Urgroßvater Kanonen auf dem Felsenriff hatte auffahren lassen, um britische Kriegsschiffe zu beschießen, die den Mink Creek heraufkamen, um eine amerikanische Schiffsbauwerft zu zerstören. Aber ein Roche hatte die Briten gewarnt, so daß sie noch außerhalb der Reichweite der Geschütze umgekehrt waren. Waneeta benutzte die Gelegenheit, um der Versammlung zu erklären, daß die Roches während des Bürgerkriegs mit den Konföderierten sympathisiert und sich an einem Rebellenüberfall auf St. Albans beteiligt hätten, während zwei Marshs in Vicksburg gefallen seien. Sie beantragte, daß Roches Ridge zur Feier seines zweihundertjährigen Bestehens in Marshes Ridge umbenannt werden sollte. Der Antrag wurde abgelehnt.

«Na gut», meinte Waneeta finster, «wenn ihr wollt, daß eure Stadt nach einer Bande von Verrätern heißt.»

Schließlich gelangte das Komitee doch noch zu einem positiven Beschluß, als Clea vorschlug, in allen Zufahrtsstraßen Schilder aufzustellen, auf denen stehen sollte: «Willkommen in Roches Ridge – gegründet 1787». Nur Waneeta Marsh stimmte dagegen und behauptete mürrisch, daß die Schilder doch nur von Jägern als Zielscheiben benutzt werden würden.

Nach der Sitzung ging Clea auf Ishtar zu, um sie zu fragen, ob sie sie noch einen Moment unter vier Augen sprechen könne. Ishtar lud sie ein, mit ins Karma-Café zu kommen, wo sie für sie beide Kamillentee auf einem Zweiertischchen bereitstellte.

«Ich kenne Sie zwar kaum, Ishtar», eröffnete Clea, die Ellbogen auf den Tisch gestützt und die Tasse mit beiden Händen umfassend, das Gespräch, «aber ich habe das Gefühl, daß ich Ihnen vertrauen kann.» Sie hatte keine andere Wahl. Ihre Begierde riß sie in tiefere Tiefen als je zuvor. Sie hatte nur noch eine Hand am Seil und den Kopf in der Schlinge. Aber wenn sie dafür sorgen konnte, daß Dack wirklich und unwiderruflich unerreichbar war, würde sie vielleicht wieder ins tätige Leben zurückfinden.

«Ich verstehe, was Sie meinen.» Ishtar nickte. «Ich habe auch das Gefühl, daß wir uns früher schon mal begegnet sind. Wissen Sie zufällig, wer Sie in irgendwelchen früheren Leben waren?»

Clea räusperte sich nervös. Sie wußte ja kaum, wer sie in *diesem* Leben war, jetzt, wo sie schon anfing, hinter ihrem Haus halbwüchsigen Knaben nachzustellen.

«Entschuldigung. Ich unterstelle Ihnen einfach bestimmte Überzeugungen. Wo wir uns doch, wie Sie sagen, kaum kennen. Vordergründig jedenfalls.» Ishtar lehnte sich in ihrem Stuhl zurück und trank von ihrem Tee.

Clea fragte sich, ob es vielleicht ein Fehler war, daß sie hier saß. Aber die Verzweiflung trieb sie vorwärts.

«Ich... äh... habe natürlich gehört, daß Sie früher drunten am Mink Creek gelebt haben.»

Ishtar nickte zurückhaltend.

«Deshalb dachte ich mir, daß Sie vielleicht eine junge Frau dort kennen, die sich Morning Glory nennt.»

Ishtar wurde knallrot bis unter die herausgewachsenen Stoppelhaare und nickte wieder.

«Was Sie vielleicht nicht wissen, Ishtar: mein Nachbar Dack Marsh ist in sie verliebt.»

Ishtar schnappte nach Luft, und das leuchtende Pink ihres Gesichts verwandelte sich innerhalb einer Sekunde in ein wächsernes Weiß. Sie ließ den Kopf gegen die Stuhllehne sinken und starrte auf die Spinnenpflanzen unter der Decke.

«Mir scheint, ich habe da an etwas Unangenehmes gerührt», sagte Clea. «Ich wollte keine schmerzlichen Erinnerungen aufwühlen.»

Ishtar seufzte und lachte dann matt. «Was Sie vielleicht nicht wissen, Clea: ich liebe Morning Glory auch.»

«O Gott, das tut mir leid.»

«Machen Sie sich nichts draus. Es ist gut, wenn ich es erfahre. Wissen Sie, die Sache ist die: Morning Glory wünscht sich ein Baby, und das ist nun mal etwas, was ich ihr nicht geben kann, sosehr ich sie auch liebe. Ich wußte, daß sie auf der Suche nach jemandem war, der das Sperma dazu beisteuert. Ich wußte nur nicht, daß da noch mehr dabei war.»

«Über Morning Glorys Gefühle weiß ich nichts, Ishtar. Ich kenne nur die von Dack. Er ist mein Nachbar. Ich möchte nicht, daß ihm jemand ein Leid antut.» Clea betrachtete ihre Fingernägel.

Ishtars Augen verengten sich. «Mit anderen Worten, Sie sind in Dack verliebt?»

Clea fuhr erschrocken hoch. Dann lachte sie nervös. «Aber das ist ja lächerlich. Ich könnte seine Mutter sein.»

«Vielleicht waren Sie ja mal seine Mutter», sagte Ishtar. «Das braucht Ihnen doch nicht peinlich zu sein, Clea. Sie reden doch schließlich mit einer Frau, die eine andere Frau liebt. Der Körper ist doch nur die momentane Verpackung des Herzens.»

Als Maureen nach der Komiteesitzung ihre Vordertür aufschloß, hörte sie schon von draußen immer wieder dieselbe schallend laute Stelle der Filmmusik von *The Sound of Music*: «... doe, a deer... doe, a deer... doe, a deer...» Sie hatte ihrer Mutter doch verboten, die Platte anzurühren. Sie schleuderte ihre Handtasche aufs Sofa und sah sich wütend um.

Wo steckte die alte Hexe? Rufen war sinnlos. Ihr Hörgerät steckte in Maureens Tasche, und ohne konnte May nichts hören, was leiser war als die volle Lautstärke der Stereoanlage. Maureen schlich auf Zehenspitzen durch das dunkle Wohnzimmer und spähte hinter das Sofa und die Sessel, wo sich ihre Mutter gewöhnlich zu verstecken pflegte. Sie hob den Plattenarm ab, nahm die Platte vom Teller und musterte den tiefen Kratzer, der sich quer drüberzog. Sie bemühte sich, ruhig zu bleiben, und steckte die Platte in die Hülle. Nicht genug damit, daß ihre Mutter Earl Atkins vergrault hatte. Nein, jetzt mußte sie auch noch Maureens Lieblingsplatte ruinieren.

Maureen trat ins Eßzimmer und sah sich um. Von ihrer Mutter keine Spur. Entsetzt bemerkte sie, daß ihr *Sound of Music*-Teller nicht in seinem Halter an der Wand hing. Ihre Mutter wußte genau, was dieser Teller Maureen bedeutete. Das sah ihr wahrhaftig ähnlich! Sich mit Maureens Teller aus dem Staub machen zu wollen. Das war der Tropfen, der das Faß endgültig zum Überlaufen brachte.

Maureen trat in die Küche und schrie auf. Scherben von ihrem Teller lagen über das blumengemusterte Linoleum verstreut. Und in der Mitte lag ihre Mutter wie ein formloser Haufen. Ihre eine Hand umklammerte eine Tellerscherbe. Die andere lag über ihrem Kopf, und vom Handgelenk sikkerte Blut in eine Pfütze.

Maureen stürzte sich auf die Tellerfragmente auf dem Fußboden und versuchte hektisch, sie zusammenzusetzen, während sie sich zu erinnern versuchte, wo sie den Superkleber hingepackt hatte. Ihre Mutter stöhnte. Maureen sah von ihrem Puzzle auf und zischte: «Diesmal bist du wirklich zu weit gegangen, Mutter!» Sie kroch auf den Knien zu ihrer Mutter hin und musterte die Wunde an ihrem Handgelenk. Sie erhob sich mit einem ärgerlichen Schnauben und rief die Rettungswacht an. Dann ging sie in den Küchenschränken auf die Suche nach dem Superkleber. Als sie ihn gefunden hatte, versuchte sie, die beiden Hälften von Julie Andrews' Oberkörper wieder zusammenzufügen, wobei zwei ihrer Finger aneinander klebenblieben.

«Meine Mutter, die Ärmste», erklärte Maureen dem freiwilligen Rettungssanitäter Earl Atkins mit der Emufeder am australischen Schlapphut. «Sie ist auf einen Teller gefallen. Du weißt ja, wie wacklig alte Leute werden.» Earl guckte sie mit Augen an, in denen sie wehmütiges Sehnen zu lesen meinte. Sie setzte leise hinzu: «Und noch dazu mein bester Teller.» Als Earl darauf immer noch nichts sagte, wurde ihr klar, daß er gleich nach Hause flitzen würde, um es Astrid zu erzählen, die es wiederum ihrer ganzen Kundschaft brühwarm weitersagen würde. Und dabei hatte es Zeiten gegeben, in denen Earl Atkins' Herz ihr gehört hatte.

Sie hielt die beiden verklebten Finger hoch und fragte, mit den Wimpern klimpernd: «Weißt du vielleicht eine Erste-Hilfe-Maßnahme gegen Superkleber, Earl?» Er schüttelte den Kopf und hielt der alten Frau die Sauerstoffmaske aufs Gesicht, während Sam Silvers, der holistische Zahnarzt, ihren Puls zählte.

Während Maureen im Warteraum des Krankenhauses saß, durchsuchte sie ein *Parents' Magazine* nach der Werbeanzeige für die *Sound of Music*-Teller. Sie würde sich einen neuen bestellen und ihn so hoch hängen, daß ihre Mutter nicht drankam. Da erschien auf einmal Father Flanagan, ganz außer Atem, mit seinem weißen Kragen und seiner üblichen ratlos-bestürzten Miene.

«Ich habe gerade von Ihrer Mutter gehört», sagte er. «Es tut mir ja so leid.»

Maureen sah ihn erwartungsvoll an, weil sie sich ein tröstendes Wort erhoffte. Aber er zuckte nur hilflos die Achseln, setzte sich neben sie und betrachtete seine Hände.

Im Aufschauen sah Maureen die beiden McQueen-Brüder durch die Tür stürzen, Jared in Wildlederjeans und mit dem albernen türkisfarbenen Klecks im Haar, Gordon mit kurz gestutztem Bart und enger Jeanskluft. Gutaussehende Burschen, diese McQueens, dachte Maureen. Jared bekam immer

Frisurenhefte mit der Post, und für Gordon kamen Drucksachen in neutralen braunen Umschlägen. Als Maureen einmal einen davon über dem elektrischen Wassertopf in ihrem Kämmerchen hinten im Postamt geöffnet hatte, hatte sie ihren Augen nicht getraut. Was es alles gab auf dieser Welt!

Als die McQueen-Brüder Maureen und Father Flanagan entdeckten, hoben sie grüßend die Hand, aber ihre Gesichter blieben düster. Jareds Augen waren rot, als hätte er geweint. Daisy Wagner kam mit wehendem Blondhaar den gefliesten Flur entlanggerannt. Sie stürzte weinend in Jareds Arme. Father Flanagan machte Anstalten, sich zu erheben, sank dann aber mit einer hilflosen Grimasse wieder auf seinen Stuhl zurück. Der kleine Danny war wohl gestorben. Maureen wurde ganz traurig zumute. Er war so ein niedlicher kleiner Junge gewesen und immer in seinen Khakishorts in die Stadt geradelt gekommen, um die Post für seine Familie zu holen. Seine Liebesbriefe an Daisy Wagner würden ihr fehlen. Sie hatte diese Umschläge mit der Absendeadresse Camel's Hump Community College immer schon freudig erwartet. Er schrieb so zärtlich und so romantisch, was er alles mit Daisy machen wollte. Nicht solche Sauereien wie auf diesen widerwärtigen Bildern in den braunen Umschlägen für seinen Bruder Gordon.

Zeno Racine stolperte durch den Wald bei den Häusern von Colonial Manor Estates, auf der Schulter einen Fünfzig-Pfund-Sack Steinsalz. Auf dem kleinen Obstgartenstück neben dem Wagnerschen Haus angekommen, blieb er stehen. In Daisys Zimmer brannte kein Licht. Entweder sie schlief, oder sie war nicht da. Der Audi ihres Vaters stand nicht in der Einfahrt. Durch das große Wohnzimmerfenster konnte Zeno Bethany Wagner sehen, mit bunten Haaren, die nach allen Seiten abstanden wie angespitzte Zuckerstangen. Sie hatte einen orangeroten Bikini an und hielt ein Stangengewicht in Brusthöhe, und dazu plärrte der Plattenspieler die Titelmusik von Rocky.

Zeno huschte zu den Zwergobstbäumen hinüber. Er setzte den Sack ab, riß ihn auf und schüttete Salz rings um den Fuß eines Apfelbäumchens.

Beim fünften Baum, als der Sack schon fast leer war, hörte Zeno plötzlich ein tiefes Knurren aus den Büschen hinter dem Haus. Er packte den Sack und wollte gerade die Beine in die Hand nehmen, als Poo mit blitzenden Zähnen aus dem Schattendunkel gestürzt kam, um ihm an die Kehle zu springen. Zeno schlug wild um sich, schaffte es, Poo durch den halben Garten zu schleudern, und rannte in Richtung Highway davon.

35 September

Clea sah Darius von dessen Kleintransporter aus zu, wie er am Rand der Straße nach Colonial Manor Estates mit einem Vorschlaghammer das letzte Zweihundertjahrfeier-Schild in den Boden rammte. Roches Ridge kam nun doch endlich in die Gänge. Wenigstens ein sichtbares Resultat all dieser vielen stundenlangen Sitzungen. Die Schilder sahen toll aus: eine weiße Tafel mit der schwarzen Aufschrift: WILLKOMMEN IN ROCHES RIDGE – GEGRÜNDET 1787.

«Na, wie gefallen sie Ihnen?» fragte Clea Darius, als er sie, am Platz und der Casa Loretta vorbei, nach Hause fuhr.

Er saß eine ganze Weile schweigend da und suckelte nachdenklich an seiner Pfeife. «Gar nich so übel», antwortete er schließlich.

Clea lächelte. Das war das höchstmögliche Lob aus Darius' Mund.

«Wollen wir hoffen, daß die Leute sie stehenlassen.»

Lorettas Bienenkorb drehte sich wie das Blinkfeuer eines Leuchtturms, als sie, im Fenster der Casa Loretta stehend, verfolgte, wie Clea in Darius Drumms klapprigem altem Ford-Pritschenwagen vorübergefahren kam. Aus der Musikbox sang John Denver «Rocky Mountain High». Es klang so anders, ohne Dylan Scarboroughs «Anne Frank Waltz» aus der Küche. Dylan hatte gekündigt und war nach Nashville gegangen, um sich einen Plattenvertrag an Land zu ziehen.

Aus dem Augenwinkel sah Loretta Daryls gelben Kombi

hinter dem Musikpavillon über den Platz schaukeln. Loretta hatte nicht recht gewußt, was sie fühlen sollte, als Daryls Megabucks-Lotterie-Zahlen nicht gewonnen hatten. Natürlich tat er ihr leid. Es mußte seinen Glauben ordentlich erschüttert haben. Andererseits konnte sein Glaube ein bißchen Erschütterung wohl vertragen. Sie hatte nicht mehr mit ihm geredet, seit sie an jenem Abend im August ihre Vorhänge zugezogen und sein Angebot ausgeschlagen hatte. Aber er drückte sich dauernd im Ort herum. Sie hoffte nur, daß er bald über seine Verlegenheit wegkommen und auf eine Taco-Pizza bei ihr hereinschauen würde.

Aber Loretta hatte auch ein schlechtes Gewissen, wenn sie daran dachte, wie sauer sie gewesen wäre, wenn Daryls Zahl wirklich gewonnen hätte. Sie hatte Ray die Treue gehalten und keinen anderen Mann ihren Bienenkorb berühren lassen. Und ihre Treue war belohnt worden. Aber auf Daryls Kosten. Es war einfach die Tragik des Lebens.

Wo sie gerade bei der Tragik des Lebens war: In der Nacht ihrer schweren Prüfung, als sie sich dazu durchgerungen hatte, die Unbeflecktheit ihres Bienenkorbs zu wahren, war Ray von seiner Akupunktur-Sitzung bei Ishtar mit einem Koffer in ihren Trailer zurückgekommen. Er hatte ihr erklärt, Ishtars Nadeln in seinem Dritten Auge hätten ihn in ein früheres Leben im viktorianischen England zurückversetzt, wo er als heimliche Lesbierin in einem Mädchenpensionat Lehrerin gewesen sei. Ishtar sei eine seiner Schülerinnen gewesen, in die er einseitig und tragisch verliebt gewesen sei.

Ray hatte aus seinem Koffer zwei lange weiße edwardianische Kleider samt Mieder, Korsett und Spitzenunterhosen gezogen, die er sich von Angela McGrath ausgeborgt hatte. Ishtar hatte ihm erklärt, um Heilung zu finden, müsse er die verhinderte Liebe zu seiner Schülerin mit Loretta ausagieren (da sie selbst in ihrer jetzigen Inkarnation als lesbische Frau ihn als Mann ebensowenig wollte, wie sie ihn damals gewollt hatte, als er eine Lesbierin und sie ein heterosexuelles Schulmädchen gewesen war). Deshalb solle Loretta jetzt so tun, als sei sie eine sittsame Pensionatsschülerin, während Ray sie in viktorianischen Frauenkleidern nach und nach verführen müsse. Die ganze Sache war jetzt schon eine Weile im Gang, und Loretta hatte ihre Zweifel. Aber da Rays Vorspiel unter anderem darin bestand, daß er sie für brav erledigte Hausaufgaben mit verschiedensten Schokoladenköstlichkeiten belohnte, war Loretta gern bereit abzuwarten, was dabei herauskam, vor allem, wenn es Ray half, von Ishtar wegzukommen.

Sonny Coffin stand in seiner schwarzen Arbeitskleidung, bestehend aus Polohemd, Hose und Jackett, in seiner Einäscherungshalle und entfaltete seine besten Trauermanieren. Seine Hände ruhten gefaltet vor seinem Bauch, und sein graues, hohlwangiges Gesicht spiegelte düsteren Ernst. Der Sarg mit Dan McQueens sterblichen Überresten rollte gerade auf dem Transportband auf die Ofentür zu. Der letzte Abschied hatte gestern abend stattgefunden. Danach hatte Orlon Marsh seine Arbeit getan und seine wertvolle Fracht im Kombi zu seinem Schuppen gebracht. Diese Sekunden jetzt waren ähnlich wie der Moment bei einer Hochzeit, wenn der Pfarrer fragte, ob jemand Einwände gegen die Eheschließung vorzubringen hätte, und Sonny wünschte, er könnte das Band auf volle Fahrt stellen und die Kiste in die Flammen katapultieren, ehe noch jemand auf die Idee käme, einen letzten Blick hineinwerfen zu wollen.

Angela McGrath in ihrem langen, hochgeschlossenen weißen Kleid spielte jetzt den Greatful Dead-Song «If I Had the World to Give» auf ihrer Harfe. Die McQueens hatten eingewilligt, daß Dans Freundin, Daisy Wagner, die Musik aussuchen durfte. Daisy sah heute wirklich aus wie eine waschechte Miss Teenage, mit der duftigen blonden Haarwolke um ihren Kopf. Trotz ihrer roten, geschwollenen Augen. Daisys Mutter Bethany, die eine schrille neue neonbunte Punkfrisur trug, hatte den muskulösen Arm um Daisy gelegt und flüsterte ihr tröstende Worte ins Ohr, während sie quer durch die Halle zu Jared McQueen hinüberäugte. Die McQueens waren alle total am Boden zerstört. Gordon, in Anzug und Krawatte, schluchzte in den Armen eines Mannes, der aussah wie sein Zwillingsbruder. Also war offenbar doch etwas dran an den Gerüchten, die über ihn kursierten. Der alte McQueen war aus Burlington gekommen und stand jetzt auch hier, mit einer drallen jungen Person am Arm und der verblüfften Miene eines trockenen Alkoholikers, der langsam merkt, daß es da noch eine ganze Welt außerhalb seines gebeutelten Ichs gibt. Father Flanagan hielt sich ganz drüben auf der Seite, hilflos und nutzlos wie der Eunuch, der er war.

Es war nicht schwer gewesen, die McQueens zur Einäscherung zu überreden. Sonny hatte die Würmer und den Fäulnisprozeß nur anzusprechen brauchen. Die Verwesungsfotos hatte er gar nicht erst herausnehmen müssen. Und wenn erst mal ein Familienmitglied eingeäschert worden war, zogen die anderen oft nach. Diese zwölf McQueens, die da versammelt standen, bedeuteten schon wieder einige tausend Dollar auf Sonnys Schweizer Bankkonto.

Sonny sah zu, wie Angela furios in die Saiten griff, daß ihr taillenlanges Haar im Takt mitschwang. Sie machte sich wirklich ganz ausgezeichnet. Live-Musik war genau die besondere Note, die ihm hier in seinem Pietätsschuppen noch gefehlt hatte. Angela blühte dabei auch richtig auf. Ihre Wangen hatten Farbe bekommen, und ihre Augen blitzten. Sie meinte, der Sterbe-Service hätte ihr wieder einen Lebensinhalt gegeben. Sonny hatte vor, Angelas Aufgabenbereich noch zu erweitern. Er wußte selbst nicht genau, warum er es so entschlossen darauf anlegte, Ian sowohl geschäftlich als auch privat zugrunde zu richten. Irgend etwas hatte es mit Ians Shortstop-Karriere in seiner Zeit an der Universität von Indiana zu tun.

Während Clea, an ihrem Schreibtisch sitzend, damit beschäftigt war, Fotos für «Amerika abseits der Zeit» auszusortieren, erspähte sie plötzlich draußen eine junge Frau in ausgeblichenen Jeans, die sich vom Mink Creek her den Hügel herauf und über ihr Grundstück schlich. Die junge Frau schob ein Stück Papier unter einen Stein neben dem Schuppen hinter dem Marshschen Haus.

Ihren Morgenrock mit der Hand zusammenraffend, eilte Clea die Treppe hinunter, zur Tür hinaus, durch die wilden Asternstauden und hinüber zum Staketenzaun. Sie spähte um den Zaun herum über das Marshsche Gelände und entdeckte niemanden. Aus dem Schuppen kam das Brummen irgendeines Elektrowerkzeugs. Davor stand Orlons Kombi. Die Schuppentür im Auge behaltend, huschte sie zu dem Stein. Sie griff darunter und zog die Botschaft hervor. Sie lautete: «Komm heute nachmittag um drei zum Anglerparkplatz. M. G.» Sie schob den Zettel wieder zurück und rannte auf bloßen Füßen durch die violetten Astern zurück in ihr Haus.

Clea hielt an ihrem Schlafzimmerfenster Wache, bis Dack in seinen tiefhängenden Jeans aus der Haustür kam. Er sah sich nach allen Seiten um, spazierte zu dem Stein, drehte ihn um, nahm den Zettel, faltete ihn auseinander und las ihn. Als Clea das selige Lächeln sah, das sein finsteres Gesicht erhellte, sackte ihr Herz ins Bodenlose wie ein Expreß-Fahrstuhl zur Hölle. Was da aus ihm strahlte, war Liebe, wenn sie je welche gesehen hatte. Und das hatte sie.

Obwohl ihr klar war, daß sie schon alles wußte, was sie wissen mußte, rief sie bei Ishtar im Karma-Café an. Ishtar sagte, sie würde kommen, sobald sie ihren Rosenkohl fertig fritiert hätte.

Um drei Uhr hockten Ishtar und Clea versteckt in den Büschen beim Anglerparkplatz unten am See. Morning Glory erschien und spähte gespannt in den Wald, der in leuchtenden Herbstfarben gesprenkelt war wie ein Bild von Jackson Pollock. Kurz darauf tauchte Dack auf, in seinen Jeans und seiner Daunenweste. Morning Glory und er starrten sich eine ganze Weile über den leeren Parkplatz hinweg an, wie zwei wilde Tiere, die Witterung aufnahmen. Dann näherten sie sich einander vorsichtig.

Ishtar verzog das Gesicht zu einer Grimasse und packte Cleas Arm, als Dack und Morning Glory sich in die Arme fielen, ihre Unterkörper sich heftig gegeneinanderpreßten, ihre Köpfe zurücksanken, ihre Augen sich schlossen und ihre Münder zu keuchen begannen. Clea warf einen Blick zu Ishtar hinüber. Sie preßte die Augen zu, um nicht mit ansehen zu müssen, wie die Münder sich berührten und die Hände sich zärtlich an die Erkundung unbekannter Körpergefilde machten.

Schließlich stieß Dack ein Ruderboot ins Wasser, während sich die Erektion unter seinen Jeans Morning Glory entgegenreckte wie eine Wünschelrute. Morning Glory stieg ein, und er ruderte über die kleine Bucht hinüber zu einem der mit Tannenzweigen getarnten Enten-Jagdstände, die auf Stelzen aus dem Wasser ragten.

«Das ist doch nicht zu fassen: sie läßt sich einfach von ihm rudern», stöhnte Ishtar.

Ishtar und Clea guckten über das unbewegte Wasser, in dem sich die bunten Farbkleckse der Bäume spiegelten, wortlos zu, wie Dack von dem Ansitz aus den Arm zu Morning Glory hinunterstreckte, um sie hochzuziehen.

«Genug?» fragte Clea matt.

Ishtar rieb sich mit dem Unterarm über die feuchten Augen. «Ich muß es ganz sehen. Macht es Ihnen was aus?»

«Ich wüßte Beschäftigungen, mit denen ich diesen Nachmittag lieber zubringen würde. Aber ich denke mir, wenn mich etwas kurieren kann, dann sicher das hier.»

Sie zogen das Kanu der Boudiccas unter ein paar Tannenzweigen hervor, kletterten hinein und machten sich daran, über das sumpfige Wasser zu den Jagdständen hinüberzupaddeln, die Clea an die Stelzenhäuser auf den Philippinen erinnerten. Sie wollte nach ihrer Kamera greifen, merkte aber, daß sie sie diesmal ausnahmsweise zu Hause gelassen hatte.

Sie erreichten den Jagdstand, unter dem Dacks Ruderboot schaukelte. Er wackelte und bebte auf seinen Kantholzbeinen, und trockene Tannennadeln rieselten ins Wasser wie von einem vertrockneten Christbaum. Sie hörten Morning Glory stöhnen: «Ja, Dack, ja!» Ihr zärtliches Flüstern wechselte mit unartikuliertem Keuchen, in einem Rhythmus, der für Cleas und Ishtars Phantasie wenig offenließ.

Ishtar vergrub das Gesicht in beiden Händen. Dann setzte sie sich gerade auf. Ihre Wangen glänzten, und Tränen tropften ihr vom Kinn. Sie nahm ihr Paddel.

Als sie das Kanu wieder unter den Zweigen versteckten, sagte Clea schließlich: «Ich glaube, das war's.»

Wieder in ihrem Haus, lud Clea Ishtar ein, noch auf einen Tee zu bleiben. Ishtar hatte seit dem Enten-Ansitz nichts gesagt und verharrte auch jetzt weiter in ihrem gepeinigten Schweigen, während der Teekessel zu pfeifen anfing. Ein Strahlenbündel der untergehenden Sonne fiel durch ein Fenster und tauchte den Häkelteppich in warmes Gold. Im offenen Kamin tanzten muntere Flammen.

«Großer Gott, Clea, ich liebe sie so sehr», flüsterte Ishtar schließlich. «Wie soll ich sie nur loslassen?»

Einen anderen Menschen, und noch dazu einen so jungen, so leiden zu sehen, dämpfte Cleas eigenen Schmerz. Außerdem kannte sie Dack ja erst ein paar Monate, und zum Glück hatte sie diese Anziehung nie körperlich umgesetzt. «Ich weiß», sagte Clea, während sie sich neben Ishtar auf die Couch vor dem Kamin setzte. «Und es tut mir so leid. Ich wünschte, ich könnte Ihnen helfen.»

«Wenn ich doch nur in dieser Runde ein Mann wäre, dann könnte ich ihr ein Baby machen, und dann würde sie bei mir bleiben wollen.»

Clea war sich nicht so sicher, daß es so einfach war. Aber vielleicht war es das ja. Sie grübelte gerade darüber nach, wie sie wohl diese absurde Leidenschaft für Dack in ein nachbarschaftliches Verhältnis überführen könnte, als Ishtar plötzlich unter ihrem Arm durchtauchte und sagte: «Nehmen Sie mich in die Arme, bitte, Clea. Halten Sie mich einfach nur.»

Clea tat, wie ihr geheißen, wiegte die leise weinende Ishtar sanft in den Armen und streichelte ihr übers Haar. Es erinnerte sie an die Zeiten, als sie Kate und Theo so gehalten und über ihre Spielplatz-Querelen hinweggetröstet hatte. Und ehe Clea richtig mitbekam, was passierte, waren Ishtars Hände unter ihrem Rollkragenpullover, und ihr Gesicht lag zwischen ihren Brüsten.

Obgleich zunächst konsterniert, merkte Clea doch, daß das, was sie da fühlte, ihr gut gefiel. Es erinnerte sie an ihre Babies, so weich und warm und zart, wenn sie spät in der Nacht mit ihnen ganz oben in ihrem dunklen Haus gesessen hatte, während der Rest der Stadt schlief und der Regen gegen die Fensterscheiben pladderte. Clea sank entspannt in die Polster und seufzte wohlig.

Bis Ishtar sich schließlich wieder aufsetzte und sich das Haar glattstrich.

Clea zog den Rollkragenpullover herunter und sagte: «Ishtar, ich weiß nicht, was ich sagen soll.»

«Sagen Sie nichts, Clea. Wir sind schon früher so zusammengewesen. Ich bin mir ganz sicher. Vielleicht waren Sie in einem anderen Leben mal meine Mutter. Wer immer Sie sind, danke. Ich hatte es nötig.»

«Gern geschehen», sagte Clea.

Als Ishtar weg war, ging Clea nach oben an ihren Schreibtisch. Sie schrieb in ihr Tagebuch: «Darius hat die fehlenden Dachziegel eingesetzt und die kaputten Scheiben im Oberlicht erneuert. Morgen will er den Dachboden isolieren. Der Winter kann kommen!»

Leicht benebelt ging sie wieder nach unten. Sie griff sich eine Sichel und machte sich auf den Weg zum hinteren Teil ihres Grundstücks, gefolgt von Brandy, der sie in die Fersen zwickte. Die Natur war dabei, den Kampf um ihren Garten zu gewinnen. Wilde Astern, Himbeeren, wilder Wein und Efeu wucherten so üppig, daß sie nicht einmal mehr an den restlichen Müll herankam.

Ihr Leben in Roches Ridge gestaltete sich ganz eindeutig nicht so, wie sie es geplant hatte. Sie hatte sich Ruhe und

Einsamkeit erhofft und eine friedliche Koexistenz mit reservierten Yankee-Nachbarn. Aber dabei herausgekommen war bis jetzt, daß sie einen jugendlichen Hinterwäldler geliebt und verloren hatte. Und nachdem sie mit der Pädophilie gescheitert war, war sie jetzt beim Inzest gelandet, indem sie sich mit ihrer Tochter aus einem früheren Leben auf ihrer Wohnzimmercouch einer Art Liebesspiel hingegeben hatte...

Als Clea dem Unkraut mit der Hacke zu Leibe zu rücken begann, entdeckte sie, daß sich auf den wilden Astern Tausende von bunten Wanderfaltern niedergelassen hatten. Sie hockten auf den Blüten und fächelten langsam mit ihren orangerot-schwarzen Flügeln, während die goldene Spätnachmittagssonne sie wärmte und der dunkelblaue Himmel darauf wartete, daß sie sich zu ihm emporschwangen. Brandy versuchte ein paarmal, welche zu schnappen, während sie von einer Blüte zur anderen schwebten.

Clea rannte ins Haus und kam mit ihrer Kamera zurück. Sie stellte hastig Blende und Belichtung ein, holte das verblüffende Phänomen in den Sucher, regulierte die Schärfe und knipste los. Schließlich lag sie auf dem Bauch, die schmetterlingsübersäten Astern in Augenhöhe vor sich. Das Leben könnte so einfach sein, dachte sie, ihre Knipsorgie für einen Moment unterbrechend, wenn sie nur aufhören würde, ihm ständig dazwischen zu pfuschen. Vielleicht hatte Elke ja recht mit ihrer Behauptung, daß Clea, wo sie ging und stand, Chaos stiftete. Schließlich hatte sie sich in Dack verliebt und ihn nach New York geschleppt. Sie hatte ihm geholfen, das Geld zu verdienen, dessentwegen Orlon ihn zusammengeschlagen hatte und das ihm das Selbstvertrauen gegeben hatte, sich an Morning Glory heranzumachen. Sie hatte Ishtar von der Sache mit Morning Glory erzählt und ihr den Schock versetzt, der sie in ihre Arme getrieben hatte. Aber ab jetzt würde sie ihre wildwütenden Emotionen zügeln. Sie würde sie als Motor für ihre Arbeit nutzen, so wie Elke. Diese Schmetterlinge da auf den Astern waren ein Omen: Das Leben in Roches Ridge, so nah an der Natur, konnte eigentlich voller Frieden und Schönheit sein. Sie hatte es nur mit ihren großstädtischen Macken und Begierden unnötig kompliziert...

Brandy bellte und winselte und wedelte hektisch mit dem Schwanz. Clea stand auf, um seine wilden Verrenkungen zu fotografieren. Er umkreiste irgend etwas, das hinter Orlons Schuppen im Gras lag, sprang es an, zerrte daran und ließ dann wieder davon ab, um es anzujaulen. Ein totes Backenhörnchen, ein Kaninchen oder dergleichen. Clea ging näher heran, hockte sich hin und zoomte Brandy samt den wilden Astern heran. Und da sah sie es, mitten zwischen den lila Blumen und den orangerot-schwarzen Schmetterlingen: einen zerfleischten menschlichen Fuß, blutig und zerschunden.

III

36 Das einfache Leben

«Schon gehört, daß Calvin Roche sich als neuer Marlboro-Mann beworben hat?» fragte Waneeta Marsh, während sie Astrid Starr ihre Lebensmittelmarken hinstreckte. Waneeta trug einen olivgrünen Calvin Klein-Overall mit Schulterklappen. Ihren Bauch umspannte ein Patronengürtel.

«Und haben sie ihn genommen?» fragte Astrid lustlos. Neben dem Fuß verblaßte aller übrige Klatsch völlig. An dem Tag, als Clea ihn gefunden hatte, war Trooper Trapp in den IGA gekommen, um sich Camels zu holen. An seinem selbstgefälligen Gesicht hatte Astrid gleich gesehen, daß er etwas wußte, was sie nicht wußte. Sie weigerte sich, ihm Zigaretten zu verkaufen, ehe er ihr nicht sagte, was es war. Er drohte, dann würde er eben in den Grand Union gehen.

«Bitte», sagte sie achselzuckend, wohl wissend, daß er's nie ohne totale Entzugserscheinungen bis zur Überlandstraße 7 schaffen würde, nicht mal, wenn er sein Warnlicht einschaltete und so tat, als sei er hinter einem Raser her. Schließlich flüsterte er es ihr ins Ohr. Astrid erstarrte, und der Kiefer klappte ihr herunter, weil sie genau wußte, daß das der Stoff war, aus dem Rekorde gemacht sind. Tommy schnappte sich das Camels-Paket, mit dem sie ihm vor der Nase herumgewedelt hatte, riß es auf, zog eine Zigarette heraus und zündete sie sich an.

«Von wem?» fragte Astrid schließlich.

«Keine Ahnung. Zu zerkaut, um was Genaueres zu sagen. Aber in diesem Staat sind alle Füße an ihrem Platz, oder man weiß, wo sie geblieben sind.» Er blies erleichtert eine Rauchwolke aus. «Muß von außerhalb sein. Mafia oder so was. Wir prüfen gerade mit dem FBI die Vermißtenliste durch.»

Den Daumen auf ihrer Casio, übermittelte Astrid diese Information einer verdatterten Loretta Gebo, als diese an ihr vorbeisprintete, die Arme voller Zutaten für ihre Dessert-Tacos mit heißem Fudge. Es dauerte nicht lange, bis Ishtar in den IGA gestürzt kam, um ihrerseits die Fuß-Geschichte an eine jubilierende Astrid loszuwerden, deren Stoppuhr genau einundzwanzig Minuten zeigte.

Aber Astrids Jubel legte sich bald, und an seine Stelle trat Verzweiflung: das Einundzwanzig-Minuten-Gerücht war eine noch viel absolutere Barriere als die Vier-Minuten-Meile. Die Schallmauer konnte man durchbrechen, aber über die Lichtgeschwindigkeit kam niemand hinaus. Earl wollte nicht mit ihr auf dem Wasserweg nach Anchorage fahren, die Nüsse lagen beim Mehl, und der neue Stadtrekord war unüberbietbar. Astrid hatte nichts mehr, wofür es sich zu leben lohnte. Beim nächsten Frauenunterdrückungs-Workshop würde sie daran arbeiten, sich einen vorzeitigen Abgang zuzugestehen.

«Ach, i wo! Calvin doch nicht», sagte Waneeta, indem sie ihre braune Papiertüte an sich nahm.

«Zu alt», seufzte Astrid.

«Zu häßlich.» Waneeta gluckste. «Jeezum, Astrid.» Sie wedelte mit der freien Hand in Richtung der Halloween-Dekoration im Schaufenster – Kürbisse, getrocknete Korngarben, Pappskelette, Tüten voller Süßigkeiten, alles von künstlichen Spinnweben umhüllt wie eine Kolonie von Spinnraupen. «Wenn ich Spinnweben will, kann ich daheim bleiben.»

«Und? Gibt's was Neues von dem Fuß aus Nachbars Garten, Waneeta?» Astrid konnte sich doch unmöglich umbringen, ehe sie nicht wußte, wem er gehörte.

«Seit Tagen sind sie da jetzt schon am Rumschnüffeln. Aber gefunden haben sie noch nichts. Zu schade, daß Calvin nicht mehr da ist. Würd ihm wirklich ähnlich sehen. Füße abhacken und in den Keller schmeißen.» Waneetas Gesicht wurde undurchdringlich, und Astrid kam plötzlich der Verdacht, daß sie mehr wußte, als sie sagte. «Letzte Woche hat jemand versucht, den Wagners ihre Apfelbäume abzumurksen.»

«Hmmm», machte Astrid, um Waneeta zu bedeuten, daß sie nicht bereit war, sich so billig abspeisen zu lassen.

«Steinsalz, ringsum auf dem Boden. Sie glauben, daß es vielleicht Conrad Bohring war. Der Hund von den Wagners macht manchmal sein Geschäft bei Bohrings auf den Rasen. Und neulich hat er die Plastikblumen ausgebuddelt, die Frieda immer in die Beete an der Hauswand setzt, wenn's Herbst wird. Bethany Wagner sagt, Conrad hat jetzt lauter Drähte auf seinem Rasen gespannt, und sobald was drauf kommt, geht die Alarmanlage los.»

Astrid merkte, daß Waneeta es darauf angelegt hatte, jedes Fünkchen Interesse, das sie zeigte, zum Buschbrand anzublasen. Aber was wollte sie hinter der Rauchwand verbergen?

Astrids Lebensgeister kehrten so schlagartig wieder, als hätte Waneeta ihr Salmiak unter die Nase gehalten. Jeezum, sie würde Tommy Trapp auf seinem eigenen Terrain schlagen und den Eigentümer dieses Fußes selbst ausfindig machen! Schließlich gab es doch wohl niemanden, der besser über das Bescheid wußte, was in dieser Stadt vor sich ging, als Astrid Starr! Da saß sie hier herum und erging sich in Selbstmitleid, während Verbrechen der Aufklärung harrten.

Orlon Marshs Köder- und Anglerbedarfs-Lieferwagen knatterte an ihrem Schaufenster vorbei. Orlon kauerte überm Steuerrad wie der Spritschmuggler in Thunder Road. Er hatte seine schottisch-karierte Golfmütze auf und überfuhr das Stoppschild.

Orlon justierte mit den drei verbliebenen Fingern seiner rechten Hand den Golfball auf dem Tee und sagte zu Sonny Coffin: «Ich sag ja nur, daß wir besser für 'n Weilchen auf Tauchstation gehen.»

«Das war ein verdammt blöder Fehler.»

«Stimmt. Tut mir leid, Boss.»

«Das paßt mir gar nicht», sagte Sonny, neben Orlon Abschlagposition beziehend. «Wenn wir unsre Quote nicht erfüllen, werden sie sich womöglich eine andere Quelle suchen. Schließlich sind wir überhaupt nur deshalb an das Geschäft gekommen, weil Mutter Teresa ihnen den Indien-Import vermasselt hat.»

«Ich weiß, Boss», sagte Orlon, auf seinen Schläger gelehnt und über sein Schnauzbärtchen züngelnd. «Aber es war reines Glück, daß ich Rayon grad nach New Jersey geschickt hatte. Darum war der Schuppen leer, als Trooper Trapp reingeguckt hat.»

«Du bist jederzeit ersetzbar, verstehst du», sagte Sonny. Er musterte Orlon in seinen Tweedknickerbockern, die er aus einem Autowrack geborgen hatte, strengen Blicks. «Außerdem wird diese ganze verdammte Branche sowieso bald ersetzt sein. Durch Plastik.»

«Ja, Boss», sagte Orlon, während er zu einem Probeschlag ausholte. Er wußte, wenn er Sonny ein bißchen knurren ließ, würde er bald nachgeben. Sonny ließ ein halbes Dutzend Probeschläge durch die Luft sausen, als sähe er im Geist Orlons Kopf vor sich auf dem Tee.

«Na gut, wenn es sein muß», sagte Sonny schließlich. «Aber nur, bis Trooper Trapp aufhört, hinter der Sache herzuschnüffeln.»

«Ich hab ihn auf diese gottverdammten Lesbenweiber vom Mink Creek gehetzt. Hab ihm gesagt, ich hätt gesehen, wie sie einen lebendigen Hahn überm Feuer geröstet hätten. Wieso sollten sie das gleiche nicht auch mit einem Menschen machen? Wo doch jeder weiß, wie sie zu Männern stehn.»

«Gut gemacht, Orlon. Na, dann wollen wir mal!» Sonny schlug seinen Ball zweihundert Meter den Fairway entlang. «Das ist vielleicht heute unser letztes Spiel, bevor es anfängt zu schneien. Dann treffen wir uns in deinem Eisfischerei-Schuppen. Aber nicht zu oft. Damit es nicht auffällt. Außerdem habe ich alle Hände voll zu tun mit der Aktienausgabe. Der Sterbe-Service öffnet sich nämlich der Allgemeinheit.»

«Prima Idee, Boss», sagte Orlon mit einem wissenden Blick auf Sonny. Es hatte noch andere Gründe, daß Sonny so beschäftigt war. Orlons Mutter Waneeta, die beim Sterbe-Service putzte, sagte, daß Angela McGrath dort noch mehr mache als nur Harfespielen. Waneeta hatte nämlich kürzlich ein viktorianisches Korsett unter Sonnys Schreibtisch gefunden.

Wegen der fehlenden kleinen Finger rutschte Orlon der Schläger aus, und er schlug seinen Ball in hohem Bogen ins Rauh. Während er sich im Golfwägelchen auf die Suche machte, mußte er daran denken, wie er Tommy Trapp von Vater zu Vater gebeten hatte, Chrystal Sue die Hölle heiß zu machen, wenn er sie drunten am Mink Creek vorfand. Damit sie daheim blieb und normal. Er sollte ihr ordentlich drohen, mit Gefängnis oder so was. Tommy hatte ihm zugezwinkert und gemeint: «Verlaß dich drauf, alter Freund.» Es war wirklich mühsam, Marshs dazu zu kriegen, daß sie sich wie anständige Leute benahmen.

Trooper Trapp stand vor einem Plastikzelt am Ufer des Mink Creek und lauschte einer tiefen Stimme aus dem Zeltinneren, die jetzt gerade sagte: «... werde ich nicht immer bei euch sein. Jede von euch muß Überlebensfertigkeiten ausbilden und trainieren...»

«Weiß eine von euch Mädels irgendwas über einen einzelnen Männerfuß, Schuhgröße zwölf, mit eingewachsenem Nagel am großen Zeh?» fragte Trooper Trapp, nachdem er seinen flachkrempigen Hut abgenommen hatte, um den Kopf in das Zelt zu stecken, in dem zwölf schweißtriefende Boudiccas nackt im Lotossitz um glühende Kohlen saßen.

Starshine sah erschrocken auf. «Wird vermutlich irgendeinem Idioten gehören, der in sein eigenes Fangeisen gelatscht ist. Verpiß dich, Trapp.»

«Im Gegensatz zu euch, Mädels, hab ich einen Job, den ich tun muß.»

«Dann tu ihn in der Schwitzhütte von jemand anderem. Männer haben keinen Zutritt zu unserem Gelände.»

«Ach, na so ein Jammer, was? Du solltest lieber aufpassen, was du sagst, Lady. Ich kann nämlich genauso pampig werden wie du.» Trapp tätschelte seinen Pistolenhalfter. Dieses Starshine-Weib war häßlich wie ein totes Waldmurmeltier. So fett, daß ihre Freundinnen besser dran taten, sie zu verstecken, wenn je eine Hungersnot ausbrechen würde.

«Schieb sie dir irgendwohin, Mann», sagte Starshine. Die Boudiccas entfalteten sich und krochen zum Ausgang, da es von der Plastikdecke zu tröpfeln begann. Draußen gingen ein paar von ihnen in Karatestellung.

«Paßt mal auf, Mädels. Ich will euch nicht festnehmen, aber ich werd's tun, wenn es nicht anders geht.»

«Uns festnehmen?» schnaubte Starshine höhnisch. Sie krümmte ihre Finger zu Klauen und begann, rhythmisch zischend den Atem auszustoßen. Auf ihrer Schulter hockte ein durchgeweichter blaugelber Papagei. «Wir machen hier unsere Sachen und belästigen niemanden. Wir sitzen friedlich in unsrer Schwitzhütte und senden Energien zur Aktienbörse. Und plötzlich kommt so ein mieser kleiner Söldner des Patriarchats, glotzt uns an und läßt kalte Luft rein. Zieh Leine, Trapp. Du kannst uns nicht verhaften, du Arsch.»

Der Papagei krächzte: «Power to the People!»

«Ihr gewährt einer jugendlichen Ausreißerin Unterschlupf und verderbt eine Minderjährige.» Trapp wies mit einem Nicken auf Chrystal Sue, die sich klappernd davonzudrücken versuchte, nur bedeckt mit einer Gänsehaut. «Dein Daddy will, daß du heimkommst, Chrystal Sue. Und du wirst deine Freundinnen hier in erhebliche Schwierigkeiten bringen, wenn du nicht auf der Stelle mit mir gehst.»

«Verschwinde, Trapp», fauchte Starshine, indem sie ihrer Karate-Leibwächterin zunickte, die sofort einen Schritt vortrat.

«Nein», sagte Chrystal Sue. «Ich geh mit. Ich will nicht, daß es Ärger gibt.» Sie zwängte sich in ihre hautengen Jeans und ein T-Shirt, zog sich eine Denim-Jacke über und folgte Trapp durch die Bäume hinauf zur Straße.

«Steig ein, Kleines», sagte Trapp, als sie seinen Streifenwagen erreicht hatten. Ihre Lippen waren ganz blau. Er würde den Motor anlassen und sie erst mal ordentlich aufwärmen.

«Unser Haus ist doch gleich da vorn», sagte Chrystal Sue. «Ich mach besser, daß ich heimkomme.»

«Moment mal», sagte Trapp, irritiert, weil seine Fürsorge verschmäht wurde. «So einfach geht das nicht. Ich werd dich wohl mitnehmen müssen, Missy.»

«Mitnehmen? Warum denn?»

«Steig ein, dann erklär ich's dir.»

Chrystal Sue tat, wie ihr geheißen, und saß nervös auf ihrem Sitz, die Hände zwischen die Denim-Knie geklemmt.

«Also, nun paß mal auf, Chrystal Sue», hub Trooper Trapp an. «Ich selbst habe Töchter daheim und weiß deshalb, was du deinem Daddy antust, wenn du einfach wegläufst und dich mit diesen gräßlichen Weibern einläßt.»

«Sie sind nicht gräßlich, sie sind prima», murmelte Chrystal Sue.

«Aber sie sind nicht normal, nicht wahr? Und wenn man in diesem Land nicht normal ist, dann kommt man ins Gefängnis.» Er nahm seinen flachkrempigen Hut ab und deponierte ihn auf dem Rücksitz.

«Nein, kommt man gar nicht. Weil das hier nämlich ein freies, demokratisches Land ist.»

«Für normale Leute ja. Aber nicht für Perverse.» Er öffnete die Schnalle seines Gürtels und legte ihn, samt Halfter und Pistole, auf die Rückbank.

«Das sind keine Perversen.» Chrystal Sue stemmte die Tür auf und kletterte hinaus. «Jag deine Raser, Trapp.»

Zeno Racine schlurfte auf dem Platz an vier Halloween-Masken vorbei, die ein Gespenst, einen Piraten, ein Skelett und eine Zigeunerin darstellten. Er war drüben auf dem Friedhof gewesen und hatte Daisy Wagner belauert, die mit ihren Kopfhörern an Danny McQueens Messingtafel hockte. Jeden Abend bei Sonnenuntergang sang sie mit zittriger Stimme zu der Kassette in ihrem Walkman: «If I had the world to give/ I'd give it to you/Long as you live...» Und an dem Punkt fing sie dann immer an zu weinen.

«Wer dafür ist, daß wir die McGraths dieses Jahr auslassen, soll die Hand heben», sagte der Pirat.

Vier Hände fuhren hoch.

«Weil die so komisch ist», sagte das Gespenst. «Und immer den ganzen Tag so komische Lieder auf ihrer Harfe klimpert.»

«Genau, und immer auf dem Friedhof rumhockt, in diesem ekligen alten Kleid, bei den aufgeweichten Teddys. Ich wette, sie war's, die das mit dem Fuß gemacht hat. Sie hat einfach eine Leiche ausgebuddelt und ihr den Fuß abgesäbelt!» mutmaßte die Zigeunerin.

Die vier erschauerten.

«Meine Mama sagt, sie tut bestimmt Glassplitter in die Süßigkeiten, die sie hergibt», sagte das Skelett.

«He, Spitze!» Der Pirat zeigte mit dem Finger auf Zeno. «Guckt mal, das Monsterkostüm da!»

«Das ist kein Kostüm, Blödmann», flüsterte das Gespenst. «Das ist Zeno Racine. Der hat sie nicht alle.»

«Mein Dad sagt, wahrscheinlich war er's, der den Fuß abgehackt hat», wisperte die Zigeunerin.

Zeno zog eine finstere Fratze, krümmte seine Finger zu Klauen und stürzte auf sie los. Er wünschte, er hätte den Fuß abgehackt. Manche Mörder stahlen allen die Show.

Die Halloween-Masken flitzten davon ins Dunkel, ihre IGA-Tüten voller Süßigkeiten fest umklammernd. Zenos Tüte enthielt in Tri-Die eingeweichte Hundekuchen, die er zu Daisy Wagners Haus brachte, um diesen Köter zu vergiften. Sie würden denken, daß es die Bohrings von nebenan gewesen waren, genau wie bei dem Steinsalz. Und wenn dieser verflixte Köter erst mal tot war, konnte er einfach an dem Rosenspalier hochklettern, direkt in Daisys Bett. (Auf dem Friedhof konnte er sich nicht über sie hermachen, weil sich da ja immer Angela McGrath rumtrieb.) Jetzt, wo ihr Freund tot war, würde Daisy sich freuen, wenn sie aufwachte und Zeno in ihrem Bett fand. Sie würde wollen, daß er sie anfaßte und mit ihr Liebe machte. Und wenn sie Krach schlagen würde, würde er sagen, er hätte das mit dem Fuß gemacht, und wenn sie nicht den Mund halten und sich von ihm bumsen lassen würde, dann würde er ihr ihre gottverdammten Titten abschneiden und sie dem Hund verfüttern. Aber der Hund war dann ja tot... Zeno kratzte sich den Kopf.

Clea lag in ihrem Schlafzimmer, ein feuchtes Handtuch auf den Augen. Brandy kaute neben dem Bett stillvergnügt auf dem Etui ihrer Nikon herum. Der zerfleischte Fuß zwischen den lila Astern und den orangerot-schwarzen Schmetterlingen drängte sich immer wieder in ihren Kopf. Sie hatte lange Zeit einfach nur dagekniet und durch ihren Zoom auf den Fuß gestarrt, *von ihren Ohrläppchen rann Blut, und ein Pistolenlauf strich ihr über die Schläfe...*

Schließlich war sie ins Haus gegangen, um die Polizei anzurufen. Ein jovialer Mann war gekommen und hatte sich als Trooper Trapp vorgestellt. «Trapp ist mein Name», hatte er gesagt. «Tommy Trapp, wie Maria, nur ohne von. Wahrscheinlich sind wir Verwandte, aber ich treffe einen Ton noch nicht mal mit dem Zielfernrohr!»

Dann hatte er Clea in die Zange genommen, als sei sie die Hauptverdächtige. Sie hatte ihm alles gesagt, was ihr an Erklärungsmöglichkeiten eingefallen war: Das FRÜHER ODER SPÄTER-Müllauto spuckte manchmal Abfälle aus, wenn es zu mahlen begann. Die Boudiccas marschierten oft über ihr Grundstück, wenn sie ihre Beute aus den IGA-Containern zum Mink Creek schleppten. Aber bislang war weder die Identifikation des Fußes noch die des Täters vorangeschritten. Seit Tagen schon stocherten FBI-Beamte in dunklen Wettermänteln zwischen den wilden Astern herum.

Clea stöhnte und drehte sich, das kühle Tuch auf ihren Kopf pressend, auf die Seite. Darius hatte Sicherheitsschlösser an ihren Türen angebracht, und sie verschanzte sich in ihren vier Wänden und wagte nur gelegentlich einen kurzen Ausfall zum IGA, um sich mit Lebensmitteln zu versorgen. Die Roches Ridger beäugten sie mißtrauisch, wenn sie ihren Einkaufswagen zwischen den Regalen entlangschob. Es kursierten bereits Gerüchte über ihre Verbindungen zur Mafia: Sie hatte Calvins Haus nur gekauft, um Geld aus dem Drogenhandel zu waschen. Und Clea beäugte die Roches Ridger mißtrauisch, weil sie sich fragte, wer wohl zu einer solchen Greueltat fähig sein mochte.

Einmal hatte ihr Astrid Starr an der Kasse erzählt, daß manche Leute glaubten, Daryl Perkins, der Jesus-Freak vom Granite Gap, hätte es im Zuge einer exorzistischen Sitzung getan. Auf dem Heimweg hatte Clea erwogen, nach Turtle Bay zurückzukehren, bis das Verbrechen aufgeklärt war. Aber das könnte so aussehen, als hätte sie etwas zu verbergen. Und wenn sie nicht da war, würden die Gerüchte womöglich noch wilder wuchern. Sie sah im Geiste schon ihr Haus geplündert und niedergebrannt, so wie Elkes Elternhaus an der Oder, nachdem sie und ihre Mutter nach England geflüchtet waren.

Außerdem hatte Clea ja mittlerweile alle Brücken nach New York abgebrochen. Mit Elke war es aus. Die Kinder waren an ihren Colleges. (Kates Reaktion auf die Fuß-Geschichte hatte gelautet: «*Ätzend!* Mach bloß, daß du aus diesem verrückten Kaff wegkommst, Mutter.») Turner hatte sie von London aus in einem Siehst-du-ich-hab's-doch-gesagt-Ton bedauert, um sie dann über die erbitterte Konkurrenzschlacht zwischen Zahnpasta und Zahnpulver in Europa aufzuklären. Selbst beruflich war sie inzwischen mit Roches Ridge verschweißt: sie hatte einen Vorschuß und einen Ablieferungstermin für «Amerika abseits der Zeit» erhalten. Aber wie sollte sie ein Buch zu Ende bringen, das sich inzwischen als Farce entpuppt hatte? Die anonyme, absurde Gewalt, die sie nicht zuletzt aus New York weggetrieben hatte, lauerte jetzt wie ein Geier in ihrem eigenen Garten.

Außerdem hatte sie auch Verpflichtungen in Roches Ridge. Turner und die Kinder hatten sich widerstrebend darauf eingelassen, zu Weihnachten zu kommen. Bis dahin sollte das

Haus hübsch und gemütlich sein. Und es waren nur noch ein paar Monate bis zur Zweihundertjahrfeier. Und bisher hatten die Roches Ridger noch nichts zustande gebracht als ein paar Willkommensschilder an der Straße.

Aus ihrem Fenster konnte sie beobachten, wie Dack Marsh im Licht des Scheinwerfers dabei war, ein halbes Dutzend tote Enten an ihren Schwimmfüßen an die Wäscheleine zu hängen. Sie studierte seinen mageren, muskulösen Körper, sein glänzend schwarzes Haar und seine Adlernase. Sie drehte sich auf den Bauch, um die Enten nicht sehen zu müssen, und hämmerte mit der Faust auf die Matratze ein, enttäuscht und wütend über die Komplexität des Landlebens. Brandy begann, knurrend und bellend im Zimmer herumzurasen. Clea beäugte ihn beklommen. Seit er Menschenfleisch gekostet hatte, begegnete sie ihm mit Mißtrauen.

37 Mondgebirge

Elke und Terence saßen an ihrem Eichenfuß-Küchentisch und aßen Käse und Obst. Terence räusperte sich und sagte: «Ich finde es wirklich toll, Elke, daß du es geschafft hast, dich von Clea zu lösen.»

Elke sah ihn an. Er guckte, als hätte er ein Wettrennen gewonnen. «Ich möchte nur wissen, warum. Es scheint mir nicht besonders gut zu bekommen. Ich hänge den ganzen Tag nur in meinem Atelier herum und öde diese arme Studentin fürchterlich an. Sie denkt bestimmt, wenn so das Leben einer Bildhauerin aussieht, will sie lieber Totengräberin werden.»

Terence lächelte. «Es dauert eben seine Zeit.»

Elke stand auf und wusch ihr Geschirr über der Spüle ab. Vielleicht würde es ja mit der Zeit wirklich besser werden. Aber im Moment war ihr Leben so öde und unfruchtbar wie die Mondgebirge. Früher hatte Terence für Geborgenheit gesorgt und Clea für Spannung. Aber jetzt, ohne Clea, hatte sie das Gefühl, daß Terence sie ersticke. Und doch hatte sie gleichzeitig Schuldgefühle, weil er sie doch mit seiner ganzen Person liebte – mit Kopf, Herz, Seele, Lunge und Leber. Aber warum mußte sie dann immer öfter die Zähne zusammenbeißen, um nichts Unfreundliches zu ihm zu sagen? Warum hatte sie sich angewöhnt, bis spät in die Nacht in ihrem Atelier zu bleiben, damit er schon schlief, wenn sie ins Bett kam? Aber er hing ja so absolut ergeben an ihr, daß er es nicht mal merkte. Er fand es wunderbar, wenn sie arbeitete, und im Gegensatz zu der Zeit, die sie mit Clea verbracht hatte, verübelte er ihr diese Zeit, die sie ihm arbeitshalber entzog, nie im geringsten. Sie ging zur Treppe nach oben in ihr Atelier.

«Komm rechtzeitig ins Bett», rief Terence hinter ihr her. «Dein Husten macht mir Sorge.»

Elke blieb auf den Stufen stehen, drehte sich um und betrachtete ihn, wie er gebeugt über seinem Teller saß, eine Birne zerschnitt und sie liebevoll-besorgt durch die schwarzrandige Brille ansah, die auf halber Höhe seines Nasenrükkens ritt.

Sie hörte sich ärgerlich antworten: «Terence, Liebster, bitte laß das.»

Terence' Gesicht nahm einen bestürzten und verletzten Ausdruck an, und einen Moment lang verabscheute sie sich. Sie kam sich vor wie ein Käfig-Ara, der in jeder Beziehung verhätschelt wird, aber dennoch nur den einen Wunsch hat, frei zu fliegen. Und der gleichzeitig Angst hat, sich in die Luft zu schwingen.

In ihrem Atelier stolperte sie über einen platten Aufblaseglobus und ein Gewirr von Plastikschläuchen. Beth, ihre Studentin, hatte damit irgend etwas vor, aber Elke erinnerte sich nicht mehr, was. Es sollte eine Plazenta werden oder so was. Stanley Stoddard hatte sie überredet, Beth für das Herbstsemester als Praktikantin anzunehmen. Elke hatte es getan, weil sie sich gedacht hatte, eine Veränderung in ihrem Arbeitsprozeß würde vielleicht neue Ideen hervorbringen, so wie damals, nach Cleas Übersiedlung nach Paris, als sie sich Arts Alive angeschlossen hatte. Und früher hatten Bildhauer immer Assistenten gehabt, die die Dreckarbeit für sie machten. Beth war eifrig und begabt, aber Elke hatte trotzdem den ganzen Herbst vergeblich auf eine Inspiration gewartet. Sie hatte es mit allen einschlägigen Lockerungstricks versucht. Sie hatte alle möglichen Techniken ausprobiert und damit herumgespielt. Sie hatte Bachs Brandenburgische Konzerte auf voller Lautstärke laufen lassen. Wie ein impotenter Greis, der sich sabbernd an *Penthouse* hochzuziehen versucht, hatte sie Bildbände mit Werken anderer Künstler studiert und Museen und Galerien besucht, in der Hoffnung, daß es wenigstens ein Fünkchen Nachahmungsdrang oder Konkurrenzeifer freisetzen würde. Einmal hatte sie ein Zahnradgetriebe auf der Straße gefunden und damit experimentiert, indem sie fragile Gegenstände – eine Seidenblume, einen Kinderhandschuh – durch das Räderwerk gemühlt hatte. Aber als sie gemerkt hatte, wieviel Zeit und Konzentration es erfordert hätte, damit weiterzumachen, hatte sie alles miteinander in den Müll geworfen. Ein andermal hatte sie eine Collage angefangen: ein Stilleben aus gebräuchlichen Küchengegenständen gezeichnet und ringsherum Zeitungsüberschriften aufgeklebt, in denen es um Vergewaltigung und Gewalt gegen Frauen ging. Aber es hatte sie bald angeödet, und sie hatte es hinter einem Schrank verstaut.

Beth sah bei alledem aufmerksam zu, wie es sich für einen Lehrling gehörte, und beteiligte sich, wenn sie aufgefordert wurde. Sie war noch jung und hielt sich natürlich für den Brancusi ihrer Generation. In ihren Sechziger-Jahre-Hippie-Flattergewändern initiierte sie genau die Sorte akademische Diskussionen, die Elke am allermeisten haßte, mit der Endung «ismus» in jedem zweiten Satz. Aber Elke begleitete sie pflichtschuldig auf diesen Safaris durch das Dickicht ihres ungestutzten Intellekts und auch auf den persönlicheren Streifzügen durch den Dschungel ihres Familien- und Liebeslebens, die sich daran anschlossen. Und bald schon fand sich Elke in der Rolle der mitfühlenden Zuhörerin und Ratgeberin, wie sie sie Kate und Theo gegenüber innegehabt hatte.

Elke merkte, wie Beth für sie zu schwärmen begann. Beth sehnte sich nach der führenden Hand einer älteren Frau, die bereits all die Stromschnellen hinter sich gebracht hatte, die sie selbst ängstlich vom Ufer aus beäugte. Und Elke merkte, daß sie Beth all das beibringen konnte, was sie selbst gelernt hatte, über Graphik, Skulptur und das Leben überhaupt. Sie konnte sie bei Galeristen und Mäzenen einführen. Beth würde, bis sie wieder ging, mit einer Bewunderung an ihr hängen, die vielleicht Balsam auf die Wunden wäre, die Clea ihr geschlagen hatte. Zum erstenmal begriff Elke, warum Clea sich permanent von einer schwärmerischen Verliebtheit in die nächste stürzte: Solange man immer weiter in Bewegung blieb, brauchte man nicht über das zu trauern, was man hinter sich ließ. Man entging gewissermaßen dem Vakuum. Wenn es bei Clea funktionierte, warum dann nicht auch bei ihr?

Eine Zeitlang gelang es Elke, zärtlich-fürsorgliche Gefühle für Beth aufzubringen, und sie genoß es, als fehlerlos wahrgenommen zu werden. Aber nach ein paar Monaten mußte sie feststellen, daß sie es einfach nicht mehr schaffte, den Zauber aufrechtzuerhalten. Ihre Bemühungen, die Konturen für ein neues Projekt abzustecken, blieben fruchtlos, und Beths glühende Bewunderung verwandelte sich nach und nach in widerwilligen Respekt für eine alternde Lehrmeisterin, deren Zukunft eindeutig in der Vergangenheit lag.

Außerdem reichte die Rolle der Mentorin Elke nicht aus. Sie hatte erlebt, was eine Beziehung sein konnte – eine für beide Teile fruchtbare Freundschaft. Clea und sie hatten sich zwar gelegentlich gestritten, aber sie waren beide gleichermaßen gerüstet in die Auseinandersetzung gegangen. Im Lauf des letzten Jahres hatte sie diese Freundschaft systematisch abgetötet, weil es einfach zu schrecklich war, ständig aushalten zu müssen, daß Clea weg oder verliebt war. Aber es hatte Tage gegeben, an denen Elke vor Schmerz hätte losheulen können. Ihr war oft so, als hätte Clea alles Licht und alles Leben mitgenommen. Diese Schmerzintensität war auf Dauer nicht auszuhalten, und mittlerweile war sie grauer Leere gewichen. Aber nachdem sie einen solchen Austausch erlebt hatte, konnte sie sich nicht mit Beths einseitiger Verehrung begnügen. Zumal sie wußte, daß Beth auf ihrer Jagd nach einem Platz im Museum of Modern Art irgendwann weiterziehen mußte und dann eine Staubwolke von Vorwürfen hinter sich aufwirbeln würde, um die wahren Gründe für ihre Abwendung zu verschleiern.

Letzte Woche hatte Elke Beth vorgeschlagen, daß sie während ihrer gemeinsamen Atelierstunden an eigenen Projekten arbeiten sollten. Und während Beth heute morgen ihren Wasserballglobus auf der Suche nach dem perfekten Prallheitsgrad immer neu aufgeblasen hatte, um dann die Luft wieder entweichen zu lassen, hatte sie verkündet: «Wenn man mal drüber nachdenkt, Elke, sind abstrakte Formen doch viel ausdrucksstärker. Weil es keine äußeren Referenzen gibt, die die Wirkung verwässern.»

Elke, die gerade dabei war, als Vorstufe für ein mögliches Selbstporträt ihr Gesicht im Spiegel zu studieren, warf einen Blick zu Beth hinüber. Bislang war der überwiegende Teil von Beths Arbeiten doch wenigstens rudimentär gegenständlich gewesen. Elke war diese Wendung nicht geheuer. Sie hatte noch kaum gekostet, wie es sich anfühlte, wenn ihr jemand Bewunderung entgegenbrachte. Da verdiente sie es doch gewiß noch nicht, daß sie ihr schon wieder entzogen wurde.

«Ich meine, der Impuls ist einfach unmittelbarer», sinnierte Beth, «weil sich keine identifizierbaren Objekte mit all ihren ablenkenden Assoziationen zwischen Künstlerin und Betrachterin schieben.»

«Wenn du das anstrebst», erwiderte Elke, «warum setzt du dich dann nicht einfach ins Museum of Modern Art und hängst dich an einen EEG-Apparat und läßt es dabei?»

Beth, der der Sarkasmus dieser Bemerkung entgangen war, saß schweigend da, während die Luft aus ihrem Wasserball zischte. Sie dachte offensichtlich darüber nach, ob sich das, was Elke ihr da vorgeschlagen hatte, unter irgendeinen Kunstbegriff subsumieren ließe.

«Weißt du», sagte Elke milder, «ich habe eins gemerkt: Welche Formen, Materialien oder Techniken ich auch benutze, ich produziere immer Metaphern meiner selbst. Ob ich will oder nicht.»

Elke studierte Beths Wasserball mit Plastikschläuchen von allen Seiten und versuchte dahinterzukommen, was er über Beth aussagte. Daß sie wirklich besser daran täte, Gräber auszuheben, befand sie schließlich. Selbstausdruck war vielleicht etwas, was man nur Leuten ab einem gewissen Alter zugestehen sollte, die auch etwas Ausdrückenswertes auszudrücken hatten.

Sie musterte ihr Selbstporträt vom Morgen, das auf ihrem Zeichentisch unter dem Oberlicht lag, und erkannte in den Augen Erschöpfung und Stagnation. Ihre gegenwärtige Sterilität war fast noch schlimmer als eine ausgewachsene Depression. Wo intensive Gefühle waren, gleich welcher Couleur, da bestand zumindest die Möglichkeit einer Umsetzung. Aber diese öde Wüstenei, durch die sie sich momentan schleppte, bot nichts als verdorrte Verzweiflung. Vor ihr dehnten sich Jahre und Jahre Fußnägelschneiden, Katzenfüttern und Postwegwerfen.

Nichts und niemand bedeutete ihr mehr etwas – nicht Terence, nicht Clea, nicht Beth, nicht Kate und nicht Theo. Selbst ihre Arbeit, die sie früher so beflügelt und erfüllt hatte, ließ sie im Stich. Sie hatte keine neuen Ideen, weil sie nichts zu sagen hatte. Und die beste Form, nichts zu sagen, war immer noch, den Mund zu halten. Sie schrumpfte und schrumpelte und ihre Kontakte wurden immer weniger. Kurzum, sie war dabei, zu sterben, allmählich, aber unausweichlich, wie alles Leben auf der Erde. Und obwohl sie sich wünschte, tot zu sein, hatte sie doch Angst vor dem Sterben. Aber der Zustand des Ausgelöschtseins, wenn man den Weg dahin erst einmal geschafft hatte – o ja, das war etwas Erstrebenswertes.

Elke zog die unterste Schublade ihres Ablageschränkchens auf und nahm die Skizzen heraus, die sie gemacht hatte, als Clea in Paris gewesen war, von den beiden Frauen bei der Liebe. Sie sah sie durch und fragte sich erstaunt, wie dieses Thema sie je hatte inspirieren können. Die Frauen – Clea und sie vermutlich – sahen aus wie zwei bleiche, fleischige Nacktschnecken, die aufeinander herumglitschten. Ekelhaft.

Sie ließ sich, die Zeichnungen in der Hand, in ihren Sessel fallen und lächelte. Fast zwanzig Jahre wechselseitiger Faszination, reduziert auf das da – kopulierende Schnecken. Ihre

Gedanken schockierten sie selbst. Wahrscheinlich war sie tief drinnen immer noch wütend auf Clea, obwohl sie nichts fühlte als Gleichgültigkeit. Kaum waren Kate und Theo aus dem Haus, so daß sie endlich mal ein bißchen unkomplizierter und ungestörter hätten zusammensein können, mußte Clea auf und davon gehen, auf der Suche nach der nächsten Attraktion. Das war einfach nicht fair, nach all der Mühe, die Elke darauf verwandt hatte, diese verdammten Gören großziehen zu helfen. Sie fühlte sich ausgenutzt. Ausgesaugt. Aber egal, es war vorbei.

Sie nahm ihre erotischen Zeichnungen Blatt für Blatt und riß sie in vier Teile. Während sie aufstand, um die Papierfetzen in die Mülltonne zu werfen, dachte sie, daß Kunst zu machen so war, wie auf einem Rettungsboot auf dem Meer zu treiben: Man fraß zuerst die eigenen Gefährten und warf ihre Gebeine über Bord, und dann fing man an, am eigenen Fleisch zu knabbern.

38 Wiedergeboren

Daryl Perkins saß in seinem Dodge Ram auf der Straße am Platz und grübelte. Seit dem Megabucks-Debakel war ihm immer klarer geworden, daß der Herr ein ganz schön schwer zu durchschauender Bursche war. Man konnte zwar sagen: «Dein Wille geschehe», aber man wußte nie, wie dieser Wille aussah. So begann Daryl jetzt langsam zu zweifeln, ob die Welt tatsächlich an Deuteronomys drittem Geburtstag untergehen würde. Und er fragte sich auch, ob der Herr immer noch dahinterstand, daß er Loretta Gebo errettete. Wenn sein Plan fehlschlug, war er schon wieder vor ihr gedemütigt. Seit seiner Lotterie-Niederlage war er nicht mehr in der Casa Loretta gewesen. Loretta hielt ihn sicher entweder für einen Irren oder für einen Schwindler. Dieser Plan zur Errettung ihrer Seele war seine letzte Chance. Aber wenn es klappte, würde Loretta wissen, daß Daryl nur der ergebene Diener eines listenreichen Herrn war.

Daryl schloß die Augen für ein kurzes Stärkungsgebet, ehe er die Tür öffnete und sich mit Hilfe seiner Aluminiumkrükken aus dem Wagen schwang. Er klappte die Hecktür auf und verstaute ein paar Ausrüstungsgegenstände in einem Eimer, den er am Henkel über seine eine Krücke hängte. Dann schwang er sich quer über den Platz in Richtung Stoppschild. Aus dem Augenwinkel sah er Loretta in ihrem Fenster stehen, den verruchten Bienenkorb, dieses Monument ihrer Gottlosigkeit, stolz in die Luft gereckt. «Bitte, Gott, laß es klappen», betete er. «Aber Dein Wille geschehe», setzte er vorsichtshalber hinzu.

Loretta stand an ihrem Frontfenster und schlürfte die Cremefüllung aus einer Godiva-Schokoladenwalnuß. Sie hatte sie gestern abend von Ray als Belohnung für ihre Mathematikaufgaben bekommen. Auch wenn es ihr peinlich war, mußte sie doch zugeben, daß sie Geschmack an diesem Schulmädchenspiel fand. Ray war endlich zu ihr in den Trailer gezogen, damit sie es öfter spielen konnten. Ein paarmal die Woche verdunkelten sie abends die Fenster, um sich dann in Angela McGraths umständliche edwardianische Kostüme zu werfen. Ray trug ein kastanienbraunes Haarteil, das Loretta bei Mane Magnifique erworben hatte, zu einem strengen Knoten aufgesteckt. Er gab ihr Aufgaben, belohnte sie mit Schokoladenköstlichkeiten und bestrafte sie mit Linealtatzen auf die Handflächen. Dann fingen sie an, sich auszuziehen und ihre Haare herunterzulassen. Sie schlüpften beide in gestärkte weiße viktorianische Nachthemden. Ray legte sich aufs Wohnzimmersofa und Loretta auf ihr Bett. Wenn dann das Licht aus und alles still war, kam Ray leise zu ihr herübergeschlichen, um ihr Klein-Mädchen-Geheimnisse ins Ohr zu tuscheln. Manchmal kicherte sie dann, und er durfte sie auf die Wange küssen. An anderen Abenden drehte sie sich unwirsch weg. Dann mußte er bitten und betteln und sie mit Schokolade bestechen, damit er ihre Hand halten durfte.

Ishtar sagte, wenn Loretta am Ende dann nachgebe, würde Ray von seiner jahrhundertealten tragischen Leidenschaft für sie erlöst sein. Loretta fand diese Sache mit den früheren Leben inzwischen einfach faszinierend. So behauptete Ishtar zum Beispiel, daß der Fuß in Clea Shawns Garten ein Zeit-Meteor aus einem von Daryl Perkins' früheren Leben sei. Aber da Lesbierinnen in Daryls Augen Abgesandte des Teufels waren, weigerte er sich natürlich, sich von Ishtar akupunktieren zu lassen und herauszufinden, wie das Szenario aussah, in dem der Fuß als Requisit gedient hatte.

Die arme Ishtar litt schrecklich wegen dieser Geschichte zwischen Morning Glory und Rays kleinem Bruder Dack. Ishtar sagte, die Zurückweisung durch Morning Glory hätte bei ihr die frühkindliche Erfahrung des Verstoßenwerdens durch ihre leiblichen Eltern reaktiviert. Und da sie das Gefühl hätte, daß sie eine grundlegende Veränderung brauche, um von alldem loszukommen, dächte sie daran, das Karma-Café zu verkaufen. Loretta behagte die Vorstellung gar nicht. Lieber die Konkurrenz, die man kannte.

Loretta sah Maureen und May Murphy aus ihrem Haus kommen und in Sonny Coffins schwarzen Mercedes steigen. Sonny, im schwarzen Rollkragenpullover und Sportjackett, verstaute ihr Gepäck im Kofferraum. Als er zur Fahrertür ging, winkte er zu Angela hinüber, die in ihrer Eingangstür stand. Sie hauchte ihm einen Kuß zu. Er blickte sich nervös um. Demnach, dachte Loretta, stimmte es also, daß Angela beim Sterbe-Service Überstunden machte. Loretta stand es weiß Gott nicht zu, über andere zu urteilen, aber ihr tat der arme Ian McGrath leid. Er war so ernst und gut, daß er nie eine andere Frau finden würde.

Maureen war auch gut. Da fuhr sie extra mit ihrer Mutter nach Südamerika, damit die alte Frau sich von ihrem Unfall mit dem *Sound of Music*-Teller erholen konnte. May hatte lange im Krankenhaus gelegen und sah immer noch blaß und erschöpft aus. Es war sehr aufmerksam von Sonny, daß er sie zum Flughafen fuhr. Loretta hatte Sonny noch nie als jemanden angesehen, der aufmerksam sein konnte. Als Junge war er ganz einfach bösartig gewesen. Einer, der streunende Katzen mit Kerosin tränkte und dann anzündete. Sie hatte gar nicht gewußt, daß Sonny und Maureen befreundet waren. Sie hatte nicht mal gewußt, daß Sonny *überhaupt* Freunde hatte. Aber die Menschen überraschten einen immer wieder.

Es sah so aus, als ob May versuche, wieder aus Sonnys Mercedes herauszuklettern. Maureen griff an ihr vorbei nach der Tür und hielt sie zu. Es war schon traurig, was dieser Alzheimer aus Menschen machte. Sonny fuhr mit quietschenden Reifen los und über das Stoppschild weg. Warum machte sich Trooper Trapp bloß die Mühe mit dem Schild da an der Ecke? Alle ignorierten es. Seine einzige Funktion war, daß alle Irren der Stadt sich mit Sprühfarbe darauf verewigen konnten.

Wenn man vom Teufel sprach: eben schwang sich Daryl Perkins auf das Schild zu, mit einem Eimer, der an seiner einen Krücke baumelte. Er blieb vor dem Schild stehen und musterte es. Jetzt nahm er, auf einer Krücke balancierend, irgendwelche Gegenstände aus dem Eimer, um sie auf dem Boden zu deponieren. Der arme Daryl, er schämte sich immer noch wegen dem Megabucks-Fiasko. Loretta hätte ihm gern gesagt, daß es ihr Hoffnung machte, wenn selbst Gott bei der Lotterie verlor.

Nach etlichen quälenden Minuten war es Daryl endlich gelungen, eine Schablone an das Stoppschild zu pappen. Er stützte sich auf eine Krücke und zielte mit einer Sprühdose auf die Schablone. Aber als er lossprühen wollte, verlor er das Gleichgewicht. Er landete als hilfloses Häufchen auf dem Boden.

Loretta stürzte zur Tür hinaus und rief: «Alles in Ordnung, Daryl?»

Als sie ihn in die Senkrechte wuchtete, sagte er: «Danke, Loretta. Kannst du mir helfen, das da fertigzumachen?»

«Klar. Gib mal her.» Sie nahm die Sprühdose und nebelte die Schablone auf dem Stoppschild ein.

«Könntest du bitte noch die Schablone abnehmen?»

Loretta tat, wie ihr geheißen. Dann trat sie einen Schritt zurück. Sie las laut vor: «‹Stop DEM SATAN›.» Während sie diese Parole auf sich wirken ließ, sah sie zu Daryl hinüber. Er guckte sie erwartungsvoll an.

«Na?»

«Was, na?»

«Fühlst du nichts?»

«Was soll ich denn fühlen, Daryl?»

Daryl streckte eine Krücke aus und stieß sie damit so heftig in die Kniekehlen, daß ihre Beine wegknickten und sie zu Boden ging.

«Auf die Knie, Weib, im Antlitz des Herrn!» donnerte

Daryl. «Erhebe deine Augen zum Himmel und preise deinen Erlöser, weil er dir hier und heute den richtigen Weg gewiesen hat!»

«Daryl», sagte Loretta ruhig, als sie wieder auf den Füßen stand. «Weißt du, manchmal bedaure ich es schon, daß du überhaupt geboren worden bist, von Wiedergeburt gar nicht zu reden.»

Jared blieb auf halbem Weg stehen, als er sah, daß Loretta Daryl schon behilflich war. Jared war enttäuscht, weil er Daryl so gern zu seinem Lieferwagen getragen hätte. Das wäre ein Kinderspiel für ihn gewesen, mit seinen neuen Muskeln. Bethany hatte sich bereit erklärt, ihre Stacheln zu behalten, wenn er mit ihr Bodybuilding machte. Das war der beste Handel seines Lebens gewesen. Mehrere Kundinnen aus Colonial Manor Estates, die jetzt noch Julie Andrews-Spezial trugen, liebäugelten mit Stachelköpfen, seit sie Bethany gesehen hatten, und er war sich sicher, daß ein paar davon konvertieren würden.

Und außerdem bildete er sich da einen klasse Körper zurecht. Abends, wenn er allein in seinem alten Kinderzimmer war, brachte er Stunden vor dem Spiegel damit zu, diesen oder jenen Muskel spielen zu lassen. Er wußte, nebenan erlaubte Gordon Randall, durch das Astloch in der Holzwand zu gucken, durch das sie sich als Jungen Briefchen zugesteckt hatten. Gordon war so fertig gewesen wegen Dans Tod, daß Jared froh war, wenn er wieder Spaß an solchen Sachen hatte. Gordon behauptete, Jareds neuer Muskel-Trip sei nichts als Geschwisterrivalität, da er, Gordon, schon immer Muskeln gehabt hätte. Das mochte ja sein, aber es war auch ein Mittel für Jared, sich so beschäftigt zu halten, daß er gar keine Zeit hatte, traurig zu sein – weil Dan tot war und Gordon vielleicht schon auf verlorenem Posten.

Die tröpfelnden Gerüchte über Gordons Homosexualität waren zu einem Sturzbach angeschwollen, seit Maureen versehentlich seine *Gay Community News* in Astrid Starrs Briefkasten gesteckt hatte. Astrid hatte nicht gemerkt, daß der Umschlag an Gordon adressiert war, und hatte ihn aufgemacht – was natürlich so war, wie wenn man einem Leoparden ein totes Zebra hinwarf. Binnen Minuten war es in der ganzen Stadt herum gewesen, daß der abgehackte Fuß das Produkt einer sadomasochistischen Orgie in Gordons Melkstall war.

Dieses Gerücht war zwar für Gordon peinlich, aber Jared entlastete es, weil es die Spekulationen ablöste, die den Fuß auf finstere Punk-Rituale zurückführten, die er und Bethany abzuhalten pflegten. Eine weit plausiblere Fuß-Hypothese – daß nämlich Astrids Mann Earl damit zu tun hatte, weil er einer der drei Männer im Ort war, die etwas von Metzgerei verstanden, und außerdem ein Hackebeil besaß – gelangte nie bis in den Äther, weil Astrid den Daumen drauf hielt.

Mrs. McQueen hatte erlaubt, daß Jared und Bethany ihre Gewichte in Dannys Zimmer installierten, unter seinen Wayne Gretzky-Postern. Sie hatte ihre Söhne immer schon gewähren lassen, aber seit Dan tot war, wurde ihre großherzige Mutterliebe fast schon lästig, weil sie anscheinend entschlossen war, ihre Kinder auszukosten, solange es ging.

Bethanys Mann Ken duldete ja schon kaum ihre Hanteln im Wohnzimmer. Bethany meinte, wenn er erführe, daß sie einen neuen Partner hätte und wieder an Meisterschaften teilnehmen wollte, würde er ihren Ms.-Empire-State-Pokal nehmen und sie damit windelweich prügeln. Aber wenn Ken die halbe Nacht bei Xerox Geschäftsschreiben verfaßte und ihre Tochter Daisy nur noch auf dem Friedhof hockte und Danny Grateful-Dead-Songs vorsang, brauchte die arme Bethany einfach ein bißchen Zerstreuung.

Als Loretta jetzt anfing, mit einer Sprühdose vor dem Stoppschild herumzuwedeln, ging Jared zurück in seinen Salon, wo Astrid Starr unter der Trockenhaube saß und darauf wartete, daß ihre neue Leicht-Dauerwelle ihr Haar so aussehen lassen würde wie das von Angela Lansbury in «Murder, She Wrote».

«Aber das ist doch spießig, Astrid. Wie wär's denn mit dem einen oder anderen kleinen Stachel?» hatte er sie gefragt.

«Der einzige Stachel, den ich mir je verpassen lassen werde», hatte Astrid in seinem Frisiersessel gegrummelt, «ist der durch mein Hirn, wenn ich je auf die Idee verfallen sollte, mich von dir verpunken zu lassen, Jared McQueen.»

39 Das Fest der Liebe

Clea drückte Kate und Theo, die eben mit ihrem Skizubehör zu Mutters BMW strebten, zwei Papiertüten in die Hand.

«Ach Mom», wehrte Theo ab, «wir gehen lieber in Alpine Glen einen Happen essen.»

«Laß sie doch ihr Ding durchziehen», murmelte Kate, indem sie ihm einen Stupser gab.

Theo nahm pflichtschuldig seine Vesper in Empfang. Clea winkte ihnen mit ihrer Schürze hinterher, als sie davonfuhren. Turner trat von hinten an sie heran und küßte sie aufs Ohr. «Endlich allein», flüsterte er.

Er war gerade erst vom Burlingtoner Flughafen gekommen, und sie hatten sich seit Wochen nicht gesehen. Clea fühlte sich ihm fern. Sein Lösungsvorschlag in der Fuß-Sache lautete, daß sie das Haus verkaufen und nach New York zurückkommen solle. Die Zähigkeit, mit der er daranging, tote Gäule wieder zum Leben zu erwecken, machte ihn zu einem erfolgreichen Geschäftsmann: Er überwand Hindernisse, indem er sich weigerte, ihr Vorhandensein überhaupt anzuerkennen. Aber sie machte ihn auch zu einem lausigen Ehemann. Clea wandte sich um, küßte ihn flüchtig und sagte: «Ich muß den Truthahn füllen.»

«Das hat Zeit.» Er nahm sie bei der Hand, führte sie die Treppe hinauf, zog sie neben sich aufs Bett und strich ihr zärtlich die Haare aus den Augen. «Ich staune wirklich, was du hier geleistet hast, Liebling. Das Haus ist so hübsch und gemütlich. Das hätte ich nie gedacht.»

«Danke. Dieser Zustand ist etwa fünf Minuten alt. Bis vorgestern war hier noch alles mit Sägeböcken möbliert.»

Clea kooperierte, als Turner ihr die Schürze abnahm. Und als sein Mund und seine Hände die vertrauten Aktivitäten aufnahmen, spielte sie mit. Aber ihr Herz war nicht bei der Sache, und ihr übriger Körper auch nicht. Aus dem Fenster sah sie vertrocknete Astern auf dem weißen Schnee, genau an der Stelle, wo sie den Fuß gefunden hatte. Im Augenblick assoziierte sie menschliches Fleisch einfach nicht mit Lust.

Turner hielt inne, die Hand auf ihrer Brust. «Dir ist nicht so danach, was?»

«Ich glaube nicht. Tut mir leid, Liebling», sagte Clea. Sie rechnete es ihm hoch an, daß er es gemerkt hatte. Es war immer wieder verblüffend, wie unvermittelt er mit ihr ins Bett steigen konnte. Sie brauchte ein bißchen Einstimmung, vor allem heute. Das war ein altes Dilemma zwischen ihnen. Er brauchte Sex, um sich ihr nahe zu fühlen, und sie brauchte es, sich ihm nahe zu fühlen, um Spaß am Sex haben zu können.

«Schon gut. Vielleicht versuchen wir's später noch mal?»

«Mach dir nichts draus», bot Clea an. «Mach einfach weiter.»

«Aber das kommt mir vor wie Wiederbelebungsversuche an einer Leiche.»

Clea lächelte matt. «Dann sollte ich vielleicht besser meinen Truthahn füllen gehen.»

«Vielleicht solltest du das», sagte er, indem er sich aufsetzte. «Und ich sehe mir das Giants-Spiel an.»

Während Clea den Sellerie für die Füllung schnitt, sah sie zwischen ihren neuen Kalikovorhängen hindurch auf den mit frischgefallenem Schnee zugewehten Autofriedhof. An der Wäscheleine im Vordergrund hingen ein Paar Schwimmfüße. Die Enten hatte Dack abgeschnitten. Dack strahlte und wanderte nur in Daunenweste und Jeans durch die Wälder, durchglüht von seiner Liebe zu Morning Glory. Im letzten Monat hatte er eines Nachmittags bei Clea hereingeschaut, um ihr die freudige Nachricht zu überbringen. Er hatte überhaupt nicht gemerkt, wie elend ihr zumute gewesen war, als sie ihm tapfer erlaubt hatte, ihre Scheune für heimliche Stelldicheins zu benutzen. Offenbar war sie jetzt dabei, die Abgründe des Masochismus auszuloten. Sie war so beschäftigt mit ihren Weihnachtsvorbereitungen gewesen, daß sie gar keine Zeit gehabt hatte mit anzusehen, wie Dack und Morning Glory sich über ihr Grundstück zur Scheune schlichen. Aber was würde nach Neujahr sein, wenn ihre Familie wieder abgereist war und der Schnee hoch und weich auf ihren Fenstersimsen lag? Sie fürchtete sich richtig davor.

Als es dämmerte, kam Theo in ihre Küche gestürmt. Er platzte heraus: «He Mom, dieser Dack Marsh ist echt ein cooler Typ.»

«Ja?» Clea fühlte ihr Herz flattern.

«Wir haben ihn von Alpine Glen mit hierher genommen», erklärte Kate, während sie den Reißverschluß ihres Ski-Overalls öffnete. «Seine Karre ist auf dem Parkplatz zusammengebrochen.»

«Das wundert mich nicht», sagte Clea liebevoll. «Sie war ja auch nur mit Bindfaden zusammengezurrt.»

«Er mag dich», sagte Theo, während er sich ein knuspriges Stück Haut von dem Truthahn abzupfte, der auf dem Herd stand. «Er meint, wir hätten wirklich Glück mit unsrer alten Dame.»

Clea zuckte zusammen.

«Und wir haben gesagt, daß wir das auch finden», setzte Kate hinzu, indem sie den Arm um Clea legte und sie an sich drückte.

Clea beäugte den Arm mißtrauisch. An Ostern noch *Persona non grata* und an Weihnachten *Mater familias*? Kate strahlte vor Lebendigkeit. Ihre Augen leuchteten, und ihre Wangen waren rosig. Wahrscheinlich hatte sie eine neue Freundin oder einen Freund oder beides.

«Wußtest du schon, daß er bald unters Joch kommt?»

Clea fuhr auf.

«Er hat seine Freundin angebumst», erläuterte Theo munter.

Clea drehte sich um und stützte sich auf den Herd. Sie fühlte, wie die letzten Relikte ihrer Passion für Dack von ihr abfielen wie die Lehmschale von einer gebackenen Taube. Babies brauchten ihre Eltern. Sie war, wie Theo sagen würde, gegessen.

Als sie sich um den üppig gedeckten Kiefernholztisch im getäfelten Eßzimmer versammelten, fragte Clea Theo: «Möchtest du ein Tischgebet sprechen?»

«Nö», antwortete er. «Mit diesem christlichen Kram hab ich nichts mehr am Hut.»

«Oh, gottlob», sagte Turner, an seinem Tischende in die Hände klatschend. «Wie kommt's?»

«Na ja, ich war am College mit einer Frau zusammen, einer von diesen Wiedergeborenen. Aber sie hat die ganze Zeit an mir rumerzogen. Deshalb hab ich geschaut, daß ich sie losgeworden bin.»

Turner lachte, rot im Gesicht von dem Scotch, den er während des Giants-Spiels getrunken hatte. «Und womit bist du jetzt zugange?»

«Wie meinst du das?» Theo grinste.

«Sektuell, nicht sexuell», sagte Kate.

«Es gibt da so ein Mädchen, das sehr gut Ski fährt und im Junior-Olympia-Team ist. Vielleicht könnte ich sie ja mal für ein Wochenende mit hierherbringen, was meinst du, Mom?»

«Ich würde mich freuen», sagte Clea, erstaunt ob ihrer plötzlichen Beliebtheit bei der Jugend des Landes.

Als sie zu essen begannen, fragte Kate: «Und was ist dieses Jahr mit Elke und Terence?»

«Ich habe sie eingeladen», antwortete Clea, mit der Gabel in ihren Preiselbeeren herumstochernd. «Ich habe es Elke auf den Anrufbeantworter gesprochen. Aber sie hat geschrieben, daß ihnen die Fahrt im Ferienverkehr zuviel sei.» Das Briefchen hatte kein liebevolles Wort enthalten, und am Ende hatte Elke lediglich mit ihrem Namen unterschrieben. Für Clea hatte es sich angefühlt wie ein weiterer Sargnagel, und zwar einer, der sich ihr mitten durchs Herz bohrte.

«Pech für sie», sagte Theo.

«Dann bringt mich doch mal auf den neuesten Stand», bat Clea, um das Thema zu wechseln. «Was treibt ihr denn alle so?»

Clea merkte rasch, daß es ein Fehler gewesen war, so unspezifisch in den Raum zu fragen. Genau wie in alten Zeiten begannen sie alle, um ihre Aufmerksamkeit zu buhlen, indem sie sie mit Geschichten über Seminararbeiten und Firmenfusionen bombardierten. Clea lehnte sich zurück, geschwächt durch die Nachricht von Dacks Heiratsplänen und die Erinnerung an Elkes abweisendes Verhalten. Aber während sie das allgemeine Gerangel um das Erzählmonopol beobachtete, merkte sie, daß sie heute ausnahmsweise Spaß an diesem Tauziehen fand, wohl weil sie wußte, daß die Kontrahenten in ein paar Tagen wieder verschwinden und ihre Mahlzeiten dann wieder still und funktional ablaufen würden.

Als alle ihr Pulver verschossen hatten und wieder Ruhe einkehrte, fragte Theo: «Na Mom, und wie geht's mit den Wechseljahren?»

Alle sahen sie an, und Clea wurde klar, daß das der Grund dafür war, daß sie alle so bemüht gewesen waren, sie bei Laune zu halten. Wahrscheinlich hatte Turner den beiden eingeschärft, daß sie nett zu ihr sein sollten. Sie machten sich Sorgen um ihre exzentrische Ehefrau und Mutter, so ganz allein in der Wildnis mit einem psychopathischen Fußfetischisten. Sie lächelte matt. «Es geht ganz gut, danke, Theo. Und ich finde es sehr lieb von dir, daß du dich danach erkundigst.»

«Und was ist mit dieser Fuß-Geschichte, Mutter?» fragte Kate stirnrunzelnd.

«Was soll damit sein?»

«Dack sagt, die Sache sei immer noch nicht geklärt.»

«Nein, noch nicht. Aber ich bin sicher, es wird nicht mehr lange dauern.»

Nach dem Essen schalteten sie im Wohnzimmer alle Lichter aus, außer denen am Christbaum und den Kerzen in den Fenstern. Während sie auf Sitzkissen auf dem weinrot-blau-grünen Orientteppich lagerten und Weihnachtslieder sangen, fühlte Clea, wie ihr Kummer sie wieder einholte. Diese Phase ihres Weihnachtsrituals hatte Elke immer besonders geliebt. Sie hatte die Oberstimme zu Turners Bariton und Cleas Alt gesungen, in einem glockenreinen Sopran, der an das Klingen von Kristallgläsern erinnerte. Wenn Terence den Tenor hätte übernehmen können, statt absolut unmusikalisch zu sein, hätten sie Barbershop singen können. Sie fragte sich, wie Elke und Terence wohl feierten, wenn überhaupt. Sie sah Elke vor sich, bei ihrem letzten Osteressen, im marineblauen Seidenkleid, passend zu ihren Augen, mit hochgestecktem Silberhaar, dessen widerspenstige Strähnchen sich überall selbständig machten. Es war so schmerzlich, so lange Jahre geglaubt zu haben, daß man eine Freundin hatte, die mit einem durch dick und dünn gehen würde, um dann festzustellen, daß es nichts weiter gewesen war als eine Illusion.

Clea hörte genauer hin, als sie jetzt sangen: «O Bethlehem, wie still / und friedlich träumst du dahin. / Über deinem tiefen Schlaf / die schweigenden Sterne ziehn...» So hatte sie Roches Ridge gesehen – still und friedlich. Aber das war auch eine Illusion. Genau wie in Flandern lauerten in den sanft wogenden Feldern überall verstümmelte Gliedmaßen. Und ihre Lieben, die jetzt so harmonisch um ihren Herd versammelt saßen, würden bald wieder in ihre eigentlichen Welten zurückkehren und aus der Ferne mit jener diffusen Dankbarkeit und Zuneigung an sie denken, wie sie vermutlich eine Rakete für ihre Abschußbasis empfand. Früher hatten die Kinder abwechselnd geklammert und getreten. Jetzt konnten sie so nett zu ihr sein, weil sie sie nicht mehr brauchten. Aber warum konnten sie nicht einfach gehen? Warum mußten sie immer wieder zurückkommen und den dünnen, empfindlichen Schorf von ihrem Herzen abziehen? Ihr kamen die Tränen.

Die Kinder verstummten und schauten sie mit großen Augen an, gleichzeitig irritiert und erfreut. Sie brauchten es, sich nicht schuldig fühlen zu müssen, weil sie erwachsen wurden und aus dem Haus gingen, aber sie brauchten es auch zu wissen, daß sie sie vermißte. Wie sollte eine Mutter all diesen Anforderungen gleichzeitig nachkommen?

«Bitte, singt weiter», sagte sie. «Ich bin nur so gerührt, weil ich euch zum erstenmal alle hier in meinem neuen Haus habe.» Ihr ganzes bisheriges Leben war auf Illusionen gegründet gewesen. Wenn sie geplatzt waren, was blieb dann noch?

Später, im Bett, hielt Turner sie in den Armen. Er sagte: «Clea, es ist mir nicht geheuer, dich so hier zurückzulassen, ganz allein. Bitte, komm mit mir nach New York.»

Sie antwortete resolut: «Unsinn. Ich werde prima zurechtkommen. Mach dir keine Gedanken.»

«Das sagst du dauernd. Aber ich *mache* mir Gedanken.»

«Das hast du doch früher auch nicht getan. Warum gerade jetzt?»

Sie rückten beide voneinander ab und horchten der Verbitterung hinterher, die in diesen Worten geschwungen hatte.

Schließlich antwortete Turner: «Ich habe mein Bestes getan, Clea. Im Rahmen meiner zugegebenermaßen enggesteckten Grenzen.»

«Tut mir leid, Turner. Das war ein Tiefschlag. Ich weiß, daß du das getan hast. Und ich auch.»

«Und was dabei herausgekommen ist, ist nicht gut genug?»

«Es war mehr als gut genug. Es war wunderbar.»

«Aber du sprichst in der Vergangenheit. Was ist mit der Gegenwart?»

Clea seufzte. «Ich weiß nicht, Turner. Es ist so viel so schnell passiert. Ich bin ganz durcheinander.» Ihr war, als sähe sie Turner durch einen schrumpfenden Zoom immer weiter wegrücken. Er war ein Mann der Tat. Er würde nicht lange dulden, daß sein häusliches Leben in Trümmern lag. Aber Clea fühlte sich nicht in der Lage, sich für ihn durch den Schutt zu wühlen. Sie hatte ihren eigenen Schutt, mit dem sie klarkommen mußte.

«Da können wir uns die Hand reichen.»

«Ach, weißt du, nimm es nicht so schwer. Es wird schon wieder werden. Das war noch immer so.»

«Hoffen wir's», sagte er. Er kehrte ihr den Rücken zu und drückte ein Kopfkissen an seine Brust.

40 Der Hungermond

Clea lag in ihrem zerknautschten Bett und starrte durchs Fenster auf das abschüssige Schneefeld hinter ihrem Haus, das das Mondlicht erhellte. Jetzt, wo die Bäume kahl waren, konnte sie über das Felsenkliff hinunterschauen, zu den Tipis der Boudiccas und den Mink Creek entlang, bis zu dem gefrorenen See, wo im September die Enten-Ansitze im Wasser gestanden hatten wie Stelzvögel. Jetzt trug eine Eiskruste ein ganzes Heer vielfarbiger Eisfischerei-Hüttchen. Der Stadtchronik zufolge hatten die ersten Siedler diesen Februarvollmond den Hungermond genannt. Um diese Zeit wurden die Vorräte langsam schlecht und knapp, und die Schwachen und Siechen wurden dahingerafft.

Seit ihre Familie nach Weihnachten wieder abgereist war, hatte Clea das Haus nur einmal verlassen. Um Lebensmittel aus dem IGA heranzuschaffen und Conrad Bohring in seiner Bank ihren Rücktritt als Zweihundertjahrfeier-Vorsitzende zu erklären. Unter Berufung auf den Abgabetermin für ihr Buch eine mehr als lahme Ausrede: sie hatte seit dem Fuß nicht mehr daran gearbeitet und bezweifelte stark, daß sie es je wieder tun würde.

Den ganzen Januar hatte Clea unter ihrer Daunendecke gelegen und die Sonne durch das eine Fenster auf- und durch das gegenüberliegende wieder untergehen sehen. Gefolgt vom Mond in seinen wechselnden Gestalten. Muster aus Licht und Schatten waren in einer zierlichen Zeitraffer-Gavotte über die Dielen gehuscht, gelegentlich aufgeschluckt von dunklen Schneewolken, die wie Blutergüsse am Himmel standen.

Draußen waren die verschiedenen Roches Ridger vorübergekrabbelt wie Wanderameisen. Zeno Racine, der sich im Dämmerlicht hinter den Büschen versteckte und sich zum Brutzeln des Marshschen Insektenlichts einen runterholte. Chrystal Sue Marsh, die sich über das Kliff zu den Tipis der Boudiccas hinunterschlich. Dack, der auf Schneeschuhen über Cleas Grundstück und durch den Wald flußwärts stapfte, um Orlons Fallen zu kontrollieren. Orlon, der auf der Suche nach Chrystal Sue bei den Tipis der Boudiccas herumschnüffelte. Manchmal verzog er sich in seine grüne Angelhütte drunten an der Bucht, wo sich der düstere Chef des Sterbe-Service zu ihm gesellte, nachdem er in seinem Mercedes übers Eis gefahren war. Einmal war Astrid Starr, angetan mit einem Sherlock Holmes-Cape, drunten am Mink Creek in ein Fangeisen getreten. Die Rettungssanitäter hatten sie auf einem Schlitten nach oben gebracht. Boudiccas tapsten durch Cleas Garten, schwer beladen mit halbverfaulten Eßwaren aus den IGA-Containern. Orlon betrat und verließ zu allen möglichen Tageszeiten seinen Schuppen und werkelte drinnen mit irgendwelchen Elektrowerkzeugen. Ray Marsh schleppte mit seinem blauen Abschleppwagen Autowracks an und hievte sie auf den Haufen hinter dem Haus. Waneeta Marsh kam in Designer-Modellen aus der Tür, um im Colonial Manor Estates putzen zu gehen. Nachts blinkten Scheinwerfer unten in der Senke, wo Orlon auf Rotwildjagd war.

Das alles zog vor Cleas Augen vorbei wie *Freitag der Dreizehnte, zweiter Teil.* Ihr Roches Ridge, das Roches Ridge von «Amerika abseits der Zeit», wo die lauen Lüfte, die vom See her wehten, Harfenklänge über den Platz trugen, war ein Hirngespinst, das sich verflüchtigte wie Holzfeuerrauch im Winterwind. Das wirkliche Roches Ridge war ein Schlachthaus, eine Schlangengrube, ein Gruselkabinett. Die Greueltat mit dem Fuß war deshalb nicht aufklärbar, weil fast jeder im Ort als Täter in Frage kam.

Im Silberlicht des Hungermonds sah Clea jetzt Dack Marsh zwischen den verschneiten Bäumen heraustreten, in der

Hand einen schlaffen Fuchs, der eine Spur von schwarzem Blut in den Schnee tröpfelte. Ihr Lawrencescher Naturbursche, ihr indianischer Volkskünstler, war ein ignoranter, brutaler Halbstarker, der in einem Sumpf wehrlose Tiere abschlachtete und mit ihren Überresten Voodoo betrieb. Sie empfand nichts mehr für ihn außer Wut, weil er ihren Traum zerstörte.

Zu Beginn dieser Liegewache an ihrem Fenster zum Garten hatte Clea wieder die rastlose Langeweile überfallen, die sie in der Vergangenheit so oft hinaus auf die Straße und ins nächste Chaos getrieben hatte. Aber diesmal versagten ihre Kräfte. Ohne die Energie, auch nur ihr Bett frisch zu beziehen, konnte sie nur daliegen und die Nervosität ertragen, mußte sie endlich in Ruhe allein in ihrem Zimmer bleiben, ohne Zerstreuungen, wie Pascal riet. Und irgendwann hatte die Unruhe schließlich nachgelassen. Und an ihrer Stelle war da jetzt ein nacktes Grauen, das ihre unablässige Aktivität offenbar all die Jahre in Schach gehalten hatte.

Die Wahrheit war: Sie hockte auf einer Planetenkugel, die durch ein halbdunkles Vakuum taumelte. Dieser Planet hatte gleichgültig mit angesehen, wie Tausende von Lebewesen ihrem Untergang entgegenmarschierten. Auch jetzt, in diesem Augenblick, wurde er von Blitzen und Meteoren getroffen, von Flutwellen und Wirbelstürmen verwüstet, von Erdbeben geschüttelt, von Hungersnöten und Seuchen heimgesucht, von Kriegen gebeutelt. Die Landmassen starrten von Raketen. Die Meere waren Giftmülldeponien, die Luft eine Hülle aus Schadstoffen. Irgendwann würde die Sonne verlöschen, und die Ozeane würden gefrieren. Jeder Bewohner dieses Planeten würde, wenn er ein Leben lang allen Heckenschützenanschlägen getrotzt hatte, irgendwann vom Schicksal dahingerafft werden, nach Jahren der Mißhandlung, Ausplünderung, Vergewaltigung und Verstümmelung durch seine Mitgeschöpfe. Die moderne männliche Tötungsmaschinerie füllte immer weiter die Krankenhäuser mit Krüppeln und die Felder und Wälder mit Leichen. Auch dieses Steinhaus, dessen Mauern sie umschlossen, hatte zweifellos all das mit angesehen: Mord, Selbstmord, sexuelle Gewalt, seelische Folter jeglicher Art. All ihre Lieben würden sie irgendwann verlassen, spätestens, wenn sie starben, nach entsetzlichen zehrenden Krankheiten oder grausamen Unfällen. Cleas eigene Organe befanden sich in diesem Augenblick in einem allmählichen Verfallsprozeß, der womöglich in Taubheit, Blindheit, Inkontinenz und Senilität enden würde. Noch ein paar Jahrzehnte unablässiger Schmerzen und Leiden, und sie würde schließlich allein in einem schmalen Grab landen, sich in grünen Schleim verwandeln und von den Würmern gefressen werden, während ein heißer Wind durch eine leere schwarze Weite heulen würde.

Das war die Welt, in der Elke ständig lebte, in der sie aufgewachsen war, die sie in ihren düsteren Radierungen und schroffen Gebilden aus zerfetztem Stahl festhielt. Das war die Welt, die Cleas Eltern durch den Alkohol aus ihrem Bewußtsein zu tilgen versucht hatten. Die meisten Leute wußten offenbar, daß diese Welt ein Inferno war. Nur Clea hatte es geschafft, mittels einer Art Levitation jahrelang darüber hinwegzuschweben. Aber jetzt sank sie mitten hinein. Sie spürte den sehnlichen Wunsch, diesen quälenden Sinkflug abzukürzen, indem sie in einer Frostnacht hinaus in den Wald wanderte und darauf wartete, daß sich frischgefallener Schnee über sie breitete wie ein Leichentuch. Elke hätte ihr wahrscheinlich sagen können, wie man solche Impulse schöpferisch wendete, aber Elke war nicht mehr da.

War es da verwunderlich, wenn Elke sie eine krankhafte Optimistin nannte und ihre Fotos «dekorativ»? Clea dachte mit Verdruß an ihre Reise-Bildbände, die prunkvollen Gebäude und ihre privilegierten Bewohner, eindrucksvollen Landschaften und Monumente. Elke hatte ihr einmal vorgeworfen, daß sie ein Foto von dem prächtigen Viktoria-Bahnhof in Bombay nicht in ihr Buch aufgenommen hatte, weil es im Vordergrund einen leprösen Bettler ohne Arme und Beine zeigte. «Das ist das beste Bild von allen», hatte Elke insistiert.

«Es bringt das Leben in dieser Welt genau auf den Punkt. Wann wirst du dem endlich ins Auge sehen?»

Clea zog sich ihren Morgenrock über und stolperte nach unten, schwach, weil sie so lange zuwenig gegessen und zuviel im Bett gelegen hatte. Nachdem sie ein Feuer im Kamin gemacht hatte, holte sie die Fotos für «Amerika abseits der Zeit» aus ihrem Archivschrank. Sie setzte sich ans Feuer und studierte sie noch einmal – die bemoosten Grabsteine unter den hängenden Ulmen, die abblätternden Kolonialstil-Fassaden, die Kinder, die von der Kanone hüpften, Gordon McQueen und sein Pferdegespann, Angela McGrath in ihrem edwardianischen Kleid an ihrer Harfe. Lügen, alles Lügen. Diese Kinder da auf der Kanone wurden vermutlich nachts von ihren Vätern mißbraucht. Sie legte die Fotos eins ums andere auf den Altar aus brennenden Holzscheiten und sah zu, wie sie braun wurden, sich zusammenrollten und zu Asche zerfielen.

Das Telefon klingelte. Clea fuhr zusammen, drehte den Kopf und starrte es an. Es klingelte so selten in letzter Zeit.

«Dein Mann sagt, du seist weinerlich und deprimiert. Stimmt das?» fragte Elke.

«Elke.» Clea war, als würde sie gleich in Tränen ausbrechen.

«Stimmt das?»

«Ich habe gerade an dich gedacht», murmelte Clea.

«Stimmt es?»

«Ich hasse es, wenn man hinter meinem Rücken über mich redet», sagte Clea vorsichtig. Sie fühlte Ärger, Freude, Angst und Erleichterung.

«Wie siehst du den Stand der Dinge in deinem Roosters Ranch, oder wie immer dieses Nest heißt?» Elke klang nervös.

«Schon besser. Mal überlegen. Weinerlich und deprimiert», sagte Clea, während sie fühlte, wie sie unter dem vertrauten Klang von Elkes Stimme von außen her aufzutauen begann. «Doch, ich denke, es stimmt.»

«Hör zu, ich würde dich gern besuchen. Gilt deine Einladung noch?»

Clea sagte eine ganze Weile gar nichts und bemühte sich nur, ihre Gefühle zu sortieren. Elke hatte sie in diesem letzten Jahr so oft abfahren lassen. Warum gerade jetzt dieses Interesse? Schließlich antwortete sie: «Verzeih, wenn ich zögere, Elke. Aber es ärgert mich, daß ich erst deprimiert sein muß, damit du kommst.»

«Das kann ich dir nicht verdenken. Aber wenn ich zu meiner Entschuldigung sage, daß ich es auch bin?»

«Weshalb?»

«Wegen dir, zum einen. Mein Gott, was für ein gräßliches Weihnachten ohne euer langweiliges Essen in Turtle Bay.»

Clea lachte matt. Sie fühlte sich gleichermaßen bereit, dort wieder anzuknüpfen, wo der Draht zwischen ihnen abgerissen war, und einzuhängen und nie wieder ein Wort mit dieser niederträchtigen Person zu sprechen.

«Und zum anderen wegen meiner Arbeit.»

«Läuft es nicht richtig?»

«Es läuft überhaupt nicht. Ich habe bestimmt ein Dutzend Mülltonnen mit Skizzen gefüllt. Aber ich finde einfach keine Richtung.»

«Da können wir uns die Hand reichen. Ich habe gerade mein gesamtes Buch verbrannt.»

«Ich bin beeindruckt», sagte Elke.

Dann sagten sie lange nichts, zweifellos beide damit beschäftigt, ihrer Ambivalenz nachzuspüren. Würden sie sich einander wieder öffnen können, nach all dem Schmerz, den sie sich gegenseitig zugefügt hatten?

«Hat Terence denn nichts dagegen?» fragte Clea schließlich.

«Er wird nicht gerade begeistert sein. Aber er ist sowieso nie begeistert, also was soll's?»

Clea neigte verblüfft den Kopf. Das war ein neuer Ton in Elkes ehelichem Rondeau. «Tja, ich weiß nicht, Elke. Vielleicht läßt sich der Bruch ja wieder heilen. Ja. Komm. Bald.»

Und tastend, so, als schicke sie einen Kanarienvogel in einen Bergwerksstollen, setzte sie hinzu: «Ich hab dich vermißt.»

«Ich dich auch. Aber dir ist hoffentlich klar, daß das deine eigene Schuld war?» neckte sie Elke.

«Natürlich», sagte Clea, freudig in ihren üblichen spöttelnden Ton einfallend. «Es ist immer alles meine Schuld. Frag meine Kinder.»

Nachdem sie eingehängt hatten, blieb Clea lange reglos neben dem Telefon stehen, die Hand noch auf dem Hörer. Sie hoffte, daß das kein Fehler gewesen war. Viel mehr konnte ihr armes altes Herz nicht verkraften.

41 Der kosmische Fandango

Als Clea am schneebedeckten Platz ankam, entdeckte sie außen am Karma-Café eine neue Aufschrift. Sie lautete: SCHUSS-KEBAB. Und an dem Holzhaus neben der Bank stand jetzt: NEW-AGE-REISEN. Für einen Ort, der sich seit dem achtzehnten Jahrhundert nicht verändert hatte, hatte sich hier in einem Monat verblüffend viel getan, dachte sie mürrisch. Dieses Roches Ridge, das ihr anfangs so malerisch erschienen war, wirkte jetzt nur heruntergekommen, und seine Bürger, die da den IGA betraten und verließen, kamen ihr allesamt irre vor. Clea staunte selbst über diesen Gefühlswandel. Es war, wie wenn man nach einer heißen Liebesnacht aufwachte und neben sich auf dem Kissen einen grinsenden Totenschädel vorfand. Was davon war Wirklichkeit? Oder war beides nur Einbildung?

Clea hob die Kamera vors Gesicht und fing das New-Age-Reisen-Schild im Sucher ein. Aber ihr Zeigefinger weigerte sich, auf den Auslöser zu drücken. Sie wandte sich um und dem viktorianischen Musikpavillon zu, aber ihr Finger blieb erstarrt. Sie wackelte damit, um ihn zu lockern, aber er wollte einfach nicht funktionieren. Na wunderbar. Jetzt konnte sie nicht einmal mehr ihren Beruf ausüben, selbst wenn sie es wollte.

Im IGA schien Astrid Starr die Fuß-Sache völlig vergessen zu haben. Sie stellte Clea beim Nudelregal und informierte sie über May Murphys Tod während der Zollkontrolle in New York, nach ihrer und Maureens Heimkehr aus Kolumbien. Ein Rudel deutscher Schäferhunde, die auf das Aufspüren von Drogen abgerichtet waren, hatte sich auf die alte Frau gestürzt, worauf sie einen Herzanfall erlitten hatte. Im Zuge der Erste-Hilfe-Maßnahmen hatten die Beamten unter ihren Kleidern lauter Plastikbeutelchen mit Kokain gefunden, die mit Klebestreifen auf ihre Haut gepappt waren.

«Maureen ist natürlich in einer schrecklichen Verfassung», vertraute Astrid Clea an. «Sie macht sich solche Vorwürfe, die arme Seele, weil sie ihre Mutter vor dem Abflug in Bogotà im Waschraum allein gelassen hat. Irgendein Schmuggler muß ihren Alzheimer schamlos ausgenutzt haben.»

Clea entschuldigte sich gleich nach diesem Briefing und strebte in Richtung Frischgemüse. Sie war erschrocken, weil sie an May Murphys HILFE-Zettel dachte. Jetzt, da sie Roches Ridge mit anderen Augen sah, schien es ihr durchaus möglich, daß da etwas Schreckliches im Gange gewesen war. Und sie hatte nichts unternommen. Aber sie konnte dem jetzt nicht nachhängen. Sie hatte noch soviel zu tun, bis Elke kam, und so wenig Energie. Die Avon-Beraterin, Ida Campbell, saß hinter einem Klapptischchen vor dem Glückwunschkartenständer. Vor ihr lag ein Stapel identischer Taschenbücher mit dem Titel *Dame seines Herzens*. Vorn auf dem Einband war eine Frau mit derangiertem offenem Haar und einer zerrissenen durchsichtigen Bluse.

«Hallo», sagte Clea, da es nicht möglich war, ihren Einkaufswagen unauffällig an dem Tisch vorbeizumanövrieren. «Wie geht's, Ida?»

«Einfach wunderbar.» Ida lächelte. Sie trug eine Vuarnet-Sonnenbrille.

«Mein Haus ist jetzt soweit fertig. Ich könnte schon ein paar Putzmittel gebrauchen, wenn Sie irgendwann mal Lust haben, bei mir hereinzuschauen», sagte Clea, um nachbarschaftliche Freundlichkeit zu beweisen.

«Oh, mit Avon habe ich nichts mehr zu tun», sagte Ida hoheitsvoll. «Ich bin jetzt Schriftstellerin.»

«Tatsächlich?» fragte Clea. «Herzlichen Glückwunsch. Ist das da Ihr Buch?»

Ida nickte.

«Kann ich eins kaufen?»

«Dafür bin ich ja hier.» Ida strahlte.

Ida gab Clea auch gleich noch ein Autogrammfoto von sich. «Keep Smiling!» stand darauf. Die Unterschrift zierte ein Lachgesicht.

«Da ist Ihre Familie sicher stolz auf Sie», sagte Clea lustlos, weil sie nur heim in ihr Bett wollte. Sie fühlte sich so wund und verletzlich, als hätte ihr einer der Marsh-Brüder die Haut abgezogen.

«Nicht so, wie man meinen sollte», seufzte Ida. «Genau gesagt: Mein Mann hat sich die Kinder geschnappt und ist mit ihnen zu seiner Mutter gezogen.»

«O herrje. Das tut mir leid.»

«Nun ja, das Los des Künstlers war schon immer ein einsames. Wir zahlen eben einen hohen Preis für das Privileg, die Wahrheit zu sagen.» Sie nahm ihre Vuarnet-Brille ab und entblößte ein blaues Auge.

«Ihr Mann?»

Ida nickte.

«Wie ist denn das passiert?» Also massakrierten sich die Roches Ridger überall in der Stadt, nicht nur hinter ihrem Haus.

«Er denkt, ich habe was mit Ken Wagner von Xerox. Er begreift einfach nicht, daß wir Künstler unsere schöpferische Phantasie mit Anleihen aus der Wirklichkeit nähren müssen.»

An der Kasse grüßte Astrid nickend eine Frau in einem kastanienbraunen Velours-Trainingsanzug, deren Kopf ein psychedelisches Gestrüpp aus Styling-Schaum-starrenden Haarstacheln zierte. «Sie erinnern sich doch noch an Daisy Wagner?» fragte Astrid Clea.

Clea, der dieser Name gar nichts sagte, schüttelte den Kopf, nur von dem einen Wunsch beseelt, dieses Monstrositätenkabinett hinter sich zu lassen und nach Hause zu kommen, hinter ihre Sicherheitsschlösser. Es schien niemandem aufzufallen, daß sie nicht ganz bei Verstand war. Offenbar spielte sie ihre Rolle überzeugend, obwohl ihr bei diesem Gedanken nur noch unbehaglicher wurde. Wahrscheinlich spielten sie *alle* nur Rollen.

«Unsere letztjährige Miss Teenage?»

«O ja, sicher.»

«Das da ist ihre arme Mutter, Bethany Wagner.»

«Arm?» fragte Clea matt, weil sich alles in ihr dagegen sträubte, von neuen Greueln hören zu müssen.

«Haben Sie's noch nicht gehört?»

«Ich bin in letzter Zeit nicht viel herausgekommen.»

«Ja, Sie waren ziemlich häuslich, nicht wahr?» sagte Astrid, wobei sie sie neugierig ansah. «Na, jedenfalls: Daisy ist nach Dubuque gefahren, zur nationalen Miss-Teenage-Wahl. Dort hört sie, daß die Grateful Dead in Kansas City spielen. Sie steigt in den Bus und taucht nicht wieder auf, auch nicht zur Wahl. Letzte Woche hat sie jemand bei dem Dead-Konzert in Saratoga gesehen, in zerrissenen Jeans und einem Jerry Garcia-T-Shirt. Sie hat von einem bunt angemalten Wagen aus Regenbogen-Aufkleber verkauft.»

Clea schüttelte den Kopf. Das war zuviel. Dieses Gemisch konnte sie nicht verdauen. Ihr Motor fing an zu klopfen, nach diesen stillen Wochen. Sie hatte vergessen, was Kleinstadtleben hieß – wie schnell alle Ängste und Fehler, mit denen man sich herumschlug, vom nie abreißenden Strom der Ereignisse überrollt wurden.

Im Schaufenster entdeckte Clea ein neues Plakat: «Sie lassen Ihr Bewußtsein auf Reisen gehen – warum nicht auch Ihren Körper? Schwimmen Sie mit den Delphinen von Key Largo. Brechen Sie Moldavitenkristall in der Tschechoslowakei. Ersteigen Sie die Anden mit Shirley MacLaines Schamanen. Erkunden Sie die Schauplätze Ihrer früheren Leben in fernen Ländern. Nähere Auskünfte bei Barbara Carmichael, New-Age-Reisen, Roches Ridge, am Platz.»

Durch das Schaufenster von New-Age-Reisen erspähte Clea Ishtar in einem amseleifarbenen Kunstseidenrock mit ebensolchem Top und blonden Haarstacheln. Cleas erschöpftes Herz tat einen kleinen nervösen Hopser, als sie daran dachte, wie sie vor ihrem Kamin dieses Haar gestreichelt und Ishtar an ihrer Brust gehalten hatte. Aber ihre Neugier siegte, und sie stieg die Stufen zur Eingangstür hinauf. Die Decke hing voller Spinnenpflanzen und Windharfen, die im Luftzug klimperten.

«Hereinspaziert! Na, wie gefällt es Ihnen?» fragte Ishtar mit einer ausholenden Geste.

«Du meine Güte, Ishtar», sagte Clea. «Wann ist denn das alles passiert?»

«Also, zuerst mal: Ich habe meinen alten Namen wieder angenommen, Barbara Carmichael. Aus geschäftlichen Gründen.»

«Na gut. Wie geht's denn so, Barbara?»

«Die Auswärtsbuchungen nach Katalog laufen prima. Aber hier am Ort tut sich wenig.»

«Haben Sie das Karma-Café verkauft?»

«Ja. Das Schuß-Kebab ist für die Skifahrer aus Alpine Glen gedacht. Die Spezialität des Hauses ist Shish-Kebab auf Spießen in Form von Mini-Skistöcken.»

«Aber ich dachte, Sie hätten das Restaurant gern geführt.»

«Das habe ich auch, aber die Zahl der möglichen Tofu-Variationen ist nun mal begrenzt. Und daß Morning Glory geheiratet hat, hat mich endlich wirklich freigesetzt. Ich habe sie für dieses Leben verloren und muß bis zum nächsten warten. Also, warum soll ich in der Zwischenzeit Trübsal blasen? Wo haben Sie denn eigentlich gesteckt? Ich habe Sie schon lange nicht mehr gesehen.»

«Ach, ich habe mich ein wenig zurückgezogen», sagte Clea mit gezwungener Munterkeit. «Ich hatte eine etwas schwierige Phase. Wegen Dack, wegen meinem Buch, wegen dieser Fuß-Geschichte.» Wegen dir hin und wieder auch, dachte Clea, aber sie sagte es nicht, da Barbara offenbar keinen Gedanken mehr an ihr kleines Zwischenspiel verschwendet hatte.

«Lassen Sie die Dinge sein, wie sie sind», riet Barbara.

«Das sind doch alles nur kleine Ausrutscher innerhalb des kosmischen Fandango.»

«Das ist leichter gesagt als getan.»

«Stimmt. Apropos: Ich wollte schon lange mal bei Ihnen vorbeischauen und mich bedanken. Aber der Restaurantverkauf hat mich voll in Anspruch genommen.»

«Wofür bedanken?»

«Damals, an dem Nachmittag, als wir von dem Enten-Hochsitz zurückgekommen sind, habe ich mich so am Boden zerstört gefühlt – doppelt verstoßen, von Morning Glory und von meiner leiblichen Mutter. Aber als Sie mich einfach so angenommen haben, mit meiner ganzen Bedürftigkeit, hat das bei mir emotionale Erinnerungen an andere Leben geweckt, in denen mich die Menschen, die ich geliebt habe, *nicht* verlassen haben. Das war ein großes Geschenk, Clea.»

«Bitte, jederzeit», sagte Clea verlegen.

«Einmal reicht, wenn es funktioniert. Und es hat funktioniert.»

Astrid Starr kam hereinspaziert, in ihrem dunkelblauen Polyacrylblazer. Die Windharfen schepperten. «Hallo, die Damen. Bin ich zu früh, Barbara?»

«Ich bin schon am Gehen», versicherte ihr Clea.

Als sie über die gefrorene unbefestigte Straße heimwärts ging, während die Wintersonne hinter einer Schneewolkenbank versank, dachte Clea erleichtert, daß es offenbar nichts Ungelöstes zwischen ihr und Ishtar gab. Und wenn sie Ishtars Mutter gewesen war? Das war in einem anderen Leben. In diesem war sie jetzt frei, sich ganz auf Elkes morgige Ankunft zu konzentrieren. Sie wünschte sich so, Elke zu sehen, aber sie hatte auch Angst davor. Ein Stilett ins Herz gebohrt zu bekommen war noch tödlicher, als mit dem Hackbeil um eine Extremität kürzer gemacht zu werden. Sollten sie bereuen und verzeihen? So tun, als wäre nichts gewesen? Sich gegenseitig Vorwürfe machen und sich streiten? Clea hatte keine Ahnung.

Jared McQueen betätigte den Messingklopfer an Bethany Wagners Eichentür in Colonial Manor Estates. Er sah sich nervös um und meinte einen Moment, Frieda Bohring nebenan hinter einem der oberen Fenster entdeckt zu haben. Poo grummelte leise hinter Bethanys Tür. Er war todkrank gewesen und hatte lange in der Tierklinik bleiben müssen. Die Wagners hatten Conrad Bohring im Verdacht, ihn vergiftet zu haben, weil er es gewagt hatte, auf seinen perfekten Rasen zu pinkeln. Der Zeitungsjunge, der die *Gazette* brachte, Waneeta Marsh, die zum Putzen kam, Ida Campbell mit ihren Avon-Produkten, die missionierenden Mitglieder der Kirche der Heiligen Errettung und Jared selbst waren hoch erfreut gewesen. Ein Jammer, daß die Tiermedizin in den letzten Jahren so gewaltige Fortschritte gemacht hatte.

Bethany riß die Tür auf, nur bekleidet mit ihrem knallorangeroten Posing-Bikini. Sie zog Jared ins Haus. «Schön, daß du's möglich machen konntest, Partner. Es wird ein Fest sein, zu richtig schön lauter Musik trainieren zu können. Und ohne daß Randall und dein Bruder dich belauern. Du fängst immer an, so eine Show abzuziehen, wenn du sie hinter dem Astloch hörst.»

«Blödsinn.» Jared lächelte. «Wann kommt Ken denn überhaupt aus Louisville zurück?»

«Nicht vor morgen. Wir können also die ganze Nacht trainieren, wenn wir wollen.»

«Toll», sagte Jared, an einem von Bethanys wippenden türkisen Haarstacheln zupfend. Poo knurrte leise.

«Hier, ich habe die Geräte im Keller versteckt.» Sie öffnete eine Tür und knipste einen Lichtschalter an.

Während sie Bank, Gestell und Gewichte nach oben ins Wohnzimmer trugen, sagte Jared: «Weißt du, Bethany, manchmal habe ich Ken gegenüber wirklich ein schlechtes Gewissen, weil wir ihn so hintergehen.»

«Ich auch. Aber jetzt, wo Daisy mit den Dead auf und davon gegangen ist, ist mein Leben so leer. Es gibt nur zwei Möglichkeiten: Entweder ich sehe zu, wie ich meine Bedürfnisse anderweitig befriedige, oder ich verlasse Ken.» Sie legte die Titelmusik von *Chariots of Fire* auf den Plattenspieler und drehte die Lautstärke auf.

Jared streifte seinen Trainingsanzug ab, schnallte sich seinen breiten Ledergürtel um und fing an, sich in seinem orangenen Slip zu strecken und zu dehnen und seine Muskeln sachte spielen zu lassen. «Mein Gott, ich kann gar nicht glauben, daß wir wirklich allein sind», murmelte er.

«Nur du und ich und die Gewichte», seufzte Bethany, aus der Hüftbeuge zu ihm emporschauend.

«Was lange währt, wird endlich gut.» Jared nahm eine Hantel auf und beugte sie zu seinem Bizeps hin.

Zeno Racine knipste den Draht zu der Alarmsirene außen am Wagnerschen Haus durch. Dann kletterte er das Rosenspalier hinauf, während die Latten unter ihm krachten. Als er Daisys Fenster erreicht hatte, schlug er eine Scheibe ein. Er streckte die Hand hinein, löste die Verriegelung, schob den Rahmen hoch und stieg darunter durch.

Von unten dröhnte die Musik von *Chariots of Fire* herauf. Zeno musterte Daisys Himmelbett, das berüschte Frisiertischchen und wurde von einem Schluchzen geschüttelt. Daisy war mit den Grateful Dead auf und davon gegangen, und er war noch nicht einmal dazu gekommen, sie zu vergewaltigen. Er warf sich auf das Bett, vergrub sein Gesicht im Kissen und heulte. Keine Vergewaltigung, keine «Bürger gegen Verbrechen», kein Gefängnis. Das war nicht fair.

Irgendwann merkte Zeno, daß die Musik im unteren Stock schwieg. Zornige Stimmen drangen herauf. Zeno sprang auf und pendelte im Zimmer hin und her wie ein Haifisch zur Fütterungszeit in seinem Aquarium. Daisys Miss-Teenage-Krönchen stand auf ihrem Frisiertisch. Zeno packte es und stülpte es sich auf den Kopf. Dann kletterte er durchs Fenster und das Spalier hinunter. Auf dem Boden angelangt, stolperte er verzweiflungsumnebelt durch die Schneewehen auf dem Wagnerschen Rasen hinüber zum Bohringschen Vorgarten.

Da schrillte ein Alarm, und Lichtkegel erhellten den Garten. Zeno erstarrte wie ein Stück Wild im Strahl von Autoscheinwerfern, die Krone gehörnartig auf dem Kopf. Conrad stürzte aus der Tür, Gewehr im Anschlag. Als er im Moment des Abdrückens bemerkte, daß Zeno kein defäkierender kleiner Pudel war, konnte er gerade noch den Lauf zur Seite rukken. Der Schuß grub einen Krater in seinen makellosen Rasen. Binnen weniger Augenblicke war Trooper Trapp da, in seinem Streifenwagen, mit kreiselndem Blaulicht. Seinen flachkrempigen Hut auf dem Kopf, stieg er gemächlich aus.

«Schön hiergeblieben, Zeno», sagte er freundlich, indem er die Fondtür öffnete. «Ich werd dich wohl mitnehmen müssen, mein Sohn. Diesmal bist du zu weit gegangen.»

Conrad betrachtete, vor Pein zitternd, das schwärzliche Loch in seinem Rasen.

«Ach ja?» fragte Zeno, indem er sich mit dem Parkaärmel über die Augen wischte.

«Es geht nicht, daß du hier rumläufst, in die Gärten von Bankpräsidenten eindringst und über ihren Rasen marschierst.»

«Nein, das geht nicht», bestätigte Zeno fröhlich, während er in den Streifenwagen kletterte. «Da müssen Sie mich wohl einbuchten, Sir.»

«Und ich habe dir immer vertraut, Bethany.» Ken Wagner stand mit finsterem Gesicht in Tweedmantel und Kaschmirschal in der Tür, den Koffer noch in der Hand. Bethany lag auf der Trainingsbank, im Gesicht blankes Entsetzen, das Gewicht über ihrem Kopf balancierend, die Ellbogen in Streckstellung eingerastet.

«O Gott, Ken. Es tut mir so leid, daß du's auf diese Weise erfahren mußtest.»

Jared fädelte sich in seinen Trainingsanzug, dunkelrot im Gesicht von der Anstrengung des Trainings.

«Zumindest könntest du ihr helfen, das verdammte Ding abzulegen», fauchte Ken. «Und so was nennt sich Mann.»

Jared hastete zu Bethany hinüber und dirigierte das Gewicht auf seine Halter. «Und jetzt verschwinde verdammt noch mal aus meinem Haus, du muskelbepackter Abschaum. Du Haarverunstalter.»

«Entschuldigung, Sir», stammelte Jared, während er sich, in seine Bomberjacke schlüpfend, in Richtung Tür davondrückte.

Mit einem Seufzer der Erleichterung, weil er offenbar ohne eine Schramme auf seinem gebräunten Luxuskörper davonkommen sollte, zog Jared die Tür hinter sich zu. Verdammt. Wenn Ken Bethany dazu zwang, das Bodybuilding aufzugeben, würde sie sich wahrscheinlich die Punkfrisur wieder wegmachen lassen. Und dann würden sich ihre zaudernden Nachbarinnen nie von ihren Julie Andrews-Spezial-Frisuren trennen. Er joggte den Gehweg entlang zu seinem Auto.

Conrad Bohrings Haus war von Scheinwerfern umstrahlt, und aus einem Lautsprecher unter der Dachkante kam ein Heulton. Conrad mit seinem grauen Flattop stand, ein Gewehr in den Armen, jammernd vor einem Kraterloch in seinem Rasen. Trooper Trapps Streifenwagen fuhr gerade mit kreiselndem Blaulicht los.

Als Jared seinen Wagen anließ, kam auf einmal Bethany in ihrem Regenmantel den Gehweg entlanggerannt, in jeder Hand eine Hantel. Ken schleppte ihr Scheibengewicht zur Tür hinaus und schmiß es in eine Schneewehe. Widerwillig kurbelte Jared sein Fenster herunter.

«Kann ich bei dir übernachten, Jared? Er hat mich rausgeworfen, und ich weiß nicht, wo ich hin soll.»

Jared war entsetzt. Was so harmlos als kleines Muskelspiel begonnen hatte, verwandelte sich plötzlich in rauhe Wirklichkeit. «Klar», sagte er. «Steig ein. Du kannst in Dannys Zimmer schlafen, bei den Gewichten.» Die *Chariots of Fire*-Platte segelte durch die Luft und krachte gegen Jareds Windschutzscheibe.

Ken Wagner saß in seinem Arbeitszimmer und formulierte einen energischen Schriftsatz in sein Diktiergerät, als es plötzlich klingelte. Sicher Bethany, voller Reue und leerer Versprechungen, die Gewichte aufzugeben und alles zu tun, um ihre Ehe zu retten. Warum konnte sie nicht so sein wie all die anderen Xerox-Ehefrauen, die Beine breit machen und den Mund halten?

Ken ignorierte das Klingeln und fuhr in seinem Diktat fort. Dieser Schriftsatz würde seinen Aufstieg von Ebene drei auf Ebene zwo sichern. Poo begann zu knurren. Ken sah auf. Normalerweise wedelte Poo mit dem Schwanz, sobald er Bethany roch. Das mußte jemand anders sein. Er legte das Diktiergerät ab, stand auf und ging zur Tür.

Draußen stand eine dünne Frau mit einem Kunstlederköfferchen und einer Vuarnet-Sonnenbrille. «Hi. Ich bin Ihre Avon-Beraterin.»

«Tut mir leid, Bethany ist nicht da», sagte Ken unwirsch. Sie war mit Sicherheit nicht *seine* Avon-Beraterin.

«Dürfte ich *Ihnen* dann vielleicht unsere neuen Haushaltsprodukte zeigen?»

«Nein danke. Sehen Sie, ich bin gerade mitten in einem wichtigen Diktat.»

«Ich sollte vielleicht besser mit diesem Spielchen aufhören, Ken.» Sie nahm mit einem Schwung ihre Sonnenbrille ab und entblößte ein Veilchen und ein Paar verschwommen blikkende Augen.

Ken musterte die Frau, irritiert, weil sie seinen Namen wußte. Aber wahrscheinlich hatte Bethany ihn erwähnt.

«Ich bin Ida Campbell.» Sie wartete auf ein Zeichen des Erkennens. «Die Schriftstellerin.» Immer noch nichts. «Mein neuer Roman *Dame seines Herzens* war der Bestseller des Monats in Starr's IGA.»

«Aha, meinen Glückwunsch. Aber ich fürchte, Sie müssen mich jetzt entschuldigen.»

«Und ich habe Ihnen eine handsignierte Erstausgabe mitgebracht, Ken, weil Sie mir eine solche Inspiration waren.

Meine Muse, könnte man fast sagen.» Sie streckte ihm ein billig gebundenes Buch hin, mit einer Frau vorn auf dem Einband, der gerade die Kleider vom Leib gerissen wurden. Ken nahm es mit spitzen Fingern entgegen, als könnte es mit AIDS behaftet sein.

«Aber ich kenne Sie ja gar nicht.»

«Jetzt kennen Sie mich», machte Ida mit einem kecken Lächeln geltend. «Ich habe Sie immer in Ihrem Audi 5000 gesehen, mit Ihren Seidenkrawatten und Kaschmirschals. Ich muß Ihnen beichten, Ken, ich habe sogar ein-, zweimal abends hier durch Ihr Fenster gespäht und Sie in Ihrem Liegesessel diktieren sehen, während Ihre Frau drüben im Wohnzimmer Gymnastik getrieben hat. Und ich habe davon geträumt, wie es wohl sein müßte, Ordnung in Ihre Aktenschränke zu bringen...»

«Nun, es hat mich gefreut, mich mit Ihnen zu unterhalten, Ida», sagte Ken mit einem jovialen Lächeln, während er sie am Oberarm packte und aus der Tür dirigierte. «Und vielen Dank auch für das Buch.»

«Oh, und noch etwas, Ken», spielte Ida ihren letzten Trumpf aus, «ich tippe hundertzwanzig Wörter in der Minute.»

«Ach, tatsächlich?» sagte Ken, der sie jetzt plötzlich interessiert ansah. «Möchten Sie uns vielleicht eine Tasse Kaffee machen, Ms. Campbell?»

42 Verkehrungen

Elke stieg aus ihrem mit Künstler-Handwerkszeug vollgestopften Honda Civic. Clea stand in der Tür ihres Steinhauses, in Tweedhosen und Rollkragenpullover. Sie sahen einander einen Moment lang unsicher an, gingen dann aufeinander zu und hauchten jede einen Kuß neben die Wange der anderen.

Elke trat einen Schritt zurück und sagte: «Clea, du bist zu dünn.» Brandy kam um die Hausecke gefegt und schwänzelte auf Elke zu.

«Gemessen woran?» Clea verschränkte die Arme fest vor dem Bauch.

«Gemessen an deinem robusten Stadt-Selbst.» Elke beugte sich hinunter, um Brandy zu tätscheln.

«Ich habe einen harten Winter hinter mir.»

«Offensichtlich. Aber ist ein Teenager das wert?» Elke zog die Augenbrauen hoch und lächelte spöttisch.

«Ich vermute, nein. Aber Dack ist dreiundzwanzig.»

«Ach so, na ja dann.» Elke lachte.

«Aber Dack war noch das Harmloseste.»

«Stimmt. Turner hat mir von dem Fuß erzählt.»

«Und du wolltest trotzdem kommen?»

«Du vergißt meine Geschichte. Ein einzelner verstümmelter Fuß ist gar nichts für mich.» In Wirklichkeit war Elke auf der Fahrt nach Roches Ridge ziemlich nervös gewesen wegen all der Wälder, Felder und Feldwege, die sie so lebhaft an ihre Flucht durch kriegsverwüstete europäische Landschaften erinnert hatten.

Während sie ihre Sachen aus dem Auto hineinbrachten, sagte Elke: «Das Haus ist wirklich ein Wunder, Clea. Ich kann mir nicht vorstellen, wie du das so schnell hingekriegt hast. Das muß doch ungefähr so ein Projekt gewesen sein wie der Bau einer Pyramide.» Elke vermied es, etwas über Roches Ridge zu sagen, das ihr vorgekommen war wie der ideale Schauplatz für einen Hexenprozeß. Und auch über Cleas unmittelbare Nachbarschaft, die, hätte sie sich in New York befunden, sofort oben auf die Sanierungsliste gekommen wäre.

Clea, die gerade Teewasser aufsetzte, antwortete: «Wie niemand besser weiß als du waren Kate und Theo der härteste Job in meinem Leben. Dagegen ist alles andere ein Kinderspiel.»

Elke nickte zustimmend und inspizierte das gemütliche Zimmer mit den breiten Kiefernholzdielen, den Häkelteppichen und dem großen steinernen Kamin.

«Aber trotzdem, danke. Es freut mich, daß es dir gefällt. Der Garten ist allerdings ein Alptraum. Warte nur, bis der Schnee schmilzt.»

«Nach London unter dem Blitz kann mich so schnell nichts mehr schockieren.»

«Mein Garten aber vielleicht doch. Es handelt sich nämlich um eine Müllkippe, geschickt verbrämt mit einem unentwirrbaren Geflecht aus Weinranken und Gestrüpp.»

«Klingt faszinierend.» Elke ließ sich in einen mit Gobelin bezogenen Ohrensessel vor dem Kamin sinken. Sie musterte Clea, die sich hinkniete, um Holz nachzulegen. Ihr Gesicht war hager – und schöner denn je, auf eine fiebrige Art. Aber es war ein nervöses Glühen, kein gesundes. Cleas Krise schien mit ihrer eigenen konkurrieren zu wollen. Es war verblüffend, sie – die sonst immer so verbissen optimistische Clea – in einer so traurigen Verfassung zu sehen. Während Elkes derzeitige Verfassung ja nur ihr Normalgrau war. Eigentlich sogar besser. Auch wenn es mit der Arbeit nicht klappte, war sie doch von der öden Antriebslosigkeit des letzten Herbstes nicht in winterliche Verzweiflung hineingerutscht. Ja, sie hatte sogar augenblicksweise etwas erlebt, was nur ein ihr bislang unbekannter Zustand sein konnte – Frieden.

Letzte Woche hatte sie an einem Nachmittag allein und untätig in ihrem Atelier gesessen und sich in das Zen der Sinnlosigkeit vertieft. Die Bilder von Gewalt und Zerstörung, die ihre Kunst gespeist hatten, waren im letzten Frühling mit den Trümmern ihres bajonettierten Babys verschwunden. Da bisher nichts Neues an ihre Stelle getreten war, versuchte sie jetzt diese Leere positiv werten zu lernen, indem sie sich sagte, daß es auch befreiend war, in einer Zeit zu leben, in der alle Ismen versagt hatten. Man hatte zwar in schlechten Phasen nichts, woran man sich halten konnte, aber auf der anderen Seite steckte man auch nicht in einer psychischen Zwangsjacke. Alles war möglich – sogar Hoffnung.

Kaum hatte sie diesen ungewöhnlichen Gedanken gedacht, war plötzlich ein merkwürdiger Anflug von Wohlgefühl in ihre Leere gesickert, so wie Wasser aus einer unterirdischen Quelle in ein frisch ausgehobenes Grab. Sie hatte dieses Gefühl erstaunt und argwöhnisch beäugt. Eine Goldmünze in einer Handvoll Bleikugeln.

Trotz aller Verwirrung war sie ans Telefon gegangen, als es geklingelt hatte. Turners joviale Stimme hatte sie begrüßt. Auf ihre kühlen, knappen Antworten hin hatte Turner gesagt: «Hör zu, Elke, ich weiß, daß zwischen dir und Clea Funkstille herrscht. Und daß ich mich da nicht einmischen sollte. Aber ich mache mir ernstlich Sorgen um sie. Sie ist so weinerlich und deprimiert und so ganz allein da oben in diesem seltsamen Ort. Wenn du es über dich bringen könntest, mit ihr Kontakt aufzunehmen, würde es ihr bestimmt sehr helfen.»

Elke mußte lächeln, als er ihr von der Sache mit dem Fuß hinter Cleas Haus erzählte. Dieses Delegieren von Verantwortung war so typisch Turner. Der vielbeschäftigte Manager, der die Geschäfte regelte. Als ob Elke nicht schon seit Jahren hinter seinem genialischen emotionalen Stil herputzte.

«Ich werd's mir überlegen, Turner», hatte sie schließlich erwidert. «Weißt du, ich habe im Moment meine eigenen Probleme.»

«Ich wäre dir ganz besonders dankbar, Elke. Weil ich nämlich dringend nach Rio muß.»

Elke hatte es sich gerade noch verkneifen können, ihm zu sagen, daß sie allenfalls – wenn überhaupt – um Cleas und um ihrer selbst willen etwas unternehmen würde, aber bestimmt nicht, um ihm einen Gefallen zu tun. Nachdem sie aufgelegt hatte, hatte sie sich Cleas Situation vorzustellen versucht. Und aus ihrem eigenen diffusen Wohlgefühl heraus hatte sie sie angerufen.

Aber seit sie beschlossen hatten, sich zu treffen, war Elke nur noch nervös und angespannt gewesen, weil sie sich immer wieder gefragt hatte, ob sie sich wohl noch etwas zu sagen hatten. Wenn man bedachte, wie lange sie gebraucht hatte, um ihren Schmerz wegen Clea in innere Leere umzuwandeln, wäre es vielleicht ratsam gewesen, die schlafenden Hunde vollends einzuschläfern. Aber jetzt, da Clea ihr gegenüber in ihrem Ohrensessel saß und munter über die Arbeit an ihrem Haus plauderte, erstand vor Elke das Bild ihres ersten Zusammentreffens: wie sie in ihrer Tür gestanden hatte, in ihrem langen schwarzen Clara Barton-Cape, mit wallendem dunklem Haar. Clea hielt mitten im Satz inne und lächelte, während sie ihre Teetasse in die Untertasse auf dem Tischchen vor dem Kamin abstellte. «Was?» fragte sie Elke.

«Was, was?»

«Was guckst du mich so an?»

«Wie, so?» fragte Elke.

«So, als ob du mich wieder gern hättest.»

Elke lachte. «Nur weil ich dich ein paar Monate gehaßt habe, darfst du noch lange nicht daraus folgern, daß ich dich nicht mehr gern gehabt habe.»

Sie lachten beide verlegen.

«Das war nicht nett von dir, weder auf meine Briefe noch auf meine Anrufe zu antworten», sagte Clea.

Elke studierte ihre rauhen Hände. «Ich weiß. Ich hoffe, du wirst es mir irgendwann verzeihen. Es war eine Frage des Überlebens.»

«Ich dachte, du wärst schockiert wegen Dack. Mit dem ich übrigens nie geschlafen habe.»

«Ich war schockiert, weil ich gemerkt habe, wie sehr ich dich brauche, Clea. Ich habe mir meinen kleinen Kokon gesponnen, so wie du es mir selbst mal geraten hast. Aber können wir das nicht lassen? Ich meine, ich habe mir bewiesen, daß ich ohne dich auskommen kann. Und jetzt bin ich wieder da.»

Clea musterte sie eingehend, ehe sie sagte: «Du hättest mir sagen können, was du da tust.»

«Nein, das konnte ich nicht. Weil es mir selbst erst kürzlich klargeworden ist.»

«Na, jedenfalls bin ich froh, daß du wieder da bist, Elke. Ich mag es weiß Gott nicht, wenn um mich herum lauter unbegrabene Kriegsbeile in der Landschaft liegen.»

Sie lachten beide.

Clea half Elke, ihr Gepäck nach oben ins Gästezimmer zu bringen. Es enthielt eine hölzerne Bettstatt mit einer Quilt-Tagesdecke und eine Kiefernholzkommode. Es hatte ein eigenes Bad, und ein Teil der Fenster ging nach hinten auf den Garten hinaus. Während Clea mit dem Abendessen beschäftigt war, konnte Elke auspacken und sich ein wenig frisch machen. Ihre Gefühle waren widersprüchlich. Die Verlegenheit war rasch verflogen. Sie hatten schon wieder miteinander geredet, als hätte es diese Monate der Entfremdung nie gegeben. Aber Elke war auf der Hut. Cleas Charme, ihre Nettigkeit und Höflichkeit noch inmitten der schwärzesten Depression beunruhigten sie. Sie wollte sich nicht wieder in diese Frau verlieben.

Sie aßen mit geriebener Zitronenschale gewürztes Huhn und Broccoli in Käsesauce, an dem kleinen Tischchen vor dem Kamin, während der Wind vor den Küchenfenstern heulte. Brandy lag auf der Platte vor dem Kamin und zuckte im Schlaf.

«Ich bin so froh, daß du hier bist, Elke.» Clea legte Messer und Gabel auf ihren Teller und lehnte sich in ihrem Sessel zurück, die Beine ausgestreckt, die Hände von den Armlehnen baumelnd. «Danke, daß du gekommen bist. Ich weiß, daß du alles Ländliche haßt.»

«Danke, daß du mich hier haben wolltest.» Elke senkte den Hühnerknochen, an dem sie gerade geknabbert hatte, um Clea in ihrer entspannten Sitzhaltung zu studieren. Wenn sie sich nicht gerade von ihrem Beruf verabschiedet hätte, hätte sie gern ihren Skizzenblock genommen und diese Pose festgehalten, die so typisch für Cleas lässige Anmut war. Elke hatte über dieser monatelangen Animosität fast vergessen, daß Clea tatsächlich eine tolle Frau war. Clea bewerkstelligte mühelos so viele Dinge – Häuser zu renovieren, Kinder großzuziehen, mit Geld umzugehen, Gäste zu empfangen, zu reisen, ihre Karriere zu verfolgen, Liebesaffären zu haben. Einen Moment lang fühlte sich Elke im Vergleich mit ihr fast wie ein Kind. Allein schon aus New York heraus und bis hierher zu kommen, war ihr so kompliziert erschienen wie die Landung in der Normandie. «Du hast also dein Buch verbrannt?»

«Ja. Und drei Kreuze geschlagen.»

Elke hob nachdenklich die Augenbrauen und knabberte weiter an ihrem Hühnerknochen.

«Und seither habe ich kein einziges Foto mehr gemacht. Mein Finger weigert sich einfach, aufs Knöpfchen zu drükken. Ein hysterischer Zeigefinger. Freud hätte seine Freude daran.»

«Und woran liegt das?»

«Ich weiß es nicht.» Sie sah Elke erwartungsvoll an.

«Was? Fragst du mich?»

Clea nickte.

Elke seufzte. «Laß mal sehen. Was denke ich?» Sie legte ihren Hühnerknochen auf den Teller und stützte die Stirn in die Hand, den Ellbogen auf der Armlehne. Brandy begann zu schnüffeln, die Augen noch immer geschlossen. «Ich glaube, Clea, ich denke, daß da tief in dir drinnen etwas ist, das nicht schwingt. Etwas Gepanzertes und Abgeriegeltes. Du läßt dich niemals wirklich gehen. Ich denke, du mußt es schaffen, deine Sujets *zu dir* sprechen zu lassen und *durch dich*, aber nicht *für dich*.»

Clea sah Elke nur schweigend und regungslos an.

Elke fühlte sich unbehaglich. Sie war zu weit gegangen für ihr erstes Zusammentreffen nach Monaten. Aber Clea hatte sie gefragt. Und es war ein Abkommen zwischen ihnen, sich in allem, was ihre Arbeit betraf, die Wahrheit zu sagen. Unfähig, das Schweigen länger zu ertragen, sagte Elke: «Tut mir leid, Clea. Wahrscheinlich täusche ich mich.»

Clea wischte die Entschuldigung mit einer Handbewegung beiseite. «Keine Sorge, ich bin dir nicht böse. Ich bin nur sprachlos. Weil ich weiß, daß du recht hast. Ich presse die Wirklichkeit in meine Choreographie. Das wird mir immer klarer, seit plötzlich dieser Fuß in meinem Garten aufgetaucht ist.»

«Ach?»

«Ich habe den ganzen letzten Monat in meinem Bett gelegen und aus dem Fenster zugesehen, wie die Leute unten vorbeigegangen sind. Und ich habe mich gefragt, was für entsetzliche Dinge sie wohl alle in ihren netten kleinen Häusern und Trailern erdulden oder verüben. Und dabei ist mir aufgegangen: Wenn wir die Schreie aller Geschöpfe auf Erden hören könnten, die in jedem Augenblick vergewaltigt oder gefoltert oder ermordet oder vom Hunger gequält werden, würden wir taub von dieser Kakophonie. Ich habe Schlösser fotografiert, während die meisten Menschen in Elendshütten hausen.»

Elke zog die Luft ein und runzelte die Stirn. «Tja», sagte sie. «Willkommen im Leichenhaus. Ich habe mich immer gefragt, was wohl passieren wird, wenn der Derwisch zu tanzen aufhört.»

Sie saßen schweigend da, während der Wind an den Fenstern rüttelte. Brandy kam auf dem Bauch an das Tischchen herangekrochen und deponierte, langsam mit dem Schwanz auf die steinerne Kaminvorplatte schlagend, seinen Kopf neben Elkes Hühnerknochen.

«Das war wohl wirklich ein harter Winter, Liebes, hm?» sagte Elke sanft.

Clea begann leise zu weinen, bis ihr die Tränen vom Kinn rannen. «Du machst dir keine Vorstellung, Elke.»

«Vielleicht ja doch.» Elke kämpfte den Wunsch nieder, Clea in die Arme zu nehmen. Zu viel zu schnell. Aber Clea weinte nicht so leicht. Oder hatte es jedenfalls nie getan. Es mußte ihr wirklich schlechtgehen.

«Mit anderen Worten», sagte Clea, indem sie sich unwirsch mit dem Ärmel ihres Rollkragenpullovers über die Augen rieb, «ich nehme an, ich kann deshalb nicht mehr auf den Auslöser meiner Kamera drücken, weil ich Angst habe, daß ich wieder irgendwelche verstümmelten Gliedmaßen zwischen den Blumen entdecke.»

«Das ist in dieser Welt wahrhaftig keine unberechtigte Angst.»

«Was glaubst du, warum ich mich all die Jahre an die Blumen gehalten habe?»

«Ich habe schon gewußt, warum. Ich wußte nur nicht, daß du es weißt.»

«Ich weiß es auch erst seit diesem Monat. Ich habe eine Menge Dinge erst jetzt verstanden. Dich zum Beispiel. Wie kannst du das aushalten, Elke, Tag und Nacht dieses Inferno vor Augen zu haben? Mich überkommt schon nach ein paar Wochen der Wunsch, mir die Augen auszustechen wie Ödipus. Oder meinen Kopf in ein Fangeisen zu stecken.»

«Meinst du das wirklich ernst? Oder machst du nur äußerst unkomische Witze?»

«Doch, ich meine es ernst. Was hält dich hier, Elke, wenn du all das siehst, was du siehst?»

Elke begann sich die Schläfen zu massieren, genervt ob dieser Rollenverkehrung. Und wenn Cleas Verzweiflung sie jetzt wieder hinunterzog? Ihr Kokon war noch so zerbrechlich. Aber sie kannte diesen Drang zur Selbstzerstörung so gut, daß Selbstmorddrohungen sie nicht mehr beeindrucken konnten. «Clea, wenn du dich umbringen willst, ist das sicherlich dein gutes Recht. Egal, wie schlimm es für mich wäre, und für alle, die dich gern haben. Aber ich glaube, daß es ein Fehler ist, Todeswünsche für bare Münze zu nehmen. Sie sind eine Metapher. Du mußt sie deuten. Deine Psyche will dir sagen, daß du Schluß mit bestimmten Arten und Weisen des Denkens und Fühlens machen sollst. Jedenfalls sage ich mir das immer, wenn der Drang, aufs Empire State Building zu fahren, zu heftig wird.»

Clea nickte dumpf.

«Hör zu, Clea, mach noch einen Versuch, ja? Geh raus und fotografiere das, was wirklich ist, und nicht das, wovon du *möchtest*, daß es da ist. Umbringen kannst du dich ja später immer noch.»

Clea nickte wieder, den Blick auf Brandy gerichtet, der jetzt zaghaft an Elkes Hühnerknochen leckte, die Schnauze auf dem Tischchen.

«Versprochen?»

Clea sah sie irritiert an. Schließlich antwortete sie: «Na gut, versprochen. Schließlich bist du mein Besuch.»

Elke zog den Knochen genau in dem Moment weg, als Brandy zuschnappen wollte, und warf ihn ins Feuer. Brandy sah sie vorwurfsvoll an.

Oben in ihrem Zimmer schlüpfte Elke in ihren lila Samtmorgenrock. Sie tappte auf bloßen Füßen ans Fenster. Der Nachthimmel leuchtete geisterhaft fahl von dem Mondlicht auf dem Schnee. Eine halbabgestorbene Ulme warf ein schwarzes Schattengeflecht auf das Weiß. Elke durchzuckte ein Anfall von Panik. Welche Greuel mochten dort draußen im Dunkeln lauern? Diese ganze pastorale Idylle bedurfte eindeutig einer gewissen Gewöhnung. Nach ihrer Flucht aus Deutschland war die ganze Welt für sie nur voller Schrecken gewesen. Aber dann hatte sie über ihr künstlerisches Schaffen Bilder gefunden, in denen sie die Schrecken des Stadtlebens hatte einfangen und binden können. Die Schrecken des Landlebens waren dagegen noch unbekanntes Territorium.

Elke beruhigte sich, indem sie das Licht und Dunkel der Ulmenschatten auf dem Schnee in Gedanken in einen Holzschnitt umsetzte. Aber schon die Vorstellung erschöpfte sie völlig. Clea wußte gar nicht, wie gut sie es hatte – ein bißchen Gefummel an Blende und Belichtung, ein Fingerdruck, ein bißchen Gewerkel in der Dunkelkammer und fertig. Außerdem würde ein Holzschnitt nie das Glitzern des Mondlichts auf den Eiskristallen wiedergeben können.

Terence hatte zwischen Kummer, Empörung und Sorge geschwankt, als sie ihm von ihren Reiseplänen erzählt hatte. Wußte sie denn überhaupt, wie der Tankdeckel aufging? Konnte sie denn eine Karte lesen? Sie sollte ihn sofort anrufen, falls sie eine Reifenpanne hatte. Und so weiter und so fort. Sie war in einem Nebel aus schlechtem Gewissen, Angst und Ärger abgefahren, ohne sich noch einmal nach ihm umzudrehen, ehe sie um die Ecke gebogen war.

Aber einmal auf dem Palisades Parkway, die Skyline der Stadt im Rücken, hatte sie eine Woge freudiger Erregung erfaßt. Sie hatte nur noch den einen Wunsch verspürt, ihr eigenes Leben zu leben, frei von Terence' zwanghaftem Drang, für sie zu sorgen. Weil sie sich einfach nicht mehr in der Lage fühlte, Jahr um Jahr in diesem ehelichen Trott weiterzuleben. Und jetzt, wo sie Clea in so elender Verfassung vorgefunden hatte, würde sie bestimmt nicht so bald wieder nach Hause kommen. Und außerdem hatte sie es satt, Terence' Raison d'être zu sein.

43 Die Disziplin des Abschiednehmens

Clea bereitete ein Feuer im Küchenkamin vor und begann, das Geschirr wegzuräumen. Sie bemühte sich, nicht so laut zu klappern, weil Elke noch schlief. Clea wachte immer schon im Morgengrauen auf, voll nervöser Energie, während Elke bis in den hellen Tag schlief und dann die blauen Augen nur sehr allmählich richtig aufbekam. Deshalb machte Clea gewöhnlich das Frühstück, und Elke kümmerte sich um das Abendessen.

Der Wasserkessel begann zu pfeifen. Clea nahm ihn und goß den Kaffee im Filter auf. Nachdem sie zwei Becher gefüllt und Milch hineingegeben hatte, trug sie sie nach oben ins Gästezimmer. Sie stellte den einen auf das Nachttischchen neben Elke, die schlafend dalag, das Haar ein Wirbel von Silber auf dem Kopfkissen, die Wangen gerötet, über der Brust die Quilt-Decke, die sich stetig hob und senkte. Clea setzte ihren eigenen Becher auf der Fensterbank ab und zog die grobgewebten Vorhänge auf. Stare stritten sich um die Sonnenblumenkerne in dem durchsichtigen Plastikfutterspender vor dem Fenster. Der Himmel war klar und strahlend. Der Schnee hinterm Haus wirkte schwer wie nasser Zement. Auf der Bucht trieben große Eisschollen.

Elke begann, Grunzlaute von sich zu geben. Clea ging ins Bad, ließ Badewasser einlaufen und gab ein wenig nach Rosen duftendes Badeöl in die Wanne. Dann ging sie zurück zum Fenster. Sie trank von ihrem Kaffee. Sie nahm Elkes Haarbürste und bürstete ihr dunkles Haar mit langen, kräftigen Strichen zurück.

«Ich möchte wissen, wo du zu so nachtschlafender Zeit diese Energie hernimmst», brummte Elke, während sie sich weit genug hochrappelte, um, an ein paar Kissen gelehnt, ihren Kaffee zu schlürfen.

«Tja, anders schaffe ich es nun mal nicht, mir das Morgenprogramm im Fernsehen anzusehen.» Clea legte die Bürste weg, nahm ihren Kaffeebecher und ging aus dem Zimmer.

Unten setzte sie Haferbrei auf, nachdem sie das Feuer angezündet hatte. Sie setzte sich hin, trank ihren Kaffee und lauschte darauf, wie Elke oben durch ihr Zimmer ins Bad stolperte. Es war schon komisch, so eng mit ihr zusammenzuleben. Von ihrem Trip nach Saint John abgesehen, hatten sie ihren konkreten Alltag immer säuberlich auseinandergehalten. Aber in diesen Wochen seit Elkes Ankunft hatte sich zwischen ihnen ein wohltuendes Wechselspiel von Alleinsein und Zusammensein eingependelt. Im Gegensatz zu den heftigen Konvulsionen, die Clea bisher immer mit dem Namen «Liebe» belegt hatte, war das, was Elke und sie hier erlebten, der langsame, aber stetige Ausbau einer achtzehnjährigen Beziehung.

Terence war mittlerweile dazu übergegangen, seine Einsamkeit und Verlassenheit an der unwirtlichen Mündung des Hudson in regelmäßigen Abständen ins Telefon zu klagen. Das warf einen Grauschleier über ihre unkomplizierte Nähe. Jede von ihnen wußte, ohne daß sie es aussprechen mußten, daß sie besser nicht anfingen, auf die Gegenwart der anderen zu bauen, da ihr Zusammensein irgendwann, wie immer, durch die Forderungen Dritter beendet werden würde. Und vielleicht ja auch durch ihre eigenen inneren Erfordernisse. Obwohl eine Trennung Clea im Moment ungefähr so verlokkend schien wie eine größere Operation. Aber sie waren ja seit so vielen Jahren geübt in dieser Disziplin des Abschiednehmens. Es war dadurch nicht leichter geworden, aber sie wußten doch immerhin inzwischen, daß sie es überleben würden.

Elke kam jetzt in ihrem mattorangenen Overall und ihren Arbeitsstiefeln die Treppe herunter wie eine Schlafwandlerin. Sie ließ sich neben Clea in ihren Sessel plumpsen und starrte düster ins Feuer.

«Da», sagte Clea, indem sie ihr ein Schüsselchen Haferbrei mit Sahne, Rosinen, geschmolzener Butter und braunem Zucker hinstreckte. «Tu was für deinen Blutzuckerspiegel.»

«Von meinem Cholesterinspiegel ganz zu schweigen», brummelte Elke. «Danke.»

Sie aßen schweigend vor sich hin, da sie beide am liebsten sowenig wie möglich redeten, wenn am Morgen die Träume noch wie die Fische dicht unter der Oberfläche schwammen. Clea wußte diese Sensibilität an Elke sehr zu schätzen. Turner und die Kinder schwatzten gewöhnlich am Frühstückstisch unbarmherzig drauflos, ohne sich darum zu kümmern, ob sie zuhörte oder nicht.

Elke wusch ihr Geschirr in der Spüle ab und verschwand in Richtung Anbau, wobei sie über die Schulter zurückrief: «Bis später, Clea. Mach's gut.» Elke hatte Darius Drumm beauftragt, einen Holzofen in einem leeren Lagerraum mit Zementboden und mehreren Nordfenstern zu installieren. Sie meinte, es sei das hübscheste Atelier, in dem sie je nicht gearbeitet hätte.

Trotz Elkes Rat, das zu fotografieren, was sie sah, statt dem, was sie sehen wollte, verweigerte Cleas Zeigefinger immer noch den Dienst. Aber heute wollte Clea eine Serie von Aufnahmen an der Stelle machen, wo sie den Fuß gefunden hatte, um ihren dickköpfigen Finger endgültig davon zu überzeugen, daß da nichts mehr war.

Als sie am Küchenfenster stand und diesen Plan noch einmal überdachte, sah sie Morning Glory in einem grünen Hänger mit einem Korb nasser Wäsche aus der Marshschen Haustür treten. Während sie die angegrauten Laken neben den Schwimmfüßen festklammerte, wölbte sich ihr Bauch unter dem Kleid wie ein frischer Grabhügel. Es erleichterte Clea, daß sie so schnell über Dack hinweggekommen war, nachdem sie an Weihnachten von seiner bevorstehenden Vaterschaft erfahren hatte.

Ein Bild schob sich ihr in den Kopf: Elke in ihrem ausgeflippten Betty Grable-Badeanzug, schlafend auf dem rohrgeflochtenen Liegestuhl auf ihrer Terrasse in Saint John. Clea inspizierte es mit verwunderter Neugier. Wo kam das denn her? Sie kannte Elke inzwischen viel zu gut, als daß sie noch als Kandidatin für leidenschaftliche Wallungen in Frage gekommen wäre. Leidenschaft setzte Ignoranz und Selbsttäuschung voraus, und Clea lernte ja gerade, mit der Wahrheit zu leben. Sie schob Elke aus ihrem Kopf weg, schlüpfte in ihre mahagonifarbene Lederjacke, griff sich ihre Kamera vom Küchenbord und verschwand zur Haustür hinaus.

Während sie über den hinteren Teil ihres Grundstücks schlenderte und mit ihren Sorel-Stiefeln geriffelte Abdrücke im Schnee hinterließ, spielte sie zärtlich mit ihrer Kamera, ihre vertraute Form und Schwere genießend. Als sie bei der Stelle ankam, wo sie den Fuß gefunden hatte, inspizierte sie die in der Sonne funkelnde Schneekruste. Dürre, frostspröde Astern und ihre Schatten hoben sich als dunkle Linien von dem glitzernden Weiß ab. Als sie die Kamera vors Auge hob, merkte sie, daß es auf einem Foto wie eine abstrakte Grafik aussehen würde, kalt und intellektuell. Und doch hatte die gleiche Aufnahme im letzten August Büsche von leuchtendlila Blumen gezeigt. Und im September einen zerfleischten menschlichen Fuß. Und bald würde der Schnee zu Matsch zerschmelzen. Und im Sommer würde sie hier vielleicht eine Hortensie pflanzen.

Während Clea die Kamera wieder senkte und sich umsah, dachte sie, daß diese vertrockneten Astern nur ein winziger Ausschnitt der Landschaft waren, die sich meilenweit nach allen Seiten erstreckte. Links von ihr waren die Marshschen Schrottautos, angegrauten Bettlaken und Entenfüße. Zu ihrer Rechten der See mit dem schmelzenden Eis und dahinter die schneebedeckten Berge. Beides «da», beides «wirklich». Elke hatte gesagt, sie solle fotografieren, was wirklich da sei, aber es war unmöglich, dieses riesige Ganze zu erfassen. Aber wenn man ein Fragment aus seinem zeitlichen und räumlichen Kontext herauslöste, verfälschte man bereits die Wirklichkeit, weil man einen Teil für das Ganze ausgab, das Fließende für starr. Alles, was Cleas Handwerk hervorbringen konnte, war Lüge. Genau wie die Lügen, die sie ihr ganzes Berufsleben hindurch produziert hatte, mit ihren Weichzeichnern, ihrer geschickten Ausleuchtung, ihren Retuschen, ihren gestellten Werbefotos für Reiseprospekte, ihren ölbepinselten Erbsen. Sie zog sich den Kamerariemen über den Kopf und schleuderte den Apparat in eine Schneewehe.

Elke saß, die Arbeitsstiefel auf eine Trommel mit Nägeln gestützt, in einem Kapitänsstuhl neben dem schwarzen Holzofen und starrte durchs Fenster auf die Vogelflügel an der abgeblätterten Schindelwand des Nachbarhauses. Es waren gewaltige Schwingen von Adlern, Bussarden, Blaureihern. Und daneben Geweihe von Hirschen und Elchen. Ein neugieriger Beobachter hätte wahrscheinlich geschlossen, daß Elke sich in einem Zustand der Stagnation befand. Aber das stimmte nicht. Sie wußte selbst nicht, wie sie es erklären sollte, nicht einmal vor sich selbst, aber irgend etwas Wichtiges war im Gange. Der ganze Witz schien zu sein, es *nicht* zu erklären, nicht in Worte zu fassen. Die analytischen Fähigkeiten ihres überstrapazierten Gehirns einzulullen. Nichts zu sein als ein passiver Empfänger für sensorische Reize. Sich dem Strom dieses Wohlgefühls zu überlassen, dessen erste Vorboten in ihr New Yorker Atelier gesickert waren, ehe sie hierhergekommen war.

Tag um Tag hatte Elke hier auf diesem Stuhl gesessen, nicht fähig zu arbeiten, nicht willens zu denken. Sie hatte nichts weiter getan, als die Marsh-Familie durch dieses Fenster zu beobachten. Dutzende von Leuten kamen und gingen, lachten und weinten, umarmten sich oder schrien sich an. Es war wie eine italienische Oper ohne Ton. Waneeta, die Primadonna, wälzte sich durch das baufällige Haus und den müllübersäten Hof wie eine Lawine und kommandierte in ihren Designer-Modellen die ganze Sippe herum. Ihre Söhne schleppten tote Tiere und kaputte Autos an. Ihre Töchter erschienen mit Babies auf der Hüfte oder im Bauch. Ihre Enkelkinder platschten durch die Schlammpfützen in der Einfahrt. Im Augenblick spielten ein paar Kinder «Miami Vice» auf dem Autowrackhaufen, indem sie mit Dingern herumfuchtelten, die wie echte Pistolen und Gewehre aussahen. Eine schwangere Frau in einem grünen Hängerkleid klammerte Unterhosen von den Dimensionen von Mehlsäcken an die Wäscheleine. Ein kleines Mädchen zog einem toten Fisch Puppenkleider an und bettete ihn in einen Puppenwagen.

Wenn Terence hiergewesen wäre, hätte er sich in eine Tirade gegen den amerikanischen Kapitalismus gestürzt, der solche Verelendung inmitten der reichsten Nation der Weltgeschichte zuließ. Und doch schienen die Marshs mehr Spaß am Leben zu haben, als sie und Terence mit ihren überentwikkelten Großhirnrinden es je gehabt hatten. Waneeta Marsh war offenbar so eine Art Falstaff von Roches Ridge.

Während jetzt nebenan mehrere Kinder hinter die noch auffindbaren Steuerräder innerhalb des Schrotthaufens schlüpften und Verfolgungsjagd spielten, fiel Elke ein, wie sie in diesem Alter in ihrem Elternhaus an der Oder in ihrem Bett gelegen und zugesehen hatte, wie ihre Zimmerecke immer höher und höher geworden war, bis ihre Puppe, die auf einem Kinderstuhl saß, so winzig wie eine Ameise ausgesehen hatte. Und dann hatte sich das Ganze umgekehrt, und der Raum um sie herum war immer weiter zusammengeschrumpft, bis die Puppe sich aufgetürmt hatte wie ein Haus. Das hatte sie in ihrem kindlichen Gefühl bestärkt, daß nichts so war, wie es erschien, und daß alles möglich war. Es war wie ein Drogentrip ohne Droge gewesen. Das Ganze hatte sich mehrmals ereignet, aber nachdem sie dann in die Schule gekommen war, hatte es aufgehört.

Die Augen abwesend auf die Adlerschwingen am Nachbarhaus geheftet, sah Elke in ihrem Kopf das Bild eines sonnenbeschienenen rotkarierten Tischtuchs auf einer grünen Wiese erstehen. Eine Porzellanplatte mit würzigen Würsten. Ihr Vater in Hemdsärmeln, im Schatten einer Linde ausgestreckt, wie er ihr beibrachte, auf seinem Rezeptblock eine Kuh zu zeichnen. Sein Lächeln, während sie ernst alle Blätter mit Bäumen, Blumen und Tieren füllte. Ihre Mutter, die zwischendurch aufhörte, die dunklen, körnigen Brotscheiben mit Butter zu bestreichen, um diese Zeichnungen zu bewundern. Ihr blonder Bruder in kurzen Hosen und Kniestrümpfen, wie er sie neckte, während sie ihn durch eine Mohnblumenwiese jagte. Sie selbst, auf den Schultern ihres Vaters unterwegs zum Fluß, wo er sie hinausruderte, um ein Paar schneeweiße Schwäne aus der Nähe zu betrachten.

Elke saß starr vor Verblüffung in ihrem Kapitänsstuhl und registrierte nur nebenbei, wie jetzt Dack Marsh, ein paar tote Bisamratten an den Hinterbeinen tragend, aus dem Wald kam. So unauslöschlich hatten sich ihr die Schreckensbilder von ihrem Vater am Strick, ihrer Mutter tot auf dem Wohnzimmerteppich, ihrem Bruder im Grab unter dem weißen Hakenkreuz ins Gedächtnis gegraben, daß sie das ganz vergessen hatte: Es hatte eine Zeit gegeben, vor dem Krieg, als ihre Familie heil, gesund und fröhlich auf sonnenbeschienenen Wiesen gesessen und gepicknickt hatte.

Clea stapfte jetzt an den Fenstern vorbei und versperrte Elke die Sicht auf die Adlerschwingen. Sie schien verwirrt und aufgewühlt. Aber gemessen an ihrer Verzweiflungsstarre war das immerhin ein Fortschritt. Sie hatten in diesen Wochen fast jeden Tag einen langen Spaziergang gemacht. Zuerst hatte Elke, sobald sie den Wald betraten, buchstäblich zu zittern begonnen, weil sie immer damit gerechnet hatte, auf Granatentrichter und geflüchtete Kriegsgefangene zu stoßen. Einmal war eine Ladung Schnee von einem Tannenzweig auf den Boden geprasselt, und Elke war zusammengefahren wie unter dem Rattern von Geschützfeuer. Clea war selbst auch ganz schön schreckhaft, weil sie ständig darauf gefaßt war, daß der schmelzende Schnee wieder einen abgetrennten Körperteil freilege.

Als Ablenkung für sie beide hatte Elke Clea gebeten, ihr zu

erklären, was sie an der Natur begeisterte. Clea hatte es versucht, obwohl sie gemeint hatte, ihre diesbezüglichen Sinne seien wohl während der Wochen im Bett atrophiert. Nach und nach hatte sie dann aber doch ein paar Dinge benennen können: das Glitzern der Sonne auf dem Schnee, das Aufleuchten der Flügel eines Kardinals in einer Fichtenkrone, das Geräusch des berstenden Eises auf dem See, den frischen Duft von Tannennadeln, das niedergetretene Rotwildlager in einer Kiefernschonung, das Holzmehl von der Arbeit der Spechtschnäbel unter einer toten Ulme.

Während Elke beobachtete, wie Clea in ihrer abgewetzten Lederjacke und ihren ausgeblichenen Jeans an ihrem Fenster vorüberging, mußte sie daran denken, wie sie in dieser Jacke in ihrer Ateliertür gestanden hatte, vor fünfzehn Jahren, eben aus Paris gekommen, lässig wie ein aufmüpfiger Halbstarker. Damals hatte sie Elke eine Liebesnacht im Waldorf angetragen. Elke lächelte. Sie hatte sie abgewiesen. Aber warum?

Während sie beide in der Nachmittagssonne in den Ort schlenderten, verkündete Clea plötzlich: «Ich habe beschlossen, das Fotografieren endgültig aufzugeben.»

«Ach? Wie kommst du darauf?»

«Ich habe versucht aufzunehmen, was wirklich da ist, wie du gesagt hast. Aber ich bin zu dem Schluß gekommen, daß das gar nicht geht. Man stutzt die Wirklichkeit immer zurecht. Verstehst du, ich meine, sobald man etwas herausgreift, schließt man automatisch tausend andere Dinge aus.»

Elke zuckte die Achseln. «Tut mir leid. Du solltest nicht auf mich hören. Wenn ich eine Antwort hätte – meinst du, dann würde ich meine Tage damit zubringen, in diesem zugigen Schuppen zu sitzen und auf die Vogelflügel an deinem Nachbarhaus zu starren?»

«Aber wenn man etwas fotografiert – gibt man ihm dann nicht automatisch eine Bedeutung, die es in seinem natürlichen Kontext gar nicht hat?»

Elke seufzte. «Clea, noch ein Rat, was immer er wert sein

mag: Du denkst zuviel. Wie dein Lieblingssohn Theo sagen würde: ‹Geh's locker an, Mom.›»

Clea lachte verblüfft auf. «Was geht hier eigentlich vor? Die Hohepriesterin des Pessimismus sagt *mir*, ich soll es locker angehen?»

Elke lächelte. «Du nimmst in letzter Zeit alles so ernst. Als Weib von Bath hast du mir besser gefallen.»

Als sie mit ihrem Schellfisch für das Abendessen die Kasse des IGA passierten, referierte ihnen Astrid Starr kurz den Stand der Vorbereitungen für die Zweihundertjahrfeier im Juli. Geneviève Paxton vom Zentrum für Psychohygiene war zu den Komiteesitzungen hinzugezogen worden, um den Kommunikationsprozeß zu fördern, und es war tatsächlich zu einem Konsens gekommen. Es würde eine Grabschmuck-Aktion auf dem Friedhof geben und am Abend eine Barbecue-Konkurrenz. Einen Bodybuilding-Wettkampf im Rathaussaal. Einen Umzug. Und anstelle des Sackhüpfens auf dem Fußballplatz hinter der Schule, das Clea ursprünglich vorgeschwebt hatte, war jetzt etwas geplant, das sich Bingo mit Bossy nannte.

«Das klingt lustig», sagte Elke, als sie über den Platz heimwärts gingen. «Ich wünschte, ich könnte dabeisein.»

Clea sah sie an. «Ja, ich weiß, du mußt bald weg. Es war toll, daß du so lange geblieben bist.»

Sie stapften schweigend weiter über den nassen, schweren Schnee.

Schließlich sagte Clea: «Aber eines Tages werden wir vielleicht aufhören, voreinander wegzulaufen.»

Sie horchten beide dieser Bemerkung hinterher. Elke zog die Luft ein und schaute weg auf den schmelzenden Schneewall auf der anderen Straßenseite. Dann sagte sie lächelnd und in scherzhaft-leichtem Ton: «Warum sollten wir? Wir tun es doch jetzt schon fast zwanzig Jahre. Wir haben es ja mittlerweile schon zur Wissenschaft erhoben.»

«Sie sagen es, werte Kollegin», sagte Clea trocken.

Zurück im Haus setzten sie sich an den Kamin, um Tee zu

trinken und Oprah Winfrey im Fernsehen zu sehen. Ein bärtiger Psychologe instruierte die in Gipsverbänden und Bandagen auf der Bühne versammelten Frauen in der Kunst des Umgangs mit gewalttätigen Ehemännern. Oprah weinte ins Mikrophon.

Cleas Telefon klingelte. Sie nahm ab und sagte: «Oh, hallo. Mir geht es gut, danke, und dir? ... Und wie steht es so in New York? ... Ach ja? ... Ja, sie ist hier. Hat mich gefreut, Terence.» Sie reichte Elke stoisch das Telefon hinüber.

Elke verzog sich hinter die Kaminecke. Clea hörte einen gereizten Unterton in ihrer Stimme. Sie redete über das Tauwetter. Nach einigen Minuten kaum hörbaren Gemurmels legte sie auf. Clea sah sie an, während sie sich wieder hinsetzte. Sie wirkte angespannt und nervös und begann, sich die Schläfen mit den Fingerspitzen zu massieren.

«Er will, daß ich heimkomme», sagte sie.

Clea spürte eine Woge von Zorn und Angst in sich aufsteigen. Aber sie hatte ja gewußt, daß dieser Moment kommen würde. «Tja», sagte sie mit einer an Sarkasmus grenzenden Ironie in der Stimme, «dann folgst du wohl besser deinem Mann.»

Elke verzog das Gesicht. Sie erkannte sehr wohl die Worte, mit denen sie vor so vielen Jahren Clea auf den Weg nach Paris geschickt hatte.

«Ich habe ihm gesagt, daß ich nicht komme.»

Clea sah verdutzt auf.

«Clea, du hast mich verlassen, und ich habe dich verlassen. Ich denke, wir sind jetzt einigermaßen quitt. Aber diesmal gehe ich nicht, ehe wir nicht beide finden, daß ich gehen soll.»

Clea starrte Elke an, und einen Augenblick lang flackerte Beunruhigung in ihrem Blick. Dann breitete sich ein Grinsen über ihr Gesicht. «Verzeih, wenn ich lächeln muß, Elke. Aber das ist einfach ein gutes Gefühl, nach all den Abenden, an denen Terence mich aus deinem Atelier gescheucht hat.»

«Er wollte mich nur beschützen», murmelte Elke defensiv und von schlechtem Gewissen erfüllt.

«Ich weiß. Aber es reicht jetzt.»

«Da bin ich ganz deiner Meinung. Und möchtest du jetzt gern wissen, was ich von deiner Ehe halte?»

«Ich bin nicht sonderlich scharf drauf.»

«Dann sage ich nur, daß ich noch nie eine Ehe gesehen habe, die mich überzeugt hätte», sagte Elke mit einem Nicken in Richtung Fernsehapparat.

44 Frühlingssäfte

Clea stand auf ihren Skiern, die Hände auf die Stöcke gestützt, und beobachtete, wie Elke sich im wackligen Schneepflug den Idiotenhügel hinuntermanövrierte. Sie kam nicht weit von Clea zum Stehen, außer Atem, mit roten Wangen und triumphierendem Blick.

«Das war phantastisch», sagte Clea. «Ich glaube, du kannst dich jetzt an den Sessellift wagen.»

«Ach Clea! Ich tue ja, was ich kann, aber du mußt es nicht gleich übertreiben.»

«Glaub mir, Elke, du bist reif für Höheres.»

Während sie in der Liftschlange anstanden, erspähte Clea Dack, der den Skifahrern in die Sessel half. Er trug Wollstoffhosen mit roten Hosenträgern. Clea stupste Elke an und wies mit einem Nicken auf Dack.

«Ah, unser edler Wilder», sagte Elke, während sie sich mit ihren Stöcken vorwärts stieß.

«Ich wußte gar nicht, daß du so sportlich bist.»

Elke lachte: «Ich auch nicht.»

«Aber du bist enorm koordiniert», beharrte Clea. «Du hast das sofort hingekriegt.»

«Terence behauptet immer, ich könne nicht gehen und gleichzeitig Kaugummi kauen.»

Clea zog die Brauen hoch, sagte aber nichts.

Als sie vorn angekommen waren, sagte Clea: «Dack! Hallo. Wir haben hier eine Anfängerin. Die erste Fahrt. Kannst du das Ding mal einen Moment bremsen?»

«Aber klar, Mrs. Shawn. Wie läuft's?»

«Der Schnee ist ziemlich weich, aber bei der tollen Sonne lohnt sich's trotzdem. Elke kennst du ja noch, aus New York?»

Dack nickte Elke scheu zu.

«Und wie geht's Morning Glory?»

Dack grinste, während er Elke in ihren Sessel half. «Das Baby bewegt sich jetzt da drinnen. Das ist schon eine irre Sache.»

«Ich kann mich erinnern.» Clea lächelte, während sie beobachtete, wie ihre eigenen, mittlerweile erwachsenen Babies, die mit ihren Freundinnen übers Wochenende da waren, im Zickzack unter dem Lift bergab sausten wie aufgescheuchte Hasen. Sie griff geistesabwesend nach ihrer nicht vorhandenen Kamera. Der Lift ruckte jetzt wieder an und trug Clea und Elke den Hang hinauf.

«Willst du etwa sagen, daß ich das auch machen soll?» fragte Elke entgeistert, als Theo jetzt über einen großen Buckel sprang und in der Luft die Skier zu einer Grätsche auseinanderriß.

Clea lachte. «Bist du verrückt? Das ist was für junge Burschen, die vor ihren Freundinnen angeben müssen. Nichts für alte Damen mit Schleimbeutelentzündung.»

«Na, Gott sei Dank. Es ist schön, sie hier zu haben, was?»

Clea nickte.

«Ich möchte dir übrigens gratulieren. Du hast deinen Job als Mutter meiner Kinder ganz großartig gemacht.»

Clea sah Elke an, mit ihrem Rentier-Stirnband und ihrer Rennbrille. Sie war gerührt, daß Elke, wenn auch noch so scherzhaft, ihre Rolle in Cleas Haushalt anerkannte. «Trotz allem», murmelte sie mit erstickter Stimme.

«Wegen allem», sagte Elke, Cleas Gore-Tex-gepolstertes Knie tätschelnd.

Sie waren beide so bewegt, daß ihre Skier sich beim Aussteigen verhedderten und sie beide aufs Eis und einander in die Arme plumpsten. Der Liftwart hielt den Lift an und musterte sie aus seiner Hütte ungeduldig, während sie sich und ihr Zubehör entwirrten.

Nach dem Abendessen spielten die vier jungen Leute und die beiden Frauen auf dem Orientteppich im Wohnzimmer Pictionary. Zuerst gewannen Clea und Elke immerzu, weil es ihnen rasch und mühelos gelang, die Wörter in Bilder umzusetzen.

«Das ist nicht fair», meinte Kate schließlich. «Ihr seid beide Künstlerinnen. Ihr müßt ein Handicap kriegen. Ich finde, ihr solltet mit der linken Hand zeichnen.»

«Ich bin keine Künstlerin», protestierte Clea. «Ich bin eure Mutter.»

Aber Elke und Clea fügten sich, und das Spiel gestaltete sich ausgeglichener. Die jungen Verliebten hatten allerdings Mühe, lange genug die Hände voneinander zu lassen, um eine Zeichnung zu Ende zu bringen. Sie waren ständig dabei, Finger ineinander zu flechten, sich Hüften und Schultern zu streicheln und sich tief in die Augen zu schauen. Jedes Paar bewegte sich als Einheit, wie bei einem Pas de deux. Kates Freundin Sally war blond, zierlich und schüchtern. Theos Lyn, eine olympiareife Skirennläuferin, war groß, dunkel, schlank und androgyn, ein bißchen wie Clea selbst.

Clea beobachtete ihre Kinder mit einer Mischung aus Entzücken, Belustigung und Neid. Sie konnte sich daran erinnern, wie es war, so zu lieben, in ständigem körperlichem Kontakt sein zu müssen. Aber dieser Zustand war jungen Menschen vorbehalten, mit ihren unsicheren psychischen Grenzen. In reiferen Jahren wurde einem dieses Verschmelzen und Verfließen mit einem anderen Menschen unmöglich, wenn die lebenslange Suche nach der eigenen Identität Früchte getragen hatte. Aber war es nicht genau das, was Elke an ihren Fotos vermißte? Sie behauptete doch, daß Clea sich nie wirklich verlieren könne. Aber hatte Clea nicht ihr ganzes Leben darum gerungen, diese jugendliche Selbstaufgabe zu überwinden? Seit sie über Dack Marsh hinweg war, war sie so froh gewesen, dieses Gefühl besessenen Kreisens um einen anderen Menschen los zu sein. Warum sollte sie es da für ihre Arbeit herbeiwünschen?

Clea sah zu, wie Elke etwas aufs Papier warf, das aussah wie ein Kreuz. «Kreuz?» tippte sie. «Geplagt? Genervt?»

Elke malte ein Strichmännchen an das Kreuz, mit einer stachligen Krone auf dem Kopf. «Kreuzigung?» Elke zeigte auf das Strichmännchen. «Christus?»

Elke jubelte. Clea sah ihr belustigt zu, während sie die Punkte eintrug. Sie fuhr völlig auf dieses alberne Spiel ab. Clea lächelte, weil sie daran denken mußte, wie Elke sie auf dem Lift die «Mutter ihrer Kinder» genannt hatte. War das selbstverständliche Miteinander dieses Abends die Art Familienleben, die sie mit Elke hätte haben können? Turner war kaum je dagewesen, und wenn, hatte er mit den Kindern um ihre Zuwendung konkurriert. Elke stellte sich dagegen auf ihre Seite. Ihre Aufgabe als Erwachsene war es, sich diesen Kindern zu widmen und auf sie einzugehen. Aber natürlich hatte Elke ja auch gerade mehrere Wochen lang Cleas ungeteilte Aufmerksamkeit genossen, während Turner aus Osteuropa angejettet kam. Außerdem forderten Kate und Theo jetzt, da sie ihre eigenen Partner bei sich hatten, auch weniger mütterliche Zuwendung als sonst. Trotzdem sah Clea Elke dankbar an.

«He, Mom», sagte Theo, «laß uns Daddy anrufen.»

«Gute Idee», meinte Kate, indem sie sich von Sally löste und auf die Füße sprang.

Als die beiden zum Küchentelefon stürzten, wandte sich Clea mit einem entschuldigungsheischenden Achselzucken zu Elke. In all den Jahren hatte Elke ein Gutteil zum Funktionieren dieser Familie beigetragen, ohne je etwas von dem Glanz geerntet zu haben. Aber gegen die Biologie kam man nicht an. Und außerdem war es ihrer beider Entscheidung gewesen.

Elke zuckte ebenfalls die Achseln, Cleas Gedanken lesend. «Mach dir nichts draus. Ist schon gut. Geh und sprich mit ihm.»

Kate drückte Clea den Apparat in die Hand, als sie in die Küche kam.

«Hallo, fremde Dame», sagte Turner.

«Auch hallo. Du bist also wieder da?»

«Ja, ich bin gestern abend angekommen. In meiner Abwesenheit ist das Wasserrohr geplatzt, und die Küche stand unter Wasser.»

Clea spürte einen Anprall von Schuldgefühlen. «Hat es größere Schäden angerichtet?»

«Die Decke ist durchgebrochen.» Seine Stimme klang hart und bitter. Sie kämpfte schwer, um nichts Entschuldigendes zu sagen. Es war ebensosehr sein Haus wie ihres.

«Hast du schon jemanden gefunden, der es wieder in Ordnung bringt?»

«Ich habe meine Sekretärin darauf angesetzt.»

«Gut. Und wie geht es dir?» fragte Clea, resolut das Thema wechselnd, während sie sich bemühte, sich vor Augen zu halten, daß sie nicht für das reibungslose Funktionieren der ganzen Welt zuständig war.

«Wenn du's wirklich wissen willst – woran ich meine Zweifel habe –, ich fühle mich höllisch einsam.»

«Dann weißt du ja jetzt, warum ich weggegangen bin.» Clea lachte.

«Hör zu, ich weiß, daß ich all die Jahre viel weg war. Aber das ist nun mal mein Beruf. Auf diese Weise bringe ich zu Hause das Fleisch auf den Tisch.»

Clea räusperte sich. «Ich weiß, daß es dein Beruf ist, Turner. Aber du bist nicht Davy Crockett, und ich schaffe meine Koteletts seit Jahren selbst heran. Deshalb mußt du mir verzeihen, wenn ich mich der Firma Fresh-It nicht sonderlich verpflichtet fühle.»

«Ich dachte, du hättest zu Anfang dieser ganzen unsinnigen Roches Ridge-Geschichte gesagt, du würdest nach New York kommen, wenn ich da bin.»

«Das habe ich gesagt. Aber ich habe Besuch.»

«Wie lange bleibt Elke denn noch?»

«Ich weiß nicht. Wahrscheinlich, bis wir uns satt haben.»

«Terence hat mich heute abend angerufen.»

«Oh, und?»

«Er ist ziemlich aufgebracht.»

«Na ja, das ist eine Sache zwischen Elke und ihm.»

«Nicht nur.»

«Elke ist eine erwachsene Frau. Auch wenn Terence das vielleicht noch nicht begriffen hat. Sie kann tun und lassen, was sie will. Ich halte sie hier nicht fest. Und wenn ich es recht verstehe, warst du es schließlich, der sie hierhergeschickt hat.» Clea war jetzt wirklich ärgerlich. Sie verschwand um die Kaminecke, damit die Kinder sie nicht hörten. «Paß mal auf, Turner. Ich weiß nicht, was ich sagen soll. Es tut mir leid, daß du dich einsam fühlst. Es tut mir leid, daß die Küche unter Wasser steht. Es tut mir leid, daß Terence unglücklich ist. Ich liebe dich, und ich mag ihn. Das mußt du mir glauben.»

«Ich würde ja kommen und dich so lange schütteln, bis du Vernunft annimmst, wenn ich nicht in ein paar Tagen nach Brüssel müßte.»

Clea lachte auf. «Du mich schütteln?» fragte sie ungläubig. Turner, der mildeste und toleranteste aller Männer. «Hör zu, Liebling, geh erst mal schlafen. Ich glaube, der Jet-lag setzt dir zu.»

«Da kannst du recht haben.»

«Und denk dran, ich liebe dich.»

«Ich dich auch», sagte er geschlagen.

Die Kinder stippten in der Küche Biskuits in Tassen mit heißer Schokolade und verkündeten etwas von Aufs-Ohr-Legen. In Wahrheit wollten sie Elke und Clea nur dazu bringen, ins Bett zu gehen, damit die lange Nacht der Lust beginnen konnte. Clea hatte Sally und Kate oben in zwei miteinander verbundenen Zimmern untergebracht. Lyn war unten in Cleas Arbeitszimmer einquartiert, und Theo hatte die Wohnzimmercouch. Die ganze letzte Nacht hatte Clea Dielenknarren, Gewisper und Gekicher gehört, wie in einem Spukhaus. Clea bemerkte Kates bewundernde Blicke in Richtung Lyn. Bei dem Gedanken an die potentiellen Komplikationen wurde ihr ganz schwindlig. Sie registrierte nicht ohne Belustigung, daß ihr erster Impuls war, ihre Tochter umzubringen, falls sie auf die Idee käme, ihrem kleinen Bruder die Freundin wegzunehmen.

Clea ging zurück ins Wohnzimmer, bedrückt wegen Turners schlechter Laune. Sie fand Elke auf dem Orientteppich liegend und mit Tränen in den Augen ins Feuer starrend. Sie kniete sich vor sie hin und sagte: «Verdammter Mist, Elke. Tut mir leid. Ich weiß, daß dir das weh tun muß.»

«Was?» Elke sah mit feucht glitzernden Augen zu ihr auf.

«Daß die Kinder einfach so weglaufen, um ihren Vater anzurufen, wenn wir gerade mal unsere eigene häusliche Idylle genießen.»

«Warum sollten sie das nicht tun? So ist die Situation nun mal. Ganz egal, wie sie hätte sein können, wenn wir beide nicht so feige gewesen wären, oder...»

«Oder so klug?» führte Clea lächelnd ihren Satz zu Ende.

Elke lächelte zurück. «Klug. Dumm. Wer kann das schon sagen? Wir haben es nun mal so gemacht, wie wir es gemacht haben. Auch auf die Gefahr hin, daß es dich enttäuscht, aber ich weine wegen etwas, was mit dir sehr wenig zu tun hat. Seit ich hier bin, denke ich viel an meine Eltern. Und ich bin ihnen so dankbar für alles, was sie mir gegeben haben. Und vorhin habe ich mir so gewünscht, ich hätte sie noch erleben können, als ich schon erwachsen war. Weil das, was ihr jetzt habt, du und Kate und Theo, von außen so schön aussieht.»

«Als sie letzten Herbst aufs College gegangen sind, habe ich gedacht, ich hätte sie für immer verloren. Aber inzwischen wird mir langsam klar, daß ich sie offenbar nie loswerde!»

Elke setzte sich auf und legte den Arm um sie. «Nein, Clea, du wirst sie nie loswerden. Du wirst keinen von uns jemals loswerden.»

Clea musterte Elke im Schein des Feuers, das tanzende Schatten unter ihre Wangenknochen malte. «Ich liebe dich auch», sagte sie schließlich, mehr auf das reagierend, was Elkes Augen sagten, als auf ihre Worte. «Aber das weißt du ja schon.»

Elke nickte. «Clea, du hast mir in all diesen Jahren so viel Glück geschenkt. Ich danke dir.»

Zur Antwort legte Clea die Arme um Elkes Hals, um sie sanft auf den Mund zu küssen. Der Kuß schwebte irgendwo im Niemandsland zwischen Zärtlichkeit und Leidenschaft. Verwirrt lösten sie sich rasch voneinander, um aufzustehen und sich in ein demonstratives Gegähne und Gerecke zu stürzen. Sie riefen den Kindern noch Gutenachtwünsche zu und verschwanden nach oben und in ihre getrennten Schlafzimmer.

Clea lag schlaflos in ihrem Bett und sah zu, wie der Sichelmond an ihrem Fenster vorbeizog. Aus Kates Zimmer jenseits der Wand konnte sie das Quietschen von Bettfedern und gelegentliches Murmeln hören. In ihrem Kopf entstand das Bild von Elke, wie sie sich in dem dämmrigen Zimmer auf Saint John vornüberbeugte, um ihre Brüste in ihrem Büstenhalter einzufangen, während unter der Decke der hölzerne Ventilator langsam kreiste.

Während Clea unglücklich diese Szene Revue passieren ließ, spürte sie plötzlich, wie ihre Handflächen zum erstenmal seit der Fuß-Geschichte feucht wurden. Anscheinend war die Lebenskraft nur dadurch unterzukriegen, daß man sie unter Todessehnsüchten erstickte. Aber es war schon fast Frühling, und offenbar regten sich ihre Säfte. Wenn Elke nicht Elke gewesen wäre, hätte Clea sich jetzt über den knarrenden Korridor geradewegs in ihr Bett geschlichen. Aber sie und Elke hatten ihre Vereinbarung, und Clea umschlang ihre Brust mit den Armen und versuchte, so zu tun, als sei sie tot – frei von ihrem Körper und nie mehr jählings der Wonne keimender Begierde ausgeliefert. Sie seufzte tief und fühlte, wie ihr Herz unter ihrer Hand einen Sprung tat, als ein gedämpftes Kichern durch die Wand herüberdrang.

45 Basso continuo

Clea stand auf dem Plateau über dem See und atmete in tiefen Zügen die warme Frühlingsluft. Ein leichter Wind trieb kleine Federwölkchen vor sich her wie Papierschnipsel. Schneeschmelzwasser rann in kleinen Bächen hinunter zum Mink Creek, der zum reißenden Strom angeschwollen war und die Tipis der Boudiccas bedrohte. Junge Weidentriebe überzogen das Tal mit einem senfgelben Schleier. Ein gutes Stück unter sich sah Clea die unbefestigte Straße hinter ihrem Haus in einen Morast verwandelt, durch den sich gerade ein Auto mühte wie ein prähistorisches Faultier durch einen Pechsumpf.

Auf dem Weg hier herauf war Clea an mehreren guten Schußgelegenheiten vorbeigekommen, wie die New Yorker Fotojournalisten es genannt hätten. Da waren einmal runde Heuballen, auf einer Weide drei Stockwerke hoch gestapelt. Mit dem Teleobjektiv hätte man ein Muster aus Spiralen über das ganze Bild erzielt. Entsprechend abgezogen, hätte es ausgesehen wie Zellen unter einem Mikroskop oder eine Bienenwabe. Und von hier oben hatte Clea unter sich ein Meer von schwarzweißen Holsteiner Kühen entdeckt. Ihre gefleckten Leiber sahen aus wie Luftbilder von Schneelandschaften. Und mittendrin ein einsames, trauriges Kuhauge. Ihre Hände hatten nach ihrer Kamera gegriffen, aber sie hatte sie daheim gelassen. Mit den Jahren war die Kamera so etwas wie ein Anhängsel von ihr geworden. Das Scheuern ihres gewebten Riemens in ihrem Nacken war ihr so vertraut wie das Schwingen ihrer Haare über ihren Ohren. Durch ihren Sucher hatte sie die Welt betrachtet. Aber eben deshalb mußte sie verschwinden. Wie die Scheuklappen eines Kutschpferdes hatte sie ihren Blickwinkel eingeengt. Aber ihre Augen waren so trainiert, daß sie auch ohne Kamera automatisch Ausschnitte eingrenzten. Und wenn sie jetzt auf dieses Panorama hinuntersah, zerlegte sie es unweigerlich in fotogene Einzelteile.

Während Clea die Bergkette jenseits des Sees betrachtete, dachte sie, daß sie auf einem Foto Assoziationen an einen weiblichen Körper wecken würde, sanft gerundet und geschwungen, die Knie gespreizt, die Brust heftig atmend, als sei sie dabei, sich dem Himmel hinzugeben. Der See, glasig und unbewegt, reflektierte dieses Bild. Aber es war unmöglich, das alles mit der Kamera festzuhalten. Der Winkel war viel zu weit. Es umgab Clea auf drei Seiten, umhüllte sie und schloß sie ein. Sie fühlte sich nackt und ausgeliefert, ohne ihre Kamera als Schutzschild gegen diese von überall her auf sie eindringende Weite.

Clea begann zu spekulieren: Wenn man Heuballen mit einer Honigwabe vergleichen konnte und Kuhfelle mit einer Schneelandschaft, gab es dann womöglich auf einer tieferen Ebene etwas Verbindendes, das sich in diesen Formen niederschlug? Vielleicht waren ja die äußeren Erscheinungsformen überhaupt unwichtig. Vielleicht war die Wirklichkeit ja dieser eine Puls, der unter der ganzen Oberfläche des Schönen und Schrecklichen schlug?

Während Clea sich noch bemühte, diesen Gedanken weiterzudenken und auf seine Konsequenzen zu prüfen, versagte ihr Gehirn plötzlich seinen Dienst, so wie es ihr manchmal unmittelbar vor dem Einschlafen passierte, wenn eine Gedankenkette sich plötzlich im Unzusammenhängenden verlor. Aber Clea war hellwach. Das Seepanorama schien vor ihren Augen zu zittern. In ihren Ohren war ein Geräusch wie Sturmbrausen. Ein Schlag durchfuhr sie, fast so, als hätte sie einen Elektrozaun berührt. Sie hielt die Luft an und sank in den schmelzenden Schnee. Und eine innere Gewißheit, die nicht vom Kopf her kam, unerschütterlicher und unbeweisbarer als alles, was sie je gewußt hatte, erfaßte sie – die Gewißheit, daß sie nicht allein war. Daß ihr Leben nicht sinnlos war. Daß das entsetzliche Leiden aller lebenden Geschöpfe, so schwer es auch zu ertragen sein mochte, nicht vergeblich war. Daß ein stetes, verläßliches Basso continuo gerade eben unterhalb des Spektrums dessen schwang, was das menschliche Ohr zu hören vermochte. Daß es, auch wenn sie noch so viel von dieser Welt erlebt hatte, andere Arten des Seins und andere Welten gab, von denen sie noch nicht einmal etwas ahnte.

Clea saß reglos da wie eine Katze vor dem Mauseloch, die Augen geschlossen, flach atmend, in der Hoffnung, diesen Zustand länger festhalten zu können. Sie erlebte genau das Gefühl des Verbundenseins und der Bedeutsamkeit ihrer Existenz, das sie ihr Leben lang gesucht – und gelegentlich auch gefunden hatte, im Zusammensein mit ihrer Familie, mit Freunden und Liebhabern, in sporadischen Ansätzen, die wieder erstarben, wie ein Motor, der sich an einem frostigen Morgen abmüht. Und sie wußte, jetzt, in diesem Moment, mit aller Gewißheit, daß kein Schmerz ewig und kein Verlust wirklich war. Und wenn die Menschen einander noch so grausam behandelten und wenn sie einen verließen und man sie gehen lassen mußte und sie vielleicht nie wieder zu Gesicht bekam – diese alles einschließende Fuge würde nie aufhören, einen mit ihnen zu verbinden, ob es einem paßte oder nicht.

Clea saß da, unter einer verkrüppelten Kiefer, und versuchte, die verblassende Vision wieder anzufachen wie ersterbende Glut. Aber sie verglomm und erlosch. Und als sie die Augen wieder öffnete, lag das See-Panorama genauso vor ihr wie vorhin. Nur daß sie es jetzt durch einen Schleier von Tränen sah, die ihr Gesicht benetzten. Und die Tränen flossen weiter, während sie im matschigen Schnee saß und sich wieder so bedeutungslos und isoliert fühlte, als sei eben eine Prozession von so überwältigender Würde und Gewichtigkeit an ihr vorübergeschritten, daß sie sich jetzt bäuchlings im Schmutz wiederfand.

Clea stand auf und klopfte sich den nassen Schnee von den Jeans. Dann ging sie, in einem Nebel aus ekstatischer Hochstimmung und Traurigkeit, den Pfad bergab. Ihr vorübergehend kurzgeschlossenes Gehirn versuchte empört, sich wieder Gehör zu verschaffen und zu erklären, was da eben passiert war. Es hatte etwas mit generativer Energie zu tun. Vielleicht hatte ja die strahlende Frühlingssonne das Lustzentrum ihres Gehirns stimuliert. War das eine Manie, die Kehrseite ihrer winterlichen Depression?

Ihr fiel Elkes Behauptung ein, daß sie sich nie wirklich verlieren könne. Es stimmte ja, daß sie viele Jahre in dem widersprüchlichen Bemühen zugebracht hatte, anderen Menschen nahezukommen und sich gleichzeitig vor ihnen zu schützen. Ihr Beruf hatte ihr dabei geholfen, indem er es ihr gestattet hatte, eine Kameralinse zwischen sich und die Welt zu schieben. Und im Lauf der Zeit hatte sie sich in einem Erdloch verschanzt, in dem sie nicht einmal mehr ein direkter Geschütztreffer tangieren konnte. Aber heute hatte sie aus irgendeinem Grund ein Bombenhagel getroffen und durchgeschüttelt.

Das Ganze erschien ihr jetzt, da sie den Fuß der Anhöhe erreicht hatte und durch ein Föhrenwäldchen heimwärts ging, beunruhigend mystisch. So etwas widerfuhr mittelalterlichen spanischen Nonnen, aber nicht modernen, aufgeklärten Cornell-Absolventinnen. Es war peinlich. Und doch fühlte sie sich immer noch, als hätte sie nach jahrzehntelanger Kurzsichtigkeit die Welt zum erstenmal durch eine Korrekturlinse gesehen. Und obgleich jetzt wieder alles verschwommen war, trug sie doch ein schwaches Abbild dieser tröstlichen Klarheit in sich. Aber wie konnte sie das Elke beschreiben, ohne daß es klang wie eine Hallmark-Karte?

Als Clea ihre matschige Einfahrt hinaufstapfte, erspähte sie Elke, die sich am Staketenzaun mit Dack unterhielt. Er hatte seine schmutzigen Jeans an. Sein kupferfarbener Brustkorb hob sich bloß und schweißglänzend von den rostigen Autos im Hintergrund ab. Clea hatte gedacht, Elke könne Dack nicht leiden. Warum sah sie ihn dann mit diesem scheuen Lächeln an?

Am nächsten Morgen knallte Clea Elkes Kaffeebecher auf den Nachttisch, um sich dann am Fenster niederzulassen und grimmig ihre Haare zu bürsten. Sie hatte eine unruhige Nacht verbracht, von widerstreitenden Gefühlen gebeutelt. Der pantheistische Anfall auf dem Berg hatte sie in ein autarkes Glücksgefühl versetzt, ähnlich wie sie es damals erlebt hatte, als sich herausgestellt hatte, daß sie mit Kate schwanger war. Ein neues Leben keimte verborgen in ihrem Inneren, ohne daß ihre Umgebung davon wußte. Aber der Anblick von Elke am Zaun, wie sie Dack anlächelte, hatte in ihr eine Eifersucht geweckt, wie sie sie kaum je erlebt hatte. Sie hatte die ganze Nacht darüber gebrütet, weil sie doch Eifersucht gar nicht billigte und fest glaubte, daß wahre Liebe keine Besitzansprüche stellen durfte. Zuerst war sie sich nicht sicher gewesen, wem ihre Eifersucht galt. Aber dann hatte sie gemerkt, daß Dack für sie inzwischen nichts mehr war als ein Nachbar. Es war Elke, die sie allein für sich haben wollte. Was einfach lächerlich war, nach all den Jahren. Und unverständlich, wenn die gestrige Botschaft von der ewigen Verbundenheit wirklich zu ihr durchgedrungen war. Aber die Eifersucht war da, ein grünäugiges Monster mitten im Garten Eden.

«Was ist denn heute morgen mit dir los?» fragte Elke, als sie sich aufsetzte, um ihren Kaffee zu trinken.

Clea hielt im Bürsten inne und betrachtete die Freundin kühl. «Nichts. Was soll mit mir los sein?» Sie legte die Bürste hin und öffnete das Fenster.

Elke seufzte. «Du lieber Himmel, Clea, nach dieser ganzen langen Zeit weiß ich, wenn etwas nicht stimmt. Ich weiß nur nicht, was es ist. Also sag es mir bitte.»

«Ich dachte, du hättest was gegen Dack Marsh.»

Elke sah sie erstaunt an. «Ich war wohl eifersüchtig auf ihn, als du so begeistert von ihm warst. Aber ich hatte nicht eigentlich was gegen ihn.»

«Du hast gemeint, er wäre noch ein Kind», schnappte Clea.

«Kann sein.»

«Und warum hängst du dann jetzt mit ihm zusammen?» Clea war entsetzt über sich selbst.

«Ich hänge nicht mit ihm zusammen, Clea. Ich habe lediglich gestern ein paar Minuten mit ihm geredet.» Ihre Stimme klang verblüfft und ein bißchen verärgert.

«Ich habe doch gesehen, wie du ihn angelächelt hast wie eine gottverdammte jugendliche Naive.»

«Tja, diese urwüchsige Vitalität hat einfach etwas Faszinierendes, nicht wahr?» Aus ihren dunkelblauen Augen blitzte boshafte Belustigung. «Das ist doch albern, Clea. Ich habe seit Wochen mit niemand anderem mehr geredet als mit dir und deinen Kindern und Astrid Starr. Du kannst es mir doch wohl nicht verübeln, wenn ich ein bißchen menschlichen Kontakt suche. Schließlich bin ich –» Elke begann zu lachen.

Clea funkelte sie wütend an.

«Verzeih, Liebes», keuchte Elke, von Heiterkeit übermannt. «Ich finde das nur so komisch – zwei reife, emanzipierte Frauen, die sich wegen eines halbstarken Hinterwäldlers zanken. Also, hör zu, ich habe mit Dack über seine Schrottautos geredet. Meine neue Skulptur nimmt endlich Gestalt an, und ich brauche Material.»

Clea lächelte zögernd. «Das freut mich. Kannst du schon was drüber sagen?»

«Ich möchte lieber warten, bis ich dir etwas zeigen kann. Übrigens scheinst du mir genesen. Du bist die ganze Zeit nur herumgeschlichen wie ein geprügelter Hund. Es tut gut, dich wieder wütend zu sehen.»

«Vielen Dank», sagte Clea, deren Anspannung sich nun auch wieder in freundschaftlichen Sarkasmus auflöste. «He, schau mal», flüsterte sie plötzlich, mit dem Finger zum Fenster zeigend. Eine orangeschwarze Baltimore-Goldamsel saß auf dem Sims und streckte den Schnabel herein, um ein paar Haare aus der Bürste auf dem Fensterbrett zu zupfen.

46 Der Scheiterhaufen

Liebt ihr euch jetzt, oder was?» fragte Terence verdrossen über ihren Tisch im Schuß-Kebab hinweg, während er seine Rindfleischwürfel von den Mini-Skistöcken pulte. Der Raum wirkte kahl ohne Ishtars Spinnenpflanzen.

«Natürlich lieben sie sich», schnappte Turner. «Sie lieben sich schon seit Jahren. Das ist nicht die Frage. Die Frage ist: Wann kommt ihr wieder heim nach New York, wo ihr hingehört?»

Elke stocherte achselzuckend in ihrem Salat. «Es läuft hier gut mit meiner Arbeit. Ich möchte bleiben, bis ich mit dieser Plastik fertig bin.»

Turner und Terence waren übers Wochenende von New York heraufgekommen, um ihren widerspenstigen Frauen eine Erklärung abzufordern. Wenn Clea etwas haßte, dann Showdowns. «Und ich habe einen Ablieferungstermin für ein Buch über diesen Ort», sagte sie, «und kann deswegen unmöglich weg.» Sie sah durch das Fenster hinaus auf den Platz und bemühte sich, ihre Gereiztheit zu zügeln. Turner hatte immerhin fast soviel Anrecht auf diese neue Rolle der empörten Ehehälfte wie sie. Mit Terence lag der Fall natürlich anders. Die Zweihundertjahrfeier-Band probte im viktorianischen Musikpavillon unter der Leitung von Sam Silvers, dem holistischen Zahnarzt. Clea sah Earl Atkins mit dicken Backen in eine Tuba tuten und Geneviève Paxton die Schnarrtrommel schlagen. Das Stück, das sie gerade spielten, hatte entfernte Ähnlichkeit mit «Schuld war nur der Bossa Nova».

Terence' Gesicht zuckte vor Ärger. Turner griente Clea

feindselig an. «Und was sollen wir solange tun?» fragte Terence.

«Damit fertig werden», sagte Clea. Sie tat ihr Bestes, Distanz zu dem Leiden der beiden Männer zu bewahren, denn es abzustellen hätte bedeutet, nach New York zurückzukehren. Ihr Blick suchte Elkes Augen für einen kurzen Moment gegenseitiger Stärkung.

«Es gibt genügend attraktive Frauen, die gern bereit sind, einem verlassenen Mann zu helfen, mit seiner Einsamkeit fertig zu werden», sagte Turner, während er ihnen Wein nachschenkte, als wäre es Batteriesäure.

«O Turner, laß das», ersuchte ihn Elke.

Ein Knie drängte sich unter dem Tischchen gegen Cleas Bein. Sie war verwirrt und zu keiner Reaktion imstande, weil sie nicht wußte, wem es gehörte. Sie löste das Dilemma schließlich, indem sie ihr Knie ein Stück zur Seite nahm.

«Ich verstehe nicht, was einen an diesem gräßlichen Nest begeistern kann», murmelte Terence.

«Dich hat doch sowieso noch nie etwas begeistert», sagte Elke sanft.

«Du ausgenommen.»

Eine plötzliche Unruhe erfaßte das Lokal. Gäste erhoben sich von ihren Tischen, und Kellner eilten zu den Türen. Durch ihr Fenster sah Clea ein frisch entzündetes Feuer mitten auf dem Platz. Drum herum standen die weiblichen Mitglieder der Kirche der Heiligen Errettung mit ihren blauen Schleiern und knöchellangen Kleidern, die Augen niedergeschlagen, die Hände in den Taschen. Daryl Perkins, auf seine Krücken gestützt, die Augen im Feuerschein so rot wie sein Haar, verkündete den herbeiströmenden Roches Ridgern in seinem breiten Südstaatendialekt das nahende Ende der Welt, das offenbar für diesen Juli anberaumt war.

Sam Silvers klopfte mit seinem Taktstock gegen das Geländer des Musikpavillons, um seine Musiker zur Ordnung zu rufen. Er hob die Arme, und die Kapelle legte los mit «I Left My Heart in San Francisco».

Der Jüngste Tag stand vor der Tür, und Daryl mußte das Wort verbreiten. Deuteronomys dritter Geburtstag war schon bald, und diese Gottlosen vor ihren übervollen Tischen sollten ihre Gier und Völlerei bereuen und Buße tun und sich auf Harmaggedon vorbereiten. Er schleuderte John Denvers «Rocky Mountain High» aus der Musikbox der Casa Loretta ins Feuer. Loretta hatte die Chance gehabt, ihre Seele zu retten. Er bedauerte nur, daß Hexenverbrennungen mit den Schnallenschuhen aus der Mode gekommen waren. Er hätte zu gern zugesehen, wie die Flammen an diesem verruchten Bienenkorb leckten und wie nichts davon blieb als Asche, die ein heißer Höllenwind davonwirbelte.

Ein Mann aus Daryls Schar warf jetzt die Bingokarten auf den Scheiterhaufen, die sie im Zuge ihrer Razzia bei der Rettungswacht erbeutet hatten. Andere Männer ließen den Inhalt des IGA-Bücherständers folgen – Joan Collins' Autobiographie und einen Riesenstapel *Dame seines Herzens*.

Astrid Starr, infolge ihres mißlichen Fehltritts in Orlons Fangeisen während ihrer Ermittlungstätigkeit in Sachen Fuß noch immer hinkend, stand mit Barbara Carmichael vor dem Büro von New-Age-Reisen. Astrid hatte den IGA Earl übergeben. Der Frauenunterdrückungs-Workshop hatte sie davon überzeugt, daß sie Abstand brauche, um darüber zu befinden, ob sie wirklich die Nüsse beim Mehl haben wolle. Jetzt organisierte sie Kreuzfahrten für New-Age-Reisen, wo sie sich finanziell ohnehin schon engagiert hatte. Sie hatte bereits eine Reise zu den mutmaßlichen Stätten des alten Atlantis entworfen, und außerdem projektierte sie eine Karibiktour, zusammen mit prominenten Channelern aus aller Welt. Astrid fühlte sich wie ein neuer Mensch, seit sie endlich ihre eigene Macht in Händen hielt. Bei der letzten Workshop-Sitzung hatte sie sich erlaubt, fett und reich zu sein.

«Jeezum», sagte Astrid. «Was hat Daryl denn jetzt vor?»

«Weiß der Himmel», seufzte Barbara. «Wenn er doch nur kapieren würde, daß er immer wieder geboren wird, dann bräuchte er in dieser Runde nicht so einen Affen aus sich zu machen.»

Father Flanagan und Theresa traten aus dem Pfarrhaus. Father Flanagan hielt noch die Abendessensgabel in der Hand. Während er Daryl Perkins' Schattensilhouette vor dem Feuer anstarrte, die gegen die mißtönende Musik aus dem Pavillon anbrüllte und -fuchtelte, überkam ihn Neid. Diese Glaubensfestigkeit! Auf der anderen Seite des Platzes erspähte er Ishtar in der Tür von New-Age-Reisen. Als er kürzlich bei ihr hereingeschaut hatte, hatte sie ihm mitgeteilt, daß sie jetzt wieder ihren alten Namen führe: Barbara Carmichael.

Er hatte sich ganz vergessen und gesagt: «Meine Tochter heißt Barbara.»

Ishtar hatte ihn merkwürdig angeschaut.

«Die Tochter meines Bruders, meine ich. Meine Nichte.»

Sie hatte ihn schweigend gemustert.

«Sie lebt in Iowa City», hatte er drauflosgeschwatzt. «Aber ich habe sie seit Jahren nicht mehr gesehen.»

Während sie ins Pfarrhaus zurückgingen, betrachtete Father Flanagan seine Gefährtin, zu der er sich nicht hatte bekennen wollen. Er folgte ihr in die Küche, blieb neben der Spüle stehen und sah ihr zu, wie sie geschickt eine Zwiebel für das morgige Essen halbierte und schälte. Da überfiel ihn plötzlich die Erkenntnis, daß er noch nicht einmal eine Zwiebel schälen konnte. Er war dem Göttlichen keinen Schritt näher als in seiner Seminarzeit, aber er hatte sein Menschenleben verwirkt.

Er fiel vor Theresa auf die Knie. «Vergib mir, Theresa, denn ich habe gesündigt. Gegen dich und unser Kind.» Er ergriff ihre Hand und drückte sie gegen seine Wange.

«Father! Was machen Sie da? Stehen Sie auf.»

«O Theresa, wenn es auch nicht so ausgesehen haben mag: Im Herzen war ich all die Jahre mit dir vermählt.»

«Seien Sie nicht albern.» Sie zerrte an seinen Achseln, um ihn auf die Füße zu kriegen.

«Bitte heirate mich, Theresa.»

«Jetzt ist es zu spät, Father.»

«Solange wir noch Atem in uns haben, ist es nie zu spät, einen schrecklichen Fehler wiedergutzumachen.»

Theresa hackte so grimmig auf die Zwiebel ein, daß die Würfelchen sich über die Arbeitsplatte und den Fußboden verteilten. «Unsinn. Sie sind Priester.»

Father Flanagan umschlang ihre Knie. «Ich werde in der Casa Loretta Töpfe spülen.»

«Sie wissen doch gar nicht, wie man spült.»

«Ich werde es lernen. Laß mich versuchen, an dir gutzumachen, was ich dir angetan habe, Theresa.»

«Das ist nicht wiedergutzumachen, durch gar nichts.» Sie nahm ihr Pillboxhütchen und marschierte aus der Tür, während das Feuer draußen auf dem Platz tanzende Schatten an die Küchenwand warf.

Das hatte gerade noch gefehlt, dachte Clea. Turner und Terence würden Männer in weißen Kitteln schicken, damit sie Elke und sie nach New York schleppten, zur Lobotomie. Beide Ehepaare standen jetzt zwischen den serviettenbewehrten Touristen, den lederbehosten Kellnern und der beschürzten Küchenhilfe und ließen sich von Daryl für ihre seelenzersetzende Genußsucht geißeln. Elkes Gesicht war immer noch angespannt von der Konfrontation am Tisch. Clea legte ihr den Arm um die Taille und drückte sie kurz an sich. Elke wandte ihr ihre verstörten Augen zu und lächelte matt, nervös und wehmütig.

Starshine und Conrad Bohring standen auf den Eingangsstufen der Mink Valley Spar- und Kreditbank und sahen zu, wie die heulenden Kinder der Kirche der Heiligen Errettung Barbiepuppen, G. I. Joes, Bussybärchen und Schlümpfe auf den Scheiterhaufen warfen.

«Das kapiere ich nicht», sagte Starshine, Che auf der Schulter. «Was ist denn an Schlümpfen so schlimm?»

Conrad sagte achselzuckend: «Daryl sagt, es seien Götzen. So wie das Goldene Kalb.»

Starshine hatte endlich ihren Textverarbeitungskurs abgeschlossen und fand es enorm entlastend, eine vermarktbare Qualifikation zu besitzen. Mit Gurus war der Markt im Moment überschwemmt. Drüben beim Feuer entdeckte sie jetzt Anita Perkins mit gesenktem Blick. Anita hatte eine Hand in der Tasche ihres langen Rocks, wo sie ihre Handvoll Dreck umklammerte, um sich ihre Nichtswürdigkeit vor Augen zu halten. Mit der anderen Hand tätschelte sie Deuteronomy, der flanellene Dr. Dentons und Micky-Maus-Hausschuhe trug. Er rieb sich mit seinen kleinen Fäusten die Augen, untröstlich über den Verlust seines G. I. Joes.

Vorige Woche hatte Starshine Orlon Marsh dabei beobachtet, wie er Dutzende von Marihuanasetzlingen auf dem Frauenfriedhof der Boudiccas eingepflanzt hatte. Nachdem er weggegangen war, hatte sie sie ausgerupft. Sie hatte sich in ihrer Eigenschaft als Guru nichts vorzuwerfen. Sie hatte ihre Schützlinge nach bestem Wissen und Gewissen gehegt, gepflegt und behütet. Aber jetzt war es Zeit, zu neuen Ufern aufzubrechen. Schließlich gab es noch mehr im Leben als nur Vergöttinlichung.

Als Maureen Murphy ihre Koffer absetzte und ihre Haustür öffnete, empfing sie draußen der Anblick von Perkins' Jüngerschar, die eben dabei war, die Megabucks-Lotterie-Trommel in ein großes Feuer auf dem Platz zu wuchten. Maureen lächelte freundlich. Sie war auf dem Weg ins Wochenende in ihrem Time-Sharing-Apartment im Trapp-Familien-Chalet, das sie sich von ihrer Erbschaft geleistet hatte. Nach dem tragischen Zwischenfall mit den Schäferhunden am Einreisezoll hatte Sonny Coffin sich erboten, ihre Mutter gratis einzuäschern, wenn Maureen versprach, keinem Menschen von ihrem geplatzten Unternehmen mit dem Kokain zu erzählen. Maureen hatte Angela McGrath gebeten, die Titelmelodie von *Der Exorzist* auf ihrer Harfe zu spielen, während Mays hölzerne Kiste in den Ofen gerollt war. Jetzt verspürte Maureen überhaupt keinen Drang mehr, die Liebesbriefe ihrer Postkunden zu vernichten oder die Wechselgeldkasse auszurauben. Es machte ihr nicht einmal mehr etwas aus, daß das Zweihundertjahrfeier-Komitee beschlossen hatte, statt der abgestorbenen Ulmen auf dem Platz Birken zu pflanzen und keine Ahornbäume. Es war wirklich verblüffend, was ein kleiner Tod alles bewirken konnte.

Gordon McQueen humpelte, seine Arbeitspferde am Zügel führend, die Straße entlang, gefolgt von fünfzehn weiteren Männern. Ihre diesjährige Schwulen-Lustpartie hatte acht Meilen vor der Stadt ein jähes Ende gefunden, weil der Wagen zusammengebrochen war. Als sie sich dem kugeldurchsiebten Willkommensschild näherten, sahen sie einen rötlichen Schein über dem Platz. Gleichzeitig vernahmen sie ein Getöse aus brüllenden Stimmen und Musikfetzen, die sich anhörten wie «The Naughty Lady of Shady Lane».

«Scheint, als ob der arme Daryl endgültig übergeschnappt ist», sagte Loretta, die mit Tommy Trapp, Ray und einigen Gästen draußen vor der Casa Loretta stand. Ray hakte die Daumen in seine Gürtelschlaufen und warf sich in eine lässige Cowboypose. Die hell lodernden Flammen ließen Schatten auf Daryls bärtigem Gesicht spielen, während er jetzt den Kondom-Automaten aus Als Tankstelle mit einer Hand emporhob, um ihn ins Feuer zu schleudern.

Loretta war stocksauer. Daryl hatte ihr nicht nur ihre John Denver-Platten gestohlen, sondern obendrein auch noch ihre Musikbox ruiniert. Das war ohne Zweifel seine Rache für ihre Unempfänglichkeit für das Wunder Unserer Lieben Frau vom Stoppschild. Sie hätte ihm ja gern den Gefallen getan und sich bekehren lassen, aber der Satan konnte sie nun mal nicht schrecken.

Aber was sollte es! Was war schon ein minderes Ärgernis wie Daryl Perkins angesichts eines solchen Glücks, wie sie es jetzt mit Ray gefunden hatte? Sie hatten ihr Schulmädchenspiel endlich auf eine neue Ebene gehoben. Eines Nachts war Ray, nachdem sie die Lichter gelöscht hatten, an ihr Bett geschlichen gekommen. Er hatte sein gestärktes Nachthemd ausgezogen und seinen Penis enthüllt, der sich durch den Ring eines schwarzen Lederharnischs reckte. Sie hatten so getan, als sei er ein Dildo, und so viel Spaß gehabt wie nie zuvor.

«Ich fürchte, das ist gegen des Gesetz», sagte Tommy Trapp nachdenklich. «Perkins hat dafür keine Genehmigung eingeholt.» Er kratzte sich die Stirn unter seiner Hutkrempe. Das brachte ihn in Verlegenheit, weil er schon alle Hände voll damit zu tun hatte, die morgige Razzia bei den Boudiccas vorzubereiten. Eine anonyme männliche Stimme, die er unschwer als die von Orlon Marsh hatte identifizieren können, hatte ihm telefonisch mitgeteilt, die Boudiccas hätten auf ihrem Frauenfriedhof eine Marihuanaplantage angelegt. Trapp, Sheriff Spokes und ein halbes Dutzend weiterer Mitglieder von KOBRA (Kommando zur Bekämpfung des Rauschgiftmittelanbaus) würden dem nachgehen. Aber natürlich hatte Orlon einen Pik auf die Boudiccas, seit Chrystal Sue ihren Namen in Beaver Dam geändert hatte.

Starshine kam jetzt auf Trooper Trapp zumarschiert. Che mußte mit den Flügeln schlagen, um die Balance nicht zu verlieren.

«Hör zu, Trapp», sagte sie. «Ich verschwinde heute nacht von hier. Aber wenn du morgen Orlon Marshs Schuppen durchsuchst, wirst du dort drin zwei tote Hirschkühe finden. Und wenn du's nicht tust, werde ich es in Erfahrung bringen und deine Vorgesetzten informieren.»

«Jeezum», sagte Trapp zu Loretta. «Wenn es kommt, dann aber gleich dicke, was?»

Starshine schlenderte zu Anita hinüber. Sie sagte leise: «Du kennst mich doch, Anita?»

Anita sagte nichts und sah weiter zu Boden.

«Wir haben letzte Woche zusammen im IGA Tiefkühlerbsen gekauft.»

Anita verharrte immer noch reglos.

«Make Love, Not War!» kreischte Che.

Deuteronomy zeigte mit einem kleinen Wurstfinger auf ihn.

Starshine zog jetzt ein anderes Register und sagte mit kräftiger Stimme: «Anita, ich besitze einen BMW und nichtregistrierte Kommunalanleihen im Wert von hunderttausend Dollar.»

Anita studierte immer noch den Grasboden. Deuteronomy sah auf und sagte: «Mommy, wer is die dicke Frau?»

«Anita», sagte Starshine, als hätte sie eine Boudicca vor sich, «ich möchte, daß du jetzt diesen verdammten Dreck wegwirfst. Und deinen kleinen Plagegeist da an dich nimmst. Und auf der Stelle mit mir kommst.»

Anita stand reglos und schweigend da. Dann hob sie plötzlich die Augen, um Daryl zu mustern, der den Kondom-Automaten mit einer Hand hochstemmte, den Blick starr auf Lorettas Bienenkorb geheftet. Anita zog ihre Hand aus der Rocktasche und warf ihre Handvoll Dreck ins Feuer. Danach nahm sie den kleinen Jungen hoch, um ihn auf ihre Hüfte zu setzen.

Sie wandte langsam den Kopf, bis sie Starshine genau ins Gesicht sah. Ihre Augen glühten und flackerten im Feuerschein, als sie jetzt in heiserem, gedehntem Südstaaten-Tonfall sagte: «Gelobt sei der Herr.»

Während Starshine, Che, Anita und Deuteronomy sich vom Feuer entfernten, erwachte Daryl aus seiner Trance, um zu brüllen: «Anita, wo gehst du hin? Kommst du sofort hierher, Weib!»

«Nichts zu machen, Daryl», rief sie munter zurück. «Deine Welt ist gerade untergegangen, Schatz.»

Che erspähte Brandy vor dem Schuß-Kebab, wo er, wild bellend, im Kreis um Clea herumtobte.

«Sitz!» kreischte Che.

Brandy kam aus vollem Lauf zum Stehen und guckte sich nach allen Seiten um.

«Sitz!»

Brandy setzte sich hin, die Stirn in Falten gelegt. Dann begann er vorsichtig, sein Hinterteil wieder zu lüpfen.

«Bleib sitzen!» schrie Che.

Brandy setzte sich wieder hin, winselte leise und sah hoch zu Clea, die nervös zu ihrem Mann hinüberguckte.

Daryl Perkins stemmte den Kondom-Automaten über seinen Kopf. Hinter ihm standen Gordon McQueen und seine Pferde und noch ein Dutzend anderer Männer. Eine Horde Kinder stürmte jetzt mit auf Stöcke gespießten Marshmallows zum Feuer.

Clea sah Elke mit einer resignierten Grimasse an, während Turner und Terence ins Schuß-Kebab gingen, um zu bezahlen. «Er wird dich nie und nimmer hierbleiben lassen», sagte sie leise.

«Ich glaube, es geht nicht mehr ums ‹lassen›», sagte Elke.

Während die beiden Paare über die unbefestigte Straße zu Cleas Haus marschierten, sagte Turner: «Ist dir klar, daß dieser Ort ein Irrenhaus ist?»

«Nicht mehr als alle anderen Orte, an denen ich je gelebt habe», entgegnete Clea. «Vielleicht sogar weniger, weil hier keiner was anderes vorzutäuschen versucht.»

47 Fleisch und Blut

Clea war dabei, das Gestein hinten auf ihrem Grundstück freizulegen. Nachdem Dack Marsh ihr wochenlang von seinem Autowrackturm aus zugesehen hatte, wie sie mit den wilden Weinranken kämpfte wie Laokoon mit den Schlangen, war er an einem Morgen der letzten Woche mit seiner Kettensäge zu ihr herübergekommen. Gemeinsam hatten sie das Stück Land in eine Wüste verwandelt, indem sie das Gestrüpp niedermähten und abbrannten, den verbliebenen Müll in Säcke packten und für den Früher-oder-später-Wagen aufstapelten. Als Clea dann ans Umgraben gegangen war, hatte sie feststellen müssen, daß die Erde nur eine dünne Decke über massivem, granitenem Grundgestein war. Ihre Vision von Stauden und Ziersträuchern war schlagartig verblaßt. Aber dann war ihr eingefallen, daß es ja auch Steingärten gab, und jetzt war sie fest entschlossen, den nackten Stein zum Blühen zu bringen.

Drunten im Tal war irgend etwas im Gange. Clea legte den Spaten hin und schlenderte zum Kliff, Brandy auf den Fersen. Ein halbes Dutzend Männer in martialischer Montur rückten durch die Birken auf die Tipis der Boudiccas zu. Trooper Trapp brüllte etwas in ein Megaphon, aber Clea verstand nicht, was. Brandy fing an zu bellen. Starshine, die Oberschamanin der Boudiccas, hatte sich in der Nacht der Götzenverbrennung mit Daryl Perkins' Frau abgesetzt. Daryl war ebenfalls verschwunden, um Wald und Flur nach Frau und Sohn zu durchkämmen, und die Kirche der Heiligen Errettung war führerlos zurückgeblieben. Daher irrten zur Zeit eine ganze Menge frustrierter Schäfchen in Roches Ridge herum.

Etliche Boudiccas kamen jetzt von ihren verschiedenen Beschäftigungen im Wald herbeigeeilt und sammelten sich vor dem Haus-Trailer. Einige gingen in Karate-Kampfstellung. Eine hitzige Diskussion entspann sich zwischen Trooper Trapp und Chrystal Sue Marsh. Die Männer in ihren Tarnanzügen schwärmten fächerförmig aus und wuselten durch den Wald wie Lausfliegen.

Clea überlegte, ob sie in irgendeiner Weise intervenieren sollte. Es war empörend mit anzusehen, wie Privatgelände einfach so ohne jede Vorwarnung gestürmt wurde. In den letzten Monaten hatte sie während der Fronarbeit auf ihrem Felsengrund immer wieder mit verschiedenen Boudiccas ein Schwätzchen gehalten, wenn sie, beladen mit halbverfaulten IGA-Abfällen, über ihr Grundstück zu ihrem Camp marschiert waren. Sie bewunderte mittlerweile ihren naiven Idealismus und hatte ihnen gegenüber fast so etwas wie mütterliche Gefühle entwickelt. Aber Unterstützung von ihrer Seite wäre für die Boudiccas wohl eher belastend gewesen, da sie schließlich die Eigentümerin des Geländes war, auf dem der Fuß gelegen hatte. Also wandte sie sich wieder ihrem Felsen zu.

Die Gärtnerei war befriedigend, verglichen mit diesem unseligen Buch, dachte sie, während sie Glasscherben von dem freigelegten Gestein pflückte. Man steckte eine Zwiebel in den Boden, jätete, düngte und goß und hatte schließlich eine Tulpe. Ihr Buch dagegen war, obwohl ihr Zeigefinger nun endlich wieder seine Arbeit tat, von der Fertigstellung immer noch genausoweit entfernt wie vor Monaten.

In diesen Wochen seit ihrem kosmischen Musikerlebnis auf dem Plateau über dem See hatte sie das Gefühl gehabt, einer produktiven neuen Methode auf der Spur zu sein. Eines Nachmittags war sie zu Gordon McQueens Melkstall hinausgewandert. Während er Euter gewaschen und Saugstutzen über Zitzen gestülpt hatte, hatte sie ihm von «Amerika abseits der Zeit» erzählt und ihm ihre Schwierigkeiten erläutert. Als sie ihn um seine Mithilfe gebeten hatte, war er gleich einverstanden gewesen. Ein paar Tage lang hatte sie sich einfach nur in seiner Nähe herumgedrückt und mit ihm über sein tägliches Leben geredet – darüber, wie er sich selbst sah, wie er von anderen gesehen werden wollte, was ihm gefiel und nicht gefiel, was er sich erhoffte und wovor er sich fürchtete. Schließlich hatte er sich so an ihre einfühlsame Gegenwart gewöhnt, daß er völlig unbefangen seinen täglichen Arbeiten nachgegangen war. Sie war ihm hinterhergelaufen und hatte geduldig gewartet, ohne genau zu wissen, worauf.

Am Ende des dritten Nachmittags, als Clea schon drauf und dran war, Schluß zu machen, heimzugehen und Trost bei einer Flasche Gin zu suchen, kam plötzlich Gordons Bruder Jared in den Hof gefahren. Er stieg aus seinem Auto, und Gordon, der gerade ein Arbeitspferd mit einem Lederkummet zum Stall führte, ging zu ihm und begann, mit ihm zu plaudern.

Auf einmal legte Gordon seinen einen Arm um Jareds Schultern und den anderen über den Hals des Pferdes. Hinter ihnen erhob sich der blaue Silo mit dem LANG LEBE DIE VIERERBANDE. Im Vordergrund erstreckte sich ein Meer von Matsch. Clea hob die Kamera und regulierte rasch Blende und Belichtung. Irgend etwas an Gordons Ausdruck, während er zu ihr hinübersah, seine Lippen sich zu einem erfreuten Lächeln öffneten und seine Augen so freimütig, freundlich und offen auf ihr ruhten, weckte in Clea ein schwaches, süßes Echo jener barocken Fuge droben auf dem Berg. Gordon offenbarte sich ihr. Und sie ließ ihn sich offenbaren, statt ihn in ein bereits feststehendes Szenario zu pressen. Sie selbst, die beiden Brüder und das Pferd schienen alle verbunden in einem Augenblick wechselseitiger Anerkennung – der gemeinsamen Würdigung des Wunders und des Wahnsinns des Lebens auf dieser Welt und des Eingebettetseins aller Dinge in ein offenbar unfaßbares Mysterium. Und Cleas widerspenstiger Finger hatte sich endlich bereit gefunden, auf den Auslöser zu drücken und diesen flüchtigen Moment der Verbundenheit auf den Film zu bannen.

Freudig erregt hatte Clea gleich begonnen, diese Methode auch auf andere Roches Ridger anzuwenden. Ihr einziges Ziel war es jetzt, ihre Sujets in ihrer ganzen faszinierenden Einzigartigkeit und Exzentrizität zu zeigen und sie weder zurechtzubiegen noch zu interpretieren. Und sie genoß den entscheidenden Moment, wenn, nach Stunden oder Tagen, ihr Gegenüber endlich seinen Schutzschild fallen ließ – und sie ihren. Aber heute kam es Clea so vor, als hätte diese Technik weiter nichts gezeitigt als einen Haufen witzloser Fotos von merkwürdigen und unattraktiven Menschen und Orten.

Bald würden Turner und die Kinder zur Zweihundertjahrfeier kommen, mit all ihren Bedürfnissen und Forderungen. Wann würde sie je wieder Zeit haben, sich hinzusetzen und sich mit ihrem Nicht-Buch zu befassen? Diese Monate allein mit Elke waren ihre große Chance gewesen, und sie hatte sie nicht genutzt. Sie hatte mehr zustande gebracht in Zeiten, als ihr noch kleine Kinder die Tür zu ihrem Arbeitszimmer eingerannt hatten.

Elke dagegen war in ihrem Atelier im Anbau und offenbar dabei, ihre neue Skulptur fertigzustellen. Seit Wochen hörte Clea ihr Gehämmer und Gesäge. Elke entzog sich jetzt oft ihren kleinen gemeinsamen Ritualen wie Spazierengehen, Teetrinken, Abendessen und Fernsehen, um bis in die Nacht zu arbeiten, und die blaue Flamme ihres Schweißbrenners leuchtete gespenstisch hinter den Fensterscheiben, wenn Clea mit Brandy zu einer letzten, einsamen mitternächtlichen Runde aufbrach.

Clea freute sich ja für Elke. Aber sie war auch neidisch und sauer. Elke hatte sich einfach hier niedergelassen und alle kreative Energie in der ganzen Umgebung in Beschlag genommen. Sie hatte sich weiter zu traulichen Tête-à-têtes mit Dack getroffen, bis er zur Grundausbildung nach Fort Dix aufgebrochen war. (Als werdender Vater bemühte er sich jetzt um einen ernsthaften Broterwerb.) Die Art, wie Elke vereinnahmte, was Clea sich in Roches Ridge aufgebaut hatte, war vor allem deshalb so ärgerlich, weil sie zu Anfang Cleas Pläne so heruntergemacht hatte.

Clea war selbst erstaunt über diesen Gedanken. Sie hatte ja nichts dagegen, daß Elke ihre energisch-optimistische Haltung übernahm, aber sie hatte mittlerweile Elkes Art übernommen: Nörgeligkeit war immer Elkes Spezialität gewesen. Während sie selbst doch stets so unerschütterlich positiv gewesen war. Clea rief sich in Erinnerung, daß sie schließlich Elke gedrängt hatte zu kommen und zu bleiben, Dacks Vitalität zu bewundern und sich im Anbau ein Atelier einzurichten. Und ganz allmählich ließ ihr Zorn auf Elke nach. Statt dessen ärgerte sie sich jetzt über sich, weil sie es nicht schaffte, dieses vermaledeite Buch zusammenzustellen. Es ging nicht an, diesen Ärger einfach auf Elke zu übertragen. Und außerdem war dieser Ärger Cleas Supertreibstoff. Ohne ihn würde sie nie irgendwohin kommen.

Eine Stunde später bogen mehrere waldgrüne Staatspolizeiwagen mit kreisendem Blaulicht in die Marshsche Einfahrt ein. An den Türen trugen sie das Vermonter Wappen mit Hirschen, Kühen, Heustadeln und Tannenbäumen. Trooper Trapp und seine kampfmäßig getarnten Kollegen sprangen aus den Autos und rannten geduckt die Einfahrt entlang. Orlon kam aus seinem Schuppen geschossen und lehnte sich von außen gegen die Tür, und seine schwarzen Knopfaugen flackerten.

Clea hörte Trapp freundlich sagen: «Na Orlon, viel zu tun mit der Wilderei, was?»

Orlon fauchte: «Na schön, Trapp, wieviel willst du diesmal?»

«Allein schon dafür sollte ich dich abführen, Marsh. Ganz davon abgesehen, daß du mich an der Nase herumgeführt hast mit deiner verdammten Marihuanapflanzung am Mink Creek.»

Orlon sagte nichts, und seine Zunge stocherte in seinem Bärtchen.

«Hast wohl was da drin in deinem Schuppen, Marsh, hm? Was, das wir nicht sehen sollen? Geh mal auf die Seite.»

Waneeta, Penny, Polly, Esther und Morning Glory kamen aus dem Haus gestürzt, in den Händen noch Knochen, Schädel und Fellrestchen. Orlon ließ sie nämlich inzwischen Abenaki-Totemskulpturen für Dacks Galerie in SoHo fabrizieren. Sie scharten sich verunsichert in der Einfahrt.

«Runter von meinem Grund und Boden, Trapp», rief Waneeta, die jetzt ihren Nagerschädel Polly in die Hand drückte und sich in ihrem schiefergrauen Benetton-Trikot-Hosenanzug auf Trapp zuwälzte wie ein runder Felsbrocken über einen Steilhang. «Ich kenne meine Rechte. Ich gucke nämlich ‹L.-A. Law›.»

«Ich habe einen Durchsuchungsbefehl, Ma'am», murmelte Trapp, respektvoll den flachkrempigen Hut ziehend. «Tut mir leid, daß ich so ohne Vorwarnung komme, aber das ist nun mal der Witz an der Sache.»

«Und er hatte doch wahrhaftig eine Leiche da drinnen», berichtete Clea Elke fassungslos, als sie später am gleichen Tag mit ihren Teebechern am Küchenkamin saßen. «In einem Säurebad. Und dazu noch ein paar illegal geschossene Hirschkühe.»

«Auch im Säurebad?»

«Nein, die hingen an einem Balken.»

«Und wessen Leiche?»

«Jemand aus Rutland, der angeblich gestern beim Sterbe-Service eingeäschert wurde. Nachdem sie seinen Schuppen gestürmt hatten, hat Orlon alles gestanden.»

«Was alles?»

«Willst du's wirklich hören?»

«Wie soll ich etwas darüber sagen, wenn ich nicht weiß, worum sich's handelt?» sagte Elke, während sie von ihrem Tee trank.

«Also gut. Die Sache ging so: Sobald die Angehörigen sich drüben beim Sterbe-Service von ihrem Toten verabschiedet hatten, kam Orlon, um in Sonnys Auftrag das Fleisch von den Knochen zu lösen und gegebenenfalls die Goldfüllungen aus den Zähnen zu brechen. Das Fleisch wurde eingeäschert, zusammen mit ein paar toten Waldmurmeltieren, des Gewichts wegen. Sonny übergab den Angehörigen die Asche. Orlon zerlegte das Skelett in handliche Teile und brachte es in seinen Schuppen, wo er es reinigungshalber in Säure legte. Dann versteckte er die Knochen zwischen Fellen, und Ray kutschierte sie zu einer Medizinalbedarfshandlung in New Jersey. Von dort kamen sie an medizinische Hochschulen, zu Demonstrationszwecken.»

Elke saß mit weit offenem Mund da, eine tiefe Ungläubigkeitsfalte zwischen den Augen.

«Und der berüchtigte Fuß ist während der Überführung vom Sterbe-Service in den Schuppen aus dem Kombi gefallen. Und mein Hund hat ihn gefunden und auf mein Grundstück geschleppt.»

Elke massierte sich die Schläfen mit Daumen und Zeigefinger. «Und wem hat er gehört?»

«Danny McQueen. Einem jungen Burschen hier aus dem Ort, der an den Folgen eines Hockeyunfalls gestorben ist.»

«Aber wie kann denn jemand so was tun?»

«Das fragst gerade du mich, Elke? Du, die du, wie du ständig betonst, deine Kindheit damit zugebracht hat, zuzuschauen, wie das Blut deiner Nachbarn die Oder rot färbte?»

«Schon gut.» Elke nickte mit geschlossenen Augen, den Kopf gegen die Sessellehne gelegt.

«Orlon hat gesagt, Sonny hätte ihm erklärt, es sei auch nichts anderes, als wenn jemand seine Organe für Transplantationszwecke spendet. Es geschähe im Dienst der Wissenschaft.»

Sie saßen beide schweigend da und tranken ihren Tee, während die Sonne hinter den Bäumen und den Tipis drunten am Mink Creek versank.

«Und deshalb kann ich dieses Buch über Roches Ridge nicht machen», schloß Clea schließlich.

Elke sah sie fragend an.

«Am Anfang, als ich hierherkam, dachte ich, daß sich hier seit den Kämpfen zwischen den Franzosen und den Indianern nichts geändert hätte. Aber jetzt ist mir klargeworden, daß überhaupt alles eine einzige Veränderung ist. Eine verdammte Sache löst die andere ab, jede noch gräßlicher als die vorhergehende. Immer weiter und weiter.»

«Da hast du dein Thema», sagte Elke. «Der Fluß der Dinge. Hör auf, ihn anhalten zu wollen oder ihm einen Sinn unterzujubeln. Beobachte ihn einfach nur und zeichne ihn nach.»

«Das habe ich ja versucht, aber es hat nicht geklappt.» Clea seufzte und erhob sich. «Ich mache uns mal was zu essen.»

«Noch nicht», sagte Elke, ebenfalls aufstehend. «Der Zeitpunkt ist gekommen.»

«Wofür?»

«Ich möchte, daß du dir meine neue Plastik ansiehst.»

«Gütiger Himmel», sagte Clea.

Sie gingen den Flur entlang zu Elkes Atelierraum. Clea war angst und bange. Wenn ihr das Werk nun nicht gefiel? Als Elkes beste Freundin und meistgeschätzte Kritikerin war sie moralisch verpflichtet, die Wahrheit zu sagen. Und außerdem spürte Elke sowieso immer, was sie wirklich dachte.

«Warte hier.» Elke ging in den Raum, knipste das Licht an und werkelte herum. «So, jetzt», rief sie schließlich leise.

Auf einem Nagelfaß in der Mitte des Raums stand die Büste einer geflügelten Frau, die sich aus einem Inferno aus zerfetztem, deformiertem Stahl und Bruchstücken von gebleichten Knochen erhob. Die großen, glatten Brüste bestanden aus den rostigen Blechteilen eines Autowracks. Die Schlüsselbeine und Rippen waren Tierknochen, manche davon zu filigranen Schnitzwerken bearbeitet. Die gefiederten Flügel stammten von einem Adler. Das Gesicht war ebenfalls aus rostigem Autoblech, so gekniﬀt, gefaltet, getrieben und gehauen, daß es tiefliegende Augenhöhlen, einen schreienden Mund, spitz hervorstehende Wangenknochen und eine ledrige Haut bildete. Auf dem Kopf ragte ein kleines Gehörn aus Fellstücken empor. Die Figur war surreal, gegenständlich und abstrakt auf einmal. Mütterliche Zärtlichkeit mischte sich mit wilder, urtümlicher Ungebärdigkeit, Stärke mit Mitleid. Die Frau wirkte gleichzeitig fest im Boden verwurzelt – erdhaft sogar, wie sie da bis zur Taille in Ruinen steckte, scheinbar selbst aus ebendiesen Trümmern bestehend – und im Begriff, sich emporzuschwingen.

Elke musterte sie ängstlich, aber Clea war viel zu überwältigt, um etwas zu sagen. Der Raum um die Figur schien geradezu von Elektrizität zu pulsieren, der gleichen, die Clea droben auf dem Plateau durchzuckt hatte. Einen Moment lang fühlte sie sich, als hätte ihr jemand einen Boxhieb auf den Solarplexus verpaßt.

«Sie ist großartig», sagte Clea schließlich mit schwacher Stimme, in dem Bewußtsein, Augenzeugin eines kleinen Wunders zu sein. «Das Beste, was du je gemacht hast.»

Elke musterte Clea von der Seite. «Das sagst du nicht nur so?»

Clea wandte sich ihr zu und umarmte sie. «Es ist einfach umwerfend.»

Elke fing an zu lachen. «Mein Gott, ich bin ja so froh, daß es dir gefällt.»

«Gefällt? Ich bin sprachlos.» Clea trat einen Schritt zurück und musterte Elke auf eine Armeslänge Entfernung, als würde sie sie nicht kennen. Und das stimmte ja auch. Diesen Genius, der in ihr gewirkt haben mußte, während sie hieran gearbeitet hatte, kannte sie tatsächlich nicht. «Ich kann mir genau vorstellen, was die *Voice*-Tante schreiben wird: Der Triumph der Lebenskraft über Zerstörung und Chaos. Die Verschmelzung von Natur und Technik. Ein komisches *Sacre du Printemps* . . .»

«Blablabla.» Elke lachte.

«Komm, laß uns eine Flasche Champagner aufmachen», schlug Clea vor.

Als sie schließlich ohne Abendessen, aber mit viel Champagner intus nach oben stolperten, um schlafen zu gehen, drückte Clea Elke verlegen ein paar Mappen mit Fotos in die Hand. «Schau sie dir morgen früh mal an, wenn du wieder nüchtern bist. Und sag mir, ob sie absolut hoffnungslos sind.»

Am nächsten Morgen stapfte Clea geradewegs durch Elkes Zimmer, um die Vorhänge aufzureißen, das Fenster aufzumachen und die warme Maisonne hereinzulassen, ohne zu bemerken, daß Elke schon im Bett saß und die Fotos betrachtete. Als Clea sich zu ihr umwandte und sie in eine ihrer Mappen vertieft sah, sagte sie: «O Gott, ich hatte ganz vergessen, daß ich dir die Dinger gegeben habe. Ich muß wirklich sehr betrunken gewesen sein. Gib sie mir wieder.»

«Kommt nicht in Frage», sagte Elke. «Ich habe gerade erst angefangen. Laß mich in Ruhe, ja?»

Clea ging ins Bad, stellte Elkes Badewasser an und gab einen Schuß Sandelholzöl hinein. Dann kehrte sie mit zusammengekrampftem Magen auf ihr Plätzchen am Fenster zurück. Sie rollte die Ärmel ihres korallenrot und weiß gestreiften Seidennachthemds hoch. Dann nahm sie Elkes Bürste, um damit in der Morgensonne furios ihre Haare zu bearbeiten. Über dem See lag Dunst, der sich bis zum Mittag verziehen würde.

Clea beugte sich aus dem Fenster und atmete ein paarmal tief ein, um ihre Nerven zu beruhigen. Dann nahm sie ihre Bürsterei wieder auf, während sie in einem weichen Alt dazu sang: «Und die Schafe sollen sicher weiden unter dem wachsamen Blick des Hirten...»

«Ruhe bitte», forderte Elke mit einer unwirschen Handbewegung.

Clea zupfte die Haare aus der Bürste und legte sie auf den Fenstersims, für die hamsternde Goldamsel. Dann ging sie nach unten, um Kaffee zu machen. Durchs Fenster konnte sie Orlons Schuppen sehen. Irgendwie war das Wissen um Orlons grausige Heimarbeit geradezu erleichternd. Sie hatte in dieser Nacht so gut geschlafen wie schon seit Monaten nicht mehr, und das hatte nicht nur am Champagner gelegen. So gräßlich diese Fuß-Geschichte war, war sie doch immer noch weniger gräßlich als manches, was sie sich zurechtphantasiert hatte. Immer noch besser die Psychopathen, die man kannte...

Clea fühlte Panik in sich aufsteigen, wenn sie daran dachte, daß Elke jetzt oben in ihrem Bett saß und ihre Fotos studierte. Sie waren fürchterlich. Das mußte Elke ihr nicht erst sagen. Eigentlich hatte sie sie nur in eine peinliche Situation gebracht. Es mußte wohl so eine Art Konkurrenzdrang gewesen sein. Die geflügelte Frau war umwerfend. Clea hatte sich wohl erhofft, in der Atmosphäre, die Elke zu diesem Triumph verholfen hatte, könnte vielleicht auch ihre eigene Arbeit gedeihen. Aber das war reines Wunschdenken.

Clea trottete mit zwei Kaffeebechern die Treppe hinauf. Schicksalsergeben trat sie in Elkes Zimmer. Sie setzte den einen Becher auf dem Nachttisch ab. Dann bezog sie ihren Posten beim Fenster. Sie sah hinüber zu Elke. Die jetzt lächelte. Cleas Befürchtungen waren also doch begründet: Ihre Fotos waren lächerlich. Kitschig.

Elke sah zu Clea auf und schüttelte den Kopf. «Mein Gott, Clea, du hast es endlich.»

Was? fragte sich Clea, Elkes Gesicht musternd.

«Du hast die ganze Mischung eingefangen – all die Angst und den Humor und die rührende Verletzlichkeit und den Mut der wirklichen Menschen.» Ihre Stimme zitterte vor Bewegtheit.

Clea schaltete nicht. «Hör mal, ich weiß, daß ich dich in eine mißliche Situation gebracht habe, Elke. Aber du brauchst mir nicht nach dem Mund zu reden, nur weil ich gestern abend so begeistert von deiner Frau dort unten war.»

«Ich rede dir nicht nach dem Mund, Clea. Das würde ich nie tun, so gern ich dich auch habe. Zweifle bitte nicht an meiner Integrität.»

Clea lächelte, erstaunt und verwundert.

«Also, was ist dein Problem mit diesem Buch? Da hast du es doch schon. Das Leben als permanentes Übergangsstadium. Der einzelne Mensch, wie er versucht, durch die Käseglocke seiner Selbstbezogenheit einen Hauch von Verbundenheit mit dem Ganzen zu erhaschen. Das Durchwachsene und Fließende. Das ist einfach phantastisch.»

Clea schlich sich zum Bett hinüber und betrachtete Ishtar vor dem New-Age-Reisen-Schild, das von der Dachkante eines schmucken alten Holzhauses hing. Sie trug einen großen Kristall an einer Kette um den Hals und war bemüht, esoterisch dreinzuschauen. Und Gordon und sein Bruder Jared und das Pferd vor dem Silo, das sich wie ein graffitibesprühter Leuchtturm aus einem Meer von Matsch erhob. Die Boudiccas in Karateposen vor ihren Tipis, im Hintergrund die fernen Berge wie eine liegende nackte Frau. Dack mit seinen strengen Abenaki-Zügen, wie er stolz mit seinem Brecheisen auf einem Berg von Autowracks posierte.

«Ach, ich weiß nicht.» Clea ging wieder an ihr Fenster zurück und stützte sich mit dem Ellbogen auf der Fensterbank ab. Technisch waren sie gar nicht so übel. «Vielleicht steckt da ja wirklich irgendwo ein Buch drin.» Leise Erregung stieg in ihr auf.

Elke sah sie ungehalten an. «Nicht vielleicht. Stell sie zusammen und schick sie Karen.»

Clea bemerkte aus dem Augenwinkel eine Bewegung draußen auf dem Fenstersims. Die Goldamsel pickte an den Haaren herum, die Clea vorhin dort hingelegt hatte. Sie packte schließlich kühn den ganzen Klumpen mit dem Schnabel und flog davon. Clea beugte sich aus dem Fenster und sah sie auf einem Ahornast neben der Hauswand landen. Ihr Gespons zupfte sich ein paar Haare heraus und machte sich daran, sie in den Rand eines beutelförmigen Nests einzuflechten.

«Mein Gott», flüsterte Clea.

«Was ist denn?» fragte Elke beunruhigt.

«Schnell, komm her und schau dir das an.»

Elke schlich auf Zehenspitzen zu ihr und sah hinaus auf das

Nest. Es bestand fast nur aus dicht verwobenen Haaren – silbernen von Elke und schwarz-grauen von Clea.

«Das ist bestimmt ein Omen», sagte Clea leise. «Wir sollten Ishtar rufen.»

Elke betrachtete die Berge auf der anderen Seite des Sees. «Meine Güte, es geht alles so schnell, findest du nicht?» murmelte sie.

«Was geht schnell?»

«Es kommt mir vor, als wäre es letzten Monat gewesen, daß ich in meinem Studio gesessen habe, nachdem du da warst, um mich für den *American Artist* zu fotografieren, und daß ich ganz aus dem Häuschen war, weil ich gerade eine neue Freundin gefunden hatte. Und jetzt sind wir beide schon grau und in den Wechseljahren.» Sie wandte sich Clea zu und sah sie vorsichtig an. «Hör mal, ich weiß, daß ich das nicht sagen sollte. Aber es ist die Gelegenheit unseres Lebens. Wie wär's, wenn wir's ein einziges Mal wagen würden, ehe wir tot sind?»

Clea fuhr zusammen und drehte dann den Kopf, bis sie Elkes dunkelblauem Blick begegnete. Sie ließ ihre Augen über Elkes Samtmorgenrock wandern. Nach all den Jahren erzwungener Vergeistigung war es eigenartig, sie auf einmal als Wesen aus Fleisch und Blut betrachten zu dürfen, als Bewohnerin eines Körpers, der ab und zu danach verlangte, genährt und gestreichelt zu werden.

«Ich dachte schon, du würdest mich das nie mehr fragen», antwortete Clea schließlich, während sie die Hand ausstreckte, um Elkes Gürtel zu lösen.

«Aber ich bin doch hier nur zu Besuch», sagte Elke, während sie die Arme um Cleas Hals legte, um ihre Münder aufeinander zu zu dirigieren.

Clea lag auf dem hölzernen Bett und sah zu, wie die zinnoberrote Sonne hinter den Bergen jenseits des Sees versank. Elkes Morgenrock und Cleas Seidenhemd lagen auf einem Häufchen auf dem Fußboden, und auf dem Nachttisch stand ein

Tablett mit den Überresten einer Mahlzeit. Clea ruhte auf ein paar Kissen, die Daunendecke über die Brust gezogen.

Elke, die gerade eine Hitzewallung hatte, lag bäuchlings quer über dem Fußende, das Silberhaar schweißfeucht. «Weißt du, diese Wechseljahre sind gar nicht so übel», sagte sie. «Man fühlt sich gleich ein paarmal in der Woche wie im Tropenurlaub.»

Cleas Augen folgten wohlig-träge der geschwungenen Linie, die Elkes Rücken zur Taille hin und von dort zu ihren weißen Gesäßbacken beschrieb. «Schön blöd von uns, daß wir das nicht schon vor Jahren gemacht haben.»

«Hmm. Aber ich wette, wir hätten irgendein Chaos verursacht.»

«Sicher. Na ja, dann laß es uns irgendwann wiederholen. Bevor wir tot sind, wie du es so überzeugend formuliert hast.» Clea drückte ihre Zigarette in einem Schälchen auf dem Tablett aus.

«Nach diesen letzten Stunden zu urteilen, würde ich meinen, daß du noch eine ganze Menge Leben in dir hast, altes Mädchen», sagte Elke. «Aber dir ist doch klar, daß es nie wieder so sein wird wie diesmal? Immerhin hatten wir ein Vorspiel von fast zwanzig Jahren.»

«Es sei denn, wir warten wieder zwanzig Jahre.»

«Könnte sich lohnen», sagte Elke, indem sie sich aufsetzte und gegen das Fußteil lehnte.

Clea betrachtete Elkes Brüste in dem aprikosenfarbenen Licht, das durchs Fenster fiel – feste, elfenbeinweiße Kugeln, die nie die Sonne gesehen hatten und nie von gierigen Säuglingen bearbeitet worden waren. Sie streckte die Arme aus. «Komm her, du herrliches Geschöpf.»

Elke krabbelte zum Kopfende, unter die Decke und in Cleas Arme.

«Ich bin ja so froh, daß ich endlich weiß, wie du bei der Liebe aussiehst.» Clea streichelte die Vertiefung unter Elkes Wangenknochen mit dem Finger. «Da hat nämlich all die Jahre eine Lücke in meinen Kontaktstreifen geklafft.»

«Und wie sehe ich aus?»

«Einfach atemberaubend. Wild und zärtlich, genau wie deine geflügelte Frau», sagte Clea, während die karminrote Sonne hinter den hyazinthblauen Bergen verschwand.

48 Bingo

Die Bürger von Roches Ridge saßen auf Holztribünen auf zwei Seiten des Fußballplatzes hinter der Grundschule. Auf der Mitte des Rasens hatte man einen Zaun so aufgestellt, daß er ein Riesenquadrat bildete. Auf diese Fläche waren Längs- und Querlinien aus Kalk gestreut, so daß das Ganze aussah wie eine Riesen-Bingokarte. Eine von Gordon McQueens Holsteiner Schwarzbunten spazierte friedlich weidend und wiederkäuend auf den Quadraten herum. Die Roches Ridger hatten auf die verschiedenen Felder gesetzt. Der erste Preis war ein Wochenende für zwei Personen in Ausable Chasm, alles inbegriffen.

Gordon und Randall saßen in ihren Trägerhemden auf ihren Plätzen, die Muskeln sonnengebräunt vom Heuen. Gordon verhielt sich ganz still, damit die Kuh nicht zu ihm strebte und das ganze Spiel verdarb. Alle beobachteten das schwarzweiße Tier, und wegen der Hitze ergaben sich nur unzusammenhängende Gespräche. Die meisten Zuschauer kamen gerade aus dem Rathaussaal, wo sie Jared McQueens und Bethany Wagners Triumph bei dem ersten jährlichen Mink Creek Bodybuilding Classic beigewohnt hatten, an dem Teilnehmer aus ganz Neuengland angetreten waren.

Gestern hatte die Grabschmuckaktion auf dem Friedhof stattgefunden, gekrönt durch das abendliche Wettgrillen der Männer der Stadt, die Soßen nach den Geheimrezepten ihrer Frauen ins Feld geführt hatten. Die Familien hatten die Gräber ihrer Ahnen vom Unkraut befreit und geschmückt und anschließend eine Kostprobe von jedem Grillstand genossen und ihr Votum abgegeben. Tommy Trapp, ausnahmsweise mit einer hohen weißen Kochmütze anstelle seines Trooper-Huts, hatte den Sieg davongetragen. Nicht unbedingt deshalb, weil er der herausragendste Barbecuekünstler gewesen wäre, sondern weil alle es für ratsam hielten, sich seines Wohlwollens zu versichern.

Earl Atkins in seinem australischen Schlapphut mit der Emufeder war tief getroffen, weil er sehr wohl wußte, daß nichts an Astrids Sauce heranreichte. Leider war Astrid nicht da, um die Juroren damit einzuschüchtern, daß sie im Falle einer Fehlentscheidung Gefahr liefen, in das Klatschnetz der Stadt eingespeist zu werden. Astrid hatte sich auf einem Fischkutter in Richtung Bermudadreieck eingeschifft, um zu erkunden, ob es sich als Ziel für das Fenster zum Licht-Wochenende eigne.

Earl war sauer. Er nahm es Astrid übel, daß er den Laden hüten mußte, während sie Tag und Nacht mit dieser okkulten Reiseunternehmerin zusammenhing. Und als jetzt Maureen Murphy vor seinem Grillstand stehenblieb, um sich ein Rippchen zu Gemüte zu führen, sagte Earl mit rauher Stimme und hochgezogenen Brauen: «Schick, deine neue Frisur, Maureen.» Ihre Ponyfransen, von ihrem üblichen Klebeband befreit, kringelten sich mädchenhaft um ihr Gesicht.

Maureen sagte errötend: «Danke, Earl. Ich habe mir gedacht, ich könnte mal ein bißchen Abwechslung vertragen.»

«Das geht mir ganz genauso», erwiderte Earl, wobei er sie bedeutungsvoll ansah.

«Köstlich, deine Rippchen», stammelte Maureen.

Earl hob erneut die Augenbrauen. «Ich dachte, ich könnte vielleicht mal abends bei dir reinschauen, auf ein bißchen *Sound of Music*?»

«Ihr beide, du und Astrid?»

«Astrid ist im Bermudadreieck.»

Maureen schluckte ihren Happen Schweinefleisch hinunter und starrte Earl in seinem HOG WILD-T-Shirt sprachlos an. «Was sollen denn die Leute denken?» brachte sie schließlich hervor.

«Es würde ja keiner davon erfahren, weil Astrid nicht da ist.»

Maureen lächelte, Astrids Sauce auf den Lippen. «Vielleicht möchtest du ja irgendwann mal mein Time-sharing-Apartment im Trapp-Familien-Chalet sehen?»

«Könnte wohl sein», sagte Earl mit unbewegtem Gesicht, aber einem Zwinkern in den Augen, genau wie Christopher Plummer in *The Sound of Music*.

Ian McGrath saß auf der Tribüne neben Angela, deren Bauch sich unter ihrem langen weißen edwardianischen Kleid sichtlich wölbte. Kurz nachdem Orlon Marsh und Sonny Coffin verhaftet worden waren, hatte Angela ihre Harfe zu Ians Haus geschoben und an seine Tür geklopft. Ian hatte aufgemacht, unrasiert und mit rotgeäderten Augen. Und da war der Gegenstand seines Kummers vor ihm gestanden, mit seiner goldenen Harfe auf einem Skateboard.

«Wir sind wieder da», hatte Angela, mit einer Kopfbewegung auf die Harfe deutend, geflüstert. «Wenn du uns noch willst.»

Ian, noch nie ein nachtragender Mensch, hatte sie beide mit offenen Armen aufgenommen. Angela hatte ihm erklärt, daß die Monate in Sonny Coffins Pietätsschuppen sie wie eine Art homöopathischer Medizin von ihrer Todesfixierung geheilt hätten. Sie fühle sich jetzt wieder in der Lage, dem Leben ins Auge zu sehen. Ian hatte Angela auf den Armen die Treppe hinauf in ihr Mahagonibett getragen, wo sie sich den ganzen Abend geliebt hatten, während draußen auf dem Platz die Schatten der sterbenden Ulmen immer länger geworden und schließlich mit der Nacht verschmolzen waren. Ein paar Wochen darauf hatte ein Schwangerschaftstest Angelas Verdacht bestätigt, daß Ian V im Anmarsch war.

Der Sterbe-Service war inzwischen wegen Gesundheitsgefährdung dichtgemacht worden. Und gestern bei der Grabschmuckaktion hatten die Verräter, die zu Sonnys Messingtafeln übergelaufen waren, feststellen müssen, daß sie keine Grabsteine hatten, an die sie Kränze hängen konnten, und kein Unkraut, um es herauszuzupfen oder zu stutzen. Einige verhandelten bereits reumütig mit Ian. Ian McGrath III war ein glücklicher Mann. Metalltafeln waren ‹out›, Grabsteine waren ‹in›. Und alle Mitglieder seiner Familie waren da, wo sie hingehörten – Ian IV im Grab, Ian V im Bauch und Angela wieder daheim aus dem Pietätsschuppen.

Um Clea herum saßen Elke, Turner, Terence und die Kinder. Brandy hatte daheimbleiben müssen, damit er nicht auf die Idee kam, die Bingo-Kuh zu jagen. Theo, in engen, zerrissenen Jeans und weißem T-Shirt, war gerade in einer James Dean-Phase. Seine neue Freundin, dürr wie Twiggy, trug einen Leder-Minirock. Kate hatte sich einen Baumwollpullover so an den Ärmeln um den Hals gebunden, daß er ihr über den Rücken hing wie ein Cape. Ihr neuer Yalie-Freund trug Chinos und Penny-Slipper. Turner, der Männer danach einzustufen pflegte, welcher Cornell-Verbindung sie in den fünfziger Jahren angehört haben würden, fand ihn typisch Sigma-Chi.

Clea beobachtete, wie Elke die kräftigen Hände rang, die in letzter Zeit so erstaunliche Dinge mit ihr gemacht hatten. Elke war nervös. Sie wollte demnächst ihre geflügelte Frau zu Anya nach SoHo bringen. Anya war mit Elkes bisherigen Arbeiten gut gefahren und würde vielleicht gar nicht so begeistert sein von diesem Abschied von der Verzweiflung, zumal sie dazu neigte, Kunst als ein Produkt zu begreifen, das von Stück zu Stück möglichst identisch zu bleiben hatte, wie Haushaltsseife. Elke, Clea und Waneeta Marsh hatten für die Festlichkeiten eine Kunst- und Handwerksausstellung im Rathaus organisiert. Gezeigt wurden unter anderem Elkes geflügelte Frau, Cleas Fotos von den Roches Ridgern, aufgezogen und gerahmt, und die Abenaki-Totemskulpturen der Familie Marsh. Das ganze Wochenende über waren kichernde

Kinderhorden um Elkes Werk herumgestanden. Und Cleas Foto des Little-League-Teams war von den jungen Sportlern entwendet worden.

Ihre Lieben hatten es nicht fassen können, daß sich dieser Müllhaufen, der ihr Grundstück gewesen war, in eine hübsche Landschaft aus grauem Stein verwandelt hatte, durchzogen von eiszeitlichen Spalten und Ritzen und gesprenkelt mit Nestern von bunten Gebirgsblumen und kleinen grünen Grasmatten. Clea konnte es selbst kaum fassen. Genauso wenig, wie sie es fassen konnte, daß Karen ihre neue Version von «Amerika abseits der Zeit» viel besser gefiel als die alte. Auch Anya hatte sich mit ihr in Verbindung gesetzt und ihr endlich eine Soloausstellung angetragen. Clea hatte ihre Offerte zwar angenommen, staunte aber doch über die Ironie, daß sie gerade jetzt kam, wo es ihr eigentlich ziemlich egal war.

Am Nachmittag, ehe Turner und Terence gekommen waren, hatten Elke und sie draußen in Liegestühlen gelegen und den Blick auf den Steingarten genossen. Auf einmal hatte Elke sie zögernd gefragt: «Was würdest du davon halten, Clea, mich für einen Teil des Jahres zur Nachbarin zu haben?»

Clea sah sie ungläubig-erstaunt an: «Ich würde denken: Was für eine wundervolle Vorstellung.»

«Na ja, ich will dir keine voreiligen Hoffnungen machen, aber ich denke darüber nach. Ich male mir immer wieder aus, wie es wäre, wenn ich eine kleine Hütte im Wald hätte. Ist das nicht verrückt, wo ich doch bis vor etwa einer Woche Bäume gehaßt habe? Aber ich habe diesen bizarren kleinen Ort inzwischen richtig liebgewonnen. Vor dir ganz zu schweigen.»

«Mich hast du ja immer schon geliebt», sagte Clea selbstgefällig.

«Stimmt.»

«Mit oder ohne Terence?» fragte Clea.

Elke zuckte die Achseln. «Ich liebe Terence, aber ich habe es satt, die ganze Zeit mit ihm Kassandra auf den Mauern Trojas zu spielen. Die Welt wird vermutlich auch ohne mein ständiges Lamento über die Runden kommen.»

Nach jenem Tag, den sie zusammen im Bett verbracht hatten, waren sie beide schüchtern und verlegen gewesen wie Schulmädchen und rot angelaufen, sooft sich ihre Blicke beim Frühstück begegnet waren. Und seither waren sie beide noch etliche Male zu nächtlicher Stunde über den knarrenden Flur zwischen ihren Schlafzimmern geschlichen. Cleas Gefühle hatten an ihr gezerrt wie ein Gespann von Wildpferden, nur darauf aus, sich loszureißen und Amok zu laufen. Ein Teil von ihr wollte nichts anderes, als den Rest ihrer Tage in Elkes Armen zu verbringen und all die vergeudeten Jahre nachzuholen. Aber sie hatten ja beide noch anderes zu tun. Außerdem hatte Clea schon oft genug erfahren, wie leicht man Gefahr lief, durch ein paar gierige Gelage alles zu verschlingen, was eine sexuelle Beziehung an Nahrung zu geben hatte. Sie mußten mit ihren Ressourcen achtsam und bedachtsam umgehen, wenn sie lange etwas davon haben wollten. Das süße Delirium würde schon irgendwann wieder nachlassen. Das tat es ja Gott sei Dank immer. Aber ihre alte Liebe würde bleiben.

Die ungewohnte Selbstbeherrschung wurde Clea durch die Erinnerung an das Erlebnis auf dem Berg erleichtert, die sie in ihrem Inneren eingelagert hatte wie eine radioaktive Substanz. Wenn man einmal das ganze Orchester gehört hatte, konnte einen der Klang eines einzigen Instruments, so intensiv er auch sein mochte, nicht mehr so leicht überwältigen. Sie war wie ein Regentropfen, der endlich Bekanntschaft mit dem Meer gemacht hatte.

Nach der Ankunft der beiden Männer und einem ausgiebigen Abendessen zogen sich Elke und Terence zu einer endlosen ehelichen Debatte in Elkes Schlafzimmer zurück. Clea und Turner saßen in den Liegestühlen draußen in der immer dichter werdenden Dämmerung und lauschten dem Gequake der Frösche vom Mink Creek.

«Weißt du», sagte Turner, «ich habe mir überlegt, daß ich genausogut von Burlington abfliegen kann wie vom Kennedy-Flughafen.»

Clea musterte ihn in dem Lampenlicht, das aus dem Wohnzimmerfenster fiel. Er sah sehr gut und distinguiert aus mit seinem Pfeffer-und-Salz-Bart, seinem grauen Haar rings um die kahle Stelle und seinem weißen Hemd mit den aufgerollten Ärmeln. Sie sah ihn als blonden jungen Burschen vor sich, der Milchpunsch mit einem Basketballschuh in Gläser löffelte.

«Das wäre wundervoll, Turner», antwortete sie schließlich, «und ich würde dich sehr gern hier beherbergen, bis du etwas zum Wohnen gefunden hast.»

«Was sagst du da?» fragte er, mit Panik in der Stimme.

«Turner, Liebling», sagte sie, indem sie nach seiner Hand tastete, «niemand auf dieser Welt wird je deinen Platz in meinem Herzen oder meinen Gedanken einnehmen können.»

«Für dein Bett scheint das nicht zu gelten», murmelte Turner.

«Wir sind zusammen erwachsen geworden, und wir werden auch zusammen alt werden», fuhr Clea fort, nicht willens, sich von ihrer vorbereiteten Rede abbringen zu lassen. «Wir haben zwei wundervolle Kinder hervorgebracht. Du hast mich sternhagelvoll von Whiskey Sours erlebt, und du hast mich bei den Geburten vor Schmerzen schreien hören. Du hast mich auf deinem Regenmantel unter den Rhododendronbüschen in die Leidenschaft eingeführt. Obwohl wir einander so untreu gewesen sind, wie zwei Menschen es nur sein können, denke ich doch, daß da etwas Unzerstörbares zwischen uns ist. Aber ich will nicht mehr verheiratet sein, mit niemandem. Ich bin dafür nicht gemacht. Außerdem hat Ishtar gemeint, wenn ich mein Karma als einsame alte Frau nicht erfülle, käme ich womöglich als Waldhüter wieder zurück.»

«Ich kann das Ganze nicht lustig finden», sagte Turner.

«Mag sein. Aber so tragisch ist es auch nicht. Laß uns herausfinden, was wirklich zwischen uns ist, Turner. Ohne das ganze Drumherum von Ehe und Elternschaft. Du wirst sehen, es wird dir gefallen. Vertrau mir.»

Turner lächelte traurig. «Sprach der Kapitän der Titanic zu seinen Passagieren, als sie aus dem Hafen dampften.»

«Da ist mein alter Turner wieder», sagte Clea, indem sie sich zu ihm hinüberbeugte, um ihn auf die bärtige Wange zu küssen. Terence und Elke kamen auf einen Schlaftrunk herunter. Terence war aschfahl und stumm.

Jetzt, neben Clea auf der Tribüne, wirkte Turner angespannt und unglücklich. Clea begann, sich gegen den Schmerz zu wappnen, den es für sie bedeuten würde, *ihm* weh zu tun. Morgen würden alle abfahren, und es stand in den Sternen, wer – wenn überhaupt jemand – wann wiederkommen würde und für wie lange. Aber das schreckte Clea nicht weiter. Sie hatte ja endlich gelernt, in Ruhe allein in ihrem Zimmer zu bleiben. Und als ob sich ihr inneres Auge an die Dunkelheit gewöhnt hätte, entdeckte sie allmählich schemenhafte Formen in ihrem Inneren, die ihr unbekannt waren, weil die lodernden Flammen ihrer wechselnden Leidenschaften sie bisher immer überlagert hatten. Und außerdem wußte sie inzwischen, daß Einsamkeit eine Illusion war. Sie reiste in einem Konvoi mit all diesen Menschen hier auf den Tribünen.

Calvin Roche war auf Kosten des Komitees zur Zweihundertjahrfeier aus Abilene angereist, unter der Bedingung, daß er beim Umzug auf einem weißen Hengst mit silberbeschlagenem Zaumzeug reiten durfte. Da er der älteste lebende Roche aus Roches Ridge war, hatte das Komitee dieser Forderung stattgegeben. Und so war er bei der gestrigen Eröffnungsparade der Fahnenwache vorangeritten. Er hatte sein Pferd steigen lassen wie der Lone Ranger seinen Silver und, den Stetson schwenkend, die jubelnde Menge begrüßt, während die Festkapelle «Happy Trails to You» im Marschtempo gespielt hatte.

Jetzt sagte Clea zu Calvin, der hinter ihr saß: «Das war ja ein feines Haus, das Sie mir da verkauft haben.»

Calvin lachte belustigt und klatschte sich auf die ledernen Beinschützer. «Die olle Badewanne ist wohl endlich in den Keller gekracht, Mrs. Shawn?»

Clea lächelte. «Jawohl, das ist sie, Sie Gauner. Aber es hat sich trotzdem gelohnt. Ich liebe dieses Haus.»

«O bitte, meine Beste, ich gönne es Ihnen. Nichts für mich. Da lob ich mir doch einen Schlafsack draußen in der Prärie.»

«So leben Sie jetzt?» fragte Clea betroffen.

«Na ja, nicht ganz», sagte Calvin, während er an sein kleines Studio-Apartment im Seniorenheim zum letzten Roundup dachte.

Father Flanagan und Theresa mit ihrem Pillboxhütchen saßen rechts und links von Barbara Carmichael. Sie strahlten alle drei so gut wie ununterbrochen, seit Maureen Murphy letzte Woche zur Beichte erschienen war, unter dem Vorwand, Buße für ihre jahrelange Mogelei mit dem Wechselgeld leisten zu wollen. Sie hatte die Hand durch das Gitter gestreckt und Father Flanagan einen Brief mit Poststempel aus Iowa City hingehalten. Der Brief hatte ausgesehen, als hätte ihn sich ein Hund zum Frühstück vorgenommen.

«Meinen Glückwunsch, Father», hatte Maureen gesagt, als er die Antwort auf sein Schreiben an die Adoptionsbehörde von Iowa gelesen hatte, die besagte, daß seine und Theresas Tochter Barbara von einem kalifornischen Ehepaar namens Carmichael an Kindes Statt angenommen worden war. Vor einigen Jahren habe Barbara sich aus Kalifornien gemeldet. Als letzte Adresse habe sie Roches Ridge, Vermont, angegeben.

Father Flanagan trug heute ein Sporthemd anstelle der gestärkten Hemdbrust mit dem steifen Kragen. Nächste Woche würden Theresa und er heiraten. Theresa sagte, ihren Lebensabend damit zuzubringen, für einen amtsenthobenen alten Priester zu sorgen, sei ein Angebot, dem sie sehr wohl widerstehen könne. Aber sie wolle die Chance nutzen, an ihrer verstoßenen und für immer verloren geglaubten Tochter etwas von dem wiedergutzumachen, was sie ihr angetan habe. Father Flanagan sollte jetzt Earls rechte Hand im IGA werden. Seine Augen blitzten glücklich in der Sonne.

«Wißt ihr, Mom und Dad», sagte Barbara jetzt staunend und für den Moment sogar von der Tatsache abgelenkt, daß ihre Geschäftspartnerin Astrid Starr seit ihrer Erkundungsfahrt ins Bermudadreieck verschollen war, «ich komme einfach nicht drüber weg, daß wir uns aus *diesem* Leben kennen. Und daß ich gerade hierher nach Roches Ridge gekommen bin. Wahrscheinlich war ich mal ein Lachs...»

Die Menge verstummte schlagartig, als die Schwarzbunte jetzt im Kauen innehielt und reglos dastand, bis auf den peitschenden Schwanz. Die Spannung rings um das Fußballfeld wuchs. Aber das Tier spazierte nur auf die andere Seite des eingezäunten Quadrats, um auf einer frischen Grasstelle weiter zu weiden.

Die Boudiccas mit ihren Stoppelschnitten und Stirnbändern saßen alle in einer Bankreihe. Sie hatten die Wochen seit Starshines Desertion damit zugebracht, pausenlos Zirkel abzuhalten und ihren Bewußtseinsprozeß voranzutreiben. Sie hatten Geneviève Paxton vom Zentrum für Psychohygiene in ihre Schwitzhütte eingeladen, damit sie ihnen beistehe. Genevièves Haar, das wie eine graue Glasfaser-Isoliermatte aussah, klebte vor Feuchtigkeit, als sie den Boudiccas dabei half, ihre Anfälligkeit für unzuverlässige Autoritätsfiguren zu ergründen. Schließlich gelangten sie zu dem Konsens, künftig alle Entscheidungen per Konsens herbeizuführen.

Jared McQueen und Bethany Wagner saßen nebeneinander in orangefarbenen Satinmänteln, die blauen Siegerschärpen um die muskulösen Oberkörper und den vergoldeten Mr.-und-Ms.-Mink-Creek-Pokal zwischen sich auf der Bank. Ihre bunten Haarstacheln harmonierten farblich mit den Satinmänteln und den Schärpen – und den kastanienbraunen Vorhängen der Rathaussaalbühne.

Ken und Bethany hatten mit dem Beistand von Geneviève Paxton im Zentrum für Psychohygiene einen Versöhnungskompromiß ausgehandelt. Sie würden künftig eine offene Ehe führen und ihr Haus in Colonial Manor Estates um einen Anbau erweitern. Bethany würde es Ken zugestehen, in seinem neuen Heimbüro Ida Campbell Geschäftsschreiben zu diktieren, sooft er wollte. Dafür gestattete Ken ihr und Jared, in ihrem neuen Kraftraum Gewichte zu stemmen, sooft *sie* wollten. Geneviève hatte ihnen das Bild von einem Dreibeinrennen mit auf den Weg gegeben – Ken und Bethany würden eng verbunden und im Gleichschritt hoppeln, aber jeder mit einem freien Bein.

Als Astrid Starr davon erfahren hatte, hatte sie nicht etwa ihre Stoppuhr gedrückt, sondern nur achselzuckend mit einer ausholenden Geste auf das New-Age-Reisebüro verwiesen und gemeint: «Na ja, ich gebe zu, es klingt ziemlich verrückt. Aber, hey, wer bin ich, mir das Maul darüber zu zerreißen? Hauptsache, man hält sein Bötchen flott, stimmt's?» Den neuen Stadtrekord von neunzehn Minuten hielt Astrid selbst. Der Gegenstand war ihre Abdankung als Königinmutter des Gerüchts. Die Roches Ridger fühlten sich wie die Kinder Israel, nachdem sie dem Pharao entronnen waren.

An Bethanys anderer Seite saß Daisy in ihren zerrissenen Jeans und ihrem Jerry Garcia-T-Shirt und ohne den Miss Teenage von Amerika-Titel, der sich endgültig in Marihuanarauch aufgelöst hatte. Daisy hatte sich nur eben lange genug aus dem Schlepptau von Grateful Dead gelöst, um ihre Mutter und Jared Stadtgeschichte machen zu sehen. Aber Jareds und Bethanys Ambitionen gingen mittlerweile weit über dieses kleine Nest hinaus. Sie würden die ersten Punks auf dem Thron von Mr. und Ms. Universum werden.

Wieder verstummte die Menge jäh, als die Kuh jetzt den Kopf hob, zu malmen aufhörte, mitten in dem eingezäunten Feld stand und mit dem Schwanz die Angriffe der Bremsen abzuwehren suchte. Loretta Gebo schlug das Herz im Hals. Ihr Leben war perfekt, seit Ray ihr einen Heiratsantrag gemacht hatte und sogar damit einverstanden gewesen war, daß sie die Braut sein würde. Aber Ishtar sagte, wenn sie es schaffe, nur ein einziges Mal in dieser Runde etwas zu gewinnen, würde es ihr erspart bleiben, in der nächsten als Croupier wiederzukommen. Und außerdem wäre das Wochenende in Ausable Chasm die ideale Hochzeitsreise für Ray und sie. Sie packte Rays Hand und zerquetschte sie fast.

Die Kuh hob den Schwanz, und aus der Menge kam ein aufgeregtes Raunen. Jemand brüllte von der Tribüne: «Los, Bossy!»

«Sie tut es, Ray!» schrie Loretta, mit der Faust auf seinen Oberschenkel hämmernd. Der Schließmuskel der Kuh lokkerte sich. «Genau auf mein Feld, Ray!»

Dung trat jetzt unter dem Kuhschwanz heraus und plumpste genau in die Mitte eines kalkmarkierten Rechtecks, während die Menge auf der Tribüne zu rasen begann. Loretta war aufgesprungen und hüpfte so wild auf und ab, daß ihr Bienenkorb wackelte und die Tribüne ebenfalls.

«Jeezum Crow, Loretta. Beruhige dich», meinte Ray.

Clea verfolgte durch ihre Nikon Lorettas Freudentanz über den Fußballplatz. Sie hopste und sprang und heulte wie ein Komantsche auf dem Kriegspfad.

Als Clea die Kamera wieder senkte und sich umsah, mußte sie an die denken, die heute nicht hier waren – Sonny Coffin, Orlon Marsh, Zeno Racine, Daryl Perkins, Starshine, Dack, Astrid Starr. Die Verfolgung ihrer uneinlösbaren Träume hatte sie von hier weggeführt. Aber für sie waren ein paar neue Gesichter nachgerückt, und wer wußte schon, welch bizarre Aktivitäten diese Neuankömmlinge demnächst in das Leben von Roches Ridge einbringen würden?

Waneeta Marsh, die in einem rückenfreien Top und Haremshosen vor Clea saß, drehte sich jetzt um, und ihr Lächeln entblößte etliche Zahnlücken.

«Wie geht's Orlon im Gefängnis?» fragte Clea.

«Gar nich so schlecht», berichtete Waneeta. «Sonny Coffin und Zeno Racine leisten ihm Gesellschaft. Sie spielen zusammen Schiffchenversenken.» Waneeta betrachtete die Menge, die jetzt laut jubelte, während Loretta in der Mitte der grünen Bingofelder die Schwarzbunte umarmte und küßte.

«Jeezum», sagte Waneeta. «Hat schon mal jemand drüber nachgedacht, ob diese ganze verflixte Stadt nich vielleicht nich ganz alle Tassen im Schrank hat?»

Clea lächelte. «Na ja, sie ist nicht das, was ich erwartet habe, als ich hergekommen bin. Aber sie ist schon ganz in Ordnung.»

Und wenn sie nicht gestorben sind, dann leben sie noch heute glücklich und zufrieden, mit nicht ganz allen Tassen im Schrank.